I0831246

Verstrickt in Geschichten

Christina Herzog

Verstrickt in Geschichten

Zum Ineinander von Literatur und Theologie bei Dostojewskij und Unamuno

PETER LANG

Lausanne · Berlin · Bruxelles · Chennai · New York · Oxford

Bibliografische Information der Deutschen Nationalbibliothek
Die Deutsche Nationalbibliothek verzeichnet diese Publikation in der Deutschen Nationalbibliografie; detaillierte bibliografische Daten sind im Internet über http://dnb.d-nb.deabrufbar.

ISBN 978-3-0343-4939-0 (Print)
E-ISBN 978-3-0343-4940-6 (E-PDF)
E-ISBN 978-3-0343-4941-3 (E-PUB)
DOI 10.3726/b21970

Verlegt durch: Peter Lang Group AG, Lausanne, Schweiz

info@peterlang.com www.peterlang.com

Diese Publikation wurde begutachtet.

Vorwort

Märchen, Geschichten, Sagen und Mythen haben mich von Kind an fasziniert. Nichts Aufregenderes als mit Tom Sawyer und Huckleberry Finn den Mississippi hinunter zu fahren, nichts Schöneres als mit dem Kleinen Prinzen durch die Wüste zu wandern, nichts Traurigeres als das Mädchen mit den Schwefelhölzern im Schnee sterben zu sehen und nichts Lustigeres als mit Michel von Lönneberga alle möglichen Streiche auszuhecken. Ungeheuer fesselnd auch die Geschichten der Bibel, angefangen bei Adam und Eva, Kain und Abel, die abenteuerlichen Erzählungen von Jona im Bauch des Fisches, von Davids Kampf mit dem Riesen Goliath, bis zu Jesu Leben und Sterben.

Die Geschichten waren oft spannender, unterhaltender, dichter und emotionsgeladener als der begrenzte Raum eigener Erfahrung. Das eigene Erleben und Empfinden fand sich darin potenziert und verdichtet, vieles bekam seine Ordnung, vieles konnte man lernen. In den Büchern begegnete mir das Böse, ohne dass es mir wirklich etwas zu Leide tun konnte, ich zitterte vor Angst vor Wölfen, Drachen und bösen Rittern, und doch – es war „nur" eine Geschichte und sie endete gut. Vieles Wissenswerte erfuhr ich: dass man ostwärts 80 Tage lang um die Welt reisen kann, nach dem Kalender zuhause aber nur 79 Tage vergangen sind, dass es nicht nur im Norden, sondern auch ganz im Süden kalt ist, und dass Schildkröten sehr alt werden können. Und ich sah, dass die Fragen, die ich mir stellte über das Leben, über mich, über die anderen Menschen, auch in den Geschichten gestellt wurden. Manchmal fand ich eine Antwort oder die ganze Geschichte war die Antwort, manchmal blieb die Frage offen, aber ich konnte sehen, dass ich nicht die einzige war, die sich diese Frage stellte.

So war auch mein allererstes „Nachfragen" theologischer Art begleitet durch Geschichten, alle Arten von Geschichten, sicherlich mit geprägt durch die biblischen Erzählungen. Es ist für ein Kind völlig nachvollziehbar, dass man gegen ein Gebot verstösst und trotz Wissen um die Konsequenzen von verbotenen Bäumen nascht, dass man mit seinen Geschwistern streitet und versucht, seine Missetaten vor den Eltern zu verstecken. So bietet die Bibel schon ab der ersten Seite einen irgendwie vertrauten Raum. Dennoch bleibt so vieles darin vielleicht unser Leben lang unverständlich. Wie kann Gott wollen, dass Abraham seinen Sohn Isaak opfert, und wieso lässt er Hiob so leiden? Wie kann es sein, dass Jesus stirbt und wieder aufersteht? Und sieht Gott vom Himmel aus alles, was ich tue? Die biblischen Geschichten sind Literatur, und die Fragen darin sind Fragen an und über Gott und so scheint es vollkommen schlüssig, dass Erzählungen, ob biblisch oder nicht, Mittel sind, über zutiefst menschliche Erfahrungen im Allgemeinen und vielerorts über Erfahrungen in der Beziehung zwischen Gott und Mensch zu sprechen.

Auch wenn aus der kindlichen naiven Freude am Lesen und Fragen ein wissenschaftliches Nachfragen „erwachsen" ist, einerseits eine Suche nach den Schlüsseln zur Literatur zuerst in der romanistischen Sprach- und Literaturwissenschaft, andererseits viel mehr noch zu den grossen „letzten" Fragen der Menschen an und über Gott in der christlichen Theologie, so bleibt die Faszination durch den erzählenden Text auch in reflektierter Form die gleiche. Die Verbindung dieser beiden Felder zu suchen, in der Literatur vor allem auf dem Gebiet des fiktionalen Romans und der Erzählungen, zog sich durch mein gesamtes Studium und wird immer ein grosses Anliegen bleiben. Auch wenn die Romanistik als Studienfach irgendwann der Überfülle an theologischen Disziplinen weichen musste, so blieb die Leidenschaft für die Literatur wach und wurde soweit als möglich auch theologisch „verarbeitet".

So bin ich im Jahr 2000 dank meines Professors für Neuere Kirchengeschichte, Prof. Dr. Mariano Delgado, während meines Studiums der katholischen Theologie an der Universität Fribourg Miguel de Unamuno (Spanien, 1864–1936) begegnet. Von der hauptsächlich französischen Literatur nun hin zu einem baskischen Gelehrten, Professor für Altgriechisch und Rektor an der Universität Salamanca. Wenn Unamuno nach seinem Selbstverständnis vieles, nur gerade nicht explizit Theologe (im wissenschaftlich-systematischen) Sinne und ebenso wenig explizit Schriftsteller war, so bin ich in seinen philosophisch-christlich-religiösen Essays und viel mehr noch in seinen Erzählungen und Romanen auf eine Fülle von Motiven und Gedanken zum christlichen Glauben, Leben und zur theologischen Auseinandersetzung gestossen, die genau das gesuchte Feld zwischen Literatur und Theologie für mich aufspannten.

Diese literarisch-theologische Auseinandersetzung ausgehend von meinem ersten Versuch der Lizentiatsarbeit mit dem Titel *„Herr, ich glaube, hilf meinem Unglauben". Glaube, Religion und Kirche im literarischen Werk Miguel de Unamunos* fortführend darzustellen und darüber hinaus zu sehen, ob bzw. wie eine solche literarisch-theologische Verarbeitung auch bei anderen Autoren in einer ähnlichen Form stattfindet, war wegweisend für mein neues Projekt. Auf der Suche nach Werken ähnlicher Ausrichtung und Thematik stiess ich bei Fjodor Dostojewskij, dessen grossen Romanen ich als Jugendliche erstmals begegnete, nicht nur auf gemeinsame Motive und Fragestellungen, sondern auf eine wie mir scheint grundlegende Wesens-Verbindung der beiden Autoren, die sich sowohl in ihrem philosophisch-christlich-intellektuellen Ringen wie auch in ihrer literarischen Umsetzung und Verarbeitung zeigt. In ihrer Auseinandersetzung mit dem Problem der menschlichen Bestimmung soll diese Verbindung sowohl unter technisch-schriftstellerischen Setzungen wie auch als gemeinsames literarisch-theologisches Motiv erörtert werden.

Mit der Ermutigung und Begleitung durch Prof. Dr. Christine Janowski, Universität Bern, Prof. Dr. Pierre Bühler, Universität Zürich, und Prof. Dr. Marco Baschera, Universität Zürich, wage ich den Versuch, Unamuno und Dostojewskij einander gegenüber zu stellen.

Mein Dank geht dabei auch und vor allem an meinen Mann Rodrigo, der das Prinzip „Hoffnung wider alle Hoffnung" über die ganzen Jahre aufrecht hielt, meine Schwester Anna, die gegen alle Fehler ankämpfte, an Prof. Dr. Bernhard Lang und Lisa Hammer sowie an alle, die mich auf so vielfältige Art unterstützt und ge- bzw. ertragen haben.

Bern im Februar 2024

Inhaltsverzeichnis

Abstract

Fjodor M. Dostojewskij (1821–1881) in Russland, Miguel de Unamuno (1864–1936) in Spanien: zwei Autoren, deren Feder jeweils für ihr Land (und darüber hinaus) und ihre Zeit bis in die Gegenwart hinein prägend war, in den Bereichen der Geisteswissenschaften, Politik und Gesellschaft ebenso wie im ästhetisch-künstlerischen Bereich der Literatur. Besonders die fiktionalen literarischen Werke, die eine je ganz eigene Form ästhetisch-literarischer Gestaltung aufweisen, zeugen von einer lebenslangen intensiven Auseinandersetzung beider Autoren auch mit philosophischen und christlich-theologischen Fragen, einmal unter russisch-orthodoxen, einmal unter römisch-katholischen Vorzeichen. Diese Auseinandersetzung beider ist von Seiten der christlichen Theologie und Philosophie vielfach rezipiert. Auffällig an vielen Arbeiten zu literarischen Texten aus einer solchen Perspektive war bis noch vor wenigen Jahren, dass das Hauptaugenmerk auf ein bestimmtes Thema, eine bestimmte Fragestellung (zugehörig dem Was des Textes) gerichtet wurde, wie sie auch ausserhalb des literarischen Textes formuliert werden kann, wogegen die künstlerisch-ästhetische Seite in den Hintergrund trat. Betrachtungen zum Wie des Textes wurden unter jenem Blickwinkel von Philosophie und Theologie häufig ausser Acht gelassen. In letzter Zeit ist das Bewusstsein für die Problematik dieser Schwerpunktsetzungen in deutlichem Mass gestiegen. Noch gibt es allerdings wenige Beiträge, die mit konkreter Arbeit am Text die Annahme stützen, dass die Besonderheit der literarischen Gestaltung eines theologisch-philosophischen Themas an den spezifischen Text gebunden bleibt, aus dessen Zusammenhang nicht eine Aussage herausgehoben werden kann, ohne dass diese Besonderheit selbst dabei aufgehoben wird. Dies führt zum Hauptanliegen dieser Arbeit: eine Verschränkung literarischer Schöpfung und darin gestalteter philosophisch-theologischer Auseinandersetzung aufzuzeigen, wobei die narrative Form nicht nur als möglicherweise austauschbarer Rahmen, sondern tatsächlich als konstitutives Element einer solchen Auseinandersetzung verstanden wird. Auf dem Hintergrund verschiedener Zugänge seitens LeserInnen mit vorwiegend theologischem oder philosophischem Interesse soll erörtert werden, inwiefern eine grössere Aufmerksamkeit für die künstlerisch-ästhetische Seite des Textes sowie für das eigene Selbstverständnis und die eigene Position als LeserIn gewinnbringend sein kann. Es ist eine konstruktive Anregung, den Text verstärkt als Kunstwerk in den Blick zu nehmen und als solches in seinem Wesen und Anliegen besser zu verstehen.

Im ersten Teil der Arbeit werden in zwei Kapiteln der Roman *Verbrechen und Strafe* von Fjodor M. Dostojewskij und die Erzählung *Abel Sánchez. Geschichte einer Leidenschaft* von Miguel de Unamuno gesondert analysiert. Im Versuch, das Wie und das Was des Textes in ausgeglichenem Mass in Bezug zu setzen, wird mit dem Begriff der Verstrickung in Geschichten zwar ein Ausgangspunkt auf der thematischen Seite des Textes gesetzt, gleichzeitig jedoch auch der gestalterische Prozess angesprochen. Im zweiten Teil folgt ein Vergleich der Texte mit Blick auf das Verhältnis zwischen Autor, Text und Leserschaft. Überlegungen zu einem Vektorenmodell zum Lesen fiktionaler literarischer Texte bilden einen dritten Teil, worauf ein Plädoyer für eine weitergehende Annäherung an die Literaturwissenschaft seitens der Philosophie und der christlichen Theologie die Arbeit abschliesst.

Einleitung

Die Erzählung als Ort der Auseinandersetzung des Menschen mit sich und der Welt

Woher komme ich? Wohin gehe ich? Warum bin ich? Wozu bin ich? Wer bin ich? Was ist gut? Was ist schlecht? Wie soll ich handeln?

Seit jeher haben wir Menschen uns diese Fragen gestellt und auf vielfältige Weise versucht, Antworten zu finden. Erste schriftliche Zeugnisse dieser Versuche in der jüdischen Tradition sind die Schöpfungserzählungen der Genesis. Die Erschaffung der Welt, der Pflanzen, Tiere und Menschen, wird als Geschichte erzählt, in der die Schöpfungshandlungen eines als Ursprung des Lebens angenommenen Gottes konsekutiv angeordnet sind. Die Beziehungsgeschichte der Menschen mit diesem Schöpfergott und die daraus entspringenden Fragen nach Sterblichkeit und Geschöpflichkeit, nach der Unterscheidung von Gut und Böse, nach Freiheit und Bestimmung, nach Macht und Herrschaft finden Eingang in die ersten Texte des Alten Testaments in den Geschichten von Adam und Eva, Kain und Abel und vielen weiteren.

Biblische Geschichten sind also eine Form von Theologie im ganz ursprünglichen Sinn: eine erzählende Rede von Gott und den Menschen, noch lange bevor die wissenschaftliche Theologie sich diese in Gestalt der Bibelwissenschaft, Exegese, Systematik oder Dogmatik zum Gegenstand macht. Generell (literarische) Geschichten als Orte der Auseinandersetzung zu betrachten, ist daher naheliegend. Das Erzählen von Geschichten, um sich selbst und die Welt zu beschreiben, zu ordnen und zu deuten, um das bereits Erfahrene und Erkannte zu erinnern, untereinander zu teilen und an die kommenden Generationen weiterzugeben, um sich zu unterhalten, Gemeinschaft zu pflegen oder sich von Anderen abzugrenzen, ist eine der ursprünglichsten gemeinschafts- und identitätsstiftenden Handlungen.

Mythen, Epen, Dramen, Lieder, Psalmen, Sagen, Märchen, Fabeln, Gleichnisse, Gedichte, Romane, Erzählungen – der Reichtum an Formen und Gattungen mündlicher wie schriftlicher Überlieferungen zeigt auch, dass die Auseinandersetzung des Menschen mit sich, den Anderen und der Welt unabhängig von Ort, Zeit, Kultur und Sprache zwar in durchaus unterschiedlicher Gestalt, doch immer schon auch auf erzählende Weise stattgefunden hat. Geschichten, ob nun eher fiktionale oder faktengebundene, sind demnach eine wesenhaft menschliche bzw. allen Menschen gemeinsame sprachliche Ausdrucksform dessen, was uns im Innersten bewegt. Die Praxis des Erzählens an sich, das, was die Geschichte als solche definiert und das, was in der Geschichte erzählt wird, folgen in aller Vielfalt ähnlichen Mustern und berufen sich auf ein grundlegendes gemeinsames Verständnis.

Lesen im Beziehungsdreieck Autor-Text-Leserschaft

Über dieses grundlegende Verstehen des Erzählens bzw. des Erzählten hinaus ist jedoch auch von unterschiedlichen (Vor-)Verständnissen, Erwartungen und Interessen seitens der Erzählenden wie auch der Hörer- oder LeserInnen auszugehen. Über die Geschichte treten beide Seiten (die LeserInnen evtl. auch untereinander) in ein vielschichtiges Beziehungsgeschehen ein, das hier im Folgenden als „Beziehungsdreieck zwischen Autor, Text und Leserschaft"[1] bezeichnet wird. Es dient als eine Art Koordinatensystem, in welchem verschiedene Verbindungen, (momentane) Verortungen und Standpunkte, Interessen, Zugänge oder Wirkungen beleuchtet werden können. Jeder Winkel des Dreiecks steht in Abhängigkeit von den beiden anderen. Weder der Autor noch sein Text noch die Leserschaft können für sich alleine existieren, auch wenn alle drei je nach Fragestellung in den Fokus gerückt werden, so z.B. als Bezugspunkte für entsprechende autor-, text- und leserorientierte Literaturtheorien.[2]

Allein schon bei der Leserschaft bzw. hier tatsächlich bei jeder einzelnen Leserin und jedem einzelnen Leser ist bereits ein ganzes Universum von Hintergrundinteressen auszumachen. So schwingt vielleicht ein soziologisches, psychologisches, naturwissenschaftliches, juristisches, geschichtliches, politisches oder eben philosophisches und theologisches Interesse an einer bestimmten Geschichte mit. Hier ist entsprechend auch mein eigenes Interesse als Theologin *und* als Leserin *und* als Literaturwissenschaftlerin darzustellen und einzuordnen.

---

1 Aus Gründen der Lesbarkeit wie auch der folgenden Eingrenzung auf zwei Erzählungen in Form fiktionaler literarischer Texte zweier (männlicher) Autoren werden die Bezeichnungen verkürzend als „Autor-Text-Leserschaft" gesetzt. Mit „Leserschaft" sind hier sowohl die einzelne Leserin, der einzelne Leser wie auch das gesamte Publikum gemeint. Zwischen Individuum und Gruppe als je eigener Instanz wird nicht unterschieden.

2 Für einen Überblick Ansgar Nünning (Hg.), Grundbegriffe der Literaturtheorie, Stuttgart 2004; ders. Literaturwissenschaftliche Theorien, Modelle und Methoden. Eine Einführung (2. Aufl.), Trier 1995.

Die Problematik des dreifachen Lesens

In diesem *Und* bzw. in dieser Dreiheit liegt das Zentrum der Problematik, der sich vorliegende Arbeit widmet. Aus der Perspektive der Theologin richtet sich der Blick hier einmal auf die Frage christlich geprägter Anthropologie, wie sie der Autor in der Darstellung seiner Figuren realisiert, auf den Einfluss philosophischer oder wissenschaftlich-theologischer Ideen, auf die Einarbeitung intertextueller, evtl. biblischer Motive. Als Leserin stellt sich die Frage nach der Wirkung des Textes auf meine Person, im lesenden Nachvollzug, in der Identifikation mit den Figuren, im (Mit-)Erleben der Geschichte. Als Literaturwissenschaftlerin wird der Text an sich Gegenstand beobachtender und beschreibender Analyse, die den Text als Kunst-Werk, als sprachliche Schöpfung erkennt, bevor die Interpretation beginnt.

Die Frage ist also, ob bzw. inwieweit sich gerade im Bewusstsein dieser Dreiheit die verschiedenen Anliegen und Zugänge gewinnbringend verbinden lassen. Präsentiert sich die theologische Frage im Kontext der Erzählung evtl. anders oder umfassender? Kann mit Hilfe literaturwissenschaftlicher Methoden ein besserer Einblick in die Struktur, Form und Gestaltung des Textes und damit eine breitere Grundlage zu dessen Deutung erarbeitet werden? Erweitert sich die Erkenntnis, verändert oder vertieft sich das Leseerlebnis?

Dieser ganze Komplex steht im Zusammenhang mit dem nicht unproblematischen Verhältnis zwischen wissenschaftlicher Theologie und Literatur, das in verschiedensten Kombinationen und Schwerpunkten zwischen Ethik, Philosophie, christlicher Anthropologie, praktischer Theologie, Religionswissenschaft, Homiletik, Ästhetik, Poetik, Literaturtheorie, Literaturwissenschaft etc. bereits vielfach dargestellt und erörtert worden ist,[3] und auf das als solches im Gesamten nicht noch einmal ausführlich eingegangen werden kann. In den letzten Jahren ist jedoch vermehrt die Beobachtung zu machen, dass auch aus theologischer Perspektive die Aufmerksamkeit für den Text als solchen wächst. Vielerorts ist bemerkt worden, dass sich bisher häufig das Hauptaugenmerk beim Lesen mit theologischem Interesse auf eine bestimmte Problematik (als Teil oder auch als übergeordnetes Thema des Was[4] des Tíextes) richtete, wie sie auch ausserhalb

---

3 Siehe Literaturliste: Auerochs, Avenatti de Palumbo, Baltz, Barcellos, Bauke-Rüegg, Hass, Gellner, Jens, Küng, Kuschel, Jossua, Metz, Krzywon, Langenhorst, Mauz, McFague TeSelle, Mieth, Rahner, Schult, Sölle, Tillich, Tück, Weidner, Wright, von Balthasar u.v.a.

4 Die Formulierung des Was und des Wie des Textes ist von Matías Martínez und Michael Scheffel, Einführung in die Erzähltheorie (8. Aufl.) München 2009, übernommen. Das Was des Textes bezieht sich hier auf die Handlung und die erzählte Welt.

des literarischen Textes formuliert werden kann, wogegen die künstlerisch-ästhetische Seite des Textes in den Hintergrund trat. Der Slawist und Dostojewskijforscher Horst-Jürgen Gerigk hat diese Problematik nicht nur in Bezug auf eine Leserschaft mit theologischem Interesse vor über 20 Jahren pointiert ausformuliert:

> Niemand wird bestreiten, daß in der Dostojewskij-Forschung die Abhandlungen über seine moralische Botschaft weitaus zahlreicher sind als Analysen seiner Erzähltechnik. Das liegt daran, daß ganz offensichtlich die meisten Menschen Literatur ausschließlich daraufhin ansehen, was sie ihnen sagt: auf ihre Aussage, die dann auf ihren Wahrheitsgehalt hin überprüft und kritisch beurteilt wird. Mit Bejahung und Ablehnung ist man meistens schnell bei der Hand. In einer solchen Perspektive wird die künstlerische Intelligenz eines Autors überhaupt nicht sichtbar. Sie aber ist, wenn man so will, die Seele seiner Kunst. Wer seinen Sinn nur auf die Aussage eines Kunstwerks richtet, wird allerdings die Faszination der gestalteten Inhalte durchaus verspüren, er setzt solche Faszination aber nur „irgendwie" voraus, ohne sie in ihrem Grund zu bedenken, um sich sofort mit aller Aufmerksamkeit den vermittelten Inhalten zu widmen.[5]

Betrachtungen zu Darstellung bzw. Form, Anordnung, Stil, Struktur, Redeweise, Erzählperspektive, etc. (das Wie[6] des Textes), für welche die Literaturwissenschaft wiederum ihre eigenen Methoden entwickelt hat und die in ihrer Feinarbeit im Gegenzug bis zur fast gänzlichen Loslösung vom Was des Textes geführt werden können, wurden unter jenem Blickwinkel von Philosophie und Theologie häufig ausser Acht gelassen. Die Annahme, dass die Besonderheit der literarischen Gestaltung einer solchen Frage aber doch gerade an den spezifischen Text gebunden bleibt, aus dessen Zusammenhang nicht eine Aussage herausgehoben werden kann, ohne dass diese Besonderheit selbst dabei aufgehoben wird, führt zum Hauptanliegen dieser Arbeit: die Verschränkung literarischer Schöpfung und darin gestalteter philosophisch-theologischer Auseinandersetzung aufzuzeigen, wobei die narrative Form nicht nur als möglicherweise austauschbarer Rahmen, sondern tatsächlich als konstitutives Element einer solchen Auseinandersetzung verstanden wird. Davon ausgehend soll erörtert werden, inwiefern denn eine grössere Aufmerksamkeit für die künstlerisch-ästhetische Seite des Textes sowie für das eigene Selbstverständnis, die eigene Position als LeserIn gerade mit theologischem Interesse gewinnbringend sein kann.

---

5 Horst-Jürgen Gerigk, Rudolf Neuhäuser, Dostojewskij im Kreuzverhör, Heidelberg 2008, 20.

6 Das Wie des Textes bezieht sich bei Martínez/Scheffel auf die Darstellung, v.a betreffend Zeit, Modus und Stimme.

Die fiktionale literarische Erzählung als freie Bühne

Wieso diese Fragestellung konkret an zwei literarischen Erzählungen Dostojewskijs und Unamunos unter der Problematik der Verstrickung zwischen Bestimmung und Freiheit erörtert werden soll, wird im Folgenden dargestellt.

Dem Zusammentreffen meiner beiden Studienrichtungen Theologie und Romanistik sind einerseits persönliche Vorlieben für die Sprachen der Bibel und ihre Geschichten sowie für die (christliche) Philosophie entsprungen, andererseits für die französische Literatur und darin in erster Linie für die fiktionale Prosaliteratur des 18.–20. Jahrhunderts. Abgesehen vom sprachlichen und ästhetisch-darstellenden Reichtum bei Autoren wie Rousseau, Diderot, Stendhal, Balzac, Flaubert, Zola, Sartre und Camus findet sich darin eine Unmenge an grossen philosophischen und auch explizit theologischen Themenkomplexen[7] wie die Natur des Menschen, der Mensch in der Gemeinschaft, Mann und Frau, Mensch und Gott, (christlicher) Glaube, Religion und Kirche, die oft in ausgesprochen analytischer, kritischer, mancherorts satirischer Art und Weise bearbeitet werden. Direkte Referenzen auf biblische Erzählungen und Motive sind vielerorts zu finden. Dass ähnliche Fragestellungen auch in der spanisch- und italienisch-, deutsch-, englisch-, russischsprachigen etc. Literatur verarbeitet sind, ist offensichtlich.

Wieso die fiktionale literarische Erzählung (zu der hier der Roman und die Novelle gezählt werden) besonders häufig als Bühne für solche Themen gewählt wird, erschliesst sich zumindest teilweise aus der ihr eigenen künstlerischen Gestaltungsfreiheit. Sie ist frei im Textumfang, in der Form der Prosa (im Vergleich beispielsweise zum Epos in Versform oder der Lyrik), in den Redeweisen (Dialog, Monolog, Beschreibung etc.) und Perspektiven (3. Person, 1. Person, Stimmen etc.). In der Fiktionalität ist sie nicht wie z.B. der Bericht, die Nachricht oder der wissenschaftliche Beitrag an Fakten, Daten, Gesetze, Regeln und andere Gegebenheiten aus Geschichte, Politik, Kultur, Kirche oder Wirtschaft gebunden. So setzt sich z.B. Science Fiction mancherorts phantasievoll über die Gesetze der Physik, den Stand der Technik etc. hinweg. Nur die äusseren Bedingungen und Umstände, unter denen der Text entsteht, wirken sich möglicherweise steuernd oder einschränkend auf Inhalt und Form aus: Vorgaben

---

7 Entsprechend der Definition: „Thema bezeichnet mit abstrakten Begriffen die sich im dargestellten Stoff manifestierende Idee, d.h. das die Gesamtstruktur des Erzähltextes organisierende Problem", vgl. Silke Lahn, Jan Christoph Meister, Einführung in die Erzähltextanalyse, Stuttgart/Weimar 2008, 204.

durch die Verleger, Vertragsbindungen oder auch die Zensur sind solche Faktoren. Dennoch bleibt die Freiheit in der Auswahl von Themen, Geschichten und Charakteren, in der Anordnung und Gestaltung von Ereignissen, Erlebnissen, Figuren, Zeitabschnitten, Lebensgeschichten grösstenteils bestehen, und sie erlaubt dem Autor, die Komplexität menschlicher Realität nach seinen Vorstellungen aufzunehmen und zu fassen. Diese menschliche Realität muss sich in der Erzählung gerade nicht in einer Systematik, einer schon festen bzw. statischen Ordnung abbilden, sondern kann organisch wachsen, sich entwickeln. In der ihr selbst immanenten Bewegung lassen sich in der Erzählung zeitliche und kausale Abfolgen, Prozesse und Entwicklungen, das Ineinandergreifen verschiedenster Elemente abbilden und nachvollziehen, ohne auf eine systematische Darstellung angewiesen zu sein.

Aus dieser Freiheit entspringt für den Autor die Notwendigkeit, eine Auswahl aus allen Möglichkeiten zu treffen und sie mitsamt ihren inneren und äusseren Bewegungen zu ordnen, zusammenzusetzen und schriftlich festzuhalten. Konzeption und Umsetzung werden zu einem Schöpfungsprozess, an dessen Ende ein literarisches Produkt, ein Kunstwerk steht. Es ist das neu zusammengesetzte Bild einer Welt und ihrer Menschen, so wie der Autor sie dieses eine Mal ausprobiert, gedeutet und gestaltet hat – sozusagen eine Welt auf Probe, ein Durchspielen eines Falles, der so und nicht anders im Text festgehalten ist. Horst-Jürgen Gerigk formuliert den lesenden und deutenden Nachvollzug dieses Prozesses als ein „Herauslegen“ dessen, was „Sache der Dichtung“ ist, nämlich in erster Linie das explizit und implizit aus dem Text hervortretende Menschenbild.

> Die erste Aufgabe der Herauslegung dessen, was ein literarischer Text von sich aus zum Ausdruck bringt, besteht in der verbalen Fixierung der zentral gestalteten objektiven Situation (sei dies eine vermeintliche oder die tatsächliche) und der in sie eingelagerten subjektiven Situation des erlebenden Ich. An diese Aufgabe schließt sich als zweite die Herausarbeitung des Menschenbildes an, das von der im literarischen Text beschworenen Welt impliziert wird.
>
> Das Menschenbild einer Dichtung legt fest, von welchen Realitäten der Mensch bestimmt wird, ob etwa die Angst vor dem Tod, körperlicher Schmerz oder materielle Not ihm etwas anhaben können. Das Menschenbild einer Dichtung ist immer Stellungnahme zu denjenigen Realitäten, die den Menschen überhaupt etwas angehen können – das heißt: es hat immer schon selektiert, was als wichtig zu gelten hat. Zwar ist das Menschenbild einer Dichtung umfassend, in dem es eine Stellungnahme zum Seienden im ganzen abgibt, doch kann diese Stellungnahme in ihrer Bestimmtheit immer nur selektiv sein – indem sie nämlich darüber entscheidet, welche der ewigen Realitäten aus dem Machtbereich der Seelenangst, des körperlichen Schmerzes und der materiellen Not auf welche Weise nach vorn gerückt werden. Das Menschenbild einer Dichtung liefert der zentral gestalteten subjektiven Situation die Ortsbestimmung innerhalb des

> Seienden im Ganzen. Man könnte auch sagen: das Menschenbild einer Dichtung ist das Koordinatensystem, innerhalb dessen die zentral geschilderte subjektive Situation ihren Ort erhält.[8]

Trotz der jeweiligen Einzigartigkeit der Erzählung und der jeweiligen einzigartigen Gestaltung der fiktiven Welt mit ihren Figuren und Geschichten, die durchaus verschieden von der konkret erfahrenen und erlebten Welt des Autors ist, liegt ihr wohl ein Menschen- und Lebensbild zugrunde, das ähnliche innere Zusammenhänge aufweist und ähnlichen Gesetzen folgt, wie sie der Autor in der eigenen Realität erfährt oder die er zumindest für möglich und schlüssig hält.[9]

Die fiktive Welt lässt sich also zumindest in der Deutung ihrer inneren Verknüpfungen als eine Art Ableitung dieser eigenen realen Autorenwelt verstehen. Wie „direkt" die Erzählung, die durch die Sprache, durch ihre Ordnung und Gestaltung, durch die Wahl ihrer Figuren und ihres Themas bereits mehrfach gebrochen ist, die Erfahrungen und Gedanken des Autors verarbeitet oder abbildet oder inwieweit vice versa ausgehend vom Text auf den Autor und seine eigene Auseinandersetzung mit seiner Welt und seinem Menschsein geschlossen werden kann, ist eine der grossen (offenen) Fragen in der Literaturwissenschaft bzw. in den Literaturtheorien (Literaturphilosophien). Sie ist auf eine Art in autororientierten Theorien[10] über eine Konzentration auf die historischen Zusammenhänge, die Bedingungen, Lebensumstände und Beziehungen des Autors und seine (Schaffens-)Psychologie ausserhalb seines Werkes zu beantworten versucht worden. Einflüsse aus den Wissenschaften, Philosophie und Theologie, Literatur etc., denen der Autor ausgesetzt ist oder sich selbst aussetzt, werden dabei einerseits als biographische behandelt, andererseits in ihren expliziten oder assoziativen Verarbeitungen im literarischen Werk aufgespürt. Als

---

8 Horst-Jürgen Gerigk, Die Sache der Dichtung dargestellt an Shakespeares „Hamlet", Hölderlins „Abendphantasie" und Dostojewskijs „Schuld und Sühne", Hürtgenwald 1991, 29 f.

9 Hierzu stellt sich die Frage, ob eine echte Polyphonie der Stimmen, bzw. die Verteilung mehrerer Weltanschauungen auf mehrere Figuren durch den selben Autor, wie sie Michail Bachtin in „Probleme der Poetik Dostoevskijs" 1929 annimmt, möglich ist, oder ob alle Stimmen doch als verschiedene Ableitungen und Möglichkeiten im Spiel des einen Autoren-Ichs mit sich selbst zu verstehen sind, wie es Unamuno vielerorts ausführt.

10 Zur Auseinandersetzung z.B. Fotis Jannidis u.a. (Hgg.), Rückkehr des Autors. Zur Erneuerung eines umstrittenen Begriffs, Tübingen 1999 und Fotis Jannidis, Gerhard Lauer, Matías Martínez, Simone Winko (Hgg.), Texte zur Theorie der Autorschaft, Stuttgart 2000.

wesentliche Inspiration von aussen ist hier auch die Intertextualität biblischer Motive und Geschichten oder die Neuadaption biblischer Figuren zu nennen, die ebenfalls in das eigene Werk hineingetragen und verarbeitet werden.

In diesem Zusammenhang stellt sich die Frage, aus welchem Grund und mit welcher Absicht der Autor philosophische Ideen oder literarische Motive aufgreift. Sind sie für ihn selbst Gegenstand der eigenen inneren Auseinandersetzung, die er anhand der Geschichte einer ihm mehr oder weniger ähnlichen Figur als Möglichkeit für eine gangbare Lösung sozusagen testet? Will er seiner Leserschaft eine Botschaft übermitteln, sie belehren, sie herausfordern, sie unterhalten? Sieht er seinen Text als eine Form christlicher Verkündigung? Der Komplex der Autorenintention war und ist Gegenstand einer ausführlichen Diskussion[11] in der theoretischen und philosophischen Auseinandersetzung um (christliche[12]) Literatur. Auch sie kann hier nicht im Ganzen dargelegt werden, wird aber später als konkrete Frage in Miguel de Unamunos hier zu bearbeitendem Werk *Abel Sánchez* nach dem Warum und Wozu autobiographischer Aufzeichnungen nachverfolgt.

Der streitbare Spanier und der vertrackte Russe

Sehen wir jedoch hier, wieso gerade die literarischen Werke des streitbaren baskischen Gelehrten Miguel de Unamuno und des „vertrackten Russen"[13] Fjodor M. Dostojewskij eine so ergiebige Quelle für literarisch-theologisch-philosophische Streifzüge sind und was die beiden so unterschiedlichen Autoren miteinander verbindet.

Auch die Auswahl Miguel de Unamunos (1864–1936) ist erst einmal einer weiteren subjektiven Vorliebe geschuldet. Eine erste Begegnung fand ebenfalls in der Studienzeit statt und führte zu einer intensiven Beschäftigung mit

11 Zur Auseinandersetzung z.B. Jeremy Hawthorne, *Intention* in: Jeremy Hawthorne: Grundbegriffe moderner Literaturtheorie. Ein Handbuch, Tübingen/Basel 1994.

12 Zur Frage, was im Bereich der fiktionalen Literatur als christlich zu definieren wäre, z.B. Gisbert Kranz, Lexikon der christlichen Weltliteratur, Freiburg 1978.

13 Nach einer Formulierung Sigmund Freuds nennt der Slawist und Dostojewskij-Spezialist Horst-Jürgen Gerigk Dostojewskij einen „vertrackten Russen", um auf dessen Widersprüchlichkeiten in der Person wie auch auf die unterschiedlichen Interpretationsmöglichkeiten seiner Werke hinzuweisen. Vgl. Horst-Jürgen Gerigk, Dostojewskij, der „vertrackte Russe". Geschichte seiner Wirkung im deutschen Sprachraum vom Fin de siècle bis heute, Tübingen 2000.

Unamunos literarischen und philosophischen Werken. Miguel de Unamuno war Professor für Altphilologie, Rektor der Universität Salamanca, Literat, Kritiker, Soziologe, Philosoph, Journalist und streitbarer Intellektueller, der hauptsächlich durch die Feder auf die kulturelle, geistesgeschichtliche und politische Entwicklung seines Landes Einfluss zu nehmen versuchte. Seine Essays, philosophischen Schriften, Reden, Übersetzungen, wissenschaftlichen Beiträge, Zeitschriftenartikel, Briefe, autobiographische Aufzeichnungen, Kommentare sowie Gedichte, Theaterstücke und eine Vielzahl von Erzählungen und Romanen füllen in verschiedenen Gesamtausgaben bis zu sechzehn Bände. Unamunos lebenslange Auseinandersetzung mit explizit christlich-religiösen Fragen zu Glauben, Religion und Kirche (unter katholischen Vorzeichen) findet ihren Niederschlag vor allem in den philosophischen Schriften *Del sentimiento trágico de la vida, La agonía del cristianismo* und im Essay *Mi religión* sowie in den Erzählungen *La tía Tula, San Manuel Bueno, mártir* und *Abel Sánchez* (mehrdeutig auch in *Niebla*), wobei sich viele Formulierungen und Gedanken in den einen wie den anderen Werken wiederfinden. „Ich glaube; hilf meinem Unglauben!",[14] der Ausruf eines Vaters, der sich von Jesus Heilung für seinen kranken Sohn erhofft, wird sowohl in *San Manuel Bueno, mártir* wie auch in *La agonía del cristianismo* thematisiert. Diese Osmose oder Grenzverwischungen zwischen den Gattungen zeigen, dass Unamunos Interesse an der christlichen Religion trotz der immer auch stattfindenden intellektuellen Beschäftigung kein wissenschaftliches, kein systematisches, sondern vor allen Dingen ein menschlich-persönliches ist. Als Ausgangspunkt (auch seiner gesamten Philosophie) wählt er ausdrücklich nicht die Vernunft, sondern den ganzen Menschen aus Fleisch und Blut, *el hombre de carne y hueso*, wie er das erste Kapitel seines Werkes *Del sentimiento trágico* überschreibt. Der Mensch auf der Suche nach Gott, das Ringen um den Glauben steht im Vordergrund. Gerade in der Erzählung lässt sich der Prozess der (lebenslangen) Auseinandersetzung einer fiktionalen Figur, die sich ständig wandelnde, wachsende oder schwindende Nähe oder Distanz in deren Gottesbeziehung am ehesten abbilden, wobei einzelne Motive in den Vordergrund rücken. Dem Text *Abel Sánchez. Historia de una pasión* ist explizit die biblische Geschichte von Kain und Abel zugrunde gelegt. Der sein Leben völlig bestimmende Kampf der Hauptfigur Joaquín Monegro gegen seine Passion, den leidenschaftlichen Hass und Neid auf seinen brüderlichen Freund Abel Sánchez, wird zum Thema der Erzählung. Dahinter steht der ganze Komplex der Fragen nach dem Verhältnis von Geschöpf und Schöpfer, nach Prädestination, Bestimmung, (Willens-)

14 Mk 9,24.

Freiheit, Abhängigkeit, Verstrickung in Beziehungen und Geschehnisse, Liebe, Leben und Tod. Mit dem Fokus auf der Selbstwahrnehmung Joaquíns wird dessen (Un-)Freiheit, über sein eigenes Denken und Handeln, aber auch sein Empfinden selbst zu bestimmen, dargestellt.

Auf den ersten Blick mag Fjodor Dostojewskij (1821–1881) in Russland wenig mit Miguel de Unamuno gemeinsam haben. Zwischen ihnen liegt ein halbes Jahrhundert, die grösstmögliche räumliche Distanz in Europa, sie sprechen verschiedene Sprachen, sind in unterschiedlichen Kulturen, Gesellschaften, politischen Systemen und (christlichen) Konfessionen beheimatet, stehen in ihrem literarischen Schaffen in anderen Erzähltraditionen. Die Werke Tolstois, Dostojewskijs und weiterer russischer Erzähler gelangten erst mit einiger Verspätung nach Spanien, sodass sie dort vor allem nach der russischen Revolution und dem 1. Weltkrieg grosse Verbreitung erfuhren. Äussere Ähnlichkeiten zwischen beiden Autoren lassen sich insofern erkennen, als beide sich intensiv mit Literatur, Philosophie und Religion beschäftigten und durch ihre Federn in den Bereichen der Geisteswissenschaften, Politik, Gesellschaft und Kultur wie vor allem im ästhetisch-künstlerischen Bereich der Literatur für ihre Länder (und darüber hinaus) und ihre Zeit bis in die Gegenwart hinein prägend waren. Dostojewskijs Werk umfasst in noch grösserem Umfang als dasjenige Unamunos, dafür mit einem deutlichen Schwerpunkt auf fiktionaler Literatur, eine grosse Zahl von Romanen und Erzählungen, darüber hinaus Übersetzungen (z.B. der Werke Schillers), Zeitschriftenartikel, Rezensionen, Briefe, das „Tagebuch eines Schriftstellers", die Herausgabe zweier eigener Zeitschriften etc. Vor allem die Erzählungen und Romane Dostojewskijs fanden weltweit Verbreitung. Wenn die Rezeption und die wissenschaftliche Auseinandersetzung mit den Werken Unamunos unter den verschiedensten Gesichtspunkten und in allen möglichen Disziplinen schon kaum mehr zu überblicken ist, so gilt dies für Dostojewskij in noch viel höherem Mass.[15] Auch wenn die beiden Autoren und ihre Werke in Sprache, Stil, Form und Inhalt eindeutig in ihrer je eigenen Zeit und ihrem je eigenen Raum verortet sind, so reichen die Strahlkraft und das Wirken vor allem ihrer fiktionalen Erzählungen auf die LeserInnen bis ins Heute und gehen weit

15 Die Deutsche Dostojewskij-Gesellschaft e.V. widmet seit 1980 ihr Jahrbuch neuen wissenschaftlichen Beiträgen und Bibliographien zu Dostojewskij (www.dostojewskij-gesellschaft.de). Allein die theologische Rezeption Dostojewskijs im deutschen Sprachraum ist Gegenstand einer ausführlichen Studie, siehe Maike Schult, Im Banne des Poeten. Die theologische Dostoevskij-Rezeption und ihr Literaturverständnis, Göttingen 2012.

über die Grenzen von Nationalliteratur hinaus. Man kann daher wohl zu Recht behaupten, dass sie sich längst als Klassiker[16] etabliert haben. Man denke nur an die Unzahl von Übersetzungen und Neuübersetzungen, die beide Werke der ganzen Welt zugänglich machten. Die lange und intensive Rezeptionsgeschichte zeigt, dass beide Autoren in ihrem literarischen Schaffen, in ihrer künstlerischen Auseinandersetzung so grundlegende Fragen des Menschen zur Sprache bringen, dass ihre Texte in vielerlei Hinsicht Grenzen überschreiten. Natürlich lassen sich unzählige andere AutorInnen und Werke finden, die auf grosse philosophische wie ausdrücklich theologische Fragen hin geprüft und miteinander in Bezug gesetzt werden können. Wie gesagt bietet hier allein die französisch-, italienisch- oder englischsprachige fiktionale Literatur eine unermessliche Fülle an Bezugsmöglichkeiten.

Eine wesentliche Rolle spielt jedoch die innere Verbundenheit, die Unamuno selbst bei seiner Lektüre der Werke Dostojewskijs erkennt. So z.B. in ihren Gedanken um das Volk und die Nation, die beide intensiv beschäftigen.

> Ich war immer davon überzeugt, dass eine wesentliche und unzweifelhafte Ähnlichkeit im Volkscharakter der Spanier und Russen besteht: die Resignation, die Einstellung zum Leben, die feste Religiosität der Menschen, das mystische Streben und Regen der Erwählten, dieselben wirtschaftlichen Existenzgrundlagen […][17]

Unamuno ist es bewusst, dass sein Bild von Russland wesentlich durch die Literatur beeinflusst ist. Nachdem er sich vorgängig intensiv mit Tolstoi befasst hatte, nennt er Dostojewskij 1914 ausdrücklich als denjenigen, der in ihm den tiefsten und nachhaltigsten Eindruck hinterlassen habe.

> Meine Sicht von Russland, von meinem Russland, entspringt der Lektüre russischer Literatur, vor allem der Werke von Gogol, Turgenjew, Tolstoj, Gorkij und besonders von Dostojewskij. Dostojewskij ist – wie ich gestehen muss – meine Hauptquelle für Russland. Mein Russland ist das Russland Dostojewskijs, und wenn das wirkliche und wahrhaftige heutige Russland nicht jenes ist, wird alles, was ich sage, zwar für die Anwendung auf die Realität entbehrlich sein, jedoch in anderer Hinsicht einen Wert haben. Ich setze auf den Triumph der Philosophie, das heisst der Weltsicht und des Lebensgefühls Dostojewskijs.[18]

---

16 Zur Frage: „Was ist ein Klassiker?" vgl. Horst-Jürgen Gerigk, Rudolf Neuhäuser, Dostojewskij im Kreuzverhör, Heidelberg 2008, 5–9.

17 Antonio Gallego Morell, Estudios y textos ganivetiamos, Madrid, 1971, 100, eigene Übersetzung.

18 Miguel de Unamuno, Un extraño rusófilo (veröffentlicht am 28. Oktober 1914 in La Nación), jetzt in: Miguel de Unamuno, Obras completas, IX. Discursos y artículos. Madrid 1971, 1246–1251, 1248. Eigene Übersetzung.

Philosophie nicht als System, als Spiel des Verstandes, sondern als Weltsicht und Lebensgefühl – damit setzt Unamuno eine direkte Parallele zu seinem eigenen Verständnis, wie er es in seinem Werk *Del sentimiento tràgico de la vida* formuliert hatte.

Beide Autoren teilen einen tiefgehenden Zweifel, ein agonisches Ringen um ihren christlichen Glauben, den Unamuno in *La agonía del cristianismo* und Dostojewskij 1854 in seinem vielzitierten Brief an Natalja Dmitrijewna Fonwisina ausdrückt.

> Von mir will ich Ihnen sagen, ich bin ein Kind des Jahrhunderts, ein Kind des Unglaubens und des Zweifels, bis zu diesem Moment und (ich weiß es) bis an mein Grab. Welch ungeheure Qual bereitete und bereitet mir mein Durst nach Glauben, der in meiner Seele desto größer wird, je mehr Gegenargumente ich in mir finde. Und dennoch schenkt mir Gott zuweilen Minuten vollkommener Ruhe; dann liebe ich und fühle mich von anderen geliebt, und in solchen Momenten habe ich mir ein Glaubenssymbol errichtet, an dem für mich alles ganz klar und heilig ist. Dieses Symbol ist einfach, hier ist es: ich glaube, es gibt nichts Schöneres, Tieferes, Sympathischeres, Mutigeres und Vollkommeneres als Christus, und nicht nur, daß es nichts anderes gibt, mit eifersüchtiger Liebe sage ich mir, es kann auch nichts anderes geben. Damit nicht genug, wenn mir jemand bewiese, daß Christus jenseits der Wahrheit sei und *tatsächlich* die Wahrheit außerhalb von Christus wäre, dann würde ich eher bei Christus bleiben als bei der Wahrheit.[19]

Der Durst nach Glauben gegen alle Zweifel und gegen die Verneinung der Vernunft, der Mensch im Ganzen, sein Lebensgefühl und seine Weltsicht: Dies auszudrücken und gerade in Form von Erzählungen Gestalt zu geben, ist das wesentliche Bindeglied zwischen Dostojewskij und Unamuno. Auch bei Dostojewskij wird der Mensch als Ausgangspunkt, nicht als Gegenstand und nicht als Inkarnation philosophischer Ideen gesetzt, und er wird dabei mit seiner Natur, seiner Seele und seinem Verstand, in all seinen Bindungen und Widersprüchen beschrieben. Das Grundbedürfnis nach Religion, die Suche nach Gott im Widerstreit gegen die zersetzende Kraft des Skeptizismus, die Hoffnung auf Erlösung gegen alle Vernunft wird zu einem Grundthema in Dostojewskijs Werk, so gerade in „Verbrechen und Strafe". Dostojewskijs erster seiner fünf grossen Romane (vor *Der Idiot, Die Dämonen, Ein grüner Junge* und *Die Brüder Karamasow*) zeichnet den Weg des jungen Mannes Raskolnikow nach, der in Petersburg eine alte Pfandleiherin und ihre Schwester mit einem Beil erschlägt. Obwohl ihm der Mord nicht nachgewiesen werden kann, gesteht er sein Verbrechen und

---

19 Ralf Schröder (Hg.), Dostojewski. Briefe (Bd. 1); Frankfurt a. M. 1990, 111 f.

nimmt die Verbannung nach Sibirien als Strafe an. Die biblische Geschichte des Lazarus und seiner Auferweckung vom Tod durch Jesus, klingt als intertextuelle Referenz mit.

Die Gedanken der Autoren, wer oder was Dostojewskijs Hauptfigur Raskolnikow zu seinem Verbrechen bzw. seinem Geständnis treibt, ob oder inwiefern die Hauptfigur Unamunos Joaquín am Tod seines (herzkranken) Freundes Abel Schuld trägt, inwieweit beide Figuren selbst, die Anderen, die Umstände für ihr Handeln verantwortlich (zu machen) wären, wird im Text nicht direkt beantwortet. Darin angelegt ist allerdings eine ganze Reihe möglicher Motivationsstränge, die sich aus den Beschreibungen der Figuren und ihrer Charaktere, ihrer Eigenschaften, von Einflüssen, Gegebenheiten, Zufällen, Umständen und Erlebnissen ableiten lassen. Dieses Anlegen bzw. Verflechten verschiedener Textelemente, das Einspinnen der Figuren in die Argumentation der Geschichte führt zur Frage nach dem Titel vorliegender Arbeit: „Verstrickt in Geschichten" und was darunter zu verstehen sein kann.

Verstrickt in Geschichten

Der Begriff der Verstrickung bietet gerade in seiner Vieldeutigkeit die Möglichkeit, die enge Verschränkung der künstlerisch-handwerklichen Seite des Erzählens bzw. Schreibens, dem Wie des Textes, und der hier bei Dostojewskij und Unamuno als grundlegend und verbindend angenommenen thematischen Frage der Verstrickung der fiktionalen Figuren in ihrer fiktionalen Welt, dem Was des Textes, in den Blick zu nehmen. Der Text ist bereits nach seiner ursprünglichen Definition von lat. *textus* als Gewebe zu verstehen. Zwar unterscheiden sich die Begriffe des Webens (hier tendenziell gesetzt auf die Seite des Wie des Textes) und des Verstrickens (entsprechend auf der Seite des Was des Textes), wie im Folgenden an einigen Beispielen ausgeführt wird. Da das Hauptaugenmerk dieser Arbeit aber genau auf dieses Ineinander des Wie und des Was im Text gelegt wird, wird das Verstricken für beides verwendet.

Die Metapher des Webens nimmt vor allem die Produktion, das prozesshafte Anwachsen der Erzählung in den Blick. Worte, Sätze und Kapitel werden durch den Autor nach allen Regeln (und Freiheiten) der Kunst zu einer Geschichte verwoben. Die Abfolge und Anordnung von Ereignissen und Handlungen, die Entwicklung der Charaktere etc. lassen sich mit literaturwissenschaftlichen Methoden beobachten und beschreiben. Das Weben bzw. der Text muss einen Anfang und ein Ende, zumindest einen ersten und letzten Satz haben und führt zu einem substanziellen Ergebnis, sprich zu einem fertigen Gewebe auf dem Webstuhl. Der Begriff der Verstrickung setzt einen etwas anderen Akzent. Wie beim Weben ist die Bewegung ein erstes wesentliches Merkmal der Verstrickung und ihres Gegenteils, der Auflösung oder Entwirrung. Verstrickungen folgen jedoch intradiegetisch ihrem eigenen (zeitlichen) Muster und müssen nicht mit Anfang und Ende des Textes zusammenfallen. Ist das Erzählgewebe, die Textur dicht oder locker im Sinne von detailgenauen oder skizzenhaften Ausführungen oder auch im Sinne des Verhältnisses von Bedeutung und Textumfang, so ist die Verstrickung eher als Bild für ein enges Zuziehen oder gar Verknoten, im übertragenen Sinn also für ein physisches und psychisches Empfinden von Enge oder Bedrängnis zu sehen. Folgt das Weben bzw. Texten der Intention des Autors, eine Geschichte zu schreiben, so muss hinter der Verstrickung nicht zwingend eine Absicht oder ein Urheber stehen. Lassen sich beim Weben die Ebenen von Weber (Autor) und Gewebe (Text) offensichtlich unterscheiden, so können sich Verstrickungen in alle Richtungen eines Beziehungsgeflechtes hin ergeben: innerhalb des Textes, aus dem Text heraus, in ihn hinein, zwischen Autor und LeserIn etc. Als Bild eines sich gegenseitig bedingenden und bestimmenden Beziehungsgeschehens ist alles darin in Bewegung, als Dreiheit in sich bleibt es jedoch unauflöslich.

Der Autor richtet sein Schreiben immer schon an die imaginären RezipientInnen, die ihrerseits ebenfalls immer einen Autor implizieren. Gleichzeitig ist der Autor als Schöpfer seiner Figuren und ihrer Geschichte auf grundlegendste Art mit seinem Text verbunden. Das Verhältnis zwischen Autor und Text kann insofern auch als Verstrickung gesehen werden, als sich der Autor je länger je mehr in seinen Möglichkeiten eingeschränkt und der Logik der eigenen Geschichte unterworfen sieht. Ebenso kann die Verarbeitung der eigenen Biographie, eigener Erlebnisse, Erfahrungen und Auseinandersetzungen als Verstrickung gedeutet werden, wobei sich der Blick auf die Autorenpsychologie richtet. Beide Aspekte werden hier mitgedacht, stehen jedoch nicht im Zentrum. Auch ausgeblendet wird eine (hier nicht mehr mögliche) direkte Beziehung zwischen Autor und LeserIn, die nur dann nicht über den einen besonderen Text oder über andere Texte (Gesamtwerk des Autors, biographische Texte über den Autor etc.) vermittelt wäre, würde eine persönliche Bekanntschaft und ein privater Austausch bestehen.

Ebenso wie zwischen Text und Autor entsteht eine Beziehung zwischen Text/Figur und LeserInnen. Auch auf dieser Seite kann von einer Art Verstrickung gesprochen werden, zumindest dann, wenn nicht ausdrücklich eine möglichst neutrale literaturwissenschaftliche Perspektive angestrebt wird. Hier stellt sich einerseits die Frage nach den unterschiedlichen Lesarten, den Interessen und Zugangsweisen, den Vorverständnissen, dem Grad von Identifikation mit den Figuren, dem Nachvollzug oder der Aneignung der Geschichte durch die

Leserschaft. Andererseits ist nach den Herausforderungen und Aufforderungen bzw. nach den Wirkungen des Textes auf die LeserInnen zu fragen. Der dritte und letzte Teil der Arbeit wird sich im Entwurf eines Lesemodells dieser Problematik der Rezeptionsästhetik widmen. Darin wird vor allem auf der Grundlage von Horst-Jürgen Gerigks Modell des zentripetalen und zentrifugalen Verstehens[20] und anhand verschiedener weiterer modellhafter Zugriffe versucht, eine Typologie der Rezeptionsanliegen zu entwerfen.

Kehren wir zurück zur Verstrickung der Figuren im Text. Hier stellt sich die Frage nach dem Ursprung oder dem Zustandekommen von Verstrickungen, ihrem Wesen und schliesslich nach der Wahrnehmung und Einschätzung der Figur angesichts ihrer selbst und ihrer Situation.

Die Figur im Mittelpunkt ihrer Verstrickungen stellt darin also gleichzeitig ein Objekt wie auch ein Subjekt dar. Objekt ist sie unter dem Wirken aller äusseren Einflüsse, Umstände, Ereignisse und Handlungen Anderer; Subjekt ist sie im Wesen bzw. Charakter, den eigenen Gedanken, Empfindungen, Äusserungen und Handlungen. Alle diese Einflüsse und Eigenschaften der Figuren werden vom Autor nach und nach ausgewählt (bzw. weggelassen), angeordnet und benannt. Die sich daraus ergebenden Beziehungen und Abhängigkeiten, also das Netz aller Elemente, in das der Autor seine Figuren einspinnt, wird hier als Verstrickung verstanden. Den Verstrickungen wird nicht zwingend eine Urheberschaft oder eine Absicht zugewiesen. Die Möglichkeit einer höheren Macht wie Schicksal, Vorsehung, Gott oder Götter, die mit einer Intention am Menschen handelt, bleibt darin jedoch bestehen.

Die Figur setzt sich als Subjekt mit ihrer Verfasstheit als Mensch, mit ihrer Verstrickung in die eigene Lebensgeschichte und im religiösen Verständnis durchaus auch mit ihrer Geschöpflichkeit oder ihrem Schicksal auseinander. Der Leserschaft soll dabei nicht vergessen gehen, dass auch diese durch die Figur selbst explizit geäusserte oder ihre durch den Text implizit vermittelte Beschäftigung mit sich selbst ebenfalls immer eine künstlerisch gestaltete ist. Zu dieser Gestaltung stellt sich nun die Frage, welcher Spielraum der Figur zugewiesen oder eröffnet wird bzw. wie sie selbst diesen Raum wahrnimmt. Hier spannt sich ein Raum auf um die Bestimmung der Figur einerseits und um die ihr zugeschriebene Freiheit andererseits. Beide Begriffe sind als Richtungen zu denken, nicht als Gegensätze oder Extreme. Bestimmung wird hier in erster Linie als Definition des Wie und des Was der Figur, als Zuordnen von Eigenschaften, als

20 Horst-Jürgen Gerigk, Unterwegs zur Interpretation, Hinweise zu einer Theorie der Literatur in Auseinandersetzung mit Gadamers „Wahrheit und Methode", Stuttgart 1989.

Abgrenzung von Anderen, ausgestaltete Festlegung ihrer Umstände, Beziehungen und Abhängigkeiten verstanden. Das Denken, Empfinden und Handeln der Figur lässt sich in Verbindung bringen einerseits mit ihrem Wesen, andererseits mit ihrer Welt. Auch das Wozu der Figur, ihre Aufgabe, Funktion oder Rolle (in der fiktionalen Welt) wird mit in den Blick genommen. Allerdings ist Bestimmung als festlegende Ausgestaltung des Wesens wie auch die Setzung von kausalen oder finalen Zusammenhängen mit dem Handeln problematisch, wenn dabei nicht berücksichtigt wird, dass die Figur gleichzeitig als freie, selbstbestimmte Person definiert und in diesem Sinne zur Freiheit bestimmt sein kann. Als zweite Richtung wird darum der Begriff der Freiheit gesetzt, der Entscheidungs- und Handlungsfreiheit einschliesst. Diese Freiheit der Figur ist im Text vor allem deshalb schwer zu fassen, da sie nicht explizit ausgewiesen wird, sondern sich meist zwischen den Zeilen verbirgt. Sie ist eine Art Hologramm, das durch das Weglassen von Merkmalen einerseits und durch Texthinweise zu alternativen Möglichkeiten des Denkens, Beurteilens und Handelns der Figur andererseits sichtbar, aber nicht substanziell greifbar wird. Darüber hinaus muss die (ebenfalls vermittelte) Selbsteinschätzung der Figur und ihr Verständnis von Freiheit oder auch Bestimmung nicht mit dem Bild übereinstimmen, das der Leserschaft über die weiteren Stimmen (der Erzählstimme, der anderen Figuren etc.), also den gesamten Text bereitgestellt wird.

Auch hier greifen das Wie und das Was des Textes ineinander. Einerseits stellt sich die Frage, in welcher Form die Figur durch den Autor bestimmt wird und wie ihre Freiheit aus den Zeilen herausgelesen werden kann, andererseits werden beide Themen auch für die Figur zum Gegenstand der Auseinandersetzung, da sie sich mit sich selbst, ihrem Wesen, ihrem Leben, ihren Grenzen ebenso wie ihren Wahl- und Handlungsmöglichkeiten explizit oder implizit beschäftigt.

Dies geschieht ebenso an mehreren Orten im Dreieck von Autor, Text und Leserschaft. Für den Autor ist die Geschichte vielleicht eine mögliche Form der persönlichen Verarbeitung oder das (reine) Durchspielen einer Möglichkeit, wie Bestimmung, Verstrickung oder Freiheit aussehen könnte. Für die Leserschaft ist sie vielleicht eine Anregung zur Auseinandersetzung oder gar ein Spiegel der eigenen Gedanken. Für Autor und LeserIn verweist die Frage des Textes auf diejenige der eigenen Bestimmung und Freiheit wie auch der Verstrickung, zeigt also in die Dimension von Philosophie und Theologie, insofern vor allem letztere den Gedanken an einen Schöpfer bzw. einen Gott als bestimmende oder freisetzende Instanz einschliesst.

Im Gesamtgefüge des Dreiecks Autor, Text und Leserschaft lässt sich also eine Vielzahl von Verbindungen oder auch Verstrickungen in der ganzen Vieldeutigkeit des Begriffs erkennen. Der Text steht nicht für sich alleine, sondern ist sowohl an den Autor als auch an die Leserschaft gebunden. Das Ziel ist also, den Text in diesen Zusammenhängen zu belassen, ihn gleichzeitig als Kunst-Werk des Autors vor dem ihm eigenen Weltverständnis zu verstehen, ihn gleichzeitig im Bewusstsein der eigenen Interessen und des eigenen schöpferischen Beitrags als Leserin zu lesen und ihn gleichzeitig und tatsächlich als Text zu lesen in der Verschränkung seiner künstlerisch-handwerklichen und thematisch-motivischen Elemente.

Nicht allen drei Winkeln des Dreiecks und allen Verbindungen kann hier gleichermassen Rechnung getragen werden. Der Fokus wird sich im ersten Teil vor allem auf die Analyse der beiden Werke *Verbrechen und Strafe* und *Abel Sánchez* richten und nimmt den grössten Teil der Arbeit ein. Hier wird auf eine werkimmanente Betrachtung abgestellt. Im Vergleich der beiden Werke werden die Deutungen aus den verschiedenen Geschichten und Gestaltungsweisen im Blick auf die Weltsicht der Autoren in den Blick genommen. Im dritten und letzten Teil soll ein Modell entwickelt werden, das Hand bietet, die eigenen Interessen und Standpunkte als LeserIn zu erkennen bzw. zu beziehen. Ein Plädoyer für das Lesen aus philosophischer, theologischer Perspektive mit grösserer Berücksichtigung der literaturwissenschaftlichen Aspekte schliesst die Arbeit ab.

Methodische Vorüberlegungen

Das Grundproblem bei dem Vorhaben, die Bedeutung des Wie des Textes für das Was des Textes wie auch für die Interpretation und Rezeption (das Nach dem Text) herauszustellen, ist die damit einhergehende Frage nach der Auswahl derjenigen gestalterischen Elemente, die überhaupt von nachvollziehbarer Bedeutung für das Was des Textes sind und tatsächlich einen Einfluss auf Aussagen und ihre Gewichtung bewirken. Hierfür lässt sich aus keinem der beiden Bereiche heraus ein systematisches Untersuchungsraster auflegen, da gerade diese Verwischungen und Entgrenzungen zwischen dem Wie und dem Was selbst mit Gegenstand der Beobachtung sind. Wie also eine nachvollziehbare Betrachtungsform dazwischen entwickeln?

Sucht man seine Ansätze im darstellenden Bereich, im Wie des Textes, wird man mehr oder weniger automatisch die literaturwissenschaftliche Feinarbeit in den Vordergrund rücken. Bei einer formalen Untersuchung scheint man durchaus bei der Feststellung und Beschreibung entsprechender Phänomene bleiben zu können, ohne ihre Funktion über die Textstruktur hinaus interpretieren oder zwingend den Bezug zum Was des Textes herstellen zu müssen. Ein systematischer Blick beispielsweise auf die Verwendung bestimmter Zeitformen oder Perspektiven wird die Art des Erzählens an sich, die Narration erschliessen, nicht

aber die Erzählung als Ganze. Führt man die Überlegungen in dieser Richtung weiter, wird man auf die Metaebenen der Narratologie im engeren Sinne und dann der Sprachphilosophie gelangen. Bleibt man im Wie des Textes, bleibt man gezwungenermassen ganz beim Text. Das Beziehungsgeschehen zwischen Autor, Text und Leserschaft verengt sich hier entsprechend dem Fokus, denn würde in jedem einzelnen Fall die Frage gestellt, wieso diese Zeitform oder diese Perspektive gerade in diesem Zusammenhang gewählt wurde, welchen Bezug sie zur Aussage und welche Wirkung auf die LeserInnen sie haben könnte, so wird sich zeigen, dass dies, wollte man tatsächlich alle Aspekte immer berücksichtigen, in der Uferlosigkeit keinen Sinn macht.
Sucht man seine Ansätze im Was des Textes, also im Bereich dessen, was über die fiktionale Welt, die Figuren, die Geschichte und die Handlung gesagt wird, stösst man als erstes auf die Frage, „wovon" die Geschichte handelt, „worum" es geht, also etwas, was im Grunde nicht im Text selbst (allenfalls im Titel) ausdrücklich formuliert wird. Mit übergeordneten Begriffen wie „Thema", „Stoff", „Sujet" oder „Motiv" wird versucht, den Inhalt oder Gegenstand eines Textes mehr oder weniger abstrahierend auf eine Kurzformel zu bringen.[21] Zwar kann die ausdrückliche Benennung eines Themas bereits eine Art vorgreifende Auslegung bzw. Festlegung des Textes mit sich bringen, die Anderes abblendet. Dennoch wird sich spätestens nach der Lektüre bei der Leserschaft eine Vorstellung von der Idee ausgeformt haben, die dem Text zugrunde liegt und von welcher ausgehend der Gestaltungsprozess seinen Anfang nimmt. Weder bei Dostojewskijs *Verbrechen und Strafe* noch bei Unamunos *Abel Sánchez. Geschichte einer Leidenschaft* sind Verstrickung, Bestimmung oder Freiheit offensichtlich als Thema erkennbar. Allerdings lässt sich aus den enger gefassten und konkreten thematischen Einheiten wie z.B. den Motiven der Leidenschaft, des Brudermordes, des Kampfes zwischen Vernunft und Natur etc. durchaus diese gesamte Problematik als beide Erzählungen organisierende Idee annehmen.

Auch wenn man solche Motive und die dahinterliegende Problematik sicher als Ansatzpunkte für eine Textanalyse heranziehen kann und wohl auch muss, wenn man sich nicht nur auf das Wie des Textes beziehen will, läuft man schnell Gefahr, sich auf eine Motivgeschichte oder auf eine abstrakte Fragestellung zu konzentrieren und diese aus dem konkreten Textgefüge herauszuheben. Das Motiv würde dann als solches werkübergreifend nachverfolgt und damit in eine andere Ordnung gestellt, die Frage auf einer Ebene ausserhalb des Textes weiter diskutiert, wobei der literarische Text Anstoss und Inspiration gibt. Führt

21 Zur Problematik der Definition siehe Lahn/Meister, 204–210.

man dies weiter, so gelangt man ausgehend vom Text in die Philosophie oder Theologie oder man sucht bzw. entdeckt umgekehrt die Entsprechung einer philosophisch-theologischen Idee in konkreter Gestaltung im Text.

Im Bewusstsein, dass beide Einstiege ihre Schwierigkeiten und Ablenkungsmöglichkeiten bieten, die Geschichtlichkeit, das Gebundensein einer Problematik an die konkrete Gestaltungs- bzw. Erscheinungsform im Text durchgängig im Blick zu behalten, wird der Einstieg hier dennoch auf der Seite des Was des Textes gewählt. Das Problem der Verstrickung des Menschen und seine Auseinandersetzung mit Bestimmung und Freiheit werden dabei als gemeinsames grundlegendes Thema in den beiden Texten Dostojewskijs wie auch Unamunos angenommen. Im Zentrum soll jedoch stehen, dass diese Problematik sich immer sowohl an den tatsächlich „materiellen" Aussagen des Textes, zuweilen sogar der expliziten Auseinandersetzung der Figuren selbst zeigt, als auch im Zusammenspiel der ordnenden, gewichtenden, teils ausgeblendeten oder indirekten Elemente, die im Hintergrund wirken. Es gibt keine wegweisende Kartierung, kein erprobtes Vorgehen, um das Wie und das Was des Textes in ausgeglichenem Mass zueinander in Bezug zu setzen. So wird also jeweils vom konkreten Text ausgegangen, exemplarisch aufgezeigt, wo eine Verbindung relevant scheint, und so in der Summe der einzelnen Beobachtungen das Ineinander dokumentiert.

Die Betrachtung zu Dostojewskij wird vor diejenige zu Unamuno gestellt. Dies ergibt sich aus dem zeitlich früheren Erscheinen von *Verbrechen und Strafe* 1866 vor *Abel Sánchez* 1917, der Einordnung der Autoren und Werke in die Literatur- und Rezeptionsgeschichte sowie vor allem in der unidirektionalen Wirkung von Dostojewskijs Werk auf Unamuno (wobei sich in *Abel Sánchez* keine direkten und konkreten Einflüsse nachweisen lassen). Um die Welt des jeweiligen Autors, das Werk, seine Entstehungsgeschichte und die zu erzählende Geschichte zu präsentieren, wird beiden Betrachtungen eine kurze Einführung vorangestellt. Die anschliessenden Beobachtungen richten sich, abgesehen von Hinweisen auf intertextuelle Bezüge, werkimmanent nur auf den Text. Zudem wird zugunsten der Lesbarkeit hier grösstenteils auf die direkte Einarbeitung von Sekundärliteratur verzichtet. Die unüberschaubare Fülle und Vielgestaltigkeit der darin enthaltenen Impulse zur darstellenden wie zur inhaltlich-motivischen Seite würde eine Vielzahl weiterer Diskussionsfelder eröffnen, die nicht gleichzeitig bearbeitet werden können. Hier sei gesamthaft für Unamuno verwiesen auf die Arbeiten von Carlos A. Longhurst und Isabel Criado Miguel, für Dostojewskij auf die Einzelbetrachtungen im Jahrbuch der deutschen Dostojewskij-Gesellschaft, auf die Analysen und Interpretationen Rudolf Neuhäusers und vor allem auf das umfangreiche Werk des Slawisten Horst-Jürgen Gerigk.

Verbrechen und Strafe und *Abel Sánchez* sind abgesehen von ihrer Gestalt als fiktionale Erzählungen und ihrer gemeinsamen Thematik der Auseinandersetzung des Menschen mit sich selbst und Gott völlig unterschiedlich. Schon allein in der Gegenüberstellung des Umfangs von 738 Seiten in ungeheurer Detailfülle zu 130 Seiten in andeutender Skizzenhaftigkeit, der Anzahl der Figuren und ihrer Verbindungen, der verschiedenen Perspektiven etc. zeigt sich, dass nicht ohne Weiteres die gleichen Beobachtungskriterien für beide Werke angewandt werden können. Um also möglichst nahe beim Text bleiben zu können, kommt die eigentliche Textanalyse einem beschreibenden, ordnenden und auslegenden Überblick gleich, um die verschieden gestalteten Verstrickungen und Anordnungen sowohl auf formaler, literarisch-handwerklicher Seite als auch inhaltlich sichtbar zu machen. Hierzu werden unterschiedliche Vorgehensweisen gewählt.

Für *Verbrechen und Strafe* wird der Zugang über eine Aufgliederung in verschiedene Einflussbereiche aus der Welt Raskolnikows, seiner Lebensumstände, der Beziehungen, der Ideen und Empfindungen, der höheren Mächte etc. eröffnet, die dann einzeln in ihrem chronologischen Lauf, ihrer Verstrickung oder Lösung nachverfolgt werden. Bei *Abel Sánchez* kann die Entwicklung Joaquíns und seiner Beziehung zu Abel als Ganzes in den Blick genommen werden. Die konsekutiv geordneten Geschehnisse und Handlungen, Gedanken und Empfindungen folgen deshalb der Aneinanderreihung der Kapitel, was auch erlaubt, die Verschachtelung von Erzählbericht und Tagebuchfragmenten Joaquíns aufzuarbeiten. Entsprechend den so unterschiedlichen Umfängen fällt auch die Darstellung zu Dostojewskij länger aus als diejenige zu Unamuno. Beide Einzelbetrachtungen zusammen bilden mit dem folgenden Vergleich den Hauptteil der Arbeit.

Ziel hierbei ist, aufzuzeigen und nachzuvollziehen, welche verstrickenden und bestimmenden Elemente überhaupt als relevant für die Figur betrachtet werden, in welcher Gestalt und in welchen Verbindungen sie jeweils erscheinen und wie sie vermittelt werden. Dies gilt ebenfalls für Leerstellen, also diejenigen Elemente, die gerade nicht benannt werden, oder für explizit oder implizit angebotene Alternativen, die erst Raum schaffen für die Möglichkeit der Figur, frei zu denken und frei zu handeln.

Die Interpretationen und Deutungen aus den getrennten Beobachtungen der beiden Werke werden einander in einem Vergleich gegenübergestellt. Der Vergleich wird über die Einzelbetrachtung hinaus insofern als gewinnbringend betrachtet, als sich gerade hierin die Notwendigkeit zeigt, den unterschiedlichen Darstellungsweisen ähnlicher thematischer Motive Aufmerksamkeit zu widmen. Denn liegt auch beiden Erzählungen eine gemeinsame Fragestellung zugrunde, so zeigt sich die jeweilige Eigenart des Kunstwerks bzw. das Kunstwerk an sich nur als ganze Geschichte. Das Eigene des Einen lässt sich am besten in Abhebung zum Eigenen des Anderen hervorheben. Hier zeigt sich denn auch, dass das ganze Werk jeweils als Antwort zu verstehen sein muss, die nur dann sinnvoll ist, wenn der ganze Zusammenhang des Textes, der ganze erzählte Erlebnis- und Erkenntnisprozess der Figuren und der Nachvollzug durch die Leserschaft präsent bleiben, entsprechend dem Verständnis vom Weg als Ziel.

Im Vergleich rückt das Beziehungsdreieck von Autor, Text und Leserschaft stärker in den Vordergrund, wobei die Texte wiederum erster Ansatzpunkt der Gegenüberstellung sind. Aus dem jeweiligen Gesamtcharakter des Textes wird darauf geschlossen, was Dostojewskij und Unamuno in ihren Geschichten generell als bestimmend einschätzen, als weniger wichtig erachten oder gar weglassen bzw. als wesentlich hervorheben. Hier zeigt sich, welche Prioritäten die beiden Autoren in der Auswahl der ihnen relevant scheinenden Elemente setzen, wie ausführlich und detailliert sie geschildert werden und wie sie im grossen Bogen der (Handlungs-)Entwicklung zusammenspielen. Dabei stellt sich die Frage, wie das Verhältnis der äusseren und inneren Realität der Figuren angelegt und wie ihr Sein als Objekt und Subjekt gewichtet wird. Hierzu zeigt ein Blick auf die Perspektiven bzw. die Stimmen, ob zwischen der äusseren Vermittlung durch die Erzählstimme und der (auf verschiedene Art vermittelten) Selbstwahrnehmung der Figuren (bewusst) Widersprüche gesetzt werden. Es ist zu fragen, welche Erkenntnisprozesse und Entwicklungen die Figuren durchlaufen, wie also die eigene Geschichte sie verändert. Dazu gehört auch, zu welchem Ausgang die Autoren ihre Geschichten bringen, ob sie als abgeschlossen gelten können oder ob ein neuer Ausblick, ein neuer Horizont eröffnet wird. Erst aus diesem ganzen Komplex der Erzählung kann auf das dem Text zugrundeliegende Menschen- und Weltbild des Autors geschlossen werden.

Der Autor tritt hier vor allem in seiner Eigenschaft als Gestalter und in gewisser Weise als Vermittler dieses Bildes hervor. Bei dieser Vermittlung stellt sich nun umgekehrt auch die wesentliche Frage nach dem Adressaten bzw. nach den Herausforderungen und Aufgaben, die der Autor an seine Leserschaft stellt. In welcher Weise gelingt es den Autoren, die Leserschaft zu involvieren? Und inwiefern impliziert der Autor sich selbst als eigener Leser seines Textes?

Bleibt zuletzt, wie die LeserInnen auf diese Impulse antworten, was sie selbst von ihrer Lektüre erwarten, was sie als Leseerlebnis erfahren, was sie an Erkenntnis gewinnen. Wie dies aussehen könnte, wird allerdings Teil der übergreifenden Überlegungen zum Entwurf eines Lesemodells sein.

Um also die vielen Beobachtungen und Folgerungen zu den beiden Werken im höchst komplexen Beziehungsgefüge von Autor, Text und Leserschaft auch für die Lektüre anderer Werke fruchtbar zu machen, wird zum Schluss der Versuch unternommen, ein Modell zu entwickeln, das eine Orientierung und Positionierung der LeserInnen innerhalb des Dreiecks, seinen angrenzenden Feldern und des umgebenden Universums ermöglicht. Der Text bzw. das gesamte Dreieck ist Ausgangs- wie Zielpunkt verschiedenster Verweise hin zu enger und weiter gefassten Themenbereichen. Die im Text intradiegetisch gestaltete einzelne Frage steht im je grösseren Zusammenhang einer entsprechenden Problematik, die sich in den ausserpoetologischen Realitäten von Autor und Leserschaft, in der Realität der menschlichen Geschichte, in der Realität der Welt auf andere Art manifestiert, und der in anderen Formen begegnet wird. Dieser Verweischarakter und die implizite Bewegung legen ein Vektorenmodell nahe.

Hier soll auch die eingangs aufgezeigte Problematik der dreifachen Rezeption dargestellt werden, wenn gleichzeitig mit literaturwissenschaftlichem, mit persönlichem bzw. existenziellem und mit theologischem Interesse gelesen wird. Dazu wird einerseits auf die Möglichkeiten und Grenzen anderer Zugänge zum Thema der Verstrickung, Bestimmung und Freiheit eingegangen, wie auch auf verschiedene Formen eines theologischen, philosophischen und existenziellen Zugriffs auf die spezifische Form des fiktionalen literarischen Textes.

Den Schluss bildet ein Plädoyer für ein umfassendes Lesen, das in der Anwendung oder zumindest weiteren Berücksichtigung literaturwissenschaftlicher Methoden und in der höheren Aufmerksamkeit für die eigenen Interessen am Text durchaus gewinnbringend für die Rezeption mit theologischem Interesse werden kann.

1. Teil: Analyse der Texte

1. Dostojewskij:

1.1. Einführung

Dostojewskij begann seine Arbeit an *Verbrechen und Strafe*[22] im September 1865. Nach einer kurzen Unterbrechung im Herbst 1866, während der er unter enormem Zeitdruck in nur 26 Tagen seinen kleinen Roman *Der Spieler* verfasste, schloss er den ersten seiner „5 Elefanten" Ende 1866 ab. *Verbrechen und Strafe* erschien in 6 Teilen zu je etwa 6 Druckbögen (entsprechend etwa 120 Buchseiten) in der Zeitschrift „Russki westnik".

Der Roman gilt als das bestkomponierte und -strukturierte Werk Dostojewskijs, dem vielfach eine gewisse Schlampigkeit in seinem Handwerk, sowohl bezüglich der Sprache als auch der Struktur seiner Werke, nachgesagt wurde.

Die Geschichte, die Dostojewskij in diesen über 740 Seiten erzählt, ist die eines jungen Mannes namens Rodion Romanowitsch Raskolnikow, der als ehemaliger Student in Petersburg lebt. In den ersten Skizzen ursprünglich als Ich-Erzählung begonnen, wird die Geschichte in der endgültigen Fassung in der dritten Person erzählt. Sie setzt ein an einem Abend des Juli (1865[23]), zwei Tage bevor Raskolnikow ein „Verbrechen" verübt, er die alte Beamtenwitwe und Pfandleiherin namens Aljona Iwanowna und deren jüngere Halbschwester Lisaweta mit einem Beil erschlägt. Sie endet etwa zwei Wochen später mit Raskolnikows Geständnis und wird gefolgt von einem Epilog, der etwa achtzehn Monate nach dem Verbrechen einsetzt. In zwei Kapiteln wird ein Rückblick auf den Prozess und auf die ersten neun Monate von Raskolnikows „Strafe" im Gefangenenlager in

22 Die Diskussion um die verschiedenen Übersetzungen des Originaltitels *Prestuplenie i nakasanie* mit „Schuld und Sühne", „Verbrechen und Strafe" oder auch „Übertretung und Zurechtweisung" wird hier nicht aufgegriffen. Es sei verwiesen auf den Beitrag von Ulrich Busch, „Übertretung und Zurechtweisung" in: Die Zeit, Nr. 2 1995. Um im Kontext von Svetlana Geiers gesamter Übertragung des Romantextes zu bleiben, werden auch in der Arbeit die Begriffe „Verbrechen" und „Strafe" verwendet und auf diejenigen wenigen (!) Textstellen eingegangen, die direkt mit dem Titel in Zusammenhang zu bringen sind.

23 Die Jahreszahl wird nicht angegeben, aus dem gesamten Text lässt sich jedoch schliessen, dass Dostojewskij seinen Roman in der ihm eigenen Zeit im wohl tatsächlich aussergewöhnlich heissen Sommer 1865 ansetzt. Vgl. Anm. 1, VS 749.

Sibirien sowie die folgenden Monate bis zur „Auferstehung“ Raskolnikows und seiner Begleiterin Sonja zwei Wochen nach Ostern (1867) behandelt. Obwohl der Schwerpunkt sowie die Erzählperspektive meist auf Raskolnikow gerichtet bleiben, wächst sich der Roman nach und nach zu einem dichten Geflecht verschiedener ineinander verwobener Geschichten nicht nur um Raskolnikow, sondern um eine Vielzahl weiterer Figuren aus, die mit ihm und seiner Tat in irgendeiner Weise in Verbindung stehen.

Der Titel verweist bereits auf die beiden Höhepunkte des Romans. Das „Verbrechen“ Raskolnikows, der geplante Mord an der Pfandleiherin und der ungewollte Mord an Lisaweta, findet bereits im 7. Kapitel am Ende des ersten Teils statt. Spiegelbildlich dazu steht die „Strafe“, bzw. zuerst das Geständnis Raskolnikows als Annehmen der zu erwartenden „offiziellen“ Strafe. Raskolnikow stellt sich auf dem Polizeibureau zwei Wochen nach der Tat am Ende des 8. Kapitels des 6. und letzten Teils, bevor der Epilog einsetzt. In der Mitte, im Zentrum des Romans, verläuft eine Art Spiegelachse, die gleichzeitig Raskolnikows Tiefpunkt (oder den Höhepunkt seiner inneren Krise) darstellt.

Diesen beiden Höhepunkten voraus geht jeweils ein langer Entscheidungsprozess Raskolnikows, der in beiden Fällen bis zur tatsächlichen Umsetzung offenbleibt. Beim ersten Lesen des Textes ist der Fokus auf die Frage gerichtet, *ob* Raskolnikow denn die Tat tatsächlich ausführen und *ob* er sich am Ende tatsächlich stellen wird, während bei einem zweiten und dritten Durchgang in den Vordergrund rücken wird, aus welchen Antrieben und Motivationen, mit welchen Zielen und Ideen, also *warum* und *wozu* Raskolnikow die beiden Morde begangen hat, und *warum* und *wozu* er sich zwei Wochen später stellt, obwohl ihm das Verbrechen nicht nachzuweisen ist.

Aus diesem Warum und Wozu entwickelt sich ein ganzer Fragenkomplex:

1. unter welchen Umständen und Bedingungen, unter welchen Vorzeichen, Einflüssen und Bestimmungen, aus welchen Antrieben und Motivationen, mit welchen Ideen und Überlegungen, nach welchen Anstössen, Begegnungen und Ereignissen Raskolnikow sein Verbrechen verübt und es gesteht,
2. was er sich von seinem jeweiligen Handeln verspricht, erhofft oder erwartet und ob diese Erwartungen sich erfüllt sehen, sich als falsch erweisen oder zu ganz anderen Folgen und Erkenntnissen führen,
3. inwieweit jeweils Alternativen zu Raskolnikows Handeln im Text bereitgestellt werden und er diese annimmt oder ausschlägt,
4. inwieweit Raskolnikows Entscheidungsprozesse und Handlungen bewusst und reflektiert ablaufen, und

5. wie Raskolnikows Person und Handeln von anderen Figuren gesehen, gewichtet, bewertet und beeinflusst wird.

Alle diese Fragen stehen im Zusammenhang mit der zentralen Frage: Wer ist Raskolnikow? Wie wird Raskolnikow zum Mörder und was bringt ihn dazu, sein Verbrechen zu gestehen? Die beiden zentralen Handlungen, die Morde und das Geständnis, spannen die gesamte Geschichte über 740 Buchseiten zwischen sich auf. Es erfordert ein sehr aufmerksames Lesen, ein Vor- und Zurückblättern im Text, ein Nachprüfen des vorher Gesagten oder eben nicht Gesagten und des später Gesagten, um zu erkennen, welche der jeweils getroffenen Entscheidungen explizit genannt werden oder verborgen bleiben, ob sie unter dem Einfluss neuer Ereignisse und Wendungen zurückgenommen und revidiert werden, welche Entwicklungen und Prozesse ablaufen, welche von Dostojewskij gelegten Spuren sich als falsch oder trügerisch erweisen oder plötzlich anders gewichtet werden. Das Gleiche gilt für die je verworfene Alternative, die vielleicht ausdrücklich benannt und ebenso ausdrücklich abgelehnt wird, oder die erst zu spät als solche erkannt und somit auch zu spät benannt wird, oder die vielleicht sogar gar nicht erkannt und benannt wird und damit die Leserschaft noch einmal mehr herausfordert. Dieses Vor- und Zurückblättern im Text, dieses Suchen nach Spuren erfordert die Aufmerksamkeit für den ganz konkreten Aufbau des Textes. Auch wenn oben genannter Fragenkomplex eher auf der Seite des Was des Textes zu stehen scheint, so wird doch schnell deutlich, dass die Antworten bzw. die Andeutungen und Möglichkeiten für Antworten sowohl durch ihre Anordnung als auch ihre Form mitbestimmt werden. Der ganze Komplex dieser Frage- und Antwortmöglichkeiten entfaltet sich demnach erst auf dem Hintergrund der Textstruktur und Erzählformen. Es gilt also, die Technik Dostojewskijs in Bezug auf Aufbau, Struktur, Erzählweisen, Redeformen, den Einsatz seiner handwerklichen Mittel und ihre Funktion mit zu berücksichtigen und damit im Blick zu behalten, dass dieses Wie des Textes für das je einzigartige und konkrete Was des Textes wesentlich bestimmend ist. Jedes Element, das so und nicht anders gewählt und so und nicht anders positioniert ist, erfüllt eine ihm zugedachte Funktion. Es hat Einfluss darauf, wie die Leserschaft die Figuren und die Entwicklung der ganzen Geschichte wahrnimmt und deutet. Auf diese Verbindungen, die unauflöslich zu sein scheinen, wird ausgehend und in Abhängigkeit von den oben genannten Fragestellungen eingegangen.

Wo also beginnen, wenn abgesehen von der zu erwartenden Fülle an verstrickenden, bestimmenden oder im Gegenzug befreienden Elementen und Wahlmöglichkeiten die Bewegung, die Anordnung in Zeit und Raum selbst eine wesentliche Rolle spielt? Diese Prozesshaftigkeit lässt sich im Grunde nur aufzeigen, wenn man den Fäden, die Dostojewskij knüpft, von Anfang bis Ende folgt. Es gilt die Anfänge der einzelnen Fäden zu suchen, die Fäden in Stränge zusammenzufassen und sie bestimmten Kategorien zuzuordnen, um daraus schliesslich eine grössere Ordnung ableiten zu können. Es ist also ein induktives Vorgehen, ausgehend von einzelnen Beobachtungen zu Textelementen, die sich wiederholen oder entwickeln, eine Zielrichtung des ganzen Textes zu erkennen und zu beschreiben, die wiederum auf ein System hinter dem Text bzw. auf ein Weltbild des Autors hinweisen.

Um die Anfänge dieser Einzelfäden zu suchen, ist der Anfang der Erzählung der beste Ort:

> Anfang Juli, es war außerordentlich heiß, trat gegen Abend ein junger Mann aus seiner Kammer, die er in der S.-Gasse zur Untermiete bewohnte, auf die Straße hinaus und ging langsam, als wäre er unentschlossen, auf die K.-Brücke zu.[24]

Bereits in diesem ersten Satz erfahren wir einiges über das grundlegende Setting. Auch wenn es so scheint, dass Dostojewskij uns diese Informationen vor allem zum Zweck einer möglichst leicht vorstellbaren, ganz konkreten Szene gibt, um uns hineinzuführen in seine Geschichte, so werden bei genauem Hinsehen bereits mehrere Dinge benannt, die uns durchaus schon einen ersten Aufschluss geben über die Figur Raskolnikows. Es sind erste Hinweise auf die äusseren Gegebenheiten von Zeit (Jahres- und Tageszeit), Temperatur (ausserordentliche Hitze) und Raum (Kammer, Strasse, Stadt[25]), Lebensumstände (Kammer zur Untermiete) und auf die persönlichen Gegebenheiten bzw. Eigenschaften der Figur, die wahrscheinlich zur Hauptfigur werden wird: ein „junger Mann“, dessen Namen wir noch nicht kennen, der langsam geht, „als wäre er unentschlossen“.

Noch auf der gleichen Seite werden diese äusseren Umstände und inneren Wesenszüge sowohl vertieft als auch weitere Bereiche eingeführt: Hinweise auf die „Natur“[26] Raskolnikows, seine inneren Zustände, psychische wie physische Erscheinungen und Empfindungen:

> Er war bei seiner Wirtin tief verschuldet und fürchtete sich, ihr zu begegnen.

---

24 VS 7.

25 VS 8. Durch die Strassennamen und eine Bemerkung auf S. 8 zum „Sommergestank, der jedem Petersburger […] sattsam bekannt ist“, wird schnell klar, dass die Geschichte in St. Petersburg spielt.

26 Es ist der Ermittelnde Staatsanwalt Porfirij, der den Begriff der *Natur* mehrfach verwendet.

> Nicht, daß er besonders feige und eingeschüchtert gewesen wäre, ganz im Gegenteil; aber seit einiger Zeit befand er sich in einem reizbaren und angespannten Zustand, einer Art Hypochondrie. Er war so sehr mit sich selbst beschäftigt und hatte sich so sehr von allen zurückgezogen, daß er sich überhaupt vor einer Begegnung fürchtete, nicht nur vor der mit seiner Wirtin. Die Armut hatte ihn erdrückt; aber sogar seine bedrängte Lage kümmerte ihn in letzter Zeit nicht mehr. Mit seinem Alltag beschäftigte er sich nicht länger und wollte es auch nicht tun.[27]

In enger Verbindung mit einer Eigenschaft Raskolnikows, seiner Neigung zur Nachdenklichkeit[28] und Grübelei, steht eine weitere Kraft, die im Lauf der Erzählung fast so etwas wie ein Eigenleben entwickeln wird. Es ist der Geist Raskolnikows, sein Intellekt und sein Verstand, seine rationale Auseinandersetzung mit Gedanken, Ideen und Theorien, die Raskolnikow teils selbst hervorbringt oder die von aussen an ihn herantreten, die er sich jedoch zu eigen macht oder sich in irgendeiner Form zu ihnen verhält. Die Selbständigkeit im Denken *und* im Handeln, das „neue eigene Wort",[29] das tatsächlich ausgesprochen wird, wird eine zentrale Rolle spielen. Auch dieser Schlüsselbegriff wird bereits auf den ersten Seiten von Raskolnikow selbst aufgebracht.

Ein weiterer Hinweis auf einen wichtigen Strang ist Raskolnikows derzeitiger Rückzug von möglichst allen anderen Menschen. Das Netz von Beziehungen, in das Raskolnikow verstrickt ist bzw. wird, ist jedoch ein ganz wesentlicher Faktor für Raskolnikows Entscheidungen und Handlungen in der Geschichte.

Eine letzte Spur wird auf den folgenden Seiten mit der Beschreibung eines kleinen Zwischenfalles auf der Strasse angelegt: Ein „Betrunkener" ruft Raskolnikow von einem „riesigen Bauernwagen" einen Kommentar zu und bringt ihn damit völlig aus der Fassung.[30] Es sind Ereignisse und Begegnungen, die Raskolnikow zu einer Reaktion zwingen, sein Denken, Handeln und Empfinden beeinflussen. Sie werden vorerst keiner dahinter wirkenden Macht zugeordnet, im späteren Verlauf jedoch von Raskolnikow teilweise als fremdes (böses) Wirken gedeutet. Er benennt z.B. konkret den „Teufel" als denjenigen, der ihn zur Alten „geschleppt hat",[31] der auch alle Hindernisse aus dem Weg räumte, die ihn an der Tat hätten hindern können.

27 VS 7.
28 VS 9.
29 VS 8. Siehe auch Fn 220.
30 VS 9.
31 VS 567.

Das Wirken oder die Präsenz guter Mächte hingegen bleibt von ihm unbemerkt oder zumindest unbenannt, obwohl es in verschiedenster Form alles zu durchdringen scheint. Es kann darum auch nicht als Strang bezeichnet werden. Sieht man den Text als Gewebe, so würde der Kettfaden beinahe unsichtbar, jedoch absolut wesentlich für das Ganze, diesem entsprechen.

Bereits auf den ersten drei Seiten spannt Dostojewskij demnach fünf wesentliche Fäden auf, die sich in allen nur denkbaren Variationen im Verlauf der Erzählung verstricken und verwickeln. Um sie überhaupt annähernd nachverfolgen zu können, werden sie in folgende Stränge gebündelt:

1. Äussere Gegebenheiten: Raum und Zeit, Lebensumstände
2. Persönliche Gegebenheiten: Wesen, Charakter, Eigenschaften
3. Natur (Leib und Seele): Empfindungen, innere Zustände, Träume
4. Geist: Intellekt, Willen, (philosophische) Ideen und Theorien
5. Das Netz menschlicher Beziehungen
6. Kettfaden: Das Wirken überirdischer Kräfte

Alle diese Stränge haben im Text einen Anfang und ein Ende. Sie sind in Bewegung durch den Vorgang des Verstrickens oder auch Entwirrens und Auflösens. Aktion und Reaktion der Figuren, darunter auch Sprech- und Denkakte sind unauflösbar mit dem Fadenlauf verbunden, sind wesentlicher Teil des Fadens. Das Handeln selbst ist verstrickt mit den jeweiligen Motivationen und Zielen, entspringt aus etwas und bewirkt etwas nur im Zusammenhang mit allen anderen Kräften. Eine eigene Kategorie des Handelns kann darum nicht getrennt geführt werden, sondern steht immer schon als Bewegungsachse der Erzählung bereit.

Nachdem also von Beginn an die ersten Fäden identifiziert und vorausweisend zu Strängen zusammengefasst sind, werden wir nun den bestimmenden oder auch Freiraum schaffenden Spuren nachgehen, jeweils unter Berücksichtigung ihrer Zusammenhänge und strukturgebenden Anordnung im Text.

1.2. Äussere Gegebenheiten, Raum und Zeit

Eine ganze Reihe von Fadenanfängen findet sich also bereits am Anfang, die unter dem grösseren Strang der *äusseren Gegebenheiten*, der *Lebensumstände* Raskolnikows und seiner Mitfiguren zusammengefasst werden können. Diese Gegebenheiten und Lebensumstände scheinen für das Handeln Raskolnikows, zumindest für den ersten entscheidenden Höhepunkt der Geschichte, den Mord, eine grosse Rolle zu spielen. Mit den *äusseren Gegebenheiten* ist zuerst einmal das Setting der Geschichte, die Verortung in Raum und Zeit gemeint. Dem Raum zuzuordnen sind die beiden „Drehorte“ Petersburg oder Sibirien, die „Spielzeit“ Sommer 1865 bis zwei Wochen nach Ostern 1867, damit verbunden auch Jahreszeit, Tageszeit, Temperatur und Wetter. Sie bilden eine von Dostojewskij gesetzte Realität, die zwar auf verschiedenste Art auf die Figuren einwirkt, jedoch von diesen nicht beeinflussbar ist. Innerhalb dieser Setzung von Zeit und Raum sehen wir die Figuren noch einmal in den grösseren Zusammenhang von Gesellschaft, Politik, Kultur, Philosophie, Religion und Geschichte verortet, die wiederum zugleich direkt Einfluss nehmender Teil als auch umfassender Rahmen der ganz konkreten Lebensumstände Raskolnikows und seiner Mitfiguren sind. Zu diesen ganz persönlichen Lebensumständen gehören z.B. Wohnung, Arbeit, finanzielle Umstände, das soziale Umfeld etc.

Je konkreter und persönlicher diese Lebensumstände von Dostojewskij ausgestaltet werden, desto mehr werden sie in wechselseitigem Zusammenhang, in wechselseitiger Einflussnahme mit den Figuren dargestellt. Es scheint also so, dass diese persönlichen Lebensumstände nicht mehr nur von „aussen“ gesetzt sind, sondern dass sie zumindest in einem gewissen Rahmen von der Figur beeinflussbar und veränderbar sind, dass sie mit verstrickt sind in deren Geschichte von Entscheidungen, Entwicklungen und Ereignissen. Die Frage, inwieweit die Lebensumstände das Handeln Raskolnikows und seiner Mitfiguren bestimmen, und inwieweit eine jede Figur für ihr Handeln unter diesen konkreten Umständen selbst verantwortlich ist, wird sich dabei nicht stellen lassen, ohne vom Text weg zu führen. Die Frage, die im Gegenzug mehr in den Text hineinführt, ist: Aus welcher Perspektive heraus werden die Lebensumstände als ein das Handeln mitbestimmender Faktor dargestellt, wahrgenommen und gewichtet? Dabei ist vor allem von Interesse, welche Motive wann in welchem Zusammenhang genannt werden und wie ihre Gewichtung sich je nach Betrachter im Lauf der Geschichte ändert. Gehen wir also den Hinweisen auf die äusseren Gegebenheiten und Lebensumstände in *Verbrechen und Strafe* nach.

1.2.1. Orte und Wege

Wie wir bereits im ersten Satz von *Verbrechen und Strafe* sehen, sind Orte, Wege, Umwege, Abzweigungen und Kreuzungen für den ganzen Roman von grosser Bedeutung. Dostojewskij liefert uns dabei jedoch nicht nur Informationen über die „Verortung“ der Geschichte im wörtlichen Sinn. Wir erfahren am Anfang nicht nur, in welcher Gasse Raskolnikow wohnt und wohin er geht, sondern wir erfahren auch, wie er wohnt oder dass er die Angewohnheit hat, beim Gehen Selbstgespräche zu führen. Jeder Ort und jeder Weg ist gleichzeitig ein Bild von Raskolnikows Lebenswelt, eine Bühne, und – im ständigen Zusammenwirken mit anderen Faktoren – eine schwer zu fassende, aber dennoch fast eigene Kraft, die auf Raskolnikow einwirkt oder der er sich sogar mehr oder weniger bewusst aussetzt, mit einem Ziel, das nicht nur ein Ort, eine Person, sondern auch eine bestimmte Empfindung sein kann. Scheint das Motiv eines bestimmten Ortes als ein Raskolnikows Handeln mitbestimmender Faktor zwar relativ klein, so ist dieser doch so offensichtlich von Dostojewskij angelegt, dass es sich lohnt, diese Spur einmal genauer zu verfolgen. Im Folgenden werden exemplarisch vor allem die Orte und Wege genauer betrachtet, die diese seltsame bestimmende Wirkung auf Raskolnikow zu haben scheinen im Bewusstsein dessen, dass der Zusammenhang zwischen Raum und Figur bei Dostojewskij ein weitaus grösserer ist.[32] Eine Vielzahl entscheidender Szenen, die etwa ein Viertel des Romantextes ausmacht, spielt sich z. B. in Raskolnikows Kammer ab:

> Seine Kammer lag unmittelbar unter dem Dach eines hohen, fünfstöckigen Hauses und glich eher einem Schrank als einem Wohnraum.[33]

Diese Kammer wird im Folgenden bezeichnet als „winziger Verschlag",[34] „Schrank oder Truhe",[35] „Winkel",[36] „grauenhafter Schrank",[37] „Schiffskajüte"[38] (Rasumichin), ein „richtiger Sarg"[39] (Mutter).

Diesem an sich kleinen, aber regelmässig wiederkehrenden Motiv der Kammer (wie überhaupt der ganzen Gestaltung der verschiedenen Orte) können mehrere Funktionen zugewiesen werden. Die Kammer dient erst einmal als *(a)* direktes Abbild der Lebensumstände Raskolnikows. In vielen Szenen wird sie als *(b)* Bühne sowohl für Raskolnikow alleine als auch für seine Besucher eingesetzt, meistens konnotiert mit *(c)* negativen Empfindungen Raskolnikows oder negativen Reaktionen seiner Besucher. Schliesslich wird sie sogar als *(d)* eine Art eigene beengende und bedrängende Kraft ausgestaltet, die das Verbrechen Raskolnikows begünstigt hat.

---

32 Als weiterführendes Beispiel sei hier nur auf die Symbolhaftigkeit von Treppen, Treppenabsätzen, die Bewegung des Hinauf- und Hinuntersteigens, von geöffneten und geschlossenen Türen oder Türschwellen u.v.a. verwiesen.

33 VS 7.

34 VS 40.

35 VS 56.

36 VS 74.

37 VS 74.

38 VS 162.

39 VS 312.

Dostojewskij führt uns auch hier diese Kammer mittels einer so detailliert ausgestalteten, realistischen Beschreibung vor Augen, dass wir sie in all ihrer Schäbigkeit beinahe zu sehen meinen:

> [Er] sah sich haßerfüllt *(c)* in seiner Kammer *(b)* um. Es war ein winziger Verschlag *(a)*, etwa sechs Schritt lang, der mit seiner gelben, verstaubten, sich überall von der Wand lösenden Tapete überaus kläglich aussah, so niedrig, daß jemand, der auch nur über mittelgroß war, das unheimliche Gefühl *(c)* bekam, er könne jeden Augenblick mit dem Kopf gegen die Decke stoßen. Die Einrichtung *(a)* paßte zu dem Raum: drei alte Stühle, alle drei schadhaft, ein gestrichener Tisch in der Ecke, darauf einige Hefte und Bücher; schon an dem Staub, der sie bedeckte, konnte man erkennen, daß sie schon lange nicht mehr aufgeschlagen worden waren; und schließlich ein plumpes, großes Sofa, das fast die ganze Wand und den halben Raum ausfüllte, einstmals war es mit Chintz bezogen gewesen, der jetzt in Fetzen herunterhin. […] Die Verwahrlosung und Verkommenheit konnte nicht größer sein. Aber in seiner gegenwärtigen Verfassung empfand Raskolnikow das sogar als angenehm *(c)*. Er hatte sich ausnahmslos von allen zurückgezogen wie eine Schildkröte in ihren Panzer […].[40]

Raskolnikows Gefühle im Zusammenhang mit seiner Kammer sind gespalten, einerseits verkriecht er sich dort, zieht sich zurück, hat dort eine Art Zufluchtsort, andererseits brütet er über seinen Ideen und unausgereiften Plänen, leidet unter der Enge, die sich auf seltsame Weise auf sein Denken und Handeln, sein bis anhin noch unbenanntes Vorhaben auswirken. Um Klarheit über sich selbst und seine Situation zu gewinnen, treibt es ihn hinaus auf die Strasse:

> Schließlich fühlte er sich beklommen und beengt *(c)* in dieser gelben Kammer, die einem Schrank oder einer Truhe glich. Blick und Gedanken verlangten nach Weite.[41]

Draussen verstärken sich die negativen Gefühle im Blick auf seine Kammer angesichts der Entscheidungsnot, in die er sich durch einen Brief seiner Mutter gedrängt sieht.

> Er sprang von der Bank auf und ging weiter so schnell er konnte; zunächst wollte er umkehren, nach Hause, aber plötzlich ekelte er sich *(c)* vor seinem Zuhause: dort, in diesem Winkel, in diesem grauenhaften Schrank, war das alles seit über einem Monat herangereift, und so ging er, wohin ihn die Füße trugen.[42]

Bereits hier finden wir einen ersten direkten Hinweis darauf, dass die schrankähnliche Kammer Raskolnikow wie eine Brutstätte erscheint für sein immer

---

40 VS 40.
41 VS 56.
42 VS 74.

noch unbenanntes Vorhaben („das alles"), das aber etwas Schreckliches sein muss, wird ja sein Heranreifen mit Ekel und Grauen in Verbindung gebracht. Eine Brutstätte auch deshalb, weil diese Kammer unter dem Dach liegt und in Petersburg derzeit eine schreckliche Hitze herrscht. Während Raskolnikow sich zu Beginn der Geschichte und in der davorliegenden Zeit immer häufiger in selbst gewählter Einsamkeit in seinem winzigen Zimmer verkrochen hatte, so wird im Lauf der Geschichte bis ungefähr zu ihrer Mitte dieses Zimmer von immer mehr Leuten, und immer mehr Leuten gleichzeitig besucht. Die Enge und Bedrängung geht nun nicht mehr allein von den Ausmessungen der Kammer aus, sondern wird verstärkt durch die Anwesenheit von bis zu fünf zusätzlichen Personen auf einmal, bis Dostojewskij die Besucherzahl in der zweiten Hälfte verringert,[43] ebenso wie wohl auch die von Raskolnikow dort verbrachte Zeit.[44] Zu Beginn und über den ganzen ersten Teil ist es nur „Nastassja, die Köchin und einzige Dienstmagd der Wirtin"[45] die Raskolnikow gelegentlich in seiner Kammer aufsucht, um ihm Tee oder Essen zu bringen, sein Zimmer auszufegen, Nachrichten und Briefe zu übermitteln, Besucher anzumelden oder sich mit ihm trotz seiner derzeit reizbaren und ablehnenden Haltung mit ihm zu unterhalten.[46] Nach dem Mord zu Beginn des zweiten Teils überbringen sie und der Hausknecht Raskolnikow eine Vorladung aufs Polizeibureau, wie sich jedoch herausstellt, nicht wegen Mordverdachts, sondern wegen seiner Mietschulden. Als Raskolnikow nach der Tat erkrankt und einige Tage in seiner Kammer verbringt, bevölkert sich sein Zimmer nach und nach. Raskolnikow selbst nimmt während seiner Krankheit (Teil 2, Kap. II) das Ein und Aus der verschiedenen Besucher in halb bewusstem Zustand wahr. Durch das Traumartige erscheint das Eindringen der Menschen auf Raskolnikow und im Gegenzug das plötzliche Allein- bzw. Verlassensein noch intensiviert, die Empfindungen noch bedrängender.

> Er hatte Fieber, mit Delirien und halbem Bewußtsein. An vieles konnte er sich später erinnern. Bald erschien es ihm, als versammelten sich um ihn viele Menschen, die ihn

---

43 Dieses Anwachsen, Verdichten und Verringern der Besucherzahl wird ebenfalls gespiegelt im Aufzug und Abzug aller Figuren des Romans.

44 Während Dostojewskij bis Ende des fünften Teils die von Raskolnikow an einem bestimmten Ort verbrachte Zeit klar mit Zeit- und Ortsangaben ausweist, verlieren wir die Spur zu Beginn des sechsten Teils, ebenso wie Raskolnikow, der dann ebenfalls das Bewusstsein für „Zeitpunkt und Dauer bestimmter Ereignisse" (VS 593) verliert. Wir können also nicht nachvollziehen, wie viel Zeit Raskolnikow in seiner Kammer verbringt.

45 VS 40.

46 VS 40–43; 92 f.; 126–128; 160–173; 175–210; 369; 597; 699.

> packen und wegtragen wollten, die um ihn stritten und zankten. Plötzlich fand er sich allein in seiner Kammer. Alle waren fortgegangen und vor ihm geflohen […].[47]

Als er „an einem Morgen um zehn Uhr“[48] (Teil 2, Kap. III) ganz zu sich kommt, sind Nastassja und ein Kaufmannsgehilfe bei ihm, der ihm 35 Rubel von Raskolnikows Mutter überbringen soll; gleich darauf stösst Rasumichin (Dmitrij Prokofjitsch Rasumichin), ein ehemaliger Kommilitone, zu ihnen. Rasumichin ist der erste Fremde, der die Enge der Kammer kommentiert:

> „Richtige Schiffskajüte!“ rief er, „immer stoße ich mit der Stirn an; und so was nennt sich Zimmer!“[49]

Am Nachmittag kehren Nastassja und Rasumichin, der in der Zwischenzeit neue Kleider für Raskolnikow gekauft hat, in dessen Kammer zurück, zu ihnen gesellt sich ein Bekannter Rasumichins, Sossimow, ein junger Arzt (Teil 2, Kap. IV), und schliesslich erscheint Luschin (Pjotr Petrowitsch Luschin, Hofrat, Teil 2, Kap. V), der Bräutigam von Raskolnikows Schwester Dunja (Awdotja Romanowa Raskolnikowa), der sich dem zukünftigen Schwager vorstellen will. Auch er reagiert seltsam beim Anblick der Kammer.

> Es war ein Herr in reiferen Jahren von betont würdevoller Haltung und reservierter, abweisender Physiognomie, der zunächst in der Tür stehenblieb *(b)*, mit beleidigendem, unverhohlenem Erstaunen *(c)* um sich blickte und in seiner Miene zu fragen schien: „Wohin bin ich nur geraten?“ Mißtrauisch und sogar mit einem gewissen affektierten Entsetzen, vielleicht sogar einer gewissen Gekränktheit, ließ er seinen Blick über die enge und niedrige „Kajüte“ Raskolnikows *(a)* schweifen.[50]

Hier sind also bereits vier zusätzliche Personen anwesend. In den beiden folgenden Kapiteln verlässt Raskolnikow seine Kammer. Bei seiner Rückkehr zusammen mit Rasumichin am Ende des 7. Kapitels (Teil 2, Kap. VII, S. 216 f., Auftakt zu Teil 3) findet er Nastassja, seine Mutter Pulcherija Alexandrowna Raskolnikowa und seine Schwester Dunja in seiner Kammer vor. Am folgenden Tag während eines erneuten Besuchs (Teil 3, Kap. II–III) spricht Raskolnikows Mutter ihre Empfindungen der Kammer und ihrer eigenartigen Kraft gegenüber ganz deutlich aus:

> Aber, mein Gott, in was für einem Kämmerchen wohnt er! […] Aber da ist schon die Treppe… Was für eine schreckliche Treppe![51] *(c, d)*

---

47 VS 161.
48 VS 162.
49 VS 162.
50 VS 194 f.
51 VS 299.

Dieser Eindruck lässt sie während der ganzen Zeit nicht los, und so ist sie es, die die eigenartige Idee formuliert, dass dieses Zimmer mitverantwortlich ist für den krankhaften Zustand ihres Sohnes.

> „Was hast du für ein schlechtes Zimmer, Rodja! Ein richtiger Sarg", unterbrach Pulcherija Iwanowna das drückende Schweigen. „Ich bin überzeugt, es liegt zur Hälfte an diesem Zimmer, daß du ein solcher Melancholiker geworden bist." *(d)*
> „Zimmer?" antwortete er zerstreut. „ja, dieses Zimmer hat vieles begünstigt … Ich habe das auch schon gedacht … Wenn Sie nur wüßten, Mama, welch seltsamen Gedanken Sie gerade ausgesprochen haben!" fügte er plötzlich mit einem eigentümlichen Lächeln hinzu.[52]

Die Figurenkonstellation in dieser Szene (Teil 3, Kap. III) ist dieselbe wie am Vorabend, erweitert um Sossimow, der jedoch bald die Kammer verlässt, bevor schliesslich Sonja eintritt (Sofja Semjonowna Marmeladowna (Teil 3 Kap. IV), die Tochter des am Vortag verstorbenen Marmeladow (Semjon Sacharytsch Marmeladow, ein Bekannter Raskolnikows, siehe Teil 1, Kap. II). Die Höchstzahl von sechs Personen, die sich gleichzeitig im Zimmer aufhalten, wird also in diesen beiden Szenen Mitte des dritten Teils erreicht. Es ist der erste und einzige Besuch Sonjas in der Kammer Raskolnikows, und auch sie reagiert auf deren Enge und Ärmlichkeit, jedoch nicht mit Schrecken, sondern mit der Erkenntnis, dass Raskolnikow sein ganzes Geld ihrer Familie für das Begräbnis des Vaters gegeben haben muss (siehe Teil 2, Kap. VII, S. 252).

> „Warum sehen Sie sich in meinem Zimmer so um? Mama hat auch gesagt, es erinnere Sie an einen Sarg."
> „Sie haben uns gestern alles gegeben!" flüsterte Sonja.[53]

Nastassja, die bis Ende des dritten Teils jeden Besuch begleitet und alle Gespräche in der Kammer verfolgt hat, wird nach diesem Höhepunkt in der Personenanzahl nur noch bei der Ausübung ihrer eigentlichen Aufgaben anderswo im Haus erwähnt. In der Kammer finden nur noch Einzelbegegnungen statt, die Enge allein durch die Personenanzahl im Zimmer wird nach und nach abgebaut. Im Folgenden sind es andere Eindrücke und andere Begegnungen, die in zunehmender Intensität in Zusammenhang mit der Kammer auf Raskolnikow eindringen. Eine solche Begegnung ist die mit einer neuen Figur, die als Auftakt zum vierten Teil bei Raskolnikow erscheint: Swidrigajlow (Arkadij Iwanowitsch Swidrigajlow, in dessen Haus Raskolnikows Schwester Dunja als Gouvernante

52 VS 312.
53 VS 322.

gearbeitet hatte). Swidrigajlow, der Raskolnikow ein sehr eigenartiges Angebot im Blick auf Dunja unterbreiten will, kommentiert die Kammer Raskolnikows mit keinem Wort, beginnt jedoch ein philosophisches Gespräch über die „Möglichkeit einer anderen Welt",[54] mit der man als kranker Mensch in Berührung kommen könne, und über ein künftiges Leben und die Ewigkeit:

> „Wir stellen uns die Ewigkeit immer als eine unfaßbare Idee, als etwas Großes, unermeßlich Großes vor! Aber warum muß sie unbedingt etwas Großes sein? Und wenn plötzlich dort stattdessen nur eine enge Stube wäre, etwa wie eine ländliche Badestube, schwarz vor Ruß und in allen Ecken Spinnen – und das wäre die ganze Ewigkeit? Wissen Sie, manchmal kommt es mir so vor."[55]

Auch wenn der Zusammenhang ihrer beider Anwesenheit in Raskolnikows eigener enger Kammer und dieser Vorstellung Swidrigajlows nicht explizit hergestellt wird, so ist dennoch anzunehmen, dass Raskolnikow sich bei einem späteren Gespräch mit Sonja auf eben dieses Bild bezieht. Während sich also Raskolnikow im fünften Teil fast gar nicht in seiner Kammer aufhält, jedoch Sonja in deren Zimmer besucht und ihr dort die Morde gesteht (Teil 5, Kap. IV), formuliert er selbst noch einmal die Idee der von seinem Zimmer ausgehenden eigenen bösen Kraft:

> „Wie eine Spinne habe ich mich damals in meinem Winkel verkrochen. Du bist ja in meinem Verschlag gewesen und hast ihn gesehen … Und weißt du auch, Sonja, daß niedrige Decken und enge Räume Seele und Geist beengen? Oh, wie ich diesen Verschlag gehaßt habe! Aber trotzdem war ich nicht gewillt, ihn zu verlassen. Erst recht nicht! Manchmal habe ich ihn Tag und Nacht nicht verlassen, wollte nicht arbeiten und wollte nicht einmal essen, lag nur so da."[56]

Diese Stelle ist bezeichnend für die Zweigespaltenheit Raskolnikows, die einerseits eine ungeheure Deutlichkeit und Klarsichtigkeit sich selbst gegenüber, andererseits eine so seltsame Durchmischung von Unwillen und Trotz abbildet. Dostojewskij greift hier tatsächlich die vorhergehenden Bemerkungen und Szenen noch einmal auf, als Raskolnikow nicht einmal auf den Gedanken kommt, sich bei der Wirtin zu beklagen, weil sie ihm bereits seit Wochen kein Essen mehr bringen lässt[57] oder er Nastassjas Tee stehen lässt.[58] Dadurch scheint die Auslegung Raskolnikows bestätigt, dass er nicht essen, nicht aufstehen, nicht

54 VS 390 f.
55 VS 391.
56 VS 564.
57 Vgl. VS 40.
58 Vgl. VS 92.

arbeiten *wollte.* Es bleibt jedoch offen, inwieweit Raskolnikow unter dem Einfluss der Kammer, des Hungers und seines geistigen Zustandes auch nichts an seiner Lage ändern *konnte.* Raskolnikow übernimmt die Verantwortung für sein Handeln, obwohl er gleichzeitig um die Wirkung dieser engen Kammer weiss, ebenso wie um den Hass,[59] den diese Kammer bzw. das, was diese Kammer symbolisiert, in ihm auslöst. Dadurch, dass Raskolnikow hier direkt im Dialog mit Sonja steht, erhält die Leserin auch keine Hilfe von Seiten einer deutenden Erzählstimme. Wie also Raskolnikows Wille oder sein Unvermögen unter all diesen Einflüssen zu gewichten sind, bietet Spielraum für Interpretation.

Erst gegen Ende des fünften Teils, nach diesem langen Gespräch mit Sonja, kehrt Raskolnikow noch einmal in seine Kammer zurück, während Sonja nach ihrer Stiefmutter Katerina Iwanowna sucht, die nach einem Skandal beim Leichenmahl ihres Mannes „übergeschnappt"[60] zu sein scheint, und mit ihren drei Kindern singend durch die Strassen zieht. Obwohl Raskolnikow selbst plötzlich Sonja alleine lässt und einem unerklärlichen Impuls folgend zu seiner Kammer hinaufsteigt, überfällt ihn dort plötzlich die Einsamkeit.

> Raskolnikow trat in seine Kammer und blieb in der Tür stehen. „Warum bin ich hierhergekommen?" Er betrachtete diese vergilbten, verschossenen Tapeten, diesen Staub, sein Sofa […] Das alles kannte er auswendig. Niemals, noch niemals hatte er sich so einsam gefühlt![61]

Das Gedränge der Besucher, die physische Beengtheit, das viele Gerede, das Raskolnikow teils bewusst, teils halb im Delirium wahrgenommen hatte, machen einem anderen Gefühl Platz. Raskolnikow ist nun ganz allein in der Kammer, und so dringen die Leere, die Einsamkeit und der Überdruss auf ihn ein. Aus dieser Stimmung heraus will er auf die zukünftigen Besuche Sonjas im Gefängnis verzichten und auch von Dunja, die gerade in diesem Moment die Kammer betritt, verabschiedet er sich, als wäre es ein „Abschied auf ewig".[62]

Zu Beginn des sechsten Teils, nach dem Tod Katerina Iwanownas, verliert sich Raskolnikows Bewusstsein in einer Art Nebel. Analog den klareren Phasen Raskolnikows erhalten wir bruchstückhafte Hinweise, wo dieser sich aufhält oder herumstreunt. Bei einem letzten Besuch Rasumichins, der Raskolnikow schliesslich in seiner Kammer antrifft, erfahren wir nur, dass dieser ihn mehrfach zuhause sowie bei Sonja gesucht, ihn aber nie angetroffen hat. Kurz darauf folgt

---

59 Vgl. VS 40.
60 VS 571.
61 VS 574.
62 VS 576.

die letzte grosse Szene *(b)* in der Kammer, der Besuch Porfirijs (Porfirij Petrowitsch, Staatsanwalt).[63] Porfirij sieht sich in der Kammer um, kommentiert sie jedoch nicht. Wie er selbst anmerkt, ist „es absolut unüblich",[64] dass der Ermittelnde Staatsanwalt sich „sogar persönlich"[65] zu einem Verdächtigen begibt. Doch gerade das ungewöhnliche Vorgehen Porfirijs und die Enge des Raumes schaffen einen fast vertraulichen Rahmen für die Aussprache Porfirijs (noch nicht derjenigen Raskolnikows!), der sich für sein „boshaftes Benehmen"[66] entschuldigt, und ihn entgegen seiner „früheren Methoden und Kniffe"[67] nunmehr aufrichtig und in aller Deutlichkeit wissen lassen will, dass er von Raskolnikows Schuld unerschütterlich überzeugt ist.

Nach diesem Gespräch verlässt Raskolnikow die Kammer und sucht Swidrigajlow auf. Während die Erzählstimme diese letzte Begegnung der beiden und schliesslich Swidrigajlows Geschichte bis zu dessen Selbstmord hin erzählt, erfahren wir nur ansatzweise, wo und wie lange Raskolnikow sich aufhält. Er kehrt jedoch erst am darauffolgenden Abend in die Kammer zurück, wo Dunja auf ihn wartet (Teil 6, Kap. VII). Mit ihr zusammen verlässt er seine Kammer und kehrt nicht zurück.

Der Darstellung von Raskolnikows Kammer können mehrere Funktionen zugewiesen werden. Die detaillierte Beschreibung ihrer Lage, Grösse und Einrichtung, ihrer Ärmlichkeit, Enge und Schäbigkeit führen der Leserschaft die bedrängte Situation Raskolnikows vor Augen. Das Empfinden der Enge und Ausweglosigkeit wird zum einen durch die immer wiederkehrende ausdrückliche Erinnerung an diese Enge oder auch entsprechende Benennungen der Kammer als Schrank, Kajüte etc. wachgehalten. Die Kammer selbst dient als Bühne, auf der die verschiedensten Zustände, Gedanken, Empfindungen Raskolnikows, aber auch verschiedenste Begegnungen mit Raskolnikow nahestehenden oder zumindest auf seine weitere Geschichte Einfluss nehmenden Personen inszeniert werden. Durch die Choreographie der Besucher in der Kammer, die an Zahl bis Ende des dritten Teils zunehmen und sowohl Raskolnikow als auch die Geschichte immer mehr vereinnahmen, wird das Empfinden von Enge und

63 Zu beachten auch die Reihenfolge der Orte, an denen die drei zentralen Gespräche Raskolnikows und Porfirijs stattfinden: 334–361 bei Porfirij zuhause; 447–479 in Porfirijs Arbeitszimmer im Polizeigebäude, ein „weder zu kleiner noch zu großer Raum"; 605–625 in Raskolnikows Kammer.

64 VS 619.

65 VS ebd.

66 VS 611.

67 VS 607 f.

Bedrängnis noch verstärkt. Die Gefühle und Reaktionen aller, Raskolnikow eingeschlossen, die sich in dieser Kammer aufhalten, sind durchweg negativ, werden als solche je nach Empfänglichkeit oder Veranlagung der Besucher explizit ausgesprochen oder implizit gezeigt. Diese negativen Empfindungen finden Eingang in die Idee, dass die Kammer als eine eigene Kraft auf Raskolnikow wirkt und mit verantwortlich ist für seinen geistigen Zustand und sein Handeln.

Wenn dieses eine Motiv der Kammer bereits so vielschichtig ausgestaltet ist, liegt es nahe, auch die weiteren Orte und Wege, die Dostojewskij in den Stadtplan von *Verbrechen und Strafe* einzeichnet, auf ähnliche Verbindungen und Funktionen hin zu überprüfen. Es kann nicht im Einzelnen auf jeden dieser Orte und Wege eingegangen werden, es sind aber sehr ähnliche Funktionen und Muster zu erkennen wie schon bei der Kammer: Orte und Wege als Abbild von Raskolnikows Lebenswelt *(a)*, Orte und Wege als Bühne für Begegnungen und Ereignisse *(b)*, ein Zusammenhang zwischen Orten, Wegen und Empfindungen Raskolnikows *(c)*, und bestimmte Orte und Wege, die auf positive oder negative Weise Einfluss nehmen auf Raskolnikow *(d)*.

Auf einige dieser Zusammenhänge wird im Folgenden eingegangen:

Das Bild, das Dostojewskij von Petersburg zeichnet, ist das Petersburg Raskolnikows, seines sozialen Umfeldes, seiner gesellschaftlichen Stellung, seiner Zeit. Beginnend bei dem Mietshaus, in dessen Dachkammer Raskolnikow haust, über die Beschreibung des Tatorts, der Schenke, die er nach der „Probe" bei der Pfandleiherin aufsucht, der Strassen, des Viertels, der Plätze und Brücken bis zu den Inseln, die Ziel oder Etappe von Raskolnikows Streifzügen und Irrwegen durch die Stadt sind, führt Dostojewskij Raskolnikow bis nach Sibirien. Das Viertel, in dem Raskolnikow wohnt, ist also ebenfalls Abbild seiner Lebensumstände. Der Student fällt in seinen Lumpen dort nicht auf.

> *(a)* Übrigens konnte man in diesem Stadtteil durch seine Kleidung schwerlich Aufsehen erregen. Durch die Nähe des Heumarktes, die Vielzahl gewisser Etablissements und eine Bevölkerung, die vorwiegend aus Handwerkern und Arbeitern bestand und in diesen innersten Straßen und Gassen Petersburgs eng zusammengepfercht lebte, war das gesamte Panorama gelegentlich von solchen Subjekten belebt, daß es sonderbar gewesen wäre, sich über den einen oder anderen zu wundern.[68]

Der Tatort, der von Raskolnikows Haus nicht weit entfernt ist, „genau siebenhundertdreißig"[69] Schritte, gehört zur selben Gegend, eine Wohnung im vierten

68 VS 11.
69 VS 10.

Stock eines „riesigen Gebäudes“[70] mit „unzähligen kleinen Wohnungen“.[71] Auch dort begegnen wir dem Motiv der Enge in Zusammenhang mit einer höchst eigenartigen Empfindung Raskolnikows:

> *(c)* Es war dunkel und eng, eine richtige Hintertreppe, aber er kannte das alles bereits, hatte alles genau studiert und an dieser ganzen Umgebung Gefallen gefunden.[72]

Der Tatort wird im Text mehrfach genannt, bereits auf den ersten Seiten[73] als Raskolnikow „hinging, um die … *Probe* zu machen“.[74] Dieser Besuch Raskolnikows ist, wie wir aus dem Dialog zwischen Raskolnikow und Aljona Iwanowna entnehmen, schon ihre zweite Begegnung. Raskolnikow sieht sich in der Wohnung um, „um die Lokalität so gut wie möglich kennenzulernen und sich einzuprägen“.[75] Er macht sich Gedanken über den Eindruck, den die Wohnung bei ihm hinterlässt:

> Alles war sehr sauber: Möbel und Fußböden blank poliert, alles glänzte. „Lisawetas Werk“, dachte der junge Mann. Kein Stäubchen in der ganzen Wohnung. „Diese Art Sauberkeit findet man bei bösen und alten Witwen“, überlegte Raskolnikow […]“.[76]

Noch ist Raskolnikow ein Beobachter, noch hat die Wohnung nicht ihre spätere Wirkung auf ihn, wie später als Tatort. Dennoch wird die Wohnung bzw. deren Sauberkeit in eine seltsam anmutende Verbindung gebracht mit den Eigenschaften Aljonas als „böse und alte Witwe“, die, wie wohl der unausgesprochene Gedanke zwischen „Lisawetas Werk“ und Aljonas Bosheit zu vervollständigen ist, die Schwester zur Erhaltung dieser peinlich genauen Sauberkeit zwingt. Die Szene ruft die Unterhaltung der Studenten in der Schenke in Erinnerung, die Raskolnikow zufällig mitgehört hatte[77] und bestätigt deren Urteil über die Pfandleiherin.

Die zweite Szene im Haus und in der Wohnung ist bereits die des Mordes.[78] Gleich zu Beginn der Szene werden zwei wichtige Motive angelegt bzw. aufgegriffen, die vor allem später eine wesentliche Wirkung auf Raskolnikow haben

70 Ebd.
71 Ebd.
72 VS 11.
73 VS 10–14.
74 VS 83.
75 VS 13.
76 VS 13.
77 VS 88 ff.
78 VS 96–117.

werden: Noch einmal die Glocke, die schon bei der ersten Szene erwähnt wird[79] und später noch eine Rolle spielen wird, und die Tür zur Wohnung. Raskolnikow zieht die Tür nach aussen hin auf und die Pfandleiherin, die die Türklinke festhält, beinahe auf den Flur hinaus. Mit dem fast schon gewaltsamen Eindringen in die Wohnung scheint Raskolnikow bereits die Grenze zwischen Vorhaben und Tat zu überschreiten. Hinter dieser Tür steht Raskolnikow direkt nach der Tat starr vor Entsetzen, auf der anderen Seite Koch und Pestrjakow, zwei weitere Kunden Aljonas, die diese zu sich bestellt hatte. Auch hier wird das Scheppern der Glocke zentraler Bestandteil der Szene.[80] Noch eine weitere Tür spielt hier eine wesentliche Rolle: Auf seinem Weg nach unten, als Koch und Pestrjakow gerade beide auf der Suche nach dem Hausknecht sind, versteckt sich Raskolnikow hinter der Tür zur leeren Wohnung im zweiten Stock. Auch diese Tür wird so zur Grenze: Sie bewahrt Raskolnikow vor der Entdeckung, die „sperrangelweit offene Tür" scheint die Tür zur „Rettung".[81]

Die dritte Erwähnung findet der Tatort bzw. das Haus der Pfandleiherin nicht durch Raskolnikow oder den Erzähler, sondern durch Rasumichin, der während Raskolnikows Krankheit Sossimow von der Festnahme des Malers Nikolaj berichtet.[82] Nikolaj ist einer der beiden Handwerker, die zur Zeit des Mordes in der Wohnung zwei Stockwerke unter derjenigen der Pfandleiherin gearbeitet hatten, die leere Wohnung jedoch für eine Balgerei mit seinem Arbeitskollegen verliess, sodass Raskolnikow sich ebendort verstecken konnte. Nikolaj ist unter Mordverdacht geraten, weil er ein Paar Ohrringe aus der Beute Raskolnikows, die dieser in seinem Versteck verloren hat, versetzt hat. Dostojewskij lässt Rasumichin das Verhör Nikolajs auf dem Polizeibureau wortwörtlich nacherzählen, sogar in den Sprechweisen Nikolajs und des verhörenden Beamten. Dieses Nachspielen der Szene, die nunmehr Raskolnikows Kammer zum Polizeibureau macht und die Verhörsituation an Raskolnikow in seinem krankhaften, halbbewussten Zustand heranträgt, wirkt auf diesen umso stärker: Die Erwähnung der Tür[83] zur Wohnung im zweiten Stock, hinter der sich Raskolnikow auf seinem Weg nach unten versteckt hielt, ruft in ihm die Verzweiflung, die Angst und den Schrecken seiner Flucht, die er wie im Fiebertraum[84] erlebt hatte, noch einmal hervor.

79 VS 11.
80 VS 113.
81 VS 117.
82 VS 185–190.
83 VS 102; 117; 189; 190; 194.
84 VS 115.

> „Hinter der Tür? Es lag hinter der Tür? Hinter der Tür?“ schrie Raskolnikow plötzlich und richtete sich langsam auf dem Sofa auf, indem er sich auf die Arme stützte und den trüben Blick erschrocken auf Rasumichin richtete.[85]

Hier ist es also nicht die Kraft eines Ortes an sich, sondern die Erinnerung an die Empfindungen, die Raskolnikow hinter eben dieser Tür bedrängt haben, während er nur ganz knapp der Entdeckung durch die beiden Kunden Aljonas und dem Hauswart entgangen ist. Die Tür zum nochmaligen Erleben wird in der szenischen Darstellung sozusagen aufgestossen. Auch hier sehen wir, wie Dostojewskij ganz verschiedene Elemente, einen Ort bzw. eine Tür, mit einer bestimmten Darstellungsweise, der zwar nacherzählenden, aber vergegenwärtigenden direkten Rede, und der heftigen Empfindung des Schreckens, der sich im Moment des Erinnerns aktualisiert, miteinander verstrickt.

Diese Erinnerung wird noch ein weiteres Mal aktualisiert, als Raskolnikow gegen Ende des 2. Teils seine Kammer verlässt und den Weg zum Polizeibureau einschlägt, um „allem ein Ende zu machen“.[86] Doch macht er einen Umweg „vielleicht ziellos, vielleicht aber auch, um den Augenblick wenigstens hinauszuzögern“,[87] und findet sich plötzlich am Tatort wieder.

> Er ging mit gesenktem Kopf, ohne den Blick vom Erdboden zu heben. Plötzlich war ihm, als hätte ihm jemand etwas zugeflüstert. Er hob den Kopf, und sah, daß er vor *jenem* Haus stand, unmittelbar vor der Toreinfahrt. Seit *jenem* Abend war er hier nicht mehr gewesen und auch nicht vorbeigegangen.
> Ein unbezwingliches und unerklärliches Verlangen bemächtigte sich seiner. Er trat durch das Tor, ging durch die Einfahrt, trat dann in die erste Tür rechts und begann, die bekannte Treppe hinaufzusteigen, zum vierten Stock.[88]

Und noch einmal verbindet Dostojewskij die gleichen Elemente: Raskolnikow, der scheinbar ziellos, in halb bewusstem, halb abwesendem Zustand plötzlich von irgendeiner fremden Macht, einem Flüstern, aufgeweckt wird, und sich vom Tatort wie magisch angezogen fühlt. Die Tür im zweiten Stock ist abgeschlossen und frisch gestrichen, weckt die Erinnerung dadurch vielleicht nicht. Auch die Wohnung der Pfandleiherin wird renoviert. Dieses Mal ist es der Ton der scheppernden Türglocke,[89] durch den das Grauen, aber auch eine Art qualvoller Genuss in Raskolnikow aufsteigen:

---

85 VS 190.
86 VS 232.
87 Ebd.
88 VS 232 f.
89 VS 11; 103; 113 ff.; 234 f.

> Dieselbe Glocke, dasselbe Scheppern. Er zog ein zweites und ein drittes Mal; er lauschte, die Erinnerungen stiegen auf. Die bekannte, qualvolle, schreckliche, grauenhafte Empfindung von damals lebte wieder auf, immer deutlicher und lebendiger, er zuckte bei jedem Glockenschlag zusammen, und er genoß es immer mehr und mehr.

Auch dieses Mal wird etwas, was mit dem Ort in Verbindung steht, zum Auslöser für ein Wiedererleben. Der Klang der Glocke wird wie die Tür zu einer Art eigener Macht, die in Raskolnikow die widersprüchlichsten und intensivsten Empfindungen auslösen oder reaktivieren.

Zum letzten Mal erscheint der Tatort Raskolnikow nicht in halb bewusstem Zustand, sondern tatsächlich im Traum. Raskolnikow hat den Eindruck, jemand winke ihn zum Tatort.[90] Dort verübt er den Mord an Aljona ein zweites Mal.

Raskolnikows Kammer und der Tatort sind die zwei wichtigsten Orte, die teils fast als eigene Kraft auf Raskolnikow einwirken oder mit Dingen, Personen, Ereignissen, Erinnerungen und Empfindungen so verflochten sind, dass diese ganz konkreten Verbindungen auf ihn eine ganz bestimmte Wirkung ausüben, die zum Teil sogar von ihm selbst angestrebt wird. Für dieses Anstreben bestimmter Stimmungen lassen sich zusätzliche Beispiele anführen wie Raskolnikows Streifzüge durch bestimmte Viertel der Stadt:

> Er war auch früher schon häufig durch diese kurze Gasse gegangen, die wie ein Knie den Platz und die Sadowaja verbindet. In der letzten Zeit hatte ihn diese Gegend sogar ganz besonders angezogen, vor allem, damit es ihm, wenn ihm übel zu Mute war, „noch übler werden sollte".[91]

Im Gegenzug treibt es ihn zu den Inseln und Gärten, wenn er es in der Kammer nicht mehr aushält, Blick und Gedanken nach Weite verlangen wie nach der Lektüre des Briefes der Mutter.[92] Doch ist die Welt der eleganten Petersburger Gesellschaft ein fremder Ort für ihn, und die Eindrücke dort reizen ihn bald auf andere Weise.

> Auf diese Weise überquerte er die Wassiljewskij-Insel, erreichte die kleine Newa, ging über die Brücke und bog zu den Inseln ab. Das Grün und die frische Luft taten seinen ermüdeten Augen zunächst wohl, die an den Staub, Kalk und an die riesigen beengenden und erdrückenden Häuser der Stadt gewöhnt waren. Hier gab es keine Schwüle, keinen Gestank und keine Kneipen. Aber bald wandelten sich diese neuen und wohltuenden Empfindungen in schmerzliche und aufreizende. Ab und zu blieb er vor einer eleganten, tief im Grün liegenden Datscha stehen, spähte über den Zaun und sah auf

90 VS 373.
91 VS 213.
92 VS 56.

> Balkonen und Terrassen festlich gekleidete Frauen und im Garten spielende Kinder. Am meisten interessierten ihn die Blumen.[93]

Raskolnikow folgt den prächtigen Equipagen, den Reitern und Reiterinnen neugierig mit den Augen, vergisst sie jedoch gleich wieder. Er späht über den Zaun, aber scheint sich mehr für den Garten als für die Menschen und ihr Leben zu interessieren. Diese eigenartige Mischung aus Interesse und Achtlosigkeit, Neugier und Gleichgültigkeit erweckt den Eindruck, als wolle Dostojewskij die Fremdheit Raskolnikows in diesem Umfeld darstellen ohne jedoch die Leserin oder den Leser auf den Gedanken zu bringen, dass Raskolnikow diesen Reichtum und dieses Umfeld der höheren Gesellschaft für erstrebenswert für sich selbst ansieht. Seine Empfindungen sind zwar „schmerzlich und aufreizend", stehen jedoch nicht explizit mit Begehrlichkeit, Missgunst oder Neid in Verbindung. Dostojewskij entzieht mit dieser Auslassung einem naheliegenden Motiv für den Mord, dem Wunsch nach persönlicher Bereicherung und einem dadurch evtl. möglichen gesellschaftlichen Aufstieg, die Grundlage.

Auch hier haben wir also die Verbindung zwischen Ort und Empfindungen, dem Grün der Inseln, das einerseits wohltuend im Gegensatz steht zum Staub der Grossstadt, das andererseits aber nicht in Raskolnikows gewohnte Umgebung passt und ihm so seine Fremdheit an diesem Ort vor Augen führt. Dass ihn einen Tag später ausgerechnet auf dem Weg zum Tatort, kurz vor seinem Verbrechen „völlig abwegige Gedanken"[94] beschäftigen, wie die Errichtung erfrischender Springbrunnen an allen Plätzen der Stadt und die Schaffung einer Art Central Park, mutet zwar sehr befremdlich an, passt jedoch zu der Theorie, dass die Stadt als eine fast eigene Kraft die Menschen beeinflusst, korrumpiert. Auch Raskolnikow scheint nicht frei von diesen Einflüssen.

> Hier angelangt, fragte er sich plötzlich: Warum bevorzugt der Mensch in allen Großstädten, und nicht nur aus purer Not, vorwiegend solche Wohngegenden, wo es keine Gärten und Springbrunnen gibt, sondern Schmutz, Gestank und jede Art Unrat? Da fielen ihm seine eigenen Streifzüge auf dem Heumarkt ein, und er kam für einen Augenblick zu sich.[95]

Doch auch hier ist es ein Zusammenwirken von Mensch und Ort, ein Zusammenhang ohne erkenntlichen Anfang und Ende. Ein Ort wirkt in gewisser Weise auf die Empfindungen der Menschen ein, die Menschen selbst scheinen jedoch

---

93 VS 75.
94 VS 101.
95 Ebd.

auch gerade jene Orte aufzusuchen oder zu gestalten, die ihnen oder ihrer derzeitigen Stimmung entsprechen. Die Idee der Stadt Petersburg als eine die Menschen prägende Kraft wird auch von Swidrigajlow am Ende des Romans ausdrücklich formuliert, also wiederum spiegelbildlich zu oben zitierter Stelle am Beginn der Erzählung.

> „Ich bin überzeugt, daß es in Petersburg viele Menschen gibt, die auf der Straße Selbstgespräche führen. Es ist eine Stadt von Halbverrückten. Gäbe es bei uns Wissenschaften, so könnten Mediziner, Juristen und Philosophen die interessantesten Forschungen in Petersburg durchführen, jeder auf seinem Spezialgebiet. Selten findet man einen Ort, der so viele düstere, prägende, eigenartige Einflüsse auf die Seele des Menschen ausübt, wie Petersburg. Allein schon die klimatischen Einflüsse!“[96]

Den „klimatischen Einflüssen“, bzw. dem Einfluss von Hitze, Schwüle, der Atmosphäre, werden wir später noch nachgehen, denn auch sie wirken im Text Dostojewskijs auf die Menschen ein, bestimmen und beeinflussen ihr Handeln, ihre Stimmungen mit. Bemerkenswert ist jedoch, dass durch diesen Ausruf Swidrigajlows Petersburg noch einmal mehr „geographisch konkretisiert“ verortet wird, also nicht nur als Symbol einer bestimmten dort ansässigen Bevölkerung, Gesellschaft, Kultur etc., sondern tatsächlich als Ort. Mit allem, was wiederum diesen Ort, bzw. diese Stadt mitbestimmt oder ausmacht, tritt Raskolnikow in eine Beziehung, die wiederum ihn mitbestimmt oder von ihm gestaltet wird. Ähnlich wie die Kammer scheint diese Stadt jedoch vor allem negative Empfindungen auszulösen oder den düsteren Seiten Raskolnikows zu entsprechen. So führt die Erzählstimme aus, dass eine „rätselhafte Kälte“ ihn stets angesichts des „prachtvollen Panoramas“ der Stadt von der Nikolajewskij-Brücke aus anweht, dass das Bild einen „düstere[n] und geheimnisvolle[...] Eindruck“ in ihm weckt oder die Streifzüge durch die schmutzigsten und verkommensten Winkel der Stadt ihm einen heimlichen Genuss bereiten. Es entsteht der Eindruck, dass diese Stadt nichts für Raskolnikow ist. Und so erscheint es uns nur richtig, dass Dostojewskij seine Hauptfigur nach Sibirien schicken muss, damit diese dort zu sich selbst findet. Wie aus Perspektive eines Vogels im Anflug auf sein Landeziel nimmt Dostojewskij im Epilog Raskolnikows neuen Aufenthaltsort in den Blick. Die Gliederung des Satzes mit seiner Beschreibung vom Grossen (ausgehend sogar von den Grossbuchstaben SIBIRIEN) zum Kleinen zeichnet dieses Einzoomen auf den Zuchthausinsassen Raskolnikow auf.

---

96 VS 632.

> SIBIRIEN. Am Ufer eines breiten, öden Stromes liegt eine Stadt, eines der Verwaltungszentren Rußlands; in der Stadt ist eine Festung, in der Festung ein Zuchthaus. In dem Zuchthaus sitzt schon seit neun Monaten der Sträfling zweiter Klasse Rodion Raskolnikow ein.[97]

Der Unterschied könnte grösser nicht sein. Weg von den grossen Gebäuden, den engen Hintertreppen und Kammern, den düsteren Winkeln und Schenken Petersburgs hinein in die Weite und Ödnis Sibiriens. Auch dort zieht Dostojewskij wieder die Verbindung zwischen Ort und Empfindung: der Anblick „der von Sonnenlicht überfluteten, unübersehbar weiten Steppe",[98] bewirkt bei Raskolnikow zuerst eine „unbestimmte Pein", beunruhigt und quält ihn,[99] wird jedoch nach dem Hinzutreten Sonjas zur Kulisse für die letzte grosse Szene: das Anbrechen einer neuen Zukunft, die „Auferstehung zu einem neuen Leben".[100] Trotz der Gefangenschaft, des Eingeschlossenseins im Lager bedeutet der Blick über den Fluss auf die Jurten der Nomaden bereits den Ausblick auf die Freiheit.

Orte, Wege und Richtungen dienen hier als Abbild oder Teil der erzählten Welt, als Bühne, als ein mit Emotionen verflochtenes Element, das von Dostojewskij sogar bis hin zu einer beinahe selbständig einwirkenden Kraft gestaltet wird, die seine Figuren auch als solche wahrnehmen. Sie sind Teil eines Zusammenwirkens verschiedenster Motivationsstränge in der Geschichte, die für Raskolnikow einerseits ins Verbrechen und damit in den Abgrund, in die Entfremdung, in die innere Gefangenschaft und Verstocktheit, andererseits in die Auferstehung, in die Weite, in die Freiheit führen. Alle Räume sind damit semantisch besetzt, haben ihre jeweils eigene Bedeutung und Funktion. Türen und Schwellen symbolisieren das Überschreiten der Grenzen, das Innen und Aussen, Treppen das Unten und Oben, wobei oben in der Kammer und am Tatort das Schlechte seinen Sitz zu haben scheint, die Stadt Enge und Bedrängnis, Gärten und Ödnis hingegen Klarheit und Freiheit, der Westen (St. Petersburg) den Tod, der Osten (Sibirien) die Auferstehung.

1.2.2. Zeit und Atmosphäre

In engem Zusammenhang mit dem Raum stehen Zeit (Jahreszeit, Tageszeit und Dauer von Handlungen oder Zuständen) und Atmosphäre (Wetter, Temperatur, Luft, Gerüche etc.) Auch sie sind offensichtlich angelegt als ein auf das Handeln

---

97 VS 723.
98 VS 742.
99 Ebd.
100 VS 743.

und Empfinden Raskolnikows wirkender Faktor. Besonders die Gegensätze von Hitze, Schwüle und Gestank zu Kühle, Wind und (frischer) Luft, von Abend und Sommer zu Morgen und Frühling sind Raskolnikows inneren Zuständen, seinen Gefühlen zugeordnet. Wir erinnern uns, dass die gesamte Erzählung mit einer zeitlichen Situierung beginnt:

> Anfang Juli, es war außerordentlich heiß, trat gegen Abend ein junger Mann aus seiner Kammer […] und ging langsam, als wäre er unentschlossen, auf die K.-Brücke zu.[101]

Diese Verbindung von drückender, brütender Hitze und Unentschlossenheit, einer inneren Unruhe oder Spannung, meist kurz vor einem einbrechenden Ereignis oder einem Moment der Entscheidung wird sich durch die ganze Erzählung ziehen. Auf den ersten Seiten finden wir hierzu ausdrückliche Beispiele:

> Draußen war eine furchtbare Hitze, drückende Schwüle, Gedränge, überall Kalk, Gerüste, Ziegel, Staub und dieser besondere Sommergestank, der jedem Petersburger, falls er nicht in der Lage ist, eine Datscha zu mieten, sattsam bekannt ist – all dies erschütterte die ohnehin überreizten Nerven des jungen Mannes aufs empfindlichste.[102]

Raskolnikow, der in dieser Szene in einer „Art Geistesabwesenheit“[103] in der Nähe des Heumarkts unterwegs ist, wird wenig später durch einen Anruf auf der Strasse aus seinen Gedanken gerissen, und plötzlich erfahren wir, dass sein Weg doch ein Ziel hat: die Wohnung der Pfandleiherin, „um sein Vorhaben *auszuprobieren*“.[104]

Auch am folgenden Tag ist Raskolnikow, den es nach der Lektüre eines langen Briefes seiner Mutter aus seiner Kammer treibt, um die Mittagszeit in der Stadt unterwegs. Auch dieses Mal wird die Hitze, die „Gluthitze“[105] ausdrücklich erwähnt, als Raskolnikow, während er noch über dem Inhalt des Briefes brütet, von einer Erkenntnis „wie ein Blitz[106]“ getroffen wird: er muss sich jetzt entschliessen, er muss jetzt handeln. Auch dieses Mal hatte Raskolnikows Weg in der glühenden Hitze ein Ziel, die Wohnung seines ehemaligen Kommilitonen Rasumichin, der ihm zu Arbeit bzw. zu Schülern verhelfen soll. Der Entschluss, diesen dann doch nicht jetzt aufzusuchen, sondern „am Tag *danach*, wenn *es* geschehen und vorüber ist und alles einen neuen Anfang nimmt…“, ist ein ganz

---

101 VS 7.
102 VS 8.
103 VS 9.
104 VS 10.
105 VS 65.
106 VS 64.

bewusstes Ausschlagen einer Alternative zu seinem Vorhaben. Auch dieses Entscheidungsmoment ist ein Zusammenspiel eines physischen Empfindens, Ekel und Grauen über „*das alles*", was „seit über einem Monat herangereift"[107] war, des Briefes der Mutter, der ihn „wie ein Blitz"[108] getroffen hat, der Erkenntnis, dass sich der „Traum",[109] die Idee zum Mord an der Pfandleiherin, in etwas Bedrohliches und Unbekanntes verwandelt hat und schlussendlich des Motivs der Hitze im Gegensatz zu seinem inneren Erschauern:

> Sein nervöses Zittern wurde zum Schüttelfrost; er schauerte; trotz der Hitze fror es ihn.[110]

Ohne zu wissen, wohin er geht, macht sich Raskolnikow auf den Weg zu den Inseln, an die *frische Luft.*[111] Die frische Luft wird im Gespann mit Kühle und Weite des Raumes im Lauf der Geschichte immer mehr zu einem Sinnbild von Freiheit und Klarheit. Sie steht jeweils im Gegensatz zu stickiger, verbrauchter, heisser, drückender oder stehender Luft, die ihrerseits als ein Bild von Ohnmacht und Ausweglosigkeit, von Schwindel, Fieber, Krankheit bis hin zur geistigen Verwirrung gesehen werden kann. Ähnlich wie jenes Bedürfnis Raskolnikows, sich an den heruntergekommensten Orten Petersburgs herumzutreiben, entwickelt er sogar ein gewisses Bedürfnis nach dieser üblen, verseuchten Luft, die seinen inneren Zustand wiederspiegelt:

> Hitze und Schwüle ließen nicht nach; aber er sog gierig diese stinkende, staubige, von der Stadt verseuchte Luft ein.[112]

Doch wie die Orte üben auch Gerüche und Temperaturen ihrerseits eine Wirkung auf Raskolnikow aus. Ein Beispiel hierfür ist die erste Szene auf dem Polizeibureau. Als Raskolnikow sich auf die Vorladung hin, deren Gegenstand (Mietschulden) er noch nicht kennt, auf den Weg dorthin macht, sieht er sich wieder dieser Atmosphäre von Hitze, Staub und Gestank auf der Strasse ausgesetzt.[113] Vom Wunsch, seinem inneren Zustand nach dem Mord zu entkommen („*Wenn es nur bald vorbei wäre!*"[114]), vom ersten Erwägen eines Geständnisses

---

107 VS 74.
108 VS 64.
109 Ebd.
110 VS 74.
111 Ebd.
112 VS 211.
113 VS 130.
114 Ebd.

(„*Wenn sie mich fragen, werde ich es ihnen vielleicht sagen*“[115]), gar von einem ersten Vorsatz („*Ich werde eintreten, ich werde mich auf die Knie werfen und alles erzählen*“[116]) bringen ihn nicht zuletzt die Enge, der Gestank im Treppenhaus und die schlechte Luft in den Büroräumen ab.

> Auch hier war die Luft außerordentlich stickig, und außerdem roch es bis zum Übelwerden nach frischer, noch nicht gänzlich getrockneter, mit ranzigem Öl angerührter Farbe, mit der die Zimmer neu gestrichen worden waren. Die Zimmer waren alle winzig klein und niedrig. […]
> „Hm, schade, daß es hier keine Luft gibt“, dachte er weiter, „es ist so stickig … alles dreht sich um mich … Auch in meinem Kopf dreht sich alles …“
> Er fühlte in sich ein schreckliches Durcheinander. Er fürchtete, die Beherrschung zu verlieren.[117]

Als Raskolnikow seinem zwingenden Bedürfnis nachgeben will, dem Polizeiinspektor Nikodim Fomitsch den Mord zu gestehen, beginnt dieser gerade, sich mit dem Polizeileutnant Ilja Petrowitsch über den Fall zu unterhalten. Raskolnikow erfährt dadurch, dass keinerlei Hinweise auf den Mörder vorliegen. Als er eben das Polizeibureau verlassen will, bricht er zusammen. Später begründet Raskolnikow seine Ohnmacht, die allen Anwesenden als „sehr merkwürdig“[118] erscheint, und die bei Petrowitsch, wie Rasumichin später berichtet, Verdacht erregt hat,[119] mit ebendieser Atmosphäre:

> „Ich bin damals ohnmächtig geworden, weil es drückend schwül war und nach Ölfarbe roch“, sagte Raskolnikow.[120]

Rasumichin selbst scheint diese Rechtfertigung nur allzu gerne annehmen zu wollen, doch auch bei ihm scheint die „*Idee*“, die „*tatsächlich in ihren Köpfen spukte*“,[121] dass Raskolnikow vor allem deshalb in Ohnmacht fiel, weil er etwas mit dem Mord zu tun hatte, doch auch Zweifel geweckt zu haben.

Noch einmal wird die Szene aufgegriffen, als Raskolnikow den ermittelnden Staatsanwalt Porfirij Petrowitsch auf dem Polizeibureau aufsucht.[122] Dieser

115 Ebd.
116 Ebd.
117 VS 131.
118 VS 146.
119 VS 258 f.
120 VS 259.
121 VS 258.
122 Vgl. VS 462.

analysiert allerdings bei dieser Gelegenheit den Zusammenhang von Geist, Psyche und Physis auf eine ganz eigene Art, wie wir später noch genauer sehen werden.

Dostojewskij setzt also das Mittel der Atmosphäre, der schlechten Luft, damit zusammenhängend auch die Krankheit tatsächlich als bestimmende Elemente ein, lässt sie jedoch durch Porfirij in einen noch grösseren Zusammenhang setzen. Hitze, Luft, Krankheit – all dies beeinflusst Raskolnikow, aber der Ursprung, der Grund seines Zustands, der ihn empfänglich macht für diese Einflüsse, ist nach der Theorie Porfirijs das Gegeneinander, das Auseinanderfallen von „Scharfsinn" und Natur, dem wir andernorts noch genauer nachgehen.

Porfirij ist es, der wie schon Nastassja[123] und später Swidrigajlow[124] immer wieder das Bedürfnis des Menschen und vor allem das Bedürfnis Raskolnikows nach frischer Luft ausdrücklich formuliert.[125] Er ist es auch, der Raskolnikow als Stimme der Vernunft den richtigen Weg vorzeichnet:

> „Sie brauchen schon lange eine Luftveränderung, das ist das erste. Wissen Sie, auch das Leiden ist eine gute Sache. Nehmen Sie das Leiden an. […] Aber jetzt brauchen Sie nur Luft, Luft, Luft!" […] Auf der Flucht ist es widerwärtig und schwierig, Sie aber brauchen in erster Linie Leben und eine eindeutige Lage, eine Ihnen gemäße Luft, und welche Luft werden Sie dort atmen?"[126]

Damit weist Porfirij schon auf die klare, kalte Luft Sibiriens hin, die für Eindeutigkeit und Leben steht, die er als Raskolnikow gemässe Luft deutet.
Es ist nicht nur das Klima, das Sibirien und Petersburg unterscheidet, sondern auch die Jahreszeit, in welcher Dostojewskij die sechs Teile der Erzählung in Petersburg und den Epilog in Sibirien anordnet: Während die zwei Wochen von Mord bis Geständnis im Sommer, genauer in der ersten Julihälfte bei ausserordentlicher Hitze, angesetzt sind, setzt der Epilog zu Raskolnikows und Sonjas Zeit in Sibirien fast achtzehn Monate später ein, das heisst im Winter, als Raskolnikow

---

123 VS 93: „Du mußt wenigstens raus", sagte sie nach einigem Schweigen, „damit dich der Wind durchbläst".

124 VS 595: „ Ach, Rodion Romanowitsch", fügte er plötzlich hinzu, „der Mensch braucht Luft, Luft, Luft … Vor allem anderen!"

125 VS 463: „Aber Sie werden auf einmal so blaß, Rodion Romanowitsch, liegt es an der Luft, soll ich vielleicht ein Fenster öffnen?"; VS 464: „Sie brauchen Luft, frische Luft! Und einen Schluck Wasser, mein Bester, Sie müssen einen Schluck Wasser trinken, das war doch ein Anfall!"

126 VS 622 f. Bemerkenswert die dreifache Wiederholung „Luft, Luft, Luft!" exakt wie Swidrigajlow, vgl. Fn 124.

bereits neun Monate seiner Strafe von acht Jahren im Zuchthaus verbracht hat. Über die in indirekter Rede wiedergegebenen Briefe Sonjas erfahren Rasumichin und Dunja, *„daß er sich über seine Lage völlig im klaren und weit davon entfernt sei, in naher Zukunft etwas Besseres zu erwarten […].“*[127] Doch auch wenn Raskolnikow zumindest über seine derzeitige Situation Klarheit hat, so doch nicht über sein Verbrechen und den Sinn seiner Strafe. Sein „verletzter Stolz“ und sein „verstocktes Gewissen“,[128] seine innere Unruhe sind der Grund für eine erneute Erkrankung, aufgrund derer er einige Wochen im Lazarett verbringen muss. Die grosse Schlussszene, das Erwachen oder Erkennen seiner Liebe zu Sonja, situiert Dostojewskij im Frühling, etwa zwei Wochen nach Ostern, *„draußen war warmes und klares Frühlingswetter* […] *Am frühen Morgen, gegen sechs Uhr* […] *Die Morgenkühle hatte noch nicht nachgelassen.“*[129] Der Aufbruch in das neue Leben, die neue Zukunft, das Glück wird verbunden mit dem Bild des Morgenrots, des frischen, kühlen und klaren Frühlingsmorgens.

Wenn also der Morgen assoziiert wird mit Klarheit, Erkenntnis bis hin zu Neuaufbruch und Auferweckung, so ist ebenso bezeichnend, dass Raskolnikow während der Zeit in Petersburg den Morgen grundsätzlich verschläft, von Nastassja meistens gegen zehn Uhr geweckt wird, wenn er nicht überhaupt das Bewusstsein für Zeit und Raum verloren hat.[130] Hingegen ist die Abendzeit vor allem in Verbindung mit der untergehenden Sonne immer eine Zeit der Krise, der Entscheidung, der zurückgenommenen oder aufgeschobenen Entscheidung, der Verwirrung. Raskolnikow sieht den Einfluss, den diese Tageszeit auf ihn hat, und versucht, seinen Empfindungen durch rationale Erkenntnis entgegenzuwirken.

> Er strich ziellos durch die Straßen. Die Sonne ging unter. In der letzten Zeit hatte sich bei ihm eine ganz eigenartige Empfindung eingestellt. Es war kein heftiger oder ätzender Schmerz; es war der Hauch eines Immerwährenden, Ewigen, die Vorahnung unendlicher Jahre kalter, tödlicher Öde, die Vorahnung einer Ewigkeit „auf einem Arschin Raum“.[131] In den Abendstunden pflegte ihm diese Empfindung besonders stark zuzusetzen.

---

127 VS 732.

128 VS 734.

129 VS 741 f.

130 VS 41 (2. Tag); VS 92 (3. Tag); VS 127 (4. Tag); VS 162 (Erwachen am 8. Tag um 10 Uhr nach drei Tagen Bewusstlosigkeit); VS 297 (9. Tag, Besuch Dunjas und der Mutter gegen 11 Uhr); VS 447 (10. Tag, Besuch bei Porfirij um 11 Uhr); 11.–13. Tag, Verlust des Bewusstseins für Zeit und Raum; 13. oder 14. Tag, 2 Uhr nachmittags.

131 Ein Arschin entspricht etwa einer Elle. Raskolnikow bezieht sich damit auf den Roman Victor Hugos: *Der Glöckner von Nôtre Dame*, siehe VS 216: „[…] wo habe ich nur

> „Bei solch alberner, rein physischer Anfälligkeit, die von einem Sonnenuntergang abhängt, soll man keine Dummheit begehen!“[132]

Er ist sich jedoch bewusst, dass ihm dies nicht gelingt, aus diesem Grund will er die Entscheidung, die er am Ende einer im Freien durchwachten Gewitternacht traf,[133] tatsächlich auch vor Sonnenuntergang umsetzen.

> Der Abend war frisch und warm und hell; es hatte seit dem Vormittag aufgeklart. Raskolnikow beeilte sich, in sein Zimmer zu kommen. Er hatte den Wunsch, vor Sonnenuntergang alles hinter sich zu bringen.[134]

Auch wenn der Abend nach dem Gewitter nicht die üblich drückende und schwüle Atmosphäre der Krise zeigt, so gelingt es Raskolnikow dennoch nicht, seinen Vorsatz gleich zu erfüllen. Erst bei Dämmerung betritt er das Polizeibureau, und erst nachdem er es noch einmal verlassen hat, kehrt er – beim Anblick Sonjas vor der Tür! – zurück, um sein Geständnis abzulegen. Das Zusammenspiel beider Einflussfaktoren, der Wetterumschwung und die Begleitung durch Sonja, durchbrechen die übliche Ohnmacht, die Raskolnikow nach dem Verbrechen, welches ja auch in den Abendstunden stattfand, in dieser Zeit einzuholen pflegt. Beide Einflussfaktoren sind hier als Umkehr oder als Gegensatz des Bisherigen gestaltet: Der Abend ist frisch, nicht wie bisher drückend schwül und heiss, und Raskolnikow wird, wenn auch ausdrücklich unerwünscht,[135] von Sonja begleitet, obwohl er bisher alle für ihn entscheidenden Wege alleine ging.

1.2.3. Finanzielle und gesellschaftliche Umstände

Ort, Zeit und Atmosphäre sind also sowohl als Rahmen als auch bis zu einem gewissen Grad selbst als bestimmende Faktoren eingesetzt, sie stehen jedoch wiederum in enger Verbindung mit weiteren Faktoren, die zu den Lebensumständen Raskolnikows gehören. Dass Raskolnikow in einer schrankähnlichen

---

gelesen, wie ein zum Tode Verurteilter eine Stunde vor der Hinrichtung davon spricht, daß es, sollte er irgendwo auf einer Höhe, auf einem Felsen, auf einem Felsvorsprung, der nur den beiden Füßen Halt bietet, leben – ringsum Abgründe, der Ozean, ewige Finsternis und ewiger Sturm –, und müßte auf diesem Arschin Raum sein ganzes Leben, tausend Jahre, die ganze Ewigkeit ausharren – daß es immer noch besser wäre, so zu leben, als gleich zu sterben! Leben, leben und nur leben!“

132 VS 576 f.

133 VS 693.

134 VS 699.

135 Vgl. VS 709.

Dachkammer haust und in den Sommermonaten nicht in eine Datscha ausserhalb der Stadt fliehen kann, resultiert aus seiner sozialen Stellung und seiner Armut. Mutter und Schwester unterstützen den Jurastudenten mit ihren geringen Mitteln aus der Witwenpension und, wie Raskolnikow erst aus dem Brief der Mutter erfährt, aus einem Vorschuss, den Dunja auf ihre Anstellung als Gouvernante erhalten hat. Bis vor wenigen Monaten verdiente Raskolnikow selbst mit Nachhilfestunden etwas Geld und profitierte von einem unbegrenzten Kredit seiner Wirtin, mit deren Tochter er verlobt war. Die Verlobte jedoch ist schon vor einigen Monaten verstorben, alle seine Einnahmequellen scheinen versiegt zu sein, Raskolnikow ist bei der Wirtin tief verschuldet, sodass sie ihm seit zwei Wochen schon kein Essen mehr heraufbringen lässt. Er verfügt nicht einmal mehr über ein Paar Stiefel. „Die Armut hatte ihn erdrückt.“[136] Dostojewskij zeichnet die prekäre Lage Raskolnikows wiederum bereits auf den ersten Seiten so deutlich, dass sie vordergründig als höchst nachvollziehbares Motiv für den Mord an der Pfandleiherin scheint. Auch der Brief der Mutter, in welchem sie Raskolnikow ihre bevorstehende Ankunft in Petersburg zusammen mit Raskolnikows Schwester mitteilt sowie deren Heiratspläne mit einem gut situierten Herrn, zu dem zwar nicht „eine besondere Neigung“[137] Dunjas zu erwarten ist, der aber die Familie und vor allem Raskolnikow aus der bedrängten Lage zu befreien imstande wäre, scheint ein wichtiger Auslöser für den Mord. Dieser Verstrickung in den familiären Beziehungen wird an anderer Stelle genauer nachgegangen.

Auch für Sonja ist der Hunger und der Wunsch, der Mutter zu helfen, eine nachvollziehbare Grösse, um den Mord an der Pfandleiherin zu erklären: „Du warst hungrig! Du… Du wolltest… Um deiner Mutter zu helfen? Ja?“[138] Selbst dem Gericht scheint diese Begründung schlüssig:

> Auf die entscheidenden Fragen: Was trieb ihn zum Mord, und was führte ihn zum Raub, antwortete er ganz klar und mit brutaler Deutlichkeit, daß der Grund in seiner üblen Lage zu suchen sei, in seiner aussichtslosen Armut und Hilflosigkeit, in seiner Absicht, die ersten Schritte in seiner Karriere mit Hilfe der wenigstens dreitausend Rubel zu sichern, die er bei der Ermordeten zu finden hoffte.[139]

Dass die Lebensumstände, der Hunger und die finanzielle Not Raskolnikows jedoch nicht der wahre oder zumindest nicht der einzige Grund für das

136 VS 7.
137 VS 50.
138 VS 557.
139 VS 725.

Verbrechen sind, lässt Dostojewskij durch verschiedene Hinweise erkennen. Tatsächlich ordnet er zum einen die Ereignisse so an, dass sie nicht mehr als aktuelle Auslöser gelten können. So erfährt Raskolnikow zum Beispiel erst nach dem Mord, dass seine Vermieterin ihn wegen seiner Mietschulden tatsächlich bei der Polizei verklagt hat und ihm eine Pfändung droht. Zum anderen bietet Dostojewskij in Rasumichin eine Alternative an, die Raskolnikow bewusst ausschlägt. So findet er sich am Tag vor dem Mord vor dem Haus seines Kommilitonen wieder, der ihm sicherlich „ein paar Schüler verschaffen" oder „sogar seine letzte Kopeke, falls er eine Kopeke hat, mit mir teilen" würde. Raskolnikow hat also doch jemanden, den er um Hilfe bitten kann, er wäre durchaus in der Lage, sich selbst über Wasser zu halten, doch er verbietet sich diese Möglichkeit, ja ist selbst sogar verwundert darüber, dass er in Rasumichin „den Ausweg aus allem" gesehen hat. Er beschliesst, Rasumichin am Tag nach dem Mord aufzusuchen.[140] Im Gespräch mit Sonja wird deutlich, dass aus der Sicht Raskolnikows die finanzielle Situation tatsächlich eine Rolle spielte, jedoch in ihr nicht der wahre Grund zu suchen ist:

> „So hungrig war ich nicht … Ich wollte wirklich meiner Mutter helfen, aber … aber auch das trifft nicht ganz zu … Quäl mich nicht, Sonja!"[141]

Im Gegenteil, Raskolnikow wäre selbst froh, könnte er im Hunger eine Entschuldigung suchen:

> „Wenn ich nur deshalb gemordet hätte, weil ich hungrig war", er betonte jedes Wort und sah sie rätselhaft, aber aufrichtig an, „dann wäre ich jetzt … einfach *glücklich*! Das mußt du wissen!"[142]

Dem Gericht wie dem Publikum bietet Raskolnikow wiederum ausschliesslich diese Begründung an. Sie wirkt durch die indirekte Rede des Erzählers jedoch so distanziert und verkürzt, dass den Lesern nach über 700 Seiten diese Vereinfachung ebenso wie dem Erzähler „schon beinahe plump"[143] vorkommen muss.

Auch hier lässt sich festhalten, dass die Gewichtung der Lebensumstände, der sozialen Stellung als ehemaliger Student aus bescheidenen Verhältnissen, der teils selbst verantworteten Zuspitzung der finanziellen Lage bis hin zu

---

140 VS 71–74; Rasumichin wird später tatsächlich zum Ausweg, indem er die Verantwortung für Dunja und ihre Mutter übernimmt, bzw. von Raskolnikow übertragen bekommt.

141 VS 557.

142 VS 558.

143 VS 752; einer der ganz wenigen expliziten Erzählerkommentare.

existenzieller Not, als Motiv für den Raubmord in der äusseren Wahrnehmung durch Sonja, durch das Gericht, durch die Gesellschaft ganz anders ausfällt, als in Raskolnikows innerer Wahrnehmung. Raskolnikow empfindet diese also in weit geringerem Masse für sich bestimmend als sein Umfeld.

Raskolnikow weiss selbst nicht genau um den wahren Grund. Und so sucht er ihn in sich selbst und in seinem Wesen.

1.3. Eigenschaften

> „Nein Sonja, das ist es nicht!“ […] Nimm lieber an (ja, das ist wirklich besser!), nimm an, daß ich egoistisch bin, neidisch, böse, gemein, rachsüchtig und … meinetwegen auch geisteskrank, jedenfalls der Veranlagung nach. (Wenn schon, denn schon! Man hat mich auch früher schon für geisteskrank gehalten, ich habe es bemerkt!)“[144]

Macht ihn sein „böses Herz“[145] tatsächlich zum Mörder? Wird das Handeln Raskolnikows durch seine Eigenschaften bestimmt? Welches Bild zeichnet Dostojewskij durch den Erzähler, durch die Mitfiguren, durch Raskolnikow selbst? Sieht Sonja, sehen wir Raskolnikow tatsächlich als den „Feigling und Schuft“,[146] als den er sich selbst bezeichnet, oder geben seine gedanklichen Kommentare Aufschluss darüber, dass auch er selbst sich nicht versteht?

Wieder erfahren wir im ersten Satz, auf der ersten Seite bereits mehrere grundlegende Dinge über die Hauptfigur: ein „junger Mann“, der langsam geht „als wäre er unentschlossen“.[147] Er fürchtet die Begegnung mit seiner Wirtin im Flur.

> Nicht, daß er besonders feige und eingeschüchtert gewesen wäre, ganz im Gegenteil […] Er war so sehr mit sich selbst beschäftigt und hatte sich so sehr von allen zurückgezogen, daß er sich überhaupt vor einer Begegnung fürchtete.[148]

Und nur zwei Seiten weiter:

> Übrigens war er auffallend schön, dunkelblond, mit wunderbaren dunklen Augen, über mittelgroß, schlank und gut gewachsen. […]
> Er war so schlecht gekleidet, daß mancher, der sich in seine Armut schickte, sich geniert hätte, am hellichten Tage in solchen Lumpen über die Straße zu gehen. […] In der Seele des jungen Mannes aber hatte sich bereits so viel Grimm und Verachtung angesammelt,

144 VS 563.
145 VS 560.
146 VS 560.
147 VS 7.
148 Ebd.

> daß er, ungeachtet einer mitunter ganz jugendlichen Empfindlichkeit, sich seiner Lumpen auf der Straße am wenigsten schämte. Anders war es nur, wenn er Bekannten oder früheren Kommilitonen begegnete, denen er am liebsten aus dem Weg ging…[149]

Das Einzelgängerische Raskolnikows wird vom Erzähler in einer kurzen, deutenden Zusammenfassung über Raskolnikows Studienzeit und sein Verhalten seinen Kommilitonen gegenüber noch ein drittes Mal hervorgehoben, in Verbindung mit Hochmut, Stolz und Verschlossenheit, andererseits jedoch auch mit Fleiss und Intelligenz.[150]

Dostojewskij zeichnet bereits zu Beginn ein ambivalentes Bild. Die angenehme physische Erscheinung[151] und die Jugend nehmen die Leserschaft für die Figur ein, die ärmliche Kleidung und offensichtliche Notlage schaffen Sympathie: Der junge Mann ist schön, empfindsam, klug, gerade nicht feige oder eingeschüchtert, jedoch überreizt, selbstbezogen und einzelgängerisch. Er ist bettelarm, dieser Armut gegenüber jedoch gleichgültig, nachdenklich, grüblerisch bis geistesabwesend, unentschlossen.

Erst einige Seiten weiter erfahren wir den Namen des jungen Mannes, Rodion Raskolnikow, abgeleitet vom russischen Wort „raskol“, zerspalten, knacken, der seine auf den bevorstehenden Mord vorausweisende Bedeutung durch die Situierung der ersten Nennung mit voller Kraft entfaltet. Raskolnikow stellt sich selbst vor, und zwar bei seiner Begegnung mit dem späteren Opfer, dessen Haupt er tatsächlich mit einem Beil spalten wird. Doch kann man dieses Zerspalten auch noch auf etwas anderes hindeuten: die innere Zerrissenheit und Unentschlossenheit Raskolnikows, die sich als grundlegendes Element durch den ganzen Roman zieht.

Raskolnikows Mutter beschreibt Rasumichin gegenüber, dem einzigen Menschen in Petersburg, mit dem Raskolnikow sich etwas angefreundet hat, eine ähnliche Unbeständigkeit im Charakter Raskolnikows, die bereits seit Jugendjahren für ihn bezeichnend ist. Sie ahnt aufgrund seiner ungewöhnlichen Phantasie und Originalität jedoch auch etwas von dem „furchtbaren Schicksal ihres Sohnes“[152] voraus, von welchem sie bis zu ihrem Tod nichts erfahren wird, aber von dem sie wohl „mehr gewußt hatte, als man allgemein annahm“.[153]

---

149 VS 9.

150 Vgl. VS 71 f.

151 Auch die Mutter hält ihn für schön, schöner noch als die Schwester: „Und wie schön sind seine Augen, und auch sein Gesicht ist so wunderbar! … Eigentlich ist er sogar schöner als Dunetschka …“, VS 303.

152 VS 731.

153 Ebd.

> [...] Sie können sich nicht vorstellen, Dmitrij Prokofjitsch, wie phantasievoll er ist und, wie soll ich mich ausdrücken, wie launisch! Ich konnte mich nie auf seinen Charakter verlassen, nicht einmal, als er erst fünfzehn war. Ich bin überzeugt, daß er auch jetzt plötzlich etwas mit sich anstellen kann, worauf kein Mensch auf der ganzen Welt je verfallen würde ...“[154]

Rasumichin wiederum hat eine ähnliche Sicht der Zerrissenheit Raskolnikows und formuliert diese gegenüber dessen Mutter und Schwester:

> „Ich kenne Rodion seit anderthalb Jahren: Er ist mürrisch, unfreundlich, verdrossen, hochmütig und stolz; in der letzten Zeit, vielleicht schon wesentlich länger, argwöhnisch und hypochondrisch. Großmütig und gutherzig. Vermeidet es, seine Gefühle zu zeigen, und ist eher bereit, eine Grausamkeit zu begehen, als sein Herz auszuschütten. Manchmal ist er übrigens kein Hypochonder, sondern nur kalt und gefühllos bis zur Unmenschlichkeit. Wirklich, als ob in ihm zwei entgegengesetzte Charaktere ständig wechselten. Zuweilen entsetzlich wortkarg! Nie hat er Zeit, immer wird er von allen gestört, dabei liegt er nur da und tut nichts. Spottet nie, nicht weil es ihm an Witz fehlt, sondern weil ihm die Zeit für solche Kleinigkeiten offenbar zu schade ist. Hört nie zu, wenn jemand spricht, interessiert sich niemals für Dinge, für die sich im Augenblick alle interessieren, hat von sich selbst eine hohe Meinung, und nicht ohne Grund, wie es scheint. Was noch? ... Ich glaube, daß Ihr Kommen auf ihn den allerheilsamsten Einfluß haben wird.“[155]

„Großmütig und gutherzig“ ist nach Rasumichin also die andere Seite Raskolnikows. Diese Seite zeigt sich nie in Raskolnikows Worten, sondern ausschliesslich in seinem Handeln. Die verschiedenen Szenen, in denen sie zutage tritt, sind über den ganzen Roman verstreut, als grössere oder kleinere Nebengeschichten oder Arabesken. Ein erstes Beispiel hierfür ist Raskolnikows erste Begegnung mit Semjon Sacharytsch Marmeladow, einem Trinker, der seine schwindsüchtige Frau und deren drei kleine Kinder sowie seine Tochter aus erster Ehe, Sonja, durch seine Sucht ins Unglück stürzt. Raskolnikow hört sich in der Kneipe Marmeladows Lebensgeschichte an, ohne ihn zu verurteilen oder über ihn zu spotten, wie es der Wirt und die anderen Gäste tun, er begleitet ihn nach Hause und lässt die wenigen Münzen, die er für das Pfand seiner Uhr erhalten hat, dessen Familie. Auch am Tag darauf beweist Raskolnikow seine Aufmerksamkeit und sein Mitleid, indem er sich für ein junges Mädchen einsetzt, das offensichtlich missbraucht und betrunken auf der Strasse umherirrt. Einer Strassenmusikantin und einer Prostituierten steckt er jeweils etwas von dem Geld zu, das er von seiner

154 VS 291 f.
155 VS 290.

Mutter bekommen hat. Schliesslich gibt er fast alles übrige Geld Sonjas Familie für die Beerdigung Marmeladows, der unter eine Kutsche geraten ist. Für das Gerichtsverfahren fördert Rasumichin noch weitere Momente zutage, wie die Unterstützung eines notleidenden schwindsüchtigen Kommilitonen und dessen Vaters durch Raskolnikow und die Rettung zweier kleiner Kinder aus einer brennenden Wohnung. Das Gericht bewertet diese Haltung als strafmildernd.

Dieses gute Handeln steht in kaum nachvollziehbaren Gegensatz zu Raskolnikows Verbrechen,[156] das gute Herz, das die Anderen sehen, steht im Gegensatz zum bösen Herzen, das Raskolnikow in sich selbst sieht.[157] Die Motivation in erster Linie aus dem Herzen heraus läuft wiederum Raskolnikows Vorstellung von einem herausragenden Menschen in der Art eines Napoleons[158] zuwider, den er sich selbst als Vorbild nimmt. Seiner Theorie nach würde der Geist, der Verstand, der Wille eines solchen Herrschers über die innere Stimme des Herzens und des Gewissens dominieren, diese sogar in Einklang mit der Überzeugung bringen, sodass ein Napoleon keinen Augenblick zögerte, Tausende von Menschen um der Macht willen zu töten. Raskolnikows Zweifel bzw. bereits die Erkenntnis, kein solcher Mensch „aus Erz" zu sein, sondern ein Mensch aus „Fleisch und Blut",[159] der ein solches Verbrechen nicht ertragen können wird, datiert er in mehreren Szenen vor den Mord, darauf zurückblickend wie sogar vorausschauend, also noch bevor dieser überhaupt stattfindet:

> […] „ich habe doch schon immer gewußt, daß ich das nicht werde ertragen können, wieso habe ich mich denn bis heute selbst gequält? Denn gestern schon, gestern, als ich hinging, um die … Probe zu machen, gestern schon habe ich mit aller Deutlichkeit erkannt, daß ich es nicht aushalten werde … Was will ich eigentlich jetzt? Was gibt es denn da noch zu zweifeln? Habe ich nicht gestern schon, als ich die Treppe hinunterstieg, mir selbst gesagt, daß es niederträchtig ist, widerwärtig, gemein, gemein […]
> Ich werde es doch nicht aushalten, ich werde es nicht ertragen! […]"[160]

Nach dem Verbrechen, zum Höhepunkt von Raskolnikows innerer Krise, seiner inneren wie äusseren Bedrängnis, bestätigt Raskolnikow sich sein Vorauswissen, seine Ahnung von sich selbst, sein Vorausfühlen:

156 Wie auch Sonja formuliert: „Sie geben ja Ihr Letztes her und haben gemordet, um jemand zu berauben!, 558.

157 „Sonja, ich habe ein böses Herz", 560.

158 Vgl. Gespräch mit Porfirij, 350–359; Monolog, 370; Gespräch mit Sonja, 566; Wiedergabe durch Swidrigajlow, 666.

159 VS 370.

160 VS 83.

> „Das hätte ich doch wissen müssen", dachte er mit bitterem Lächeln, „und wie konnte ich es nur wagen, da ich mich doch kannte, *mich ahnte*, nach dem Beil zu greifen und Blut über mich zu bringen. Das musste ich im Voraus wissen … Ach was! Ich hab es ja im voraus gewußt!" flüsterte er verzweifelt. […]
> „Und dann, dann bin ich deshalb endgültig eine Laus", fügte er zähneknirschend hinzu, „weil ich möglicherweise noch ekelhafter und übler bin als die getötete Laus und weil ich *vorausfühlte*, daß ich mir das sagen würde, *nachdem* ich getötet hätte. Was läßt sich mit solchem Grauen vergleichen! Gemein! Gemein!"[161]

Am Beispiel des Adjektivs „gemein" zeigt sich nicht nur die Bestätigung, sondern die noch verstärkte Bedeutung des Vorausgewussten: Steht es bei der ersten Stelle zwar bereits in Verdopplung, so hier jedoch mit Komma und Punkt, bei der zweiten Stelle ebenfalls in der Verdopplung, jedoch mit zwei Ausrufezeichen. Das Gemeine wird gerade in Opposition gesetzt zum „Überschreiten", um das es Raskolnikow ging, um ein „herrliches und wohltätiges Ziel",[162] das zu erreichen ihm nicht gelungen ist: „Ich habe nichts gekonnt als Töten".[163] Fällt das herrliche Ziel nun weg, scheint die Gemeinheit des Tötens noch viel klarer zu Tage treten. Auch seiner Schwester Dunja gegenüber nennt Raskolnikow sich „gemeiner Mensch".[164] Doch sie erwidert: „Du willst ein gemeiner Mensch sein?"[165] Die Verwendung des Wortes „wollen" verleiht der Frage eine eigenartige Doppeldeutigkeit. Je nach Betonung könnte Dunja damit die Selbsteinschätzung Raskolnikows in Abrede stellen, oder aber den Raum öffnen für eine umfassendere Frage, ob denn Raskolnikow sein will, wofür er sich hält bzw. vorgibt zu sein. Der Ermittelnde Staatsanwalt Porfirij verwendet im dritten Gespräch mit Raskolnikow das Wort „gemein" ebenfalls, er jedoch bezeichnet klar nur die Tat als gemein, nicht aber den Täter:

> „Das Ende war gemein, das stimmt, aber Sie sind trotzdem kein hoffnungslos gemeiner Mensch! Sie sind keineswegs gemein!"[166]

Für Porfirij scheint also durchaus möglich, dass ein Mensch, der nicht seinem Wesen nach böse ist, Böses tut. Für ihn liegen die Ursprünge in anderen Charaktereigenschaften, in der Krankheit sowie den Umständen und Überzeugungen Raskolnikows:

---

161 VS 370 ff.
162 VS 371.
163 Ebd.
164 VS 701.
165 Ebd.
166 VS 622.

> Sehr reizbar sind Sie, Rodion Romanowitsch, von Natur aus; viel zu reizbar sogar, neben allen anderen Haupteigenschaften Ihres Charakters und Ihres Herzens, die ich, wie ich mir schmeicheln darf, wenigstens teilweise erkannt zu haben hoffe. […] Auch ich kann nachfühlen, wie schwer ein Mensch daran zu tragen hat, der in einer drückenden Lage, aber stolz, herrschsüchtig und ungeduldig ist, vor allem ungeduldig! Ich halte Sie auf jeden Fall für einen ausgesprochen hochgesinnten Menschen, sogar mit einer gewissen Anlage zum Großmut, auch wenn ich keineswegs bereit bin, all Ihre Überzeugungen zu teilen […]
> Ich wiederhole, Rodion Romanowitsch, Sie sind ungeduldig und sehr krank. Daß Sie kühn, hochmütig, ernst sind und … und tief empfinden, daß Sie sehr vieles tief empfinden, das alles habe ich schon immer gewußt."[167]

Auch das Gericht gelangt zur Auffassung, „daß Raskolnikow nicht unbedingt einem gewöhnlichen Mörder, Räuber und Dieb gleichzustellen sei",[168] der aus gewinnsüchtigen Absichten oder aus Böswilligkeit heraus handelt, und dass die Tat im „Zustand verminderter Zurechnungsfähigkeit"[169] begangen worden sein müsse. Das uneingeschränkte Schuldeingeständnis, die guten Werke und seine offensichtliche finanzielle Notlage führen zu einer weitreichenden Strafmilderung. Die anderen Strafgefangenen in Sibirien wiederum scheinen diese Inkongruenz zwischen Wesen und Tat zwar zu spüren, nicht jedoch nachvollziehen oder einordnen zu können. Sie machen sich über Raskolnikows Verbrechen lustig, verachten und hassen ihn:

> „Du bist ein Herr!" sagten sie. „Es war nicht deine Sache mit einem Beil loszuziehen; nichts für einen Herrn!"[170]

Dostojewskij verteilt die explizit Raskolnikows Charakterisierung betreffenden Textstellen über den ganzen Roman. Trotz oder gerade in der Vielstimmigkeit von Erzähler, wechselnden Erzählperspektiven, direkten und indirekten Äusserungen der Mitfiguren und Raskolnikow selbst wird deutlich, dass Raskolnikow den Mord gegen seine Natur, gegen sein Wesen (nicht gegen seine Überzeugung!) im Wissen um das Scheitern des Experimentes verübt hat. Diese Ansicht wird auch von allen Mitfiguren geteilt. Die innere Zerrissenheit ist also nicht als Dualismus zwischen Gut und Böse in den Eigenschaften Raskolnikows zu sehen oder in einem ständigen Wechsel zweier entgegengesetzter Charaktere, wie Rasumichin es formuliert. Auch Raskolnikows Handeln lässt sich nicht aus

167 VS 608–611.
168 VS 724.
169 Ebd.
170 VS 738.

einem Nebeneinander oder Gegeneinander guter und schlechter Wesenszüge erklären. Auffällig an den unterschiedlichen Handlungen ist jedoch eines: Alle Handlungen, die im Zuge einer zufälligen Begegnung, eines zufälligen Ereignisses erfolgen, demnach also spontan und reaktiv sind, zeigen Raskolnikows Empathie, seinen Sinn für Gerechtigkeit, sein Eintreten für andere. Allein eine Handlung scheint geplant, durchdacht, berechnet, nach langem Grübeln ausgebrütet: das Verbrechen. Liegt also der Grund für Raskolnikows innere Zerrissenheit im Versuch, seinen Verstand und seinen Willen zu Herren über sich selbst einzusetzen, auch wenn es seiner Selbstahnung, seinem Selbstempfinden zuwiderläuft? Die Empfindungen Raskolnikows in ihrer physischen wie auch psychischen Erscheinung entsprechen meist nicht seinen Theorien und Ideen, widersprechen ihnen gar oder stellen sich dem Willen Raskolnikows entgegen. Folgen wir also dem Faden der Empfindungen, der Raskolnikow möglicherweise in eine andere Richtung führt, als er gehen will.

1.4. Verstrickt mit Leib und Seele: Die Macht der Empfindungen

Wie alles Wesentliche um Raskolnikow schon auf den ersten Seiten des Romans angelegt wird, so nimmt hier auch eine Vielzahl unterschiedlicher Emotionen, Empfindungen[171] und innerer Zustände grossen Raum ein. Schon das erste Mal, als Raskolnikow seine Wohnung verlässt, fächert die Erzählstimme einen ganzen Bund unangenehmer Empfindungen auf:

> Und jedesmal, wenn er vorüberkam, hatte der junge Mann eine peinigende und feige Empfindung, er schämte sich ihrer und runzelte die Stirn. Er war bei seiner Wirtin tief verschuldet und fürchtete sich, ihr zu begegnen.
> [...] eine furchtbare Hitze, drückende Schwüle [...] all dies erschütterte die ohnehin überreizten Nerven des jungen Mannes aufs empfindlichste. [...] Tiefster Ekel zeigte sich für einen Augenblick auf den feinen Gesichtszügen des jungen Mannes.[172]

Zu Beginn sind es weitgehend äussere Einflüsse, Raskolnikows Lebensumstände, die Wesensart seiner Vermieterin, die erdrückende Atmosphäre des sommerlichen, üblen und stinkenden Petersburger Stadtteils, die all diese negativen Gefühle in Raskolnikow wecken. Im Folgenden wird jedoch deutlich, dass genauso innere Bewegungen, innere Auseinandersetzungen ausgesprochen unangenehme Empfindungen hervorrufen. Noch unausgesprochene Ideen und Gedanken Raskolnikows, aus denen ebenso unausgesprochene Vorhaben und

171 Vgl. VS 7–11.
172 VS 7 f.

Pläne erwachsen, werden von einer anderen Instanz in ihm schon verurteilt und verworfen. Das Denken Raskolnikows steht in Streit mit seiner Seele.[173] Bewusstes Denken und Handeln und unbewusstes Ergehen und Empfinden wechseln sich ab. Raskolnikows Name wird zum Sinnbild seines Wesens: er ist geprägt von einer tiefen Spaltung in seinem Inneren.

So ergibt sich ein Zusammenwirken verschiedenster äusserer und innerer Einflüsse und Instanzen auf verschiedenen Ebenen, gar in verschiedenen Räumen der Wahrnehmung, wo Realität und Irrealität kaum mehr zu trennen sind. Die einzelnen Fäden können wiederum vorausweisend zwar grob benannt werden als

(a) äussere Einflüsse auf das Empfinden
(b) innere Zustände, innere Bewegungen
(c) Handeln aus der Emotion: Herz, Seele, Natur und Gewissen
(d) (Irr-)Realität des Unbewussten: Traum, Wahn, Delirium

Sie sind jedoch so miteinander verschlungen, dass eine Trennung oder Einzelgewichtung unmöglich scheint. Folgen wir exemplarisch dennoch einigen Hinweisen, um zu verdeutlichen, welche Rolle das körperliche und seelische Empfinden für Raskolnikow spielt.

Wie erwähnt sind es anfangs vor allem äussere Einflüsse, die Raskolnikows Empfindungen prägen. Hunger, Hitze, Schwüle und Gestank verstärken die bereits bestehende Schwäche und Überreizung. Raskolnikow ist sich seines Zustandes bewusst:

> In diesem Augenblick wußte er, daß sich seine Gedanken bisweilen verwirrten und er sehr geschwächt war: Schon den zweiten Tag hatte er nichts gegessen.[174]

Als Raskolnikow nach der „Probe" seines noch unbekannten Vorhabens die Wohnung der alten Pfandleiherin verlässt, schreibt Raskolnikow den Schwindel, der ihn erfasst, und seine Verstörung über die Entgleisung seiner Gefühle und seines Denkens, dem physischen Mangel, dem Hunger zu:

> „Alles physische Schwäche! Ein Glas Bier, ein Stück trockenes Brot – und schon im selben Augenblick erstarkt der Verstand, die Gedanken werden klar, die Absichten fest! Pfui Teufel, was für eine Erbärmlichkeit!"[175]

---

173 Der Begriff „Seele" wird von der Erzählstimme eingeführt, vgl. VS 9.
174 VS 9.
175 VS 16.

Raskolnikow ahnt jedoch bereits, dass dies nicht allein die leicht zu behebende Ursache seines Übels ist, dass „diese ganze Bereitschaft zum Besseren ebenfalls krankhaft war".[176] Schon hier spielt die Erzählstimme aus der Perspektive Raskolnikows auf dessen „Krankheit" an, die eine wesentliche Rolle einnehmen wird. So wird bereits vorweggenommen, dass mit dieser Krankheit nicht nur eine physische Symptomatik, sondern eine umfassende Problematik gemeint ist. Raskolnikows Verstörung nach dem Besuch bei Aljona gibt erste Hinweise auf den Ursprung dieser Krankheit:

> Raskolnikow war völlig verstört, als er die Wohnung verlassen hatte. Diese Verstörung wuchs zusehends. Während er die Stufen hinabstieg, hielt er sogar einige Male an, wie verblüfft. Und schließlich, bereits auf der Straße, rief er aus:
> „O mein Gott! Wie widerlich ist das alles! Ist es möglich, ist es möglich, daß ich … Nein, Unsinn, das ist absurd!" fügte er entschieden hinzu. „Ist es möglich, auf so etwas Entsetzliches zu verfallen? Wessen ist mein Herz nicht alles fähig! Vor allem: schmutzig, ekelhaft, widerwärtig, widerwärtig! … Und ich habe einen ganzen Monat lang …"
> Aber weder Worte noch Ausrufe genügten, um seine Erregung auszudrücken. Das Gefühl eines grenzenlosen Überdrusses, das sein Herz schon auf dem Weg zur Alten bis zur Übelkeit bedrückt hatte, nahm jetzt solche Ausmaße an und äußerte sich so, daß er nicht wußte, wohin er vor seiner Pein fliehen sollte.[177]

Es ist bemerkenswert, dass Raskolnikow selbst in diesem Moment von seinem Herzen, von seinen Gefühlen spricht, wohingegen dasjenige, was er tatsächlich „einen ganzen Monat lang…" getan bzw. gedacht hat, in Fortsetzungszeichen verschwindet. Erst später erfährt die Leserschaft, dass dieser Monat die Zeit des Nachgrübelns, des Ausbrütens, des Nachdenkens und Planens war. Raskolnikows Denken tritt hier völlig in den Hintergrund. Er schreibt die Fähigkeit, die Möglichkeit, „auf etwas so Entsetzliches zu verfallen" seinem Herzen zu, wertet es hier als „schmutzig, ekelhaft, widerwärtig, widerwärtig!" in zweifacher Emphase. Allein die grauenvolle Vorstellung, den Mord tatsächlich zu verüben, schlägt sich auf sein körperliches Empfinden nieder. Raskolnikow sagt zu sich selbst: „Schon bei dem bloßen Gedanken wurde mir physisch übel, und ich war entsetzt."[178] Der Ort, an dem dieser Gedanke ausgebrütet wurde, die Enge seiner Kammer verursacht Ekel, denn auch sie steht im Zusammenhang mit dem Mordplan:

176 Ebd.
177 VS 15.
178 VS 83.

> [...] plötzlich ekelte er sich vor seinem Zuhause: dort, in diesem Winkel, in diesem grauenhaften Schrank, war *das alles* seit über einem Monat herangereift [...][179]

Das alles wird noch nicht benannt, es ist jedoch Grund für die so ausgeprägt negativen Gefühle Raskolnikows. Es sind Gedanken und Fragen, die sein Herz zerstören, es bereits zerstört haben.[180] Das Gegeneinander von Herz und Kopf schlägt sich nieder in seinen Empfindungen, entzieht sich jeder Kontrolle.[181] Raskolnikows Name ist demnach nicht nur Sinnbild der Mordwaffe, des Beils, mit dem er seinen Opfern den Schädel spaltet, sondern umfasst sein ganzes Wesen: Die Spaltung in seinem Inneren zwischen Denken und Empfinden, wie auch die Trennung zwischen sich und der äusseren Welt.

Diese tief empfundene Abspaltung, die Entfremdung von den Menschen und vor allem von seiner Familie ist nicht mehr nur Raskolnikows Einzelgängertum, seiner Wesensart zuzuschreiben, sondern direkte Folge seines Verbrechens.

> So leer war plötzlich sein Herz. Eine düstere Empfindung quälender, grenzenloser Vereinsamung und Entfremdung erfüllte sein Bewußtsein.[182]

Raskolnikow ist sich dieser Entfremdung, dieses Abgeschnittenseins von Allem und Allen zwar bewusst, erkennt anscheinend jedoch ihren Ursprung nicht und vermag auch nicht willentlich gegen sie anzugehen. Hingegen erfasst sie ihn auch hier in körperlicher Form, steigert sich bis zum Hass:

> Eine neue, nicht zu bezwingende Empfindung bemächtigte sich seiner von Minute zu Minute mehr: Es war ein unendlicher, fast physischer Widerwille allem gegenüber, was ihm begegnete und ihn umgab, hartnäckiger, haßerfüllter Widerwille.[183]

Selbst gegenüber seiner Familie wendet sich die ehemals empfundene enge Verbundenheit vermeintlich sogar in Hass. Raskolnikow erträgt die Sorge und Liebe seiner Mutter und seiner Schwester nicht mehr:

---

179 VS 74.

180 VS 63: „Schon lange nagten sie an seinem Herzen und nun hatten sie es völlig zerstört."

181 Vgl. VS 56; 58; 63; 70; 84; 102; 119; 142.

182 VS 142. Siehe auch VS 158: „Er hatte das Gefühl, als hätte er sich eigenhändig, wie mit einer Schere, von allen und allem abgeschnitten."; VS 309: „Wiederum hauchte jene grauenhafte Empfindung seine Seele mit Todeskälte an; wiederum erkannte er plötzlich klar und deutlich, daß ihm soeben eine furchtbare Lüge über die Lippen gekommen war, daß er von nun an nicht nur keine Zeit haben würde, sich auszusprechen, sondern niemals mehr, mit keiner Seele, über was auch immer, sich *aussprechen könne*."

183 VS 152.

> „Meine Mutter, meine Schwester, wie habe ich sie geliebt! Warum hasse ich sie jetzt? Ja, ich hasse sie, ich hasse sie physisch, ich kann ihre Nähe nicht ertragen ...“[184]

Sogar gegen Sonja „durchzuckte [ihn] die Empfindung eines ätzendes Hasses“.[185] Hier jedoch deutet er das Gefühl als Täuschung seiner selbst. Nicht auf Sonja richtet sich sein Hass, sondern auf die Notwendigkeit, sich ihr nun offenbaren zu müssen.

Aljona, die Pfandleiherin, meint er hingegen wirklich zu hassen:

„*Sie* muß genauso sein wie ich“, dachte er angestrengt weiter, als kämpfe er gegen das aufsteigende Delirium. „O, wie hasse ich jetzt dieses alte Weib! Ich glaube, ich würde sie noch einmal umbringen, wenn sie wieder erwachte!“[186]

Dass sich das kursiv gesetzte „Sie“ wohl auf Aljona bezieht und nicht auf Raskolnikows Mutter, signalisiert nur das „weiter“ durch die Erzählstimme. Die sprunghaften, abgerissenen Sätze spiegeln Raskolnikows Mühe, seine Gedanken zu ordnen, das Abgleiten in das Delirium. Der Gedanke, die Alte, die er für seine Tat verantwortlich macht, und die er dafür hasst, noch einmal umzubringen, „realisiert“ sich später in einem Traum.

Porfirij wiederum hasst er, weil er glaubt, dass dieser seinen krankhaften Charakter schon auf den ersten Blick erkannt und ihn bei ihrer ersten Begegnung fast schon zu einem Geständnis gebracht habe. Die Erinnerung an ihn führt zu einer physischen Reaktion, gerade als Raskolnikow noch über die erste Begegnung mit dem Ermittelnden Staatsanwalt und die jetzt zu folgenden Strategien nachdenkt:

> Während er sich dies alles jetzt noch einmal genau durch den Kopf gehen ließ und sich für ein neues Gefecht rüstete, bemerkte er plötzlich, daß er zitterte, und empörte sich geradezu bei dem Gedanken, er zittere aus Furcht vor dem verhaßten Porfirij Petrowitsch. [...] er [...] gab sich das Wort, möglichst zu schweigen, dafür aber zu beobachten, zuzuhören und wenigstens dieses Mal seine krankhaft reizbare Natur zu beherrschen.[187]

Porfirij hat jedoch diese grosse Schwäche längst erkannt und provoziert Raskolnikow bei ihrer zweiten Begegnung in einer zutiefst ironischen Rede, indem er ihm in zwar unpersönlicher dritter Person, jedoch direkt auf Raskolnikow bezogen, gerade seine verräterische Reizbarkeit vor Augen führt.

---

184 VS 372.
185 VS 552.
186 VS 372.
187 VS 448.

„Scharfsinn ist, meine ich, etwas ganz Prachtvolles, die Zierde der Natur [...] Aber da kommt die Natur dem armen kleinen Ermittelnden Staatsanwalt zu Hilfe, unglücklicherweise! Gerade das läßt die Jugend außer acht, die, von ihrem Scharfsinn fasziniert, ‚alle Hindernisse überschreitet'. [...] Er wird, nehmen wir an, lügen, das heißt der Mensch, der Einzelfall, das Inkognito, und er wird vorzüglich lügen, auf die allerraffinierteste Weise; daraufhin wird er triumphieren und die Früchte seines Scharfsinns genießen, aber bumms!, an dem interessantesten, auffallendsten Ort fällt er in Ohnmacht. Krankheit, mag sein, schlechte Luft, mag sein, aber trotzdem, trotzdem! Und schon gibt er zu manchen Überlegungen Anlaß. Er hat unvergleichlich gelogen, aber mit der Natur hat er sich verkalkuliert."[188]

Porfirij fasst zusammen und spricht laut aus, was Raskolnikow nicht sehen will: „Die Natur ist ein Spiegel, der klarste aller Spiegel!" Damit führt er Raskolnikow seine grösste Schwäche vor Augen, dass dieser eben nicht in der Lage war, zu überschreiten, seinen Willen über sein Wesen, seine Natur zu stellen, wie andernorts genauer besprochen werden wird. Porfirij provoziert Raskolnikow mit seinen Ausführungen so sehr, dass dieser ausser sich gerät und nur durch das unerwartete Auftauchen Nikolajs davon abgehalten wird, sich zu „verraten".

Es hatte nicht viel gefehlt und er wäre *imstande* gewesen, sich endgültig zu verraten, diesmal mit Tatsachen. Nachdem Porfirij ihn auf den ersten Blick völlig richtig erfasst, erfühlt und die krankhafte Empfindlichkeit seines Charakters erkannt hatte [...].[189]

Bemerkenswert ist die Hervorhebung des Wortes „imstande", das je nach Perspektive dadurch einen Doppelsinn erhält. Einerseits versetzt nur der Kontrollverlust über sein Denken Raskolnikow erst in die Lage, das (nach Ansicht der meisten Figuren wie wahrscheinlich auch der Leserschaft) Richtige zu tun, seine Tat zu gestehen. Andererseits scheint Raskolnikow selbst dies mit Schrecken von sich zu weisen. Porfirij hingegen hat Raskolnikows inneres Bedürfnis, sich durch ein Geständnis von der Last der Tat zu befreien, angesichts verschiedener Szenen, in denen Raskolnikow eine Entdeckung provoziert, längst erkannt. Dieser innere Drang besteht schon von Anfang an.

Bereits als Raskolnikow am Tag nach der Tat wegen seiner Mietschulden aufs Polizeibureau geladen wird, empfindet er einen seelischen, gleichzeitig fast körperlichen Impuls zu gestehen:

Ein seltsamer Einfall beschäftigte ihn: Aufstehen, vor Nikodim Fomitsch hintreten und ihm alles, was gestern geschehen war, erzählen, alles bis auf die letzte Einzelheit, anschließend mit ihm in seine Kammer gehen und ihnen den Schmuck zeigen, in der

188 VS 462.
189 VS 480.

> Ecke, in dem Loch. Es war ein so zwingendes Bedürfnis, daß er sich schon vom Stuhl erhob um ihm nachzugeben.[190]

Wieder bremst ihn jedoch der Gedanke, doch wenigstens einen Augenblick überlegen zu müssen, und in diesem Moment wird im Polizeibureau plötzlich über den Mord an Aljona diskutiert. Raskolnikow erleidet einen Ohnmachtsanfall, sein Bewusstsein stellt sich ab, er reagiert physisch auf die Unerträglichkeit seiner Tat. Der Drang, dem Ganzen ein Ende zu machen, erfasst Raskolnikow noch weitere Male. Dem Polizeivorsteher Samjotow, dem er zufällig im Kristallpalast begegnet, verrät er sich beinahe,[191] und wenig später kehrt er zum Tatort zurück, wo er erneut an der Glocke zieht und die anwesenden Handwerker, Hausknechte und einen Kleinbürger im Chalat provoziert, damit sie ihn zum Polizeibureau begleiten, was diese jedoch nicht tun.[192]

Der Kleinbürger im Chalat wird sich allerdings später nach Raskolnikow erkundigen und ihn auf der Strasse beschuldigen: „*Du* bist ein Mörder" […].[193] Die offene Beschuldigung ist eine der Schlüsselszenen für den ganzen Roman. Betrachten wir sie hier als einen Anstoss, der Raskolnikows grosse innere Krise zum Höhepunkt führt, an dem in einem halb bewussten Monolog verschiedenste Gedanken in Raskolnikow aufsteigen, über das plötzliche und phantastische Auftauchen des Kleinbürgers, das Zustandekommen der Tat, die Alte, sich selbst, verschiedene Ideen, die Vorsehung, Porfirij, Napoleon, den „Propheten", die Familie, Sonja und Lisaweta. Raskolnikow gleitet schliesslich hinüber in einen Traum, in dem sich der Mord wiederholt. Es ist einer von mehreren Träumen, die Raskolnikow meist im Zustand extremer Verstörung, Erschöpfung, Krankheit, Fieber oder Delirium heimzusuchen scheinen, und die sich der Kontrolle des Verstandes und des Willens völlig entziehen. Folgen wir dem Faden der Träume von Beginn des Romans an, um ihrem Wirken auf Raskolnikow nachzugehen.

Auf den ersten Seiten des Romans sind Raskolnikows Träume eher als Phantasien zu verstehen, als aufkeimende Ideen, die ähnlich einer Spielerei in einem Bereich angesiedelt sind, der ausserhalb der Lebens- und Handlungsrealität Raskolnikows liegt. Die Wandlung vom „Traum" zum „Vorhaben" über eine konkrete Zeitspanne wird von der Erzählstimme in wenigen Sätzen zusammengefasst:

---

190 Vgl. VS 143 f.

191 Vgl. 217–226.

192 VS 234–237.

193 VS 368, *Du* kursiv im Text.

> Damals hatte er diesen seinen Träumen selbst noch nicht geglaubt und bloß durch ihre grauenhafte, aber verführerische Kühnheit sich selbst gereizt. Jetzt, einen Monat später, begann er bereits, sie anders zu betrachten, und gewöhnte sich schon daran, ungeachtet aller herausfordernden Monologe über die eigene Ohnmacht und Unentschlossenheit, diesen „grauenhaften" Traum sogar unwillkürlich für ein realisierbares Unternehmen zu halten. Er hatte sich sogar auf den Weg gemacht, um sein Vorhaben *auszuprobieren*, obwohl er sich selbst immer noch nicht traute, und mit jedem Schritt wurde seine Erregung stärker und stärker.[194]

Der Traum entzieht sich dem Zugriff wie auch der Beherrschung des Verstandes und gestaltet sich als eine Art eigenständige Kraft, die Raskolnikow reizt und verführt. Zwar trifft sie auf einen gewissen Widerstand, Raskolnikows Selbstahnung und sein Misstrauen, doch Zeit und Gewöhnung werden zu wesentlichen Faktoren für eine innere zustimmende Bewegung, die sich in einer konkreten Bewegung zur Tat bzw. zur Probe hin äussert: Raskolnikow „macht sich auf den Weg". Das Motiv der Wandlung findet sich etwa fünfzig Seiten weiter noch einmal:

> Der Unterschied lag nur darin, daß dieser Gedanke vor einem Monat, ja, sogar gestern noch, ein Traum gewesen war, wogegen er jetzt … plötzlich nicht mehr als Traum erschien, sondern in einer neuen, bedrohlichen und unbekannten Form, und er selbst war sich darüber plötzlich im klaren … Es traf ihn wie ein Schlag auf den Kopf, und vor seinen Augen wurde es dunkel.[195]

Auslöser für die plötzliche Erkenntnis, dass der geplante Mord an der Pfandleiherin nun kein Traum mehr ist, sondern ein echtes Vorhaben, ist ein ganz konkretes Zudringen der Realität auf Raskolnikow. Durch den Brief seiner Mutter sieht sich Raskolnikow plötzlich im Zugzwang: entweder er nimmt das Opfer seiner Schwester an, sich mit Luschin zu verheiraten, oder er sorgt auf andere Weise dafür, nicht nur seine eigene, sondern vor allem die finanzielle Situation von Mutter und Schwester zu verbessern. Auch wenn dieses Motiv der finanziellen Not später entkräftet wird, so scheint es dennoch in diesem bestimmten Moment ein ganz wesentlicher Anstoss für Raskolnikow, sich zu „entschließen, um jeden Preis, ganz gleich wozu […]".[196] Das Zusammenspiel von Gewöhnung, allmählich wachsender Bereitschaft und dem plötzlichen Anstoss zu einer Entscheidung, zu einem Handeln, das Zusammenspiel äusserer und innerer Motive führen also aus der „entsetzlichen, absurden und phantastischen Frage"[197] in die

---

194 VS 10.
195 VS 64.
196 VS 64.
197 Ebd.

Realisierung, hin zur Tat. Diese Tat wiederum wird erst dann konkret benannt, als sich Raskolnikow unter dem Eindruck eines ihn tatsächlich im Schlaf heimsuchenden Alptraums vom totgeprügelten Pferdchen[198] („dieser grauenhafte Traum!“[199]) von seinem Vorhaben abwendet. Bemerkenswert ist an dieser Stelle, dass vor der Schilderung des Traumes eine Art Reflexion über Träume vorgeschaltet wird, die nicht eigentlich der Erzählstimme, sondern einer Autorenstimme zuzuordnen ist. Der Autor betont darin die Intensität der Wirkung des Traumes im Zusammenspiel mit einem krankhaften Zustand des Träumenden. Auf einer Metaebene kann diese Betrachtung gleichzeitig auch als eine Reflexion über die Literatur als eine Art Traum oder eine Reflexion über die Grenzen der Möglichkeiten von Literatur interpretiert werden.

> In einem krankhaften Zustand zeichnen sich die Träume häufig durch ungewöhnliche Plastizität, Farbigkeit und außerordentliche Wirklichkeitstreue aus. Das Tableau ist manchmal bizarr, aber die Umstände und der gesamte Vorstellungsablauf sind gleichzeitig so glaubwürdig und weisen so feine, überraschende, aber so kunstvoll mit dem Gesamtbild abgestimmte Einzelheiten auf, wie sie der nämliche Träumer in einem wachen Zustand sich niemals hätte ausdenken können, auch wenn er ein Künstler im Range eines Puschkin oder Turgenjew wäre. Solche Träume, Träume im krankhaften Zustand, haften lange in der Erinnerung und hinterlassen einen starken Eindruck in dem ohnehin angegriffenen und schon erregten menschlichen Organismus.[200]

Die direkt erkennbare Funktion des Einschubs scheint jedoch die explizit Aufmerksamkeit weckende Ankündigung einer folgenden Traumdarstellung zu sein, die wahrscheinlich entscheidende Wirkung auf den Fortgang der Erzählung haben wird. Der Traum selbst wird nun ausdrücklich eingeleitet mit: „Einen schrecklichen Traum hatte Raskolnikow.“[201] Dieser Traum führt nun Raskolnikow die Entsetzlichkeit seines bis anhin immer noch nur angedeuteten Vorhabens so plastisch vor Augen, dass er selbst den geplanten Mord konkret und mit brutaler Anschaulichkeit formuliert, die diesen in seinem ganzen Grauen nun in völligen Gegensatz zum ehemals Ruhm und Ehre verheissenden, jedoch fast völlig im Nebel der Andeutungen verschwindenden „Wagnis“ stellt:

> „Mein Gott!“ rief er aus, „ist es denn möglich, ist es denn möglich, daß ich wirklich ein Beil nehmen, ihr den Schädel spalten werde … daß ich im klebrigen Blut ausrutschen,

---

198 VS 76–82.
199 VS 82.
200 VS 75 f.
201 Ebd.

> das Schloß aufbrechen, stehlen und zittern werde: daß ich mich verstecken werde, von oben bis unten mit Blut besudelt … mit dem Beil … O Herr, ist es denn möglich?“[202]

Das plötzliche Konkretisieren der Tat und die Bildhaftigkeit der dennoch phantastischen oder gar prophetischen Szene in der Vorstellung Raskolnikows finden Gestalt in einer poetischen Spiegelfigur: Eingefasst in die beiden Anrufungen „Mein Gott!“ und „O Herr“ stehen spiegelbildlich angeordnet „Beil“ und „Blut“, und nach weiteren Handlungselementen „Blut“ und „Beil“. Diese fast schon strenge Komposition steht im Gegensatz zur Sprunghaftigkeit der bisherigen Andeutungen und Phantasien. Raskolnikows laut ausgesprochene Worte entfalten in ihrer aussergewöhnlich kunstvollen Ordnung eine umso konkretere und realistischere Wirkung einerseits auf ihn selbst, andererseits ebenso auf die Leserschaft, die sich hier auf mehreren Ebenen angesprochen sieht. Die Szene ist exemplarisch für die Verschränkung ganz offensichtlicher literarischer Gestaltung und ihrer vielgestaltigen Wirkung auf die LeserInnen. Deren Bewusstsein, einen literarischen Text zu lesen, und damit Adressat einer beabsichtigten Einflussnahme durch einen Autor zu sein, scheint die Macht der Worte nicht zwingend zu brechen. Im lesenden Nachvollzug, der sich nicht explizit auf ein rein neutral-wissenschaftliches Interesse beruft, werden ähnliche Gefühle, ähnliche Bilder wie die der literarischen Figur zugeschriebenen geweckt.

Raskolnikow ist hier einer ähnlich vieldeutigen Position. Zwar erkennt und benennt er seine Phantasien und Träume, die durchaus als eine Art Geschichte bzw. Text zu verstehen sind, bewusst als Träume, sie erscheinen ihm aber dennoch als fremde Kraft, die sich der Kontrolle seines Bewusstseins und seines Denkens entzieht. In seinem zweiten Gespräch mit Sonja bemerkt er:

> Ich zog es vor, dazuliegen und zu denken. Und immerzu dachte ich… und immerzu kamen Träume, eigenartige, ganz verschiedene Träume, ich will sie gar nicht erst schildern! Aber erst von da an tauchte in mir der Gedanke auf, daß … Nein, so war es nicht![203]

Raskolnikow bricht seine Ausführungen ab, nimmt den Kausalzusammenhang von Traum und Gedanken, der zur Tat führt, zurück. Eine eigenartige Vermengung ist zwar vorhanden, aber nicht zu benennen.

Noch drei weitere Male dienen Träume zur Darstellung gewaltsamer Szenen, die Raskolnikow bis ins Innerste erschüttern, in ihm ein „unerträgliche[s] Gefühl grenzenlosen Grauens, wie er es noch nie empfunden hatte“, wecken. Der

---

202 VS 82 f.

203 VS 564.

erste dieser Träume,[204] am Abend des Tages nach dem Mord, handelt von einer schrecklichen Misshandlung der Wirtin Raskolnikows durch Ilja Petrowitsch („Pulver"), dem stellvertretenden Inspektor, dem Raskolnikow am Vormittag auf dem Polizeibureau begegnet war und dem er am Ende seine Tat gestehen wird. Der Traum wird dieses Mal nicht eindeutig als solcher eingeleitet: Raskolnikow schläft, wird jedoch von einem „furchtbaren Schrei" geweckt. Erst im Nachhinein, als Nastassja in Raskolnikows Kammer tritt, klärt sich auch für Raskolnikow auf, dass die Szene im Treppenhaus, die Schläge, die Schreie, der Menschenauflauf ein Traumgebilde waren. Auch dieser Traum ist eine Art Auslöser: Direkt im Anschluss beginnt eine mehrere Tage dauernde Zeit der Bewusstlosigkeit, der Krankheit, des Fiebers. Im Fieber öffnet sich nun ein weiterer Raum ausserhalb der physischen Realität: in Delirium, Wahn und Traum findet nun eine halb bewusste oder unbewusste Auseinandersetzung mit der Tat statt, auf die der Verstand gar keinen Zugriff hat. Raskolnikow glaubt gar, er „müsse den Verstand verlieren".[205]

> Die Überzeugung, daß alles, sogar das Gedächtnis, sogar das Vermögen zu einfachsten Kombinationen, zunehmend versagte, quälte ihn unerträglich: „Wie, sollte das schon der Anfang sein, wie, sollte die Strafe schon beginnen?"[206]

Der Kontrollverlust über sein Denken, die Machtübernahme durch die Krankheit erscheint Raskolnikow als Strafe. Sein Vorsatz, „daß er unumschränkter Herr über Verstand und Willen bleiben würde, die ganze Zeit, während der Ausführung des Vorhabens",[207] ist nicht erfüllt. Er ist nun doch Opfer vielleicht gerade der Krankheit, die seiner Theorie nach immer Ursache oder Begleiterscheinung eines Verbrechens[208] ist, obwohl sie ihn nicht hätte heimsuchen dürfen, „einzig und allein aus dem Grund, weil sein Vorhaben – ‚kein Verbrechen' ist".[209] Die Frage, ob Raskolnikow im Umkehrschluss seine Tat nun doch als Verbrechen deutet, bleibt offen, ebenso was oder wer nun als Richter zu gelten hat, der diese „Strafe" verhängt. Die Weigerung seines Verstandes, im Mord an Aljona und Lisaweta mehr als einen „gewöhnlichen *Fehler*"[210] zu sehen, tritt in Widerstreit mit einer anderen Instanz, die Raskolnikow selbst nicht benennen

204 VS 158–161.
205 VS 123.
206 VS 125.
207 VS 98.
208 Vgl. VS 349.
209 VS 98.
210 VS 734, kursiv im Text.

wird, die von den Anderen und von der Erzählstimme jedoch als „Gewissen“[211] bezeichnet wird. Diese Strafe der Krankheit ist eine innerliche im Gegensatz zur äusserlichen, die Raskolnikow nach einem Gerichtsurteil zu erwarten hat. Auch letztere anzunehmen und ihren Sinn zu erkennen gelingt ihm von rationaler Seite nicht.[212]

Der zweite Traum[213] ist eine Art Wiederholung des Mordes. Der Kleinbürger im Chalat erscheint ihm auf der nächtlichen Strasse und winkt ihn zum Tatort. Dort erschlägt er die alte Pfandleiherin ein zweites Mal; sie lacht ihn jedoch aus, wie auch die plötzlich aus dem Schlafzimmer der Alten dringenden Stimmen. Als er auf den Flur hinausstürzt, wiederholt sich das Motiv der Menschenmenge auf der Treppe aus dem vorhergehenden Traum, diesmal jedoch sehen ihn die vielen Menschen schweigend an. Auch dieser Traum wird erst am Ende als Traum gekennzeichnet: „Er wollte schreien – und erwachte.“[214] Dieses Mal löst der Traum keine direkte Reaktion Raskolnikows aus; er fragt sich jedoch, ob der Traum überhaupt zu Ende ist, denn wie als Fortsetzung des Traums und als Überleitung zum vierten Teil des Romans tritt nun Swidrigajlow in Raskolnikows Kammer. Dieser Gedanke, ob der Traum beendet ist, beschäftigt Raskolnikow auch im Folgenden. Gegenüber Rasumichin vergewissert er sich, ob er die Begegnung mit Swidrigajlow vielleicht auch nur geträumt hat oder sogar „alles, was sich in den letzten Tagen ereignet hat, alles [...] bloße Phantasie...“ war. Diese immer weniger vollzogene Kennzeichnung im Text lässt zunehmend Realität und Traum verschwimmen.

Noch ein letztes Mal wird Raskolnikow in Sibirien von einem Traum heimgesucht. Eine Seuche befällt die Menschen, die sich nun alle für klug und unfehlbar halten, sodass ein jeder glaubt, im Alleinbesitz der Wahrheit zu sein. In der Folge zerstören sie sich in rasender Wut, denn sie können sich nicht einigen, was als gut oder böse zu gelten hat.[215] Raskolnikow scheint in diesem Traum ein letztes Mal zu durchleben, was ihn selbst so lange getrieben hat: die Idee, vielleicht doch ein herausragender, ein besonderer Mensch zu sein, für den eigene Gesetze gelten. Er empfindet es „als Qual, daß diese sinnlose Fieberphantasie so trostlos und schmerzlich in seiner Erinnerung weiterlebte und daß der Eindruck dieses Traumes so lange anhielt.“[216] Erst auf den letzten Seiten des Epilogs, wiederum

211 Ebd.
212 Vgl. VS 704 f.; 734.
213 VS 372–375.
214 VS 375.
215 VS 740.
216 VS 740 f.

nicht bewusst und rational, löst sich der Albdruck des Verbrechens, indem die Sinnlosigkeit des Verbrechens endlich hervortritt, die Macht der Phantasien und Ideen gebrochen wird.

Abgesehen von Raskolnikow wird als einzige weitere Figur des Romans auch Swidrigajlow von Visionen und Träumen heimgesucht, die entweder Swidrigajlow Raskolnikow erzählt oder die Erzählstimme der Leserschaft. Beider Träume haben jeweils schreckliche, gewaltsame Handlungen zum Gegenstand, die in irgendeiner Form mit ihnen in Verbindung stehen oder gerade erst durch das Erzählen des Traums mit ihnen in Verbindung gestellt werden. Die Leserschaft scheint dadurch einen noch intimeren Einblick in die den Figuren vielleicht selbst verborgenen Winkel ihres Selbst zu gewinnen. Das Innenleben der beiden Figuren erhält eine weitere Dimension, die gerade bei Raskolnikow und Swidrigajlow, die beide explizit um die Vorherrschaft von Rationalität und Logik, den „unabhängigen Blick“[217] bemüht sind, einer anderen Instanz als der Vernunft Raum schafft. Bei beiden öffnet sich durch den Traum die Möglichkeit, auf eine gerade nicht bewusste Wahrnehmung bzw. auf eine Wertung dieser gewaltsamen Handlungen zuzugreifen, die sie in wachem Zustand negieren. Der Traum scheint also für beide ein Forum zu sein, auf dem diese Instanz, die Raskolnikows Mutter und Schwester „Gewissen“ und „moralisches Gefühl“[218] nennen, hervortreten kann.

An all diesen Episoden zu Raskolnikows Träumen lässt sich erkennen, dass Traum, Wahn, Delirium, das Halb- und Unbewusste, das Psychische mitsamt den physischen Auswirkungen immer in Gegenposition zur intellektuellen, geistigen, rationalen Verstandes- und Ideenseite gebracht wird. Diese Zwiegespaltenheit Raskolnikows zeigt sich in höchster Ausprägung gerade in der Mitte des Romans, wird also buchstäblich zentral. Die Szenen der ersten Begegnung mit Sonja in Anwesenheit von Raskolnikows Mutter und Schwester (Teil 3, Kap. IV) und der ersten Begegnung mit Porfirij (Teil 3, Kap. V) sind den Szenen der Anschuldigung des Kleinbürgers im Chalat, des langen Monologes, des Traums von der Wiederholung des Mordes (Teil 3, Kap. VI) und schliesslich der ersten Begegnung mit Swidrigajlow (Teil 4, Kap. I) gegenübergestellt. Die inneren beiden Szenen, die in höchstem Masse philosophische Unterhaltung zwischen Raskolnikow und dem Staatsanwalt zu Raskolnikows Theorien zu Wesen und Wert der Menschen und die emotionale Erschütterung durch das phantastisch anmutende Auftauchen des Kleinbürgers und der folgende Albtraum

217 VS 735.

218 VS 666.

von der Wiederholung des Verbrechens andererseits liegen vor und nach einer Art Bruchachse (die gleichzeitig auch als Spiegelachse oder Umkehrachse für den ganzen Roman betrachtet werden kann). Wenn wir in der Struktur des Romans also am Anfang das Verbrechen als ersten Höhepunkt und am Ende das Geständnis als zweiten Höhepunkt annehmen, so eröffnet sich hier in der Mitte der Abgrund, aus dem Raskolnikows Krankheit, seine Krise zu entspringen scheint. Beide Höhepunkte sind von entscheidenden Handlungen Raskolnikows geprägt, während der mittlere Abschnitt im Zeichen von Gesprächen und inneren Bewegungen der Figur steht. Die Leserschaft findet sich entsprechend zwischen den beiden Spannungshöhepunkten in einer handlungs- wie auch spannungsarmen Phase der Lektüre. Sie sieht sich an diesem Punkt der scheinbar statisch gewordenen unversöhnlichen Zerrissenheit Raskolnikows umso mehr herausgefordert, einerseits den Weg dorthin noch einmal nachzuvollziehen, andererseits die ersten Anzeichen für den Umbruch hin zum kommenden zweiten Höhepunkt zu suchen.

1.5. Das neue Wort aussprechen: Die Macht der Ideen

Wenn nun tatsächlich der Hauptgrund für Raskolnikows innere Zerrissenheit, für seine Krankheit, darin liegt, dass er versucht, gegen seine innere Selbstahnung, gegen seinen physischen und psychischen Widerstand, gegen sein Wesen einer Überzeugung zu folgen, seinen Scharfsinn und seinen Willen über sich selbst zu stellen, ist es naheliegend, dass diese Ideen und Theorien als wesentlicher Faktor in der Motivation zum Verbrechen zu gewichten sind.

Auch hier stellt sich zuerst die Frage, welche Ideen wann und in welcher Form überhaupt formuliert werden und durch welche Instanz, bevor wir ihrer Entwicklung, ihrer Konkretisierung, ihrer Realisierung und dem Scheitern Raskolnikows an ihnen nachgehen. Es sind wiederum mehrere Gedankenstränge, die an unterschiedlichen Stellen des Romans manchmal einzeln, manchmal in einem ganzen Komplex auftauchen, variiert werden, ihr Gewicht verlagern, an Bedeutung gewinnen oder verlieren. Den einzelnen Strängen wann immer möglich in ihrer textchronologischen Folge nachzugehen, scheint daher sinnvoll. Diese Chronologie des Einzelnen wird jedoch an jenen Stellen unterbrochen werden müssen, wo ein Textabschnitt als Einheit im Vordergrund steht, sich also vielleicht ganze Abschnitte aufeinander beziehen, oder der Motivkomplex der Ideen zwar der gleiche bleibt, sich jedoch die Stimmen bzw. GesprächspartnerInnen ändern.

Beginnen wir auch hier wieder am Anfang des Romans: Die erste Szene[219] (Teil 1, Kap. I), in der schon beinahe alles Folgende an Ideen und Theorien angelegt wird, findet sich wiederum auf den allerersten Seiten. Raskolnikow formuliert in einem Selbstgespräch auf der Strasse in wenigen abgerissenen Sätzen eine ganze Reihe grundlegender Fragen, die wegweisend sind für alle folgenden Szenen, in welchen Ideen und Theorien sowohl ihrem Inhalt nach als auch in ihrer Wirkmacht auf Raskolnikow eine ganz zentrale Rolle spielen.

Wir haben es hier unmittelbar mit Raskolnikow selbst zu tun, der in direkter Rede und ohne auf die Wirkung auf einen Gesprächspartner bedacht zu sein seinen Gedanken freien Lauf lässt:

> „Auf welches Wagnis will ich mich einlassen und vor welchen Lappalien fürchte ich mich!", dachte er mit einem eigentümlichen Lächeln. „Hm … ja … Alles hat der Mensch in der Hand und alles läßt er sich vor der Nase wegschnappen, aus purer Feigheit … Das ist ein Axiom … Interessant: Wovor fürchten sich die Menschen am meisten … Vor einem neuen Schritt, vor einem neuen, eigenen Wort, davor fürchten sie sich am meisten. Übrigens rede ich zuviel. Deshalb handle ich auch nicht, weil ich rede. Allerdings kann es auch sein: ich rede weil ich nicht handle. Das Reden habe ich mir in diesem letzten Monat angewöhnt, als ich Tag und Nacht in der Ecke lag und über … über den Zaren Goroch nachdachte. Also wozu gehe ich jetzt dorthin? Kann ich das etwa tun? Ist es mir damit etwa ernst? Es ist mir damit keineswegs ernst. Einfach so, Phantasie, ich mache mir selbst etwas vor; Spielerei! Ja, es wohl wird Spielerei sein!"[220]

Auch hier sind also die wesentlichen, eng mit einander verflochtenen Stränge, die es zu verfolgen gilt, bereits angelegt, in Andeutungen und bruchstückhaft zwar noch, jedoch bezeichnend für Raskolnikows gesamtes Verständnis vom Menschen und seiner Welt:

(e) (Verbrechen als) Wagnis und Grenzüberschreitung
(f) Wesen des Menschen
(g) Realisierung der Ideen: Reden oder Handeln
(h) Realität der Ideen: Phantasie, Spiel und Ernst

In dieser ersten Andeutung seiner Tat nennt Raskolnikow ein anscheinend einschneidendes, bislang jedoch unbestimmtes Vorhaben ein „Wagnis". Die Leserschaft wird noch länger nicht erfahren, was genau mit diesem Wagnis gemeint ist, ein Spannungsbogen wird durch diese Ungewissheit also bereits angelegt. Die Formulierung wird sich andererseits als bezeichnend erweisen für Raskolnikows

219 VS 8.
220 VS 8.

Verständnis dieser Tat. Der Begriff kündet bereits etwas Aussergewöhnliches an, etwas, woran Raskolnikow durchaus auch scheitern könnte, er ist jedoch durch seine direkte Gegenüberstellung zur negativ konnotierten „Feigheit" des Menschen positiv besetzt. Es klingt hier bereits an, dass Raskolnikow sich von anderen durch dieses Wagnis abheben will. Im Folgenden wird der Begriff jedoch lange Zeit nicht mehr verwendet. Im Gegenzug werden die folgenden Anspielungen auf die Tat immer negativer beurteilt, ausgehend von neutralen Begriffen wie „*das*",[221] „Plan",[222] „Vorhaben",[223] „*Tat*",[224] „dieser Gedanke",[225] „*das alles*",[226] bis zu deutlich qualifizierenden wie „dieser ‚grauenhafte' Traum",[227] „gemein",[228] „widerlich", „absurd", „so etwas Entsetzliches", „schmutzig, ekelhaft, widerwärtig, widerwärtig!",[229] ein Gedanke in einer „neuen, bedrohlichen und unbekannten Form".[230] In mehreren Fällen sind diese Hinweise kursiv hervorgehoben oder in Anführungszeichen gesetzt.

Erst mit zunehmendem Abstand zur schliesslich doch ausgeführten Tat wird der Begriff des „Wagens" von Raskolnikow selbst wieder in zunehmend positivem Sinn aufgegriffen. Auch im Zusammenhang des „Überschreitens" oder des „Übertretens" nimmt das Motiv immer mehr Raum ein. Wir werden vor allem im Rahmen von Raskolnikows Beichte, seinem zweiten langen Gespräch mit Sonja (Teil 5, Kap. IV[231]) darauf zurückkommen.

Das Wagen als Bewegung wird hier von Raskolnikow in Gegensatz gestellt zur Furchtsamkeit, gar Feigheit des Menschen, die ihn in Reglosigkeit verharren lässt. Raskolnikow scheint den Menschen als ein Wesen zu denken, das im Grunde alles selbst in die Hand nehmen könnte, würde es nicht seine Furcht vor Veränderung und Bewegung, seine Bequemlichkeit, seine Triebhaftigkeit, sein Wunsch nach Betäubung, seine Sucht gar zurückhalten. Diese Frage nach der Freiheit, der Selbstbestimmung des Menschen, die als Grundmotiv den ganzen Roman durchzieht, stellt sich Raskolnikow nach seiner ersten Begegnung mit

---

221 VS 8.
222 VS 10.
223 Ebd.
224 VS 11.
225 VS 67.
226 VS 74.
227 VS 10.
228 VS 14.
229 VS 15.
230 VS 64.
231 VS 548–571.

Marmeladow, dem Vater Sonjas, der durch seine Trinksucht seine ganze Familie ins Unglück stürzt.

> „Der Mensch ist ein Lump und gewöhnt sich eben alles!"
> Er überlegte.
> „Und wenn es nicht wahr ist?" rief er plötzlich unwillkürlich aus, „wenn der Mensch wirklich *kein Lump* ist, im Ganzen, also, das Menschengeschlecht überhaupt, dann heißt das, daß alles andere nichts als Vorurteile sind, nur Kinderschreck, und daß es keine Schranken gibt und daß das so sein muß! …"[232]

Die innere Rede Raskolnikows ist an dieser Stelle nicht abgeschlossen und durch Fortsetzungszeichen auch so gekennzeichnet. Den Gedanken fortzuspinnen ist nun Aufgabe der Leserschaft.

Das Wagen, das Überwinden der vielleicht nur vermeintlich existierenden Schranken und Vorurteile, das Heraustreten aus der Gewohnheit, der Feigheit, erscheint nun jedoch als eine Art Bewegung auf der Verbindungslinie zwischen Denken und Handeln. Das Wagen ist also Voraussetzung oder bereits Umsetzung eines ungewöhnlichen Gedankens, ein Aussprechen des neuen Wortes.

Wird das neue Wort nicht ausgesprochen, der ungewöhnliche Gedanke nicht umgesetzt, so bleibt er irrelevant oder wie Rasumichin es nennt: „Geschwätz, bei dem man sich selber etwas vormacht".[233] Auch diesen Gedanken finden wir bereits zu Beginn des Romans, in einem Rückblick auf ein schon vor längerer Zeit von Raskolnikow zufällig mitgehörtes Gespräch zwischen einem Offizier und einem Studenten in einem Gasthaus (Teil 1, Kap. VI).

> „Ich könnte diese verdammte Alte ermorden und ausrauben, und zwar ohne die leisesten Gewissensbisse, das schwör ich dir!" fügte der Student hitzig hinzu.
> Der Offizier lachte wieder, Raskolnikow aber zuckte zusammen. Wie seltsam!
> „Erlaube mal, ich will dir eine ernste Frage stellen", ereiferte sich der Student. „Ich habe natürlich Spaß gemacht, aber sieh doch: Auf der einen Seite ein dummes, unnützes, nichtswürdiges, böses und krankes altes Weib, das kein Mensch braucht und das, im Gegenteil, alle schädigt, das selbst nicht weiß, wozu es lebt und morgen sowieso sterben wird, verstehst du, was ich meine? Verstehst du?"
> „Doch, ich verstehe", sagte der Offizier, indem er seinen sich ereifernden Freund betrachtete.
> „Also weiter. Auf der anderen Seite junge, frische Kräfte, die einfach zugrunde gehen, weil es für sie keine Hilfe gibt, und zwar zu Tausenden, und überall! Hunderte, Tausende von guten Werken und Plänen könnte man in Angriff nehmen und in die Tat umsetzen mit dem Geld der Alten, das dem Kloster zufallen wird. Hunderte, vielleicht Tausende

232 VS 39.
233 VS 204.

von Existenzen, die damit auf den rechten Weg gebracht werden könnten; Dutzende von Familien, die vor Verfall, Zersetzung, Untergang, Laster, die vor Geschlechtskrankheiten und Siechenhäusern gerettet werden könnten – und das alles mit ihrem Geld! Bring sie um und nimm ihr Geld, um dich mit seiner Hilfe dem Dienst an der Menschheit und der Allgemeinheit zu widmen: Glaubst du nicht, daß ein einziges, allerwinzigstes Verbrechen durch Tausende von guten Taten wettgemacht wird?"
„Jetzt bist du deiner Sache sicher und führst große Reden, aber sag mir eines: Würdest *du selbst* die alte Frau umbringen oder nicht?"
„Natürlich nicht! Mir geht es nur um Gerechtigkeit… Von mir ist gar nicht die Rede…"
„Wenn du dich nicht dazu entschließen kannst, dann kann meiner Meinung nach auch nicht von Gerechtigkeit die Rede sein! Komm, noch eine Partie!"[234]

Diese Idee, dass es gerechtfertigt sein könnte, das Leben eines Menschen auszulöschen, um mit geraubtem Geld hundert andere Leben zu retten, wird nicht von Raskolnikow selbst formuliert. Dass „sich in seinem eigenen Kopf gerade … *genau dieselben Ideen* regten",[235] sogar in Bezug auf den ganz konkreten Fall der alten Pfandleiherin, erfahren wir nur durch den Erzähler. Da also gerade nicht direkt aus der Perspektive Raskolnikows erzählt wird, sondern durch die weniger verlässliche Instanz des Erzählers, bleibt uns verborgen, inwiefern die Ideen Raskolnikows mit jenen des Studenten tatsächlich übereinstimmen. Diese Lücke bleibt im gesamten Romantext bestehen: Es lässt sich kaum nachvollziehen, inwieweit die Ideen Raskolnikows von anderen Personen, philosophischen Schriften, neuen wissenschaftlichen Theorien oder Erkenntnissen beeinflusst sind, ein Umstand, der ihm selbst zu schaffen macht, scheint er doch gerade um die Originalität *seines* neuen Wortes zu fürchten.[236]

Im Gespräch der beiden Gasthausbesucher führt ein Weg von der Phantasie des ganz konkreten Mordes an der Pfandleiherin über verschiedenste Beispiele, für welche guten Zwecke das Geld der Alten eingesetzt werden könnte, hin zur Idee der Gerechtigkeit. (Wir werden an anderer Stelle sehen, dass dieser induktive Weg hin vom konkreten Fallbeispiel zu einer Idee später im ersten Gespräch zwischen Raskolnikow und Porfirij[237] in umgekehrt deduktiver Richtung von der Idee zur einzelnen Tat noch einmal gegangen werden wird.) Der Offizier beschliesst die hitzigen Ausführungen des Studenten mit der entscheidenden Frage, ob dieser denn nun tatsächlich selbst ein solches Verbrechen verüben

---

234 VS 90 f.

235 VS 91.

236 Porfirij nimmt einen grossen Einfluss von anderer Seite an, siehe VS 616: „und zu dem Verbrechen ist er übrigens nicht auf eigenen Füßen gekommen."

237 VS 358 f.

würde (auch hier in Analogie zur Frage, die Porfirij an Raskolnikow richten wird[238]). Damit weist er seinen Gesprächspartner ganz deutlich auf die Irrelevanz einer solchen Idee hin, wenn sie keine Handlungen nach sich zieht, auf die Sinnlosigkeit eines Weges, der nie beschritten wird. Es ist bemerkenswert, dass an dieser Stelle das Motiv des Spieles ausdrücklich aufgegriffen wird: Die Gedankenspielerei wird quasi auf die gleiche Stufe wie das ausgesetzte Billardspiel gestellt; sie ist nur belangloser Zeitvertreib, wenn daraus nichts Neues zu entstehen vermag.

Raskolnikow bleibt hingegen an diesem Punkt nicht stehen. Er versucht sich selbst immer wieder von der Richtigkeit dieser Idee zu überzeugen, die sich aber nur dann erweisen kann, wenn sie denn tatsächlich auch umgesetzt wird. Seine Gedanken bewegen sich von der Idee bereits hin zu deren Konkretisierung: zur Planung, zur Umsetzung, zur Tat. Mit dieser Bewegung verliert die Idee gewissermassen ihre Unschuld, ihre Belanglosigkeit, sie wird zu einer weiteren eigenen Kraft, die von Raskolnikow Besitz ergreift, ihn „gänzlich gefangen“[239] nimmt. Er hat sich bereits entfernt von der Spielerei, es wird nun Ernst mit dem Vorhaben, auch wenn er selbst bis zuletzt nicht daran glauben kann, dass er die Tat tatsächlich ausüben wird. So fragt er sich viele Male:

> Kann ich *das* etwa tun? Ist es mir *damit* etwa ernst? Es ist mir keineswegs damit ernst. Einfach so, Phantasie, ich mache mir selbst etwas vor; Spielerei! Ja, es wird wohl Spielerei sein![240]

Das Motiv von Spiel und Ernst wird in der bereits erwähnten analogen Stelle, der ersten Begegnung Raskolnikows mit dem Ermittelnden Staatsanwalt Porfirij (Teil 3, Kap. V)[241] noch einmal aufgegriffen. Was zuerst als Frage- und Antwort-Spiel zwischen den beiden beginnt, erfährt nach und nach eine Verlagerung bis hin zum buchstäblich tödlichen Ernst, mit dem Raskolnikow seine Theorien über das Wesen des Menschen und das Verbrechen vertritt. Die Entwicklung des Spiels ist jedoch so sehr verwoben mit Raskolnikows Ausführungen und Porfirijs Fragen, dass diese so zentrale Stelle des Romans als ganze betrachtet werden muss.

Dem Besuch Raskolnikows bei Porfirij im Beisein Rasumichins und Samjotows, dem Vorsteher des Polizeibureaus, widmet Dostojewskij fast ein ganzes,

238 Ebd.
239 VS 88.
240 VS 8.
241 VS 334–361.

über dreissig Seiten umfassendes Kapitel (Teil 3, Kap. V), das wie erwähnt direkt vor der Spiegelachse des Romans angeordnet ist. Raskolnikow wird von Porfirij auf einen Zeitschriftenartikel[242] angesprochen, den Raskolnikow bereits etwa ein halbes Jahr vor der Tat verfasst hatte, der jedoch erst zwei Monate zuvor ohne sein Wissen veröffentlicht worden war. Da der Text des Artikels nur in der Reflexion der beiden Gesprächspartner wiedergegeben wird, erfährt die Leserschaft nicht den genauen Wortlaut, muss sich den Inhalt also durch die Ausführungen Raskolnikows und Fragen Porfirijs selbst erschliessen. In diesem Artikel untersucht Raskolnikow nach eigenen Angaben den psychologischen Zustand des Verbrechers während der Tat. Porfirij interessiert sich jedoch mehr für einen anscheinend gegen Ende des Artikels angedeuteten Gedanken über das Wesen des Menschen und die Rechtfertigung von Verbrechen. Porfirij beginnt mit Raskolnikow einen halb ernsten, halb spielerischen Schlagabtausch, um mehr über diese Theorien Raskolnikows zu erfahren. Raskolnikow begreift die als „gewaltsame und vorsätzliche Entstellung"[243] empfundene Rekapitulation des Artikels durch Porfirij als Herausforderung zu einem Spiel, die er anzunehmen bereit ist. Die Szene mit Porfirij ist abgesehen von der später folgenden, parallel gefassten Szene mit Sonja (Teil 5, Kap. IV), die einzige Stelle im ganzen Roman, an welcher Raskolnikow selbst in der Begegnung mit anderen seine Ideen mit eigenen Worten erläutert, sie bzw. sich selbst also tatsächlich „äussert". Zum ersten und letzten Mal stellt er seine Theorien ausführlich, konkret und deutlich dar, ohne sich, wie auch wieder im Gespräch mit Sonja später, in Andeutungen und Bruchstücken zu verlieren:

> „Es geht mir nur um meinen Hauptgedanken und an den glaube ich. Er besteht darin, daß die Menschen einem Naturgesetz zufolge im großen und ganzen in zwei Kategorien einzuteilen sind: In eine niedere (die gewöhnlichen), das Material sozusagen, das einzig und allein der Erhaltung der Art zu dienen hat, und in die eigentlichen Menschen, das heißt, jene, die die Gabe oder das Talent haben, ihrer Mitwelt ein neues Wort zu sagen. Selbstverständlich gibt es unendlich viele Zwischenstufen, aber die unterscheidenden Merkmale beider Kategorien sind ziemlich ausgeprägt: zur ersten Kategorie, das heißt zum Material, gehören im allgemeinen Menschen, die ihrer Natur nach konservativ sind, gesittet, die im Gehorchen leben und gern gehorchen. Meiner Meinung nach sind sie zum Gehorchen verpflichtet, denn das ist ihre Bestimmung und hat infolgedessen nichts Erniedrigendes. Die zweite Kategorie, alle und jeder, übertritt das Gesetz, sie sind Zerstörer, sie neigen jedenfalls dazu – je nach ihren Fähigkeiten. Die Verbrechen dieser

242 VS 348; weitere Bezugnahmen 667 (Dunja mit Swidrigajlow); 727 (Raskolnikows Mutter).

243 VS 349.

> Menschen sind selbstverständlich relativ und verschiedenartig; meistenteils fordern sie in den unterschiedlichsten Äußerungen die Zerstörung des Bestehenden im Namen eines Besseren. Wenn jemand um seiner Idee willen sogar eine Leiche in Kauf, sogar Blutvergießen auf sich nehmen muß, so sollte er, meiner Meinung nach, in seinem Herzen, im Einklang mit seinem Gewissen, sich erlauben dürfen, Blut zu vergießen – allerdings nach Maßgabe seiner Idee, was ich zu beachten bitte."[244]

Welche Bedeutung diese Theorien für Raskolnikow haben bzw. welche Bedeutung er selbst ihnen beimisst, zeigt sich an mehreren Hinweisen im Text: Zum einen betont Raskolnikow schon im ersten Satz seiner Ausführungen, dass er an diesen ihm viel bedeutenden „Hauptgedanken", an das Naturgesetz, nach dem die Menschen in zwei Kategorien eingeteilt sind, *glaubt,*[245] was er wenig später noch einmal wiederholt und bekräftigt: „[…] ich glaube, daß es existiert […] es muß existieren; ein Zufall ist dabei ausgeschlossen".[246] Wer oder was allerdings Urheber dieses Gesetzes sein könnte, bleibt verborgen. Raskolnikows Glaube an die Theorie und die Ableitung der eigenen Berechtigung daraus, als möglicherweise „eigentlicher" Mensch über das Leben der „niederen" Masse entscheiden zu können, gewinnt damit an Gewicht hinsichtlich seiner Motivation zur Tat.

Zum anderen ist Raskolnikow ausnehmend wichtig, seine Thesen richtig darzustellen, gerade weil sie für ihn von so grosser Bedeutung sind. Kennzeichnend hierfür ist sein zunehmender Ernst, seine zunehmende Ruhe bis hin zu einem Ausdruck von Trauer, mit der er seine Theorien erläutert, gerade in der Gegenbewegung zu den zunehmend spöttischen, ironischen, bedrängenden Fragen Porfirijs. Das Spiel[247] zwischen beiden gerät in eine Schieflage: Je länger und je mehr Porfirij Raskolnikow herausfordert, reizt und bedrängt, desto stärker tritt die Ernsthaftigkeit Raskolnikows hervor, die dem spielerischen Charakter der Unterhaltung seinerseits ein Ende macht, sodass im Folgenden der buchstäblich tödliche Ernst, mit dem er seine Ideen vertritt, vor allem Rasumichin völlig verstört:

> „Soll das eigentlich ein Witz sein?" rief schließlich Rasumichin. „Macht ihr euch gegenseitig etwas vor, oder wie? Da sitzen sie, und halten sich gegenseitig zum besten! Ist das dein Ernst, Rodja?"

---

244 VS 351 f.

245 Auch hier die Parallele zum Gespräch mit Sonja: „Glaube und Gesetz", VS 565.

246 VS 355.

247 Der Begriff des Spiels, v.a. auch des Kartenspiels, wird auch bei den folgenden Begegnungen zwischen Raskolnikow und Porfirij immer wieder aufgegriffen: 462; 463; 470; 472; 480; 608.

> Raskolnikow hob sein blasses und fast trauriges Gesicht zu ihm empor und antwortete nicht. Und neben diesem stillen und traurigen Gesicht machte der unverhohlene, aufdringliche, aufreizende und *unhöfliche* Spott Porfirijs einen seltsamen Eindruck auf Rasumichin.[248]

Während Rasumichin mit Schrecken erkennt, dass diese Gedanken tatsächlich Raskolnikows „Ureigenstes"[249] sind, er diese aber immer noch auf der Ebene des Artikels, d.h. als reine Hypothesen sieht, scheint Porfirij diese Ebene nun zu verlassen und führt das Spiel noch eine Runde weiter auf die Ebene „[verschiedener praktischer] Beispiele"[250] und von dort aus auf die zwar noch im Konjunktiv formulierte, aber nun unverdeckte, direkt an Raskolnikow gerichtete Frage:

> „Als Sie dabei waren, Ihren kurzen Artikel zu verfassen, da kann es doch gar nicht anders gewesen sein, he-he!, als daß Sie sich selbst für einen – wenn auch nur ein bißchen –, für einen außergewöhnlichen Menschen hielten, der ein neues Wort zu sagen hat, in Ihrem Sinne, natürlich… War es nicht so?"
> „Kann sehr gut sein", antwortete Raskolnikow verächtlich.
> Rasumichin machte eine Bewegung.
> „Und sollte dies der Fall gewesen sein, hätten Sie sich selbst entschließen können, sich etwa angesichts irgendwelcher Schicksalsschläge und Bedrängnisse oder auch, um ein Wohltäter der ganzen Menschheit zu werden, über ein Hindernis hinwegzusetzen? Beispielsweise zu morden oder zu rauben? …[251]

Es ist bemerkenswert, dass Porfirij an dieser Stelle, an welcher nun Raskolnikow ganz konkret angesprochen wird, nicht mehr nur die Idee des Überschreitens im Blick auf eine Hinwendung zum Besseren der ganzen Menschheit im Blick hat, sondern zuerst ganz persönliche Motivationen oder Anstösse wie Schicksalsschläge oder Bedrängnisse ins Spiel bringt. Porfirij scheint also anzunehmen, dass sich im konkreten Fall verschiedene Auslöser und Motivationen vermengen, persönliche, gar eigennützige Motive mit der durchaus ernstzunehmenden wesentlichen Motivation durch eine Idee. Raskolnikow hingegen will in seiner Darstellung ausdrücklich alles rein nach „Maßgabe der Idee" (s.o.) ausgerichtet sehen. Hier stellt sich zwischen den beiden Figuren also die Frage, ob ein Verbrechen rein nach Massgabe der Idee nicht nur gerechtfertigt, sondern überhaupt möglich ist, oder andersherum, ob denn überhaupt eine Idee massgeblich sein kann für ein konkretes Verbrechen, ohne dass persönliche Motivationen eine

---

248 Ebd.
249 VS 356.
250 VS 356.
251 VS 359.

Rolle spielen. Diese Szene stellt eine Art Umkehrmotiv dar zur Unterhaltung des Offiziers und des Studenten zu Beginn des Romans. Während dort wie erwähnt ein induktiver Weg von zuerst persönlichen eigenen über allgemeine Interessen hin zu einer Idee der Gerechtigkeit geführt wird, der sich dann jedoch im Hypothetischen, Abstrakten verliert durch die Unmöglichkeit oder den Unwillen zur Realisierung, verläuft hier der deduktive Weg von einer massgebenden Idee, dem Fortschritt und der Vollendung der Menschheit, über das allgemeine Wohl zu den persönlichen Motiven und Bedürfnissen des einzelnen. Hier verliert sich der Weg ebenso, denn sobald die persönlichen Interessen in den Vordergrund rücken, verdirbt die Idee. Auch dieser Gedanke findet sich noch einmal an anderer Stelle, ausgesprochen von Rasumichin in einer Auseinandersetzung mit Luschin. Rasumichin sieht die „gemeinsame Sache" und die (auch an dieser Stelle nur angedeuteten, nicht ausformulierten) Ideen, die in Petersburg derzeit zu gären scheinen, durch die Eigeninteressen von „Spekulanten" „bis auf den Grund verdorben".[252] Ein Verbrechen rein nach Massgabe der Idee scheint also tatsächlich nicht möglich. Der Weg von der Idee hin zur Tat verliert sich im Menschen, der sich nicht entschliessen kann, die Tat auszuüben, verliert sich zwischen Reden und Handeln, zwischen Spiel und Realität. Die reine Massgabe der Idee verliert sich in der Vermengung mit persönlichen Motivationen und Anstössen, die den Täter zwar zur Ausführung der Tat bewegen, die sich jedoch nicht mehr allein durch die Idee rechtfertigen lassen.

Wie bereits erwähnt, steht noch eine weitere Textstelle in Analogie zu dieser Szene zwischen Raskolnikow und Porfirij: Raskolnikows zweites langes Gespräch mit Sonja (Teil 5, Kap. IV[253]), als er ihr den Mord an Lisaweta[254] beichtet. Auch hier verläuft der Weg, eine nachvollziehbare Begründung für das Verbrechen zu finden, induktiv von persönlichen Gründen, der Notlage und der Verstrickung in die familiäre Situation bis hin zum Gedanken des Wagen-Wollens, des Überschreitens, den Raskolnikow später sogar als den einzigen bzw. wahren Grund für sein Verbrechen nennt. Zu diesem Schluss wird Raskolnikow selbst jedoch erst im Verlauf des Gesprächs gelangen, und er ist für Sonja nicht nachvollziehbar.

---

252 VS 201–204.

253 VS 548–571.

254 Es ist bemerkenswert, dass hier und im Folgenden immer in der Gegenwart Sonjas nur von Lisaweta, nicht von Aljona die Rede ist. Im Gegenzug findet Lisaweta in allen anderen Gesprächen über den Mordfall keine Erwähnung, bis auf einen ausdrücklichen Hinweis Nastassjas 183.

Sonja sucht in ihrer ersten Reaktion auf seine Beichte den Grund denn auch in Raskolnikows persönlicher Situation und erwartet seine Bestätigung:

> „Du warst hungrig! Du … Du wolltest … Um deiner Mutter zu helfen? Ja?“[255]

Raskolnikow verneint nicht, dass persönliche Gründe, der Hunger, die Notlage der Familie, der Wunsch, seine Karriere in Gang zu bringen, ebenso wie das Bedürfnis, anderen zu helfen, nicht an der Not anderer vorbeigehen zu müssen, gar ein Wohltäter der ganzen Menschheit zu werden, tatsächlich eine Rolle bei seinem Verbrechen gespielt haben. Raskolnikow selbst ringt um eine gültige Erklärung. Doch es zeigt sich immer deutlicher, dass keine davon wirklich zutreffend ist, was von Raskolnikow selbst wie auch vom Erzähler und später auch von Sonja bestätigt wird.

Der Erzähler kommentiert in einer kurzen Unterbrechung einen der ersten Ansätze Raskolnikows, Sonja die Tat aus seiner Lebensgeschichte, seiner Familie, seinem Studium, seinen Karriereaussichten heraus zu deuten mit einer knappen Bemerkung:

> Er sprach als sagte er eine auswendig gelernte Lektion auf.[256]

Und auch Sonja spürt, dass diese zwar nachvollziehbare Geschichte so nicht den Kern von Raskolnikows Antrieb trifft:

> „Ach, das ist es nicht, das ist es nicht“, wiederholte Sonja verzweifelt, „kann man denn so… Nein, so ist es nicht, so ist es nicht!“

Auch hier wird in der doppelten, leicht variierten Wiederholung, die einen unvollständigen Satz umschliesst, diesem Gefühl noch mehr Nachdruck verliehen. Auch Raskolnikow greift den Wortlaut auf und bestätigt:

> „Du siehst selber, daß es nicht so ist! … Dabei habe ich aufrichtig erzählt, die lautere Wahrheit!“[257]

Alle diese Optionen bleiben also in gewisser Weise bestehen, werden von Raskolnikow aber dennoch eingeschränkt, zurückgewiesen, sogar widerrufen. Obwohl Raskolnikow ihre Wahrheit anerkennt, erscheinen sie ihm letztendlich nicht völlig zutreffend.

Raskolnikow sucht im Folgenden der Szene nun die Motivation für sein Verbrechen in seinem Wesen, seiner Bösartigkeit, auch in der Kraft seiner

---

255 VS 557.
256 VS 562.
257 VS 562.

Vorstellung, in der Macht seiner Träume, selbst in der Versuchung durch den Teufel. Er rückt jedoch immer weiter von allen diesen durch äussere Umstände, Phantasie oder innere Wesensart erklärten Motiven ab und deutet seine Tat allein aus seinem inneren Antrieb, der ganz eigenen Überzeugung zu folgen und einen bestimmten eigenen Gedanken umzusetzen: dass in der grösstmöglichen Selbstbestimmung, im Wollen des Menschen, im Wagen und Überschreiten, das grösste Recht, die grösste Macht über sich selbst und über die anderen Menschen zu finden sei.

> „Und jetzt weiß ich, Sonja, daß jeder, der an Geist und Verstand stark und mächtig ist, die Herrschaft über die Menschen hat! Wer wagt, der hat in ihren Augen auch das Recht. Wer sich über die höchste Schranke hinwegsetzt, der ist für sie der Gesetzgeber, und wer das meiste wagt, der hat das größte Recht! So war es und so bleibt es! Man muß blind sein, um das nicht zu sehen!"
> Raskolnikow sah Sonja beim Sprechen zwar an, aber er kümmerte sich nicht mehr darum, ob sie ihn verstand oder nicht. Seine fieberhafte Erregung hatte ihren Höhepunkt erreicht. Er befand sich in einer düsteren Verzückung. (Wirklich, er hatte allzu lange mit niemandem gesprochen!) Sonja begriff, daß dieser düstere Katechismus ihm Glaube und Gesetz geworden war.
> „Ich bin damals darauf gekommen. Sonja", fuhr er begeistert fort, daß die Macht nur dem zuteil wird, der es wagt, sich zu bücken und sie aufzuheben. Hier gibt es nur eines, eines: Man muß es wagen! Und damals kam ich auf einen Gedanken, zum ersten Mal in meinem Leben, den noch nie jemand vor mir gedacht hat! Niemand! Plötzlich erkannte ich sonnenklar, daß bis auf den heutigen Tag niemand gewagt hat und es auch immer noch nicht wagt, angesichts solcher Ungereimtheit das Ganze einfach beim Schwanz zu packen und zum Teufel zu befördern! Ich … ich wollte *wagen* und habe gemordet … nur wagen wollte ich, Sonja, das ist der ganze Grund!"[258]

Was dieses kursiv hervorgehobene „Wagen" als Gegenstand hat, erfahren wir nicht. Es bleibt verborgen, worauf sich die „höchste Schranke", diese „Ungereimtheit", „das Ganze" überhaupt bezieht, wie genau dieser Gedanke, der noch nie vorher gedacht wurde, lautet. Im selben Moment, an dem sich also der wahre Grund, der wahre Antrieb, die wahre Überzeugung Raskolnikows enthüllen sollten, entziehen sie sich sowohl der Gesprächspartnerin Sonja als auch der Leserschaft.

Das Gewicht der Motivation aus der Idee der grösstmöglichen Selbstbestimmung heraus, der Idee des Überschreitens der inneren Widerstände entgegen der eigenen Selbstahnung, wird an dieser Stelle mehrfach betont: Nach wie vor versetzt die Überzeugung, die Verführung durch diesen neuen, eigenen Gedanken

---

258 VS 565.

Raskolnikow in „fieberhafte Erregung", in eine „düstere Verzückung".[259] Diese inneren, emotionalen Zustände Raskolnikows werden auch hier wieder direkt durch die Stimme des Erzählers kommentiert:

> (Wirklich, er hatte allzu lange mit niemandem gesprochen!)[260]

Die Stimmen Raskolnikows und die Stimme des Erzählers treten hier also in eine Art Auseinandersetzung, ohne sich zu begegnen. Raskolnikow spricht von Klarheit, von der Herrschaft des Verstandes, von der Macht desjenigen, der es wagt, sich über alles andere hinwegzusetzen, was das menschliche Leben bestimmt. Der Erzähler hingegen unterläuft Raskolnikows Theorie, indem er die Erregung, die Verzückung Raskolnikows über seinen Gedanken explizit hervorhebt, darüber sogar den Kopf schüttelt und somit die angedeutete Idee selbst schon widerlegt, da die Emotion, die Besessenheit über den kühlen Verstand die Oberhand gewinnt.

Noch einmal zeigt sich dieser Gegensatz in der Qualifikation durch den Erzähler („fuhr er begeistert fort"), die die Fremdwirkung auf Raskolnikow kennzeichnet, und der direkten Rede („Ich ... ich wollte *wagen* und habe gemordet... nur wagen wollte ich"), die das subjektive Wollen Raskolnikows hervorhebt. Auch hier werden durch die Spiegelform des Satzes und die Hervorhebung des Wortes „wagen" verschiedene Akzente gesetzt: einmal auf das Wagen, einmal auf das Wollen, wobei die Realisierung dieses Wagen-Wollens, das Morden, in ein Spannungsverhältnis gestellt wird, das ganz verschiedene Deutungen zulässt

Durch Sonja wird dieser innere Widerspruch Raskolnikows ebenso wie die Unversöhnlichkeit zwischen seiner Theorie und der verstörenden Wirkung seiner Tat noch weiter aufgespannt. Durch das Hineinrücken in die religiöse Dimension des Glaubens zeigt sich umso deutlicher, dass Raskolnikow je länger je weniger Herr über Verstand und Willen ist, dass seine Überzeugungen längst zu einer ihn beherrschenden Macht geworden sind, die sich ähnlich dem religiösen Glauben dem analytischen, dem rationalen Zugriff entzieht.

Im Folgenden verwirft Raskolnikow sogar alle bisher herangezogenen Beweggründe, egoistische wie altruistische, um sie durch einen rein persönlichen, ganz und gar subjektiven, jedoch völlig abstrakten Gedanken zu ersetzen, der sich einzig auf ihn selbst und sein Wollen bezieht:

> Ich wollte, Sonja, ohne alle Kasuistik morden, um meiner selbst willen morden, nur um meiner selbst willen! Sogar dabei wollte ich mir nichts vormachen! Nicht um meiner

259 VS 565.
260 VS Ebd.

> Mutter helfen zu können, habe ich gemordet – Unsinn! Ebensowenig habe ich gemordet, um mir die Mittel und die Macht zu beschaffen, später ein Wohltäter der Menschheit zu werden. Unsinn! Ich habe einfach gemordet, einzig und allein um meinetwillen! [...] Ich wollte damals in Erfahrung bringen, und zwar so schnell wie möglich, ob ich eine Laus bin wie alle anderen oder ein Mensch! Ob ich imstande bin, eine Grenze zu überschreiten, oder nicht! Ob ich es wage, mich zu bücken und etwas aufzuheben, oder nicht. Ob ich eine zitternde Kreatur bin oder *das Recht* habe...“[261]

Auch hier spricht Raskolnikow nicht aus, was genau er mit dem Überschreiten einer Grenze meint. Dadurch bleibt offen, ob er sich damit auf das Übertreten des Gesetzes im juristischen Sinn, auf einen Verstoss gegen Moral, Religion, Konvention oder auf das Überwinden des eigenen Widerstands, der eigenen Selbstahnung, also auf ein „sich selbst Überwinden“ bezieht. Die Grundlage all seiner Theorien oder die allen übergeordnete Theorie zeigt sich nun dennoch: Raskolnikow bemisst die Menschlichkeit des Menschen daran, inwieweit dieser über sich selbst zu bestimmen vermag. Je grösser die Eigenständigkeit des Denkens, die Macht über sich selbst und sein Handeln, desto menschlicher scheint ihm der Mensch. Sein Experiment mit sich selbst besteht also darin, seine Menschlichkeit zu beweisen, indem er sein Wollen nach Massgabe einer Idee über alles andere in ihm stellt. Das Überschreiten der höchsten Schranke, wohl der andere Mensch, das andere Leben, wird gleichgestellt mit dem Überwinden der eigenen inneren Grenze. Im Wagen erweist sich denn, ob der Mensch über sich selbst Macht hat, ob er ein freies Wesen ist, oder eine Kreatur, ein Gefangener.

Raskolnikow greift hier noch einmal einen Gedanken auf, den er bereits nach der Beschuldigungsszene mit dem Kleinbürger im Chalat zuhause in seiner Kammer wiederum in einem Selbstgespräch formuliert hat:

> „Es ging mir um das Überschreiten, so schnell wie möglich... ich habe nicht einen Menschen ermordet, ich habe ein Prinzip ermordet! Ich habe zwar das Prinzip ermordet, aber das Überschreiten habe ich nicht fertiggebracht, ich bin auf dieser Seite geblieben ... Ich habe nichts gekonnt als Töten.“[262]

Auch hier sind die Satzteile in einer Art Spiegelform angeordnet, wobei jeder Teil im Spiegel fortgeführt bzw. gebrochen wird: Das Hauptanliegen, der Wille zum Überschreiten, das Ermorden *nicht* eines Menschen, sondern des Prinzips, die Bestätigung des Ermordens des Prinzips, jedoch das Unvermögen zu überschreiten, das konkrete Töten *doch* eines Menschen: das Scheitern am Hauptanliegen. Raskolnikow bewegt sich auch hier auf der Ebene seiner übergeordneten

---

261 VS 566 f.

262 VS 371.

Theorie. Wenn als Prinzip gilt, dass ein Mensch nicht über das Leben eines anderen Menschen richten oder ein Urteil über dessen Nutzen treffen kann, so würde die Überschreitung des Prinzips gleichzeitig dessen Verfügbarkeit bedeuten. Raskolnikow konnte zwar einmal gegen dieses Prinzip verstossen, es „ermorden", er kann jedoch nicht darüber verfügen. In dem Moment, als Raskolnikow also versucht, seine wahre grundlegende Motivation aus den Verstrickungen aller anderen Motive, einer Kasuistik, wie er es nennt, herauszulösen, seine Theorie den höchsten Grad der Abstraktion erreicht, zerbricht sie gerade am Konkreten, am anderen Menschen, wie auch am Menschen in Raskolnikow selbst. Er, der durch das Überschreiten des Prinzips den Menschen in sich beweisen wollte, zerbricht ebenfalls, denn nun erkennt er, dass er mit dem Mord an Aljona auch den Menschen in sich selbst ermordet hat:

> „Habe ich die Alte ermordet? Mich selbst habe ich ermordet und nicht die Alte! Mit einem Mal habe ich mir den Garaus gemacht, einmal für immer!"[263]

Sonja zeigt in ihrer unmittelbaren Reaktion auf Raskolnikows Geständnis, dass sie dies intuitiv bereits vorher erkannt hat. Mit dem Mord an der Pfandleiherin und ihrer Schwester hat Raskolnikow in erster Linie sich selbst getroffen:

> „Was, was haben Sie sich nur angetan?" rief sie verzweifelt aus [...].
> „Nein, nein, jetzt gibt es auf der ganzen Welt niemand, der unglücklicher ist als du!" rief sie aus, wie von Sinnen [...].[264]

Während Sonja sich jedoch darauf bezieht, dass er mit dem Verstoss gegen das Prinzip der Menschlichkeit, den Mord an zwei anderen Menschen, den Menschen in sich selbst getötet bzw. ins Unglück gestürzt hat, deutet Raskolnikow sein Unvermögen, ganz gemäss seiner Theorie zu handeln, das Prinzip zu überschreiten, gerade als Beweis dafür, selbst nur eine Laus, eine zitternde Kreatur und gerade kein wahrer Mensch zu sein. Nach seiner Logik hat demnach Raskolnikow mit der Tat, bzw. mit den quälenden Folgen seiner Tat, seine Vorstellung von sich selbst als einem wahren, selbstbestimmten Menschen umgebracht. Er bezieht dieses Unglück, seine innere Qual nach wie vor nur auf sein eigenes Versagen. In seiner letzten Begegnung mit seiner Schwester Dunja kurz vor dem Geständnis fasst er seine Absichten, seine Motivation und sein Scheitern noch einmal zusammen:

---

263 VS 567.
264 VS 556.

> „Auch ich habe nur Gutes für die Menschen gewollt und hätte Hunderte, Tausende von guten Werken getan, um eine Torheit, nicht einmal Torheit, sondern schlicht und einfach eine Ungeschicklichkeit, auszugleichen, denn dieser Gedanke war, alles in allem, keineswegs so dumm, wie er jetzt erscheint, nach dem Mißlingen (nach dem Mißlingen kommt einem alles dumm vor!). Diese Torheit sollte mir nur eine gewisse Unabhängigkeit sichern, den ersten Schritt ermöglichen, die nötigen Mittel in die Hand geben, und dann, dann hätte der vergleichsweise unermeßliche Nutzen alles wettgemacht … Ich aber, ich habe schon beim ersten Schritt versagt, denn ich bin – ein Lump! Das ist die ganze Geschichte!“[265]

Doch auch Dunja spürt, dass ihr Bruder damit seine Tat nicht zu erklären vermag. Ebenso wie Sonja sieht sie, dass Raskolnikow nach wie vor nicht in der Lage ist, einen Fehler in seiner Theorie, die Täuschung in seinen Überzeugungen zu erkennen.

> „Aber es geht doch um etwas ganz anderes, etwas ganz anderes! Bruder, was redest du nur!“

Doch Raskolnikow führt sein Verbrechen auch ihr gegenüber zurück auf sein Wesen, das zu schwach war, seine Theorie ohne Zweifel, ohne Bedauern umzusetzen, ohne Zögern zu handeln, auf sein Unvermögen, seine Tat mit klarem, analytischem, emotionslosem Verstand zu betrachten. Raskolnikow wird sich bis in den Epilog hinein nicht von dieser Haltung lösen können.

> „Warum, warum“, dachte er, „war meine Idee dümmer als andere Ideen und Theorien, die durch die Welt schwärmen und hin und wieder aufeinanderprallen, solange es diese Welt gibt? Wenn man die Sache nur mit einem völlig unabhängigen, von den alltäglichen Einflüssen ungetrübten Blick ansieht, dann, dann erscheint meine Idee keineswegs so … sonderbar? Oh, ihr Verneiner und Stecknadelkopfdenker, warum bleibt ihr nur auf halbem Wege stehen!“[266]

Es gelingt Raskolnikow bis zuletzt nicht, mittels seines Verstandes aus der Gefangenschaft eben dieses auszubrechen. Den Grund dafür, dass Raskolnikow nicht durchgehalten, nicht standgehalten, dass er sich gar selbst gestellt hat, eine mögliche Erklärung für seinen Irrtum über sich selbst kann darum nur der Erzähler liefern. Noch einmal betont dieser, wie existentiell notwendig das Denken, die intellektuelle Auseinandersetzung, Ideen, und Theorien, in bemerkenswerter Weise nun auch das Anhängen an Hoffnungen und Phantasien für Raskolnikow

265 VS 702.
266 VS 753.

sind – so sehr, dass Raskolnikow nach seinem Scheitern keinen Sinn in seinem Leben mehr sieht:

> Wozu sollte er noch leben? Welches Ziel sich setzen? Wonach streben? Leben, nur um zu existieren? Aber er war ja schon früher tausendmal bereit gewesen, seine Existenz für eine Idee, eine Hoffnung, sogar für eine Phantasie hinzugeben. Die bloße Existenz hatte ihm nie genügt: er hatte immer mehr gewollt. Möglicherweise war es nur die Intensität seiner Wünsche, die ihn dazu verleitet hatte, sich damals für einen Menschen zu halten, dem mehr erlaubt war als anderen.[267]

Auch Porfirij sieht diese grundlegende Notwendigkeit einer Idee, einer Überzeugung für Raskolnikow, wie er Raskolnikow bei ihrer dritten Begegnung, seinem Besuch bei Raskolnikow (Teil 6, Kap. II), zusagt.

> „Eine Theorie haben Sie sich ausgedacht, und nun schämen Sie sich, daß Sie damit Schiffbruch erlitten haben und daß das Ende nicht sonderlich originell ist! Das Ende war gemein, das stimmt, aber Sie sind trotzdem kein hoffnungslos gemeiner Mensch! Sie sind keineswegs gemein! Wenigstens haben Sie sich nicht lange etwas vorgemacht, sondern sind gleich bis an die letzte Schranke gegangen. Wissen Sie für wen ich Sie halte? Ich halte Sie für einen von denen, die, auch wenn man ihnen den Bauch aufschlitzt, ungerührt dastehen und mit einem Lächeln auf ihre Peiniger herabblicken – freilich nur, wenn sie einen Glauben oder Gott gefunden haben. Also, finden Sie das Ihre und Sie werden leben."[268]

Porfirij hält die Theorie an sich, die Aussage, den Gegenstand der Theorie im Grunde also für beliebig. Es geht ihm im Blick auf Raskolnikow vor allem um dessen Glauben, dessen Überzeugung, die vollständige Hingabe an eine Idee, die Raskolnikow als einen Menschen ausmachen, mit dem *Gott vielleicht noch etwas vorhat.*[269] Für ihn bedeutet das Scheitern Raskolnikows an seiner Idee weder, dass Raskolnikow darum den gemeinen, den gewöhnlichen Menschen zuzurechnen ist, noch, dass sein Leben damit seinen Sinn verloren hat. Das Aussergewöhnliche an Raskolnikow ist in seinen Augen die Entschlossenheit, das neue Wort tatsächlich auszusprechen, die eigene Theorie umzusetzen, selbst wenn dieses Wort als spielerischer Gedanke so neu gar nicht ist.

> „Hier geht es um literarische Träume, hier geht es um ein sich an Theorien entzündendes Herz; hier geht es um eine Entschlossenheit zum ersten Schritt, aber um eine Entschlossenheit der ganz besonderen Art – hier hat sich jemand auf dieselbe Art entschlossen, wie man sich von einem Felsen stürzt oder von einem Glockenturm springt,

267 VS 735.
268 VS 621 f., vgl. Fn 166.
269 VS 622.

> und zu dem Verbrechen ist er überdies nicht auf eigenen Füßen gekommen. Die Tür hinter sich abzuschließen, das hat er vergessen, aber gemordet, zwei Menschen gemordet – das hat er, alles nach der Theorie!“[270]

Für Porfirij ist jedoch mit dem Irrtum Raskolnikows, mit seinem Scheitern an dieser einen Theorie noch nicht alles verloren. Er betrachtet das nun Folgende, das Leid, das Raskolnikow nun um der Gerechtigkeit willen auf sich nehmen muss, lediglich als einen Durchgang zu einem neuen Leben, in welchem Raskolnikow im Gegensatz zu ihm, der laut seiner selbst *„nichts, gar nichts mehr zu erwarten hat“*,[271] noch von sich reden machen wird. Diesem Motiv der Auferstehung und des neuen Lebens wird an anderer Stelle nachgegangen.

Ganz ähnliche Gedanken wie Porfirij, einerseits über die Beliebigkeit der Theorie, andererseits über das Wesen Raskolnikows, jedoch in anderer Akzentuierung, formuliert Swidrigajlow gegenüber Dunja in einer der letzten Szenen vor seinem Selbstmord (Teil 6., Kap. V). Er berichtet Raskolnikows Schwester von den beiden ersten langen Gesprächen zwischen Sonja und Raskolnikow, die er vom Nebenzimmer aus belauscht hat. Für Dunja fasst er alle Gründe zusammen, die in seinen Augen zur Tat geführt haben, betont jedoch ebenfalls die Bedeutung der Theorien für Raskolnikow.

> „Was waren das für Gründe?“
> „Das ist eine lange Geschichte, Awdotja Romanowna. Ihr liegt, wie soll ich es ausdrücken, eine Art Theorie zugrunde, dieselbe Ansicht, die auch ich vertrete, der zufolge ein einmaliges Verbrechen erlaubt ist, wenn es einem guten Zweck dient. Eine einzige böse Tat – und hundert gute Werke! […] Und da gab es noch eine hübsche kleine Theorie – eben eine Theorie, nach der die Menschheit aus dem Material einerseits und den ganz besonderen Menschen andererseits besteht, das heißt Menschen, für die aufgrund ihres hohen Ranges kein Gesetz gilt, die im Gegenteil selbst die Gesetze für die übrige Menschheit, das Material, den Ausschuß aufstellen. Gut, das ist eben eine Theorie: une théorie comme une autre. Napoleon hat es ihm ganz furchtbar angetan, das heißt eigentlich die Idee, daß sehr viele geniale Menschen das Böse im Einzelfall nicht schwernahmen, sondern sich darüber hinwegsetzten, ohne sich viele Gedanken zu machen. Er hat sich offenbar eingebildet, daß auch er ein genialer Mensch sei – das heißt, er war eine Zeitlang davon überzeugt. Er litt und leidet immer noch unter dem Gedanken, daß er zwar imstande war, sich eine Theorie auszudenken, aber nicht imstande, sich bedenkenlos über alles hinwegzusetzen, und somit kein genialer Mensch ist. Nun, und das ist für einen ehrgeizigen jungen Mann geradezu erniedrigend, besonders heutzutage.“

---

270 VS 616 f.
271 VS 623.

„Und die Gewissensbisse? Sie sprechen ihm also jedes moralische Gefühl ab? Aber ist es denn so?"
„Ach, Awdotja Romanowna, jetzt ist doch alles in Verwirrung geraten, obwohl bei uns niemals besondere Ordnung geherrscht hat. Der russische Mensch ist überhaupt eine breite Natur […]"[272]

Es ist anzumerken, dass sich Swidrigajlow in seinem Bericht nicht nur auf die Gespräche mit Sonja, sondern streckenweise fast wörtlich auf das erste Gespräch zwischen Raskolnikow und Porfirij bezieht. Nur dort ist von der Theorie über die Einteilung der Menschheit in aussergewöhnliche, geniale Menschen und das Material (nach Swidrigajlows weiterführender Interpretation den „Ausschuss") die Rede. Swidrigajlow kann jedoch davon nichts wissen, erwähnte Raskolnikow bei Sonja doch nur Napoleon. Der Leserschaft wird dieser falsche Bezug kaum auffallen, ist sie ja „Zeugin" beider Gespräche.

Mit seiner Qualifikation der Theorie Raskolnikows als „hübsche kleine Theorie", bzw. die Anmerkung „une théorie comme une autre" nimmt Swidrigajlow zwar eine ähnliche Position ein wie Porfirij, bei dem der Gegenstand, die Aussage der Theorie im Grunde beliebig ist. Während für Porfirij jedoch Überzeugung, Hingabe und Entschlossenheit zählen, für die er ein hohes Mass an Achtung zeigt, spielen auch diese für Swidrigajlow keine Rolle, er selbst würde für eine Idee „keinen Finger krumm"[273] machen. Obwohl er anscheinend grosses Verständnis für die innere Bewegung Raskolnikows hat, die er scharfsinnig zu analysieren weiss, lassen seine ironischen, herablassenden Bemerkungen eine grundlegende Indifferenz nicht nur gegenüber der Philosophie, sondern auch jeglicher Handlung nach Massgabe einer Idee bis hin sogar zu jeglicher Massgabe für das Handeln des Menschen vermuten.

Am Ende sind es also fünf Personen (abgesehen von der Erzählstimme), die sich im Wissen um seine Tat auf die Massgabe der Ideen Raskolnikows konkret für sein Verbrechen beziehen und ihre je eigene Haltung meist direkt ihm gegenüber zum Ausdruck bringen: Raskolnikow selbst; Sonja, der Raskolnikow vor seinem Geständnis auf dem Polizeibureau als erster und einziger seine Tat beichtet; Swidrigajlow, der das Gespräch zwischen beiden belauscht hat; Porfirij, der auch ohne Bestätigung davon überzeugt ist, dass Raskolnikow der Täter ist; und Dunja, die von Swidrigajlow eingeweiht wird und die Tat von Raskolnikow selbst bestätigt sieht. Rasumichin, der zeitweise zwar Verdacht schöpft, bleibt zu diesem Zeitpunkt aussen vor.

272 VS 666.
273 VS 666.

Alle fünf, Raskolnikow selbst eingeschlossen, erkennen, wie wesentlich die Auseinandersetzung mit seinen Theorien für Raskolnikow ist, auch wenn sie seine Ideen als solche nicht nachvollziehen können oder wollen, oder diese im Grunde beliebig scheinen. Alle fünf, Raskolnikow streckenweise vertreten durch die Erzählstimme, erkennen, wie sehr diese Auseinandersetzung Raskolnikow gefangen hält. Während jedoch Raskolnikow selbst keinen Fehler in seiner Theorie zu erkennen vermag und damit auch keinen Ausweg aus dieser Verstrickung, zeigen ihm die Anderen diesen Weg, bzw. werden selbst auf je ganz eigene Art zum Ausweg. Doch auch wenn der Weg aus der Gefangenschaft seines Intellekts hin zu einer neuen Auffassung des Menschen über diese Anderen führt, sind auch diese Anderen und Raskolnikow wiederum in ein Netz von Beziehungen verstrickt, das in mehrere Richtungen aufgespannt ist. So sind Raskolnikows Bindungen an seine Familie einerseits Teil seiner Motivation für das Verbrechen, die Begegnungen mit Sonja, Porfirij und Swidrigajlow andererseits potentielle Auswege aus der Krise.

Diesen Verstrickungen im Netz der Beziehungen sowie den unterschiedlichen Lösungen aus der Krise, die Rasumichin, Sonja und Dunja, Porfirij und Swidrigajlow aufzeigen, wird nun im Folgenden nachgegangen.

1.6. Das Netz der Beziehungen: Verstrickung und Lösung

Wie bisher alle Raskolnikow beeinflussenden oder bestimmenden Faktoren werden auch Raskolnikows Beziehungen zu seinen Mitmenschen bereits in den ersten Sätzen des Romans thematisiert. Zu Beginn allerdings sind diese durchweg negativ belegt, sodass Raskolnikow als Einzelgänger charakterisiert wird, der möglichst alle Begegnungen mit Anderen meidet und sich fast völlig zurückzieht.[274] Die erste Erwähnung gilt darum einer Begegnung, die zu Raskolnikows Erleichterung nicht stattfindet, ein Zusammentreffen mit seiner Wirtin im Treppenhaus, die ihn für gewöhnlich mit „Unsinn über all diesen gewöhnlichen Kleinkram", mit „ewigen Mahnungen, Drohungen, Klagen"[275] plagt.

1.6.1. Aljona Iwanowna

Der direkt folgende Besuch bei Aljona Iwanowna (Aljona als russische Variante von Helena – die Schöne, Glänzende, Strahlende) erhält hingegen ein ganz anderes Gewicht. Die alte Registratorenwitwe und Pfandleiherin ist die erste Figur

274 Vgl. VS 7; 9; 15; 17; 40; 71 f.
275 VS 8.

nach Raskolnikow, die die Bühne des Romans betritt (und bereits Ende des ersten Teils wieder verlässt). Diese Begegnung steht bereits im Zusammenhang mit Raskolnikows noch unbekanntem „Wagnis"; sie verursacht in ihm grosse Erregung, Nervosität und Angst. Noch bevor er die Wohnung im vierten Stock erreicht, ist klar, dass es hier nicht um „Unsinn" und „Kleinkram" gehen wird. Raskolnikow muss in seiner finanziellen Not tatsächlich eine silberne Uhr versetzen, denn er sieht sich gerade in diesem Moment in der Situation, dass er „sich sonst nirgendwohin wenden konnte".[276] Gleichzeitig soll dieser Besuch jedoch die Probe für sein noch unbenanntes Vorhaben sein.

Nach der Beschreibung der Erzählstimme ist Aljona Iwanowna ganz im Gegensatz zur Bedeutung ihres Namens

> […] ein winziges, dürres Weiblein, etwas sechzig Jahre alt, mit stechenden und bösen Augen und einer kleinen spitzen Nase. Ihr unbedecktes, weißblondes, kaum ergrautes Haar war reichlich eingeölt. Um den dünnen, langen Hals, der an ein Hühnerbein erinnerte, war ein Flanellfetzen gewickelt, und um die Schultern schlotterte, ungeachtet der Hitze, eine völlig abgetragene und vergilbte Pelzweste. Das alte Weib hustete und krächzte.

Diese Beschreibung steht auch in völligem Kontrast zu derjenigen Raskolnikows wenige Seiten zuvor. Während dessen Jugend und Schönheit die Leserschaft für ihn einnehmen, bewirken das Alter, die geringe Körpergrösse, die Hässlichkeit und Krankheit der Alten ebenso wie ihre strenge und unnachgiebige Art, die ihr geschuldeten Zinsen einzutreiben und für Raskolnikows Pfänder nur kleinste Beträge auszuzahlen, gerade das Gegenteil.[277] Für Raskolnikow ist der kurze Besuch bereits die zweite Begegnung mit Aljona; aus einer Bemerkung ihr gegenüber lässt sich schliessen, dass Raskolnikow auch Kenntnis von deren Halbschwester Lisaweta hat. Die Leserschaft erfährt jedoch erst in einem Rückblick auf das zufällig im Gasthaus mitverfolgte Gespräch zwischen Student und Offizier nach Raskolnikows erstem Besuch sechs Wochen zuvor,[278] wie sich

---

276 VS 14.

277 Es ist bemerkenswert, dass Aljona Iwanowna in Swetlana Geiers Übersetzung der Erzählstimme bis auf eine Ausnahme (VS 370), durchweg als „die Alte", „das alte Weiblein" oder „die alte Pfandleiherin" bezeichnet wird. Der deutlich negativ konnotierte Begriff „Wucherin" in früheren deutschen Übersetzungen wird damit neutralisiert. Die Leserschaft muss sich aus der Beschreibung der Alten, den Meinungen und Erzählungen der anderen Figuren über sie und ihr Tun ein eigenes Urteil bilden.

278 Die Zeitangaben Dostojewskijs stimmen hier nicht überein. Bei der „Probe" wird der Besuch Raskolnikows auf genau einen Monat und zwei Tage zuvor datiert (VS 87).

die familiären Umstände Aljonas und Lisawetas gestalten. Der Student zeichnet zuerst ein ambivalentes Bild der alten Pfandleiherin:

> „Die ist in Ordnung", sagte er. „Bei ihr bekommst du immer Geld. Reich wie ein Jude, kann jederzeit fünftausend in bar auf den Tisch legen, ist sich aber nicht zu gut, auch ein Rubelpfand anzunehmen. Unsereins geht bei ihr ein und aus. Aber sie ist ein schlimmes Luder…"[279]

Aljona Iwanowna ist im Grunde für die Studenten, für Raskolnikow und eine ganze Reihe anderer Bedrängter notwendig. Gibt es die Alte nicht mehr, so werden alle, die so dringend auf sie angewiesen sind, keinen mehr haben, zu dem sie gehen können. Doch konzentriert sich der Student im Folgenden auf die Bösartigkeit der Alten und erzählt, wie Aljona ihre Geschäfte tätigt, ihre wesentlich jüngere Halbschwester Lisaweta misshandelt, ihr ganzes Vermögen nicht dieser, sondern einem Kloster vermachen will, bis er ein vernichtendes Urteil fällt, das mit Raskolnikows Einschätzung übereinzustimmen scheint.

> „[…] ein dummes, unnützes, nichtswürdiges, böses und krankes altes Weib, das kein Mensch braucht und das im Gegenteil alle schädigt, das selbst nicht weiß, wozu es lebt und morgen sowieso sterben wird […] Und was bedeutet überhaupt auf der allgemeinen Waage das Leben dieser schwindsüchtigen, beschränkten und bösen alten Frau? Kaum mehr als das Leben einer Laus, einer Küchenschabe […]."[280]

Auf dem Hintergrund dieser schwarzen Überzeichnung erscheint Raskolnikows Auswahl seines Opfers der Leserschaft wahrscheinlich sogar nachvollziehbar. In seinem Selbstgespräch zum Höhepunkt der Krise (Teil 3, Kap. VI) übernimmt er die Formulierungen aus der Rede des Studenten wie auch dessen Gedanken der „Arithmetik" der Gerechtigkeit:

> Weil ich, drittens, den Vorsatz gefaßt hatte, bei der Ausführung die denkbar größte Gerechtigkeit walten zu lassen, Maß, Zahl und Gewicht: Unter allen Läusen wählte ich die allerunnützeste […].[281]

Von Seiten des Studenten und Raskolnikows wird der Pfandleiherin die Menschlichkeit abgesprochen. Als Schädling, als Laus bietet sie sich zur Vernichtung geradezu an. Nicht nur das – Raskolnikow sieht sich als Täter sogar durch sein Opfer bestimmt, das sich ihm sozusagen aufgedrängt hat. So macht Raskolnikow Aljona mitverantwortlich für seine Tat, weil sie ihn zum Mörder macht.

---

279 VS 88.
280 VS 90 f.
281 VS 371.

Raskolnikow wird ihr darum seinen (vorausgewussten) Irrtum nicht vergeben können.[282] Die Alte, die Laus, wird damit wieder zum Menschen, hingegen erklärt sich Raskolnikow in der Umkehrung des Motivs nun selbst zur Laus.[283] Da es ihm nicht gelungen ist, den Menschen in sich aufzudecken, nach seiner Vorstellung den Willen über sich selbst zu stellen, er diesen Irrtum aber „*vorausfühlte*",[284] übernimmt nun er ihre Rolle.

Wie ungeheuer dieser vorausgefühlte Irrtum ist, über die Menschlichkeit bzw. den Wert eines menschlichen Lebens urteilen zu wollen, führt Sonja Raskolnikow mit einer einfachen Rückfrage vor Augen.

> „Ich habe doch nur eine Laus umgebracht, Sonja, eine unnütze, widerwärtige, bösartige Laus."
> „Ein Mensch soll eine Laus sein!?"
> „Ich weiß ja auch, daß er keine Laus ist" [...].[285]

Aus dem Gesprächszusammenhang heraus scheint sich hier die Laus nur auf Aljona zu beziehen. Vergessen wir jedoch nicht, dass Raskolnikow sich selbst ebenso als Laus bezeichnet, als „möglicherweise noch ekelhafter und übler [...] als die getötete Laus",[286] und dass er glaubt, er habe sich mit der Alten auch selbst getötet.

Die Figur der Pfandleiherin ist also ganz auf Raskolnikow hin ausgerichtet: zuerst steht sie im völligen Kontrast zu ihm, dann geraten beide jedoch in eine Art wechselseitiger Bestimmung, in welcher das Opfer gleichzeitig Opfer und Täter und der Täter gleichzeitig Täter und Opfer zu werden scheint, und schliesslich wird Aljona zum Symbol seines zentralen Irrtums, seiner Krankheit.

Doch nicht nur Aljona, sondern auch ihre Halbschwester Lisaweta wird zum Opfer Raskolnikows. Sie jedoch wirkt auf eine ganz andere Art auf Raskolnikow zurück.

1.6.2. Lisaweta

Lisaweta (als russische Variante von Elisabeth – hebr. Vollkommenheit) ist die weit jüngere Halbschwester der Pfandleiherin Aljona. Raskolnikow kennt sie, da sie ihm einmal ein Hemd geflickt hat.

---

282 VS 372: „O, niemals, niemals werde ich es dieser Alten vergeben!"
283 Vgl. VS 371 f.
284 VS 372.
285 VS 563.
286 VS 372.

> Er wußte schon längst alles über Lisaweta, und er war sogar ein wenig mit ihr bekannt. Sie war ein großgewachsenes, ungeschlachtes, schüchternes und demütiges Frauenzimmer von etwa fünfunddreißig Jahren, fast eine Idiotin, die von ihrer Schwester wie eine Magd behandelt wurde, Tag und Nacht für sie arbeitete, vor ihr zitterte und sich sogar Prügel von ihr gefallen ließ.[287]

Das Meiste erfährt Raskolnikow jedoch in dem mitgehörten Gespräch des Studenten mit dem Offizier im Gasthaus. Dort beschreibt der Student sie als „so still, so sanft, so gefügig", „immer mit allem einverstanden", mit einem sehr schönen Lächeln bis hin zu seinem abschliessenden Urteil: „Sie ist etwas Besonderes."[288] Lisaweta nimmt jedoch nicht nur die Misshandlungen und Demütigungen ihrer Schwester hin, sondern scheint auch damit einverstanden zu sein, dass das Vermögen, das teilweise sogar durch sie selbst erwirtschaftet ist, nicht ihr, sondern einem Kloster für das Lesen von Seelenmessen zufallen soll.[289] Diese völlige Arglosigkeit, Demut und Gutmütigkeit lassen Aljonas Bösartigkeit umso mehr hervortreten. Die Befreiung Lisawetas von ihrer Schwester erscheint in den Augen des Studenten schon fast erstrebenswert. Auch für Raskolnikow fällt der letzte Hinderungsgrund für das Verbrechen ausgerechnet mit Lisaweta. Durch Zufall erfährt er, dass diese bestimmt am Abend des folgenden Tages nicht zuhause sein wird. Bemerkenswerter Weise ist es also wie schon bei Dunja und Sonja auch hier eine Abwesenheit, die das Verbrechen anstösst. Die völlige Passivität und Wehrlosigkeit Lisawetas zeigt sich deutlich, als sie zu früh nach Hause zurückkehrt und Raskolnikow sie mit dem Beil erschlägt.

> Und so einfältig war diese unglückliche Lisaweta, so gottergeben, so ein für allemal eingeschüchtert, daß sie nicht einmal die Hand vors Gesicht hielt, um es zu schützen [...].[290]

Der Mord an Lisaweta wird im Gegensatz zum Mord an Aljona aus einer Perspektive nahe an Lisaweta, nicht nahe an Raskolnikow erzählt. Wieso er auch sie erschlägt, wird nicht explizit reflektiert, wie sonst für gewöhnlich all seine Regungen und Gedanken, es gibt auch kein Zögern oder gar einen Rückzug. Eine mögliche Antwort auf diese Leerstelle folgt mit der Rückkehr zur früheren Erzählperspektive: Raskolnikow ist „nun gänzlich verwirrt". Hat er nach

287 VS 85.

288 VS 89 f.

289 Vgl. 89 f. Der Student stellt in diesem Zusammenhang explizit die Frage nach der Wertung, nach dem Wert des Geldes und seinem (gerechten?) Verwendungszweck und weitet sie noch aus: Tausend gute Werke oder die Begünstigung eines Klosters?

290 VS 109 f.

dem Mord an Aljona in erster Linie Angst, so erwachen mit diesem zweiten Mord „Entsetzen und Ekel vor dem, was er getan hatte".[291] Eine Art moralisches Empfinden über seine Tat hat Raskolnikow also erst und – wie sich zeigen wird – immer nur im Zusammenhang mit Lisaweta. In den meisten Gesprächen Anderer über den Mord wird Lisaweta nicht erwähnt. Lediglich Nastassja, die der Unterhaltung Rasumichins und Sossimows am Krankenbett Raskolnikows folgt, erinnert ausdrücklich daran, dass nicht nur die alte Pfandleiherin, sondern auch Lisaweta ermordet wurde,[292] woraufhin eine Art körperlicher und geistiger Lähmung Raskolnikow überfällt. Etwas Ähnliches geschieht ein weiteres Mal, beim Höhepunkt seiner inneren Krise, gerade im Übergang zum Traum der sich wiederholenden Tat, als sich Raskolnikow selbst an Lisaweta erinnert.

> „Arme Lisaweta! Warum ist sie bloß dazu gekommen! … Ist das nicht seltsam, daß ich an sie fast gar nicht denke, als hätte ich sie gar nicht umgebracht? … Lisaweta! Sonja! Die Armen, Sanften, mit den sanften Augen … Die Lieben! Warum weinen sie nicht? Warum stöhnen sie nicht? Sie geben alles hin … Blicken sanft und still … Sonja! Sonja! Stille Sonja!…"
> Und dann wußte er von nichts mehr; […][293]

Raskolnikow beantwortet diese Fragen nicht. Es wird jedoch deutlich, dass er jeweils an beide Opfer denkt[294] oder gar nur Lisaweta erwähnt. Er bringt sie sogar in enge Verbindung mit Sonja, setzt sie beinahe in eins. In seinen Gesprächen mit Sonja wird Lisaweta zur Hauptsache, nachdem Raskolnikow bei seinem ersten Besuch bei Sonja von der freundschaftlichen Verbindung der beiden Frauen erfahren hat.

> Seine nervöse Spannung wuchs und wuchs. Alles begann sich um ihn zu drehen.
> „Warst du mit Lisaweta befreundet?"
> „Ja … Sie war eine Gerechte … Sie besuchte mich … selten … Es ging nicht anders. Wir haben miteinander gelesen und … gesprochen. Sie wird Gott schauen."
> Diese Bibelworte hatten für ihn einen seltsamen Klang, und er war aufs Neue überrascht: Heimliche Zusammenkünfte mit Lisaweta, und alle beide waren Gottesnärrinnen.[295]

---

291 Ebd.
292 VS 183: „Lisaweta haben sie auch umgebracht!"
293 VS 372.
294 VS 225 (mit Samjotow im Kristallpalast: „die Alte und Lisaweta"); 235 (Rückkehr zum Tatort: „die Alte und ihre Schwester"); 719 (Geständnis: „die alte Beamtenwitwe und ihre Schwester").
295 VS 440.

Auch hier zeigt Raskolnikow eine physische Reaktion. Immer also, wenn Lisaweta in Raskolnikows Erinnerung auftaucht, wird der innere Zwiespalt Raskolnikows, seine Krankheit, offensichtlich. Im Schwindel, im Delirium, im Traum, im an die Wand Starren, im Heraustreten aus der Rationalität, aus dem Bewusstsein zeigt sich das Leiden an der Tat. Der Geist oder das Wollen kann nicht über diese Empfindungen verfügen, die jeweils dann überhandnehmen, wenn das Nichtgewollte erinnert wird. Wollte Raskolnikow „die Alte" töten, so wollte er den Tod Lisawetas ausdrücklich nicht:

> „[…] diese Lisaweta … wollte er gar nicht töten … Er hat sie … aus Versehen getötet … Er wollte die Alte töten … als sie alleine war … und kam … Aber Lisaweta kam herein … und da … hat er auch sie getötet."[296]

Auch hier zeigen die unterbrochenen, abgehackten Sätze die bereits erwähnten Leerstellen an. „Aus Versehen" ist Raskolnikows einzige Erklärung für den zweiten Mord. Bemerkenswert ist auch hier die wertende Bezeichnung der beiden Opfer. Raskolnikow nennt Lisaweta bei ihrem Namen, aber nicht die Alte. Auch in seiner folgenden Erinnerung an den Mord sieht er das Gesicht Lisawetas vor sich, nicht aber dasjenige Aljonas (die den Kopf gesenkt hielt). Sieht er in Lisaweta die gute, liebe, stille, sanfte, kindliche Gottesnärrin, die sogar ihren Tod ohne Widerspruch annimmt, so betrachtet er Aljona als die unnützeste aller Läuse, als bösartige, tyrannische, geizige Alte. Bedauert Raskolnikow den Mord an Lisaweta, so kann er sein Verbrechen in Bezug auf die Pfandleiherin bis zuletzt nicht bereuen oder es überhaupt als Verbrechen betrachten.[297] Abgesehen von ihrem unvorhergesehenen Hinzutreten gibt es überhaupt keinen Grund, Lisaweta zu töten, während die Motive und Ziele für den Mord an ihrer Schwester beinahe nachvollziehbar sind. Hier stellt sich nun die Frage, ob nicht die offensichtliche Sinnlosigkeit des zweiten Mordes Raskolnikow erst die Möglichkeit eröffnet, einen Neuanfang zu machen und „das Leid auf sich zu nehmen". Damit wäre Lisaweta als Opfer *für* Raskolnikow zu verstehen, ein Opfer, das sich in seiner völligen Wehrlosigkeit schon beinahe selbst hingibt, und seinem Mörder den Weg in ein neues Leben eröffnet. Die Analogie zum Lamm Gottes, zum Opfer Jesu am Kreuz wird in einer Szene zwischen Raskolnikow und Sonja offensichtlich, nachdem er ihr sein Verbrechen gestanden hat. Sonja will Raskolnikow ihr Kreuz aus Zypressenholz schenken, während sie noch ein weiteres aus Messing

---

296 VS 554.

297 Vgl. VS 734 ff.

besitzt, das sie von Lisaweta hat. Diese beiden Kreuze sollen ein Zeichen dafür sein, dass sie den Leidensweg nach Sibirien zusammengehen wollen.

Lisaweta steht also in engem Zusammenhang mit Sonja, die in gewissem Sinn dafür sorgt, dass Raskolnikow am Ende ihr Opfer annehmen wird. Kehren wir jedoch zurück an den Beginn der Geschichte als Raskolnikow das erste Mal von Sonja hört, durch ihren Vater Semjon Sacharytsch Marmeladow, Titularrat a.D.

1.6.3. Marmeladow

Nach der „Probe" bei der alten Pfandleiherin zutiefst erschüttert, sucht Raskolnikow ganz gegen seine Gewohnheit und seine Menschenscheu eine Schenke auf:

> Raskolnikow war es nicht gewohnt, unter Menschen zu sein, und floh, wie schon gesagt, jede Gesellschaft, besonders in letzter Zeit. Nun aber zog es ihn plötzlich zu den Menschen. Etwas Neues erwachte in ihm, und gleichzeitig dürstete ihn nach Menschen.[298]

Auf dem Hintergrund der bisher gezeichneten Wesensart und durch die wiederholten Bestärkungen tritt nun der Gegensatz zwischen beiden Aussagen umso deutlicher hervor. Raskolnikow verstösst gegen seine bisherigen Gewohnheiten, seinen Charakter; sogar seine üblichen Empfindungen wenden sich ins Gegenteil: von Argwohn und Scheu zum Wohlwollen gegenüber den Menschen um ihn. Doch auch hier sät die Erzählstimme bereits wieder Zweifel: eine „unbestimmte Ahnung" befällt Raskolnikow, „daß diese ganze Bereitschaft zum Besseren ebenfalls krankhaft war".[299] Signale wie „plötzlich", oder „[e]twas Neues erwachte in ihm", wecken die Erwartung der Leserschaft auf ein entscheidendes Ereignis, welches dann auch direkt folgt: Es ist die Begegnung Raskolnikows mit dem Vater Sonjas, Semjon Sacharytsch Marmeladow.

Das nun folgende Gespräch zwischen beiden, das vom Dialog immer mehr zum Monolog Marmeladows bis hin zu einer Art Predigt wird, erfüllt mehrere ganz grundlegende Funktionen im Text: Zum einen stellen sich ganz grundlegende Fragen zum Wesen des Menschen, dieses Mal jedoch vor allem zum Wesen seiner Beziehung zu den Anderen. Diese Fragen nach der vielgestaltigen Art familiärer, freundschaftlicher, gesellschaftlicher Bindungen und Verflechtungen, nach Abhängigkeit und Verantwortung, nach Emotionen, Konventionen, Funktionen und Positionen, sind vorerst zwar konkret an die Lebensgeschichte Marmeladows gebunden, werden jedoch zu Vektoren, die für Raskolnikow bzw.

---

298 VS 17.

299 VS 16.

alle Figuren des Romans wesentlich sind. Zum zweiten hört Raskolnikow zum ersten Mal von Marmeladows leiblicher Tochter Sonja, die für ihn im Lauf der Geschichte eine immer wesentlichere Rolle spielen wird, und von ihrer Familie, die wiederum Sonja und ihr Handeln entscheidend prägt. Zum dritten eröffnet Marmeladow in seiner flammenden, beinahe prophetisch-apokalyptischen Schlussrede die Dimension der christlichen Eschatologie, von der an anderer Stelle noch die Rede sein wird.

Marmeladow also erzählt Raskolnikow die Geschichte seiner zweiten Ehe mit der an Schwindsucht leidenden Katerina Iwanowna, einer gebildeten, jedoch verarmten Offizierstochter, Witwe und Mutter dreier kleiner Kinder. Seine nun etwa 18jährige Tochter Sonja aus erster Ehe sieht sich „gezwungen, das Gelbe Billett zu nehmen",[300] sich zu prostituieren, um sich und die fünf anderen Familienmitglieder zu ernähren, da Marmeladow aufgrund seiner Trinksucht seine Stelle nun endgültig verloren hat. Der Gegensatz zwischen Marmeladows Wissen um die Lage seiner Familie und seinem Unvermögen, eine letzte Gelegenheit zu nutzen, die ihm durch die Wiederaufnahme in den Dienst eröffnet worden war, tritt umso schärfer hervor, als Marmeladow die Unmöglichkeit einer Rechtfertigung für seinen Fall erkennt.

> Das sind alles müßige Reden, dazu gibt es nichts mehr zu sagen! Nichts zu sagen…! Denn mehr als einmal ist das Ersehnte eingetreten, und mehr als einmal hat man Erbarmen mit mir gemacht, aber … so ist es mir eben beschieden und ich bin und bleibe ein Vieh![301]

Marmeladow macht nicht die gesellschaftlichen Umstände oder die Böswilligkeit seiner Mitmenschen für sein Scheitern verantwortlich, sondern er sucht ähnlich wie Raskolnikow den Grund für sein Versagen in seinem Wesen: im Unterschied zu Raskolnikow jedoch sieht er dieses Wesen als eine Bestimmung, der er nicht ausweichen kann. Um sich selbst abzusprechen, was für Raskolnikow so wesentlich den Menschen ausmacht, das Wollen, bezeichnet er sich selbst als „Schwein",[302] als „Vieh" (s.o.), als jemand, der „das Bild eines Tieres angenommen"[303] hat, unendlich niedriger als seine „Gemahlin", die er als „gebildete Person", als „von den edelsten Gefühlen erfüllt",[304] als „zwar hochherzige, aber ungerechte Dame",[305] als „stolz und unbeugsam"[306] geradezu verehrt. Da

---

300 VS 28.
301 VS 23.
302 VS 22.
303 VS 22.
304 VS 22.
305 VS 23.
306 VS 24.

er jedoch meint, „vor ihren Augen keine Gnade finden“[307] zu können, sucht er im Trinken „Leid und Tränen“,[308] flieht vor der Verantwortung, die er an seine Tochter abgibt, lässt sich von ihr gar noch „den Kater vertreiben“.[309] Raskolnikow hingegen sieht sich durch die angekündigte und um jeden Preis zu verhindernde Hochzeit seiner Schwester in Zugzwang, augenblicklich Verantwortung für seine Familie zu übernehmen, um seine Schwester zu entlasten:

> [Er] mußte unbedingt handeln, und zwar auf der Stelle, so bald wie möglich. Er mußte sich entschließen, um jeden Preis, ganz gleich wozu, oder...
> „Oder ganz auf das Leben verzichten!“ [...] „Gehorsam sein Schicksal tragen, so wie es ist, ein für allemal, und alles in meinem Inneren erwürgen und auf jedes Recht verzichten – zu handeln, zu leben und zu lieben!“[310]

Marmeladow verzichtet auf seine Art auf das Leben. Sein Ende (Teil 2, Kap. VII) gestaltet sich entsprechend: Er gerät vor eine Pferdekutsche, ob mit Absicht oder betrunken ist unklar,[311] und dem hinzueilenden Raskolnikow sowie der Leserschaft bleibt verborgen, ob bzw. inwieweit Marmeladow seinen Tod willentlich gesucht hat oder seiner Trinksucht zum Opfer gefallen ist.

Betrachtet man also die Figur Marmeladows auf diejenige Raskolnikows hin bezogen, so werden beide ausgehend von einer ähnlichen Situation ihrer Lebensumstände und familiärer Bindungen auf zwei völlig entgegengesetzte Positionen gestellt: der Eine, der sein Versagen als Familienoberhaupt, als Versorger und Ernährer als Schicksal betrachtet, sich selbst erniedrigt bzw. sich beleidigen und erniedrigen lässt (das Tier im Menschen in der Perspektive Marmeladows), der Andere, der Verstand und Willen, die Selbstbestimmung, welche die Verantwortung für seine eigenen Familienangehörigen und später auch für die Familie Marmeladows mit einschliesst, über alles andere stellt (der Mensch im Menschen in der Perspektive Raskolnikows). Während jedoch die Lebensgeschichte, das Scheitern Marmeladows bereits vollendet ist, sich rückwärtsgerichtet darstellt, steht diese Geschichte Raskolnikow als eine Art zukunftsgerichtete Vision vor Augen. Raskolnikow könnte enden wie Marmeladow, wenn er die Option des selbstbestimmten Lebens ausschlägt.

Mit Raskolnikows Sorge um den sterbenden Marmeladow und der Übernahme der Kosten für dessen Beerdigung wird nun auch die Bindung an

---

307 VS 25.
308 VS 33.
309 Vgl. VS 32 f.
310 VS 64.
311 Vgl. VS 239.

Marmeladows Familie und vor allem an Sonja hergestellt, die Raskolnikow bisher nur aus Marmeladows Erzählung kennt. Dass Sonja an dieser Stelle über ihren Vater eingeführt wird, ist für die ausserpoetologische Logik der Geschichte wesentlich und geht parallel zur ebenfalls indirekten Einführung Dunjas über den Brief ihrer Mutter: Vor dem Mord sind beide nur in vermittelter Form präsent, denn es ist kaum vorzustellen, dass Raskolnikow nach einer direkten Begegnung mit Sonja, mit seiner Mutter oder seiner Schwester tatsächlich in der Lage wäre, einen Mord zu verüben. So eröffnen diese Frauen gerade durch ihre Noch-Abwesenheit in gewisser Weise die Möglichkeit oder sogar einen Anstoss zur Durchführung des Verbrechens: Sonja dadurch, dass sie – wie wir später noch sehen werden – von Raskolnikow bereits erwählt ist als diejenige, der er den Mord gestehen wird; die Mutter und Dunja dadurch, dass sie sich bereits auf den Weg nach Petersburg machen, um durch die Hochzeit Dunjas ein „Opfer" darzubringen, das Raskolnikow um keinen Preis annehmen will.

1.6.4. Dunja

Raskolnikow erfährt am Tag nach der Probe seines Verbrechens und der Begegnung mit Marmeladow durch einen langen Brief seiner Mutter von den Schwierigkeiten, denen vor allem seine Schwester seit seinem Wegzug nach Petersburg ausgesetzt war, von den Verleumdungen und Nachstellungen des Gutsbesitzers Swidrigajlow, in dessen Haus Dunja als Gouvernante gedient hatte, von ihrer Rehabilitierung und den jetzigen Hochzeitsplänen mit Hofrat Pjotr Petrowitsch Luschin. In dieser Verbindung mit einem über 20 Jahre älteren Mann, dessen Charakter Raskolnikow – wie aus der bitteren Analyse des Briefes hervorgeht – höchst fraglich scheint, in der „weder von ihrer noch von seiner Seite eine besondere Neigung erwarte[t]"[312] werden kann, sieht Raskolnikow ein Selbstopfer Dunjas zu seinen Gunsten.

> „Für einen geliebten, einen vergötterten Menschen wird sie sich verkaufen! Das ist die Lösung: Für den Bruder, für die Mutter ist sie bereit, sich zu verkaufen! Alles zu verkaufen! O, in diesem Fall sind wir bereit, sogar unser moralisches Empfinden zu unterdrücken, und unsere Freiheit, unsere Ruhe, sogar unser Gewissen, alles, alles auf den Trödelmarkt zu tragen. Fort mit dem Leben! Wenn nur unsere Vielgeliebten glücklich werden!"[313]

312 VS 50.
313 VS 61.

Raskolnikow setzt das Vorhaben Dunjas gleich mit der Prostitution Sonjas, wertet es als schlimmer noch, denn bei Sonja geht es seiner Ansicht nach um das „bloße Überleben“, während Dunja mit „einem gewissen Überfluß und Komfort“[314] rechnen kann. Er ist jedoch überzeugt, dass ihr Vorhaben sich einzig auf ihn bezieht, sie sich nur für ihn opfert. Da im Selbstverständnis Raskolnikows mit dieser Bestimmung Dunjas über sein Leben ihm gleichzeitig die Selbstbestimmung, das Recht auf sein Leben entzogen würde, will er diese Hochzeit auf jeden Fall verhindern. In einem imaginären Gespräch nimmt er vorweg, was er später seiner Schwester direkt sagen wird:

> „Ich will Euer Opfer nicht, Dunetschka, ich will es nicht, Mama! Das wird nicht geschehen, solange ich lebe, das wird nicht geschehen, das wird nicht geschehen! Ich nehme Euer Opfer nicht an!“[315]

Beinahe wörtlich wird dieser letzte Satz dann bei der ersten Begegnung mit seiner Familie ausgesprochen:

> Du heiratest Luschin um meinetwillen. Ich aber nehme das Opfer nicht an.[316]

Die gesamte Szene des ersten Wiedersehens – seine Mutter und Dunja warten in seiner Kammer auf ihn, er fällt bei ihrem Anblick von einer „unerträgliche[n], jähe[n] Erkenntnis[317]“ getroffen ohnmächtig zu Boden, erfährt ihre Anwesenheit als quälend – verstärkt die Bedeutung seiner Aussage um ein Vielfaches. Die ersten vollständigen Sätze, die Raskolnikow in völliger Erschöpfung nach beinahe drei Jahren der Trennung an seine Schwester richtet, beinhalten die Forderung, die Verlobung sogleich aufzulösen, und die unmissverständliche Drohung, sie andernfalls nicht mehr als seine Schwester zu betrachten. Am folgenden Tag wiederholt er diese Forderung, dieses Mal jedoch nicht mit „Überwindung“[318] oder in Wut, sondern überlegt, „ernst und trocken“,[319] woraufhin Dunja ihm widersprechend den Begriff des Opfers noch einmal aufgreift.

> „Bruder“, antwortete Dunja entschlossen und ebenso trocken, „bei der ganzen Sache liegt ein Irrtum deinerseits vor. Ich habe heute Nacht darüber nachgedacht und bin dabei auf diesen Irrtum gestoßen. Alles kommt daher, daß du, glaube ich, von der Voraussetzung ausgehst, ich brächte jemandem um jemandes Willen ein Opfer. Das

---

314 VS 62.
315 VS 63.
316 VS 267.
317 VS 261.
318 VS 266.
319 VS 312.

> ist durchaus nicht der Fall. Ich heirate einfach um meiner selbst willen, weil mir dieses Leben schwerfällt; natürlich werde ich mich freuen, wenn es mir gelingen sollte, auch meinen Angehörigen nützlich zu sein. Aber das war für meinen Entschluß nicht ausschlaggebend."[320]

Die vorsichtige, überlegte, distanzierte Redeweise Dunjas, die Raskolnikows eigene hier gewählte Redeweise aufgreift und überzeichnet, bringt ihn nun wieder in Wut, bis hin zu einem Gefühl des Hasses ihr und allen gegenüber. Woraufhin auch Dunja, die sowohl seine Gedanken als auch seine Gefühle zu teilen scheint, ihre Gelassenheit verliert:

> „Und eine solche Ehe ist nicht abscheulich, wie du sagst. Und selbst wenn du recht hättest und wenn ich mich tatsächlich zu einer Abscheulichkeit entschlossen hätte – ist es nicht grausam, so mit mir zu sprechen? Wieso verlangst du von mir einen Heroismus, zu dem du selbst vielleicht nicht bereit bist? Das ist Tyrannei, das ist Gewalt! Und wenn ich dabei jemanden zugrunde richte, dann mich selbst … Ich habe noch niemand umgebracht! …"[321]

Dunja weiss noch nicht um das Verbrechen ihres Bruders, trifft ihn jedoch mit ihrer Bemerkung mitten in die Seele. Diese stützt noch einmal den Gedanken der engen Verstrickungen von Täter und Opfer einerseits, von Bruder und Schwester andererseits. Mit dem Opfer richtet sich der Täter selbst zugrunde, mit der Selbstaufopferung die Schwester den Bruder. Was Dunja irrtümlicher Weise ganz für ihre eigene Angelegenheit hält, ist wesentlich auch für ihren Bruder und umgekehrt. Dunja setzt sich selbst als Spiegelbild ihres Bruders in einer Art doppelter Verschränkung ihrer beider Fragen: Beide richten die gleichen Fragen an sich selbst wie auch an den anderen, und beide versuchen, die Antwort des anderen zu bestimmen, indem sie ihre eigene Antwort geben. Dunja steht hier jedoch noch an einem Punkt, den Raskolnikow bereits überschritten hat: Er hat sich durch sein Verbrechen bereits selbst zugrunde gerichtet. Dunja von dieser Hochzeit abzuhalten bedeutet für Raskolnikow darum auch, sie vor dem gleichen Schicksal zu bewahren, oder – auf sich selbst bezogen – den Fehler nicht zu wiederholen.

Die beiden Geschwister scheinen so als eine Art weibliche und männliche Fassung ein- und derselben Person, desselben Charakters zu sein. Die offensichtliche, äusserliche Ähnlichkeit ihrer physischen Erscheinungen, ihrer Gesichtszüge, ihrer Bewegungen und Angewohnheiten wird vom Erzähler

320 VS 324.
321 VS 314.

beschrieben[322] und wenig später von Rasumichin auf die Ähnlichkeit „in allem" erweitert benannt:

> „Wissen Sie, Awdotja Romanowa, Sie ähneln ihrem Bruder ja unglaublich, sogar in allem!" platzte er heraus.[323]

Es bleibt jedoch der Stimme ihrer beider Mutter, die ihnen am nächsten steht, vorbehalten, die innere Ähnlichkeit, die Ebenbildlichkeit ihrer Seelen hervorzuheben:

> „Weißt du, Dunja, ich habe euch beide vorhin beobachtet, du bist ganz und gar sein Ebenbild, und zwar weniger im Gesicht als vielmehr in der Seele: Beide seid ihr Melancholiker, beide verschlossen und jähzornig, beide hochmütig und beide großherzig…"[324]

Die frühere innige Beziehung der beiden Geschwister zueinander und auch die Beziehung Raskolnikows zu seiner Mutter sind jedoch durch das Verbrechen, das nun zwischen ihnen steht, tief gestört. Auf dem Höhepunkt seiner inneren Krise, in der Mitte des Romans, spürt Raskolnikow die Entfremdung, mehr noch, er glaubt, die Liebe zu ihnen habe sich in Hass verwandelt:

> „Meine Mutter, meine Schwester, wie habe ich sie geliebt! Warum hasse ich sie jetzt? Ja, ich hasse sie, ich hasse sie physisch, ich kann ihre Nähe nicht ertragen… Vorher ging ich auf meine Mutter zu, küßte sie, ich weiß es noch… Umarmen und dabei denken, daß sie, wenn sie es wüßte …"[325]

Raskolnikow beendet seinen Gedanken nicht. Die Antwort wird vom Erzähler im Epilog gegeben: seine Mutter stirbt etwa neun Monate nach dem Geständnis an einem Nervenfieber:

> […] einiges ließ darauf schließen, daß sie von dem furchtbaren Schicksal ihres Sohnes mehr gewußt hatte, als man allgemein annahm.[326]

Abgesehen davon, dass sich Raskolnikow bewusst ist, was das Wissen um seine Tat für seine Mutter bedeuten würde, scheint Raskolnikow andererseits die Liebe zu seiner Familie und das daraus entstehende Gefühl der Verantwortung für sie als wesentliches Motiv seines Verbrechens bzw. als Grund für seine ganze Lage überhaupt zu betrachten:

---

322 Vgl. VS 276.
323 VS 291.
324 VS 324.
325 VS 327.
326 VS 731.

> „Oh, wenn ich doch allein wäre, wenn mich nur kein Mensch geliebt und wenn ich selbst niemals jemand geliebt hätte! *Dann wäre das alles nicht geschehen!*“[327]

Zu Beginn des vierten Teils, direkt nach der Begegnung mit Swidrigajlow und der „Entlobungsszene“, dem endgültigen Bruch zwischen Dunja und Luschin, zieht Raskolnikow die Konsequenz aus dem Wandel seiner Empfindungen.

> „Laßt mich! Laßt mich allein! Ich habe beschlossen, schon vorher... Mein Entschluß steht fest ... wie es mit mir auch werden mag, ob ich zugrunde gehe oder nicht – ich will allein sein. Vergeßt mich ganz und gar. Es ist besser ... Forscht nicht nach mir. Wenn es sein muß, werde ich selbst kommen oder ... ich werde rufen. Vielleicht wird alles auferstehen! Und jetzt, wenn ihr mich liebt, gebt mich auf ... Sonst werde ich euch hassen, ich fühle es ... Lebt wohl!“[328]

Die Möglichkeit dieser Trennung, die Bedingung für eine Auferstehung zu sein scheint, wird wiederum ausserpoetologisch geschaffen: Zum ersten sind Dunja und ihre Mutter durch ein Vermächtnis der jüngst verstorbenen Marfa Petrowna finanziell abgesichert, was sowohl Dunja als auch Raskolnikow Handlungsfreiräume schafft. Das geraubte Geld (und damit in gewisser Weise auch der Mord) erweist sich im Nachhinein als überflüssig. Zum zweiten ist die Hochzeit mit Luschin nun tatsächlich hinfällig, nachdem Dunja und ihre Mutter von sich aus seine wahren Interessen erkannt haben. Raskolnikow sieht sich also von der Last seines Gedankens befreit, dass Dunja sich ihm zuliebe verkauft. Zum dritten kann Raskolnikow nun die Verantwortung für seine Familie an Rasumichin übergeben,[329] der sich mit Freuden Dunja und ihrer Mutter verschreibt.[330] Die Familie ist somit nicht länger Hinderungsgrund für Raskolnikow, seinen Leidensweg anzutreten, im Gegenteil, die letzten Begegnungen mit Mutter und Schwester wie auch Sonja scheinen ihm das Geständnis letzten Endes erst möglich zu machen. Raskolnikow, der am Ende des sechsten Teils des Romans nach mehreren Tagen des Umherirrens und des inneren Ringens seinen Entschluss gefasst hat, verabschiedet sich, zuerst von der Mutter (die nicht weiss, dass Raskolnikow die Pfandleiherin und ihre Schwester getötet hat[331]), dann von Dunja (die mittlerweile durch Swidrigajlow von dem Verbrechen erfahren hat[332]),

327 VS 705.

328 VS 423.

329 „Laß mich, sie aber... *sollst du nie verlassen!* Verstehst du mich?“, VS 424.

330 VS 422 ff.

331 VS 693–699.

332 VS 699–704.

und zuletzt von Sonja, die ihn heimlich zum Polizeibureau begleitet und deren Anblick ihm den letzten Anstoss für sein Geständnis gibt.

Bei Raskolnikows letztem Abschied von Dunja stehen sich die Geschwister auf gegensätzlichen Positionen gegenüber. Wo er immer noch seinen Ideen zum Verbrechen verhaftet ist, rational zu argumentieren, zu erklären versucht, stellt sie ihm, wie schon zuvor Sonja, nur seine Tat entgegen:

> „Bruder, Bruder! Was redest du da! Du hast doch Blut vergossen!"[333]

Dunja ist also in allem das Ebenbild ihres Bruders, ausser in diesem: Sie würde zwar ihr eigenes Leben für das ihrer Lieben geben, nicht aber ein fremdes opfern. Sie lässt, wie Sonja, alles Denken, Reden und Handeln nur bis zu einer genau definierten Grenze gelten: dem anderen menschlichen Leben, über das nicht geurteilt werden darf. Während jedoch Sonja durch die Prostitution die Grenze zwar nicht zum anderen, die Grenze jedoch zu ihrem eigenen Leben überschritten hat, bleibt Dunja dies erspart. Sie bleibt darum auch zurück, während Sonja und Raskolnikow den Weg nach Sibirien, den Weg zu ihrer beider Erneuerung gemeinsam gehen (müssen). Auf Raskolnikow bezogen ist Dunja also so etwas wie ein weiblicher Doppelgänger, der Raskolnikows Wesen, seine Gedanken und Gefühle teilt, jedoch die Grenze des menschlichen Lebens, das eigene am Ende eingeschlossen, nicht übertritt.

So wie Dunja bleibt auch Rasumichin zurück. Ihre Verbindung, die im Epilog mit ihrer Hochzeit besiegelt wird, folgt damit nicht nur der ausserpoetologischen Notwendigkeit, Freiraum für Raskolnikows Geständnis und den Gang nach Sibirien zu schaffen. Sie folgt auch der Logik der inneren Entsprechung bzw. Zugehörigkeit von Dunja und Rasumichin, wie wir im Anschluss sehen werden.

1.6.5. Rasumichin

Raskolnikows ehemaliger Kommilitone Rasumichin, Dmitrij Prokofjitsch, ist der einzige „Freund", mit dem Raskolnikow seit seiner Ankunft in Petersburg überhaupt in Kontakt steht. Sie werden von ihrer physischen Erscheinung wie auch in ihren Eigenschaften gegensätzlich dargestellt. Ist Raskolnikow dunkelblond mit feinen Gesichtszügen,[334] so ist Rasumichin schwarzhaarig und anscheinend bärenstark;[335] ist Raskolnikow „irgendwie hochmütig, stolz und

333 VS 702.
334 Vgl. VS 8 f.
335 Vgl. VS 72.

verschlossen",[336] so wird Rasumichin beschrieben als

> [...] ein ungemein lustiger und mitteilsamer Bursche, gutmütig bis zur Naivität. Aber unter dieser Naivität verbarg sich Tiefe und Würde. Seine nächsten Freunde unter den Kommilitonen wußten das, und alle liebten ihn. Er war gescheit, wenn auch zuweilen in der Tat naiv.[337]

Rasumichin ist in einer ähnlichen Lage wie Raskolnikow, auch er ist völlig mittellos und musste die Universität verlassen. Er versucht jedoch, durch verschiedenste Arbeiten seinen Unterhalt zu bestreiten, um so bald als möglich sein Studium fortsetzen zu können.

Raskolnikow findet sich plötzlich auf dem Weg zu Rasumichin wieder, nachdem er den Brief seiner Mutter mit der Ankündigung von Dunjas Hochzeit mit Luschin erhalten hat. Sein nun folgender innerer Dialog ist in vielfacher Hinsicht zentral für den gesamten Roman:

> „Richtig, ich wollte Rasumichin noch vor kurzem um Arbeit bitten. Er sollte mir ein paar Schüler verschaffen oder etwas dergleichen ...", grübelte Raskolnikow. „Aber wie soll er mir jetzt helfen? Gut, er wird mir ein paar Schüler verschaffen. Gut, er wird sogar seine letzte Kopeke, falls er eine Kopeke hat, mit mir teilen, so daß ich mir sogar Stiefel kaufen und meine Kleider in Ordnung bringen könnte, um die Schüler aufzusuchen... Hm... und was dann? Was kann ich mit ein paar Fünf-Kopeken-Münzen sonst noch anfangen? Ist es das, was ich brauche? Wirklich, es ist einfach zu lächerlich, daß ich mich zu Rasumichin auf den Weg gemacht habe..."
> Die Frage, warum er zu Rasumichin unterwegs gewesen war, beschäftigte ihn sogar mehr, als er sich selbst eingestehen wollte: Unruhig suchte er eine schlimme Bedeutung in dieser anscheinend völlig harmlosen Absicht.
> „Ist denn das möglich, daß ich die ganze Sache nur mit Rasumichins Hilfe in Ordnung bringen wollte und in Rasumichin den Ausweg aus allem gesehen habe?" fragte er sich verwundert.
> Er überlegte, rieb sich die Stirn, und merkwürdigerweise kam ihm irgendwie unverhofft, plötzlich und, nach langem Grübeln, fast von selbst ein verblüffender Gedanke.
> „Hm... Zu Rasumichin", sprach er vor sich hin, auf einmal völlig ruhig, als wäre es ein endgültiger Entschluß, „zu Rasumichin werde ich gehen, natürlich ... aber – nicht jetzt... Ich werde zu ihm gehen... am Tage *danach*, wenn *es* geschehen und vorüber ist und alles einen neuen Anfang nimmt ..."[338]

Auch diese Begegnung findet also nicht statt. Ebenso wie Dunja und Sonja wird Rasumichin indirekt eingeführt, über Raskolnikow selbst und über die

336 Ebd.
337 Ebd.
338 VS 73 f.

Erzählstimme. Während jedoch die Noch-Abwesenheit jener aus anderen Gründen besteht, hält Raskolnikow sich im letzten Moment selbst von einem Besuch bei Rasumichin ab. Er sucht sogar eine „schlimme Bedeutung" hinter seiner Absicht, ihn aufzusuchen. Es scheint also, dass Raskolnikow nun allem aus dem Weg geht, was ihn von seinem Vorhaben abbringen könnte, ohne sich dessen ganz bewusst zu sein. Die Abfolge dieser Einführungen, Begegnungen und Nicht-Begegnungen ist in einer anderen Hinsicht bemerkenswert: Zuerst kommt die Probe, der Besuch Raskolnikows bei Aljona in einer Situation, in der Raskolnikow anscheinend niemand anderen mehr hat, zu dem er gehen könnte. Hier erscheint das geplante Verbrechen noch rein aus finanzieller Not heraus motiviert. Dann erhält er den Brief seiner Mutter, der ihm die Hochzeit seiner Schwester ankündigt. Mit dieser Hochzeit wäre zwar die finanzielle Not Raskolnikows aufgehoben, jedoch steht dann ein Opfer gegen das andere: Lässt Raskolnikow zu, dass Dunja sich für ihn opfert oder opfert Raskolnikow die Pfandleiherin (und mit ihr sich selbst)? Diese beiden ersten Situationen scheinen auf das Verbrechen hin zu drängen, Raskolnikow kaum eine Wahl zu lassen. In der dritten Situation bzw. in Rasumichin bietet sich jedoch tatsächlich eine Alternative. Bezeichnender Weise wird Rasumichin als Person hier als Weg, als „Ausweg" benannt, was sich später bei Swidrigajlow wie auch Porfirij wiederholen wird. Rasumichin *bietet* Raskolnikow nicht nur einen Ausweg, indem er ihm finanziell oder durch Aktivierung seiner Beziehungen und Quellen helfen würde. Er *ist* ein Weg, indem er ist, der er ist, und als solcher nach seiner Art denkt und handelt. Rasumichins Art, sich „durch keinen Mißerfolg entmutigen und, wie es schien, durch keine noch so widrigen Umstände unterkriegen"[339] zu lassen, wäre also wegweisend für Raskolnikow. Raskolnikow hingegen trifft nun eine bewusste Entscheidung, diesen Weg nicht zu beschreiten. Er könnte durchaus die Hilfe Rasumichins in Anspruch nehmen und das Verbrechen nicht ausführen. Er entscheidet sich jedoch, ihn erst „*danach*" aufzusuchen, schlägt also die Alternative als ungenügend aus. Durch diese Entscheidung kann allerdings Raskolnikow aus moralischer Sicht erst wirklich zum Mörder werden, denn der Mord wird nun offensichtlich nicht mehr rein aus Not geschehen. Welche Rolle Rasumichin nach dem Verbrechen dann allerdings für Raskolnikow noch spielen soll, bleibt an dieser Stelle unausgesprochen. Raskolnikow weiss es auch selbst nicht, als er ihn am Tag nach dem Mord tatsächlich aufsucht,[340] Rasumichin scheint jedoch nun der einzige Mensch zu sein, zu dem er gehen kann.

339 VS 72.

340 VS 152–156.

„Also hör zu: Ich bin gekommen, weil ich außer dir keinen Menschen kenne, der mir helfen könnte ... anzufangen ... Weil du gut bist, besser als alle anderen, ich meine, klüger als alle anderen, und beurteilen kannst, ob ...“[341]

Raskolnikow bricht hier nun seine Rede ab und nennt Rasumichin die Frage nicht, die dieser vielleicht hätte beurteilen können. Bemerkenswert ist, dass Raskolnikow sich hier korrigiert, und die Fähigkeit Rasumichins, ein Urteil über das Unausgesprochene zu treffen, von „gut“ zu „klug“ verschiebt, bzw. beides nebeneinanderstellt. Die Bedeutung dieser Verschiebung oder Ergänzung wird hier nicht erläutert, sie bestätigt jedoch die durch die Erzählstimme eingangs gezeichnete Charakterisierung Rasumichins als gleichzeitig gescheit und gutmütig. Obwohl Raskolnikow nun alle Hilfe Rasumichins ausschlägt und aus dessen Wohnung flieht, hat Rasumichin erkannt, in welch krankhafter und verstörter Verfassung sich Raskolnikow befindet. In den folgenden Tagen kümmert er sich hingebungsvoll um den nun tatsächlich erkrankten Freund, zieht den Arzt Sossimow zu Rate, sorgt für Kleidung und Essen, kümmert sich um Raskolnikows Familie und wird so über die Teile II–IV des Romans zum beinahe ständigen Wegbegleiter[342] Raskolnikows. Auch die Vermittlung der ersten Begegnung Raskolnikows mit dem Ermittelnden Staatsanwalt Porfirij Petrowitsch[343] geschieht durch Rasumichin. Bei dieser Begegnung allerdings werden erste Signale gesetzt, dass sich Rasumichins Rolle in Bezug auf Raskolnikow verändert. Wurde Rasumichin als Weg von Raskolnikow bereits zu Beginn ausgeschlagen, so bleibt er nun auch als Wegbegleiter nach mehr oder weniger überstandener Krankheit Raskolnikows je länger je weiter zurück. Rasumichin, der sich bisher leidenschaftlich und wortführend jeder Diskussion mit Luschin, seinen Gästen oder Porfirij stellte, kann bzw. will im Gegensatz zu Porfirij die Ideen Raskolnikows nur noch bis zu einem gewissen Punkt nachvollziehen, über den hinausgehend er sie geradezu entsetzt ablehnt. Ähnlich den Haltungen Dunjas wie auch Sonjas zieht auch Rasumichin eine Grenze, die nicht überschritten werden darf: dass Raskolnikow „Blutvergießen *aus Gewissen*“[344] ausdrücklich erlaube. Ab diesem Moment wird Rasumichin von Porfirij und Swidrigajlow als Gesprächspartner Raskolnikows abgelöst, denn diese beiden sind jeweils auf ihre Art bereit,

341 VS 154.

342 VS 162–173; 175–210; 226–210; 226–230; 256–267; 299–324; 326–328; 331–365; 369; 397–425, 597–603.

343 Erste Erwähnung VS 182; Besuch bei Porfirij VS 335–361 im Beisein von Rasumichin und Samjotow.

344 VS 356.

Raskolnikows Theorien bis ans Ende zu denken. Rasumichin wird von Porfirij darum auch aus den folgenden Gesprächen ausgenommen.

> „Aber ich mußte Herrn Rasumichin doch heraushalten. Wo zwei ihren Spaß haben, hat der dritte nichts zu suchen."[345]

Rasumichin hingegen wird nun eine andere Aufgabe zuteil, die ihn zwar von Raskolnikow löst, diesem jedoch den Raum schafft, seinen eigenen Weg gehen zu können. In der Bindung Rasumichins an seine Mutter und seine Schwester rückt nun Raskolnikow nicht mehr den klugen, sondern den guten Menschen in Rasumichin in den Vordergrund:

> „Dunja!" rief Raskolnikow ihr nach. Er stand auf und trat vor sie hin.
> „Dieser Rasumichin, Dmitrij Prokofjitsch, ist ein sehr guter Mensch."
> Dunja errötete leicht.
> „Und?" fragte sie, nachdem sie fast eine Minute gewartet hatte.
> „Er ist ein tüchtiger, arbeitsfreudiger, ehrlicher und zu starken Gefühlen fähiger Mensch. Leb wohl, Dunja..."[346]

Mit diesem Lebewohl verbunden empfindet Dunja Raskolnikows Worte als eine Art Vermächtnis, obwohl ihr Bruder hier keine konkrete Aufforderung an sie richtet, im Gegensatz zu seinem früher mehr als bestimmenden Auftreten in Bezug auf ihre Verlobung mit Luschin. Raskolnikow überlässt ihr also die Deutung seiner Worte wie auch die Entscheidung für Rasumichin, wohl wissend, was Dunja ohnehin für diesen empfindet. Gegenüber Rasumichin hingegen formuliert er konkret sein Anliegen: Er soll die Verantwortung für Mutter und Schwester übernehmen:

> Raskolnikow zu Rasumichin: „Ich habe ihr gesagt (Dunja), daß du ein guter, ehrlicher und tüchtiger Mensch bist. Daß du sie liebst, das habe ich ihr nicht gesagt, denn das weiß sie selbst."
> „Das weiß sie selbst?"
> „Was denn sonst! Wohin ich auch kommen werde, was auch mit mir geschehen wird – du bleibst bei ihnen, als Vorsehung. Ich lege sie sozusagen in deine Hände, Rasumichin. Ich sage das, weil ich sicher weiß, wie sehr du sie liebst, und ich von der Reinheit deines Herzens überzeugt bin. Ich weiß ebenfalls, daß auch sie dich lieben kann und sogar vielleicht schon liebt. Jetzt entscheide, so gut du kannst – mußt du dich betrinken oder nicht?"[347]

345 VS 614.
346 VS 575 f.
347 VS 600.

Auch hier lässt Raskolnikow Rasumichin zumindest vordergründig selbst entscheiden, denn er weiss bereits um Rasumichins Antwort. Ob es darum geht, den Auftrag anzunehmen oder sich zu betrinken, bleibt an dieser Stelle offen, fällt jedoch in eins.

Dunja und Rasumichin entsprechen sich demnach in fast allem, in ihrem Charakter, ihrer Standfestigkeit, ihrer Leidensfähigkeit, in ihren Gefühlen füreinander. Sie können jedoch beide Raskolnikow nicht bis ans Ende seines Weges, bis nach Sibirien folgen, da keiner von beiden die Grenze zu sich oder zu einem anderen übertreten hat. Diese Rolle muss Sonja übernehmen. Vorher jedoch widmen wir uns den letzten beiden grossen Persönlichkeiten, mit denen Raskolnikows Geschichte verstrickt ist: Porfirij und Swidrigajlow.

1.6.6. Porfirij

Wir sind dem Ermittelnden Staatsanwalt Porfirij Petrowitsch (griech. porphyra – Gesteinsart, griech. petros – Stein), der mit dem Mordfall der Pfandleiherin und ihrer Schwester betraut ist, bereits im Zusammenhang mit den Ideen Raskolnikows[348] begegnet. Die intellektuelle, philosophische Auseinandersetzung, das Spiel der Gedanken, Ideen und Hypothesen scheint auch zuerst einmal die grundlegende Begegnungsebene zwischen beiden zu sein. Sie ist zumindest der Ausgangspunkt für Porfirij, Raskolnikow mit aller psychologischen Raffinesse[349] in ein Spiel zu verwickeln, das am Ende ein reales Ziel verfolgt, das sogar noch weit über das Geständnis Raskolnikows hinausreicht. Spiel und Ernst, Komik und Tragik, Schauspiel und Realität charakterisieren sowohl die Figur Porfirijs wie auch seine drei grossen Begegnungen mit Raskolnikow.

Porfirij ist ein entfernter Verwandter Rasumichins und wird auch durch diesen erstmals erwähnt.[350] Die Verbindung zwischen Raskolnikow und Porfirij ergibt sich denn auch auf die Vermittlung Rasumichins hin und nicht im Zuge des Ermittlungsverfahrens, bei dem Raskolnikow als Pfandschuldner ohnehin einbestellt worden wäre. Die erste ihrer drei grossen Begegnungen findet darum auch in privatem Rahmen bei Porfirij zuhause[351] statt, im Beisein Rasumichins und Samjotows. Die örtliche Situierung auch der weiteren beiden Gespräche entspricht jeweils ihrem Charakter: Das zweite ist zwar doch eine Art offizielle

348 Vgl. Abschnitt: Das neue Wort aussprechen.

349 die Porfirij ironisch als „tiefsinnig-psychologische Kunstgriffe" (VS 456) bezeichnet.

350 VS 182.

351 VS 335–361.

Befragung, jedoch nur zwischen Raskolnikow und Porfirij in dessen Büro,[352] das an die privaten Räume anschliesst; für das dritte sucht Porfirij Raskolnikow völlig vertraulich in dessen Kammer auf.[353] Die Beziehung, die sich zwischen beiden entwickelt, ist also von Beginn an eine persönliche bis gar exklusive.

Noch vor der ersten persönlichen Begegnung hat Rasumichin, wie er Raskolnikow berichtet, durch verschiedene Erzählungen bei Porfirij grosses Interesse für Raskolnikow geweckt,[354] sodass dieser Raskolnikow anscheinend unbedingt kennenlernen möchte.[355] Auch Raskolnikow beginnt sich für Porfirij zu interessieren, und unter dem Vorwand, seine Pfänder sichern zu wollen, fragt er bei Rasumichin um eine Vermittlung nach, die denn auch augenblicklich stattfindet.[356] Auf dem Weg zu Porfirij also beunruhigen und reizen Rasumichins Ausführungen Raskolnikow in höchstem Masse:

> „Ein sehr, sehr kluger Kopf, gar nicht dumm, nur eine ganz spezielle Art zu denken… Mißtrauisch. Skeptisch. Zynisch… provoziert gern, das heißt, er provoziert nicht, sondern… nur so,… zum Spaß… Natürlich, die alte Methode des materiellen Indizes… Aber er versteht sein Handwerk – er versteht es sehr gut… Er hat einen Fall aufgeklärt, letztes Jahr, Mord, einen Fall, bei dem nahezu sämtliche Spuren verwischt waren! Er hat sehr, sehr, sehr gewünscht, dich kennenzulernen."[357]

Rasumichin verbindet direkt die Charakterisierung Porfirijs und dessen erfolgreiche Arbeitsweise mit der dreifachen Betonung des Interesses gerade an Raskolnikow, was sich im Zusammenhang mit der ausdrücklichen Nennung eines anderen Mordfalles schon beinahe als Warnung ausnimmt. So fragt sich Raskolnikow:

> „[…] ist es eigentlich richtig, daß ich hingehe, oder nicht? Der Falter fliegt von selbst in die Kerzenflamme."[358]

---

352 VS 447–479.

353 VS 605–625.

354 Vgl. VS 327.

355 VS 259; 332.

356 Bemerkenswerter Weise steht dieser Beginn in direkter Folge der ersten Begegnung zwischen Raskolnikow und Sonja (VS 318–329) und dem ersten Auftauchen des noch namenlosen Swidrigajlow, der in Sonja seine Nachbarin erkennt (VS 328–330). Diese drei, Porfirij, Swidrigajlow und Sonja, werden in der zweiten Hälfte des Romans für Raskolnikow die wichtigsten Bezugspersonen.

357 VS 331 f.

358 VS 333.

Dieses Motiv des Falters wird beim zweiten Gespräch wortwörtlich von Porfirij verwendet, als habe er Raskolnikows Gedanken gelesen.

> „Haben Sie schon einmal einen Falter in der Nähe einer Kerzenflamme beobachtet? Genauso wird er immer und immer wieder um mich wie um eine Kerze seine Kreise ziehen; er wird den Geschmack an der Freiheit verlieren, er wird grübeln, er wird sich verstricken, er wird sich in sich selbst wie in einem Netz verstricken und sich zu Tode ängstigen! […] und immer wieder wird er seine Kreise um mich ziehen, mit immer kürzerem Radius, und plötzlich – schnapp! – fliegt er mir direkt in den Mund, und ich brauche ihn nur noch zu schlucken.“[359]

Porfirij sagt Raskolnikow also fast schon voraus, wie sich ihre Beziehung entwickeln wird. Er verwendet das Bild des Falters zwar noch allgemein, bezogen auf „manchen Herrn“,[360] seine weiteren Ausführungen legen sich jedoch Raskolnikow konkret in einer enger werdenden Schlinge um den Hals: Wie bereits im ersten Gespräch geht Porfirij in seinen Bezeichnungen deduktiv vom Allgemeinen, Hypothetischen aus über verschiedene Abstufungen wie „die Jugend“[361] über den „scharfsinnigsten Menschen“, hin zu „einem Psychologen und Literaten“,[362] von allgemeinen Fällen zu ganz konkreten Vorkommnissen, in die einzig Raskolnikow involviert hätte sein können, sodass dieser am Ende zwar nicht namentlich bezeichnet, aber dennoch so deutlich angesprochen ist, dass er geradezu keine Luft mehr bekommt. Im dritten Gespräch endlich erläutert Porfirij unverdeckt die Entstehung seines Verdachtes bzw. seiner Überzeugung von Raskolnikows Täterschaft. Noch spricht er zu Raskolnikow über den Täter in der dritten Person. Raskolnikow kann also noch entscheiden, ob er sich tatsächlich angesprochen fühlt. Porfirij bedient sich nicht mehr der Metapher des Falters, sondern wendet sich an Raskolnikow als einen ganz bestimmten Menschen, als schuldigen Menschen:

> „Und ich denke: Jetzt wird dieser Mensch kommen, er wird unbedingt kommen und zwar sehr bald; wenn er schuldig ist, wird er kommen. Ein anderer würde nicht kommen, der aber wird kommen.“[363]

Erst ganz am Ende und vor allem erst auf die ganz konkrete Nachfrage Raskolnikows benennt Porfirij Raskolnikow direkt und namentlich als den Mörder:

---

359 VS 459 f.
360 VS 458.
361 VS 462.
362 VS 463.
363 VS 612.

> „Wer ist … dann also… der Mörder?" fragte er, außerstande sich zu beherrschen, mit versagender Stimme. Porfirij Petrowitsch sank sogar gegen die Stuhllehne, als wäre er von dieser Frage ebenso unerwartet überrascht worden.
> „Wer der Mörder ist?" wiederholte er, als traute er seinen Ohren nicht. „Aber *Sie* sind der Mörder, Rodion Romanowitsch! Sie haben gemordet", fügte er beinahe flüsternd, mit unerschütterlich überzeugter Stimme hinzu.[364]

In dieser dritten Begegnung, die zugleich die vertraulichste wie auch die offenste ist, wird das Spiel der gegenseitigen Täuschung also am Ende aufgegeben, die Karten[365] sind beinahe alle aufgedeckt. Folgen wir hier noch einmal dem Motiv nicht nur des Spiels, sondern auch des (komischen) Schauspiels, das einerseits Raskolnikow für Porfirij, andererseits Porfirij für Raskolnikow bereitet.

Zum Einstieg in ihre Bekanntschaft lässt sich Raskolnikow zu einem Schauspiel verleiten, das Porfirij über seine Nervosität hinwegtäuschen soll, indem er seinen Begleiter Rasumichin „verschmitzt lächelnd"[366] mit dessen Verliebtheit in Dunja neckt, und so platzen beide – Raskolnikow lauthals lachend, Rasumichin wutentbrannt – in Porfirijs Wohnung. Dass dieser Auftritt inszeniert ist, macht die Erzählstimme mehr als deutlich: Sie setzt das „von Herzen kommende Gelächter" in Anführungszeichen, benennt die Szene als „Auftritt", und bezeichnet den Effekt der Inszenierung als „Anschein alleraufrichtigster Heiterkeit".[367] Auch ohne diese Kommentare würde der plötzliche Frohsinn Raskolnikows seltsam wirken, findet sich doch im ganzen Roman kein weiterer Hinweis auf ein Lachen Raskolnikows, das nicht erzwungen[368] oder krankhaft[369] wäre oder über ein Lächeln[370] hinausginge. Es steht ebenfalls in völligem Gegensatz zu dem ruhigen, fast tödlichen Ernst Raskolnikows zum Ausgang dieser ersten Begegnung mit Porfirij. Porfirij hingegen bezeichnet sich selbst als „lachlustig",[371] wobei er sich über diese Eigenschaft ebenso wie über seine Neigung zur Hypochondrie und überhaupt seine ganze Gestalt bei jeder Gelegenheit lustig macht.[372] Tatsächlich erscheint er als eine ziemlich komische, weibische, fast

---

364 VS 617. Porfirij benennt hier Raskolnikows Sein („Sie *sind* der Mörder") wie auch seine Tat („Sie *haben gemordet*").
365 Vgl. Fn 247.
366 VS 333.
367 VS 335. Porfirij kommt später auf die Szene zurück, vgl. VS 612.
368 Vgl. VS 452.
369 VS 463.
370 Z.B. VS 303.
371 VS 453.
372 VS 453; 454; 461.

lächerliche Figur.[373] Seine überaus gepflegte, beleibte, kleine Erscheinung mit dem übergrossen Kopf, seine Bewegungen und Gesten,[374] sein streckenweise völlig sinnloses Geplapper, seine ganze Gestalt, stehen in völligem Gegensatz zu seinem Scharfsinn, der vor allem am Blick „seiner wässrigen, farblos glänzenden Augen"[375] zu erkennen ist. Diese Augen scheinen Raskolnikow zu durchschauen, „einem unentwegt zuzuzwinkern",[376] sie lassen jedoch auf etwas „viel Ernsteres" schliessen, [...] als man nach dem ersten Eindruck hätte vermuten können".[377] Das Zwinkern und Kichern, die ironischen Bemerkungen und Fragen Porfirijs, wirken auf Raskolnikow als Provokation, die seine stärksten Emotionen auslöst: Wut, Hass, Angst sich zu verraten.[378] Gegen Ende des zweiten Gesprächs eskaliert beinahe die für Raskolnikow mittlerweile unerträgliche Situation der Ungewissheit, ob Porfirij ihn nun tatsächlich des Mordes verdächtigt und ihm seine Tat nachweisen kann:

> „Du lügst schon wieder!" brüllte Raskolnikow, der sich nicht länger beherrschen konnte. „Du lügst, verdammter Clown!"
> Mit diesen Worten stürzte er sich auf Porfirij, der sich zwar zur Tür zurückgezogen hatte, sich aber keineswegs zu fürchten schien.
> „Ich durchschaue alles, alles!" Raskolnikow blieb dicht vor ihm stehen. „Du lügst und neckst mich, damit ich mich verrate..."[379]

Porfirijs Spiel von Verstellung, Provokation und Ironie wird für Raskolnikow zur Folter, gerade weil er es durchschaut, sich ihm jedoch nicht entziehen kann. Das unerwartete Hereinplatzen des Anstreichers Nikolaj, der das Verbrechen für sich reklamiert und unvermittelt ein Geständnis ablegt, entschärft die Situation. Beim Abschied analysiert Raskolnikow nun Porfirijs Spiel vordergründig auf Nikolaj hin bezogen, jedoch klar über jenen hinaus auf sich selbst gerichtet.

---

373 VS 337; 450; 453; 461.

374 VS 337; 450; 456.

375 VS 337. Bemerkenswert hier auch der Gegensatz zu Raskolnikows „brennendem Blick" (457) oder seinen „vor Zorn funkelnden schwarzen Augen" (339).

376 VS 337; auch 338, 343, 358, 451.

377 VS 337; VS 451: „... zu dem ernsten, nachdenklichen und rätselhaften Blick..."

378 VS 448: „Diesem Menschen abermals gegenüberzutreten war für ihn das Schrecklichste. Er haßte ihn über alle Maßen, grenzenlos, und fürchtete sogar, sich in seinem Haß zu verraten." VS 341: „Wut schäumte in ihm auf, und er war machtlos gegen sie. Und vor lauter Wut werde ich mich verraten! fuhr es ihm abermals durch den Kopf."; vgl. auch VS 460; VS 463.

379 VS 473.

Porfirijs Amt, seine „Manier",[380] Nikolaj bzw. ihm selbst solange zuzusetzen, bis er gesteht, nur um ihm dann zu beweisen, dass er doch nicht der Mörder sei, bezeichnet er als „komisch".[381] Welches Ziel jedoch Porfirij mit dieser Posse genau verfolgt, bleibt (ihm) noch verborgen.

Erst im letzten Gespräch deckt Porfirij seine Karten fast vollständig auf und legt sein bisheriges (komisches) Verhalten ab. Sogar sein Gesichtsausdruck verändert sich, das Zwinkern verschwindet:

> [...] fast im selben Augenblick nahm sein Gesicht einen ernsten und sorgenvollen Ausdruck an; eine Traurigkeit schien sich darüber zu legen, zu Raskolnikows höchstem Erstaunen. Er hatte einen solchen Gesichtsausdruck bei ihm noch nie gesehen und nicht einmal für möglich gehalten.[382]

Eine bisher nur angedeutete Seite, seine aufrichtige Sympathie für Raskolnikow, tritt hier hervor. Bereits im zweiten Gespräch beginnt Raskolnikow Porfirij zu vertrauen, trotz der Qual, die das Verwirrspiel in ihm verursacht.

> Aber er glaubte ihm nicht ein einziges Wort, obwohl er merkwürdigerweise dazu neigte, ihm zu vertrauen.[383]

Auch dies erkennt Porfirij und sagt es ihm auch direkt, wobei er seine Motivation, seine Sympathie das erste Mal ausspricht.

> „Sie glauben mir schon ein Viertelarschin weit, und ich werde erreichen, daß Sie mir den ganzen Arschin abnehmen, denn ich habe Sie aufrichtig gern und wünsche Ihnen aufrichtig das Beste."[384]

Im letzten Gespräch betont Porfirij vielerorts, dass er sich nun unter den Vorzeichen der Aufrichtigkeit und Offenheit aussprechen[385] und sein (vor-)letztes Ziel erreichen will: Raskolnikow davon zu überzeugen, dass ein Geständnis für beide von ihnen die beste Lösung ist.

---

380 VS 479.
381 VS 478 f.
382 VS 607.
383 VS 466.
384 VS 469.
385 VS 607: „... ich komme, um mich mit Ihnen auszusprechen", „Offenheit"; 609: „Ich bin gekommen, um mich mit Ihnen auszusprechen", „vollkommen aufrichtig", „Ich meine es aufrichtig"; 612: „Nein, nicht boshaft, ich sage es aufrichtig, he-he!"; 617 f.: „Ich bin ja gerade deshalb gekommen, um nun alles zu sagen und in aller Offenheit zu verfahren."; 619: „... als ich Ihnen aufrichtig zugetan bin", „... den offenenen und ehrlichen Vorschlag".

> „Ich wünsche nicht, dass Sie mich für einen Unmenschen halten, umso weniger, als ich Ihnen aufrichtig zugetan bin, Sie mögen es mir glauben oder nicht. Weil das so ist, bin ich gekommen, drittens, um Ihnen den offenen und ehrlichen Vorschlag zu machen – ein formelles Geständnis abzulegen. Das würde für Sie außerordentlich günstig und auch für mich günstig sein: Für mich wäre der Fall endgültig vom Tisch… Also, meine ich es ehrlich oder nicht?"

Noch bewegt sich Porfirij mit seiner Argumentation in einem relativ eng gefassten Rahmen einerseits der Logik, andererseits auch des Rechts. Raskolnikow kann mit einem Geständnis gerade in dem Moment, als noch ein anderer das Verbrechen für sich beansprucht, und Porfirij ihm verspricht, „sämtliche Verdachtsmomente" und „die ganze Psychologie" in Luft aufzulösen, mit einer deutlichen Strafmilderung rechnen. Doch gerade als Raskolnikow dieses Angebot quasi ausschlägt, rückt Porfirijs letztes, vielleicht eigentliches Ziel in den Vordergrund. Porfirij verlässt nun nicht nur die Ebene des Spiels, sondern auch die Ebene der intellektuellen, der rationalen Auseinandersetzung. Ihm geht es um Raskolnikows Weg in die Zukunft, den Weg in ein neues Leben und vor allem den Weg zu einem neuen Glauben, den er für Raskolnikow nach dem Verlust des Glaubens an seine Theorie für lebensnotwendig hält. Porfirij spricht von Gott. Noch im ersten Gespräch ist kaum von Religion die Rede, den einzigen Anstoss zum Thema gibt Raskolnikow selbst bei seinen langen Ausführungen zur Einteilung der Menschen in Aussergewöhnliche und Gewöhnliche, die nach Raskolnikow jedoch alle die selbe Daseinsberechtigung haben.

> „Mit einem Wort, bei mir steht allen das gleiche Recht zu – vive la guerre éternelle! – bis hin zum Neuen Jerusalem, versteht sich."
> „Sie glauben also immerhin an das Neue Jerusalem?"
> „Ich glaube", antwortete Raskolnikow mit Bestimmtheit; als er antwortete, wie auch während seiner langen Rede, blickte er zu Boden, wo er sich einen bestimmten Punkt auf dem Teppich ausgesucht hatte.
> „Und… und… glauben Sie auch an Gott? Entschuldigen Sie meine Neugier!"
> „Ich glaube", wiederholte Raskolnikow, wobei er den Blick zu Porfirij hob.
> „Und… und glauben Sie auch an die Auferweckung des Lazarus?"
> „Ich… ich glaube. Warum wollen Sie das wissen?"
> „Glauben Sie buchstäblich daran?"
> „Buchstäblich."
> „So ist das also… Aus purer Neugier."[386]

386 VS 353.

Porfirij greift diesen Anstoss des Neuen Jerusalem sofort auf, bezieht sich jedoch nicht auf Raskolnikows „vive la guerre éternelle!", sondern auf das Ende dieses ewigen Krieges, der andauern wird bis zum Beginn der neuen göttlichen Herrschaftsordnung, symbolisiert durch das Neue Jerusalem. Noch wirken die in schneller Folge abgefeuerten, sich fast überschlagenden Fragen Porfirijs wie ein Teil seines spöttisch-provokativen Spieles mit Raskolnikow, angeblich ohne hintergründige Absicht, „aus purer Neugier" heraus. Raskolnikow hingegen antwortet mit tiefem Ernst, beinahe in Form eines Credos, in dreifacher Wiederholung: „Ich glaube". Porfirij lässt im Folgenden das Thema ruhen und kommt auch im zweiten Gespräch nicht darauf zurück. Jedoch häufen sich im Verlauf der zweiten Szene seine Anrufe Gottes immer mehr bis zu viermal in wenigen Sätzen.[387] Erst gegen Ende des dritten Gespräches zeigt sich, dass diese Anrufe nicht nur unwillkürlich Ausdruck der emotional höchst aufgeladenen Atmosphäre sind, sondern dass Porfirij neben seiner scharfsinnigen, giftigen, provokativen und komischen Art eine mitfühlende, bewegte, ernste und vielleicht tief religiöse Seite hat. Ihm geht es jetzt also nicht mehr nur um die Lösung des Kriminalfalles, nicht um seine Interessen, sondern um Raskolnikow, dem er sich verbunden fühlt. Sich selbst nimmt Porfirij nun ganz zurück:

> „Ich? Wer ich bin? Jemand, der nichts mehr zu erwarten hat, weiter nichts. Ein Mensch, der vielleicht fühlt und mitfühlt, der vielleicht einiges weiß, aber nichts, gar nichts mehr zu erwarten hat."[388]

Hingegen ist Porfirij überzeugt, dass Raskolnikow in Gegensatz zu ihm noch vieles erwarten kann, wenn er das nun vor ihm liegende Leiden annimmt und damit erfüllt, „was die Gerechtigkeit verlangt".[389] Die Gerechtigkeit scheint hier einerseits die menschliche des Gerichtsurteils zu sein, andererseits schon eine Gerechtigkeit, die über erstere hinausgeht. Denn Porfirij stellt nun alles, Verbrechen und Strafe, den Weg zu neuem Leben, in die Möglichkeit göttlicher Vorsehung:

> „Vielleicht hat Gott Ihnen gerade dies zugedacht."[390]

---

387 VS 453: „Großer Gott!"; 457: „Gott weiß was"; 458: „bei Gott"; 459: „mein Opferlämmchen"; 461: „von Gott so geschaffen"; 464: „Ach, mein Gott"; 465: „Mein Gott"; „Mein Gott!"; „Lieber Gott!"; „bei Gott!"; 477: Wie Gott will, wie Gott will!", 478: „Wie Gott will"; „Wenn Gott will".

388 VS 623.

389 VS 622.

390 VS 621.

> „Vielleicht müssen wir Gott danken; woher wollen wir das wissen: Vielleicht hat Gott mit Ihnen noch etwas vor.“[391]

Porfirij schliesst jedoch nicht aus, dass auch Raskolnikow, wie vielleicht auch er selbst, die Gnade Gottes, das neue Leben, nicht anzunehmen bereit sein könnte.

> „Ihnen hat Gott zu leben bestimmt (aber wer weiß, vielleicht wird es auch bei Ihnen wie Rauch vorüberziehen und nichts davon übrig bleiben).“[392]

Ob Porfirij das „auch“ auf sich selbst bezieht, bleibt offen und damit auch die Frage nach Porfirijs eigener Religiosität. Es scheint fast, als sei Porfirij auf einem ganz ähnlichen Weg wie Raskolnikow im Paradox stecken geblieben. Seine Rationalität, sein Scharfsinn und sein Wissen um die Notwendigkeit des Glaubens bleiben unversöhnlich nebeneinander bestehen. Seine eigene Erlösung, die Gnade des Glaubens, erwartet Porfirij zu seiner Lebenszeit nicht mehr. Raskolnikow steht dies jedoch noch offen. Der Weg Raskolnikows, seine Bestimmung zu erkennen, ist für Porfirij daher bezeichnender Weise das Nachdenken in Verbindung mit dem Gebet. So gibt er Raskolnikow zum Abschied den konkreten Auftrag:

> Überlegen Sie sich's, mein Lieber, beten Sie zu Gott.[393]

Zwei Pole zeigen sich: das Überlegen einerseits, das Beten andererseits, Raskolnikow, mit dem sich Porfirij (freundschaftlich) verbunden sieht, als einendes Subjekt.

Der Weg, den also Porfirij ganz konkret vor Raskolnikow ausbreitet, führt über das Geständnis und die Annahme seines Leidens, dessen äusseres Zeichen die Gefangenschaft in Sibirien sein wird. Dieser Weg ist derselbe, den auch Sonja als einzigen Ausweg für Raskolnikow und für sich selbst sieht. Porfirij befürchtet jedoch, Raskolnikow könnte noch einen anderen Weg einschlagen: Er will die Möglichkeit, dass Raskolnikow sich seinem Leiden durch Selbstmord entziehen könnte, zwar keinen Platz einräumen, tut es aber dennoch, indem er ihn in diesem Fall um ein „erschöpfendes Briefchen“, um „ein paar kurze Zeilen“[394] bittet, die das Verbrechen klären. Dass Raskolnikow diese Möglichkeit, einen „Schlußstrich“[395] zu ziehen, durchaus in Betracht gezogen hat, erfahren wir aus seinem

---

391 VS 622.

392 VS 623. Den gleichen Auftrag bekommt Raskolnikow von Sonja: „Bekreuzige dich, bete, wenigsten einmal.“ (VS 709).

393 VS 623.

394 VS 625.

395 VS 700.

letzten Gespräch mit Dunja. Raskolnikow weiss zu diesem Zeitpunkt noch nicht (und wird es auch erst direkt vor seinem Geständnis erfahren), dass Swidrigajlow zur gleichen Zeit, als Raskolnikow an der Newa steht, seinem Leben ein Ende gesetzt hat. Swidrigajlow also wählt diesen Weg, Raskolnikow den anderen. Doch wer ist dieser Swidrigajlow, dessen Selbstmord den Entschluss Raskolnikows beinahe noch einmal ins Wanken bringt? Welche Rolle spielt er und wieso widmet Dostojewskij ihm und seinem Ende vier ganze Kapitel im sechsten Teil des Romans?

1.6.7. Swidrigajlow

Swidrigajlow ist der Ehemann der kürzlich verstorbenen Marfa Petrowna, in deren Haus Dunja angestellt war. Da er Dunja für sich gewinnen und ihre Hochzeit mit Luschin verhindern will, reist er nun selbst nach Petersburg und hofft auf die Unterstützung von Raskolnikow, den er bisher nur aus Dunjas Erzählungen kennt. Schon vor der ersten persönlichen Begegnung verstricken sich die Geschichten Raskolnikows und Swidrigajlows über ihre Bindung an Dunja.

Wie auch Sonja zu Beginn des Romans über die Erzählungen ihres Vaters eingeführt wird, so erfahren wir die ersten wesentlichen Dinge über Swidrigajlow aus dem Brief der Mutter an Raskolnikow zu Beginn des Romans. Die Erzählung der Mutter über die Ereignisse im Haus Marfa Petrownas ist zweimal gebrochen: Sie fasst in eigene und damit bereits interpretierende Worte, was ihr ihre Tochter und Marfa Petrowna in ebenso vorgedeuteten Worten erzählten. So entsteht bereits hier ein zweifelhaftes, ambivalentes Bild von Swidrigajlow, der Dunja wohl bereits zu Lebzeiten seiner Frau nachgestellt hatte:

> „Stell Dir vor, dieser sonderbare Mensch war schon seit langem in Leidenschaft für Dunetschka entbrannt, was er aber unter der Maske von Grobheit und Geringschätzung zu verstecken trachtete!“[396]

Aus dem Brief geht hervor, dass Marfa eine Affäre ihres Mannes mit Dunja angenommen und sie deswegen entlassen hatte. Nachdem Swidrigajlow selbst die Dinge richtiggestellt und seiner Frau als Beweis einen Brief Dunjas vorgelegt hatte, hatte sich Marfa um die Rehabilitation Dunjas in der Öffentlichkeit bemüht und die Verlobung mit Luschin eingefädelt.

> „Wenigstens hat sie Dunetschkas Ehre wieder hergestellt, und alles, diese ganze garstige Affaire blieb als untilgbare Schmach an ihrem Gatten als dem Alleinschuldigen haften,

396 VS 45.

> so daß er mir jetzt sogar leid tut; man ist gar zu streng gegen diesen absonderlichen Menschen vorgegangen."[397]

In diesem Brief werden zwei ganz wesentliche Züge Swidrigajlow betreffend bereits angelegt, die im weiteren Verlauf immer grösseren Raum einnehmen: In allen Menschen, die ihm begegnen, weckt Swidrigajlow eine innere Zwiespältigkeit: einerseits Abscheu und Ekel, andererseits Faszination und Interesse, stellenweise sogar Mitleid oder – wie er es in Bezug auf Dunja selbst formuliert – die „Lust, zu ‚retten'".[398] Gleichzeitig bleibt Swidrigajlow allen ein Rätsel als eine zwar physisch sehr konkrete[399] Gestalt, die jedoch im Wesen, ihren Ansichten und Umtrieben undefinierbar, nebulös und sonderbar erscheint. Dunja nennt ihn später einen „schrecklichen Menschen", obwohl sie ihn (seiner Frau gegenüber) auch „außerordentlich geduldig", „sogar zuvorkommend" und „sogar über Gebühr nachsichtig" erlebt hat. Diese Ambivalenz durchzieht alle Aussagen über Swidrigajlow, alle Geschichten und Gerüchte, die Swidrigajlow wie Spinnweben umfangen.

So steht bereits sein erstes Erscheinen bei Raskolnikow in dessen Kammer (gerade im Zentrum des Romans nach der Bruchachse) im Zusammenhang mit Raskolnikows Albtraum von der Wiederholung des Mordes, der sich fortzusetzen scheint, als Raskolnikow beim Erwachen einen Unbekannten in seiner Kammer vorfindet.[400] Das unerwartete Auftauchen Swidrigajlows wie im Folgenden seine Erzählungen und philosophischen Exkurse, bis hin zu einer bedrückenden Phantasie von einem künftigen Leben scheinen den Eindruck von Irrealität auf Raskolnikow noch zu verstärken. Ihr Gespräch, das sich einer ironischen Bemerkung Swidrigajlows nach bereits in kürzester Zeit in „wer weiß wie hohen Materien"[401] verliert, und Swidrigajlows widersprüchliche, verworrene Pläne von Reisen oder einer neuen Eheschliessung verweisen bereits darauf, dass Swidrigajlows Handeln wie auch sein Charakter unvorhersehbar sind. Er selbst benennt seinen derzeitigen Status im Offenen, Unbestimmten und Ereignislosen.

> „Ich interessiere mich ja beinahe für gar nichts, weiß Gott!" fuhr er irgendwie nachdenklich fort, „besonders im Augenblick, ich habe eigentlich überhaupt nichts vor… […] Aber ich gestehe Ihnen aufrichtig: Es ist sehr langweilig! Besonders in diesen letzten drei Tagen, so daß ich mich auf Sie sogar gefreut habe …[402]

397 VS 49.

398 VS 643.

399 VS 376: „…nicht mehr ganz jung, stämmig, mit dichtem, hellem, fast weißem Bart…"

400 VS 375; 379.

401 VS 391.

402 VS 383.

Swidrigajlow scheint selbst nicht genau zu wissen, was er sich von Raskolnikow erhofft oder erwartet, allerdings meint er schon bei der ersten Begegnung mit Raskolnikow, in ihm eine Art Entsprechung oder Bestimmung zu finden. Die Parallelen zwischen beiden lassen sich tatsächlich an verschiedenen Orten des Romans nachvollziehen.

> Vorhin, als ich hereinkam und sah, wie Sie mit geschlossenen Augen dalagen und sich schlafend stellten, da sagte ich mir sofort: „Der ist es!"
> „Was heißt: ‚Der ist es'? Wovon reden Sie eigentlich?" rief Raskolnikow aus.
> „Wovon? Ich weiß wahrhaftig nicht, wovon ich...", murmelte Swidrigajlow offenbar aufrichtig, und ebenfalls verwirrt.[403]

Dieser Ausruf lässt sich auf verschiedenen Ebenen deuten: Swidrigajlow kennt Raskolnikow bisher nur über Dunja. Er kann sich also nur darauf beziehen, dass Swidrigajlow ihn in seiner Kammer vorgefunden, den gesuchten Bruder Dunjas erkannt hat. Dieses Erkennen weitet sich jedoch schon bald aus, denn Swidrigajlow meint, einen „Berührungspunkt"[404] mit Raskolnikow gefunden zu haben (was Raskolnikow jedoch sogleich negiert), und will später in ihm gar ein Wesen gleicher Art entdecken.[405] Für Raskolnikow hingegen hat das „Der ist es!" noch einen ganz anderen Klang: obwohl Swidrigajlow bei ihrer ersten Begegnung noch nichts von Raskolnikows Verbrechen weiss, muss ihm der Ausruf als Anklage vorkommen, hat ihn doch gerade in der vorhergehenden Szene der Kleinbürger im Chalat als Mörder beschuldigt. Zuletzt klingt im „Der ist es!" eine Art Auserwählung an, die beinahe an einen Messias, an Christus erinnert. Swidrigajlow scheint also in Raskolnikow etwas für ihn selbst ganz Besonderes zu sehen.[406] Er erwartet sich von ihm etwas ganz Neues, das sich, analog zu Raskolnikows „neuem Wort", auf einen originellen Gedanken, eine Sinn stiftende Idee zu beziehen scheint, mit der sich auseinanderzusetzen Beschäftigung verspricht, die ihn aus seiner Langeweile, seiner Gleichgültigkeit rettet.

> „Dann können Sie sich auch vorstellen, daß auch ich, schon unterwegs, schon in der Eisenbahn, mit Ihnen gerechnet habe, daß Sie mir nämlich etwas *ganz Neues* sagen

403 VS 388.

404 VS 387.

405 VS 391: „Nun, hatte ich nicht recht, als ich sagte, daß wir aus dem selben Holz geschnitzt sind?"; VS 396: „Ich habe immer wieder den Eindruck, in Ihnen ist etwas, was mir entspricht."

406 Diese Stelle erinnert auch an die Bemerkung von Raskolnikows Mutter gegenüber Dunja in Bezug auf Sonja: „Das ist es, das ist die Hauptsache." VS 325.

> würden und daß es mir gelingen könnte, bei Ihnen eine Anleihe zu machen! So reich sind Sie und ich!"[407]

Wie in einer Art Klammer um ihre Beziehung sucht Swidrigajlow zu Beginn das Neue bei Raskolnikow und Raskolnikow gegen Ende des Romans bei Swidrigajlow:

> Indessen hatte er es doch eilig, Swidrigajlow aufzusuchen; erwartete er am Ende von ihm etwas *Neues*, einen Fingerzeig, einen Ausweg?[408]

Auch hier steht das *Neue* wiederum kursiv. Was genau dieses Neue, dieser Ausweg sein könnte, klärt sich auch im letzten Gespräch zwischen den beiden nicht. Der Selbstmord Swidrigajlows und die Entscheidung Raskolnikows zum Geständnis lassen vermuten, dass dieses *Neue* nicht beim je Anderen zu finden war.

Swidrigajlow hofft zu Beginn nicht nur darauf, in Raskolnikow einen anregenden Gesprächspartner zu finden, sondern auch seine Unterstützung, Dunja von der Hochzeit mit Luschin abzuhalten. Er teilt in gewisser Weise die Ansichten Raskolnikows über die zu erwartende Art der Beziehung zwischen Dunja und Luschin, seine eigenen Interessen in Bezug auf Dunja spricht er jedoch nicht aus. Swidrigajlow bietet nun Raskolnikow an, Dunja quasi als Entschädigung für die früheren Vorfälle 10.000 Rubel auszuzahlen und „dadurch den Abschied von Herrn Luschin erleichtern zu dürfen".[409]

> „Und nun, im Gefühl aufrichtiger Reue, wünsche ich von Herzen [...] für sie etwas Vorteilhaftes zu tun, und zwar deshalb, weil ich keineswegs das Privileg beanspruche, nur Böses zu bewirken."[410]

Die Formulierung „aufrichtige Reue" begegnet uns im Epilog über Raskolnikows Prozess. Die Erzählstimme berichtet, dieser habe „aufrichtige Reue" als Beweggrund für sein Geständnis angegeben, und kommentiert dies mit: „Das war nun schon beinahe plump..."[411] Es liegt nahe, Swidrigajlows Begründung als ähnlich verkürzt bzw. plump auszulegen, wird er sich doch ähnlich vielschichtig präsentieren wie Raskolnikow.

---

407 VS 635.

408 VS 626.

409 VS 207. Vgl. auch VS 51; VS 60 f.; VS 395.

410 VS 394. Das Privileg, nur Böses zu bewirken, erinnert an Mephisto in Goethes Faust: „Ich bin ein Teil von jener Kraft, die stets das Böse will und stets das Gute schafft". Swidrigajlow enzieht sich jedoch diesem (fraglichen) Mechanismus, indem er vorgibt, nicht nur das Böse zu suchen.

411 VS 725.

Nachdem Raskolnikow sich weigert, seiner Schwester das Angebot zu überbringen, fragt ihn Swidrigajlow, was damals an seinem Verhalten gegenüber Dunja eigentlich so verachtenswert war.

> Was habe ich, genaugenommen, in dieser Angelegenheit so besonders Verbrecherisches getan, wenn man ohne Voreingenommenheit und mit gesundem Menschenverstand urteilt? [...] Etwa, daß ich in meinem eignen Haus einer schutzlosen jungen Dame nachgestellt und sie „mit ehrlosen Anträgen beleidigt" hätte – nicht wahr?[412]

Auch die Hervorhebung des Verstands als einzige Richtschnur (und die gleichzeitige Negation einer inneren oder äusseren moralischen Instanz) findet eine Parallele zu Raskolnikow, der sich noch in Sibirien fragt, was an der Idee zum Mord an der Pfandleiherin so ungeheuerlich ist, würde man rein vernunftgemäss darüber urteilen.[413] So begegnen sich beide, indem sie scheinbar unumstössliche Gesetze, Regeln und Moralvorstellungen hinterfragen. Beide allerdings werden von Träumen oder Erscheinungen heimgesucht, die sich nicht rational erklären lassen, aber eine Art Anklage oder Schuld zum Ausdruck bringen. Swidrigajlow erzählt Raskolnikow unaufgefordert von geisterhaften Erscheinungen Verstorbener (z.B. seines Dieners Filipp und seiner Frau Marfa), an deren Tod er Gerüchten nach in irgendeiner Art beteiligt sein soll. Er selbst spricht sich explizit frei und bezeichnet sein „Gewissen in dieser Hinsicht in höchstem Maße ruhig".[414]

> „Nein, ich habe eine Weile im stillen folgendes gedacht, besonders unterwegs, als ich im Waggon saß: Habe ich nicht zu diesem ... Unglück irgendwie moralisch, durch Aufregung oder sonst etwas dieser Art beigetragen ... Aber ich bin zu dem Schluß gekommen, daß auch dies schlechterdings ausgeschlossen ist."[415]

Swidrigajlow wird von Luschin für einen weiteren ungeklärten Selbstmord verantwortlich gemacht: So soll er acht Jahre zuvor die taubstumme, etwa fünfzehnjährige Nichte seiner früheren wie jetzigen Vermieterin Rößlich „grausam mißbraucht"[416] haben, sodass das Mädchen sich auf dem Speicher erhängte. In

---

412 VS 379 f. So nennt etwa Dunjas Mutter das bisher nicht weiter konkretisierte Angebot in ihrem Brief „einen eindeutigen und niedrigen Antrag", VS 45.

413 VS 735 f.: „Wenn man die Sache nur mit einem völlig unabhängigen Blick ansieht, dann, dann erscheint meine Idee keineswegs so... sonderbar! [...] Und warum kommt ihnen meine Tat so ungeheuerlich vor?" sprach er zu sich selbst. „Weil sie ein Verbrechen ist? Was bedeutet das Wort ‚Verbrechen'?"

414 VS 381.

415 Ebd.

416 VS 403.

allen drei Fällen widersprechen sich die tatsächlich nachvollziehbaren Ereignisse, die Aussagen Dunjas, Luschins und Swidrigajlows, sodass keine wirklichen Schlüsse zu Swidrigajlows Beteiligung gezogen werden können. Auch die entsprechenden weiteren Bezüge im Text stimmen nicht überein. Von Erzählerseite treten mehrere Ungereimtheiten auf, die sich vor allem im fünften Teil des Romans konzentrieren. So ist das erste der beiden Mädchen, die Swidrigajlow in der Nacht vor seinem Selbstmord im Fiebertraum erscheinen, zumindest nicht die Nichte Rößlichs:

> Swidrigajlow kannte dieses Mädchen; keine Ikone, keine brennende Kerze sah man an ihrem Sarg, und man hörte auch kein Gebet. Dieses Mädchen war eine Selbstmörderin – sie hatte sich ertränkt. Sie war erst vierzehn, aber es war ein gebrochenes Herz, und dieses Herz hatte den Tod gesucht […].[417]

Die Verbindung mit Swidrigajlow ist nicht klar, jedoch liegt die Vermutung nahe, dass das gebrochene Herz vielleicht durch Swidrigajlow verschuldet ist.

Auch das zweite etwa 5jährige Mädchen in einem tropfnassen Kleid sucht Swidrigajlow in einem Alptraum auf. Ihr Gesicht verwandelt sich in das dreiste Gesicht einer Kokotte, die ihn schamlos auslacht.[418] Es erinnert an Raskolnikows Traum von der Wiederholung des Mordes, als die Alte sich vor Lachen schüttelt.[419]

Auf Raskolnikows Fragen reagiert Swidrigajlow „sichtlich ungeduldig“[420] und will auf „diesen ganzen Unsinn“[421] zumindest zu diesem Zeitpunkt nicht weiter eingehen. Die Vermieterin Rößlich erwähnt Swidrigajlow später jedoch selbst in einem anderen Zusammenhang, bringt sie auch in Verbindung mit dem Tod eines Mädchens, der jedoch andere Umstände hat:

> Die Rößlich, […], das ist die mit dem kleinen Mädchen, von dem es heißt, es sei ins Wasser, mitten im Winter, aber hören Sie auch zu?“[422]

---

417 VS 687.
418 VS 381.
Ebd.
VS 403.
VS 687.
VS 372–375.
VS 688 f.
419 VS 372–375.
420 VS 642.
421 Ebd.
422 VS 649.

Swidrigajlow scheint darüber hinaus auch kein Interesse daran zu haben, die Gerüchte, die ihn wie ein Kokon umspinnen, zu widerlegen. Im Gegenteil erzählt er Raskolnikow bei ihrer letzten Begegnung eine ganze Reihe weiterer Geschichten über sich selbst und seine Begegnungen mit Frauen: beginnend bei seiner Frau Marfa Petrowna und Dunja, der Magd Parascha und weiteren, von der Verführung einer höchst tugendhaften Dame, seiner Bekanntschaft mit einem dreizehnjährigen Mädchen und ihrer Mutter beim Tanz[423] oder von seinen Heiratsplänen mit einem knapp sechzehnjährigen Mädchen,[424] von dem er sich kurz vor seinem Selbstmord bei einem nächtlichen Besuch im Regen noch verabschiedet bzw. freikauft.[425] All diese Geschichten sowie sein Einsatz für die drei kleinen Kinder der verstorbenen Katerina Iwanowna, die er bei einer Witwe unterbringt und finanziell versorgt,[426] – all dies weckt bei Raskolnikow die Überzeugung, dass Swidrigajlow in Bezug auf Frauen überhaupt und vor allem in seinem Vorzug kleiner Mädchen zu den schlimmsten Dingen fähig ist. Bemerkenswert hierzu ist eine Stelle zu Beginn des Romans, gerade als Raskolnikow erst durch den Brief seiner Mutter von Swidrigajlow und seinem Verhalten gegenüber Dunja erfahren hat. Es handelt sich um „ein kleines Abenteuer"[427] auf dem Boulevard, Raskolnikows Begegnung mit einem betrunkenen, wahrscheinlich misshandelten jungen Mädchen. Das Mädchen mit einem „Gesicht einer Sechzehn- oder vielleicht erst Fünfzehnjährigen" wird von einem Mann beobachtet, „der allem Anschein nach nicht übel Lust hatte, sich ebenfalls mit irgendwelcher Absicht dem Mädchen zu nähern". Raskolnikow durchkreuzt seine Pläne und im Wunsch, ihn zu beleidigen, ruft er den Unbekannten an mit: „He, Sie, Swidrigajlow!" Im Nachhinein erscheint diese Bezeichnung wie eine Vision von Swidrigajlows bestem Mittel gegen die Langeweile, der „Unzucht".[428]

Swidrigajlow selbst scheint sich mit seinen Erzählungen mit voller Absicht in das Licht eines verdorbenen Kinderschänders setzen zu wollen, als bereite es ihm Vergnügen, Raskolnikow mit seinen Geschichten zu quälen.

> „Hören Sie auf, hören Sie auf mit Ihren gemeinen, niederträchtigen Geschichten, Sie lasterhafter, niedriger, lüsterner Mensch!"[429]

423 VS 652 ff.
424 VS 648 ff.
425 VS 678 ff.
426 Vgl. VS 651.
427 VS 64–71.
428 VS 636 f.
429 VS 653.

In der Antwort darauf weist Swidrigajlow selbst Raskolnikow auf einen ganz zentralen Punkt im Umgang mit seinen Geschichten hin – Geschichten, die er selbst erzählt, aber auch Geschichten, die andere über ihn erzählen. Weit über Swidrigajlow und diesen Roman hinausweisend, schliesst dies nicht nur die Geschichten der anderen Figuren in *Verbrechen und Strafe* ein, sondern auch Dostojewskij als Erzähler, gar alle Erzähler, wie wir an anderer Stelle noch weiterverfolgen werden. Swidrigajlow also erzählt Raskolnikow Geschichten über sich in einer ganz bestimmten Absicht:

> „Seht diesen Schiller, diesen unsern Schiller, diesen Schiller! Où va-t-elle la vertu se nicher? Wissen Sie, ich werde Ihnen absichtlich solche Geschichten erzählen, um Sie aufschreien zu hören! Ein Genuß!“[430]

Bereits zuvor nannte Swidrigajlow Raskolnikow einen Schiller.[431] Auch der zweite, französische, Satz bezieht sich auf ein literarisches Werk. Swidrigajlow zitiert aus Voltaires *Vie de Molière*. Ironisierend führt er Raskolnikow damit vor Augen, „wo die Tugend ihr Nest baut“, dass hier ausgerechnet ein Mörder ihn für seine „Unzucht“ verurteilt. Wesentlich ist hier jedoch, wie Swidrigajlow das Mittel des Erzählens einsetzt und dies sogar benennt. Es geht nicht darum, ob diese Geschichten nun wahr sind oder nicht – Swidrigajlow will sie erzählen, um Raskolnikow zu provozieren, seine Empörung zu wecken, um ihm dann den Widersinn, die (unbewusste) Heuchelei oder Scheinheiligkeit der eigenen Moral vorzuhalten. Auch hier kann sich die Leserschaft mit einbezogen fühlen. Auch sie wird herausgefordert, die eigenen Urteile zu hinterfragen. Im Folgenden benennt Swidrigajlow ebenso den Effekt der Geschichten, die über ihn erzählt werden: Sie machen ihn interessant für Andere, konkret für Dunja.

> „Teufel! Ich sehe, daß ich tatsächlich für manche Menschen eine Romanfigur abgeben könnte. Sie können ermessen, wie dankbar ich der seligen Marfa Petrowna dafür sein muß, daß sie Ihrem Fräulein Schwester so viel Geheimnisvolles, Spannendes und Interessantes über mich mitgeteilt hat!“[432]

---

430 VS 653.

431 VS 638: „Sie, ausgerechnet Sie reden über Amoralität und Ästhetik! Sie – ein Schiller, Sie – ein Idealist! Natürlich, das muß so sein, und man würde sich wundern, wenn es anders wäre, aber es mutet einen doch eigentümlich an, wenn es Wirklichkeit ist! Wie schade, daß meine Zeit so knapp ist, denn Sie sind ein höchst interessantes Subjekt! Übrigens, lieben Sie Schiller? Ich liebe ihn schrecklich!“

432 VS 642.

Nach Swidrigajlow sind es gerade diese Geschichten, die in Dunja „*Mitleid*" für den verlorenen Menschen und „unweigerlich die Lust, zu ‚retten', zur besseren Einsicht zu bringen", weckten, solcher Art, dass „das Vögelchen von selbst ins Netz fliegt",[433] sich also Dunja ihm zuwendet und ihm all ihre Aufmerksamkeit schenkt, bis er sie mittels Schmeichelei vielleicht doch zu Fall bringen kann. Das Vögelchen im Netz ist ein ähnliches Bild wie das des Falters, der von selbst in die Kerzenflamme fliegt. Beides steht im Zusammenhang einer Faszination, einer Anziehung durch ein Gegenstück oder einen Gegenspieler, bei Raskolnikow Porfirij, bei Dunja Swidrigajlow und umgekehrt. Je bösartiger und verdorbener Swidrigajlow sich gibt, desto ehrgeiziger Dunjas Bestreben, ihn auf den rechten Weg zu bringen, desto grösser auch der Reiz für Swidrigajlow, sie doch zu erobern, denn wie er Raskolnikow gegenüber bemerkt, hält er Dunja für „keusch, entsetzlich, unerhört, unvorstellbar […] möglicherweise bis zum Krankhaften, trotz ihrer hohen Intelligenz".[434] Die Konstellation zwischen Dunja, eingeschlossen auch Marfa und Parascha, und Swidrigajlow erinnert ebenfalls an ein literarisches Werk, *Les Liaisons dangereuses*, den berühmten Briefroman von Pierre-Ambroise-François Choderlos de Laclos von 1782.

Die Verstrickungen zwischen Swidrigajlow und Dunja gleichen denjenigen zwischen Raskolnikow und der Pfandleiherin. Bietet sich Aljona Iwanowna unwillentlich in ihrer hässlichen, alten Erscheinung, durch ihre Bösartigkeit und Nutzlosigkeit als Opfer an und verführt damit Raskolnikow zum Mord, so bietet sich Dunja durch ihre Schönheit, Keuschheit und Güte unwillentlich Swidrigajlow als Opfer für seine Nachstellungen an. Die Leidenschaft, die sie in Swidrigajlow entfacht, hätte ihm Anlass geben können, Marfa Petrowna zu ermorden, die der Erfüllung im Weg steht. Dunja wirft Swidrigajlow auch vor, er habe seine Frau vergiftet;[435] er habe ihr gegenüber einmal angedeutet, seine Frau töten zu wollen. Swidrigajlow dreht jedoch diese Anschuldigung um und macht Dunja für alles Geschehene oder nicht Geschehene mitverantwortlich:

> „Sogar wenn es so wäre, auch dann hätte ich es ja nur deinetwegen… Du wärest in jedem Fall die Ursache gewesen."[436]

433 VS 642 f.

434 VS 644.

435 VS 671. Eine neue Theorie, die bisher nicht erwähnt wurde, evtl. auch eine Nachlässigkeit Dostojewskijs.

436 VS 671.

Diese Umkehrung bzw. Verknüpfung der Verantwortung thematisiert Swidrigajlow auch im Gespräch mit Raskolnikow und stellt diesem ganz konkret die Frage, wer von beiden, Dunja oder er, als Opfer zu sehen ist.

> „Aber wenn Sie bedenken, daß auch ich ein Mensch bin et nihil humanum[437]... kurz, daß auch ich fähig bin, Feuer zu fangen und mich zu verlieben (was selbstverständlich nicht nach unserem Gutdünken geschieht), dann läßt sich alles auf die natürlichste Weise erklären. Die Frage lautet: Bin ich ein Unmensch oder bin ich selbst ein Opfer? Nun, und wie, wenn ich selbst ein Opfer wäre?"[438]

Bemerkenswerter Weise deutet Swidrigajlow seine Unfähigkeit, sich der unwillkürlichen Verführung durch Dunja zu erwehren, gerade als zutiefst menschlich: die Vernunft wird ausser Kraft gesetzt oder kann der Leidenschaft nur noch zudienen. Dies wieder im Gegensatz zu Raskolnikows Idee, gerade die Herrschaft der Vernunft bringe den Menschen im Menschen hervor. Hingegen begegnen sich beide, Swidrigajlow und Raskolnikow, in ihrer Art, herrschende Gesetze, Regeln und Moralvorstellungen zu hinterfragen.

Während Raskolnikow sich zumindest einer eigenen Wertehierarchie verpflichtet sieht, scheint Swidrigajlow über einen solches Raster nicht zu verfügen und in gewisser Weise willkürlich zu handeln.

Raskolnikow vermutet durchgängig eine dunkle, verborgene Absicht hinter den Aktivitäten Swidrigajlows.

> „Welches Ziel verfolgen Sie damit, daß Sie als Wohltäter auftreten?"
> „So was!" „Sind Sie aber mißtrauisch!" lachte Swidrigajlow. „Ich habe doch gesagt, daß ich dieses Geld übrig habe, und daß ich es einfach so, aus purer Menschlichkeit tue, halten Sie wohl für ausgeschlossen?"[439]

Nichts deutet darauf hin, dass Swidrigajlow sein Handeln aus irgendeiner Überzeugung, einem Glauben ableitet, weder im Guten noch im Bösen. Swidrigajlows inneres Wesen wird nicht sichtbar. Es ist so von Geschichten umsponnen, dass es sich jedem Zugriff entzieht. Es scheint fast, er sei tatsächlich hohl, wie Raskolnikow meint:

---

437 Anspielung auf auf Vers 77 der Komödie „Heauton Timorumenos" des Dichters Terenz: Homo sum, humani nihil a me alienum puto.

438 VS 379 f. Siehe auch VS 643 f.: „Zum Teufel, warum muß sie auch so schön sein! Ich bin nicht schuld! Kurz, bei mir begann alles mit einer vollkommen unbezwinglichen sinnlichen Begierde."

439 VS 589; VS 627: „Dieser Mensch hatte irgendwelche Absichten und Pläne."

> Er war überzeugt, daß Swidrigajlow der hohlste und nichtswürdigste Bösewicht auf der ganzen Welt sei.[440]

Swidrigajlow, der Raskolnikow die Geschichte seiner Begegnung mit Dunja erzählen will, bestätigt wenige Zeilen später diese Ansicht fast wortwörtlich, als habe er Raskolnikows Gedanken gelesen.

> „Erzählen Sie, aber ich hoffe Sie werden…"
> „Oh, seien Sie unbesorgt! Außerdem ist Awdotja Romanowna in der Lage, selbst einem so verworfenen und hohlen Menschen wie mir nichts als Hochachtung einzuflößen."[441]

Diese Bezeichnung des „hohlen Menschen" finden wir in diesem Roman ausschliesslich in Verbindung mit Swidrigajlow. Er leidet daran, sich selbst keine hervorstechenden Eigenschaften, Kenntnisse, Aufgaben oder Berufungen, „keinerlei spécialité"[442] zusprechen zu können.

Raskolnikow sieht sich zuletzt vor die Wahl gestellt, entweder den Weg Porfirijs und Sonjas einzuschlagen oder in der rätselhaften Gestalt Swidrigajlows[443] eine letzte Alternative zu suchen. Es ist der Höhepunkt von Raskolnikows innerer Krise, die sich manifestiert in der Zerrissenheit zwischen dem Wunsch, allem ein Ende zu machen,[444] sei es durch Selbstmord oder Geständnis, und dem Drang, zumindest der Gerichtsbarkeit auf irgendeine Art zu entkommen, sei es durch eine Flucht, den Kampf[445] mit sich selbst, mit Swidrigajlow bzw. mit Porfirij.

> Und Swidrigajlow? Swidrigajlow ist ein Rätsel… Swidrigajlow macht ihm zu schaffen, das ist wahr, aber irgendwie von einer ganz anderen Seite. Vielleicht steht ihm ein Kampf gegen Swidrigajlow bevor. Vielleicht ist Swidrigajlow ebenfalls ein Weg, aber Porfirij ist etwas ganz anderes."[446]

Auch Swidrigajlow wird von Raskolnikow als Weg bezeichnet. Während sich der Kampf gegen Swidrigajlow auf Raskolnikows (durchaus berechtigte) Sorge bezieht, dieser könne das Wissen um sein Verbrechen gegen seine Schwester

---

440 VS 639.
441 VS 639.
442 VS 635.
443 VS 659: „In allem, was Swidrigajlow umgab, lag etwas, das ihm doch eine gewisse Originalität, wenn nicht gar etwas Geheimnisvolles verlieh."
444 Vgl. VS 211; 232; 238; 435.
445 Vgl. VS 255: „Jetzt wollen wir unsere Kräfte messen!"; 484: „Jetzt werden wir noch kämpfen"; 569: „Noch kann ich kämpfen."
446 VS 604.

nutzen,[447] liegt Swidrigajlows Weg noch im Verborgenen. Erst später wird sich zeigen, dass sein Weg in den Tod führt, während Porfirij den Weg zu neuem Leben klar vor Raskolnikow ausbreitet, den Weg nach Sibirien, den Weg, das Leiden auf sich zu nehmen. Noch klingt der zynische Vorschlag Swidrigajlows, was Raskolnikow noch zu tun übrig bleibt, falls es ihm nicht gelingt, sich über seine „wahrscheinlich moralische[n]" Probleme hinwegzusetzen, wenig ernst gemeint: „Schießen Sie sich doch eine Kugel in den Kopf, oder paßt Ihnen das nicht?"[448] Der tatsächlich tödliche Ernst seiner Worte tritt erst später zutage, als Swidrigajlow diese Todesart für sich selbst wählt. Bezeichnender Weise wird er sich im nebeligen Morgengrauen mit der letzten Kugel aus der Waffe Marfa Petrownas erschiessen, die Dunja nach deren Tod an sich genommen hatte. Diese Waffe spielt bei der letzten Begegnung von Swidrigajlow und Dunja eine für beide entscheidende Rolle. Als Dunja fürchten muss, Swidrigajlow werde ihr Gewalt antun, da sie sich nicht zwingen lässt, sich um des Bruders willen zu opfern, schiesst sie zweimal auf ihn. Beim dritten Mal jedoch wirft sie die Waffe weg und entzieht sich der scheinbar ausweglosen Lage, obwohl oder vielleicht gerade weil Swidrigajlow sie dazu drängt, ihn zu töten. Unter grösster Willensanstrengung lässt Swidrigajlow Dunja gehen, als er erkennt, dass sie ihn tatsächlich nicht liebt. Beiden gelingt es in diesem Moment, den zwingend erscheinenden Ablauf der Handlungen zu durchbrechen. Die Szene erinnert an den Folgemord an Lisaweta, der ebenso zwingend erscheint, dem sich Raskolnikow nicht entziehen kann. In diesen beiden Szenen findet sich eine weitere Parallele, die gleiche Unterlassung, sich zu wehren, bei Lisaweta wie auch Dunja. Beide Frauen wehren ihre Angreifer nicht ab, obwohl die Erzählstimme ausdrücklich darauf hinweist, dass dies die „natürlichste und notwendigste Bewegung gewesen wäre".[449]

> Wieder erschien ihm Dunetschkas Bild, genau so, wie sie nach dem ersten Schuß furchtbar erschrocken den Revolver sinken ließ und ihn anstarrte, totenblaß, so daß zweimal Zeit gewesen wäre, sie zu packen, sie aber nicht einmal die Hand zu ihrer Verteidigung erhob, wenn er sie nicht selbst daran erinnert hätte.[450]

Während Raskolnikow jedoch im Zustand völliger Verwirrung anscheinend nicht anders handeln kann, als auch Lisaweta zu töten, kommt Swidrigajlow

447 Vgl. VS 627.

448 VS 657 f.

449 VS 110. Mitten im Wohnzimmer stand Lisaweta, ein großes Bündel in der Hand, und starrte regungslos auf die ermordete Schwester, weiß wie Linnen […] daß sie nicht einmal die Hand vor das Gesicht hielt, um es zu schützen, VS 109. Vgl. Fn 290.

450 VS 685.

durch Dunja zur Besinnung. Dunja trifft ihrerseits die Wahl zwischen zwei explizit als unmöglich dargestellten Alternativen: ihrer Vergewaltigung oder dem sicheren Tod Swidrigajlows. Ihr Verzicht darauf, ihn zu töten, eröffnet ihm eine dritte Möglichkeit, ihrer beider Befreiung. Dunjas Verzicht erscheint ihm als „Befreiung von einem anderen, einem düsteren und schmerzlichen Gefühl, dessen ganze Macht er selbst nicht zu fassen vermochte".[451] Welches Gefühl dies sein könnte, wird nicht ausgeführt. An Dunja zerbricht jedoch Swidrigajlows letzte Hoffnung wie auch der letzte Halt. Swidrigajlow, der bisher die Theorie vertreten hatte, jede auch noch so tugendhafte Frau sei durch Schmeichelei verführbar und zu Fall zu bringen,[452] muss erkennen, dass er in Dunja nicht nur die Ausnahme von einer Regel gefunden hat, sondern dass sie ihm das letztgültig notwendig Gewordene versagt: ihre Liebe.

Für Swidrigajlow bleibt nichts mehr. Während Raskolnikow noch eine Perspektive hat, nach Ansicht Swidrigajlows und Porfirijs vielleicht „noch ein großer Mensch werden"[453] kann, wenn er „einen Glauben oder Gott"[454] findet, so glaubt Swidrigajlow im Gegensatz zu Marmeladow, Porfirij und Sonja nicht an eine göttliche Gnade. Folgte Swidrigajlow seiner eigenen Gerechtigkeit, so hätte er seine Ewigkeit nach dem Tod „unbedingt und absichtlich so eingerichtet", als eine „enge Stube [...] wie eine ländliche Badstube, schwarz vor Ruß und in allen Ecken Spinnen [...]".[455] Während Raskolnikow in Sonja eine neue Bindung an das Leben, durch ihre Liebe eine Auferstehung erfährt, sieht Swidrigajlow nach seinem Scheitern an Dunja nur noch den Weg in den Tod. Wie alles um Swidrigajlow erscheint selbst die Szene seines Selbstmordes irreal, romanesk, tragikomisch: Im dichten, milchigen Nebel des frühen Morgens begibt sich Swidrigajlow ans Ufer der Newa und erschiesst sich in Anwesenheit eines Männchens in Soldatenmantel und Achilleshelm, der ihm angesichts der gezogenen Waffe zu verstehen gibt: „Dos is nischt der richtige Ort a selchn Witzen."[456]

Raskolnikow erfährt auf der Polizeistation von Swidrigajlows Selbstmord. Noch bis hierhin zieht sich die Zwiespältigkeit, die er in Raskolnikow verursacht. Beim Betreten des Bureaus noch fest entschlossen, sich zu stellen, durch das Geplapper Leutnant Pulvers jedoch wieder unschlüssig, verursacht die

451 VS 673.
452 Vgl. Swidrigajlows Ausführungen Raskolnikow gegenüber 644 ff.
453 VS 669.
454 VS 622.
455 VS 391.
456 VS 693.

Nachricht von Swidrigajlows Selbstmord ein Gefühl „als habe sich etwas auf ihn gesenkt und ihn zu Boden gedrückt".[457] Es bleibt jedoch offen, ob Raskolnikow nun an Swidrigajlow sein eigenes Schicksal erkennt, als Ausblick darauf, was mit ihm selbst geschehen wird, wenn er seinen Leidensweg nicht antritt, oder ob ihn die neuerliche Möglichkeit des Kampfes, die sich durch das Abtreten des letzten ihm gefährlichen Mitwissers eröffnet, niederdrückt und belastet. Noch einmal verlässt Raskolnikow das Polizeigebäude. Erst der Anblick Sonjas, die ihn heimlich begleitet hat, gibt ihm nun den letzten Anstoss, sich tatsächlich zu stellen.

1.6.8. Sonja

Für die gegenseitige Annäherung von Sonja und Raskolnikow und die zunehmende Verstrickung beider Leben bis hin zur Lösung bzw. zum Verweis auf ein gemeinsames Sein unter anderen Vorzeichen im Epilog finden sich vielerlei innerpoetologische wie auch ausserpoetologische Hinweise auf den verschiedenen Ebenen des Textes. Es sind dies innerhalb des Textes formale Kennzeichnungen (z.B. sich ändernde Anredeformen und Sprechweisen je nach Nähe oder Distanz zwischen Raskolnikow und Sonja), Hinweise und Kommentare der Erzählstimme oder Redeinhalte und Handlungen Sonjas und Raskolnikows (durch die sie sich gegenseitig immer mehr offenbaren). Ausserpoetologische Arrangements (z.B. das Bekanntwerden der beiden, die Trennung von Anderen, neue Bindungen unter den Anderen) schaffen Raum für die neue Bindung.

Ein solches Arrangement ist die Einführung Sonjas (Sofja Semjonowna Marmeladowa, Sophia – griech. Weisheit, Semjonowna – Tochter des Simon[458]) über ihren Vater Marmeladow (Teil 1, Kap. II), analog zu den Einführungen Dunjas und Swidrigajlows durch den Brief der Mutter oder derjenigen Porfirijs über Rasumichin. Sonja ist nach Aljona und Marmeladow (die beide bereits nach kurzer Zeit aus der Geschichte ausscheiden) die erste Figur, die neben Raskolnikow auftaucht, und die einzige, die mit ihm bis zur Schlussseite verbleiben wird. Beim Tod ihres Vaters (Teil 2, Kap. VII) sieht Raskolnikow Sonja in der Aufmachung einer Prostituierten zum ersten Mal in Marmeladows Wohnung, am folgenden Tag erscheint Sonja persönlich in Raskolnikows Kammer, um ihm die Einladung zur Totenfeier zu überbringen. Bereits hier begegnet sie auch Raskolnikows Familie (Teil 3, Kap. IV). Es folgen drei wesentliche Szenen, ähnlich den drei Begegnungen mit Porfirij, drei Besuche Raskolnikows bei Sonja: Sonja liest

457 VS 718.

458 Anm.: Mit Bezug auf Simon Petrus wäre wieder eine Verbindung zu Porfirij hergestellt, die beiden Personen, die ganz wesentlich zu Raskolnikows „Rettung" beitragen.

aus dem Johannesevangelium (Teil 4, Kap. IV), Raskolnikows Beichte (Teil 5, Kap. IV), Raskolnikow nimmt Sonjas Kreuz (Teil 6, Kap. VII). Es folgt der Epilog mit der „Auferstehung" beider in Sibirien.

Marmeladow also erzählt Raskolnikow von Sonja wie auch später Sonja von Raskolnikow,[459] sodass beide bereits voneinander wissen. Marmeladow zeichnet bei seiner Begegnung mit Raskolnikow im Gasthaus von Sonja das Bild eines blassen, mageren, stillen, sanften jungen Mädchens, fast noch eines Kindes, einer selbstlosen Heiligen.

> „[…] (sie ist so still und hat so ein sanftes Stimmchen … hellblond, das Gesichtchen immer bleich und mager) […][460]

Auch die Erzählstimme betont in fast gleichem Wortlaut die beinahe durchsichtige Erscheinung Sonjas. Die magere,[461] kleine, kindliche[462] Gestalt mit den klaren blauen Augen, die unweigerlich an einen klaren Himmel erinnern, erweckt den Eindruck von kindlicher Unschuld, von durchsichtiger Wesen- und Selbstlosigkeit.

> Es war ein mageres, sehr mageres und blasses Gesichtchen mit ziemlich unregelmäßigen Zügen, irgendwie spitz, mit spitzem Näschen und spitzem Kinn. Man hätte es nicht einmal hübsch nennen können, aber dafür waren ihre blauen Augen so klar, und ihre Züge nahmen, sobald sie sich belebten, einen so lieben und offenen Ausdruck an, daß man sich unwillkürlich zu ihr hingezogen fühlte. Ihr Gesicht, ja ihre ganze Gestalt zeichneten sich durch eine ganz besondere, charakteristische Eigenart aus: Trotz ihrer achtzehn Jahre wirkte sie fast noch wie ein kleines Mädchen, weit jünger, als sie war, beinahe noch wie ein Kind […].[463]

Auch Raskolnikow bemerkt ihre ungewöhnliche Durchsichtigkeit:[464]

> „Wie schmal Sie sind. Wie Ihre Hand aussieht! Ganz durchsichtig. Finger wie die einer Toten!"
> Er nahm ihre Hand. Sonja lächelte schwach.
> „Ich war schon immer so", sagte sie.[465]

459 VS 328: „Und ich habe schon von meinem verstorbenen Vater damals von Ihnen gehört…"
460 VS 27.
461 Vgl. VS 27; 249; 321; 739.
462 Vgl. VS 555.
463 VS 321 f.
464 Vgl. VS 27; 249; 321; 426; 530; 554; 742; 743.
465 VS 427.

Sonjas physische Erscheinung passt sich nicht den (veränderten) Umständen an. Das unirdische, körperlose, fast ätherische Wesen Sonjas steht nicht nur in offensichtlichem Gegensatz zur (schlechten) Welt und vor allem dem grellbunten, abstossenden, schmutzigen Milieu der Prostituierten, sondern wirkt darin völlig fehl am Platz.[466] Sie scheint nicht in oder für diese Welt zu leben. Ihre Durchsichtigkeit fügt sich zum Eindruck Raskolnikows, dass „dieses Wesen [...] die Reinheit der Seele noch bewahrt hat",[467] dass „die eigentliche Unzucht [...] noch mit keinen Tropfen in ihr Herz eingedrungen"[468] war. Reinheit und Unschuld finden jedoch nicht nur in ihrer körperlichen Erscheinung und ihren Bewegungen Ausdruck, sondern werden auch in ihrer Wesensart und ihrem Tun wieder und wieder hervorgehoben: Sie zeigen sich in ihrem Erschrecken, ihrer Schüchternheit, ihrer Verlegenheit: Züge eines Menschen, der sich (noch) nicht an die Welt, die tatsächlich furchtbar erscheint, gewöhnt hat, sich nicht gewöhnen kann. Ihre Selbstlosigkeit zeigt sich wiederum darin, dass sie für ihre Familie alles tut, das Versagen des Vaters und die Verzweiflung der Stiefmutter auf sich nimmt und handelt, wie sie glaubt handeln zu müssen: sie opfert sich, indem sie das „gelbe Billett" nimmt. Körperliche Erscheinung, Wesen und selbstloses Handeln werden also von vornherein und durchgehend als Einheit dargestellt.

Das selbstlose Handeln Sonjas wird von ihrem Vater schon zu Beginn herausgehoben. Bei der Begegnung Raskolnikows mit Marmeladow in der Schenke ist letzterer betrunken, gar von einer Flasche, die ausgerechnet von Sonjas letzten 30 Kopeken gekauft ist. Der Vater fasst das ganze Wesen und Tun seiner Tochter, ihr und ihrer aller Schicksal in eine poetisch-prophetische Rede zum letzten Gericht, wenn seiner Tochter endlich Erbarmen und Gerechtigkeit widerfahren werden:

> „An jenem Tag wird Er kommen und fragen: ‚Wo ist die Tochter, die sich für die Stiefmutter, die böse und schwindsüchtige, und für die unmündigen Kindlein, die fremden, geopfert hat? Wo ist die Tochter, die sich ihres Vaters auf Erden, des unflätigen Trunkenboldes, ungeachtet des Tiers in ihm, erbarmt hat?'"[469]

Die höchst ambivalente Folge ihres Opfers ist das Handeln ihres Vaters, das er in einem Rückblick auf die vergangenen letzten Wochen darstellt: Marmeladow bemüht sich ein letztes Mal um Arbeit, gerade nachdem Sonja ihre ersten Einkünfte nach Hause bringt. Doch bereits nach kurzer Zeit verlässt er seine Stelle

466 Vgl. VS 249–251.
467 VS 437.
468 VS 436.
469 VS 33.

und lässt sich in die Trinksucht zurückfallen. Diese Anordnung der Handlung und der Ereignisse legt den Schluss nahe, dass Marmeladow angesichts des schlimmsten Schicksals, das seiner Tochter zustossen kann, sich zwar ein letztes Mal auflehnt, jedoch weiss, dass Sonja auf diese Weise für die Familie sorgen wird. Raskolnikow kommentiert dies:

> „Immerhin, was für einen Brunnen haben sie sich gegraben. Und sie benutzen ihn auch! Und wie sie ihn benutzen! Und haben sich daran gewöhnt."[470]

Diese angenommene Gewöhnung wird im Text nicht bestätigt. Katerinas fortdauernde Verzweiflung über Sonjas Stellung und Marmeladows „Unfalltod" widersprechen Raskolnikows Ansicht, die so ihren ganzen Zynismus erst im Nachhinein offenbart.

Der „Unfalltod" Marmeladows, den Raskolnikow „zufällig" miterlebt, wird ausserpoetologisch zur Voraussetzung, dass Raskolnikow sich überhaupt für dessen Familie einsetzen und somit sich auch Sonja annähern kann, ohne dass die Begegnung durch Sonjas gesellschaftlichen Stand von vornherein falsch gedeutet würde. Sonja wird von ihrer Stiefschwester Polenka zu ihrem sterbenden Vater gerufen, den Raskolnikow nach dem Unfall mit der Kutsche in dessen Wohnung hat bringen lassen. Die gesamte Szene wird von der Erzählstimme beherrscht, die die Ereignisse, Handlungsabläufe und Gespräche festhält, jedoch aus einer distanzierten, beschreibenden Perspektive heraus. Von Raskolnikow ist nur am Rande die Rede, zu Beginn der Szene mit Katerina Iwanowna und am Ende noch einmal mit ihr, als er ihr all sein Geld für die Beerdigung Marmeladows gibt. Eine Reaktion auf das Erscheinen Sonjas bleibt unerwähnt; erst als Polenka ihm auf die Strasse nachläuft, um seine Adresse zu erfragen, kommt „Schwesterchen Sonja" zur Sprache. Beim folgenden Besuch bei Rasumichin erzählt Raskolnikow nur von einem Wesen „mit einer feuerfarbenen Feder".[471]

Als Sonja am folgenden Tag die Einladung zur Totenfeier überbringt, sind in der Kammer Raskolnikows seine Familie, Rasumichin, Sossimow und Nastassja versammelt. Raskolnikow erkennt sie zuerst fast nicht wieder, erscheint sie nun in einem einfachen Kleid, nicht in der Aufmachung der Prostituierten wie am vorhergehenden Abend. Sonja wird von Raskolnikow allen Anwesenden mit vollem Namen vorgestellt, sie siezen sich. Während die Mutter es nach der Verleumdung durch Luschin noch nicht über sich bringt, Sonja zu grüssen, tut die Schwester dies nachdrücklich. Beim Abschied sieht Raskolnikow Sonja an,

470 VS 39.
471 VS 260.

„und alles, was ihr verstorbener Vater von ihr erzählt hatte, zog in dieser Minute plötzlich an ihm vorüber".[472] Die Betonung dieser Erinnerung, die auch später noch einmal aufgegriffen wird,[473] ist ein erstes Signal, sowohl für Raskolnikow als auch für die Leserschaft, dass Sonja für Raskolnikow eine entscheidende Rolle spielen wird. Direkt im Anschluss folgt ein entsprechendes zweites Signal von Raskolnikows Mutter:

> „Ich habe so eine Ahnung, Dunja, ob du mir glaubst oder nicht, aber kaum war sie eingetreten, dachte ich: Das ist es, das ist die Hauptsache."
> „Was soll denn das für eine Hauptsache sein?" rief Dunja ärgerlich. „Und was haben Sie immer mit Ihren Ahnungen, Mama?"[474]

Nicht unbedingt Sonja selbst, sondern was sie in der Verbindung mit Raskolnikow zu bedeuten scheint, beunruhigt die Mutter, macht ihr geradezu Angst. Was denn nun die Hauptsache ist, bleibt vorerst offen, es wird an dieser Stelle erst auf sie verwiesen. Die Bemerkung der Mutter und diese erste Begegnung mit Sonja stehen jedoch genau in der Mitte, genau im Zentrum des Romans. Alles, was hier verweishaft angelegt wird, entwickelt und entfaltet sich nun in der zweiten Hälfte des Buches bis hin zum Geständnis und zur gemeinsamen Auferstehung Raskolnikows und Sonjas.

Im Anschluss an die Begegnung wird ein drittes Zeichen gesetzt: Nach ihrem Abschied von Raskolnikow auf der Strasse ist Sonja völlig aufgewühlt, so sehr, dass ihre Zerstreutheit und Nachdenklichkeit sogar Swidrigajlow, der die Szene beobachtet hat, auffällt. Beim Gedanken daran, dass Raskolnikow sie am selben Tag noch besuchen will, erschrickt sie wie ein kleines Kind: „Niemals, niemals hatte sie ähnliches empfunden. Eine ganze Welt, unbekannt und dunkel, tat sich in ihrer Seele auf."[475] Ein ähnliches Gefühl bemächtigt sich ihrer, als Raskolnikow sie noch am selben Abend besucht: „Plötzlich überzog eine heftige Röte ihr blasses Gesicht, und sogar Tränen traten ihr in die Augen. Ihr war unbehaglich und peinlich und süß zumute…"[476] Die ersten Anzeichen dafür, dass Sonja sich in Raskolnikow verlieben wird, sind bereits deutlich zu erkennen, während

---

472 VS 324.
473 Vgl. Fn 512.
474 VS 325.
475 VS 328.
476 VS 426.

Raskolnikow seine Gefühle für sie noch bis zu den letzten Seiten nicht zu erkennen oder zu verleugnen scheint.[477]

Bei diesem ersten Besuch Raskolnikows bei Sonja setzt sich die Reihe der Zeichen fort. Noch vor den ersten Sätzen verweist die Erzählstimme noch einmal darauf, welche wesentliche Rolle auch Raskolnikow für Sonja spielen wird: „Sonja schwieg [...] und begann schließlich sogar vor Angst zu zittern, als stände sie vor dem Herrn und Richter ihres Schicksals."[478] Hier wird noch einmal Bezug genommen auf Marmeladows Prophezeihung, dass Gott seiner Tochter am Ende der Zeit vergeben wird, jedoch wird durch die Übertragung auf Raskolnikow das Gericht in die Lebenszeit hineingerückt. Auferstehung für Sonja ist also gemeinsam mit Raskolnikow möglich, wie bei Lazarus, dessen Geschichte Sonja später vorlesen wird.

Raskolnikow kommt spät, nach elf Uhr abends, allein in Sonjas Wohnung, anscheinend, um sich von ihr zu verabschieden, entsprechend dem zuvor erfolgten Abschied von seiner Familie, und um ihr „etwas Bestimmtes zu sagen..."[479] Wie auch der Grund seines Abschieds bleibt dieses Bestimmte jedoch während des ganzen Gesprächs unausgesprochen. Es scheint jedoch bereits ein Verweis darauf zu sein, dass Raskolnikow ihr seine Tat gestehen wird.

Bisher sind Raskolnikow und Sonja scheinbar in völliger Gegensätzlichkeit konzipiert, von der äusseren Erscheinung über ihre Eigenschaften bis hin zu ihren Überzeugungen und Haltungen.

Raskolnikow erahnt jedoch, dass sie die Erfahrung von Leid, Trennung und Schuld, von Verstrickung und Ausweglosigkeit teilen. Was jedoch Sonja ihre völlig unmögliche Lage ertragen lässt, ist ihm noch nicht klar, und so quält er sie mit Fragen, bis er meint, die Antwort darauf zu kennen: die Bedeutung ihrer Familie für Sonja und ihr Glaube an Gott.

Die Verstrickung Sonjas mit ihrer Familie ist noch enger als diejenige Raskolnikows mit der seinen. Sonja scheint ohne ihr Zutun in ihre bedrängte und zerstörerische Lage geraten zu sein, die sie in die Prostitution zwingt. Als Frau ist sie in der gesellschaftlichen Ordnung, durch ihre Stellung und ihre Lebensumstände noch unfreier. Raskolnikow, der sich früher schon mit dem „Milieu"[480] beschäftigt hat, zeichnet ein düsteres Bild für die Zukunft Sonjas und ihrer

477 Vgl. VS 710: Raskolnikow unmittelbar vor dem Geständnis: „Liebe ich sie etwa? Ich liebe sie doch nicht, nein? Ich habe sie doch gerade von mir gejagt wie einen Hund."

478 VS 427.

479 Ebd.

480 VS 445.

Geschwister. Rational erscheint ihm die Haltung Sonjas völlig unverständlich. Sonja hat sich zwar sehr wohl mit ihrer ausweglosen Lage auseinandergesetzt, die erneute Konfrontation wird darum zur Qual. Dennoch ist die Trennung von ihrer Familie, vor allem nach dem Tod ihres Vaters, keine Option. Raskolnikow erkennt schlussendlich ihre innerste Bewegung, den Grund ihrer inneren Unempfänglichkeit für jegliche rationale Argumentation:

> Jetzt erst konnte er in vollem Umfang ermessen, was diese armen kleinen Waisen und diese bedauernswürdige, halbverrückte, den Kopf an die Wand schlagende Katerina Iwanowna mit ihrer Schwindsucht für sie bedeuteten.[481]

Die Liebe zu ihren Angehörigen ist wesentlicher Sinn ihres Lebens. Raskolnikow nimmt an, dass auch Sonja sich einerseits „in ihrer Verzweiflung schon oft und ernstlich überlegt [hatte], ob sie allem ein Ende machen solle",[482] andererseits ist die Familie mit Ursache für ihre ausweglose Lage. Katerina Iwanowna hatte anscheinend Sonja sogar direkt den letzten Anstoss zur Prostitution gegeben, was sich die Leserschaft jedoch erst aus der Erzählung Marmeladows erschliessen muss, die direkt im Anschluss an Katerinas Aufforderung einsetzt. Marmeladow beschreibt die Szene bildhaft und gibt den Dialog der beiden Frauen wortwörtlich wieder, obwohl er seinen eigenen Worten nach betrunken da lag.[483] Marmeladow wird seinerseits schuldig, denn er hindert seine Tochter nicht am Weggehen. Zwar handelt Sonja also nicht aus eigenem Antrieb, sondern wird von aussen in ihre Schuld hineingeschickt. Sie nimmt diese jedoch auf sich. Die Verstrickung in ihre jeweilige Schuld trennt Sonja und Raskolnikow von ihren Angehörigen. Die Trennung Sonjas von ihrer Familie wird vorweggenommen durch die erzwungene räumliche Trennung, die nach Darstellung Marmeladows konkret aus der Hypokrisie ihrer Vermieterin Amalija Fjodorowna, der Vermittlerin Darja Franzowna und des Nachbarn Lebesjatnikow resultiert.[484] Eine weitere, jedoch endgültige Trennung folgt durch den Mord an ihrer Freundin Lisaweta. Später wird auch die Trennung von der Familie durch den Tod Marmeladows und Katerina Iwanownas endgültig. Es zeigt sich, dass die Verstrickungen, in denen Sonja gefangen ist oder in die sie sich hineingibt, gleichermassen für sie selbst als auch für die Anderen wesentlich sind, so wesentlich, dass sie sich nur durch den Tod auflösen lassen. Auch Raskolnikow, der bis anhin nicht

481 VS 436.
482 VS 435 f.
483 Vgl. VS 26 f.
484 VS 27 f.

vollumfänglich an Andere gebunden war, wird später ganz von Sonja erfasst. Während die Bindungen Sonjas jedoch von aussen gelöst werden, ohne ihr Zutun auf Sonja hinwirken, so vollzieht sich die Trennung Raskolnikows von seiner Familie, die Entfremdung gar von allen Menschen in Raskolnikows Innerem. Zwar ist auch sie nicht gewollt, sie wird jedoch einem zwingenden Empfinden nach aktiv von Raskolnikow herbeigeführt. Diese geteilte Erfahrung der Trennung schafft paradoxerweise jedoch erst Raum für die Verbindung zwischen ihnen beiden.

Im Moment der ersten grossen Begegnung zwischen Sonja und Raskolnikow ist jedoch Sonja durch den Tod ihres Vaters noch enger an Katerina und die Kinder gebunden, als einzige, die noch für die Familie sorgen kann. Raskolnikow vermag sich nicht vorzustellen, dass Sonja in ihrer unmöglichen Lage ausharren kann, ohne den Verstand zu verlieren. Die einzig ihm möglich scheinende Erklärung scheint der Glaube an eine höhere Macht zu sein: „Du betest also sehr zu Gott, Sonja?"[485] Ihre Antwort bestätigt seine Ahnung: „Was wäre ich denn ohne Gott?"[486] Doch auf sein weiteres von der Erzählstimme als „unnachgiebig" charakterisiertes Fragen: „Und was tut dir Gott dafür?"[487] verweigert sie sich (wie sie es angesichts einer anderen Frage auch bei der späteren zweiten Begegnung tun wird):

> „Schweigen Sie! Fragen Sie nicht. Sie sind dessen nicht würdig!" rief sie plötzlich und sah ihn streng und zornig an.[488]
> „Also doch, also doch!" wiederholte er hartnäckig vor sich hin.
> „Alles tut Er!" flüsterte sie und senkte wieder die Augen.
> „Das ist der Ausgang! Das ist die Erklärung!" entschied er im stillen und betrachtete sie mit gierigem Interesse.[489]

Sonja, die „Gottesnärrin",[490] wie Raskolnikow sie daraufhin bei sich nennt, und er selbst, der sich der Rationalität verschrieben hat, scheinen sich darin unversöhnlich gegenüber zu stehen. Ihre Haltung, trotz allen Unglücks, trotz aller Übel auf Gott zu vertrauen, der „alles tut", durch den allein sie ist, fasziniert

485 VS 437.
486 Ebd.
487 VS 438.
488 „Wozu brauchen Sie das?" hatte Sonja auch Katerina Iwanowna gefragt und kommentiert zu Raskolnikow gewendet gleich selbst: „Gerade das durfte ich nicht sagen!" (VS 444).
489 VS 438.
490 VS 438.

ihn. Als er erfährt, dass ausgerechnet Lisaweta, sein zweites Opfer, Sonjas Glauben teilt und ihr ein Neues Testament gebracht hat, verstärkt sich seine innere Erschütterung noch. Sonja hält Lisaweta für eine Gerechte. Ähnlich der Prophezeihung ihres Vaters sagt auch Sonja Lisaweta für das letzte Gericht voraus: „Sie wird Gott schauen."[491] Sonja kann die Kirche nur selten besuchen, mit dem Mord an Lisaweta ist Sonja nun durch Raskolnikows Verschulden in ihrem Glauben „allein". Da dieser nun bereits die Leerstelle ihres Vaters Marmeladow in Sonjas Leben ausfüllt, später auch die Katerinas und der Kinder, scheint es naheliegend, dass Raskolnikow auch die Leerstelle Lisawetas füllen wird, auch den Platz eines Gefährten im Glauben einnehmen kann. Noch kommentiert er dies selbst ironisch: „Da muss man ja selbst zum Narren werden! Das ist ja ansteckend!"[492] Doch hat Raskolnikow schon im ersten Gespräch mit Porfirij eine Art Ansteckung erfahren, als dieser ihn nach seinem Glauben an das Neue Jerusalem und an die Auferstehung des Lazarus befragte.[493] Gerade diese Stelle im Johannesevangelium soll Sonja ihm nun vorlesen, obwohl sie sich zuerst dagegen sträubt: „Wozu brauchen Sie das? Sie glauben ja doch nicht …?"[494] Fortsetzungszeichen und Fragezeichen deuten darauf hin, dass dies für keinen von beiden unzweifelhaft feststeht. An dieser Stelle übernimmt die Erzählstimme die Deutung ihres Widerstandes und die Wirkung auf Raskolnikow:

> Er verstand nur allzugut, wie schwer es ihr fallen mußte, jetzt ihr *Eigenstes* zu offenbaren und preiszugeben. Er verstand, daß diese Gefühle tatsächlich ihr wahres und vielleicht schon seit langem gehütetes Geheimnis waren, vielleicht schon seit ihrer Kindheit […] Aber zugleich wußte er jetzt, und er wußte es völlig sicher, daß sie trotz der Pein und der unbestimmten schrecklichen Angst, die sie jetzt beim Vorlesen überkamen, von dem geradezu quälenden Wunsch erfüllt war, trotz dieser Pein und trotz aller Befürchtungen zu lesen, und zwar gerade *ihm* vorzulesen, damit er es hörte, unbedingt gerade *jetzt* – „mag daraus werden, was will!…"

Wiederholungen, Betonungen und Hervorhebungen in schneller Folge verleihen der Szene Gewicht, kennzeichnen sie als Schlüsselszene. Begriffe um das Verstehen prägen Raskolnikows Part: „Raskolnikow [er] verstand" (5x), „er wußte" (2x), „er las es in ihren Augen" (1x). Hingegen überwiegen Begriffe um Emotionen und physische Auswirkungen in Sonjas Part: „Pein" (2x), „Angst",

491 VS 440. Bezug auf Mt 5,8: „Selig, die ein reines Herz haben; denn sie werden Gott schauen".

492 Ebd.

493 Siehe Fn 386.

494 Ebd.

„Befürchtungen“, „begeisterte [] Erregung“. Während des Lesens muss Sonja gegen das Versagen ihrer Stimme kämpfen, jeder Atemzug, jedes Zittern, jeder Klang, jeder Ton, jede Modulation ihrer Stimme, jede Bewegung ihres Körpers bis hin zur völligen Erschütterung wird teils in Klammern, teils ohne von der Erzählstimme abgebildet. Doch sie überwindet sich, wird getrieben von dem Wunsch „gerade *ihm*“, „unbedingt gerade *jetzt*“ vorzulesen, als hinge sein Leben davon ab. Sonjas Ziel, ihr sehnlichster Wunsch, wird von der Erzählstimme direkt aus ihren Gedanken, aus ihrer innersten Empfindung heraus ausgesprochen:

> „Und *er*, *er* – ebenso blind und ebenso ungläubig –, er wird es ebenso hören, und er wird es ebenso glauben, ja, ja! Gleich, jetzt“, das ersehnte sie und zitterte in freudiger Erwartung.[495]

Er – Raskolnikow – wird bei Sonja unmittelbar Teil der Schar ungläubiger Juden, die durch das Wunder der Auferweckung des Lazarus zum Glauben gerufen werden; mehr noch, Raskolnikow wird selbst zum Lazarus, die Auferweckung zum neuen Leben durch den Glauben noch zur Zeit des irdischen Lebens ist nach Sonjas Überzeugung möglich.

Die Szene mündet nach dem grossen Finale der Auferstehung des Lazarus im Bibeltext in eine minutenlange Stille. Die Erzählstimme fasst das Schweigen in eine Art Bildbeschreibung: „der Mörder und die Hure[496]“ über dem „ewigen Buch“ beim flackernden Licht einer verlöschenden Kerze.[497]

Die Zäsur des Schweigens wird beendet durch die beinahe wortgetreue Wiederaufnahme der Eröffnung Raskolnikows zu Beginn der Begegnung: „Ich bin gekommen, um mit dir über etwas Bestimmtes zu sprechen.“[498] Die Erwartung, Raskolnikow würde ihr nun seine Tat gestehen, erfüllt sich noch nicht. Er erzählt ihr hingegen, dass er seine Familie verlassen habe.

> „Jetzt habe ich nur noch dich“, sprach er weiter. „Laß uns zusammen gehen … Ich bin zu dir gekommen. Wir sind beide verflucht, laß uns also zusammen gehen!“[499]

495 VS 442 f.

496 Es ist möglich, dass Dostojewskij Maria von Bethanien (die Schwester Marthas), mit Maria Magdalena gleichsetzt; so wäre die ungewohnt reduzierte Charakterisierung Sonjas als „Hure“ als Parallelsetzung Sonjas und Marias in ihrer Verbindung durch die Sünde zu erklären.

497 Ebd.

498 VS 444; parallel VS 427: „Ich komme, um Ihnen etwas Bestimmtes zu sagen.“

499 VS 444.

Auch hier betont Raskolnikow seine Aufforderung durch eine Repetition, die ihrerseits den für Sonja noch nicht erkennbaren Grund für die Aufforderung umklammert: beide seien „verflucht". Er schafft dadurch eine Gemeinsamkeit zwischen beiden, Sonja versteht ihn jedoch nicht, erkennt nur intuitiv, „daß er unendlich, entsetzlich unglücklich war". Raskolnikow hingegen bestärkt seine Gewissheit durch eine weitere Repetition im Text: „Ich weiß nur, daß wir denselben Weg haben, ich weiß es gewiß – und das ist alles."[500] Noch ist ausserpoetologisch die Möglichkeit für Sonja nicht geschaffen, Raskolnikow zu begleiten; diese ergibt sich erst aus dem Tod Katerinas und der Unterstützung durch Swidrigajlow. Die vorausweisende Stelle findet ihre Entsprechung, ihre Erfüllung, schliesslich ganz am Ende des sechsten Teils: kurz vor dem Geständnis weiss Raskolnikow, dass Sonja ihm überallhin folgen wird (siehe Fn 529).

Raskolnikow hat bereits erkannt, dass für beide die höchst dringliche Notwendigkeit besteht, aus ihrer jeweiligen Lage herauszutreten. Auf ihn hin bezogen formuliert dies ausgerechnet Swidrigajlow in seinem letzten Gespräch mit Sonja: die zwei für Raskolnikow möglichen Wege sind „entweder eine Kugel in den Kopf oder die Wladimirka".[501] (Den dritten Weg des Kampfes, des Ausharrens zieht er für Raskolnikow nicht in Betracht.) Für Raskolnikow andererseits steht in Bezug auf Sonja fest: „Für sie gibt es drei Wege", dachte er, „in den Kanal zu springen, im Irrenhaus zu landen oder … die wirkliche Unzucht, die den Verstand betäubt und das Herz versteinert".[502] Diese dritte Option erscheint Raskolnikow die schlimmste, jedoch auch die wahrscheinlichste. Sonja gegenüber führt er aus:

> „Du hättest sinnvoll und vernünftig leben können, aber du wirst auf dem Heumarkt enden … Du wirst es jedoch auf die Dauer nicht aushalten, und wenn du *allein* bleibst, wirst du wahnsinnig werden, so wie ich. Du bist ja jetzt schon wie wahnsinnig; wir gehören also zusammen und haben denselben Weg: gehen wir!"[503]

Mehrere Dinge sind hier bemerkenswert: zum Ersten betont Raskolnikow, dass Sonja nicht nur von den Umständen gezwungen wurde, sondern tatsächlich selbst aktiv eine Entscheidung getroffen hat. Zum Zweiten prophezeit Raskolnikow, dass sie selbst wahnsinnig werde, wenn sie mit dieser Last „*allein*" (kursiv hervorgehoben) bleibe. Aus dem heraus folgert Raskolnikow zum Dritten bereits

---

500 Ebd.

501 VS 677. Es besteht auch hier eine Parallele von Raskolnikow zu Swidrigajlow. Letzterer wählt für sich die Kugel in den Kopf.

502 VS 436 f.

503 VS 445.

an dieser Stelle, noch bevor er Sonja sein Verbrechen gestanden hat, welcher Weg ihnen *beiden zusammen* nur noch offen stehe: „das Leid auf sich nehmen!"[504]

Die Verwendung des Konjunktivs („du hättest … können") bestärkt in der implizierten negativen Umkehrung Raskolnikows Wertung der Entscheidung Sonjas. Ihm erscheint ihr Handeln sinnlos und unvernünftig, sinnlos, weil sie ihre Familie nicht vor dem Unheil bewahren können wird, unvernünftig, weil sie nur aus ihrem Gefühl heraus handelt. Sonja hätte sich von ihrem trinksüchtigen Vater lossagen und die Verantwortung für ihre Stiefmutter sowie ihre nicht leiblichen Geschwister ablehnen können. Für sich alleine könnte Sonja, wie sie später selbst Swidrigajlow gegenüber bemerkt,[505] jederzeit aufkommen. Das jedoch geht völlig gegen die Wesensart Sonjas: sie kann nur sein, wenn sie mit ihrer Familie bzw. mit Raskolnikow verbunden ist, durch sie und für Andere ist. Eine Bemerkung der Erzählstimme am Ende des Romans stützt dies: „Sie lebte ja nur sein Leben!"[506] Diese Art Sonjas, sich völlig selbstlos für den Anderen hinzugeben, wird später Raskolnikow an sein Leben binden. Die Gewissheit, dass Sonja seine Zukunft teilen wird, ihn begleiten wird, implizit auch das Wissen darum, dass auch sie nur aus ihrer Situation hinaustreten kann, wenn er es tut, ermöglichen ihm letzten Endes das Geständnis. Wenn auch die Schuld Sonjas in einer aktiven Entscheidung, in einer aktiven Bewegung (Sonja nimmt ihr Tuch und geht hinaus) angenommen wird, so scheint sie doch von aussen an Sonja herangetragen und der Verstrickung mit ihrer Familie zu entspringen. Sie selbst jedoch sucht Schuld auch bei sich, in ihrem Verhalten, in ihrem Wesen. Sie wirft sich vor, dass sie gegenüber ihrem Vater und Katerina grausam gehandelt habe.[507] Auf dem Hintergrund der ungeheuerlichen Schuld Raskolnikows erscheinen ihre Verfehlungen gering, beinahe lächerlich, zeigen sie doch nur ein weiteres Mal den Wunsch, ihrer Familie Gutes zu tun, ihre viel grössere Selbstlosigkeit, die der Durchsichtigkeit ihrer körperlichen Erscheinung entspricht. Dass ihre Schuld einen ganz anderen Gläubiger hat, sie auf andere Art eine gar ungeheuerliche Schuld auf sich lädt, führt ihr Raskolnikow vor Augen. Die Prostitution und den Schaden, den Sonja sich damit selbst zufügt, stellt er auf die gleiche Stufe wie seine „Übertretung", die er ihr zu diesem Zeitpunkt noch nicht gestanden hat.

---

504 VS 445.
505 VS 677: „Ich allein werde immer durchkommen […]".
506 VS 743.
507 VS 431 f.

„Du wirst später verstehen. Hast du denn nicht dasselbe getan? Du hast auch … überschritten … Du hast es fertiggebracht, zu überschreiten. Du hast Hand an dich gelegt, du hast ein Leben vernichtet … *dein* Leben (das macht keinen Unterschied!)“[508]

Raskolnikow setzt die Parallele zwischen sich und Sonja mehr als deutlich. Die Gemeinsamkeit, „Leben vernichtet“ zu haben, trennt sie von ihren Angehörigen, verbindet sie jedoch in ihrem Verständnis füreinander (das er für sich durch Sonja im Voraus annimmt). Verbunden sind sie also in beidem, in ihrer gemeinsamen Erfahrung der Schuld und in der Trennung von ihren Familien, einer Trennung, die für Sonja so schwer wiegt, dass Raskolnikow fürchtet, Sonja werde wahnsinnig, wenn sie allein bliebe. Dieser Wahnsinn scheint Raskolnikow gar ein weiteres verbindendes Element zwischen ihnen beiden zu sein. Er selbst nimmt seinen eigenen Wahnsinn an dieser Stelle als gegeben, und auch Sonja erkennt ihn: „Seine Augen funkelten. ‚Fast wie wahnsinnig‘, fuhr es ihr durch den Kopf.“[509] Diesem Wahnsinn ist nur zu entkommen, wenn beide zusammen „ihren Leidensweg antreten“. Dieser Leidensweg führt weg von Petersburg nach Sibirien, ist gleichzeitig der Weg in die gemeinsame Zukunft, die Raskolnikow hier schon vorwegnimmt. Die Formulierung „das Leid auf sich nehmen“ wird das erste Mal von Raskolnikow verwendet, als habe er seine Entscheidung für das Gefangenenlager in Sibirien bereits getroffen. Erst später legen ihm Porfirij, Dunja und Sonja seinen Weg in den gleichen Worten, „das Leid auf sich nehmen“ oder „den Leidensweg antreten“ nahe. Im gemeinsam zu tragenden Leid, das in gewisser Weise das Leid aller einschliesst, fühlt sich Raskolnikow mit Sonja verbunden. So kniet er schon zu Beginn der ersten Begegnung mit Sonja tief bewegt vor ihr nieder, küsst ihr die Füsse und erklärt im Wechsel vom „Sie“ zum „Du“: „Nicht vor dir habe ich gekniet, vor allem menschlichen Leid habe ich gekniet“.[510] Er wird diese vertraute Anrede mit wenigen Ausnahmen (so zu Beginn des zweiten Gesprächs[511]) von diesem Moment an immer verwenden, während Sonja noch lange beim „Sie“ bleibt. Raskolnikow greift also in vielfacher Hinsicht bereits vor, bedingt auch durch einen Wissensvorsprung betreffend Sonja durch die ausführliche Erzählung Marmeladows. Dadurch wird die Verstrickung zwischen beiden noch auf einer weiteren Ebene angesetzt.

---

508 VS 444 f.

509 VS 444.

510 VS 435.

511 VS 552: „‚Aber du hast doch recht Sonja‘, sagte er endlich leise. Plötzlich war er wie verwandelt; der forcierte dreiste und ohnmächtig herausfordernde Ton war verschwunden.“

Raskolnikow erinnert sich an einen Moment im Gespräch mit Marmeladow, in welchem er noch bevor der Mord an Aljona und ihrer Schwester stattgefunden und bevor er überhaupt ihre Bekanntschaft gemacht hat, bereits beschlossen haben will, ihr und nur ihr sein noch nicht verübtes Verbrechen zu gestehen.

> „Ich habe dich erwählt. Ich werde zu dir kommen, nicht um der Vergebung willen, ich werde es einfach sagen. Ich habe dich schon lange erwählt, um es dir zu sagen, schon damals, als dein Vater von dir erzählte und Lisaweta noch am Leben war, schon damals hatte ich es gedacht."[512]

Diese Form der erinnerten Antizipation dessen, was sich später, „morgen", erfüllen soll, wird durch den Anklang an die biblische Sprache, die Dopplung des „Erwählens" in den Zusammenhang einer sich erfüllenden Prophezeiung gerückt. Ebenso wie die Szene in der Schenke steht die Begegnung mit Sonja für Raskolnikow auch an dieser Stelle im Zeichen eines „schon" und „noch nicht", auf das auch Marmeladow in seiner tragikomischen Rede vom Reich Gottes Bezug nimmt. Auch Sonja wird so in gewisser Weise in den Mord verstrickt: Sie ist als diejenige erwählt, zu der Raskolnikow gehen können wird, um den Mord zu gestehen. Dass Raskolnikow jemanden hat, dem er es „einfach sagen" (s.o.) kann, wird so auf eigenartige Weise zu einer Voraussetzung für das Verbrechen. Sonja wird somit hineingenommen auch in die Schuld Raskolnikows.

Raskolnikow und Sonja teilen also die Erfahrung von Schuld. Bei ihrer zweiten Begegnung stehen diese geteilte Erfahrung und die Beichte Raskolnikows im Zentrum. Raskolnikow besucht Sonja wiederum bei ihr zuhause, direkt im Anschluss an den von Luschin initiierten verleumderischen Angriff auf Sonja beim Totenmahl Marmeladows. Diese Intrige und die Reaktion Sonjas darauf zeigen in aktueller Zuspitzung noch einmal die Ausweglosigkeit, die Bedrängung, der Sonja ausgesetzt ist, darüber hinaus aber auch, dass Sonja selbst sich ihrer eigenen Ohnmacht bewusst wird.

> Sonja, von Natur aus schüchtern, hatte immer gewußt, daß man sie leichter als irgendeinen anderen ins Verderben stürzen und daß jeder, der darauf aus war, sie nahezu ungestraft beleidigen konnte. Trotzdem hatte sie geglaubt, dem Schlimmsten entgehen zu können – durch Vorsicht, Duldsamkeit und Demut gegen alle und jeden. Ihre Enttäuschung wog allzu schwer. […] als sie alles begriffen und alles durchschaut hatte, legte sich das Gefühl der Hilflosigkeit und der Preisgegebenheit qualvoll auf ihr Herz.[513]

---

512 VS 446".
513 VS 546 f.

Nichts, was in ihrer Macht steht, kann Sonja vor der Böswilligkeit der Menschen, vor dem Bösen überhaupt bewahren. Raskolnikow hält ihr die Unmöglichkeit, die Ungerechtigkeit ihrer Situation noch einmal vor Augen. Bezogen auf die eben erlebte Szene beim Totenmahl stellt er Sonja eine Frage, die nicht für sie, jedoch für ihn existentiell geworden ist:

> „Wenn Sie plötzlich über das Ganze zu entscheiden hätten: Soll er oder sie am Leben bleiben, das heißt entweder Luschin mit seiner Gemeinheit oder Katerina Iwanowna: wer von beiden soll sterben? Ich frage Sie." […]
> „Warum fragen Sie etwas, was nicht sein kann?" sagte Sonja mit Abscheu.
> „Luschin soll leben und weiterhin sein Unwesen treiben! Auch das getrauen Sie sich nicht zu entscheiden?"
> „Aber ich kann doch Gottes Ratschlag nicht wissen … Und weshalb fragen Sie, was man nicht fragen kann? Wozu solche leeren Fragen? Wie kann es sein, daß so etwas von meiner Entscheidung abhängt? Wer hat mich denn zum Richter bestellt, ob jemand leben oder nicht leben soll?"[514]

Raskolnikows Frage und Sonjas Antwort bzw. ihre Verweigerung einer Antwort sind ein Abbild der Grundpositionen beider Figuren, wie gar der Grundproblematik des gesamten Romans. Sie bietet damit auch eine Steilvorlage für eine weiterführende philosophische und theologische, ethisch-moralische Diskussion oder für eine Suche nach entsprechenden Problemstellungen in Philosophie- und Theologiegeschichte. Noch einmal sei betont, dass hier jedoch die Einbettung und Entwicklung der Fragestellung in der Textstruktur des Romans und im Verlauf der Geschichte im Vordergrund steht.

Raskolnikow stellt Sonja – entsprechend seiner eigenen konkreten Entscheidung, zwischen Aljona einerseits und Dunja (bzw. seiner Familie oder tausend guten Werken) andererseits – vor eine ähnliche Wahl zwischen Luschin und Katerina. Wie er schon ihre Übertretung, die Prostitution als Verbrechen an sich selbst, mit der seinen, dem Mord an Aljona gleichsetzt, so setzt er nun ihre ausweglose Lage mit der seinen gleich. Die Wahl, die ihnen zumindest hypothetisch offensteht, bezieht sich in beiden Fällen auf konkrete Personen und konkrete, höchst bedrängende Ausgangslagen, die auf eine Entscheidung hin drängen. In beiden Fällen wird die Sympathie der Leserschaft über die Charakterisierungen der Paare gesteuert. Wurde Aljona, Raskolnikows Opfer als alt, unnütz, bösartig und hässlich beschrieben, hingegen Dunja (wie auch Raskolnikow) als jung, schön, stolz, klug und gut, so wird nun auch Luschin nach seiner Intrige von Lebesnjatikow endgültig als „widerlicher, verbrecherischer Mensch"[515] beurteilt,

514 VS 552.
515 VS 540.

Katerina hingegen von Sonja beschrieben als gerecht und mutig, „so klug, … so großherzig … so gütig",[516] wenn auch ganz wie ein Kind und verwirrt durch die Krankheit. Auch Raskolnikow manipuliert Sonja durch seine Fragestellung, weiss er doch, wie viel Katerina Sonja bedeutet, während er Luschins Gemeinheit noch einmal hervorhebt. Während bei Raskolnikow jedoch nach langem Brüten der „Traum" zur Tat geworden ist, bleibt die Frage bei Sonja reine Hypothese, der sie sich zudem vollständig verweigert. Sie lässt sich durch Raskolnikows Drängen auf eine Antwort nicht beeinflussen. Ihre Antwort, die Weigerung, überhaupt über ein Menschenleben zu richten, sei ihr Urteil auch hypothetisch, entspricht ihr selbst. Ebenso entspricht es Raskolnikow, die Frage aufzuwerfen, die Frage, die er für sich gar konkret mit seiner Tat beantworten zu können glaubte. Dass Sonja sich entzieht, vergrämt Raskolnikow zuerst. Doch im erneuten Wechsel vom „Sie" zum „Du" wird signalisiert, dass nun seine wirkliche Umkehr und seine endgültige Hinwendung zu Sonja einsetzt. Sie ist es nun, bei der er um Vergebung bittet, der er sich in kindlichem Vertrauen zuwendet, der er einem unwiderstehlichen Drang folgend den Mord an Lisaweta gesteht. Ihre erste unmittelbare Reaktion überrascht Raskolnikow:

> „Was, was haben Sie sich nur angetan?" rief sie verzweifelt aus, sprang wieder auf und fiel ihm um den Hals, umarmte ihn und hielt ihn fest, ganz fest umschlungen.
> Raskolnikow fuhr zurück und sah sie mit einem traurigen Lächeln an: „Wie sonderbar du bist, Sonja – du umarmst und küßt mich, obwohl ich dir *davon* erzählt habe. Du weißt nicht, was du tust!"
> „Nein, nein, jetzt gibt es auf der ganzen Welt niemanden, der unglücklicher ist als du!" rief sie aus, wie von Sinnen […].[517]

Sonja begegnet Raskolnikow in diesem Moment rein auf emotionaler Ebene und völlig unreflektiert, was sowohl von Raskolnikow („du weißt nicht, was du tust") als auch von der Erzählstimme („wie von Sinnen") bemerkt wird. Die Erzählstimme charakterisiert Sonjas innere Bewegung als „leidenschaftliche[s] und quälende[s] Mitgefühl".[518] Ihre Reaktion „löste mit einemmal die Starre",[519] Raskolnikow weint, überlässt sich für einmal der eigenen inneren Bewegung. Sonja wechselt an dieser höchst emotional aufgeladenen Stelle vom „Sie" zum „Du". Doch das Fragen, das Denken setzt auch bei Sonja wenig später wieder ein: „Aber was ist denn das? Aber wo denke ich hin?"[520] Sie sucht nach Erklärungen für

516 VS 429.
517 VS 556.
518 VS 557.
519 VS 556.
520 VS 557.

seine Tat und kehrt dabei zum „Sie“ zurück. Von hier an wechselt sie die Anrede je nach Emotion, Nähe und Distanz, die sie zwischen sich und ihm zu empfinden scheint, je nachdem, ob sie seinen Ausführungen und Ideen folgen kann und/oder will oder seine Empfindungen teilt. Bei Raskolnikows letztem Besuch vor dem Geständnis wird Sonja nur noch einen Satz an ihn richten, im „Du“.

Nach Raskolnikows Beichte bei Sonja suchen nun beide zu verstehen, was Raskolnikow zu seiner Tat geführt hat. Raskolnikow verwirft sämtliche Ansätze, seine Motivation aus den Lebensumständen, der Verstrickung mit seiner Familie, seinen Ideen und Überzeugungen, seinem Wesen heraus zu erklären, nach und nach selbst, auch entlang der Reaktionen Sonjas, die seinen Ausführungen nicht folgen kann bzw. spürt, dass etwas daran nicht richtig ist:

> „Ach, das ist es nicht, das ist es nicht“, wiederholte Sonja verzweifelt, „kann man denn so … Nein, das ist es nicht!“[521]

Raskolnikow stimmt ihr zu, versucht nochmals das wahre Wesen seines Antriebs zu definieren.

> „Ich wollte damals in Erfahrung bringen, […] ob ich eine zitternde Kreatur bin oder das *Recht* habe…“
> „Zu morden? Das Recht zu morden?“ Sonja schlug die Hände zusammen. […]
> „Und Sie haben gemordet! Gemordet!“

Sonja spricht damit die gleichen Worte aus, die auch Porfirij später aussprechen wird: „Sie haben gemordet.“[522] Was auch immer Raskolnikows Idee gewesen sein mag, so erhebt das explizit als Mord bezeichnete Verbrechen an Aljona und Lisaweta Raskolnikow gerade nicht von der zitternden Kreatur zum Menschen, sondern es tötet gerade den Menschen in ihm. Und ebenso wie später Porfirij[523] benennt Sonja hier den einzigen Weg, der Raskolnikow nun noch offen steht:

> „Steh auf!“ (Sie packte ihn an den Schultern; er erhob sich und starrte sie beinahe verblüfft an.) „Sofort! Geh! Diesen Augenblick! Stell dich auf eine Kreuzung, verneige dich, küsse zuerst die Erde, die du geschändet hast, verneige dich dann vor aller Welt, nach allen vier Himmelsrichtungen und sage allen laut: ‚Ich habe gemordet‘. Gott wird dir dann wieder Leben schenken. Gehst du? Gehst du?“ […][524]

521 VS 562.
522 VS 617.
523 VS 623.
524 VS 568.

Sonjas Drängen verstärkt sich durch die schnelle Abfolge von sieben Imperativen, die alle auf eine Bewegung, eine Handlung hinzielen und die zusätzlich im Wechsel mit temporalen Adverbien stehen. Auch die wiederholte Frage „Gehst du?" wird, zusätzlich unterstützt durch die physische Handlung, quasi zu einem zur Tür hinaus Drängen. Raskolnikow stellt sich ihr jedoch noch entgegen. Sonja dringt auf ein öffentliches Bekenntnis, vor aller Welt und vor allen Menschen. Gott soll hier Richter sein, seiner Vergebung ist sich Sonja sicher. Gott wird Raskolnikow wieder Leben schenken. Raskolnikow jedoch bezieht sich mit seiner Antwort: „Nein, ich werde nicht zu ihnen gehen" nicht auf die Menschheit und Gott. „Sie" bezeichnet er im Folgenden als „Schurken und Gauner", was sich an die Vertreter der Justiz zu richten scheint, jedoch nicht direkt ausgesprochen wird. Während Sonja also die öffentliche Beichte, Sühne und Vergebung der Sünde im Blick hat, denkt Raskolnikow wie später auch Porfirij, der ihm ein „formelles Geständnis"[525] vorschlägt, an *Verbrechen und Strafe*. Sie spricht von „Leid auf sich nehmen" und „Erlösung finden", er von „Zuchthaus" und „Gefängnis". Die unvereinbar scheinenden Positionen werden jedoch bereits aufgebrochen durch die Liebe Sonjas für Raskolnikow, die dieser zwar in diesem Augenblick erkennt, die ihn jedoch nur umso klarer das Abgeschnittensein von ihr spüren lässt. Sonja bietet ihm ihr Kreuz an, mit dem Versprechen, mit ihm zusammen den Leidensweg gehen zu wollen. Raskolnikow ist jedoch noch nicht bereit, und so verschieben sie die Übergabe auf später:

> „Wenn du deinen Leidensweg antreten wirst, dann wirst du es nehmen. Dann wirst du zu mir kommen, ich werde es dir umhängen, wir werden zusammen beten und gehen."[526]

Sonja sagt halb prophetisch, halb vorgebend voraus, wie diese entscheidende Begegnung ablaufen wird. Zuvor werden sie sich noch einige Male sehen, noch am gleichen Abend, als Katerina Iwanowna auf der Strasse zusammenbricht und wenig später in Sonjas Zimmer stirbt, sowie auch in den folgenden Tagen, meistens bei Sonja. Während der Zeit der Totenwache bis zur Beerdigung Katerinas sind sie jedoch nie alleine, und gerade in diesen Tagen verliert Raskolnikow das Bewusstsein für Raum und Zeit. Alle Ereignisse werden von der Erzählstimme aus der Distanz berichtet, nur wenige Sätze mit Swidrigajlow und eine kurze Begegnung im Schweigen mit Sonja werden hervorgehoben. Erst am dritten Tag endet diese Phase mit dem Besuch Rasumichins, dem Raskolnikow seine Schwester und seine Mutter anvertraut. Es folgen die letzte

525 VS 618.
526 VS 571.

Begegnung mit Porfirij, die lange Unterhaltung mit Swidrigajlow, sein „fast vierundzwanzig Stunden währende[s] Ringen“,[527] von dem nichts weiter berichtet wird (parallel dazu hingegen die Erzählung von Swidrigajlows Selbstmord), der letzte Abschied von Raskolnikows Mutter, dann von seiner Schwester Dunja, bis Raskolnikow tatsächlich ein letztes Mal zu Sonja geht, in der Absicht, ihr Kreuz anzunehmen.

Bei dieser dritten und letzten Begegnung vor dem Geständnis spricht Raskolnikow die gesamte Zeit über, während Sonja schweigt. Sie richtet nur noch einen Satz an ihn, im vertraulichen „Du“:

> „Bekreuzige dich, bete, wenigstens einmal“, bat Sonja mit zitternder, zaghafter Stimme.[528]

Es ist überhaupt Sonjas letzter direkter Satz an Raskolnikow. Im Epilog wird nur in der dritten Person von ihren Begegnungen erzählt, während der Auferweckungsszene sind sie im Überschwang ihrer Gefühle nicht fähig, miteinander zu sprechen.

Wie Sonja bei der zweiten Begegnung vorhergesagt hat, will sie nun zusammen mit Raskolnikow aufbrechen. Dieser weist sie jedoch zurück:

> „Was soll das? Wohin? Bleib hier, bleib hier! Ich gehe allein!“ rief er voll kleinmütigem Ärger und ging beinahe erbost zur Tür. „Was soll denn dabei ein ganzes Gefolge!“ murmelte er im Hinausgehen.

Sonja folgt ihm trotz ihrer Zweifel heimlich bis zum Polizeibureau. Auf dem Weg dorthin kniet Raskolnikow tatsächlich mitten auf dem Platz nieder und küsst die Erde, wie ihm Sonja aufgetragen hatte, jedoch ohne ein öffentliches Geständnis. Noch bevor er auf dem Bureau eintrifft, bemerkt er, dass Sonja sich hinter einer Holzbude versteckt:

> Raskolnikow fühlte und begriff in diesem Augenblick, daß Sonja von nun an ewig an seiner Seite bleiben und ihm bis ans Ende der Welt folgen würde, wohin ihn das Schicksal auch verschlagen mochte. Sein Herz krampfte sich zusammen …[529]

Begreifen und Fühlen gehen für einmal ineinander über. Für diesen einen Moment scheint die Spaltung in Raskolnikow aufgehoben. Sonja macht ihm durch ihr Dasein das Geständnis möglich. Auch wenn Raskolnikow das Gebäude noch einmal verlässt, nachdem Leutnant Pulver ihm vom Selbstmord Swidrigajlows berichtet hat, ist es wiederum der Anblick Sonjas, wie sie die Hände

527 VS 693.
528 VS 709.
529 VS 713.

zusammenschlägt, der ihn veranlasst, die Treppe erneut hinaufzusteigen und tatsächlich sein Verbrechen zu gestehen.

Prozess, Urteil und die Reise nach Sibirien sowie die ersten neun Monate im Gefangenenlager werden im Epilog von der Erzählstimme aus der Distanz eines Rückblickes heraus bzw. in den in indirekter Rede nacherzählten Briefen Sonjas an Dunja und Rasumichin behandelt. Die frühere Perspektive der Erzählstimme rückt erst wieder nahe an Raskolnikow heran, als dieser erkrankt und mehrere Wochen im Lazarett verbringen muss. Auch hier scheint Raskolnikows Krankheit noch aus seiner inneren Spaltung hervorzugehen, auch jetzt kann er sein Verbrechen noch nicht als solches anerkennen, leidet an seinen Phantasien und Fieberträumen, die seine innere Zerrissenheit widerspiegeln. Erst als auch Sonja erkrankt, erkennt Raskolnikow seine Sorge um sie. Bei ihrer folgenden Begegnung an einem klaren, hellen Frühlingsmorgen in Sibirien (im Gegensatz zu den schwülheissen, drückenden oder gewittrigen Petersburger Sommertagen) erfüllt sich nun die Geschichte des Lazarus an ihnen beiden: Raskolnikow wird sich seiner Liebe zu Sonja endlich bewusst.

> In ihren Augen leuchtete unermeßliches Glück; sie verstand, und es gab für sie keinen Zweifel mehr, daß er sie liebte, sie unermeßlich liebte, und daß der Augenblick endlich gekommen war…
> Sie wollten sprechen, aber sie konnten nicht. Tränen standen in ihren Augen. Sie waren beide blaß und mager, aber in diesen kranken und blassen Gesichtern leuchtete bereits das Morgenrot einer neuen Zukunft, einer gänzlichen Auferstehung zu neuem Leben. Die Liebe hatte sie auferweckt; das Herz des einen barg unerschöpfliche Lebensquellen für das Herz des anderen.[530]

Ein radikaler, alles verändernder Einbruch von Glück und Liebe erfolgt, Zweifel, Qual und Krankheit werden ausgelöscht. Repetitionen und Superlative steigern die Emphase ins Grenzenlose (unermessliches Glück, unermessliche Liebe, unerschöpfliche Lebensquellen). Von ihren Gefühlen überwältigt, vermögen sie nicht, miteinander zu sprechen. Raskolnikow und Sonja fallen nun in eins, empfinden, wollen, denken und handeln an dieser Stelle im Dual. Der Moment des vollkommenen Einklangs verweist auf die Zukunft, dehnt sich in die Zukunft hinein. Alle Gegensätze in ihren Wesen, in ihren Überzeugungen und Haltungen, die Unmöglichkeit für Sonja, allein in der Welt zu sein, und die Unmöglichkeit für Raskolnikow, allein in seinem Irrtum zu verharren, werden für einmal aufgehoben in einer vollkommenen gegenseitigen Ergänzung.

530 VS 743.

Nach seiner Rückkehr in die Kaserne nimmt Raskolnikow das Neue Testament hervor, das er sich selbst noch vor seiner Krankheit von Sonja erbeten hat:

> Er schlug es auch jetzt nicht auf, aber ihm kam der flüchtige Gedanke: „Sollten ihre Überzeugungen jetzt nicht auch seine Überzeugungen sein? Wenigstens ihre Gefühle, ihr Streben…“[531]

Im Zusammenhang mit dem Neuen Testament bezieht sich Raskolnikow wohl auf Sonjas Glauben und ihre Haltung zum Leben aus ihrem Glauben heraus, wenn er von „Überzeugungen“ spricht. Sowohl die Wortwahl ist bezeichnend als auch die sogleich folgende Einschränkung, dass er ihr darin nicht zur Gänze wird nachfolgen können, jedoch ihr Bemühen und ihr Empfinden teilen will. Für einmal ist dies jedoch ein flüchtiger Gedanke, der sich in Fortsetzungszeichen in der Zukunft verliert. Die Erzählstimme betont an dieser Stelle noch einmal ausdrücklich, dass Sonja Raskolnikow „zu seinem größten Erstaunen“[532] im Gefangenenlager nicht mit den Evangelien oder mit Religion verfolgt und bedrängt habe. Dieses Erstaunen lässt sich jedoch nicht rechtfertigen, ist Sonja Raskolnikow doch darin auch bisher mit Zurückhaltung und Vorsicht, gar Widerstreben begegnet. Sonja ist in ihrem Glauben und in ihrer Liebe für Raskolnikow zwar zu einer ganz bestimmenden Kraft geworden, er folgt ihr jedoch aus eigenem Antrieb in eine neue gemeinsame Zukunft.

Religion und Glaube treten nicht erst mit Sonja in Raskolnikows Leben. Folgen wir als letztem der sechs Stränge, in die Raskolnikow von Anfang an verstrickt ist, jenen auf ihn einwirkenden Mächten, die nicht an die Welt gebunden sind, sie jedoch gänzlich zu durchwirken scheinen.

1.7. Das Wirken überirdischer Mächte

Der erste Hinweis darauf, dass Raskolnikow auf irgendeine Weise (noch) in der christlichen Religion beheimatet ist, findet sich wie alles, was für ihn und seine ganze Geschichte bestimmend ist, auf den ersten Seiten. Gerade als Raskolnikow nach der Probe die Wohnung der Pfandleiherin verlässt, ruft er unwillkürlich aus: „O mein Gott! Wie widerlich ist das alles!“[533] Er ruft Gott an im Zustand der Verstörung, aus einer emotionalen Bewegung heraus, im Schrecken über seine eigene Fähigkeit, auf „etwas so Entsetzliches zu verfallen“.[534]

---

531 VS 744.

532 Ebd.

533 VS 15.

534 Ebd.

Raskolnikows Mutter bestätigt wenig später am Ende ihres Briefes, dass sie ihre Kinder im christlichen Glauben erzogen hat. Sie sorgt sich jedoch in einer Art Vorahnung um ihren Sohn und sein Seelenheil und schliesst ihn darum in ihre Gebete mit ein:

> Betest Du auch zu Gott, Rodja, wie früher, und glaubst Du an die Gnade unseres Schöpfers und Erlösers? In meinem Herzen bange ich, ob nicht der neueste modische Unglaube Dich heimgesucht hat? Sollte es so sein, dann bete ich für Dich. Weißt du noch, mein Lieber, wie du noch zu Lebzeiten deines Vaters auf meinem Schoß deine Gebete gelallt hast und wie glücklich wir damals alle waren![535]

Es ist eine Art Gretchenfrage, die Raskolnikows Mutter zu Beginn des Romans an ihren Sohn richtet. Bemerkenswert ist ihre Formulierung der *Heimsuchung* durch den Unglauben; Unglaube ist für sie demnach nicht nur ein Nicht-Glauben an Gott (Atheismus) oder ein an Nichts Glauben (Nihilismus), sondern er ist eine eigene aktive (implizit böse, zerstörerische) Kraft, die ihre Opfer in Versuchung führt, sie in Beschlag nimmt. Im Gegenzug beschwört die Mutter in ihrer Erinnerung das Ineins von Familie (Gemeinschaft), Glauben und Glück. Ihre Frage wird vom Sohn nicht beantwortet, auch nicht im Kommentar des Briefes in seinem imaginären Zwiegespräch. Erst ganz am Ende des Romans als einer Art Klammer, die sich um die ganze Erzählung schliesst, sagt Raskolnikow seiner Mutter zum Abschied: „Wie es Gott gefällt… Sie sollen für mich beten…“[536] Bei der folgenden letzten Begegnung mit Dunja, die erleichtert feststellt, dass er seinem Leben nicht selbst ein Ende gesetzt hat, greift er diese Abschiedsszene auf:

> „Du glaubst also noch an das Leben! Gott sei Dank! Gott sei Dank!“
> „Ich glaube nicht, habe aber vorher meine Mutter umarmt, und wir haben beide geweint; ich glaube nicht, habe sie aber doch aufgefordert, für mich zu beten, Gott allein mag wissen, was es damit auf sich hat, Dunetschka, ich habe keine Ahnung.“

Raskolnikow bezieht Dunjas Formulierung direkt auf einen Gottesglauben. Leben und Leben im Glauben fielen damit zusammen. Zwar bekräftigt er zweimal mit den selben Worten: „Ich glaube nicht“, stellt seiner Aussage jedoch beide Male selbst eine widersprüchliche Handlung bzw. Bitte entgegen, bis er sogar selbst auf Gott rekurriert. Das Paradox, das darin zu Tage tritt, erinnert an Mk 9,24: „Ich glaube, hilf meinem Unglauben“, auf das jedoch nicht explizit Bezug genommen wird. Auch an Poletschka, die Stiefschwester Sonjas, richtet er die Bitte, für ihn zu beten:

535 VS 56.
536 VS 699.

> „Poletschka, ich heisse Rodion; bitte, beten Sie einmal auch für mich: ‚und Rodion, den Knecht Gottes' – weiter nichts."[537]

Im Text selbst findet sich keine Erklärung, weshalb Raskolnikow sich hier als Knecht Gottes bezeichnet. Es bleibt für Interpretationen offen, ob er sich damit auf die Gottesknechtslieder im Buch Jesaja, auf Hiob oder auf die Passion Jesu bezieht. Allen gemeinsam ist die Erfahrung von Leid, Gottverlassenheit und Zweifel, die sich bei Raskolnikows noch an vielen weiteren Stellen im Roman zeigen. Porfirij, der Raskolnikow fragt, ob er an das Neue Jerusalem, an Gott und an die Auferstehung des Lazarus glaube, erhält dreimal die Antwort: „Ich glaube", beim dritten Mal jedoch mit Fortsetzungszeichen, die ein Zögern zu erkennen geben. „Ich… ich glaube."[538] Sonjas Reaktion auf Raskolnikows Forderung, ihm die Lazarusgeschichte vorzulesen, drückt von ihrer Seite Zweifel aus: „Du glaubst ja doch nicht…?" (siehe Fn 494). Seine Mitgefangenen in Sibirien wiederum hegen keine Zweifel an Raskolnikows Unglauben, sie fallen über ihn her, weil sie ihn für einen Gottlosen halten. Wie schon Porfirij Sein und Handeln Raskolnikows als Mörder in eins fasst (vgl. Fn 364), so verwenden sie die gleiche Figur von Sein und Handeln/Glauben:

> „Ein Gottloser bist du! Du glaubst nicht an Gott!" schrien sie. „Totschlagen muss man dich!"
> Er hatte niemals mit ihnen über Gott und Glauben gesprochen, aber sie wollten ihn als einen Gottlosen totschlagen. Er schwieg und widersprach nicht. Ein Häftling stürzte sich in förmlicher Raserei auf ihn. Raskolnikow schwieg und rührte sich nicht von der Stelle. Er zuckte mit keiner Wimper und verzog keine Miene.[539]

Eine Fülle von Tautologien und Pleonasmen sorgen auch hier für den grösstmöglichen Effekt. Die ins Übermass gesteigerte Wut der Mithäftlinge trifft die ins Nichtvorhandene verringerte Abwehr, auf eine vollkommen stoische Haltung, die zudem im Text ohne Erklärung bleibt. Zustimmung oder Zurückweisung der Anschuldigung verschwinden in einer Leerstelle, weder Raskolnikow noch die Erzählstimme sprechen sich hierzu aus. Die vollkommen passive Haltung, der Verzicht auf jede Gegenwehr, die fraglose Annahme eines wenn auch fraglichen „Urteils" der Häftlinge erinnern an die Gottergebenheit Lisawetas angesichts ihres Mörders. Auf dem Hintergrund von Porfirijs Prophezeiung: „Ihnen hat Gott zu leben bestimmt",[540] kann Raskolnikows Rettung durch

537 VS 255.
538 Siehe Fn 386.
539 VS 738.
540 VS 623.

das Eingreifen eines Wachmanns auch als eine Art Schiedsspruch Gottes gedeutet werden. Der Ausgang verweist bereits auf die kommende Auferstehung, die zukünftige Erneuerung. Raskolnikow deutet an dieser Stelle jedoch gerade nicht, er überlässt sich für einmal ganz dem Geschehen, ohne selbst in irgendeiner Form mitzuwirken und ohne weitere Schlüsse aus dem Ereignis zu ziehen. Dieses Verhalten ist untypisch, haben sich doch gerade aus Raskolnikows Deutungen einer ganzen Reihe „zufälliger" Begebenheiten Verstrickungen ergeben, die ihn geradezu zum Handeln zu zwingen schienen. Gehen wir dieser Reihe von Ereignissen und ihren Interpretationen sowie den vermeintlich treibenden Kräften dahinter noch einmal nach.

Der Brief der Mutter und die Ankündigung der Verlobung Dunjas bringen Raskolnikow wie bereits besprochen in Zugzwang: er glaubt, handeln zu müssen, sich entscheiden zu müssen, „egal wozu".[541] Die Pläne von Mutter und Schwester drängen Raskolnikow noch in keine Richtung, werden darum auch nicht als in irgendeiner Weise schicksalhaft angesehen. Doch ein Zusammenwirken von Dispositionen, Umständen und Ereignissen – die Erregung über den Brief, das Erlebnis mit dem missbrauchten Mädchen auf dem Boulevard, die Hitze, der Hunger, der krankhafte Zustand – lässt Raskolnikow auf der Petrowskij-Insel einschlafen, wo er einen „schrecklichen Traum" hat, den Traum vom totgeprügelten Pferdchen.[542] Wieso Raskolnikow gerade diesen Traum träumt, bleibt ungeklärt, der Traum hat jedoch eine ausserordentliche Wirkung. Raskolnikow wird klar, dass er die Last der Tat nicht wird tragen können. Um sich vollends von seiner Idee des Verbrechens zu befreien, sucht er Hilfe im Gebet:

> Er spürte, daß er diese schreckliche Bürde, die ihn so lange gedrückt hatte, soeben abgeworfen hatte, und es wurde ihm plötzlich leicht ums Herz. „O Herr", betete er, „weise mir meinen Weg, und ich schwöre ab von meiner verfluchten … Träumerei!"[543]

Gott wird nun angerufen als Retter, als Befreier von der „Verzauberung, Magie, Hexerei, Versuchung!",[544] die Raskolnikow selbst in vierfachem Pleonasmus als solche benennt, noch ohne einen Ursprung, eine initiierende Kraft dahinter zu definieren. Doch gerade als er glaubt, seine „Freiheit! Freiheit!"[545] tatsächlich wiedererlangt zu haben, wird er Zeuge der Begegnung Lisawetas mit einem Händlerpaar, das sie für den folgenden Abend einlädt. Raskolnikow kann nun

541 Vgl. Fn 310.
542 VS 76–78, vgl. Fn 198.
543 VS 83.
544 VS 84.
545 VS 84.

davon ausgehen, dass er die alte Pfandleiherin alleine antreffen wird. Diese Szene wird im Rückblick erzählt und aus der Perspektive Raskolnikows in grösster Emphase als alles entscheidende Begebenheit gedeutet:

> Später, wenn er sich diese Zeit und alles, was ihm in diesen Tagen widerfahren war, Minute für Minute, Punkt für Punkt, Zug um Zug, vergegenwärtigte, versetzte ihn ein Umstand in fast abergläubiges Staunen, etwas, was eigentlich nichts Besonderes war, aber ihm im nachhinein immer wieder als eine Fügung des Schicksals erschien. [...] Aber warum, fragte er sich immer wieder, warum ereignete sich diese so wichtige, für ihn so entscheidende, aber gleichzeitig so zufällige Begegnung auf dem Heumarkt (wo er überhaupt nichts zu suchen hatte) ausgerechnet in diesem Augenblick seines Lebens, als er sich in eben dieser Stimmung befand und gerade unter diesen Umständen, die erst ihre, dieser Begegnung, allerentscheidendste und allerendgültigste Wirkung auf sein ganzes Schicksal ermöglichten? Als hätte sie ihn mit Vorbedacht erwartet![546]

Wo gerade noch das Gebet und die Erkenntnis seiner selbst Raskolnikow Befreiung versprechen, werden nun Aberglaube[547] und Schicksal als Gegenkräfte in Position gebracht. Auch hier sorgt ein ganzes Arsenal an Repetitionen, Kumulationen, Betonungen (so wichtig, so entscheidend, so zufällig) und Superlativen (allerentscheidendstes, allerendgültigstes) für Gewicht. Der Zufall wird bereits hier so weit gesteigert, dass er schon fast kein Zufall mehr sein kann. Im Folgenden wird er zudem in eine ganze Reihe derartiger Zufälle eingeordnet: der Rückblick auf den Erhalt der Adresse der Pfandleiherin, das mitgehörte Gespräch zwischen Student und Offizier im Gasthaus direkt nach seinem ersten Besuch bei Aljona, die Gedanken des Studenten, die mit jenen Raskolnikows übereinstimmen. Die Verkettung all dieser Begebenheiten erscheint Raskolnikow so unwahrscheinlich, dass er sie der Fügung, dem Schicksal zuschreiben muss:

> Raskolnikow war in hellster Aufregung gewesen. Gewiß, das waren ganz alltägliche und ganz verbreitete Gespräche und Ideen, die er mehr als einmal, wenn auch in anderer Form und über andere Themen, mitangehört hatte. Aber warum hatte er dieses Gespräch und diese Ideen ausgerechnet in einem Augenblick mitanhören müssen, da sich in seinem Kopf gerade ... *genau dieselben Ideen* regten? Und warum mußte er ausgerechnet jetzt, nachdem er mit dem Keim seiner Idee die Alte verlassen hatte, die

546 VS 84.

547 Siehe auch VS 87: „Aber Raskolnikow war in letzter Zeit abergläubisch geworden. Die Neigung zum Aberglauben hielt noch lange danach an, sie war beinahe unauslöschlich." Ist der Aberglaube als Aber zum christlichen Glauben zu verstehen, so geht es nicht um Magie, Hexerei, Zauberei irgendwelcher Art, sondern um eine überirdische gegnerische Macht im Horizont christlicher Religion. Raskolnikow wird sich später konkret auf den „Teufel" beziehen.

> Unterhaltung über die alte Frau mitanhören? ... Dieses Zusammentreffen mutete ihn stets seltsam an. Dieses belanglose Wirtshausgespräch hatte bei der weiteren Entwicklung der Dinge einen außerordentlichen Einfluß auf ihn ausgeübt: als hätte es sich dabei tatsächlich um Vorbestimmung gehandelt, um einen Fingerzeig ...[548]

Der Versuch der Einordnung, der Relativierung (alltäglich, ganz verbreitet, belanglos) wird unternommen, jedoch nur, um einerseits die Unwahrscheinlichkeit der Konstellationen und Dispositionen (ausgerechnet [2x], genau dieselben [kursiv],) andererseits die zwingende Wirkung daraus (musste [2x], ausserordentlicher Einfluss) umso schärfer davon abzuheben. Raskolnikow fragt zweimal hintereinander im gleichen Wortlaut: „Warum ... mußte er ... mitanhören?“ Der Adressat der Frage bleibt im Dunkeln, die initiierende Kraft ebenso. Eine lenkende, zwingende Autorität scheint nun die völlige Herrschaft über Raskolnikow zu übernehmen.

> Er überlegte nicht mehr und war auch völlig außerstande nachzudenken, aber mit seinem ganzen Wesen fühlte er plötzlich, daß er nicht mehr länger über die Freiheit des Verstandes noch über die des Willens verfüge und alles plötzlich entschieden sei.
> Sogar wenn er jahrelang, das gewisse Vorhaben stets im Auge, auf eine günstige Gelegenheit hätte warten wollen, selbst dann hätte er keinen deutlicheren Wink zur erfolgreichen Durchführung seines Vorhabens erhoffen können, als den ihm soeben unerwartet zugekommenen.[549]

Gerade das, was nach Raskolnikows Ansicht den Menschen ausmacht, die Freiheit des Willens und des Verstandes, sieht er hier ausser Kraft gesetzt. Es ist bemerkenswert, dass er sich nur wenige Augenblicke später vornimmt, während der Ausführung seines Planes „unumschränkter Herr über Verstand und Willen“[550] zu bleiben, ein Vorsatz, der zur scheinbar fremdbestimmten Entscheidung im Widerspruch steht. Der Vorsatz bleibt denn auch unerfüllt, Raskolnikow verliert streckenweise tatsächlich die Herrschaft über Verstand, Willen und Körper. Noch immer ist die schicksalhafte Kraft, durch die Raskolnikow den deutlichen „Wink“ zu erhalten glaubte, unbenannt. Doch die Begriffe „Fingerzeig“ und „Wink“ weisen bereits auf eine personifizierte Autorität hin, was im Folgenden noch verstärkt wird:

> Natürlich ist das ein Zufall, aber er steht immer noch im Banne eines außerordentlichen Eindrucks, und ausgerechnet jetzt scheint ihm jemand in die Hand zu spielen.[551]

---

548 VS 91 f.
549 VS 86 f.
550 VS 98, vgl. Fn 207.
551 VS 88.

Jemand zieht hinter der ganzen Sache im Verborgenen seine Fäden. Am darauf folgenden Tag, dem Tag des Mordes, sieht sich Raskolnikow durch diesen Jemand fast zur Tat gezwungen:

> Der gestrige Tag aber, der so unerwartet angebrochen war und alles auf einen Schlag entschieden hatte, übte eine fast mechanische Wirkung auf ihn aus: Als hätte ihn jemand bei der Hand genommen und zöge ihn hinter sich her, unabwendbar, blindlings, mit übernatürlicher Kraft, keinen Widerspruch duldend. Als wäre er mit dem Zipfel seiner Kleidung in das Rad einer Maschine geraten und würde nun langsam in sie hineingezogen.[552]

Die Begriffe „mechanisch" und „Maschine" werden in Verbindung gebracht mit einer personifizierten treibenden Kraft. Weitere Pleonasmen sorgen für Gewicht, sodass tatsächlich der Eindruck entsteht, als sei jede Gegenwehr unmöglich, gar zwecklos. Hindernisse, die sich Raskolnikow in den Weg stellen, die Einhalt gebieten oder zumindest Raum für Besinnung schaffen könnten, werden ausgeräumt, ihre Bewältigung gar als weiterer Antrieb ausgedeutet. Der Umstand beispielsweise, dass Nastassja sich in der Küche des Hauses aufhält und Raskolnikow somit das Beil nicht unbemerkt daraus entwenden kann, löst sich augenblicklich, denn Raskolnikow findet ein Beil in der Kammer des Hausknechts. Er kommentiert den „Zwischenfall" mit der ersten unwillkürlich scheinenden Benennung der ihn mit sich ziehenden Kraft: „Ist's nicht der Kopf, so ist's der Böse!" Dieser Böse wird erst viel später in der Beichte Raskolnikows bei Sonja konkret benannt werden:

> „Ich… ich wollte *wagen* und habe gemordet… nur wagen wollte ich, Sonja, das ist der ganze Grund!"
> „Oh, schweigen Sie, schweigen Sie!" rief Sonja und schlug die Hände zusammen. „Sie haben sich von Gott abgekehrt, und Gott hat sie gestraft. Er hat Sie dem Bösen überantwortet!"
> Übrigens, Sonja, als ich damals so im Dunkeln dalag und von alldem träumte, da hat mich doch der Teufel versucht? Oder?
> „Schweigen Sie! Spotten Sie nicht, Sie Frevler, nichts, gar nichts verstehen Sie! O mein Gott! Nichts, gar nichts wird er verstehen!"
> Sei still, Sonja, ich spotte ja gar nicht, ich weiß selbst, daß mich der Teufel dorthin geschleppt hat. Sei still, Sonja, sei still!" wiederholte er düster und mit Nachdruck. „Ich weiß alles." […]
> „Ich wollte dir nur etwas Bestimmtes beweisen: es war der Teufel, der mich damals dorthin schleppte und mir erst hinterher zeigte, daß ich keineswegs das Recht hatte, so weit zu gehen, denn ich bin genauso eine Laus wie alle anderen auch! Er hat mich zum

552 VS 97.

> Besten gehabt, und nun bin ich zu dir gekommen! Nimm deinen Gast auf! Wenn ich keine Laus wäre, wäre ich dann zu dir gekommen?
> [...] Und diese Alte hat der Teufel ermordet, nicht ich... Genug, Sonja, genug! Laß mich!" schrie er plötzlich in einem Anfall von Qual. „Laß mich!"[553]

Raskolnikow hat bereits alle seine Überlegungen zu seiner wahren Motivation, zu seinen wahren Absichten hinter dem Verbrechen verworfen, bis nur noch das Wagen, das Überschreiten der letzten Grenze übrigbleibt. Der Mord als Experiment, das Raskolnikow seine Sonderstellung, seine Sonderrechte als genialem Menschen bestätigen soll, ist kein echtes Experiment, da durch Raskolnikows Vorauswissen des Resultates, der Wirkung auf ihn, keine wirkliche Alternative für das Ergebnis zu erwarten ist. Das Vorauswissen in Verbindung mit der Negation aller von aussen wirkenden zwingenden Gründe und Kräfte, beides im Text vielerorts sowohl implizit als auch explizit ausgewiesen, macht das Verbrechen im Grunde zum überflüssigen Akt. Paradoxer Weise erscheint es gerade dadurch in höchstem Masse frei. Die Übertretung des Gebotes „Du sollst nicht töten"[554] wird wirklich zur Sünde, weil sie wider besseres Wissen, wider das eigene Empfinden, quasi gegen das eigene Wesen erzwungen wird. Sonja deutet Raskolnikows Überhebung als Abkehr von Gott, die bestraft wird. Raskolnikow deutet sie als Folge der Versuchung durch den Teufel, der ihn geradezu zur Tat „schleppte" (2x). Die Versuchung wird gar beinahe als Besessenheit gedeutet, dahingehend, dass Raskolnikow die Tat sogar ganz dem Teufel zuschreibt. Doch in Raskolnikows Wissen um seine Versuchung erweist sich seine vorausgeahnte oder nachgedeutete Besessenheit als unvollkommen, zeigt sich sein Spielraum, der Versuchung, dem Teufel nicht nachzugeben. An wen sich Raskolnikows zweifacher Ruf, „laß mich!" richtet, an Sonja oder an den Bösen, bleibt auf diesem Hintergrund offen. Die Frage nach dem Grad von Verantwortlichkeit und Schuld Raskolnikows lässt sich auf rationaler Ebene nicht klären. Auf der emotionalen Ebene Raskolnikows jedoch sind grenzenlose Qual und unerträgliches Leid Folge seiner Übertretung. Aus diesem Empfinden entspringt das zwingende Bedürfnis, die Tat zu gestehen, zuerst Sonja bei ihrer zweiten Begegnung, später öffentlich auf dem Polizeibureau.

> Gedankenverloren blieb er vor der Tür stehen und stellte sich die sonderbare Frage: „Muß ich denn sagen, wer Lisaweta ermordet hat?" Die Frage war sonderbar, weil er plötzlich, im selben Moment, fühlte, daß es ihm nicht nur unmöglich war, es nicht zu sagen, sondern auch, in diesem Augenblick aufzuschieben, und sei es nur für

553 VS 567.
554 Ex 20,13.

> noch so kurze Zeit. Noch wußte er nicht, warum es ihm unmöglich war; er fühlte es nur, und dieses qualvolle Bewußtsein der eigenen Ohnmacht vor einer Notwendigkeit drückte ihn fast zu Boden.[555]

Wer oder was hier die Instanz, die treibende Kraft hinter diesem zwingenden Bedürfnis ist, bleibt ebenfalls unbenannt, doch wie hinter allen noch so zwingend scheinenden Kräften ist auch hier der Moment des Innehaltens impliziert. Raskolnikow reflektiert die Intensität seines Gefühls, somit hat es nicht vollkommene Macht über ihn. Immer noch ist ein kleines Entscheidungsmoment notwendig, sich seiner Empfindung hinzugeben. Bei Sonja gelingt ihm dies, vor seinem öffentlichen Geständnis braucht es jedoch mehrere Anläufe, bis es ihm tatsächlich möglich wird. Mit dem Aussprechen seines endgültigen Entschlusses beim Abschied von seiner Schwester Dunja rückt dessen Umsetzung tatsächlich näher:

> „Es ist spät, es wird Zeit. Ich werde jetzt gehen und mich stellen. Aber ich weiß nicht, warum ich gehe und mich stelle."

Nach wie vor stehen sich der innere Trieb, die Ahnung, nur durch ein öffentliches Bekenntnis[556] und die Annahme einer gerichtlichen Strafe, sei sie auch inadäquat, zur Ruhe kommen zu können, und die rationale Ablehnung einer Schuld unversöhnlich gegenüber. Für Raskolnikow bedeutet gerade diese Öffentlichkeit die schlimmste Prüfung – schon die Vorstellung der zu erwartenden heuchlerischen Hetze durch „diese [] Leute []",[557] durch „sie" (5x),[558] „all diese idiotischen, viehischen Fratzen"[559] lässt ihn vor Wut und Zorn ausser sich geraten. Bis in die erste Zeit seiner Gefangenschaft in Sibirien quält ihn der eigene innere Widerspruch:

> Oh, wie glücklich wäre er gewesen, wenn er sich selbst hätte schuldig sprechen können, dann hätte er alles ertragen, sogar Schmach und Schande. Aber so streng er auch mit sich ins Gericht ging, sein verstocktes Gewissen fand keine besonders schreckliche Schuld in seiner Vergangenheit, höchstens einen gewöhnlichen *Fehler*, der jedem hätte unterlaufen können. Er schämte sich gerade deshalb, weil er, Raskolnikow, sich so blind, so hoffnungslos, so dumpf und töricht dem Spruch des blinden Fatums beugen, zugrunde gehen und sich der Sinnlosigkeit eines „Gerichtsurteils" in Demut unterwerfen mußte, um wenigstens einigermaßen innere Ruhe zu finden.[560]

555 VS 549.
556 Vgl. Fn 524 f.
557 VS 702.
558 VS 705.
559 VS 707.
560 VS 734.

Der Begriff des „Gewissens“ wird nirgends im Text genau definiert. Woran sich die innere Stimme des Gewissens orientiert, nach welchen Kriterien sie sich regt oder schweigt, bleibt unausgesprochen. Sie scheint jedoch tatsächlich diejenige innere Instanz zu sein, die Raskolnikow durch Leid und Qual zum Geständnis und zur Annahme der Strafe treibt. Jedoch ist die Verbindung zwischen moralischem Gefühl und rationalem Denken blockiert, verstockt, sodass die Richtigkeit der Stimme nicht verifiziert werden kann. Die Möglichkeit, aus eigener Entscheidung, durch eigenes Handeln auch gegen rationalen Widerstand beides „wenigstens einigermaßen“ wieder ins Gleichgewicht zu bringen, besteht darin, „das Leid auf sich zu nehmen“, wie Porfirij bei ihrer dritten und letzten Begegnung am Beispiel Mikolkas aufzeigt. Mikolka reklamiert Raskolnikows Verbrechen für sich, scheint in der Sühne des fremden Verbrechens auch seine eigene Sünde, seine Abkehr von einem religiösen Lebenswandel, abgelten zu wollen. Porfirij sieht im Leiden überhaupt „etwas Großes“, eine „Idee“.[561] Es ist eine Möglichkeit, die immer schon bestehende Verstrickung in Schuld zu lockern.

> „Wissen Sie eigentlich, was für manchen von ihnen ‚Leid auf sich nehmen‘ bedeutet? Keineswegs, daß es um eines bestimmten Menschen willen geschieht, sondern daß man einfach ‚Leid auf sich nehmen‘ soll; Leid auf sich nehmen, und wenn es von der Obrigkeit kommt – erst recht.“[562]

Porfirij lässt Raskolnikow seine Entscheidung, die Strafe der „Obrigkeit“ anzunehmen, selbst ein Geständnis abzulegen, frei, auch wenn er ihm ein Ultimatum setzt: „anderthalb oder auch zwei Tage kann ich Sie noch spazieren gehen lassen“.[563] Raskolnikows Entschluss und dessen Ausführung sind also auch von aussen her – mag beides auch noch so sehr durch den Zuspruch und das Drängen Sonjas, Porfirijs und Dunjas beeinflusst sein – letztlich seine eigenen. Raskolnikow spricht vor Dunja und Sonja seinen Entschluss aus, macht sie zu Zeugen; er bricht auf, macht sich auf den Weg, versinnbildlicht durch die Distanz zwischen Sonjas Wohnung und dem Polizeibureau. Die eigene Entscheidung, die eigene Bewegung ist Voraussetzung, dass die Gnade Gottes, die Porfirij und Sonja prophezeien, wirken kann, angenommen wird. Einen ersten Einbruch vielleicht göttlicher Macht, einen Verweis auf die kommende Erneuerung erfährt Raskolnikow noch kurz vor dem Geständnis:

561 VS 624.
562 VS 615.
563 VS 623.

> […] als er die Mitte des Platzes erreicht hatte, wurde er plötzlich von einer einzigen inneren Bewegung erfaßt, ein einziges Gefühl bemächtigte sich mit einem Mal seiner, füllte ihn aus – mit Leib und Seele. […]
> Und so schwer hatten auf ihm die ausweglose Pein und Unruhe dieser ganzen Zeit, besonders der letzten Stunden, gelastet, daß er sich der Möglichkeit dieses ungebrochenen, neuen, vollen Gefühls rückhaltlos überließ. Es kam wie ein Anfall plötzlich über ihn: Als Funken war es in seiner Seele aufgeglommen, und plötzlich schlugen die Flammen über ihm zusammen. Mit einem Mal löste sich alles in seinem Innern und die Tränen strömten unaufhaltsam. Da, wo er stand, stürzte er zu Boden…[564]

Raskolnikow wird „erfaßt"; ein Gefühl „bemächtigt" sich seiner; es „kam […] über ihn"; er „stürzte" – eine Anhäufung von Begriffen, die alle den vollständigen Kontrollverlust Raskolnikows über sich selbst veranschaulichen. Die erste Kontrollinstanz, Raskolnikows Denken, schweigt. Der kleine Moment der eigenen Entscheidung wird beinahe ins Nichts reduziert, in diesem Fall auf ein Nichthandeln, ein Nicht-Widersprechen: für einen kurzen Augenblick *überlässt* sich Raskolnikow *rückhaltlos* der übermächtigen Empfindung. Feuer (Flammen) und Wasser (Tränen) reissen alles mit sich. Hier ist eine Kraft, eine Macht am Werk, die nicht explizit als göttliche benannt wird, die jedoch über das Menschliche hinausgeht, die Naturgewalten in ihrer zerstörerischen wie auch reinigenden Kraft in den Dienst nimmt. Diese Szene des Kniefalls und des Weinens fast am Ende des Romans lässt sich zurückbinden an die apokalyptische Rede Marmeladows zu Beginn:

> „Und er wird seine Arme ausbreiten, und wir werden Ihm zu Füßen fallen… Und weinen… Und alles erkennen! Dann werden wir alles erkennen …"[565]

Beide Stellen lassen sich wiederum beziehen auf die Offenbarung des Johannes, Kap. 21, das vom neuen Himmel und von der neuen Erde sowie vom neuen Jerusalem spricht, von dem in der ersten Begegnung zwischen Raskolnikow und Porfirij bereits die Rede war.

> Gott selbst wird als ihr Gott bei ihnen sein. Er wird all ihre Tränen abwischen. Es wird keinen Tod mehr geben und keine Traurigkeit, keine Klage und keine Quälerei mehr. Was einmal war ist für immer vorbei.[566]

Noch steht die Szene auf der Strassenkreuzung im Zeichen der Möglichkeit, der Vorläufigkeit, des „schon und noch nicht". Raskolnikow hat seine Entscheidung

---

564 VS 711 f.
565 VS 34.
566 Off 21,3 f.

zwar getroffen und seinen Leidensweg bereits angetreten – Geständnis, Gefangenenlager, Erkenntnis und Neubeginn liegen jedoch noch vor ihm. Der Ausblick auf die kommende Erfüllung und Erneuerung äussert sich in einem vollkommen neuen Gefühl: das erste Mal im ganzen Roman empfindet Raskolnikow der Erzählstimme nach Glück:

> Er kniete mitten auf dem Platz, verneigte sich bis zu Erde und küßte die schmutzige Erde inbrünstig und voller Glück.[567]

Die Demutshaltung, das Knien und die Verneigung, sind auch hier das äussere Zeichen dafür, dass der Kopf, der Sitz des Denkens, des Stolz und der Hochmut für einmal nicht vorherrschend sind. Die Unterwerfung unter die unbekannte Macht, die unbekannte Kraft, erfüllt Raskolnikow mit Glück. Die gleiche Ergriffenheit und das gleiche Glücksempfinden wiederholen sich auch in der Schlussszene am Ende des Epilogs.

> „Er wußte selbst nicht, wie es geschah, aber plötzlich glaubte er, eine Kraft hebe ihn empor und werfe ihn zu ihren Füßen nieder. Er weinte und umschlang ihre Knie. […] In ihren Augen leuchtete unermeßliches Glück."[568]

Auch hier wird Raskolnikow zu Boden geworfen, auch hier kniet er (vor Sonja) und weint. In höchster Emphase treten „kaum erträgliche […] Qual" und „unermeßliche[s] Glück" gegenüber. Raskolnikow weiss nicht, was geschieht, kann es vernünftig nicht nachvollziehen. Jedoch scheint die Herrschaft des Verstandes nun einer anderen Macht weichen zu sollen: „An die Stelle der Dialektik war das Leben getreten."[569] Und auch hier geht wieder eine Prophezeiung Porfirijs in Erfüllung:

> „Geben Sie sich dem Leben hin, ohne zu spekulieren; machen Sie sich keine Sorgen, es wird Sie an ein Ufer tragen und auf die Beine stellen. Welches Ufer? Woher soll ich das wissen! Ich glaube nur, daß Sie noch viel Leben vor sich haben."[570]

Dialektik, Spekulation und Sorge – die Herrschaft des Willens und des Verstandes unterwirft sich der ursprünglichen Kraft des Lebens und der Liebe. Sonja versteht, dass Raskolnikow sie nun liebt, nun lieben kann. Alles, was Raskolnikow von ihr, von seiner Familie, von allen Menschen getrennt hielt, scheint durch die Hingabe an das Leben und an die Liebe zwischen ihnen beiden überwunden.

---

567 VS 712.
568 VS 743.
569 VS 744.
570 VS 622.

> Aber er war auferstanden, er wußte es, fühlte es mit seinem ganzen erneuerten Wesen, und sie – sie lebte ja nur sein Leben!

Ihrer beider Erneuerung, ihrer beider Auferstehung fallen in eins. Die Verstrickung beider in ihre jeweilige Schuld, in das Netz schicksalhafter Bindungen – alles wird gelöst in der Liebe, die beider Leben auf eine neue Art verbindet. Für Sonja scheint dieser Moment Erfüllung ihres Lebens zu sein, denn sie verwirklicht sich in der völligen Hingabe ihres Lebens an Raskolnikow, indem sie sein Leben lebt. Für Raskolnikow ist dieser Moment noch nicht Vollendung, sondern immer noch erst Verweis auf ein anderes, neues Leben. Er nimmt Sonjas Hingabe an und beantwortet sie mit seiner Liebe und dem noch unvollendeten Gedanken, ihre Gefühle und Überzeugungen, ihren Glauben nach Möglichkeit teilen zu wollen. Der Weg zum Glauben, einem Glauben, der zwar schon seit Kindheit angelegt scheint, jedoch tief im Verborgenen beinahe der Ratio bzw. gar der „teuflischen" Versuchung des Atheismus zum Opfer gefallen ist, führt für Raskolnikow über den lebendigen, liebenden Menschen Sonja. Wie die Ideen, die Vorstellungen, ist also auch Religion nicht für sich, ohne die Bindung an den konkreten Menschen möglich. Doch noch fehlen Raskolnikow und Sonja sieben Jahre der Strafe, noch steht eine ganze weitere Geschichte „der allmählichen Wiedergeburt", des „allmählichen Überganges" bevor. Die Geschichte wird allerdings mit dem Ausblick darauf beendet bzw. ganz der Leserschaft überantwortet, die sich nach diesem an die Tradition der Märchen erinnernden Ende selbst überlegen muss, wie sie sich eine Fortsetzung vorstellt.

1.8. Zusammenfassung

Raskolnikow wird von einer Vielzahl äusserer und innerer Umstände, Atmosphären, Ordnungen, Eigenschaften, Emotionen, Gedanken und Ideen, Personen und Beziehungen bis hin zu überirdischen Kräften beeinflusst. Diese Einflüsse haben in ihrer jeweiligen Ausprägung und Gestaltung sowie in ihrem Zusammenspiel unterschiedliches Gewicht, auch wenn sich dieses jeweils kaum messen lässt. Der einzelne Strang steht nie für sich oder ist allein ausschlaggebend für Raskolnikows Denken, Empfinden und Handeln. Jeder von ihnen wird jedoch explizit auf Raskolnikow bezogen. Die Figur ist sich dieser Einflüsse meistens sogar bewusst, benennt sie, setzt sich mit ihnen auseinander. Dennoch findet sie sich eingesponnen in ein Netz von Gegebenheiten, Zusammenhängen, Zwängen und Anstössen, welches das Verbrechen vordergründig nachvollziehbar, gar unumgehbar und beinahe notwendig erscheinen lässt. Die Leserschaft selbst wird hineingezogen in den Sog der Geschehnisse und Argumentationen, der fast übersehen lässt, dass im Text zu jeder Zeit, sei es im Kleineren oder

Grösseren, explizit oder implizit alternative Möglichkeiten zu Raskolnikows Deutungen sowie zu seinen Handlungen aufgeführt werden. Hierdurch wird deutlich, dass Raskolnikow trotz aller bestimmend scheinenden Faktoren und ihres verstrickenden Zusammenwirkens immer eine Wahl hat. Der Widerstreit von Denken und Empfinden, von bewusstem und unbewusstem Erleben, von rationaler Analyse und innerer Stimme des Gewissens kommt nie ganz zum Erliegen. Auch wenn der Spielraum verschwindend gering scheint, ist das Handeln Raskolnikows im Letzten ein freiheitliches. Nicht nur die Entscheidung zum Mord und dessen Umsetzung, auch die Entscheidung zum Geständnis und seine Umsetzung erfolgen nach einem langen Prozess, der von den unterschiedlichsten Seiten beeinflusst wird. Doch auch wenn Raskolnikow selbst innerlich getrieben und zudem von Sonja und Porfirij zu einem Geständnis gedrängt wird, so bleibt auch hier ein wenngleich winziger Spielraum, der die Entscheidung zum Geständnis zu *seiner* Entscheidung macht. Sogar die beiden geradezu blitzschlagartigen emotionalen Einbrüche gegen Ende des sechsten Teils und im Epilog – Raskolnikows Glücksempfinden vor dem Geständnis und die Erkenntnis seiner Liebe zu Sonja – bergen jeweils ausdrücklich ein Moment der Akzeptanz, des Sich-Überlassens. Alternativen zu Deutung und Handlung stehen Raskolnikow jedoch nicht nur bezogen auf seine jeweils anstehende Entscheidung zu Verbrechen und Geständnis offen. In einem grösseren Rahmen werden ihm in den Charakteren und Geschichten der weiteren Figuren andere Perspektiven zu Weltbild und Weltdeutung vor Augen geführt. Trotz aller Eigenständigkeit können diese Lebensgeschichten, auf Raskolnikow hin bezogen, beinahe als (Blick auf eine) Alternative zu seiner Geschichte betrachtet werden: Marmeladow, Katerina und Swidrigajlow erscheinen darin als gescheiterte, Rasumichin und Dunja als gelingende und Porfirij als paradoxe Existenz. Allein Sonja steht Raskolnikow in völliger Gegensätzlichkeit, gleichzeitig als wesentlich notwendige Ergänzung gegenüber. Obwohl oder gerade weil Raskolnikow und Sonja völlig unterschiedliche Zugänge und Deutungsweisen zu ihrer Welt vertreten, sind sie vollkommen aufeinander angewiesen. Ohne Raskolnikow kann Sonja weder aus ihrer verzweifelten Lage heraustreten, noch kann sie sich in ihrer Selbstlosigkeit realisieren. Ohne Sonja gibt es für Raskolnikow weder einen letzten Anstoss für sein Geständnis oder einen nachvollziehbaren Grund für ein Weiterleben noch einen Weg zum Glauben, der allein über die Liebe, also über Sonja, führt. Die Loslösung beider von allen anderen Bindungen in Petersburg und die gleichzeitige Bindung aneinander werden Voraussetzung für ihren gemeinsamen Weg nach Sibirien. Die innere Befreiung beider Figuren, die Entscheidung, Petersburg gemeinsam zu verlassen, fällt in eins mit der äusseren Befreiung durch die ausserpoetologische Ereignis- und Argumentationsfolge. Die Verschränkung von literarischer Gestaltung – Geschichten- und Figurenkonzeption – und der Auseinandersetzung mit Weltbild und Menschenbild (in beidem gleichzeitig auch Gottesbild) wird an dieser Stelle besonders deutlich.

2. Unamuno: Abel Sánchez

2.1. Einführung

> Es gibt zu denken, dass die biblische Legende, die Genesis, sagt, der Tod sei in die Welt gekommen durch die Sünde unserer Urahnen, die sein wollten wie Götter; das heisst, unsterblich, im Wissen um die Unterscheidung von Gut und Böse, fähig zur Erkenntnis, die Unsterblichkeit verleiht. Und dann war, gemäss derselben Legende, der erste Tod ein gewaltsamer Tod, der Mord an Abel durch seinen Bruder Kain. Ein Brudermord.[571]

Abel Sánchez – una historia de pasión ist nach *Paz en la guerra* (1897), *Amor y pedagogía* (1902) und dem wohl bekanntesten Werk *Niebla* (1914) Miguel de Unamunos vierter Roman, der 1917 veröffentlicht wurde. Die zweite Auflage erschien 1928 mit wenigen Überarbeitungen und einem Vorwort versehen. Unamuno bezeichnet *Abel Sánchez* als das wohl tragischste seiner Werke, das die Abgründe einer menschlichen Seele in all ihrer Düsternis und Bedrängnis zu sezieren versucht. Es ist die Geschichte Joaquín Monegros, der sein Leben lang mit seiner Passion, seinem Hass und Neid auf seinen Freund Abel Sánchez kämpft. Der Roman rekurriert explizit auf das biblische Motiv des Brudermordes von Kain an Abel, sowohl in Gestalt des Genesistextes als auch in einer weiteren künstlerischen Verarbeitung im Drama *Caïn: A Mystery* von Lord Byron (1821). Solche intertextuellen Bezüge zu fremden wie auch eigenen Texten ziehen sich durch das gesamte Werk Unamunos und verweisen damit auf die gemeinsame Sache aller Literatur: die Auseinandersetzung mit den Grundfragen, Grundmotiven, Grundemotionen bzw. mit dem Grundwesen oder der Menschlichkeit des Menschen. Unamuno betrachtet gerade das Motiv von Neid, Missgunst und Hass als ganz ursprünglich menschlich und beschäftigt sich in vielen weiteren philosophisch-essayistischen und literarischen Texten sowie in politischen Reden und Zeitschriftenbeiträgen damit. Für das spanische Volk scheint ihm der Neid geradezu ein Charakteristikum zu sein, eine „nationale Lepra“,[572] die sein Land innerlich zerfrisst. So führt er die schwelende politische, gesellschaftliche, kulturelle und wirtschaftliche Krise zu Beginn des 20. Jahrhunderts auf das Motiv

571 Miguel de Unamuno, La agonía del cristianismo, Edición Victor Quimette, 8. Aufl., Madrid 1996, 81.

572 Prolog zur 2. Aufl. AS 80.

des Bruderneids zurück. Der 1. Weltkrieg, in dem sich Spanien zwar nach aussen hin für neutral erklärt, deckt aber die innere Spaltung des spanischen Volkes auf. Freunde der Alliierten (darunter Unamuno) und Germanophile tragen bereits eine Art Bürgerkrieg in den Zeitungen aus. Unamuno sieht sich von den Wirren und Umbrüchen in Spanien existenziell betroffen. Nach vierzehn Jahren als Rektor der Universität von Salamanca wird er 1914 ohne Vorankündigung und ohne nachvollziehbare Begründung als solcher abgesetzt. In den folgenden sechzehn Jahren ist Unamuno hauptsächlich als Schriftsteller und Publizist tätig. In dieser Phase entstehen neben einer Unzahl von Zeitungsartikeln, Essays und Gedichten die Romane *Abel Sánchez* (1917) und *La Tía Tula* (1921) sowie *Tres novelas ejemplares y un prólogo* (1920) und weitere Erzählungen. Aufgrund seiner politischen Brandreden gegen die Diktatur Primo de Riveras (1923–1930) wird Unamuno im Jahr 1924 kurzzeitig nach Fuerteventura verbannt; von dort setzt er sich nach Paris ab und bleibt (später freiwillig) bis zum Sturz der Diktatur in Hendaye. Die Vorbereitung der zweiten Auflage von *Abel Sánchez* fällt in diese Zeit des Exils in Frankreich. 1930 kehrt Unamuno nach Salamanca zurück und wird erneut als Rektor der Universität berufen. Die letzte Erzählung *San Manuel Bueno, mártir* erscheint 1933. Die Zeit des politischen Umbruchs setzt sich in der 2. Republik (1931–1939) fort, und Unamuno wird 1936 aufgrund seiner politischen Aktivitäten zwei weitere Male als Rektor abgesetzt. Bei seinem Tod am 31.12.1936 befindet sich Unamunos Spanien bereits im Bürgerkrieg (1936–1939).

Unamuno bindet sein Werk *Abel Sánchez* ausdrücklich an die eigene Biographie, die er unter den politischen, gesellschaftlichen und kulturellen Gegebenheiten und Entwicklungen in Spanien ebenso ausdrücklich als von aussen mitbestimmt betrachtet. Vor allem im Vorwort zur zweiten Ausgabe stellt er direkte und konkrete Bezüge von seinen eigenen inneren und äusseren Bedrängnissen zu *Abel Sánchez* her, will den Text gar als Verarbeitung der eigenen Erfahrung verstanden wissen, als aktiven Versuch, sich von seinen „vaterländischen Kümmernissen zu befreien".[573] Diese Aussage, die durchaus als Rezeptionssteuerung verstanden werden kann, ist jedoch unter Vorbehalt zu stellen. Vor dem Hintergrund von Unamunos Gesamtwerk und der Vielzahl seiner sich bewusst auch widersprechenden Gedanken zum höchst komplexen Verhältnis im Dreieck von Autor und Text, Text und Leserschaft, Autor und Leserschaft zeigt sich, dass damit keine Aufforderung gemeint ist, seine Person und seine Lebensgeschichte mit seiner Erzählung bzw. seinen Figuren zu identifizieren. Entsprechend stellt das Vorwort zur zweiten Ausgabe von *Abel Sánchez* auch die Distanz

573 AS 79.

von Autor und Text wieder her, indem Unamuno das nahe, aber nicht kongruente Verhältnis von Autor und Figur mit dem Verhältnis von Vater und Kind vergleicht.

> Alle Figuren, die ein Autor erschafft – so er sie denn lebendig erschafft –; alle Geschöpfe eines Autors, selbst jene, die in grösstem Widerstreit zueinander stehen – und im Widerstreit zu sich selbst –, sind leibliche Kinder ihres Autors […], sind Teil von ihm.[574]

Unamuno schickt also eine Art Positionierung, eine Verhältnisbestimmung von sich und seinem Werk an die Adresse der Leserschaft voraus, um sie gleich wieder zurückzunehmen bzw. zu relativieren. So erscheint *Abel Sánchez* als literarische Ausgestaltung, als Ableitung aus dem Denken, Empfinden und Erleben Unamunos, fällt jedoch keineswegs in eins.

Es ist bemerkenswert, dass die Leserschaft im Vorwort zwar direkt angesprochen und gewissermassen gelenkt oder gar manipuliert wird, sie jedoch in *Abel Sánchez* nur als Publikum erscheint. Sie wird nicht als lesendes Subjekt, das den Text im eigenen Verständnis für sich neu erschafft, mit einbezogen. Hier zeigt sich eine deutliche Abhebung vom vorhergehenden Werk *Nebel*, in dem Unamuno die Leserschaft explizit zur Mitautorenschaft, zur Mitwirkung, zur Miterschaffung auffordert. Wird dort der Text der Leserschaft sozusagen übergeben, bewusst freigesetzt, so hat es zumindest den Anschein, dass Unamuno *Abel Sánchez* gewissermassen für sich behalten will. Dass auch dies wieder unter Vorbehalt zu stellen ist, ergibt sich allein schon aus der Tatsache der Veröffentlichung. Im Text von *Abel Sánchez* werden sich entsprechende Gedanken Joaquíns, der seine Erinnerungen als Arzt verfassen will, zu dieser Problematik spiegeln.

Nicht Abel Sánchez also, wie der Titel vermuten liesse, sondern Joaquín Monegro ist die Hauptfigur einer fiktionalen Lebensgeschichte, die sich ganz auf deren lebenslange Verbundenheit mit dem Freund Abel richtet. Joaquín und Abel wachsen seit frühester Kindheit beinahe wie Brüder auf. Ihre Freundschaft ist jedoch von Beginn an durch den Neid Joaquíns auf die Beliebtheit, auf den Erfolg, auf das Wesen Abels geprägt. Als Abel Helena, die Frau heiratet, die Joaquín sich zur Braut gewählt hatte, steigern sich Neid und Hass zu einer Obsession, die Joaquín sein Leben lang nicht mehr loslässt. Der Kampf gegen den Dämon, die Suche nach Erlösung wird zu seinem Lebensinhalt.

Die gegenseitige Bestimmung der beiden Charaktere und die Wirkung Abels auf Joaquín bzw. die Person Abel wie auch das eigene Selbst sind gleichzeitig

574 AS 80.

Grund und Gegenstand der Passion Joaquíns. Zum Untertitel *una historia de pasión* (eine Leidensgeschichte) bemerkt Miguel de Unamuno im Vorwort zur zweiten Auflage, *historia de una pasión* (Geschichte einer Leidenschaft)[575] erscheine ihm treffender. Er lenkt damit die Aufmerksamkeit auf die beiden Wortfelder von *historia* und *pasión* wie auch die möglichen Spielarten ihrer Gewichtung. Es geht um die Geschichte sowohl als Erzählung mit ihrer Thematik, wie auch als Chronik, als Anordnung und Abfolge von Ereignissen, Gedanken und Handlungen, um Prozesshaftigkeit und Entwicklung. Es geht gleichzeitig um das Leiden der Menschheit nach dem Sündenfall, die ständige Aktualisierung der Sünde im Streben nach Erkenntnis und Selbstbestimmung, die (Leerstelle der) Passion Jesu Christi, der die Sünde auf sich nimmt und die Erlösung bringt. Es geht um Leidenschaft, um Hass, Neid und Liebe, um Obsession und Freiheit, um Arbeit, Wissenschaft, Kunst und Religion und darum, wie diese Motive sich thematisch um die Ereignisabfolge schlingen, immer wieder in alter und neuer Gestalt auftauchen. Die Geschichte als Erzählung verbindet sich dabei auch mit anderen Geschichten, seien es Geschichten ausserhalb des vorliegenden Textes oder Nebengeschichten innerhalb des Textes.

Die Geschichte wird in 38 Kapiteln in dritter Person erzählt. Sie schlingt sich um dreizehn Textfragmente in Ichform, die einer Art fiktiver Lebensbeichte (*confesión*) – wie die Erzählstimme sie durch den „Verfasser" Joaquín Monegro betiteln lässt – entnommen sind. Der Anklang an die *confessiones* des Heiligen Augustinus ist offensichtlich, womit schon ein erster intertextueller Bezug hergestellt wird. Auch in seiner Erzählung *San Manuel Bueno, mártir/San Manuel Bueno Märtyrer* greift Unamuno das Motiv der Lebensbeichte auf. Angela, eine Freundin und Vertraute des Dorfpriesters, zeichnet dessen Bekenntnisse auf.

Dem Text von *Abel Sánchez* vorangestellt ist eine einführende Anmerkung des Autors bzw. bereits der Erzählstimme, die sich auf die Geschichte, das Zustandekommen der Erzählung bezieht, wie wir im Folgenden genauer betrachten werden. Dem Text nachgestellt ist eine Art „Amen" des Autors in Grossbuchstaben: ¡QUEDA ESCRITO! Dieses „Es bleibt geschrieben!" bezieht sich auf mehrere Ebenen: Es kann einerseits vom Autor an sich selbst gerichtet sein, das Werk nicht zu ändern oder zurückzunehmen. Was geschrieben ist, wird dauern, auch wenn sich die Umstände des Autors oder der Leserschaft ändern. Es kann andererseits als Anspielung auf den Ausspruch des Pilatus in Joh 19–22 gelesen werden: „Was ich geschrieben habe, habe ich geschrieben". Auch Lord

575 AS 79.

Byron verwendet diesen Satz in seinem Werk *Childe Harold's Pilgrimage*. Ein weiteres Mal zeigt sich eine doppelte literarische Referenz auf die Bibel und auf Byrons Werk.

Folgen wir der Geschichte zwischen der einführenden und dieser letzten Bemerkung vor allem mit Blick auf die Verstrickungen und Konditionierungen, in denen Joaquín sich (wie auch seinen Freund Abel) gefangen sieht, die Auseinandersetzungen damit und die Strategien, sich daraus zu lösen oder sich ihnen zu ergeben. Gleichzeitig verfolgen wir die entsprechenden Fäden und Stränge, die Unamuno im Blick auf die Bestimmung wie auch die Freiheit seiner Figuren anlegt, verwickelt, löst oder hängen lässt. Darüber hinaus wird berücksichtigt, wie andere Geschichten in den Text gewoben werden und wie überhaupt die Wirksamkeit eigener und fremder Texte aus der Sicht der Figur Joaquín erlebt und betrachtet wird.

In der Analyse des Textes wird kapitelweise vorgegangen, da sich die Struktur des Textes nicht nur durch die Rückblicke aus der „Beichte", sondern auch durch die Wiederkehr bestimmter Motive und die Einschübe verschiedener Nebengeschichten in die Ereignisabfolge verdichtet und verkompliziert. Die Chronologie der Lebensgeschichte Joaquíns dient als Leitplanke; auf die mit den Ereignissen im Zusammenhang stehenden Motive und/oder gestalterischen Besonderheiten wird dort ein genaueres Licht geworfen, wo sie ihr grösstes Gewicht zu erlangen scheinen.

2.2. Abel Sánchez: Eine Leidensgeschichte

Als Joaquín Monegro starb, fand sich unter seinen Papieren eine Art Memoiren zu der dunklen Leidenschaft, die ihn zur Lebzeit zerfressen hatte. Hier in diesen Erzählbericht mischen sich Fragmente aus dieser Beichte – wie er sie bezeichnete –, in denen Joaquín sich selbst sein eigenes Leiden auslegt. Diese Fragmente sind in Anführungszeichen gesetzt. Die *Beichte* war an seine Tochter gerichtet.[576]

Die dem Text von *Abel Sánchez* vorangestellte einführende Bemerkung, die skizzenhafte Situierung eines folgenden „Erzählberichts", eröffnet mehr Fragen, als sie beantwortet. Als Grundlage und gleichzeitig als Teil des Berichtes werden persönliche Aufzeichnungen eines gewissen Joaquín Monegro herangezogen, der damit als reale Person, als realer Urheber dieser Memoiren dargestellt wird. Es fehlen Hinweise zu Umfang, Anteil und Auswahl der Fragmente, die „sich" in den Erzähltext „mischen". Während zudem Charakter (Memoiren, Beichte),

576 AS 83.

Gegenstand (Kommentare zu einer Leidenschaft), Motivation und Ziel (sich selbst sein Leiden zu erschliessen, sich zu äussern, zu beichten) und Adressat (Joaquín selbst und seine Tochter) dieser Beichte zumindest andeutungsweise genannt werden, fehlen die entsprechenden Informationen zum Verfasser des Erzählberichtes vollständig. Die Leserschaft erfährt nichts über dessen Verhältnis zu Joaquín Monegro, über die Art und Weise, wie die Aufzeichnungen an ihn gelangten, über das Interesse zur Veröffentlichung, über den Grund, diese in Fragmenten in einem „Erzählbericht" zu verarbeiten etc. Während diese Fragmente explizit als Zitate und somit als authentisches Selbstzeugnis Joaquíns ausgewiesen werden, bleibt ebenfalls offen, ob der sie aufnehmende Text eher den Charakter eines Tatsachenberichts oder einer (fiktionalen) Erzählung haben wird. Der spanische Begriff „relato", hier mit „Erzählbericht" wiedergegeben, umfasst beide Bedeutungen.

In der Vorbemerkung sind also bereits einige Eigenheiten des folgenden Erzähltextes *Abel Sánchez* angelegt. Diese Vorzeichen und die sich daraus entwickelnden Charakteristika in der Gestaltung des Textes sollen hier aufgenommen bzw. vorweggenommen werden, um bereits eine erste Orientierung in der Lektüre zu ermöglichen.

1. Die minimalistischen Erklärungen des unbekannten Verfassers zum Wer, Was und Wie des Erzählberichtes bzw. das (gezielte) Weglassen von Information eröffnet einen kaum definierten Raum zwischen Realität und Fiktion, in dem keine deutlichen Koordinaten auszumachen sind. Es entsteht der Eindruck, als gehe eine wahre Geschichte in einer fiktionalen Geschichte auf, wobei das rein subjektive Erleben der Hauptfigur eine eigene Basis bildet, die von einer allwissenden Erzählstimme überbaut und erweitert wird.
2. Wesen, Rolle und Position dieser Erzählstimme sind nicht festgelegt. Die Perspektive wechselt von der Innenansicht Joaquíns, seinen Gefühlen und Gedanken, und der Aussenansicht, der Vermittlung offensichtlicher Ereignisse, Aussagen und Handlungen aller Figuren hin und her. Gelegentlich verschmelzen die in Ichform verfassten Fragmente aus der Beichte Joaquíns mit den Ausführungen der Erzählstimme in der dritten Person. Eine Loslösung von der Perspektive Joaquíns geschieht dann, wenn die Erzählstimme über Szenen berichtet, an denen Joaquín selbst nicht Teil hat. Sie „weiss" also alles, was sich in Joaquín abspielt, und vieles, was in Bezug auf ihn geschieht oder von Anderen besprochen wird, sie übernimmt jedoch nie die Innenansicht einer anderen Figur. Sie selbst tritt in den Hintergrund, beschränkt sich grösstenteils auf Beschreibungen und Regieanmerkungen, enthält sich eigener Stellungnahme und Deutungen.

3. Die Charakterisierung Joaquíns geschieht mittels mehrerer Stimmen: durch ihn selbst, durch die Erzählstimme und durch andere Figuren, hauptsächlich Abel, Helena und Antonia im Gespräch mit Joaquín oder über ihn. In Joaquíns Selbstreflexion, die sich als gegenwärtiger innerer Monolog oder als nachgedeutete Aussage in der Beichte präsentiert, entsteht Raum für die ganze Bandbreite subjektiver Empfindungen, Wahrnehmungen, Einschätzungen und Gedanken Joaquíns in der Beziehung mit sich selbst. In diesen „unmittelbaren" Einblicken gewinnt die Figur Joaquín ein Höchstmass an Eigenständigkeit. Die Erzählstimme und die Stimmen der Anderen vermitteln ihr eigenes Bild, das einerseits der Leserschaft Joaquíns Selbstwahrnehmung vervollständigt oder widerspricht, bestätigt oder als Täuschung enttarnt. Im direkten oder auch indirekten Austausch der Figuren andererseits nimmt die tatsächlich formulierte oder auch die vermeintlich angenommene Sicht der Anderen auf Joaquín Einfluss auf dessen Selbstbild.
4. Was allerdings wann als Stimme oder Perspektive Joaquíns, Stimme der Anderen, Erzählstimme oder gar Stimme Unamunos gelten kann, ist nicht immer genau auszumachen, mehr noch, es wird bewusst vermischt und verschleiert. Die Leserschaft kann sich damit aufgefordert sehen, sich dem Text *Abel Sánchez* zu überlassen, ohne diese Positionen klären zu wollen. Sie kann dem Wechselspiel zwischen Innen und Aussen, zwischen Selbstwahrnehmung und Fremdwahrnehmung Joaquíns folgen, der ständigen Bewegung zwischen Denken, Empfinden, Reden und Handeln. Der Leserschaft wird somit keine statische Gestalt „vorgesetzt", sondern sie muss diese wie in einem Spiegelkabinett für sich selbst zu fassen suchen. Es wäre sicherlich zu Unamunos Vergnügen und ganz in seiner Absicht, wenn uns das nicht gelingt. Dennoch sollen hier einige Spuren verfolgt werden, die uns *Abel Sánchez* erschliessen, als Figur bzw. als ein von Unamuno gestaltetes Bild eines Menschen.

Nehmen wir uns also nun des Haupttextes an, der sich in erster Linie auf die Geschichte der Auseinandersetzung Joaquín Monegros mit seiner noch unbenannten Leidenschaft richtet, die auf ungeklärte Weise den Weg zu einer breiten Öffentlichkeit, der gesamten Leserschaft Unamunos gefunden hat.

> Abel Sánchez und Joaquín Monegro erinnerten sich nicht, seit wann sie sich kannten. Sie kannten sich schon vor ihrer Kindheit, schon als Wiegenkinder, denn ihre beiden Kinderfrauen trafen sich und brachten sie zusammen, noch bevor sie sprechen konnten. Jeder von ihnen lernte sich selbst durch den anderen kennen. Und so lebten sie als Freunde von Geburt an, fast eher noch als Wiegenbrüder.[577]

577 AS 85.

Die Erzählstimme erläutert im ersten Satz den Ursprung für die enge, beinahe symbiotische Beziehung von Abel und Joaquín und betont in einer Art Kreisbewegung um ähnliche Begriffe deren ausserordentliche Nähe. Die Ammen führen die beiden zusammen und schaffen einen exklusiven Raum, in dem beide Kinder sich vorerst ausschliesslich aufeinander richten. Die Ausführlichkeit verdeckt den geringen Informationsgehalt: Viele weitere Fragen zu den Lebensumständen der beiden Figuren bleiben offen. Auch im weiteren Verlauf der Geschichte fehlen jegliche Hinweise beispielsweise auf familiäre Bindungen, auf leibliche Eltern, Grosseltern, Geschwister etc. (einzig Helena, die erste Liebe Joaquíns, wird später als dessen Kusine eingeführt, jedoch wohl nur, um überhaupt ihre Bekanntschaft mit dem verschlossenen Joaquín zu erklären). Eine Verortung in Zeit und Raum fehlt ebenfalls. Die Leserschaft erfährt nichts über den Schauplatz der Geschichte noch wann diese spielt. Einzig die beiden Namen weisen einerseits auf Spanien, andererseits auf das Grundmotiv der Erzählung hin. Der Vorname Abel bezieht sich auf die biblische Geschichte der Genesis von Kain und Abel, während der Nachname Sánchez (abgeleitet von lat. sanctus, heilig) einer der geläufigsten Namen in Spanien ist. Der Name Joaquín (ausgesprochen xo.a'kĩn) wiederum spielt in der Umstellung der Laute akin-kain gleichermassen auf den biblischen Kain an, wohingegen der Name Monegro (schwarzer Berg) in Spanien selten ist. Auch Helena trägt schon in ihrem Namen den Verweis darauf, dass sie ein zentraler Faktor in der Auseinandersetzung zwischen Joaquín und Abel sein wird. Die griechische Fassung ihres Namens mit H statt des im Spanischen geläufigeren „Elena" spielt offensichtlich auf die griechische Mythologie an. Der Sage nach wurde Helena, die Ehefrau des Königs von Sparta Menelaos, von Paris, Sohn des trojanischen Königs Priamos, entführt (ob mit oder ohne Helenas Zustimmung ist nicht zu klären), was den Trojanischen Krieg heraufbeschwor. Ob sich im Weiteren der Name Antonia (Joaquíns spätere Frau) auf Antonia von Florenz, Antonius den Grossen oder Antonius von Padua bezieht, ist nicht klar. Mit Blick auf die Versuchung Joaquíns sind die Versuchungen des Heiligen Antonius (der Grosse) durch den Teufel in der Wüste naheliegend.

Der zweite Abschnitt geht bereits über in eine Art Charakterisierung Joaquíns und Abels durch die Erzählstimme:

> Auf ihren Streifzügen, in ihren Spielen, in ihren anderen gemeinsamen Freundschaften schien Joaquín als der Willensstärkere alles anzustiften und zu beherrschen; doch Abel, der zwar immer nachzugeben schien, tat dann doch das Seine. Und ihm kam es mehr darauf an, nicht zu gehorchen als zu befehlen. Sie stritten sich fast nie.[578]

578 AS 85.

Die Erzählstimme legt hier ein zweiseitiges Bild der Beziehung zwischen den beiden an: dem äusseren Eindruck nach erscheint Joaquín als der Aktive, Unternehmerische, Bestimmende, Abel hingegen als der Passive, Nachgiebige, Friedfertige. Dass diese komplementäre Charakterisierung nicht aufgeht, zeigt sich nicht nur in der wiederholten Verwendung des Wortes „scheinen", sondern auch in der Anordnung der letzten Aussage der Erzählstimme (dass es fast nie Streit gab) und der direkt (als Ausnahme von der Regel) folgenden Streitszene. Auch erzähltechnisch wird der Ausbruch aus dem Gewohnten markiert: vom Präteritum *(imperfecto)* wechselt die Rede in ein szenisches Präsens, in dem diese Auseinandersetzung wortwörtlich wiedergegeben wird. Der Streit illustriert und bestätigt das Bild der Erzählstimme, die Zugang zur Innenseite der Beziehung hat: Joaquín fordert den Widerspruch Abels heraus, der ihn ihm jedoch versagt. Dennoch realisiert sich der Widerstand, nicht durch Abel selbst, sondern durch die anderen Freunde, die Joaquín alleine stehen lassen. Die Auseinandersetzung ist bezeichnend für den Grundkonflikt der beiden und wird sich im Verlauf der Erzählung in verschiedener Gestalt wiederholen. Welche Position Abel dabei einnimmt oder welche Absicht er verfolgt, ist für die Leserschaft nicht zu klären, die nur Zugang zur Darstellung der Erzählstimme und zu Joaquíns Interpretation hat. Dieser misst der Szene eine wesentliche Bedeutung bei und erwähnt sie im ersten Teil seiner *Beichte*:

> „Schon damals war er der Nette, weshalb wusste ich nicht, und der Abstossende war ich, ohne dass sich mir der Grund dafür je wirklich erschlossen hätte, und so liessen sie mich allein. Schon als Kind grenzten meine Kameraden mich aus."[579]

Der zeitliche Bogengang stellt einen Zusammenhang her, ausgehend von der Hintergrunderzählung über Joaquíns Kindheit in dritter Person über die Gegenwartszene in Dialogform, die in der entsprechenden Rückblende Joaquíns aus der Zukunft interpretiert und gewichtet wird. Die Vorstellung einer Art Prädestination, die sich schon in Kindertagen manifestiert, wird hier in drei Zeitabschnitten ausgebildet. „Schon von Kind an" ist ein Schlüsselwort dieser Theorie, die Joaquín sich um seine Person zurechtlegt. Sein von vornherein und ohne eigenes Zutun bestimmtes Wesen hält die anderen von ihm fern, so wie das Wesen seines Freundes Abel überall Anklang findet.

Das Kapitel wird fortgesetzt mit weiteren Erlebnissen und Gesprächen aus der gemeinsamen Schulzeit. Auch hier setzt sich das Bild aus verschiedenen Blickwinkeln zusammen. Das äussere Bild von Joaquín und Abel (vermittelt

579 AS 86.

durch Erzählstimme und Kameraden) wie auch das innere Selbstbild Joaquíns verfestigen sich.

> Während der gemeinsamen Studienzeit am Gymnasium war Joaquín der Streber, der den Auszeichnungen nachjagte, der Erste in der Klasse, und Abel der Erste draussen, auf dem Schulhof, auf der Strasse, auf dem Feld, beim Flirten, bei den Freunden. [...] „Joaquín ist viel fleissiger, aber Abel ist schlauer... wenn der sich ans Lernen machte..." Doch dieses einstimmige Urteil der Kameraden, das Joaquín zu Ohren gekommen war, vergiftete ihm bloss das Herz. Er verspürte die Versuchung, das Studium zu vernachlässigen und zu versuchen, den Anderen auf anderem Feld zu besiegen; aber er sagte sich: „Ach, was wissen die schon...?", und blieb seiner eigenen Natur treu.[580]

Der Bogengang wiederholt sich: die Erzählstimme berichtet, wie Abel und Joaquín in ihrer Jugend waren, welche Rollen sie einnahmen bzw. zugewiesen bekamen, welche Felder sie gerade in der Abhebung voneinander besetzten. Die Bilder werden in einem wörtlichen Präsens bestätigt durch die „Zeugnisse" der Kameraden, die durch die ausdrückliche Einstimmigkeit zusätzlich Gewicht verliehen bekommen und Joaquín tief treffen. Im Wunsch, diesem Urteil, dieser Festlegung durch die Anderen zu widersprechen (ohne sie allerdings wirklich in Frage zu stellen), erkennt er bereits eine Versuchung, der nachzugeben gerade nicht seinem Wesen entspricht. Seine Auflehnung richtet sich also nicht auf ein vermeintlich falsches Bild, sondern auf die negative Emotion des Neids, die durch die richtige Einschätzung geweckt wird, der er sich jedoch nicht beugen will. Er zieht es vor das „Urteil" anzunehmen, aber sich selbst dafür treu zu bleiben. Joaquín wählt damit vorausweisend eine Haltung sich selbst und Abel gegenüber, die grundlegend für den ganzen Roman sein wird. Der bewusste Kampf gegen die Versuchung wird aufgenommen und in vielfacher Variation durchgespielt werden, angefangen vom „Raub der Helena",[581] über eine ganze Reihe von Ereignissen, Begegnungen, Reflektionen und Gesprächen bis zum Tod/Mord Abels und Joaquíns eigenem Ende.

Im dritten Abschnitt dieses ersten Kapitels werden die Biographien schliesslich bis in die Erzählgegenwart geführt. Während Joaquíns Studium der Medizin und Abels Studium der Kunst begegnen die beiden sich häufig und tauschen sich über ihre Fächer und ihre Zukunftsvisionen aus. Während Abel ein berühmter und entsprechend gutverdienender Maler werden will, strebt Joaquín eine Karriere in der medizinischen Forschung an. Abels Wunsch wird sich erfüllen,

580 AS 86.

581 Es liegt nahe, die Verlobung Abels mit Helena als „Raub der Helena" zu benennen, wobei der Ausdruck im Roman nie verwendet wird.

Joaquín hingegen wird sein Leben lang zwar sehr erfolgreich als Arzt praktizieren, seine Forschungsarbeit wird jedoch erst sehr viel später Form und Anerkennung finden. Beide werden den Ausgang ihrer Karrieren in gewisser Weise mit dem Einfluss des je Anderen in Verbindung oder gar in Abhängigkeit bringen. Das Thema Medizin und Kunst, die Bezüge aufeinander wie zu anderen Feldern, ihre Bedeutung und Symbolik wird von beiden immer wieder diskutiert, wird zur Erweiterung, zur Projektionsfläche, zur Bühne ihrer selbst und ihres Konfliktes.

Das Gespräch über die Zukunft endet in einer erneuten Auseinandersetzung. Joaquín hält Abel Ruhmsucht und masslosen Ehrgeiz vor, den er hinter der Maske umgänglicher, spielerischer Leichtigkeit verstecke. Doch Abel geht auch dieses Mal nicht auf Joaquíns Angriffe ein, fordert ihn hingegen auf, lieber von den Fortschritten im Werben um seine Kusine Helena zu berichten. Die Erzählstimme liefert den (bereits dunkel eingefärbten) Hintergrund zu dieser Geschichte:

> Denn Joaquín wollte sich das Herz seiner Kusine Helena erzwingen und setzte in sein verliebtes Drängen allen Eifer seiner verschlossenen und argwöhnischen Seele.[582]

Die Wortwahl der Erzählstimme: Zwang, Drang, Kampf, ist kaum in Verbindung zu bringen mit der Vorstellung gegenseitiger und erfüllender Liebe, und auch Joaquíns folgende Ausführungen zu Helena lassen nicht auf einen Ausgang in seinem Sinne hoffen:

> „Es ist weil diese Frau mit mir spielt! Es ist nicht recht, so mit einem Mann wie mir zu spielen, einem freimütigen, treuen, offenen Menschen… Aber wenn du sehen würdest, wie schön sie ist! Und je kühler und verächtlicher sie sich gibt, desto schöner ist sie! Manchmal weiss ich nicht, ob ich sie liebe oder hasse! Soll ich dich ihr vorstellen?“[583]

Das Bild der Erzählstimme von Joaquín (verschlossen und argwöhnisch) und seine Aussage über sich selbst (freimütig und offen) stimmen nicht überein und weisen bereits darauf hin, dass Joaquín weiteren Täuschungen unterliegen wird. Helena hingegen wird hier überhaupt nicht charakterisiert, weder innere noch konkrete äussere Eigenschaften finden Erwähnung. Joaquín stellt allein die Schönheit und bereits eine gewisse Attitüde Helenas heraus, die leidenschaftliche, jedoch ambivalente Gefühle in ihm weckt. Auf den Wunsch, dem Freund diese Schönheit zu präsentieren, folgt augenblicklich die Reue über den unbedacht geäusserten Vorschlag, sie einander vorzustellen. Denn obwohl Abel

---

582 AS 88.
583 AS 89.

mit Zurückhaltung zustimmt, so fürchtet Joaquín die Begegnung der beiden, vor allem beim Gedanken, Abel werde ein Portrait von Helena malen. Joaquín nimmt an dieser Stelle explizit die Möglichkeit vorweg, Helena könne ihm den sympathischen, gewinnenden Abel vorziehen, dem alle Menschen unverdient zufliegen, wohingegen er alle ebenso unverdient abzustossen scheint. Er prophezeit sich also selbst das Schüsselereignis, das für ihn zum lebenslangen Prüfstein, zur ewigen Herausforderung werden wird. Der kommende „Verrat" (bzw. was Joaquín als solchen empfindet) Abels und Helenas an ihm, am Bruder, Freund und Cousin ist der Startpunkt der Verstrickungen aller drei, in die später auch Joaquíns Frau Antonia und die Kinder des Quartetts, Joaquina und Abelín, eingebunden werden.

Mit dem Ende des ersten Kapitels sind damit die Charaktere, Haltungen, Positionen, erste Dialoge, grundlegende, prägende oder beispielhafte Erfahrungen und Erlebnisse vor allem Joaquíns und Abels sowie der Beginn der Dreiecksgeschichte um Helena angelegt. Auf dem Hintergrund der Wesensarten und Rollen Joaquíns und Abels, die sich in Kindheit und Jugend ausgeprägt und verfestigt haben, setzt nun auch die Ereignis- und Handlungsgeschichte ein. Es ist die Chronik aller Versuche Joaquíns, aktiv gegen eine gewisse Grundbestimmung seines Wesens („von Geburt an") anzukämpfen, die er zwar erahnt, deren Ursprung und Ziel er für sich jedoch (noch?) nicht benennen oder erfassen kann.

Die so gefürchtete erste Begegnung zwischen Abel und Helena findet in einer Lücke zwischen dem ersten und zweiten Kapitel statt und wird damit der Leserschaft vorenthalten. Darauf zurückblickend fragt Joaquín Abel nach seinem Eindruck von Helena, doch vor der Antwort entspinnt sich ein kurzer philosophischer Dialog über das Motiv der Wahrheit:

> – Willst du die Wahrheit?
> – Immer die Wahrheit, Abel; wenn wir uns immer die Wahrheit sagten, die ganze Wahrheit, das wäre das Paradies.
> – Ja, und wenn sie sich jeder selbst sagen würde…
> – Gut, also die Wahrheit![584]

Joaquíns Wunsch nach Aufrichtigkeit und Wahrheit an Abel wird hier zu Beginn des Kapitels in Gegensatz zum Beginn des Verrats und der Täuschung durch Abel und Helena am Ende des Kapitels gestellt. Indem Abel ihm zustimmt, erscheint der beinahe direkt folgende Verstoss noch gewichtiger. Für Joaquín ist das Motiv der Wahrheit zentral; auch Helena und Antonia wird er in späteren

584 AS 90.

Begegnungen[585] bitten, ihm die Wahrheit zu sagen. Wie Joaquín selbst sich zu seiner eigenen Wahrheit und zu den Anderen verhalten wird, soll im Verlauf der Erzählung im Blick behalten werden.

Der Maler Abel sieht Helena als Pfau, als weibliche Fassung eines Pfauenmännchens, in aller unausgesprochenen Symbolhaftigkeit von Stolz, Eitelkeit, Schönheit und Unsterblichkeit. Das Bild lässt sich als Bezug (Unamunos) auf die griechische Mythologie verstehen: Die Göttin Hera soll die hundert Augen des von Hermes getöteten Wächters Argus auf die Federn der Pfauen gesetzt haben. Die Geschichte handelt von Verrat und Betrug zwischen Zeus, seiner Frau Hera und seiner Geliebten Io. Auch Abels zweiter Vergleich, Helena habe die Eleganz eines Panthers, verweist wahrscheinlich auf Dantes Göttliche Komödie, die den Panther als Sinnbild der Wollust zeichnet. Dante trifft bei seinem Abstieg im zweiten Kreis der Hölle, dem Sitz der Wollüstigen, auf Helena.[586]

Unamunos Helena posiert bei der ersten Sitzung für ihr Portrait in der makellosen, erhabenen Schönheit und kalten Unnahbarkeit einer Göttin. Es bleibt jedoch der Leserschaft überlassen, sich diese Schönheit selbst auszumalen, denn Abel rühmt zwar Helenas Augen, die vollen Lippen, den Hals und ihre Hautfarbe, erwähnt jedoch kaum Merkmale wie Haar- oder Augenfarbe, Grösse und Gestalt. Diese Unbestimmtheit der physischen Erscheinung betrifft alle Figuren im Roman. Die Inszenierung der Malszene folgt einem ähnlichen Aufbau wie zuvor die Szenen aus Abel und Joaquíns Kindheit und Jugend. Beschreibungen, Zusammenfassungen und Kommentare der Erzählstimme vermischen sich mit wörtlicher Rede der drei Anwesenden, deren Gespräch schliesslich beinahe den gesamten Text ausmacht. So stellt die Erzählstimme fest, dass zuerst weder Abel noch Joaquín Helenas Gerede während der Sitzung zuhören, sondern sie beide „mit den Augen verschlingen“, um dann die Aufmerksamkeit in wortwörtlicher Wiedergabe auf Helenas Sticheleien und ihre gehässigen Kommentare an ihren Cousin zu lenken, bis Abel das Wortgefecht der beiden unterbricht.

Wie zuvor werden die einleitenden Aussagen der Erzählstimme in den Dialogen der Figuren ausgestaltet und bestätigt. Im Verlauf der Szene wird diese Anbindung jedoch mehr und mehr aufgelöst: die hohe Informationsdichte in den knappen Erzählsätzen steht nun in auffälligem Überhang oder völlig

585 Joaquín und Antonia AS 108; Joaquín und Helena AS 142 f. u.a.

586 Weitere Bezüge zu Dantes Göttlicher Komödie finden sich unausgesprochen in Kap. V, als Joaquín von einer Art Hölle aus Eis spricht, sowie explizit in Kap. XXXI, in dem Joaquín Abel als Neider in Dantes Hölle ansiedelt.

unabhängig zum Aussagegehalt der Dialoge. So fasst die Erzählstimme die Entwicklung zwischen den drei Figuren in kürzesten Worten zusammen:

> Nach zwei Tagen duzten sich Abel und Helena bereits; Joaquín hatte das so gewünscht, und am dritten Tag fehlte er an einer Sitzung.[587]

Der Schwerpunkt liegt hier auf dem Handeln Joaquíns. Obwohl die Leserschaft keinen ausdrücklichen Hinweis darauf erhält, welche Absicht Joaquín verfolgt, so scheint er den vertrauten Umgang der beiden anderen zu fördern, selbst die Erfüllung seiner eigenen Prophezeiung voranzutreiben. Ohne jegliche Einleitung der Erzählstimme entspinnt sich am dritten Tag ein Dialog zwischen Abel und Helena, die sich über den abwesenden Joaquín austauschen.

> – Schau, Helena, es nicht gut, dass du so zu ihm bist, dass du mit ihm spielst. Er ist etwas, na ja, etwas…
> – Ja, unerträglich!
> – Nein, er ist verschlossen, überheblich in seinem Inneren, stur, von sich eingenommen, aber er ist gut, vollkommen aufrichtig, intelligent, eine glänzende Zukunft erwartet ihn in seinem Beruf; er liebt dich wahnsinnig…
> – Und wenn ich ihn trotz all dem nicht will?[588]

Helena erklärt, dass sie Joaquín zwar für eine unerträgliche Nervensäge halte, als guten Menschen und ausgezeichneten Cousin aber liebe und schätze. Sie wolle ihn nicht als Ehemann, könne und wolle den Kontakt aber auch nicht ganz abbrechen. Abel allerdings spricht Helena auf Joaquíns Theorie an, sie verhalte sich so, weil sie einen weiteren Bewerber habe, den sie ihm vorziehe:

> – Und er hat noch einen Verdacht und zwar glaubt er fest daran, dass du, da du ihn nicht lieben willst, im Geheimen in einen anderen verliebt bist…
> […]
> – Nun, wenn er so darauf beharrt…
> – Dann?
> – Dann wird er am Schluss noch erreichen, dass ich mich in einen anderen verliebe…[589]

Bemerkenswert ist zum einen die Formulierung Abels „nicht lieben wollen“, die einen Willensakt impliziert. Helena zum anderen bricht das zeitliche und kausale Gefüge von Handlung und Wirkung, Überzeugung und Realität, von Gegebenheit und Möglichkeit auf. Schon hier weist sie Joaquín eine Mitschuld an etwas zu, was geschehen könnte bzw. bereits geschieht. Sie war noch nicht verliebt – sie

587 AS 92.
588 AS 92 f.
589 AS 93.

wird sich vielleicht verlieben – sie ist vielleicht schon verliebt, weil Joaquín sie in seiner hartnäckigen Überzeugung dazu getrieben hat, treibt, treiben wird. So führen hier zwei Dinge zur Verbindung zwischen Abel und Helena: der innere Antrieb, das Nichtlieben-Wollen Helenas gegenüber Joaquín, und der äussere Anstoss, der Druck Joaquíns auf das Lieben-Sollen Helenas (das dem ausweichend einen anderen Adressaten findet). Vorausweisend zeigt sich hier eine Art Spaltung von Lieben-Wollen und Lieben-Sollen, während das Motiv der Liebesfähigkeit (in aktiver und passiver Form) noch fehlt, das für Joaquín bzw. für alle drei zentral werden wird. In den Fortsetzungspunkten nach Helenas letzten Worten, Joaquín werde „erreichen, dass ich mich in einen anderen verliebe…", stehen Abel alle Möglichkeiten offen, wie er sie verstehen will. Geschlossen werden sie durch zwei kurze, direkt folgende Sätze der Erzählstimme, die das Kapitel beenden:

> An diesem Abend malte Abel bereits nicht mehr. Und sie schieden als Verlobte.[590]

Abels selbst auferlegter Auftrag, Helenas Portrait zu malen und seinen Freund damit vielleicht mit Helena zusammenzuführen, wird abgeschlossen, allerdings ohne die Erfüllung des zweiten Teils, der sich ins Gegenteil verkehrt. Hinter der knappen Information über das weitere Resultat des Abends, die Verlobung, öffnet sich eine umso grössere Lücke, in der es dem Vorstellungsvermögen der Leserschaft überlassen bleibt, wie Abel und Helena in dieser kurzen Zeit zusammenfinden. Die überraschende Mitteilung wirft ein anderes Licht auf den vorhergehenden Dialog, dessen Zweideutigkeiten und unausgesprochene Fragen und Antworten zwischen den Zeilen erst jetzt zu erahnen sind. Diese Ungewissheit, der Mangel an Information betrifft gleichermassen die Leserschaft wie auch die Figuren, jedoch in einer ungleichen Verteilung. Joaquín wie auch wir erfahren nicht, wie oder ob Helena und Abel voreinander ihre Verlobung rechtfertigen, Abel und Helena erfahren kaum etwas über das Ausmass des Leidens und der bitteren Leidenschaft, das sie Joaquín verursachen. Die Verstrickung der drei, die sich zum Ende des zweiten Kapitels bereits unauflöslich zugezogen hat, lässt sich nicht durch Zuweisung offensichtlicher Verfehlungen und Verantwortlichkeiten erklären oder zurücknehmen. Die Frage ist, wie Joaquín auf die sich nun erfüllende Prophezeiung reagiert, und welche Strategien er entwickelt, damit umzugehen.

Das dritte Kapitel greift in der dritten Auseinandersetzung zwischen Abel und Joaquín mehrere der bisher eingeführten zentralen Motive von Bestimmung,

---

590 Ebd.

Wahrheit, Eitelkeit, Spiel, Liebe/Hass etc. auf, variiert sie und führt sie weiter. Das Grundgerüst der Erzählung wird hier sichtbar: Die Geschichte folgt (von der ersten Rückblende aus Joaquíns „Beichte" abgesehen) zwar einer chronologischen Abfolge von Begegnungen und Ereignissen, dreht sich jedoch spiralförmig um diese immer wiederkehrenden Fragestellungen und Themen.

Das Portrait von Helena wird ausgestellt und verhilft Abel als dessen Schöpfer zu erster Berühmtheit. Ein erstes Mal wird hier die Abhängigkeit von Abels Erfolg von Joaquín und seinem Handeln deutlich, denn ohne Joaquíns Verbindung mit Helena wäre das Bild nicht zustande gekommen. Auch Helena scheint durch den Erfolg ihres Portraits ihre Bestimmung als geborenes Modell und lebendes Kunstwerk zu entdecken, wie von der Erzählstimme festgehalten wird. Sie dankt Joaquín die Vermittlung allerdings nicht, der nun noch mehr unter ihrer Unberechenbarkeit, ihrem Spiel mit ihm leidet. Erneut schüttet er sein Herz bei Abel aus:

– Ja, du hast sie unsterblich gemacht! Eine neue Gioconda!
– Aber du, als Arzt, kannst ihr das Leben verlängern.
– Oder verkürzen.
– Stell dich nicht so, so tragisch.
– Und was mache ich jetzt, Abel, was mache ich?[591]

Die vorherige Diskussion um Kunst und Wissenschaft wird wieder aufgegriffen, allerdings nicht als weiterer Versuch einer Definition oder Verhältnisbestimmung der beiden Bereiche. Im konkreten Bezug auf Helena nimmt hier Joaquín in einer Art Rollentausch die Transzendierung des menschlichen Wesens durch die Kunst in den Blick, die Verewigung oder Unsterblichkeit, Abel hingegen die physische Realität, die Verletzlichkeit und Sterblichkeit. Joaquín fügt dem die Frage nach Macht und Ohnmacht menschlichen Handelns bzw. seines eigenen Handelns hinzu. So öffnet sich hier eine Reihe ganz grundlegender philosophischer Fragen, die jedoch angebunden bleiben an die bestimmte Dreierkonstellation von Joaquín, Helena und Abel. Damit werden sie für diese drei zu existenziellen Fragen, die allerdings gleichzeitig zu gleichen oder ähnlichen Fragen anderer Figuren in anderen Geschichten in Beziehung gesetzt werden, womit sie in anderer Richtung wieder universal und damit philosophisch werden. Die Leserschaft wird in ein Hin und Zurück, in ein Spiegelkabinett interästhetischer bzw. intertextueller Bezüge geführt. Die Anspielung auf da Vincis Mona Lisa und ihr rätselhaftes Lächeln steht in Verbindung mit einer

591 AS 94.

vorhergehenden Bemerkung Joaquíns, Helena erscheine ihm wie eine Sphinx, was wiederum zurückführt zur Anmerkung Abels zu einer Erzählung Oscar Wildes, *The Sphinx without a Secret*, 1887, womit auch Wildes Werk *The Picture of Dorian Gray*, 1890, und der gesamte Fragekomplex von Schönheit und Hässlichkeit, Gut und Böse, von Ästhetik und Ethik in den Blick rückt. Im weiteren Verlauf des Kapitels spielt Joaquín auch auf eine biblische Geschichte an: Jakob, der auf die Anstiftung seiner Mutter hin seinen Bruder Esau um dessen Erstgeburtsrecht bringt (Gen 25) und ihn später auch um den Segen des Vaters betrügt:

> – Du [Abel] würdest sie [Helena] mir für einen Teller Linsen verkaufen, so ist es doch?
> – Nein, nicht verkaufen, nein! Ich würde sie dir umsonst überlassen und mich freuen, euch glücklich zu sehen, aber…[592]

Die Rollen und Motive der Geschichte geraten in der Übertragung auf Joaquín und Abel allerdings durcheinander. Als „primo" (span.: Vetter) Helenas und erster (span.: primero) ihrer Bewerber, glaubt Joaquín, vor seinem „Bruder" Abel das erste Anrecht auf Helena zu haben, sodass ihm Abels Zugriff als Verrat erscheint. Hier allerdings setzt er sich an Jakobs Stelle, was nur insofern Sinn ergibt, als er Abel in Verdacht hat, Helena nicht wirklich zu schätzen, so wie auch Esau sein Erstgeburtsrecht geringschätzt.[593]

Der Dialog nach Joaquíns Frage, was er denn nun tun solle, führt schnell in eine erneute Auseinandersetzung, in der Joaquín seinen Verdacht bestätigt findet, dass Abel und Helena ihn täuschen. Während Joaquín seinen Freund beschimpft, versucht dieser, die ganze Initiative Helena zuzuschreiben, die ihn gegen seinen Willen verführt habe, was ihm Joaquín als Ausrede, als Pose vorwirft. Joaquín führt Abel das erste Mal explizit seine Sicht auf ihre beiden Positionen vor Augen, in einer Art Gegenüberstellung ihrer Wesensarten und ihrer Wirkung auf ihr Umfeld. Er fleht ihn an, ihm Helena zu überlassen, ihm zu schwören, dass er sie nicht heiratet. Als er jedoch beginnt, auch Helena zu beschimpfen, tritt Abel aus der üblichen Defensive, verliert die Fassung, brüllt seinen Freund an und lässt ihn stehen.

Im zweiten Fragment der „Beichte" erzählt Joaquín von seinen Empfindungen in der Nacht danach, vom Ausbruch seiner Krankheit, als einem Fieber, einem Sturm, der ihm die Sinne raubt, von seinem Abstieg in die Hölle, wo er von schrecklichen Phantasien und Bildern heimgesucht wird.

---

592 AS 96.

593 In Kapitel XXIX kommt Joaquín auf die Geschichte der Zwillingsbrüder zurück, die sich bereits in Rebekkas Schoss bekämpft haben sollen.

„[…] Es schien mir, Helena habe mich kränken wollen, nichts weiter; dass sie Abel verführt hatte aus Verachtung für mich, aber dass sie, ein reiner Haufen Fleisch vor einem Spiegel, niemanden lieben könne. Und ich begehrte sie noch mehr als je zuvor, rasender als je zuvor […]
Mit Anbruch des Tages und mit der Erschöpfung nach so viel Leiden kehrte mein Verstand zurück, ich erkannte, dass ich keinerlei Recht auf Helena hatte, aber ich begann, Abel zu hassen mit all meiner Seele, und ich nahm mir vor, diesen Hass zu verbergen und ihn aber gleichzeitig zu pflegen, ihn heranzuziehen, ihn zu hüten im Innersten meiner Seele. Hass? Noch wollte ich ihn nicht beim Namen nennen, noch wollte ich nicht anerkennen, dass er mir vorherbestimmt war, dass ich mit seiner Materie und seinem Samen geboren war. Jene Nacht wurde ich in die Hölle meines Lebens hineingeboren.“[594]

Joaquín benennt die fatalen Verbindungen zwischen ihnen dreien, jedoch nicht von allen aus in alle Richtungen: was Helena zu Abel führt, ist nicht Liebe, zu der er Helena grundsätzlich nicht fähig sieht,[595] sondern der Wunsch, ihn, Joaquín, zu erniedrigen.[596] Er begehrt Helena darum umso mehr, so wie sie ihm auch umso schöner erscheint, je kälter und abweisender sie sich gibt. Seinen Hass jedoch richtet er auf Abel, der allerdings beiden gegenüber verhältnismässig indifferent erscheint. Im dritten Fragment der „Beichte“ erklärt Joaquín diese Gleichgültigkeit mit Abels überheblichem Egoismus, der ihn unempfindlich mache für das Leid Anderer, er könne nicht einmal hassen, so voll von sich selbst lebe er.[597] Dass Joaquín sich darin täuscht und Abel nicht ganz ohne Bedenken ist, zeigt sich in Kapitel IV, das ausschliesslich einem Dialog zwischen Abel und Helena gewidmet ist:

– Helena – sagte Abel, – das mit Joaquín lässt mir keine Ruhe!
– Was denn?
– Wenn ich ihm sage, dass wir heiraten, ich weiss nicht, was dann sein wird. Obwohl es aussieht, als habe er sich beruhigt und finde sich ab mit unserer Verbindung…
– Ja, der Rechte ist er, um sich mit etwas abzufinden!
– Die Wahrheit ist, es ist überhaupt nicht gut gewesen. […] Er war es, der mich mit dir bekannt machte, damit ich dein Bild male, und ich habe das ausgenutzt…
– Und zu Recht ausgenutzt! War ich vielleicht verlobt mit ihm? Und selbst wenn! Jeder sucht sich das Seine!
– Ja, aber…[598]

594 AS 97.

595 AS 97; AS 141. Abel hingegen wird die Fähigkeit zu lieben erst später abgesprochen, siehe AS 143; Abels Sohn tut dies in einem Gespräch mit Joaquín ebenfalls, siehe AS 103.

596 Auch dieses Motiv wird mehrfach wiederholt: siehe AS 97; AS 101; AS 116; AS 141.

597 Vgl. AS 101.

598 AS 98.

Die Erzählstimme gibt grösstenteils nur den Dialog wieder, steuert jedoch durch kurze Kommentare die Sympathien hin zu Abel, der mit seinen Gesten und Worten zumindest in kleinen Dingen dem Urteil seines Freundes zuwiderhandelt. Abel, der die Hände Helenas „mit soviel Liebe gemalt hatte“[599] und dem zumindest ansatzweise bewusst ist, was der „arme Joaquín dadurch [ihr Glück] empfindet und erleidet“,[600] stellt sich gegen Helena, die kein Verständnis für Abels Gewissensbisse zeigt, kein gutes Wort für ihren Cousin findet, sich Abel entzieht, bis sie „nach einer Pause finsteren Schweigens“[601] am Ende darauf besteht, Joaquín zu ihrer Hochzeit einzuladen. Die Szene wird sich Ende des Kapitels XIV ähnlich wiederholen. Helena beharrt in bösartigem Spott auf ihrem Standpunkt, Joaquín sterbe vor Neid auf Abel und sei voller böser Absicht, während Abel Joaquíns Laudatio auf sein Bild „Kain“ als aufrichtig und von Herzen kommend sehen will.[602]

Der Ankündigung der Hochzeit zu Beginn von Kapitel V folgt ein kurzer Dialog zwischen Abel und Joaquín, der die Nachricht mit Fassung entgegen zu nehmen scheint:

> – Genug, reden wir nicht mehr davon. Mach Helena glücklich und sie möge dich glücklich machen… Ich habe euch schon vergeben. Ich werde zurechtkommen.
> – Wirklich?
> – Ja, wirklich. Ich will euch vergeben.[603]

Der dritte und bisher längste Eintrag der „Beichte“ spricht jedoch eine andere Sprache. Joaquín fühlt seine Seele in kaltem Hass auf Helena und vor allem auf Abel erstarren, fühlt sein Herz von einem Schwert aus Eis durchbohrt, fühlt sich vernichtet in dem Moment, als Helena Abel ihr Jawort gibt, jedoch ihn dabei ansieht.

> „Und dies erfüllte mich mit höllischem Schrecken vor mir selbst. Ich fühlte mich schlimmer noch als ein Monster, ich fühlte mich als würde ich nicht existieren, als wäre ich nur ein Stück Eis, und dies für immer.“[604]

Joaquíns Eishölle verweist assoziativ auf die Caina, den ersten Teil des untersten Kreises von Dantes Inferno, wo die Verräter an den Verwandten im eisigen

599 AS 99.
600 Ebd.
601 Ebd.
602 AS 134.
603 AS 100.
604 AS 102.

Fluss Kozytus eingefroren sind. Wie schon bei der Anspielung auf die biblische Geschichte von Jakob und Esau findet sich auch hier das Motiv verdreht. Nicht Abel, der den Verrat begangen hat, sondern Joaquín erleidet hier seine Strafe. Erst im dreizehnten Teil der „Beichte" wird Abel (diesmal explizit in Dantes Hölle) platziert:

> „Denn auf diese Art wirst du [Abel] mein sein, mein, und du erlebst das, was mein Geschöpf erlebt, und dein Name wird über die Erde, durch den Schlamm geschleift, hinter dem meinen her, nachgeschleift wie diejenigen, denen Dante ihren Platz in der Hölle wies. Und du wirst die Ziffer des Neiders sein."[605]

In diesem Hin und Her wird die Unterscheidung von Täter und Opfer undeutlich, in gewisser Weise sogar umgekehrt in einer Auflösung von innerem und äusserem Antrieb, bewusstem und unbewusstem Handeln, Willen und Geschehen. In diesen Moment der eisigen, ewigen Versteinerung, der Joaquín weitaus schlimmer erscheint als der Tod, setzen Zeit und Leben dennoch wieder ein, in einem Willensakt, der sich gegen die Ruhmsucht Abels richten, ihn vernichten soll. Joaquín setzt all seinen brennenden Ehrgeiz in die Wissenschaft.

> „Der Ruhm meines Namens sollte den schon aufsteigenden Ruhm Abels auslöschen. Meine wissenschaftlichen Entdeckungen, Werke der Kunst, echter Poesie, sollten seine Gemälde in den Schatten stellen. Eines Tages sollte Helena einsehen, dass ich es war, ich, der Arzt, das Ekel, in dessen Ruhmesglanz sie hätte leuchten können, nicht er, der Maler. Ich versenkte mich ins Studium. Fast glaubte ich, ich könnte sie vergessen! Ich wollte die Wissenschaft gleichzeitig zu einem Betäubungs- und einem Aufputschmittel machen!"[606]

Joaquíns ganz konkreter Wunsch nach Rache, nach Vernichtung, nach der Bestätigung, dass Helena sich für den falschen Mann entschieden hat, treibt ihn in ein wütendes Studium. Die Wahl des Mittels, die Wissenschaft, zielt dabei auf zwei völlig gegensätzliche Wirkungen, wobei die eine die andere erst ermöglicht und umgekehrt. Es sei vorweggenommen, dass es Joaquín nicht gelingen wird, Abel auf diese Weise auszulöschen, wobei er wiederum Abel und Helena dafür verantwortlich macht, nicht die nötige Konzentration zum wissenschaftlichen Arbeiten aufbringen zu können.[607] Alles Handeln oder Unterlassen Joaquíns ist auf Abel und in einer Art Teufelskreis gleichzeitig auf ihn selbst ausgerichtet. Auf diesem Hintergrund werden nun auch die Umkehrungen der Motive von Jakob

605 AS 185.
606 AS 102.
607 Vgl. AS 116; 132; 136; 142 f.; 162 f.

und Esau oder das Bild seiner selbst anstelle Abels in der Hölle der Verräter bei Dante nachvollziehbar. Es ist bemerkenswert, dass Joaquín diesen Teufelskreis nicht als solchen zu erkennen scheint bzw. nicht aus ihm heraustreten kann oder will. Entsprechend wird auch der Widerstand gegen das Handeln der Anderen, alles Zugewiesene, das Schicksal, die Verstrickung etc. nicht als Option oder als Wert an sich erkannt. Festzuhalten ist jedoch noch einmal Joaquíns Gedanke, bewusst mithilfe eines selbst gewählten Mittels zwar nicht Heilung, aber zumindest Macht über sich selbst und den Anderen anzustreben oder zu gewinnen.

Das nächste erschütternde Ereignis (in Kapitel VI) nach dem Verrat und nach der Hochzeit ist für Joaquín eine schwere Krankheit Abels kurz nach dessen Hochzeitsreise. Helena lässt Joaquín kommen, damit er ihrem Mann als Arzt und als Freund beistehe. In der Parallele zum Dialog mit Abel bei der Ankündigung der Hochzeit: „[…] es ist gut, dass ihr glücklich seid… ich werde es nicht mehr sein können…",[608] sagt Joaquín nun zu Helena: „Die Sache ist ernst, aber ich glaube, ich werde ihn retten. Ich bin der, für den es keine Rettung mehr gibt."[609] In beiden Szenen macht Joaquín Abel und Helena zwar verantwortlich für sein Unglück, handelt aber ausdrücklich zu ihrem Wohl und damit auch zu seinem eigenen. Noch während Joaquín sich ausmalt, wie die Witwe Helena sich ihm über dem Tod ihres Gatten zuwendet und endlich ihre Liebe zu ihm erkennt, trifft er in einem Moment der klaren Erkenntnis seiner Versuchung die bewusste Entscheidung, Abel zu retten:

> „Aber er wird nicht sterben!", sagte er sich dann. „Ich werde es nicht zulassen, dass er stirbt, ich darf es nicht zulassen, meine Ehre steht auf dem Spiel, und dann… ich brauche es, dass er lebt!"[610]

Joaquín fordert seine Handlungsmacht, die Macht über sich selbst zurück, indem er Abels Krankheit besiegt. Die gegenseitige Abhängigkeit von Joaquín und Abel wird auch hier abgebildet: die Handlungsfähigkeit Joaquíns ist in dem Augenblick am grössten, als Abel gerade nicht handlungsfähig, sondern dem Tode nahe ist. Die Krankheit Abels wird zum Sinnbild, es ist Joaquíns eigener „scheusslicher Drache",[611] sein ureigenster Gegner, den er bekämpfen muss, um seine Ehre als Arzt, seine Würde als Mensch, seine geistige Gesundheit und seine

---

608 AS 100.
609 AS 103.
610 AS 103.
611 AS 104.

Vernunft zu bewahren. Im vierten Fragment seiner „Beichte“ beschreibt Joaquín seine Empfindungen im Moment seines grössten Erfolgs:

> „Und ich siegte. Ich rettete Abel vor dem Tod. Niemals bin ich glücklicher gewesen, meiner selbst mehr gewiss. Das Übermass meines Unglücks machte mich nun umso glücklicher, das Richtige getan zu haben.“[612]

Joaquín nimmt den Moment seines Triumphes bewusst als Anstoss, ein neues Mittel gegen die eigene Krankheit, den nun bekannten Drachen zu finden. Mit der Suche nach einer Frau und der Gründung eines Heims will Joaquín bewusst die unglückselige Dreieckskonstellation aufbrechen. Mit Helena erörtert Joaquín nun seine Aussichten, eine geeignete Ehefrau zu finden, wobei ihn die bereits bekannten Motive beschäftigen: seine fixe Idee, ein abstossendes Wesen zu haben, der Wunsch nach Wahrheit und Aufrichtigkeit und schliesslich die Liebe.

> – Und glaubst du, Helena, dass es jemanden gibt, Mann oder Frau, der mich lieben könnte?
> – Es gibt niemanden, der nicht einen finden könnte, der ihn liebt.
> – Und werde ich meine Frau lieben? Werde ich sie lieben können? Sag es mir.
> – Mann, das fehlte noch…
> – Denn schau, Helena, es ist nicht das Schlimmste, nicht geliebt zu werden, das Schlimmste ist, nicht lieben zu können.
> – Das sagt Don Mateo, der Pfarrer, vom Teufel, dass er nicht lieben kann.
> – Und der Teufel geht auf der Erde um, Helena.
> – Sei still, sage mir keine solchen Dinge.
> – Schlimmer ist, wenn ich sie mir selbst sage.
> – So sei doch still![613]

Der Wortwechsel und vor allem das Ungesagte in all seiner Vieldeutigkeit ist eine der zentralen Stellen des Romans, an der sich das Unfassbare, beinahe Absurde an den drei Figuren und in ihren Beziehungen manifestiert. Die Positionen werden mehrfach verdreht. Joaquín richtet die Fragen nach seinem antipathischen Wesen und nach seiner Liebensfähigkeit ausgerechnet an Helena, die er zur Frau wollte und die er vielleicht liebt, vielleicht hasst, der er aber gleichzeitig die Fähigkeit zur Liebe (und damit auch die Urteilsfähigkeit darüber) abspricht. Helenas ausweichende Antworten weisen darauf hin, dass sie nicht klären will oder kann, wieso sie Joaquín nicht wollte, ob sie ihn als liebenswert oder fähig zu Liebe betrachtet. Bemerkenswert ist jedoch, dass sie die Worte des Pfarrers aufgreift (und damit wohl bejaht), es sei eine Eigenschaft des Teufels, nicht lieben zu

612 AS 104.
613 AS 105 f.

können, womit sie zwar für sich keine Stellung bezieht, jedoch in gewisser Weise das Böse *in persona* mit ins Spiel bringt. Dass der Teufel als handelndes Subjekt evtl. zerstört oder quertreibt, will sie jedoch nicht hören, wohingegen Joaquín solch einen äusseren fremden Einfluss den eigenen inneren Einflüsterungen vorzuziehen scheint.

Joaquín bringt also das Grundmotiv des Liebens explizit einerseits mit einer Art Vorbestimmung (Fähigkeit/Unfähigkeit), deren Ursprung jedoch nicht geklärt ist, andererseits mit einer Selbstbestimmung, einem Wollen und Streben in Zusammenhang bzw. in Abhängigkeit. Verdeutlicht wird dies durch die Verwendung des spanischen Verbs *querer*, das sowohl *wollen* als auch *mögen* und *lieben* bedeutet. Inwiefern Sein, Können, Wollen und Tun jeweils zueinanderstehen bzw. ineinander gehen, ist nicht zu klären, da alle Faktoren stellenweise bis an den Rand des Verschwindens oder ins Gegenteil, ins Übermass gebracht werden. Bemerkenswerter Weise ist hier von der unglücklichen weil einseitigen oder unerwiderten Liebe nicht die Rede.

In Kapitel VII kommentiert die Erzählstimme zusammenfassend aus einer allwissenden Perspektive eng an der Innenansicht Joaquíns Ziel und Zweck der Suche nach dem neuen Heilmittel, die Joaquín anscheinend unmittelbar nach der Entschlussfassung begonnen hat. Er sucht Halt in geschwisterlichen Armen und Schutz im mütterlichen Schoss. Von einer (sexuellen) Partnerschaft oder Liebe zwischen Mann und Frau ist keine Rede. Es scheint, dass Joaquín in seiner zukünftigen Frau gerade nicht ein Äquivalent zu Helena sucht, sondern alles, was Helena nicht ist.

Antonia wird in sprunghaften Schritten eingeführt. Die Erzählstimme präsentiert eine bisher unbekannte Figur mit einem plötzlichen Ausruf des Bedauerns (einer ihrer ausgesprochen seltenen Kommentare). Dass es sich wohl um die zukünftige Frau Joaquíns handelt, erschliesst sich aus der Einleitung des Kapitels und aus vorher erfolgten Ankündigung der Suche nach einer Ehefrau.

> Jene arme Antonia!
> Antonia war zur Mutter geboren; sie war voller Zärtlichkeit, voller Mitleid. Mit göttlichem Instinkt erriet sie in Joaquín einen Kranken, einen Seelenkrüppel, einen Besessenen, und ohne sich darüber klar zu sein, verliebte sie sich in sein Unglück. Sie spürte eine geheimnisvolle Anziehungskraft in den kalten und schneidenden Worten jenes Arztes, der nicht an eine höhere Macht glaubte.[614]

614 VS 107.

Wessen Stimme im vorverweisenden Ruf: „Jene arme Antonia!“[615] zu hören ist, bleibt offen, ebenso der Grund, sie zu bedauern. Die folgende Charakterisierung und Antonias unwillkürliche Zuwendung zu Joaquín reichen diesen Grund teilweise nach, weist beides doch schon darauf hin, dass eine Beziehung zwischen ihnen nicht wirklich glücklich werden kann. Erst hiernach folgt die Geschichte ihrer Bekanntschaft am Sterbebett von Antonias Mutter, eine Art Grenzsituation für Antonia wie auch Joaquín, der zwar diesen Tod bereits vorausgesagt hatte, dem jedoch die Grenzen der Wissenschaft und damit seiner eigenen Handlungsmacht als Arzt erneut bewusst werden. Sein Ausruf: „Die Wissenschaft ist ohnmächtig!“[616] ist auch als Urteil über die Wahl seines ersten Heilmittels zu verstehen. Für Antonia hingegen ist der Tod der Mutter ein Ausdruck göttlichen Willens. Der Glaube an Gott und das Vertrauen auf Ihn sind für sie von grundlegender Bedeutung. Joaquíns agnostische Antwort auf ihre Gretchenfrage weckt ihr Mitleid:

> – Aber glauben Sie denn nicht an Gott?
> – Ich? Ich weiss es nicht!
> Die arme Waise erfasste ein Schauer frommen Mitgefühls für den Arzt, der sie den Tod der Mutter einen Moment vergessen liess.[617]

Mit Antonia, ihrer Liebe und ihrem Glauben eröffnen sich Joaquín sogar zwei neue Optionen, zwei mögliche Heilmittel. Die Liebe, das Heim, ist bewusst gesucht, der Glaube noch nicht als Möglichkeit erkannt.

Wie alle Figuren wird auch Antonia ohne äusserliche Attribute dargestellt, hier bleiben jedoch sogar abstrakte Merkmale wie Schönheit unerwähnt. Ihre Wesenseigenschaften hingegen werden ausdrücklich hervorgehoben und stehen in vollkommener Opposition zu denjenigen Joaquíns. Zärtlichkeit, Mütterlichkeit, Mitleid, Verständnis und Wärme treffen auf Schärfe, Zynismus und Kälte. Auch der Gegensatz zwischen Antonia und Helena ist offensichtlich. Im fünften Teil seiner „Beichte“ hält Joaquín fest, dass ihn Antonias „Sanftmut irritierte“, er sie sich manchmal „bösartig, aufbrausend und verächtlich gewünscht hätte“,[618] also so wie Helena. Joaquín wird rückschauend explizit sein Unvermögen bzw. Unwillen, Antonia zu lieben, auf diese Nicht-Entsprechung zurückführen, die an mehreren Stellen zutage tritt. So wird z.B. die Szene an Abels Krankenbett zwischen Helena und Joaquín und die Szene am Totenbett der Mutter Antonias

615 AS 107.
616 AS 107.
617 AS 108.
618 AS 109.

zwischen Joaquín und Antonia gespiegelt. Joaquíns Grundfragen nach seiner Bestimmung, nach Wahrheit und Aufrichtigkeit, nach Liebe und Unglück werden von Helena nur ausweichend, von Antonia hingegen auf unerwartete Weise beantwortet:

> Schwören Sie, sie [die Wahrheit] mir zu sagen?
> – Ja, ich werde Sie Ihnen sagen.
> – Gut; ich bin ein abstossender Mensch, nicht wahr?
> – Nein, das ist nicht so!
> – Die Wahrheit, Antonia…
> – Nein, das ist nicht so!
> – Was bin ich dann?
> – Sie? Sie sind ein unglücklicher Mann [desgraciado[619]], Sie leiden…
> Da schmolz das Eis in Joaquín, und Tränen stiegen ihm in die Augen. Und wieder erzitterte er bis ins Innerste seiner Seele.[620]

Antonia sieht in Joaquín einen Menschen, der aus der Gnade herausgefallen, glücklos und unglücklich geworden ist, nicht durch eigenes Verschulden, sondern auf Betreiben eines unbekannten Anderen. Die Geschichte Hiobs klingt hier an, wobei Antonia auf Gott und Helena auf den Herausforderer und Gegenspieler Satan verweist. Wieder erfährt Joaquín einen Moment der Erkenntnis. War es zuvor das Erkennen, Abels Leben zu brauchen, so ist es nun die Selbsterkenntnis durch Antonias Augen. Ein weiterer plötzlicher Bruch durch die Erzählstimme beendet die Dialogszene der beiden. Ebenso knapp und lapidar, wie über die Bindung zwischen Abel und Helena informiert wurde („Und sie schieden als Verlobte“[621]), erfährt die Leserschaft zu Joaquín und Antonia: „Wenig später machten sie ihre Verlobung offiziell, bereit zu heiraten, sobald ihr Trauerjahr zu Ende ging.“[622]

Dieses Jahr bis zur Hochzeit wird in Kapitel VIII durch verschiedene Schlaufen zu den bisherigen Motiven, den 6. Teil der „Beichte“ und durch eine ganze Reihe kurzer Geschichten zu Abel, Joaquín und seinen Patienten ausgefüllt. Die Erzählstimme berichtet, wie der Ruf Abels als Maler sich im Land und darüber hinaus ausbreitet und wie Joaquín darunter leidet, jedoch nach aussen hin Bewunderung und Lob teilt. Joaquín deutet rückblickend in seiner „Beichte“ die Ablenkung durch seine Passion als schädlichen, geradezu kriminellen Einfluss

---

619 Abgeleitet von „gracia“ = Gnade, Gunst, Glück, Anmut.
620 AS 108.
621 AS 93.
622 AS 108.

für seine Arbeit als Arzt, wie er an der Geschichte einer Patientin festhält, in deren Haus ihr von Abel gemaltes Portrait hängt. Er glaubt, er habe unter dem verstörenden Eindruck des Bildes diese vernachlässigt: „Ich habe sie sterben lassen und er lässt sie auferstehen!“[623] Joaquín weist dem Werk Abel eine direkte und ungeheure Bedeutung zu, die im Widerspruch steht zu der schon angedeuteten Kritik, Abel sei ein seelenloser Techniker, die später auch von Abels Sohn vertieft werden wird. Die Geschichte fächert sich auf in einen ganzen Reigen weiterer Miniaturen, Begegnungen Joaquíns mit seinen Patienten, die in all ihrer Kürze einen geradezu unbegrenzten Raum philosophischer Fragen öffnen. Die Themen Sterblichkeit und Unsterblichkeit, Macht und Ohnmacht, Lebensüberdruss, Eifersucht und Neid, Schlechtigkeit und Leid werden in all ihrer Menschlichkeit, hier allerdings ausschliesslich in all ihrer Schlechtigkeit aufgebracht, als düstere Illustrationen in Joaquíns Weltbild. Dennoch bleiben alle Fragen konkret angebunden an seine Rolle als Arzt und als Gegenüber, die ein Handeln, ein Sich-Verhalten erfordert. So ergibt sich ein Hin und Her vom Abstrakten zum Konkreten, von der individuellen Geschichte zum Gleichnis, vom Individuum zum Typus. Auch Joaquín selbst findet sich als Einzelner in vielen seiner Patienten wieder, wie die Erzählstimme festhält: „Und seine Kranken waren oft Spiegel für ihn selbst.“[624] In der Auseinandersetzung mit den Anderen und ihren Überzeugungen eröffnet sich ihm die Frage nach dem Wirken einer unbenannten Macht, nach einem gewissen Aberglauben, den er im Volk auszumachen vermeint. Hinter allem Ungemach scheint es das Werk böser Mächte, giftiger Tränke und Verwünschungen zu sehen, nicht aber die eigene Verantwortung und nicht das Offensichtliche, die Realität. Was Joaquín darin als die Grundkrankheit der Menschen entdeckt, nämlich Neid und Missgunst, deutet er nun für sich: „Es ist die Erbsünde!“.[625] Dieser Gedanke bleibt hier vorerst nicht weiter ausgedeutet stehen, Joaquín wird ihn später in seiner Meditation zu Kain und Abel weiterführen.

Die Klammer dieser Nebengeschichten wird mit der Hochzeit von Joaquín mit Antonia geschlossen. Wie in Kapitel XII angelegt, erkennt Antonia ihre Aufgabe als Schutzpatronin ihres Mannes sofort. Ihr Erkennen wird von der Erzählstimme mit Begriffen der Intuition, des Instinkts, des Gefühls beschrieben, ihr Handeln ist bewegt von unverfälschtem Mitgefühl und Liebe für ihren Mann, den sie als seelenkranken Menschen betrachtet.

623 AS 110 f.
624 AS 112.
625 AS 113.

> Antonia spürte, dass zwischen ihr und Joaquín eine Art unsichtbare Mauer stand, eine kristallene, durchsichtige Wand aus Eis. Dieser Mann konnte seiner Frau nicht angehören, weil er sich selbst nicht gehörte, er war nicht Herr über sich, sondern gleichzeitig von sich selbst entfremdet und besessen. In den intimsten Momenten ihres ehelichen Verkehrs schob sich ein unheilvoller Schatten zwischen sie.[626]

Wieder wird das Bild der Erstarrung im Eis verwendet, jedoch in Antonias Vorstellung hineinversetzt, die von Joaquíns höchst eigener Metaphorik nicht wissen kann. Sie sieht jedoch nicht nur die eisige Unbeweglichkeit im Inneren Joaquíns, sondern noch ein zweites Bild, den Schatten, der eine äussere Bewegung, eine äussere Wirkmacht versinnbildlicht. Antonia ahnt bereits, dass Joaquíns Zustand etwas mit seiner Kusine Helena zu tun haben muss, doch erst nach einem Arztbesuch in Abels Haus, als Joaquín eine Schwangerschaft Helenas bestätigt, fordert sie angesichts seiner Verstörung konkret die Wahrheit. Auf ihr Drängen beichtet Joaquín nach einem kurzen inneren Kampf gegen einen „unsichtbaren Feind", „seinen teuflischen Hüter",[627] seinen Hass auf Abel, seine Verachtung für Helena, seine Gedanken über die Verbindung beider, die nur zum Zweck seiner Demütigung geschlossen worden zu sein scheint, über die Berühmtheit Abels, über das Kind, das beide erwarten. Antonias Vorschläge, fortzuziehen, sich der eigenen Karriere als Wissenschaftler zu widmen, Abel und Helena zu vergessen, schlägt Joaquín aus. Einzig ihr Glaubensbekenntnis, ihr Vertrauen, dass mit Hilfe der Jungfrau Maria und dem geweihten Wasser von Lourdes[628] Gott auch ihnen ein Kind schenken wird, gibt Joaquín einen neuen Denkanstoss.

> – Auch du glaubst an magische Tränke, Antonia?
> – Ich glaube an Gott!
> „Ich glaube an Gott" – wiederholte Joaquín für sich, als er allein war; allein mit dem Anderen –. „Und was ist an Gott glauben? Wo ist Gott? Ich werde ihn suchen müssen!"[629]

Joaquín bezieht sich mit dem Begriff „magische Tränke" wie im vorhergehenden Kapitel auf einen gewissen Aberglauben, den er beim Volk erkennen will. Antonia hingegen stellt sich in die Tradition der katholischen Kirche, indem sie Maria als Fürsprecherin (der Frauen) bei Gott (dem Vater) ansieht. Während Antonias Glauben als unerschütterlich und fest verankert dargestellt wird, so

626 AS 114.

627 AS 115.

628 Der Quelle von Lourdes, Pilgerort in den französischen Pyrenäen seit einer Marienerscheinung 1858, wird heilende und fruchtbringende Wirkung zugesprochen.

629 AS 117.

verschwimmen in Joaquíns Gedanken jegliche Grenzen zwischen Aberglauben, Volksglauben, katholischem Glauben, christlicher Theologie, Agnostik und Atheismus. Offen bleibt auch, ob hier Joaquín und/oder die Erzählstimme vom „Anderen" reden und wen er/sie damit meint. Während Joaquín damit bisher immer Abel bezeichnet hat, bezieht sich die Erzählstimme offenbar auf die Stimme und die Gegenwart „eines Teufels",[630] was Joaquín im Folgenden variierend mit „mein Teufel" oder „der Dämon" übernimmt. Auch hier verschwimmt das Eigene (Joaquín, Joaquíns innere Stimmen) und das Fremde (Abel, Teufel etc.). Das Kapitel endet wiederum mit einer Öffnung: Joaquíns Vorsatz, Gott zu suchen. Was er sich hiervon verspricht oder ob er den Gottesglauben möglicherweise als weiteres Heilmittel in Betracht zieht, wird als Motiv erst in Kapitel XV wieder aufgenommen.

Kapitel X ist vollständig dem siebten Teil der „Beichte" gewidmet. Die zeitliche Verschachtelung im Erzählablauf von *Abel Sánchez* wird durch diese Freistellung besonders deutlich. Im Rückblick aus dem bereits Geschehenen zur Zeit der Abfassung der „Beichte"[631] wird das eigentlich Gegenwärtige, die Geburt Abelíns, die Schwangerschaft Antonias und sogar die Zukunft der beiden Kinder einerseits zur bereits gedeuteten Erinnerung Joaquíns und andererseits zur Andeutung, zum Vorverweis für die Leserschaft. Joaquín vergegenwärtigt sich darin die Geburt von Abels Sohn und sein Erleben dieser erneuten Prüfung. Wieder fühlt er sich zu einem Kampf gegen seinen Teufel herausgefordert, gegen die Versuchung, dem Kind heimlich etwas anzutun. Zwei Gedanken setzt er dem entgegen: Abels Sohn will er zum Instrument seiner Vergeltung machen, und das eigene Kind, das Antonia bereits erwartet, soll noch schöner werden als das „Meisterwerk"[632] Abels und Helenas.

Joaquín führt in der „Beichte" nun zwei neue bzw. erweiterte janusgesichtige Figurenmotive ein: das Kind als „Engel" und gleichzeitig als Zankapfel und die Frau (Antonia) wie schon zuvor als Heilmittel und nun gleichzeitig als Opfer Joaquíns in dessen Hass auf Abel und Helena. In Kapitel XIII wird Joaquín seiner neugeborenen Tochter ebenfalls eine solch zweifache Funktion zuweisen: zum einen soll sie ihren Vater reinigen, zum anderen soll sie ihn rächen (wie, an wem und weswegen weiss Joaquín ausdrücklich selbst nicht zu sagen). Die verschiedenen Gesichter betrachtet Joaquín zeit seines Lebens im Wechsel;

---

630 AS 114.

631 In Kapitel XXXI explizit angegeben als nach der Hochzeit Abelíns und Joaquinas und der Übergabe der Praxis an den Schwiegersohn.

632 AS 118.

erst bei seinem Tod schliesst sich die Möglichkeit der Wendung, obwohl die zwei Seiten damit nicht aufgelöst werden. Im letzten Kapitel XXXVIII soll schliesslich das (Enkel-)Kind, das einerseits die letzte grosse Auseinandersetzung der Grossväter ausgelöst hatte, andererseits in seiner kindlichen Unschuld Joaquín am Sterbebett Vergebung und Erlösung zusprechen; und Antonia, die Joaquín hätte heilen können, erfährt, dass er sie als Opfer jener Leidenschaft betrachtet, die seiner Liebesfähigkeit und damit seiner Heilung durch die Liebe zu ihr im Weg stand. Doch auch Antonia ist die Rolle des Opfers nicht nur zugewiesen. Sie selbst nimmt in der Vorahnung, im Wissen um Joaquíns Wesen ihr Martyrium auf sich, indem sie ihn, „den Abstossenden, den Unglücklichen, den Beleidigten“[633] erwählt, obwohl sie seinen Dämon und seine Verstörung erkennt. Aus diesem Grund erhöht Joaquín Antonia über andere Frauen, da sie bewusst ihn, den durch Abel und Helena erniedrigten Menschen allen anderen Männern vorzieht. So wird allen Figuren eine Ambivalenz zugeschrieben, alles einer Bewegung und gleichzeitig einer Gegenbewegung unterworfen.

Die folgenden Kapitel XI bis zum ersten Abschnitt von Kapitel XV sind nun der zentralen Referenz auf die biblische Geschichte von Kain und Abel bzw. deren dramatischer Gestaltung durch Lord Byron in ihrer Wirkung auf Joaquín gewidmet.

Abgesehen von einer minimalistischen Situierung – Joaquín sieht im Haus Abels nach dem Kind und trifft Abel in seinem Atelier – und wenigen Regieanmerkungen der Erzählstimme, gibt Kapitel XI ausschliesslich einen Dialog zwischen den beiden Freunden wieder. Abel erzählt Joaquín auf dessen Frage von seinem Vorhaben, den sterbenden Abel und seinen Bruder Kain als doppelten Akt zu malen. Als Inspirationsquelle dienen ihm der Bibeltext, den er Joaquín vorliest, und das Drama *Kain. Ein Mysterium* von Lord Byron, um das Joaquín ihn beim Abschied bittet. Wie durch ein Prisma brechen sich in der biblischen Geschichte die Fragen, die Joaquín in seinem Verhältnis zu Abel immer schon beschäftigt haben, fokussieren und streuen sich zugleich:

> – Warum blickte Gott mit Wohlgefallen auf das Opfer Abels und verachtete dasjenige Kains?
> – Das wird hier nicht erklärt…
> – Und du hast dich das nicht gefragt, bevor du mit deinem Bild beginnst?
> – Bisher nicht… Vielleicht weil Gott in Kain schon den zukünftigen Mörder seines Bruders sah…, den Neider…

633 AS 118.

– Dann hat er ihn neidisch gemacht, dann hat er ihm einen Gifttrank gegeben: Lies weiter.
– „Da überlief es Kain ganz heiss und sein Blick senkte sich. Der HERR sprach zu Kain: Warum überläuft es dich heiss und warum senkt sich dein Blick? Ist es nicht so: Wenn du gut handelst, darfst du aufblicken; wenn du nicht gut handelst, lauert vor der Tür die Sünde. Sie hat Verlangen nach dir, doch du sollst über sie herrschen."
– Und die Sünde besiegte ihn – unterbrach Joaquín – denn Gott hatte ihn verlassen. Lies weiter![634]

Joaquín formuliert seine Fragen nun ausgerechnet Abel gegenüber, der Joaquín zwar keine wirklichen Antworten geben kann, ihm jedoch Vorlagen bietet, seine Gedanken weiterzuführen. Joaquín entzieht den scheinbar offensichtlichen Kausalitäten und Zusammenhängen in der biblischen Erzählung den Boden, indem er nicht das Handeln Kains, sondern die Beweggründe Gottes in Frage stellt. Damit weist er Gott die erste und ganze Verantwortung für seine Geschöpfe zu. Wenn Kain neidisch ist, so weil *er* ihn neidisch *gemacht*[635] hat. Wenn Kain Böses tut, so weil Gott ihn verlassen hat. Joaquín geht jedoch gerade nicht auf den explizit gestellten Auftrag Gottes ein, der Versuchung zu widerstehen, gegen die eigene, gerade nicht ausschliesslich böse Veranlagung, gegen die vermeintlich ausgesetzte Hilfe Gottes, der als Gegenüber ja da ist. Hieraus lässt sich vorausweisend schon Joaquíns spätere Aussage gegenüber dem Priester erkennen, dem er sagen wird, er glaube nicht an den freien Willen.[636] Hier liegt Joaquíns zentraler Irrtum im Denken, den er als solchen zwar nicht erkennt, dem er jedoch bereits mehrfach entgegengehandelt hat. Im bewussten Widerstand gegen die Kette bisheriger und kommender Versuchungsmomente offenbart sich, dass Joaquín die vermeintlich endgültige Bestimmung, der Abstossende, der Böse, der Neidische zu sein, nicht anerkennt. Was dem Kain der biblischen Geschichte nicht gelingt, gelingt Joaquín zumindest zu einem gewissen Grad. Auch wenn er seine Theorie der Prädestination selbst nicht widerlegt, so lehnt er sich durch sein Wollen und sein Handeln zumindest dagegen auf.

Die zweite grundlegende Frage Joaquíns richtet sich auf die Austauschbarkeit der Figuren Kain und Abel bzw. auf die Mitverantwortlichkeit Abels am Neid

---

634 Gen 4,6 f.

635 Weder das Subjekt (er) noch das Verb (neidisch machen) ist eindeutig. Das Pronomen *er* kann sich sowohl auf Gott beziehen (wobei es hier nicht wie sonst in Grossbuchstaben gesetzt ist), der Kain als Neider *erschaffen* hat, als auch auf Abel, der durch sein Verhalten Kains Neid provoziert, ihn *neidisch macht,* wie Joaquín im Folgenden noch ausführt.

636 AS 136.

Kains. So erzählt Joaquín Abel nicht nur von einem Kinderspass, der in einem Namenstausch die Verwechslung provoziert, sondern fragt ihn direkt:

> – Ist dir nie in den Sinn gekommen, dass, wenn Kain Abel nicht tötet, am Ende vielleicht dieser seinen Bruder tötet? [...] Der Begnadete, der Favorit Gottes war Abel..., der Unglückliche Kain.
> – „Und welche Schuld hatte Abel daran?"[637]

Es ist bemerkenswert, dass im Rollentausch mit Joaquín hier Abel die Frage nach der Schuld, nach dem Anteil des biblischen Abel an seiner Bevorzugung durch Gott aufbringt. Wie schon bei seinen Gewissensregungen vor der Hochzeit mit Helena und während seiner Krankheit, bricht Abel damit erneut seine ihm von Joaquín zugewiesene Rolle des vollkommen ahnungs- und absichtslosen Begnadeten und allseits Beliebten auf. Für Joaquín liegt die Schuld des biblischen Abels am Neid Kains darin, dass er die Gnade Gottes, sein unverdient zugefallenes Glück, nicht wie eine Schande verberge, sondern sich wohl sogar damit schmücke und angebe, anstatt für den Bruder um Gnade zu bitten. Und in Analogie der biblischen Geschichte zu seiner eigenen Rolle in der Beziehung zwischen ihm und Abel und vor allem zwischen ihm, Helena und Abel führt er weiter aus:

> – Und noch mehr weiss ich, und zwar haben die Abeliten die Hölle für die Kainiten erfunden, weil ihnen ihr Ruhm sonst fade scheint. Sie erregen sich daran, frei vom Leiden, die anderen leiden zu sehen...
> – Ah, Joaquín, du bist so krank.
> – Ja, keiner ist sich selbst der Arzt. Und nun gib mir diesen *Kain* von Lord Byron, ich will ihn lesen.[638]

Es bleibt offen, inwieweit Abel hier Joaquíns Betroffenheit durch die biblische Geschichte erkennt, die Joaquín wie eine Folie über die eigene legt. Doch nicht nur der Bibeltext wird Joaquín Gelegenheit zur Identifikation und Deutung seiner eigenen Geschichte bieten, sondern vor allem Byrons Drama, das im folgenden Kapitel XII Meditationsgegenstand des längsten, das gesamte Kapitel umfassenden achten Ausschnitts der „Beichte" wird.

Der Text der „Beichte" in der Art eines „stream of consciousness" gleicht hier dem langen philosophischen Essay Unamunos *Del sentimiento trágico de la vida*, und er erreicht ein Höchstmass an Vielschichtigkeit, Dichte und Ausdehnung

---

637 AS 120.

638 AS 122. Joaquín spielt damit auf seine Idee an, Abel und Helena hätten sich nur verbunden, um ihn zu erniedrigen und mit seinem Schmerz das eigene Glück zu würzen, vgl. AS 100.

gleichzeitig. Die Ebenen Autor – Text/Figuren – Leserschaft aller drei Texte, *Abel Sánchez*, der „Beichte" sowie des darin reflektierten Dramas *Kain*, vermischen sich ebenso wie Fragen auf den Metaebenen Philosophie, Theologie und Literaturtheorie. Die Bezüge, Verstrickungen, Vermengungen sind nur exemplarisch nachvollziehbar, entziehen sich in ihrer Komplexität jedoch im Gesamten. Versuchen wir, wenigstens einigen Strängen, einigen Gedanken zu folgen.

> Joaquín las den *Kain* von Lord Byron. Und in seiner Beichte schrieb er später: „Die Wirkung, die die Lektüre dieses Buches auf mich hatte, war schrecklich."[639]

Der einleitende Satz der Erzählstimme ist die einzige Verortung in der „Gegenwart" der erzählten Zeit, situiert also den Zeitpunkt der Lektüre in der „richtigen" chronologischen Ereignisabfolge, während der gesamte folgende Gedankenfluss Joaquíns erneut ein eingeschobener Rückblick ist, eine erinnerte Deutung bzw. eine deutende Erinnerung aus der Zukunft Joaquíns (worauf diesmal ausdrücklich hingewiesen wird), also ein in hohem Mass destillierter, verarbeiteter und ausgestalteter Text. Joaquín nimmt hier den Effekt der Lektüre des Dramas *Kain* vorweg, führt ihn aber erst später näher aus. Zuerst hinterfragt er Motivation, Funktion und Intention seiner Notizen wie auch seiner „Beichte" bzw. erweiternd diejenigen aller autobiographischen und/oder literarischen Aufzeichnungen. Auch an dieser Stelle klingt die Stimme Unamunos mit, der vielerorts in seinen weiteren Werken ähnliche Gedanken zu Ziel und Zweck von Literatur formuliert.

> „Ich fühlte, dass ich mich erleichtern musste, und machte einige Notizen, die ich aufbewahrte und jetzt hier vor mir habe. Aber war das nur, um mich zu erleichtern? Nein, es war mit der Absicht, sie eines Tages zu verwenden, weil ich dachte, sie könnten mir als Material für ein geniales Werk dienen. Die Eitelkeit frisst uns auf. Wir machen ein Schauspiel aus unseren intimsten und widerwärtigsten Leiden. […] Ist nicht diese „Beichte" hier auch nur eine Erleichterung?
> Manchmal dachte ich daran, sie zu zerreissen, um mich von ihr zu befreien. Aber würde ich mich befreien? Nein! Es ist besser, sich ein Schauspiel zu geben, als sich aufzufressen. Und schlussendlich ist ja das Leben nichts weiter als Schauspiel."[640]

Joaquín selbst formuliert die Ambivalenz seiner Absichten, die den Notizen zur Lektüre des Dramas zugrunde liegen. Die Idee, die Wunschvorstellung, selbst ein „geniales Werk" zu verfassen, dessen sprachliche Gestaltung ebenso wie sein Gegenstand andere Werke an Ästhetik, Intensität und Bedeutung übertreffen

639 AS 123.
640 AS 123.

soll, wird später als „Erinnerungen eines alten Arztes“[641] an Gestalt gewinnen, wie andernorts genauer betrachtet werden soll.

Bemerkenswert ist an dieser Stelle hier Joaquíns Entgrenzung bzw. Vermischung der Textgattungen: einerseits das „geniale“ literarische Werk, das wohl für ein grosses Publikum gedacht ist, und andererseits seine privaten biographischen Aufzeichnungen, die als „Beichte“ zuerst einmal auf sich selbst und nur im engsten Rahmen nach aussen, an seine Tochter gerichtet sind. Sowohl der Grad des selbsttherapeutischen Interesses von Joaquín als auch seines Bedürfnisses nach Selbstdarstellung, nach Publikum, als auch der Grad von Fiktion oder/ und Autofiktion ist für beide Texte nicht messbar. Joaquín scheint in gewisser Weise sogar die Grenzen zwischen jeglichem literarischen Text (sei es Drama, autobiographische Beichte oder Geschichte) und dem Leben aufheben zu wollen, indem er jegliche Äusserung seiner selbst und aller Menschen als Schauspiel betrachtet, das in den Anderen (sich selbst als Anderen eingeschlossen) sein Publikum findet. Auf einer ersten Ebene will er sich in seinen direkt an seine Mitmenschen/Mitfiguren gerichteten Äusserungen, in seinem „Leben“, das Beziehung und Interaktion mit Anderen bedeutet, mitteilen, sich zu erkennen geben, sich allerdings auch präsentieren, sich ein Publikum schaffen, eine Reaktion herbeiführen. So lässt er in den Dialogen beispielsweise das Ausmass seiner Qualen, den entsetzlichen Kampf gegen den Dämon, die Grösse seines Sieges zumindest ansatzweise sichtbar werden. Die Reaktionen von Antonia, Helena und Abel fallen dabei unterschiedlich aus. Ist bei Antonia heilender Zuspruch und mahnende Sorge[642] offensichtlich, so erkennt und anerkennt Abel zum Teil den Sturm in Joaquíns Seele,[643] während Helena nur den tödlichen Neid[644] auf Abel sehen will oder kann. Im Zusammenspiel wirken die Antworten, Ansichten und Handlungen der Anderen zurück auf Joaquín, nehmen Einfluss auf sein Selbstbild und seine Geschichte und umgekehrt. Hier wird das Leben Joaquíns zu einem Drama, an dem die Anderen beteiligt sind.

Joaquín versteht auf einer zweiten Ebene innerhalb des Textes auch die „Beichte“ als Schauspiel, das er sich selbst gibt, indem er bewusst und absichtlich seinen inneren Kampf äussert. In seinen Aufzeichnungen, seinen inneren Monologen, seinen Gedanken will er sein Innerstes erklären, sich reinigen und befreien, er behält jedoch auch die (mögliche) Leserschaft der „Beichte“ im

641 Siehe Fn 723.
642 Siehe AS 116.
643 Siehe AS 129.
644 Siehe AS 134.

Blick. Sein schriftliches Vermächtnis ist in einer Einbahnstrasse (posthum) an die Tochter gerichtet und schliesst damit eine Interaktion aus, ist dafür jedoch in weit höherem Mass vorgedeutet und gestaltet als die dialogischen Äusserungen zur Lebzeit. Die Frage nach der Rezeption der „Beichte" (wie auch der „Erinnerungen eines alten Arztes") bleibt unbeantwortet, denn mit Joaquíns Tod wird auch die Geschichte aller weiteren Figuren beendet.

Auf einer dritten Ebene wird in der Erzählung *Abel Sánchez* durch den Autor Unamuno Joaquíns inneres und äusseres (Er-)Leben noch auf andere Art zum Schauspiel gemacht. Die Leserschaft bleibt ausserhalb des Geschehens, erhält jedoch durch die zusätzliche Vermittlung der Erzählstimme einen exklusiveren und umfassenderen Einblick in Joaquíns Drama, der Joaquín selbst vorenthalten wird.

Sein Kampf mit dem Dämon wird also von unterschiedlichen Stimmen in unterschiedlichen Ausdrucksweisen, Abstufungen und Ebenen unterschiedlichen Adressaten gezeigt. In dieser Verschränkung der verschiedenen Ebenen oder Bühnen wird nun auch Joaquíns Frage, was geschähe, würde er seine Aufzeichnungen vernichten, höchst komplex. Wollte Joaquín seine „Beichte" verwerfen, so ändert dies innerhalb der Fiktion im Bezug auf seine Selbstdeutung nichts. Er kann sich den einmal formulierten Ausdeutungen, den Sprache gewordenen Gedanken selbst nicht mehr entziehen oder sie nur insofern umdeuten, als es ihm in der Überzeugung seiner selbst gelingt. Für seine Tochter würde sich möglicherweise der Grad ihres Verständnisses ändern, das jedoch in jedem Fall ein sich vorzustellendes bleibt, wird ihre Reaktion zur „Beichte" ja nicht ausgeführt. Im Blick auf eine weitere fiktive Leserschaft änderte sich alles (sie würde nicht existieren bzw. Joaquín würde für sie nicht existieren), doch auch dies bleibt rein hypothetisch. Für die Leserschaft von *Abel Sánchez* hingegen würde die Geschichte und die Figur Joaquíns ohne dessen „Beichte" eine wesentlich andere sein. Der Schlusssatz des Romans: „ES BLEIBT GESCHRIEBEN!"[645] bezieht sich in diesem Sinne ebenso auf die Unveränderlichkeit von *Abel Sánchez* wie auch der „Beichte" Joaquíns.

Hatte Joaquín in diesem Teil der „Beichte" also zuerst seine Gedanken zum Erzählen bzw. Schreiben und zu dessen (erwarteter, erhoffter) Wirkung auf sich selbst und nach aussen ausgeführt, so wechselt er nun auf die Seite des Lesers und berichtet über seine Begegnung mit Lord Byrons *Kain. Ein Mysterium*. In einer vollkommen existenziellen Leseerfahrung macht er sich das Drama zu eigen, dergestalt, dass vom Text Byrons nichts übrigbleibt als eine Reflexion dessen,

645 AS 207.

wozu Joaquín sich verhält, sich also explizit mit Aussagen identifiziert oder sich oder seine Mitfiguren abgrenzt. Im Gegensatz zur streckenweise wörtlich zitierten Genesis wird Byron nur indirekt und in der Umformulierung Joaquíns wiedergegeben. Für die Leserschaft von *Abel Sánchez* lassen sich Charakter, Stil, Ton, Form und Eigenart des Byronschen Dramas in keiner Weise erkennen, einzig Bruchstücke des Themas bzw. der Problematik sind zu erahnen insofern, als sie Joaquín als Ausgangspunkt eigener bestätigender oder auch gegenläufiger Überlegungen dienen. Seinen jeweiligen Nachvollzug eines Ausspruchs im Drama leitet Joaquín jeweils ein mit Sätzen wie: „Als ich las, wie…", der er seine eigenen Gedanken, sein eigenes Erleben, seine eigene Erkenntnis folgen lässt. Joaquín übernimmt Kains Fragen und Ringen im Drama Byrons streckenweise als sein eigenes oder erkennt sich darin wieder: „Hätte ich doch nie gelebt" sage ich mit jenem Kain.[646] Luzifer wird der Name seines eigenen Dämons und in Adah, der Frau Kains, sieht er seine Frau Antonia („meine Adah"), die sich jedoch von der anderen Adah unterscheidet. Der Abel Byrons hingegen, sollte er überhaupt vorkommen, findet keine Entsprechung, wird nicht einmal erwähnt.

Zwischen Identifikation und Unterscheidung, zwischen Nachvollzug und abgrenzender oder fortführender Reflexion Joaquíns entsteht im Lesen Bewegung und Gegenbewegung gleichzeitig. Die Geschichte Joaquíns deckt sich in Teilen mit dem Drama Byrons wie auch mit der Biblischen Genesis und hebt sich gleichzeitig davon ab. Der Kain Byrons, der biblische Kain und Joaquín bewegen sich zwischen dem Typus des Neiders und ihrer jeweiligen individuellen Gestalt, zwischen der einzigartigen Geschichte und der ewig gleichen Geschichte hin und her. So stellt sich auch die Frage nach der Austauschbarkeit und Einzigartigkeit der Figuren ebenso wie nach der ewigen Wiederholung und Aktualisierung des Sündenfalls. Die Entscheidung eines jeden Menschen zwischen dem Baum des Lebens und dem Baum der Erkenntnis wird zum jeweiligen persönlichen Drama:

> Wiederholt sich wohl dieselbe Tragödie in anderen Welten, dort in den Sternen? Vielleicht gibt es noch weitere Aufführungen, das auf der Erde war nur die Premiere? Wenn es überhaupt die Premiere war?[647]

Joaquín betrachtet die Genesis, die Ursprungsgeschichte als der Menschheit in gewisser Weise eingeschrieben und damit unveränderlich. Das Drama kann nur interpretiert und aufgeführt, jedoch nicht ganz umgeschrieben werden. Auch

646 AS 123.

647 AS 124.

wenn die Figuren Adam und Eva sich nach ihrem Sündenfall und ihrer Vertreibung aus dem Paradies zum Selbstmord entschlossen hätten oder auch Kain nach dem Mord an seinem Bruder, so würde der göttliche Autor dasselbe Stück noch einmal schreiben.

> „Ah, dann hätte Jahwe andere gleichartige gemacht und einen anderen Kain und einen anderen Abel!"[648]

Dennoch führt die Einsicht, dass sich das Drama mit den gleichen und zugleich anderen Figuren immer wiederholt, nicht aus dem konkreten eigenen Drama hinaus, das sich für diesen einen Kain bzw. Joaquín neu darstellt. Die Fügung in die ewige Wiederholung erkennt Joaquín als seine Hölle, den unsterblichen Dämon als personifizierten Hass, als seine eigene besessene Seele. Der Widerstand, die Auflehnung in der Ausweglosigkeit wird umso notwendiger, will er aus dieser Hölle seines Lebens heraustreten. In Byrons Werk findet Joaquín die Bestätigung dessen, was er als einziges Mittel zu seiner Rettung erkannt hat, nachdem die Wissenschaft keine Erfüllung gebracht hat: die Liebe. Der Gedanke findet seine Entsprechung in Kapitel V von Unamunos *Del sentimiento trágico de la vida*. Dort wird aus der Begegnung Luzifers mit Adah, der Frau und Schwester Kains direkt zitiert, was hier nur im Spiegel, in Joaquíns Reflexion zu erahnen ist: „Wähle zwischen Liebe und Wissenschaft, eine andere Wahl gibt es nicht."[649] Nicht Antonia, sondern Joaquín muss hier die Wahl treffen und tut dies zugunsten der Liebe, nicht ohne sich selbst in seiner Liebesfähigkeit in Frage zu stellen:

> „Aber gelang es mir, meine Antonia wirklich zu lieben? Ah, wenn ich fähig gewesen wäre, sie zu lieben, hätte sie mich gerettet!"[650]

Was in Kapitel VII bereits anklingt, wird hier ausgesprochen und ganz zu Ende des Romans auf dem Sterbebett in seinem Bekenntnis an Antonia abgeschlossen. Joaquín vermag sich nicht aus seiner Vorstellung zu lösen, sein Unwillen und sein Unvermögen, seine Frau zu lieben, seien der Grund für sein Scheitern, der Grund dafür, dass ihm Gottes Gnade verwehrt bleibt. Im gleichen Zusammenhang steht Joaquíns (vermeintliche) Erkenntnis, dass sein übergrosses Ich, dass er selbst an seinem Leiden die Schuld trägt:

> Er, Abel, liebte seine Kunst und pflegte sie mit reiner Absicht, und nie versuchte er, mich zu bezwingen. Nein, nicht er hatte sie mir weggenommen, nein! Und ich gedachte, den

---

648 AS 124.

649 Siehe ST 135.

650 AS 125.

> Altar Abels endlich niederzureissen, war ich doch nur besessen von mir selbst! Nur an mich hatte ich gedacht.
> Die Erzählung vom Tode Abels, wie jener schreckliche, dämonische Dichter ihn uns darstellt, betäubte mich. Als ich ihn las, fühlte ich, wie die Dinge mir entglitten, und ich glaube, ich wurde beinahe ohnmächtig. An jenem Tag, dank des ungläubigen Byron, begann ich zu glauben.[651]

Das Hin und Her zwischen zwei widersprüchlichen oder sich ausschliessenden Positionen, aus dem sich scheinbar kein Ausweg finden lässt, zeigt sich hier als ein strukturelles Prinzip der gesamten Geschichte, als Grundproblem der Weltsicht Joaquíns. Ist der eine Bezugs- oder Ausgangspunkt Gott und ist der andere Bezugs- oder Ausgangspunkt sein Ego, so findet sich Joaquín nach beiden Seiten hin gefangen in der Idee, entweder ganz von Gott bestimmt oder ganz auf sich selbst angewiesen zu sein. Das Gleiche gilt für die Gegenüberstellungen von Glück oder Macht, Liebe oder Wissen, wie sie Luzifer bei Byron vorbringt. Antonia bewegt sich allerdings ausserhalb dieser Kategorien. Nach Überzeugung Joaquíns versteht und erkennt sie im Gegensatz zu Adah seinen Dämon: „Sie war eben Christin."[652] Joaquín führt diese Erklärung nicht weiter, als sei offensichtlich, was Antonia von ihm und auch Byron unterscheidet. Joaquín blickt mit Luzifer und Kain in den „Abgrund des Weltenraums",[653] sieht darin die Hölle, meint zu erkennen, dass unsterblicher Hass seine Seele ist, der vor ihm war und ihn überleben wird. Im grossen Hasser, im Ungläubigen Byron, wie er ihn bezeichnet, glaubt er, sich selbst zu finden. Er erlebt einen Moment der Regungslosigkeit, der Ohnmacht, der Sinnen- und Willenlosigkeit, in dem das bisherige Ringen, das Leiden, das Denken, das Entscheiden, das Wollen und das Handeln aussetzen. Joaquín deutet diesen Moment als den Ursprung seines Glaubens, wobei der Gegenstand oder die Art und Weise seines Glaubens unausgesprochen bleibt.

Kapitel XIII beginnt mit einer Unterbrechung derjenigen Abschnitte, die sich direkt auf das Motiv Kain und Abel beziehen (Abels Bild *Kain* und der Text der Genesis in Kapitel XI, das Drama Byrons in Kapitel XII, die Laudatio auf Abels Bild in Kapitel XIV). Joaquín bekommt eine Tochter. Nicht er selbst, sondern die Erzählstimme berichtet, wie Joaquín schnell die nächste Versuchung des Dämons – es ist eine Tochter, kein Sohn wie bei Abel – zurückweist und nun in ihr den Weg zur Heilung sehen will:

---

651 AS 125 f.
652 AS 124.
653 AS 125.

> Und er begann, seine Tochter zu lieben, mit aller Kraft seiner Leidenschaft, und durch sie die Mutter. „Sie wird mich rächen", sagte er sich zuerst, ohne zu wissen, wofür sie ihn rächen sollte, und dann: „Sie wird mich reinigen".[654]

Wozu Joaquín sich selbst nicht fähig hält, wird ihm von der Erzählstimme in einer der seltenen Momente der Eigenständigkeit an dieser Stelle zugesprochen, so dass seine Liebe als von seinem Erkennen, Wollen und Wirken unabhängige Macht erklärt wird. Er selbst setzt sich hier als Adressat ein für das zukünftige Handeln der Tochter an ihm. Doch bereits im folgenden Abschnitt dreht Joaquín diese Anordnung um und entscheidet, sich selbst von seiner Leidenschaft zu befreien, damit seine Tochter zu einem freundlichen, liebenswürdigen Menschen heranwachsen kann. Um seine innere Zerrissenheit der Kunst Abels[655] wie auch seiner Person gegenüber zu heilen, seinen Dämon endgültig zu besiegen, will er eine öffentliche Lobrede auf das mittlerweile vollendete und bereits prämierte Bild Abels halten.

Das gesamte Kapitel XIV ist dem Tag des Banketts, das Joaquín zu Ehren Abels ausrichtet, und der Laudatio gewidmet. Den Rahmen bilden Joaquíns Abschied von Antonia und seine Rückkehr nach Hause, analog dazu die Rückkehr Abels zu Helena. Angesichts der Unschuld seiner kleinen Tochter leistet Joaquín beim Abschied einen Eid:

> – Die arme Kleine! Sie weiss nicht, was der Dämon ist. Aber ich schwöre dir, Antonia, ich kann ihn mir ausreissen. Ich werde ihn mir ausreissen, ihn erwürgen und ihn Abel vor die Füsse werfen.[656]

Joaquín sucht den zweiten Kampf gegen den Dämon bewusst und von innen heraus, nachdem der erste Kampf während der Krankheit Abels von aussen angestossen wurde. Die Wirkung von Joaquíns Rede auf das Publikum erfüllt zwar sein früher angestrebtes Ziel, Abel durch eigene Erfolge, wenn auch nicht

---

654 AS 127.

655 Siehe AS 110: „ein sehr wissenschaftlicher Maler"; AS 111: „ein wunderbares Bild"; AS 116: „seine wunderbaren Bilder"; AS 125: „Er, Abel, liebte seine Kunst und pflegte sie mit reiner Absicht"; AS 128: „die meisten erwarteten [von Joaquín] einen doppelbödigen Diskurs […] über die wissenschaftliche und dokumentierte Malerei [Abels] oder eine sarkastische Lobrede"; AS 140: „[Abel] spricht und denkt wie er malt, ohne zu wissen, was er sagt und was er malt. Er ist sich selbst nicht bewusst, auch wenn ich mich noch so sehr bemühe, bei ihm nur Berechnung und Kunstgriffe zu sehen"; „[…] die Täuschungen und falschen Effekthaschereien seiner Kunst, seine Nachahmungen, seine kalte und berechnete Technik, den Mangel an Gefühl" […].

656 AS 131.

in der Wissenschaft, dann als Redner, in den Schatten zu stellen. Bis hin in die Wortwahl sind sich Abel, das Publikum und Antonia einig, dass das Bild seinen wahren Wert erst durch Joaquíns Deutung zugesprochen bekommen hat. Der Dämon lässt sich durch den Willensakt jedoch nicht vertreiben, flüstert Joaquín gerade im Moment des Sieges, im Moment der brüderlichen Umarmung ein, Abel zu erdrosseln. Diese Vision wird sich später in gewisser Weise erfüllen, als Joaquín Abel, der nicht auf sein Flehen eingeht, ihm den gemeinsamen Enkel nicht zu entfremden, die Hände um den Hals legt. In beiden Szenen ist nicht zu klären, wer nun Besiegter und Sieger, Mörder und Opfer, Selbst, Anderer oder Dämon ist. Die Grenzen zwischen Subjekt und Objekt, zwischen dem Ich und dem Anderen, zwischen Eigenem und Fremdem lösen sich erneut auf. Die Rollen von Antonia und Helena hingegen sind hier klar verteilt. Antonia, die Heilige, Gütige, Liebevolle, Arglose, Mütterliche, die Einzige, bei der Joaquín Trost und Hilfe findet, die seinen Dämon kennt und „ihn heraussaugen soll, damit er in ihrem Blut ertrinke wie in geweihtem Wasser“.[657] Helena dagegen als die Eitle, Hochmütige, Bösartige, Scharfzüngige, Zynische, als die Verführerin, als Eva, „die beiden Kindern dieselbe Milch gab: den Gifttrank…“.[658] Helena zeigt diesen Charakter Abel gegenüber am Ende des Kapitels in Reinform, nachdem ihr von anderen (wie es auch bei Antonia der Fall war) vom Triumph Joaquíns berichtet worden war. Während sich Abel von dessen Aufrichtigkeit und Freundschaft überzeugt zeigt, unterstellt ihm Helena in emphatischer, provozierender Wiederholung tödlichen Neid auf Abel und böse Absichten hinter der Lobrede,[659] solange bis Abel wie damals im Streit mit Joaquín um Helena aus der Fassung gerät. Nach der Begegnung, die zur Verlobung geführt hatte, und dem Eingeständnis Abels vor der Hochzeit, Joaquín gegenüber Schuldgefühle zu hegen, ist dies die dritte und letzte Szene, in der Abel und Helena als Paar alleine auftreten und direkt miteinander kommunizieren. Auch nach aussen erscheinen sie nur noch getrennt.

Joaquíns grosse Willensanstrengung, den Dämon selbst zu besiegen, führt also nicht zum gewünschten Erfolg, wie die Erzählstimme in einer ihrer seltenen emotionsgeladenen Kommentare zu Beginn von Kapitel XV festhält:

---

657 Vgl. AS 134.

658 AS 122.

659 Die Theorie der bösen Absicht hinter dem Lob wird von Federico Cuadrado, einem Schulkameraden Joaquíns, ebenfalls aufgebracht: „Gegen wen richtet sich dieses Lob?“; AS 154.

> Aber nein, nein! Jene heldenhafte Tat heilte den armen Joaquín nicht.[660]

Im zehnten Abschnitt seiner „Beichte“ blickt Joaquín auf den Moment nach seiner Laudatio zurück, den er als zweiten Tiefpunkt seiner Lebensgeschichte, als zweiten vernichtenden Schlag nach dem Raub Helenas betrachtet. Er bedauert, seiner Leidenschaft nicht nachgegeben, Abel nicht als Künstler vernichtet und sich auf diese Weise vom Hass auf ihn befreit zu haben. In der erneuten emotionalen Erschütterung, die derjenigen nach der Lektüre Byrons gleichkommt, will Joaquín wie schon damals „dank des Ungläubigen Byron“[661] diesen Moment als den seiner Bekehrung sehen:

> „Und dann begann ich zu glauben: aus den Nachwirkungen jener Rede entsprang meine Bekehrung.“[662]

Worin Joaquíns Glaube besteht, bleibt nach wie vor offen und wird einem ständigen Hin und Her von Glauben und Unglauben, Willen und Unvermögen, Wunsch, Bedürfnis und Zweifel unterworfen bleiben. Es ist Antonia, die Joaquín ans Herz legt, zur Beichte zu gehen, seine Waffen gegen die Leidenschaft in der Religion und im Gebet zu suchen, das dritte Heilmittel nach Wissenschaft und Liebe. Joaquín beginnt den Gottesdienst zu besuchen, dem Kommentar der Erzählstimme nach „etwas zu offensichtlich“ denen entgegen, die seine „areligiösen Ideen“[663] kennen. In der Szene der Beichte beim Pfarrer, einem Brennpunkt der Geschichte, äussern, verdichten und bündeln sich mehrere grundlegende Fragestellungen Joaquíns, werden seine Ideen und bisherigen Umtriebe noch einmal abgebildet. Das Gespräch mit dem Beichtvater spiegelt einerseits Joaquíns ureigene, individuelle Problematik mit seinem Sein und seiner Leidenschaft, andererseits eine ganz allgemeine, umfassende Grundfrage jedes sich als Geschöpf (des christlichen) Gottes verstehenden Menschen. Dass hier das Einzelne Joaquíns und das Allgemeine Anderer (v.a. auch anderer literarischer Figuren) immer wieder auseinander- und zusammengeführt wird, zeigt sich einerseits an innertextuellen Referenzen im Rückgriff bzw. Vorgriff Joaquíns auf bereits formulierte Gedanken im Erzähltext und in seiner „Beichte“, andererseits in der Verflechtung von *Abel Sánchez* mit einer ganzen Reihe anderer Texte. Joaquíns Fragen finden sich in anderen Werken Unamunos wieder (v.a. in *San Manuel Bueno, mártir, Niebla, El Sentimento trágico de la vida*), greifen noch

---

660 AS 135.
661 Vgl. AS 126.
662 AS 135.
663 AS 136.

einmal die biblische Geschichte von Kain und Abel auf, und hinter ihnen klingen die zwar nicht explizit als solche ausgewiesenen, aber dennoch unverkennbaren Kantischen Fragen an. Albert Camus und Jean-Paul Sartre werden sich später in ihren Romanen ebenfalls mit dem Sein und dem Wesen, mit Bestimmung und Freiheit auseinandersetzen. Der Dialog zwischen Joaquín und dem Pfarrer steht also als eigene Linie in einem ganzen Gewebe intra- und intertextueller Bezüge, deren Einfluss aufeinander jedoch hier nicht zu klären ist. Richten wir den Blick auf die eigene Reihe Joaquíns, der seine Empfindungen und Gedanken vor dem Pfarrer ausströmen lässt, sein Herz ausschüttet. Der Fokus liegt hierbei auf der Begegnung der beiden Figuren und ihrer (gelingenden oder misslingenden) Verständigung über ihre Positionen und deren Herleitungen und Ableitungen:

> – Ich hasse ihn, Vater, ich hasse ihn mit all meiner Seele, und glaubte ich nicht, wie ich glaube, und wollte ich nicht glauben, wie ich glauben will, tötete ich ihn…
> – Aber das, mein Sohn, ist nicht Hass; das ist wohl eher Neid.
> – Aller Hass ist Neid, Vater; aller Hass ist Neid.
> – Sie müssen ihn verwandeln in einen edlen Wettstreit, danach streben, das Beste in Ihrem Beruf zu tun und dadurch Gott zu dienen…
> – Ich kann nicht, ich kann nicht, ich kann nicht arbeiten. Sein Ruhm lässt mich nicht…
> – Man muss sich bemühen…, dafür ist der Mensch frei…
> – Ich glaube nicht an den freien Willen, Vater. Ich bin Arzt.
> – Aber…
> – Was habe ich getan, dass Gott mich so schuf, voller Groll, neidisch, böse? Was für ein schlechtes Blut hat mir mein Vater vererbt?
> – Mein Sohn…, mein Sohn…
> – Nein, ich glaube nicht an die menschliche Freiheit, und wer nicht an die Freiheit glaubt, ist nicht frei. Nein, ich bin es nicht! Frei ist, wer glaubt, frei zu sein!
> – Sie sind böse, weil Sie nicht auf Gott vertrauen.
> – Ist es Schlechtigkeit, Vater, nicht auf Gott zu vertrauen?
> – Das will ich nicht sagen, ich meine aber, Ihre böse Leidenschaft entspringt darin, dass Sie kein Gottvertrauen haben.
> – Ist es Schlechtigkeit, Gott nicht zu vertrauen? Ich frage Sie noch einmal.
> – Ja, es ist Schlechtigkeit.
> – Dann vertraue ich nicht auf Gott, weil er mich böse geschaffen hat. So wie er Kain böse geschaffen hat. Gott hat mich ohne Vertrauen erschaffen.
> – Er hat Sie frei erschaffen.
> – Ja, frei, schlecht zu sein.
> – Und gut zu sein!
> – Warum bin ich geboren, Vater?
> – Fragen Sie lieber, wozu Sie geboren sind…[664]

---

664 AS 136.

Sich selbst, der Leserschaft und Antonia hat Joaquín seinen Hass auf Abel bereits bekannt. Neu gegenüber dem Pfarrer ist allerdings seine kaum zu deutende Bemerkung, dass er Abel töten würde, wenn er nicht glauben würde bzw. nicht glauben wollte. Was Joaquín unter Glauben und Glaubenwollen versteht, lässt sich nur in Analogie zum Motiv seines Liebens und Liebenwollens annähernd erfassen, in dem sich Können, Sein, Wollen und Handeln oder ihre negativen Entsprechungen ebenfalls in einer kreisförmigen Bewegung gegenseitig bestimmen. Wie die Liebe erscheint dann auch der (christliche) Glaube als Mittel zur Heilung oder zumindest als Mittel zum Widerstand gegen die Versuchung. Der Pfarrer geht auf diesen Teil nicht ein. Er versucht, Joaquíns Passion einzuordnen, eher als Neid zu definieren und damit in gewisser Weise zu relativieren, nicht wissend, dass in Joaquíns Verständnis im Wort „Hass" die ihn zutiefst verstörende Frage mitklingt, ob der Dämon des Hasses sein ganzes Wesen, seine unsterbliche Seele sei.[665] Die folgende Aufforderung, seine negativen Emotionen in einen positiven Wettstreit zu verwandeln, entspricht im Grunde Joaquíns bereits unternommenen Bemühungen, die Joaquín aber als gescheitert oder nicht realisierbar betrachtet, in dem Sinne, dass sein Interesse, Abel in den Schatten zu stellen und zu vernichten, nicht erreicht wurde. Auf die vollkommen andere Akzentsetzung und Richtungsweisung des Pfarrers, der auf eine „edle" Anstrengung im „Dienst Gottes" abzielt, geht hier wiederum Joaquín nicht ein, fällt ihm gar ins Wort, obwohl gerade die Änderung des Adressaten zum Guten, zum Schöpfer hin, den Teufelskreis durchbrechen könnte. Er bleibt jedoch dabei, dass der Ruhm Abels bzw. sein Neid auf Abel ihn an der wissenschaftlichen Arbeit hindert. Noch einmal versucht der Beichtvater das Bemühen, die Anstrengung, den Versuch (und nicht den Erfolg) als wesentliche Aufgabe herauszustellen, für deren Ausübung die Grundvoraussetzung, die Freiheit, schon gegeben ist. Joaquíns Erwiderung, er glaube nicht an den freien Willen des Menschen, er sei Arzt, zeigt die Zerrissenheit in Joaquíns Denken: die beiden Aussagen folgen zwar direkt aufeinander, sie werden jedoch nicht eindeutig durch eine Konjunktion in einen (kausalen) Zusammenhang gestellt. Was der Pfarrer (oder die Leserschaft) daraus ableitet, bleibt offen, da Joaquín dessen Einspruch erneut unterbricht. Die darin anklingende Oppositionierung von Wissenschaft und Glauben funktioniert zumindest nicht, denn schon Joaquíns Verwendung des Verbs „glauben", wenn auch in negativer Form „ich glaube nicht", impliziert zumindest die Möglichkeit, dass etwas geglaubt werden kann, dass etwas *ist*, was sich der empirischen Überprüfbarkeit entzieht. Joaquíns Verhältnis zur Wissenschaft

665 Vgl. AS 124.

ist ohnehin ein gebrochenes, hat sich diese als Heilmittel gerade nicht bewährt, weder als Betäubungs- und Reizmittel noch als Mittel zur Selbsterkenntnis. Die Grenzen der Wissenschaft bzw. wissenschaftlicher Erkenntnis(fähigkeit), die trotz allen Strebens nicht das gesamte Wesen des Menschen erklären und abbilden können, sind offensichtlich: Joaquín weiss nicht nur um die Ohnmacht der Medizin gegenüber der Sterblichkeit des Menschen (Antonias Mutter), er weiss auch, dass die Seele nicht „mit dem Skalpell“[666] zu finden ist, und er weiss um die Verführungskraft des Wissenwollens um seiner selbst[667] bzw. um des Ruhms der wissenschaftlichen Entdeckung willen. Wissen um zu wissen, ohne eine praktische Ableitung, ohne eine Veränderung (zum Guten) herbeiführen zu können oder zu wollen, ist ein fauler Apfel. Für Joaquín steht hier allerdings das Moment der Verführung (der Gifttrank[668]) durch die fremde Macht, die Schlange, im Vordergrund, sowie die (vorgängige) Bestimmung des Menschen durch seinen Schöpfer, die ihm den Drang nach Erkenntnis zugrunde gelegt hat, ihn zur immer gleichen Entscheidung führt. Joaquín erkennt es als Paradox, dass der Mensch quasi gezwungen wird, seine Freiheit zu wählen. Sie nach der Wahl auch zu ergreifen, sie auszuüben, bleibt für ihn dem gleichen Paradox unterworfen und führt ihn zum Zirkelschluss, dass der Kampf gegen seine vermeintliche Bestimmung zum abstossenden und neidischen Menschen vergeblich sein müsse, ohne dass er sich diesem Urteil allerdings ergeben, den Kampf aufgeben will. Dass dieser Widerstand bereits die Ausübung der nicht geglaubten Freiheit ist, bleibt ihm verborgen. Noch einmal unterbricht er einen Einwand des Pfarrers und klagt: „Was habe ich getan, dass Gott mich so schuf?“ Diese wechselseitige Determinierung löst das ganze Koordinatensystem von Zeit, Kausalität und Hierarchie von Gott und Geschöpf auf, führt in die Absurdität. Zwar bindet Joaquín sein Wesen ausdrücklich an seinen Schöpfer; sein eigenes Handeln bezieht er jedoch gleichzeitig als ein auf Gott wirkendes mit ein, womit er Gott selbst bestimmt. Es wird kein Ausweg aus diesem Dilemma geboten, auch der Pfarrer belässt es bei einem: „Mein Sohn… mein Sohn…“ Joaquín geht sogleich über zu einer nächsten Überlegung bzw. Feststellung: Nur wer an die Freiheit glaubt, ist

666 AS 124.

667 In Unamunos Werk *Del sentimiento trágico* findet sich eine entsprechende bzw. weitergehende Referenz, die das Übel der Wissenschaft als Selbstzweck herausstreicht: „Es ist eine echte und tragische Krankheit, die uns Appetit macht auf Wissen, nur aus dem Gefallen an der Erkenntnis selbst, aus reiner Lust, von der Frucht des Baumes der Erkenntnis von Gut und Böse zu kosten.“ ST 65.

668 AS 113.

frei, was in der Analogie einschliesst: nur wer glaubt, dass er glaubt, glaubt tatsächlich,[669] nur wer glaubt, dass er liebt, liebt wahrhaftig. Joaquín behauptet, er glaube nicht, jedoch widersprechen ihm darin Antonia, der Pfarrer und er selbst, indem er anders handelt, als diesem Gedanken entspräche. Noch einmal dreht sich der Kreis um das Motiv des fehlenden Gottvertrauens, das nach Ansicht des Beichtvaters der Ursprung von Joaquíns böser Leidenschaft ist, wobei Joaquín auch dies seiner Bestimmung durch seinen Schöpfer zuschreibt. Entgegen aller vorgängigen Einwände Joaquíns besteht der Pfarrer auf der Freiheit, wobei Joaquín auf der absurden Position verharrt, er sei frei, um schlecht zu sein. Der Beichtvater stellt Gleichgewicht und Sinn nachdrücklich mit der Konjunktion „und" wieder her: „Und gut zu sein!" Bemerkenswert ist beider Bezugnahme auf das Wesen, das Sein, nicht auf das Handeln, das Gute zu tun.

Joaquín stellt am Ende die Frage nach dem Grund seiner Erschaffung, die der Beichtvater nicht aufnehmen will, und der daher die Aufmerksamkeit auf die Frage nach dem Zweck und Ziel des Lebens[670] lenkt, das der Mensch gestalten kann und soll: „Fragen Sie lieber, wozu Sie geboren sind…". Joaquíns „Warum muss ich leben" bleibt offen,[671] aber es ist ihm aufgetragen, zumindest das „Wozu" selbst zu entdecken.

Der Dialog spiegelt so die nur zur Hälfte gelingende Begegnung Joaquíns und des Pfarrers. Obwohl beide auf je einen Teil der Aussagen des Anderen eingehen, greift der Pfarrer gerade das, was für Joaquín grundlegend wichtig scheint, nicht auf und umgekehrt. Die entsprechenden Leerstellen im Text lassen offen, ob oder inwieweit dies bewusst und zielgerichtet oder unbewusst und unbeabsichtigt geschieht. Die Leserschaft erfährt also nicht, ob Joaquín die Hinweise des Pfarrers für vollkommen irrelevant oder für richtig, jedoch nicht umsetzbar hält. Unklar bleibt ebenso, inwieweit der Pfarrer die subjektive Dimension, die Grösse des Drachens in Joaquín erfasst, obwohl zu erkennen ist, dass die Fragen Joaquíns an sich ihm keineswegs neu sind. Die Dialogseite Joaquíns ist exemplarisch für dessen innere Zerrissenheit: sein Denken, sein stark ausgeprägter Intellekt, sein Drang, die Dinge zu hinterfragen, ihnen auf den Grund zu gehen,

---

669 Diese Problematik wird in Unamunos Erzählung *San Manuel Bueno, mártir* an mehreren Stellen aufgegriffen.

670 Vgl. ST 73 f.: Woher komme ich und woher kommt die Welt, in der ich lebe und von der ich lebe? […] Was bedeutet das? Solche Fragen stellt der Mensch. […] Und wenn wir es genau betrachten, sehen wir, dass hinter diesen Fragen weniger der Wunsch steht, ein Warum zu erkennen, als das Wozu; nicht den Grund, sondern das Ziel […].

671 In *San Manuel Bueno, mártir* lautet die Anwort schlicht: „Hay que vivir" – Man muss leben. SM 145 f.

zu wissen und zu erkennen, steht nicht in Verbindung mit seiner Seele, seiner Fähigkeit zur Liebe und zum Glauben, seinen Gefühlen. Vernunft und Willen können die starken (negativen) Emotionen und Antriebe nicht oder nur sehr begrenzt steuern oder kontrollieren, andererseits stehen sie Joaquín im Weg, sodass er sich weder Gott und/oder der Liebe noch dem Dämon und/oder dem Hass zu überlassen vermag. Joaquín ist ganz auf sich selbst bezogen (etwas, was er eigentlich Abel vorhält[672]), und so ist es ihm nicht möglich, Perspektive und Fokus zu ändern, auf Gott zu vertrauen, wie ihm der Pfarrer als Bedingung aufzeigt. Die Dialogseite des Pfarrers ist inhaltlich gekennzeichnet durch ein praktisches Verständnis des Glaubens, das zwar die Vernunft nicht negiert, aber die Fragen übergeht oder stehen lässt, die tatsächlich nicht oder nur spekulativ zu beantworten sind. Der Beichtvater blendet das Problem von Ursprung und Ende des Menschen aus und beleuchtet den Teil dazwischen: das Leben, das zu gestalten Aufgabe Gottes an seine Geschöpfe ist, möglichst im Dienst Gottes und zum Guten. Theologisch bemerkenswert ist hier die Leerstelle der Erlösung durch den Tod Jesu am Kreuz, von dem an keiner Stelle der Erzählung die Rede ist. Jeder Mensch scheint hier selbst verantwortlich, durch die eigene Passion hindurch zu Gott finden zu müssen. Nur das Jesuskind (in Verbindung mit Maria) spielt eine (stellenweise wesentliche) Rolle, so auch im folgenden Kapitel XVI.

Hier berichtet die Erzählstimme einleitend, dass Joaquín zuhause zur Heiligen Jungfrau Maria betet, vor einem Bild Abels, das Helena und ihren Sohn als Maria mit dem Jesuskind abbildet. Zwar richtet sich das Gebet Joaquíns in wörtlicher Rede an die Heilige Jungfrau: „Schütze mich! Rette mich!“[673] Es erfüllt sich allerdings später nicht durch Maria oder Helena, sondern am ehesten durch Abelín, der sich von seinem Vater ab- und Joaquín und seiner Tochter Joaquina zuwendet und so die Theorie seines Schwiegervaters zur Unsterblichkeit und Vererbung des Hasses widerlegt. Die Überlagerungen und Zweideutigkeiten zeigen sich auch in der Stimme des Gegenspielers in Joaquín, die ihm angesichts des Bildes den heimlichen Wunsch zuflüstert, „er“ (Abelín oder Abel) möge sterben (wie es Jesus vorherbestimmt ist), um „sie“ (Helena) für ihn (Joaquín oder den Dämon) freizugeben. Ohne Überleitung folgt ein Dialog zwischen Abel und Joaquín, wobei Abel seinen Freund direkt auf seine Hinwendung zur Kirche anspricht. Im Rollentausch fordert diesmal Abel Joaquín heraus, während letzterer versucht, sich dem ungewohnten, offenen Angriff zu entziehen:

672 Vgl. AS 101.
673 AS 138.

– […] und da du nie an Gott oder den Teufel geglaubt hast und du dich kaum von heute auf morgen einfach so bekehrst, so bist du wohl zum Reaktionär geworden!
– Und was geht es dich an?
– Nein, ich verlange ja keine Rechenschaft von dir; aber… glaubst du wirklich?
– Ich muss glauben.
– Das ist etwas anderes. Aber glaubst du?
– Ich habe dir schon gesagt, dass ich glauben muss, und jetzt frag nicht mehr.[674]

Wie Joaquín bisher immer versucht hat, hinter die wahre Motivation der Kunst und des Verhaltens, hinter die Fassade Abels zu dessen Kern vorzudringen, so ist es nun Abel, der versucht, Antrieb und Wesen von Joaquíns scheinbar grundlegend veränderter Haltung zu erfassen. Und wie auch Joaquín mehr in Abel hineindeutet, als dieser einerseits preisgeben will, andererseits tatsächlich in sich trägt (was der Leserschaft, nicht aber Joaquín, an wenigen Stellen offengelegt wird), so gibt sich auch Abel nicht mit Joaquíns Antwort, den Glauben zu brauchen zufrieden. Doch wie Abel sich den Provokationen Joaquíns entzieht, verweigert sich hier Joaquín, der seine Zweifel für sich behält. Im Folgenden erläutert Abel in für ihn vollkommen ungewohnter Ausführlichkeit und Entschiedenheit seine Ansicht über die Institution der Katholischen Kirche und die Psychologie ihrer Anhänger. Katholizismus (und jegliche Form der Orthodoxie) bedeutet für ihn Reaktionismus, Scheinheiligkeit, Mittelmässigkeit, Phantasielosigkeit, Vulgarität, Uniformismus, Dogmatismus, Unfreiheit, Dummheit, Kleinlichkeit etc. im Gegensatz zu Kreativität, Vorstellungskraft, Freiheit, Individualität, Originalität, Intellekt, Genie, Grossmut u.v.m. Es „schockiere" ihn, Joaquín unter jenen zu sehen, die er der ersten Kategorie zurechnet, spreche doch Joaquíns frühere Verteidigung Kains[675] für seine innere Grösse. Wem Abel hier seine Stimme leiht, ob er für sich selbst spricht oder die Position einnimmt, die von Joaquín zu erwarten wäre (der dann quasi zu sich selbst in Dialog träte), oder ob hier der Autor selbst hervortritt, bleibt offen. Joaquín zumindest anerkennt zum ersten Mal, dass nicht nur er seinen Freund Abel bis ins tiefste Innere zu kennen glaubt, sondern auch dieser wohl in ihm zu lesen vermag, wenn auch unbewusst und intuitiv, wie in seiner Malerei. Abel malt hier ein Portrait Joaquíns mit Worten, nicht mit dem Pinsel,[676] übernimmt also die Ausdrucksform Joaquíns in einer neuerlichen Vermischung ihrer Positionen.

674 AS 138.
675 Siehe die Diskussion zwischen Abel und Joaquín zum Text der Genesis in Kap. XI.
676 Entgegen Abels Aussage: „Ich kann mich eben nur mit dem Pinsel gut ausdrücken…" AS 90. Das Portrait von Joaquín, das Abel seinen Bekannten ankündigt (siehe AS 129), wird nicht gemalt.

Sowohl das Bild Marias/Helenas mit dem Kind als auch das Motiv der Konversion Joaquíns zum Glauben werden im folgenden Kapitel XVII erneut Thema. Die Erzählstimme leitet auch dieses Kapitel ein und tritt dann in einen Wechsel mit den wörtlich wiedergegebenen Gedanken Joaquíns, wobei beide Stimmen sich immer mehr annähern. Die folgende Begegnung Joaquíns mit Helena steht unter schlechten Vorzeichen. Die Kenntnis davon, dass Abel Helena mit einem seiner ehemaligen Modelle betrügt, scheint einen Rückfall Joaquíns auszulösen. In einer Art Schlaufe zu den Kapiteln III und V erwachen in Joaquín die alten Gefühle für Helena, seine alte Verliebtheit, die alte Gewissheit, dass sie und Abel nur zu seiner Erniedrigung zusammenfanden, der alte Wunsch nach Rache. Aus der nun explizit formulierten Überzeugung, Helena sei nicht fähig zu lieben, sei nur ein leeres Gefäss der Eitelkeit, leitet Joaquín die Möglichkeit ab, sie sei fähig, ihren Mann zu betrügen, vielleicht gar mit ihm, den sie als Ehemann verschmäht hatte. Die Abwesenheit Abels bewusst abwartend, sucht er Helena auf.

Wie zuvor ihr Mann, spricht auch Helena Joaquín gleich zu Beginn direkt auf seine Hinwendung zur Kirche an, die sie in der ihr üblichen zynisch-provozierenden Art mit Antonia in Verbindung bringt und als eigenständiges Unternehmen in Zweifel zieht. Joaquín nimmt seine Frau jedoch grundsätzlich aus allen Gesprächen mit den Anderen aus und kontert, indem er Helena von seinen Gebeten vor ihrem Bild als Jungfrau mit dem Kind erzählt. Er öffnet damit einen ganzen Raum vieldeutiger Verbindungen und Analogien: das Profane und das Heilige, das Menschliche und das Göttliche, das Geschöpfliche und das Schöpferische in all seinen Beziehungen und Gewichtungen. Helena verurteilt Joaquíns Bemerkung als Blasphemie, greift jedoch die Zweideutigkeit unbewusst auf, indem sie den Anblick ihres schlafenden Kindes sucht, den Schutz des (Jesus-)Kindes vor dem unerwarteten Angriff. Joaquín legt Helena nun alles offen: dass er glauben wollte, um sich mit dem Glauben gegen seine Leidenschaft zu wehren, dass er als Wissenschaftler berühmt werden wollte, es ihm jedoch nicht gelang, weil er den Ruhm nicht ihr zu Füssen hatte legen können, dass er sie liebe, mit ganzer Seele, mit aller Hingabe, dass Abel hingegen nicht fähig sei, sie zu lieben und dass er sie zudem betrüge. Das Scheitern aller Versuche, sich selbst zu heilen, schreibt Joaquín nun ausdrücklich Helena zu. In ihr glaubt er sein Gegenstück zu erkennen, sein letztes Heilmittel, das ihn von seiner Leidenschaft erlösen könnte, indem es Gleiches mit Gleichem heilt. Helena allerdings verstösst ihn:

> – Geh, verschwinde, geh zur Kirche, du Heuchler, du Neider; geh, deine Frau soll dich heilen; du bist so krank.[677] […]

677 Span. *malo* hier mehrdeutig *schlecht, böse* und *krank*.

Helena stand auf, ging zum Kind, weckte es, nahm es in die Arme, kam zu Joaquín zurück und sagte ihm:
– Geh! Der hier ist es, Abels Sohn, der dich aus dem Haus wirft; geh![678]

Die Symbolik des Kindes ist hier besonders vielschichtig. Helena hält Abels Sohn, das sichtbare Zeichen ihrer Verbindung, zwischen sich und Joaquín, als Schutzschild und als Autorität, die Joaquín in seine Schranken weist. Die Unschuld des Kindes, das noch vor der Wahl zwischen Gut und Böse, vor der Ergreifung seiner Freiheit, vor der Selbstverantwortung steht, macht es zu einer Art göttlichem Richter, dem es allein zukommt, Joaquín zu verweisen, ohne bewusste Absicht, ohne Berechnung und ohne Erkenntnis. Antonia wird später einen ähnlichen Bezug zwischen ihrem Enkel und dem Jesuskind herstellen, angesichts eines Streits der Grossväter Joaquín und Abel um eine Zeichnung des kleinen Joaquín, indem sie ihn „unbeflecktes Lämmchen" und „Lamm Gottes"[679] nennt. Und schliesslich wird Joaquín auf dem Sterbebett explizit die Unschuld der Kinder herausstellen, die allein wahre Vergebung bringen kann:

– Bringt das Kind!
Und als das Kind da war, rief er es zu sich.
– Vergibst du mir? – fragte er es.
– Es gibt nichts zu vergeben – sagte Abel.
– Sag ihm dass ja, geh ganz hin zum Grossvater – sagte ihm seine Mutter.
– Ja! – flüsterte das Kind.
– Sag es deutlich, mein Sohn, sag, ob du mir verzeihst.
– Ja.
– So, denn nur von dir, nur von dir, der du noch nichts verstehst, von dir, der du unschuldig bist, brauche ich Vergebung.[680]

In all diesen Szenen schwingt im Bezug auf das Jesuskind der Gedanke der christlichen Erlösung zwar mit, allerdings nur als unbestimmter Verweis auf das Zukünftige. Vom Kreuzestod des erwachsenen Jesu, der die Sünde aller auf sich nimmt, und von der Auferstehung Christi ist in der ganzen Erzählung nicht die Rede. Durch diese zentrale inhaltliche Leerstelle scheint Joaquín seiner eigenen Anstrengung, seinem eigenen Wirken überlassen. Die Vergebung (durch das Kind) rückt ganz ans Ende seines Lebens, die Hoffnung auf Erlösung nach dem Tod bleibt unausgesprochen.

678 AS 143.
679 AS 196.
680 AS 205.

Die Szene mit Helena, das endgültig besiegelte Scheitern an ihr, das eingestandene Scheitern am Lieben- und Glaubenwollen, wird zu einem Wendepunkt in Joaquíns Leben. Die Schmach der Zurückweisung, die Scham über die Offenlegung seiner Seele, das Gefühl der (Gott-)Verlassenheit leitet eine Abwärtsbewegung in eine lang andauernde bittere und dunkle Phase ein, in der seine Frau und seine kleine Tochter nur bedingt Trost und Heilung spenden können. Die Problematik der Rechtfertigung, des menschlichen Wirkens, der wahren Motivationen und der wahren Intentionen der Menschen besonders in Bezug auf das Religiöse beschäftigt Joaquín. Kapitel XVIII ist vollständig diesen Fragestellungen gewidmet. In einer Nebenszene wird die Auseinandersetzung Joaquíns mit einem Dienstmädchen in seinem Haus, im Beisein von Antonia, geschildert. Das Kapitel folgt dem meist üblichen Aufbau: eine Einleitung der Erzählstimme, der direkte Einstieg in einen Dialog der drei Anwesenden und ein offener Schluss. Die Erzählstimme beschreibt das Dienstmädchen, ihre ausgesprochene Frömmigkeit und Unterwürfigkeit, ihren stets gesenkten Blick und die näselnde Stimme sowie auch Joaquíns Widerwillen ihr gegenüber, der all dies nicht ertragen kann. Aus seiner Abneigung heraus provoziert Joaquín mit Unterstellungen und Beschimpfungen ihren Widerstand:

> – Sie ist voller Hochmut! […] Sie übt sich an mir, auf meine Kosten, in Demut und Geduld; sie nimmt meine Anfälle übler Laune als Bussübungen, um sich in Tugend und Geduld zu üben. Aber nicht auf meine Kosten! Nein, Nein und nochmals Nein! Auf meine Kosten nicht! Mich soll sie nicht als Instrument hernehmen, sich Verdienste im Himmel zu schaffen! Das ist Heuchelei![681]

Während Antonia zu vermitteln versucht, steigert sich die Wut Joaquíns, bis das Dienstmädchen das Haus verlässt. Auch diese Szene, in der Joaquín auf eine Art pervertierte Wirk- oder Busspraxis in der katholischen Kirche anspielt, entsprechend der Frage nach der Rechtfertigung des Menschen, taucht in weiteren Variationen noch mehrfach in Unamunos Werk auf. Das Motiv, die Schwächen des Nächsten einerseits bewusst zu reizen und sie andererseits in grösster Demut anzunehmen, um sich selbst im Dienst Gottes hervorzutun, hat eine direkte Referenz in Unamunos 1898 erschienener Kurzgeschichte *El lego Juan*,[682] in welcher der cholerische Herr im Zorn seinen allzu devoten Diener Juan schlägt und noch am selben Tag bei einem Duell zu Tode kommt. Der Diener tritt in ein Kloster ein, um seine fehlgeleitete Motivation zu sühnen. In *La tía Tula*[683] erscheint das

---

681 AS 145.

682 Erschienen in: El Correo de Valencia, 4. April 1898, Valencia 1898.

683 Miguel de Unamuno, La tía Tula, 9. Aufl., Madrid 1999.

Motiv in geänderter Fassung unter der Frage, ob eigenes Streben nach Reinheit nur auf Kosten Anderer erfüllt werden kann, oder ob der wahre Weg bedeutet, in die Sünde hinabzusteigen, um den Anderen davor zu bewahren. Die Frage nach der wahren Motivation, der wahren Intention sowohl des Anderen als auch der eigenen erscheint in allen drei Geschichten allerdings sinnlos. Solange den Fragestellern keine Instanz vollkommener Erkenntnisfähigkeit, kein unfehlbares Gericht zur Verfügung steht, kann sie nicht wahrhaft beantwortet werden. Die Rechtfertigung durch Christus noch zu Lebzeiten des Menschen wird auch hier nicht einziges Mal in Betracht gezogen. Alle Figuren bleiben in gewisser Weise sich selbst überlassen, scheinen sich ihr Heil selbst erarbeiten zu müssen.

Die Szene mit dem Dienstmädchen endet mit einem kurzen Dialog zwischen Antonia und Joaquín. Eine gewisse Abhängigkeit von der Sicht der Anderen auf ihn zeigt sich auch hier: Joaquín fragt sich, ob das Mädchen ihn wohl für verrückt hält und ob sie nicht sogar damit Recht hätte:

> – Doch, ja, ich glaube, ich bin verrückt… Schliess mich weg. Das wird mein Ende sein.
> – Mach du dem ein Ende![684]

Während Joaquín sich nahe daran sieht, dem Dämon die Herrschaft über sich zu überlassen, widerspricht Antonia und fordert erneut Joaquíns Gegenwehr. In diesem Moment scheint zumindest sie davon auszugehen, dass es in der Entscheidungsmacht des Menschen liegt, der Versuchung zu widerstehen.

Nicht Antonia, sondern Joaquín verschliesst sich in der folgenden Zeit, konzentriert sich auf die Familie und versucht auch, die kleine Tochter Joaquina möglichst von allen äusseren Einflüssen fernzuhalten. Kapitel IX ist ganz einem Dialog zwischen ihm und Antonia gewidmet, in welchem Joaquín die Vorzüge von Töchtern vor Söhnen und Einzelkindern vor zahlreichen Geschwistern preist. Er untermalt seine Theorie mit Geschichten zur Ungleichbehandlung mancher Kinder durch ihre Eltern, in expliziter Allegorie zu Gott, dem Schöpfer, dessen Kinder angesichts der gleichen offensichtlichen Bevorzugung bzw. Benachteiligung durch die Natur zwangsläufig zu Neidern werden müssen. Wie immer, wenn er in seiner düsteren Weltsicht zu versinken beginnt, bringt Antonia ihn mit einem Kuss zum Schweigen. In beiden Kapiteln wird ein konkretes Erlebnis, eine Erfahrung oder Geschichte aus dem Umfeld für Joaquín zum Anlass philosophischer Exkurse mit misanthropischen, zynischen und pessimistischen Zügen, die Antonia unterbindet, entsprechend ihrem gegenteiligen

684 AS 146.

Charakter, der von Liebe, Glauben und Hoffnung geprägt ist. Sie scheint Joaquín instinktiv vor sich selbst zu schützen.

Während die wenigen Jahre seit dem Raub der Helena in Kapitel II bis zum Kapitel XVII, der Auseinandersetzung zwischen Joaquín und Helena, ausführlich geschildert werden und durch gelegentliche Angaben zumindest eine ungefähre zeitliche Orientierung in den Lebensabschnitten möglich ist, verliert sich diese Ordnung in der dunklen Phase Joaquíns. Dass während dieser Zeit in den Augen Joaquíns nichts Wesentliches geschieht, zeigt sich auch daran, dass über acht Kapitel (XVI–XXIII) kein Teil der „Beichte" eingefügt wird. Die Zeitlosigkeit wird in Kapitel XX durch die Erzählstimme vor einer Begegnung Abels und Joaquíns unterbrochen. Die Information, dass der Sohn Abels Medizin studiert, lässt erkennen, dass in der Zwischenzeit viele Jahre vergangen sind. In einer Schlaufe zu Kapitel I greifen die beiden Freunde die alte Diskussion um Medizin und Kunst, um Ruhm und Geld wieder auf. Die Frage Joaquíns, wieso Abels Sohn nicht Maler wurde wie sein Vater, wird an dieser Stelle (und auch später) nicht abschliessend beantwortet. Während Abel angibt, sein Sohn habe schlicht nie Interesse an seinem Beruf gezeigt, vermutet Joaquín, Abel habe eine Konkurrenzsituation vermeiden wollen, in welcher sich in der Kritik von aussen immer der Eine durch den Anderen definiert sehen würde. Abel geht nicht weiter auf diese Theorie ein. In den Kapiteln XXV und XXXII wird Joaquín Abels Sohn gegenüber nochmals auf das Thema zurückkommen. Abelín bestätigt, dass er selbst nicht Maler werden wollte, aber auch, dass sein Vater ihn nie dahingehend förderte. Inwieweit die Haltungen von Vater und Sohn sich gegenseitig bedingen, bleibt offen. Abelín beklagt in diesem Zusammenhang jedoch vor allem die Gleichgültigkeit[685] seines Vaters ihm gegenüber.

Die vermeintliche Indifferenz Abels trifft jedoch auch Joaquín bis ins Innerste. In Kapitel XXI stellt dieser sich in fiktiven Dialogen vor, wie sich Abel gleichgültig und herablassend mit ihm austauscht, so dass er beinahe Gott darum anfleht, Abel möge ihn endlich ebenso hassen, ihn ebenso beneiden wie er ihn. Im erneuten Positionswechsel erkennt sich Joaquín selbst die Fähigkeit zur Liebe ab, und er zieht, wie bereits in seiner Beichte beim Pfarrer, Gott dafür zur Verantwortung:

> Herr. Herr. Du sagtest mir: Liebe deinen Nächsten wie dich selbst! Und ich liebe meinen Nächsten nicht, ich kann ihn nicht lieben, weil ich mich nicht liebe, ich weiss mich nicht zu lieben, ich kann mich nicht selbst lieben. Was hast du aus mir gemacht, Herr?"[686]

685 Vgl. AS 165.

686 AS 152. Bemerkenswert ist an dieser Stelle die zeitliche Nachordnung des göttlichen Wirkens durch den Wechsel zum Perfekt: „Was hast du aus mir gemacht?"

In einer Schlaufe zu Kapitel XI öffnet Joaquín die Bibel mit der Geschichte Kains und Abels an der Stelle, an der er damals Abel beim Vorlesen unterbrochen hatte: „Da sprach der Herr zu Kain: Wo ist dein Bruder Abel?“[687] Joaquín antwortet jedoch mit der Gegenfrage: „Und wo bin ich?“ Der ständige Rollentausch, die ständige Verwechslung und Vermischung, die beständige Abhängigkeit Joaquíns von Abel bzw. vom Bild Abels finden im Teufelskreis keinen Ausgang. Erst das Eintreten Joaquinas bringt ihren Vater zu sich. Er bittet sie, für ihn zu beten. Joaquina kennt den Grund von Joaquíns Krankheit noch nicht, die Szene ist jedoch die Vorbereitung für ihre wenige Kapitel später folgende Entscheidung, in ein Kloster einzutreten, um den Vater vor dem Unbekannten zu retten.

Wie um die Zeit zu den nächsten wesentlichen Ereignissen zu überbrücken, folgen eingeschobene Dialoge und Geschichten, die sich als Arabesken der Hauptmotive und der Hauptgeschichte darstellen. Wie die Erzählstimme zu Beginn des Kapitels XXI erläutert, frequentiert Joaquín mittlerweile einen Stammtisch im Casino. Obwohl er sich der Sinnlosigkeit und gar ätzenden Wirkung seiner Besuche dort bewusst ist, versucht er damit, die ständige Stimme des Anderen in seinem Inneren zum Schweigen zu bringen. Eine der Unterhaltungen zwischen den fünf Männern dort wird in Kapitel XXII ausführlich wiedergegeben. Auch wenn die aufkommenden Themen zufällig scheinen, haben sie alle einen direkten Bezug zur Problematik Joaquíns oder auf bereits stattgefundene Auseinandersetzungen: so z.B. das Motiv des (falschen) Lobs auf die zweideutige Absicht hinter der Lobrede Joaquíns zu Abels Bild, die Voreingenommenheit, die sich leicht durch Einbildung oder Erfindung einer Übeltat bestätigen lässt, auf die fiktiven Taten und Interessen Abels, wie sie sich Joaquín ausmalt, die Selbstdarstellung (des „ehrenwerten“ Politikers) auf die Episode mit dem Dienstmädchen, die Diskussion um Aufrichtigkeit und den Sinn der Beichte sowie die (Un-)Möglichkeit der Sühne auf Joaquíns Beichte beim Pfarrer und in seinen Aufzeichnungen. Hier in der Runde erscheinen die Verknüpfungen der Motive und die Verstrickungen der einzelnen Figuren in einem grösseren Zusammenhang. Wieder spiegelt sich das Eigene im Fremden, das Besondere im Allgemeinen, das Einzelne im Ganzen und umgekehrt. Das Gespräch, das Nachdenken über das Leben, die Menschen und ihre Geschichten wird Philosophie, ein Gedanke, den Federico (Cuadrado)[688] hier explizit formuliert.

687 Gen 4,9.

688 Der volle Name des Schulkameraden Joaquíns, Federico Cuadrado, wird im ersten Kapitel erwähnt. Das Quadrat, das Kästchen, liesse eher auf ein systematisches, konstruktives Denken schliessen, steht also gerade im Gegensatz zu Federicos zynisch-destruktiver Art und zu seiner Idee der unsystematischen Philosophie.

– Der Mensch ist ein Mysterium – sagte Léon Gomez.
– Mann, sag doch keine Dummheiten! – gab ihm Federico zurück.
– Dummheit, wieso?
– Jeder philosophische Ausspruch, also jedes Axiom, jeder allgemein gültige und feierliche Satz ist, wenn er aphoristisch geäussert wird, eine Dummheit.
– Und die Philosophie?
– Es gibt keine andere Philosophie als die, die wir hier treiben…[689]

Ein Grundgedanke Unamunos zum Verhältnis von Leben, (literarischen) Geschichten und Philosophie überhaupt, wie er sich ähnlich auch in anderen Werken Unamunos zeigt, wird hier Federico in den Mund gelegt. Eine systematische Philosophie, die sich aus einzelnen, eigenständigen, voneinander absetzbaren Aussagen zusammenfügt, die unabhängig vom Menschen nur als Gedanke allgemein gilt, erscheint als Unsinn. Nur im Zusammenklang mit der konkreten Geschichte, dem konkreten Leben, dem konkreten Menschen kann sich der philosophische Gedanke als gültig erweisen. Auch wenn viele Menschen ähnliche Dinge erleben, sich viele Geschichten in nur geringfügiger Variation wiederholen, sind sie nicht als erklärende Beispiele zur Idee zu verstehen, sondern als Körper untrennbar und wesenhaft mit ihr verbunden. Alles, was Joaquín bis anhin erlebt und in seinen Aufzeichnungen reflektiert hat, fliesst in der einen, eigenen Geschichte zusammen, die wiederum viele andere Geschichten in sich aufnimmt.

In Kapitel XXIII wird erneut eine solche andere Geschichte erzählt. Joaquín fragt erst Abel, dann Federico nach einem armen Aragonier, der sich mit Gelegenheitsarbeiten und Bettelei bei Bekannten durchschlägt. Joaquín behandelt dessen Familie unentgeltlich als Arzt und hilft wie auch Abel gelegentlich mit Geld aus. Während Abel explizit keine Ausreden für das ihm armselig scheinende Verhalten des Mannes hören will, so fragt Joaquín nach den Hintergründen, nach der Geschichte der Familie und wie sie in eine solche Lage geraten ist. Entsprechend ihren unterschiedlichen Ansichten hält Joaquín Abel vor, er sehe alle Menschen nur von aussen, nur als Modelle, und Abel umgekehrt meint, Joaquín sehe alle als Patienten.[690] Federico erzählt Joaquín tags darauf nun die Lebensgeschichte des Mannes, eine Variation der biblischen Geschichte von Jakob und Esau. Der Aragonier war als Erstgeborener vom Vater enterbt worden, nachdem er gegen den Willen des Vaters geheiratet hatte. Der jüngere Bruder

689 AS 156 f.
690 Den gleichen Gedanken wird Antonia später in Bezug auf den Enkel haben: „Du sollst kein Modell für den Maler sein, und kein Patient für den Arzt." AS 196.

hatte ihm Arbeit und Obdach verweigert, und um den Bruder nicht zu töten, hatte der Ältere sein Dorf verlassen, um in der Stadt von Almosen zu leben. Federico bemerkt dazu, der Mann hätte seinen Bruder besser getötet, anstatt ihn sein Leben lang zu hassen und die eigene Seele damit zu vergiften. Er begründet dies mit seiner eigenen Erfahrung, seiner eigenen Geschichte, in der sein Stiefvater ihm das Leben durch seinen Hass auf den leiblichen Vater vergiftet habe. In beiden Variationen bleibt das Unrecht ungesühnt, eine Versöhnung findet nicht statt, im Gegensatz zur biblischen Erzählung, deren Ausgang im Text von *Abel Sánchez* jedoch nie erwähnt wird.

Mit Kapitel XXIV endet die nebelhafte, ereignisarme und zeitlose Phase der Depression. Die Handlung setzt in neuer Dichte wieder ein, als Joaquín den Sohn Abels auf Bitten des Vaters als Assistenten in seine Praxis aufnimmt. Joaquín muss demnach über fünfzig Jahre alt sein, seit der letzten Begegnung mit Helena sind über zwanzig Jahre vergangen (eine ganz konkrete Angabe wird später gesetzt, als Joaquín seine Memoiren zu schreiben beginnt und sich um sein fortgeschrittenes Alter von 55 Jahren Gedanken macht[691]). Der Einschub des elften Teils der „Beichte" signalisiert, dass Joaquín dem Eintritt Abelíns wesentliche Bedeutung beimisst. Er analysiert darin die seltsame Mischung seiner Gefühle, Interessen und Stimmen in seinem Inneren zu Beginn ihrer gemeinsamen Arbeit. Bald entwickelt Joaquín eine seiner Ansicht nach aufrichtige und tiefe Zuneigung zum Sohn seines Feindes, vertraut ihm seine Aufzeichnungen, Forschungsergebnisse und medizinischen Erkenntnisse an, damit durch ihn endlich vollendet und veröffentlicht werden kann, was Joaquín keine Gestalt zu geben vermochte. Dennoch bleibt der Hintergedanke, dem leiblichen Vater Abel den Sohn wegzunehmen, wie dieser ihm Helena weggenommen hatte. Abelín soll zu Joaquíns Sohn, zu seinem Werk werden.[692] Die Absicht, Abel damit zu schaden, läuft jedoch ins Leere, offenbart doch der Sohn von sich aus seinem Meister bereits im folgenden Kapitel XXV, wie gering das Interesse seines Vaters an ihm ist, dass Abel niemanden liebe, dass er ihm immer nur mit Gleichgültigkeit begegnete.[693] Abel selbst wird später von sich sagen, er sei nicht eifersüchtig, auch wenn es ihm scheine, sein Sohn liebe Joaquín mehr als ihn.[694] Abelín seinerseits erahnt bald die besondere, aber verborgene Intensität der Beziehung

691 AS 189.
692 Vgl. AS 163.
693 Vgl. Fn 686.
694 AS 181.

zwischen Abel und Joaquín, vor allem daran, dass sein Vater „immer nur gut, zu gut“[695] über Joaquín gesprochen habe:

> – Für meinen Vater sind Sie eine Art tragische Persönlichkeit, getrieben und gefoltert von tiefen Leidenschaften. „Wenn man nur die Seele Joaquíns malen könnte!“, sagte er immer. Er redet in einer Art, als stünde ein Geheimnis zwischen Ihnen und ihm…[696]

Dieses Geheimnis, dass Joaquín Helena liebte, sie ihm aber Abel vorzog und beide scheinbar nur ihm zum Hohn heirateten, wird Joaquín wenig später seiner Tochter entdecken.[697] Und kurz vor seinem Tod wird auch Abel erfahren, was es wirklich mit Joaquíns Leidenschaft auf sich hatte, bei der letzten und endgültigen Auseinandersetzung nicht um Abels Sohn, jedoch um den kleinen Enkel, der zwischen den Grossvätern zum letzten Zankapfel werden wird.[698] Im Sprung über eine Generation scheint sich hier der Kreis zu schliessen, der Konflikt wird in ganzer Heftigkeit erneut ausbrechen und mit Abels Tod enden.

Während Joaquín sich Abelín immer mehr zuwendet, ihn zu seinem Sohn macht, erkennt Antonia die Gefahr, dass sich ihre Tochter von ihnen abwendet. Kapitel XXVI gibt einen Dialog zwischen Joaquín und seiner Frau wieder, in dem sie ihm von den Plänen der Tochter berichtet, in ein Kloster einzutreten. Antonia geht davon aus, dass Joaquina vor ihrem Vater fliehen will, weil er Abelín ihr vorziehe, Joaquín hingegen vermutet, dass sie seine Besessenheit erahnt und sich für ihn opfern wolle, unter dem Einfluss des Beichtvaters, der nichts für ihn tun konnte.

> – Nein, der Pater Echevarría[699] gab mir kein Heilmittel, er konnte es mir nicht geben. Gegen dieses Übel gibt es kein Heilmittel, ausser den Tod. Wer weiss… Vielleicht wurde ich damit geboren und werde mit ihm sterben. Nun gut, dieses Paterlein, das mich weder heilen noch befreien konnte, drängt nun zweifellos meine Tochter, deine Tochter, unsere Tochter ins Kloster, damit sie für mich bete, damit sie sich opfere, um mich zu retten…[700]

---

695 AS 166. Hier ist anzumerken, dass auch Joaquín Abelín gegenüber nie schlecht von Abel spricht, seinem Schüler jedoch sehr wohl gewisse Gedanken nahe legt, die sich dieser zu eigen macht.

696 Ebd.

697 AS 179.

698 Vgl. AS 200 f.

699 In dieser Textstelle wird der Pater ausdrücklich mit Namen Echevarría genannt. Es ist durchaus möglich, dass Unamuno hier auf den befreundeten Maler Juan de Echevarría (Bilbao 1875–Madrid 1931) anspielt und damit den (ungerechtfertigten) Zynismus Joaquíns dem „padrecito“ gegenüber zurücknimmt, oder dass auch hier wieder mit den Rollen Priester, Maler, Wissenschaftler gespielt wird.

700 AS 168.

Mehrere bereits angelegte Motivstränge werden hier miteinander verbunden: die Frage Joaquíns, ob der Hass als zu ihm gehörig sterblich oder als Eigenes unsterblich sei, das nun definitive Urteil darüber, dass der Pater, dass die Kirche ihm keinen Trost und keine Heilung spenden konnte,[701] und schliesslich ein neues bzw. neu ausgelegtes Motiv, die Tochter als Heilmittel. Zwar lehnt Joaquín die Form des Opfers seiner Tochter, den Eintritt ins Kloster ab, doch der Gedanke, Joaquina könne ihn durch eine Verbindung mit Abelín retten, wird nach und nach Gestalt annehmen. In Kapitel XXIX wird Joaquín im zwölften Teil der „Beichte" hierzu einerseits seine Sorge, sein Hass könne sich in den Nachkommen fortsetzen,[702] formulieren, wobei er explizit noch einmal auf die biblische Geschichte von Jakob und Esau zurückgreift, die sich bereits im Mutterleib streiten. Andererseits hegt er die Hoffnung, die Vermischung des Blutes könne die Opposition zwischen ihm, Abel und Helena aufheben, das Gift der Versuchung neutralisieren. Jedoch sieht er nicht nur das eigene Blut vermischt mit demjenigen Abels, sondern auch dasjenige Helenas, das ihn am meisten verstört, und dasjenige Antonias, in welchem er dagegen die Rettung, die Erlösung aller sieht. Das Blut der gläubigen Christin betrachtet er als rein, als Wasser der Taufe, als geweiht, als Gegenmittel zum oft erwähnten magischen Trank. Antonia wird christusähnlich damit aus Joaquíns vorherigen Worten ausgenommen: „Und jeder Mensch ist, wie Hiob, ein Kind des Widerspruchs."[703]

Auch in Kapitel XXVII wird Antonia ausgenommen bzw. aus einem Gespräch zwischen Joaquín und seiner Tochter ausgeschlossen, die unter sich die Dinge der „Monegros" besprechen wollen. Die Anspielung auf den Nachnamen kann auf die dunkle, die schwarze Seite Joaquíns verweisen, die Antonia nicht teilt. In einem langen Dialog, in dem Joaquina zum ersten Mal in wörtlicher Rede für sich selbst spricht und damit vom Kind zur Erwachsenen, zur eigenen Gestalt, zum Subjekt wird, erklärt sie ihren Wunsch, ins Kloster einzutreten. Sie will ihren Vater retten, „vor dem Dämon oder vor [sich] selbst",[704] womit sie bereits erfasst, dass beide in gewisser Weise in eines gehen, auch wenn sie bisher nicht weiss, an wem oder woran Joaquín leidet.

> – Du wirst es besser wissen als ich, Papa; aber widersprich mir nicht darin, dass hier irgendetwas vorgeht, dass sich hier eine Traurigkeit wie ein dunkler Nebel über alles

701 Vgl. AS 136 f.
702 Vgl. AS 124.
703 AS 177.
704 AS 171.

legt, dass du nie froh bist, dass du leidest, als würdest du eine grosse Schuld mit dir herumtragen...
– Ja, die Erbsünde! – sagte Joaquín sarkastisch.
– Das, das! – rief die Tochter – Davon hast du dich nicht geheilt!
– Aber sie haben mich getauft!
– Das ändert nichts.[705]

Joaquina erahnt allein durch die Atmosphäre im Haus, durch die Art ihres Vaters dessen Ringen mit sich selbst und seiner Leidenschaft. Theologisch bemerkenswert ist ihre Erwiderung, die Taufe ändere nichts, könne ihn nicht kurieren. Es scheint, als würde sie – ähnlich wie Federico den aphoristisch gesprochenen philosophischen Satz – den Tod Jesu Christi für sich allein nicht als wirksam betrachten. Ihre Bemerkung, Joaquín habe sich (selbst) nicht von der Erbsünde geheilt, könnte bedeuten, dass ihrer Überzeugung nach die Wirksamkeit der Taufe der bewussten, aktiven Annahme bedarf. Die empfangende, aber darin entgegenkommende Haltung durch den Menschen einerseits hätte in diesem Sinne durchaus entscheidenden Anteil am Gnadengeschehen. Joaquina scheint darüber hinaus davon auszugehen, dass auch ihr Wirken, ihre Selbstaufgabe, ihre Aktualisierung des Opfers Jesu für ihren Vater auf nicht weiter ausgedeutete Weise Einfluss nehmen kann, so dass im Zusammenklang ihrer beider Handeln Heilung für Joaquín erwirkt werden kann. Joaquín teilt zwar den Gedanken, Joaquina könne ihn retten, allerdings nicht durch ihren Eintritt ins Kloster, sondern indem sie einer Hochzeit mit Abelín zustimmt, die ihm als letztes mögliches Heilmittel erscheint:

– Willst du mich heilen, meine Tochter?
– Ja, Papa.
– Dann heirate Abelín.
– Eh? – rief Joaquina aus. [...]
– Heiraten? Ich? Abelín? Den Sohn deines Feindes?[706]

An Joaquinas Reaktion zeigt sich einerseits die Überraschung über Joaquíns Antrag, andererseits auch ihr Gespür für die bisher unausgesprochene Leidenschaft ihres Vaters. Obwohl sie im Folgenden explizit bemerkt, die Zuneigung Joaquíns zu Abelín erscheine ihr als etwas „Monströses, Infernalisches",[707] sagt sie ihrem Vater zu, über sie verfügen zu dürfen. Dass das Brautpaar sich schnell versteht und lieben lernt[708] und aus je eigenen, aber nicht aufgeschlüsselten

705 AS 172.
706 AS 173.
707 Ebd.
708 Vgl. AS 178.

Antrieben die Verbindung bewusst bejaht,[709] findet ausdrücklich Erwähnung. Damit bleibt offen, inwieweit jeder der drei das Schicksal der Anderen tatsächlich bestimmt oder beeinflusst, denn weder der (glückliche) Ausgang für Joaquina und Abelín noch die Wirksamkeit des Mittels auf Joaquín sind vorhersehbar.

Noch bevor Joaquín seine Pläne umsetzt und Abelín für seine Tochter gewinnt, wird erneut ein Kapitel (XXVIII) eingeschoben, das in der Klammer zu Kapitel XXIII eine persönliche Begegnung Joaquíns mit dem Aragonier nachzeichnet. Die Aussage des Mannes, er beneide Joaquín und gäbe alles, sein Leben, seine Existenz darum, dessen Platz einzunehmen, führt in einen kurzen philosophischen Dialog über das Sein und das Selbst, über die Bindungen an Andere, über die Bedingungen eines guten Lebens, über die Verstrickung in Beziehungen, Ereignisse und Konstellationen. Auch dieses Kapitel endet mit einer offenen Frage, die Joaquín an sich selbst stellt: „Und ich? Wer will ich sein?"[710]

Diese Frage wird zum Teil im folgenden Kapitel in XXIX nach einem langen Abschnitt der „Beichte" in einem Gespräch zwischen Vater und Tochter beantwortet. Joaquín erzählt Joaquina von seinen Plänen, Abelín zu einem „grossen Arzt" zu machen, zu einem „Künstler der Medizin", dass er selbst endlich die Praxis aufgeben und eigenen Dingen nachgehen wolle, dass nun ein „anderes Leben"[711] beginnen solle:

> – Ich werde anfangen zu leben; ich werde ein Anderer sein, ein Anderer..., ein Anderer...
> – Ach, Papa, wie schön! Ich freue mich, dich so reden zu hören! Endlich!
> – Es freut dich, mich sagen zu hören, dass ich ein Anderer sein werde?
> [...]
> – Ja, Papa, ich freue mich!
> – Heisst das, der Andere, der ich bin, erscheint dir schlecht?
> – Und dir, Papa?[712]

Im Dialog mit dem Aragonier benennt Joaquín ausdrücklich die Absurdität des Gedankens, ein Anderer sein zu wollen, da dieser Andere ein konkreter Anderer ist, dessen Selbst der Aragonier nicht annehmen kann, ohne sein eigenes Selbst vollständig auszulöschen. Hier hingegen sucht Joaquín ein anderes Selbst in sich selbst, was zumindest gemäss seiner Vorstellung, jeder Mensch sei in sich widersprüchlich,[713] wie auch im Zusammenhang mit seiner vorigen Aussage, er habe

709 Vgl. AS 192.
710 AS 176.
711 AS 179 f.
712 AS 180.
713 Siehe Fn 704.

gelebt wie „verrückt",[714] im wörtlichen Sinn also nicht in Übereinstimmung mit sich selbst, zumindest denkbar ist. Joaquíns Entscheidung, sich selbst, die anderen Menschen und Geschehnisse nunmehr anders betrachten und empfinden zu wollen, wird auch dieses Mal nicht zu einem Zurechtrücken oder gar zu einer wahren inneren Wandlung führen, wie sich an Joaquíns vielfachem Scheitern bereits gezeigt hat und sich weiter zeigen wird. Der Wille und das Bemühen, eine Änderung zu bewirken, neu anzufangen, sind hingegen beständiger Teil von Joaquíns Selbst, sodass immer eine Bewegung zwischen dem alten Joaquín und dem anderen Joaquín hinstrebend oder umgekehrt zurückfallend stattfindet. Dass im Streben zum Anderen und Neuen das Vergangene trotz allen Bemühens nicht einfach abgeschlossen und ausgelöscht werden kann, sondern die Erinnerung wesentlicher Teil der nun bereits fortgeschrittenen Lebensgeschichte ist, wird Gegenstand eines Dialogs zwischen Abel und Joaquín über die Verlobung ihrer Kinder in Kapitel XXX. Während Abel endlich mit Joaquín über die „alte Rechnung"[715] sprechen und ausräumen will, „wenn es zwischen uns etwas gab…",[716] so verweigert sich Joaquín der Aufarbeitung. Er will nur noch von der Zukunft reden, von der Hoffnung, die ihre beiden Kinder bringen. Dennoch ist beiden bewusst, dass sich der unbeschwerte Zustand ihrer Freundschaft wie in frühesten Kindertagen nicht wieder herstellen lässt, dass eine lange Geschichte hinter und zwischen ihnen steht.

Die Ambivalenz auch im Neuanfang zeigt sich bereits im folgenden Kapitel XXXI, das sich in mehrere Abschnitte aufgliedert: Die Erzählstimme kommentiert das neue Leben Joaquíns und die Umsetzung seiner Pläne, es folgen ein Abschnitt der „Beichte", der Bericht der Erzählstimme in indirekter Rede über ein weiteres literarisches Vorhaben, eine fiktive Ansprache Joaquíns an Abel hierzu, ein weiterer Kommentar der Erzählstimme und schliesslich zwei kurze Dialoge Joaquíns mit Abelín und Helena. Das Wechselspiel der Formen, Stimmen und Redeweisen führt die Leserschaft in eine Art Spiegelkabinett, in welchem sich die Distanz zwischen der Erzählstimme und der Stimme Joaquíns ständig verändert (und dazu offensichtlich noch die Stimme des Autors mitklingt). Schon im ersten Satz berichtet die Erzählstimme mit dem Vorbehalt des Scheins von der Änderung zum Guten: „[…] eine herbstliche Sonne schien in Joaquíns ehemals kaltes Heim einzukehren und dieser wahrhaftig zu leben zu beginnen".[717] Entsprechend seinen Ankündigungen überlässt Joaquín

714 AS 179.
715 AS 181.
716 Ebd.
717 AS 183.

tatsächlich Abelín seine Praxis und das Verfassen des medizinischen Lehrbuchs und beginnt, seine „Beichte" zu schreiben. Auch hier deckt die Erzählstimme das verborgene, dunkle Interesse Joaquíns auf: nicht nur sich schreibend selbst von der Leidenschaft zu befreien, und sich zumindest einem Menschen – der Tochter – ganz zu offenbaren, sondern sich der ganzen Welt als „aussergewöhnlicher Geist", als verkanntes Genie, als von Gott Geprüfter, gar als einer der „grossen Prädestinierten"[718] zu präsentieren. Verarbeitung, überhöhende Selbstdarstellung und damit einhergehend auch die Verurteilung bzw. Herabsetzung der Anderen fliessen in diesem deutlich überzeichneten Bild zusammen (das durchaus als selbstironische Spiegelung des Autors verstanden werden darf):

> Diese Beichte war eigentlich an seine Tochter gerichtet, aber er war so durchdrungen von der tiefgründigen, tragischen Bedeutung seines Lebens voll des Leidens und der Leidenschaft seines Lebens, dass er die Hoffnung nährte, dass seine Tochter oder seine Enkel sie eines Tages an die Öffentlichkeit brächten, damit diese vor Bewunderung und Verstörung ergriffen werde angesichts jenes Helden, der die dunkle Bedrängnis durchlebte, ohne dass diejenigen, die mit ihm zusammenlebten, ihn in seinem tiefsten Grunde erkannt hätten. Denn Joaquín hielt sich für einen aussergewöhnlichen und als solchen gemarterten Geist, als leidensfähiger als die Anderen, als eine Seele, die bei ihrer Geburt von Gott mit dem Mal der grossen Prädestinierten gezeichnet worden war.[719]

Im folgenden dreizehnten und letzten Abschnitt der „Beichte" führt Joaquíns Stimme das Motiv der vorbestimmten Einsamkeit und Fremdheit des unerkannten Helden fort, dem Ablehnung, Neid und die Missgunst der Anderen zur Bestimmung werden. Joaquín charakterisiert diese Anderen, indem er in einer erneuten Schlaufe wortwörtlich auf Formulierungen Abels zurückgreift, der sich selbst (und Joaquín) als Künstler und Intellektueller von den Reaktionären, den Kirchgängern, von der Masse abgrenzen wollte: „Die niederträchtige Gemeinheit, die bösartige Grobheit derer, die mich umgaben, war mein Verderben."[720] Auf denselben Dialog mit Abel, der darin die Aussergewöhnlichkeit, die Grösse der Seele Kains hervorgehoben hatte, lässt sich nun auch Joaquíns Selbsterhöhung und seine Erkenntnis, dass er „nicht unter den Seinen geboren wurde",[721] zurückbeziehen. Allein das Motiv des göttlichen Mals erscheint hier neu, in unausgesprochener Analogie zum Kainsmal, das Kain in der Fremde vor dem gewaltsamen Tod schützen soll. Die Fremdheit des von Gott zu

---

718 AS 184.
719 AS 184.
720 AS 184; vgl. AS 139.
721 AS 184.

aussergewöhnlichem Leid Prädestinierten in der (ungerechten) Welt ist Joaquíns Antwort auf die in den Anfangskapiteln gestellte Frage, wieso alle ihn ablehnen, niemand ihn lieben kann.

Die Erzählstimme berichtet nun von einem weiteren literarischen Projekt Joaquíns, den „Erinnerungen eines alten Arztes",[722] das einerseits eine literarisch-philosophische Abrechnung mit dieser Welt, mit der Bösartigkeit und Niederträchtigkeit der Menschen sein soll,[723] andererseits die endgültige Rache an Abel und Helena, deren literarische Portraits er „unter dem schwachen Schleier der Fiktion"[724] in diesem Werk verewigen will. Auch hier bricht die Stimme des Autors Unamuno durch, die es an mehreren Stellen im Gesamtwerk in einem Seitenhieb auf die Literaturwissenschaft den Kritikern und Gelehrten überlässt, die historischen Persönlichkeiten hinter der Fiktion zu entdecken. Joaquín will alle Erinnerung an seine Peiniger nur in Verbindung mit diesem Werk und mit seinem Namen sehen, sie sich vollkommen zu eigen machen, ähnlich wie es bereits durch seine Rede zu Abels Bild geschehen ist. Wie jedoch Abel das Portrait von Joaquín nie gemalt hatte oder es zumindest nie mehr erwähnt wurde, so wird Joaquín die Erinnerungen nach dem Tod Abels nicht zu Ende schreiben. Nur im Zusammenhang der Namenswahl für den Enkel kommt Joaquín überhaupt noch einmal auf das Werk zurück. Die Abrechnung mit Abel bleibt auf eine fiktive Ansprache Joaquíns beschränkt, in der er ihn als den wahren Neider in Dantes Unterwelt ansiedelt. Dantes Göttliche Komödie entspricht in gewisser Weise dem Werk, das Joaquín zu schreiben plant:

> „Ein Spiegel des Lebens, seiner Eingeweide allerdings und zwar der allerschwärzesten; ein Abstieg in die Erdspalten menschlicher Bösartigkeit; ein Buch hoher Literatur und bitterer Philosophie in einem."[725]

Auch hier formuliert die Erzählstimme einen Gedanken Unamunos, der sich in verschiedener Fassung durch sein gesamtes Werk zieht: Wie er betrachtet Joaquín die Literatur, die geschriebene (fiktionale) Geschichte, als (klarsten) Spiegel menschlichen Lebens, als Essenz, als in Sprache gefasste Darstellung, Reflexion und Deutung des Lebens und damit gleichzeitig als Philosophie. Dies bezieht sich sowohl auf die einzelne und einzigartige Geschichte als auch auf die Vielzahl anderer, vergleichbarer, ähnlicher, aber niemals genau gleicher Geschichten.

722 AS 184.
723 Vgl. die entsprechenden Erfahrungen in Kapitel VIII.
724 AS 185.
725 AS 184 f.

Analog zum Dreiklang Leben – Geschichte – Philosophie steht somit der Dreiklang einzigartiger Mensch – Ausgestaltung und Deutung als literarische Figur – Nachdenken über das Wesen des Menschen als Philosophie. Joaquín will also Abel, den Menschen, als Modell heranziehen, ihm einen anderen Namen geben, ihn zu seiner literarischen Figur machen, ihm auf ewig eine Rolle zuweisen. Abel entzieht sich ihm jedoch, indem er kaum je das Haus Joaquíns betritt. In kurzen Wortwechseln mit Abelín und Helena holt Joaquín die Bestätigung ein, dass Abel sich allen gegenüber desinteressiert zeigt, was für Joaquín wie schon seit jeher[726] kaum zu ertragen ist, scheint es doch seiner Theorie zu widersprechen, Abel beneide ihn. Eine Lösung hierfür findet er in der Annahme, Abel gebe sich gleichgültig, um seinen wahren Ehrgeiz und Neid nicht zu zeigen, wie schon von Jugendzeit an.[727]

Diese Gedanken werden in das folgende Kapitel XXXII weitergezogen in einen Dialog zwischen Joaquín und seinem Schwiegersohn in der thematischen Entsprechung zum Dialog zwischen Joaquín und Abel in Kapitel XX und in einer Schlaufe zu Kapitel XXV. Zwischen Joaquín und seinem Schützling entwickelt sich ein Einverständnis, eine Art Komplizenschaft vor allem in ihrer Ansicht über Abel. Helena und Joaquina hingegen vertreten in vielen Dingen unterschiedliche Positionen, wie im folgenden Kapitel XXXIII in einer Mischung von Erzählbericht und Dialogen illustriert wird. Helenas Betreiben, Manieren, Eleganz und Stil in den Haushalt der Schwiegertochter zu bringen, trifft auf scharfzüngigen Widerstand, der sich gegen die Eitelkeit und Oberflächlichkeit der Schwiegermutter richtet. Helena scheint mit der Wahl ihres Sohnes, ins Haus ihres verschmähten Bewerbers einzuheiraten, nicht einverstanden zu sein und eigenartige Interessen hinter der Verbindung zu vermuten, die sie durch provokative Bemerkungen von Joaquina in Erfahrung zu bringen versucht.

> – Schau an, schau an, als könne sie kein Wässerchen trüben… die Nonne werden wollte, bevor ihr Vater meinen Sohn für sie angelte…
> – Ich habe es Ihnen bereits gesagt, Señora, Sie sollen mir das nicht noch einmal vorhalten. Ich weiss, was ich tat.
> – Und mein Sohn auch.
> – Ja, er weiss auch, was er tat, und nun reden wir nicht mehr davon.[728]

---

726 Vgl. u.a. AS 128: „Und diese Idee, dass sie nicht einmal an mich gedacht hatten, dass sie mich nicht hassten, quälte mich mehr als das andere.“; AS 152: „Ach, wenn er mich beneidete… wenn er mich beneidete…!“

727 Vgl. AS 87: „Ja, du bist ehrgeizig, strebst nach Ruhm, Berühmtheit, Ansehen… So warst du schon immer, von Geburt an. Nur eben versteckt.“

728 AS 192.

Mehrere Dinge werden hinter der spöttischen Anspielung Helenas und der Antwort darauf sichtbar: dass Helena von Joaquinas früherem Vorhaben wusste, dass sie die Vermittlung Joaquíns hinter der Heirat vermutet und dass all dies bereits schon einmal Gesprächsgegenstand zwischen ihnen war. Unklar bleibt allerdings, inwieweit Helena die Zusammenhänge erfasst und ausdeutet bzw. wer ihrer Ansicht nach wie und in wessen Interesse handelte. Joaquina verweigert sich einer Erklärung, betont jedoch, dass sie bewusst und aus eigenem Antrieb handelte, ebenso wie ihr Mann, womit deutlich wird, dass auch dieser über Joaquíns Einflussnahme hinaus[729] eigene Beweggründe hat, auch wenn diese der Leserschaft nicht explizit ausgeführt werden.

An diesem Beispiel zeigt sich die Vielschichtigkeit der Informationssteuerung und -verteilung in *Abel Sánchez*. Die Leserschaft sowie die Figuren erhalten jeweils nur zu einem gewissen Grad Einblick in das gesamte Gefüge, das nur im Geiste des Autors Unamuno zu finden wäre. Zwar vermittelt die Erzählstimme der Leserschaft zusätzliche Information, wie es auch alle niedergeschriebenen Dialoge tun, die eine oder mehrere der anderen Figuren ausschliessen. Doch wird gerade an Joaquinas Aussage deutlich, dass hinter dem sichtbaren Text ein ganzes unausgestaltetes Beziehungsgefüge gedacht ist, das durchaus Einfluss auf das Sichtbare hat. Joaquín weiss also nicht, inwieweit er selbst in seiner Verstrickung mit den Anderen zur Figur wird, und auch der Leserschaft werden nicht alle Verbindungen entdeckt.

In Kapitel XXXIV wird die Ankunft des Enkelsohns von der Erzählstimme explizit mit der Nennung der vollen Namen der Grossväter eingeleitet:

> Und der Sohn von Abel und Joaquina kam auf die Welt, in dem sich das Blut von Abel Sánchez und von Joaquín Monegro vermischte.[730]

Die beiden Motive „Name“ und „Blut“ mit all ihren Konnotationen, die im Text mehrfach, vor allem aber in den Kapiteln XXVII und XXIX auftauchen, verbinden sich nun auf eine neue Art. Die Namenswahl stürzt Joaquín in düstere Überlegungen. Abel trifft schliesslich die Entscheidung für „Joaquín“, nicht für den Namen Abel, des Opfers.[731] Im folgenden Kapitel ist es Antonia, die sich darum sorgt, dass das Blut der Grossväter im Kind selbst in Streit geraten könnte. Der Enkel wird zuvor allerdings zu einer Art Verkörperung des Streits bzw. zum

---

729 Vgl. AS 177.

730 AS 193.

731 Siehe AS 150, ein Dialog zwischen Abel und Joaquín zum verhassten Namen des ersteren und zur möglichen Konkurrenz zwischen gleichnamigem Vater und Sohn.

Zankapfel zwischen Joaquín und Abel, dessen plötzliches Interesse am Enkel den alten Konflikt um Helena heraufbeschwört. Als Abel das schlafende Kind zeichnet und beide erneut um Sinn und Zweck von Wissenschaft und Kunst diskutieren, erkennt Antonia den Zwiespalt, dass jeder von ihnen im Kind sich selbst sieht bzw. dasjenige, was ihrem grössten Interesse entspricht, und nimmt das Kind zu sich:

> [...] sie sollen dich nicht malen, sie sollen dich nicht kurieren. Du sollst kein Modell sein für den Maler, du sollst kein Kranker sein für den Arzt! Lass sie, lass sie mit ihrer Kunst und ihrer Wissenschaft und komm mit deiner Grossmutter, du, mein Leben, Leben, kleines Leben, mein kleines Leben![732]

Antonia nimmt hier das Ganze des menschlichen Lebens in den Blick, nicht den Menschen in einer begrenzten Funktion, in einer Objekthaftigkeit für Andere. Der kleine Enkel ist für sie Leben, auch ihr Leben, ihnen allen Sonne und Licht, ein kleiner Engel, ein Lämmchen Gottes. Doch auch für Abel scheint Joaquinito mehr zu sein als nur Modell, wie die Erzählstimme in Kapitel XXXVI einleitend berichtet. Abel, auf dem Höhepunkt seines künstlerischen Schaffens und seiner Berühmtheit angelangt, scheint sich vom grössten Egoisten aller Zeiten – eine Einschätzung, die von der Erzählstimme explizit Joaquín und seinem Schwiegersohn zugeschrieben wird – zum weichherzigen kindlichen Narren zu wandeln. Er beschäftigt sich ausgiebig mit dem Enkel und macht ihm unzählige kleine Zeichnungen, die er nicht veröffentlicht, sondern ausdrücklich vergänglich wissen will, wie er im folgenden Gespräch mit Joaquín festhält. Auch Abelín bemerkt die Veränderung seines Vaters und bemerkt Joaquín gegenüber erneut, wie wenig Aufmerksamkeit sein Vater ihm geschenkt habe. Joaquín führt das Verhalten Abels auf eine Herzerkrankung zurück, die dessen Leben jederzeit ein Ende setzen könne. Damit wird Abels Tod bereits angekündigt bzw. der Anteil, den Joaquín daran haben wird, von vornherein in ein anderes Licht gesetzt. Trotz Joaquíns Verständnis nach aussen hin erträgt er nicht, dass das Kind von nun an Abel in dessen Haus besucht, da er annimmt, Abel wolle ihm den Enkel ebenso wegnehmen wie Helena. Auch hier vermittelt die Erzählstimme mit der Schilderung einer kleinen Begegnung zwischen Grossvater und Enkel den Eindruck, dass Abel nichts dazu beiträgt, dass Joaquinito ihn vorzieht, er ermahnt das Kind gar ausdrücklich, es solle den anderen Grossvater genauso lieben wie ihn.[733] Der Enkel spricht es jedoch deutlich aus: Er liebt Abel und seine Bilder

732 AS 196.
733 Vgl. AS 199.

mehr als Joaquín und seine Geschichten. Die Leserschaft wird Zeugin, dass Joaquín zumindest in diesem Teil Recht hat, wenn er Abel gegenüber im vorletzten Kapitel feststellt: „Das Kind liebt dich mehr als mich."[734]

In Kapitel XXXVII, das eine Wiederholung bzw. Klammer zu Kapitel III darstellt, kommt es zur letzten Auseinandersetzung zwischen Joaquín und Abel. Die Bilder, die Abel für den Kleinen malt, betrachtet Joaquín als pervertierte, als verdammenswerte Kunst, die ihm den Enkel entfremden, ihn rauben sollen, wie früher Helena durch ihr Portrait. Hatte Joaquín damals seinen Freund angefleht, ihm Helena zu lassen, so fleht er ihn nun an, zu gehen, wegzuziehen, ihm das Kind zu lassen. Was allerdings damals von beiden Seiten nicht ausgesprochen wurde, wird jetzt explizit:

> – Schau, Abel, du hast mir die Jugendzeit verdorben, du hast mich mein Leben lang verfolgt… […] du hast mich immer verachtet. […] um mich zu demütigen, um mich zu erniedrigen, hast du mir Helena weggenommen.[735]

Wie damals entzieht sich Abel, weist die Vorwürfe zurück, verteidigt sich, bittet Joaquín um die wenige ihm verbleibende Zeit mit dem Kind. Am Ende benennt er jedoch, was Joaquín immer befürchtet hatte:

> – Wenn man doch dich, Joaquín, selbst wenn man es sich vornimmt, nicht lieben kann… Du stösst die Menschen von dir… […] Und wenn das Kind dich nicht so liebt, wie du geliebt werden willst, du allein, ohne die Anderen oder mehr als die Anderen, so ahnt es die Gefahr, es fürchtet…
> – Was fürchtet es? – fragte Joaquín und erbleichte.
> – Die Ansteckung durch dein böses Blut.[736]

Abel verschärft sogar die alten Motive: Joaquín ist nicht allein unsympathisch oder abstossend, er stösst selbst die Menschen, die ihn lieben wollen, aktiv von sich weg. Das Böse ist als böses Blut wesentlicher Teil Joaquíns, der Kampf gegen den Dämon ist ein Kampf mit und gegen sich selbst, und er bleibt nicht so tief im Inneren verborgen, als dass er für die Anderen nicht zu erahnen und zu fürchten wäre. Mehr noch, das Böse scheint Abel durch blossen Kontakt übertragbar, ansteckend, noch über Joaquíns Angst hinaus, sein Hass könne ihn in den Erben überleben.

Joaquín verliert die Kontrolle über sich und legt Abel die Hände um den Hals. Die Erzählstimme berichtet ausdrücklich, dass er ihn augenblicklich wieder

734 AS 200.
735 AS 200 f.
736 AS 201.

loslässt, doch Abel stirbt an einem Herzanfall. Dem auf der Suche nach Abel eintretenden Enkel sagt Joaquín:

> – Hier hast du ihn…, tot. […]
> – Tot, ja! Und ich habe ihn getötet, ich; Kain hat Abel getötet, dein Grossvater, Kain. […] Er wollte dich mir rauben, dich, den einzigen Trost, der dem armen Kain geblieben ist.[737]

Die Identifikation mit Kain wird schlussendlich konkret ausgesprochen. Joaquín nimmt die Schuld am Tod Abels vor dem Kind, später auch vor den Anderen auf sich. Den Vorwurf an Abel, er habe ihn vierzig Jahre lang getötet, ihm das ganze Leben vergiftet, spricht er jedoch nur zu sich selbst, richtet ihn damit gewissermassen auch nur an sich selbst. Wieder vermischen sich so die Rollen, lässt sich nicht klären, wie Aktion und Reaktion, wie Tun und Lassen, wie Absicht, Deutung und Empfinden beider Freunde ineinander spielen.

Auch im letzten Kapitel scheint Joaquín, den ein Jahr nach Abels Tod eine „dunkle Krankheit" dahinwelken lässt und der sich dem Tod nahe fühlt, beim Abschied von seiner Familie einerseits endgültige Schlüsse zu ziehen, andererseits immer noch die gleichen Fragen offen zu haben wie zuvor.

> – Warum war ich so neidisch, so böse? Was tat ich, dass ich so bin? Welche Milch habe ich getrunken? War es ein Gifttrank des Hasses? Ist es ein Gifttrank des Blutes gewesen? Warum wurde ich im Land des Hasses geboren? Im Land, in dem das Gebot zu gelten scheint: „Hasse deinen Nächsten wie dich selbst". Denn ich habe gelebt und mich dabei gehasst. Denn hier leben wir alle und hassen uns. Aber … bringt das Kind.[738]

Was im Gespräch mit dem Pfarrer in Kapitel XV als Grundparadox des Menschen als Geschöpf Gottes aufgestellt wurde: „Was habe ich getan, dass Gott mich so schuf'",[739] wird hier erneut aufgenommen. Die Unlösbarkeit von Bestimmung *und* Freiheit in gleichzeitiger Bestimmung *zur* Freiheit bleibt hier zwar bestehen, kann aber – wie bereits besprochen[740] – in der Vergebung durch das Kind, als Wegnahme der Sünde in gewisser Weise aufgehoben werden. Ob oder wie diese geschieht, bleibt der Leserschaft, die Joaquín nicht über dessen Tod hinaus folgen kann, verborgen. Ähnlich offen bleibt auch die Frage nach der Aussetzung des Menschen oder auch der Vertreibung Kains, die sich Joaquín als Fremdheit zeigt, als Gefühl, „nicht unter den Seinen"[741] geboren zu sein. Er

---

737 AS 202.
738 AS 205.
739 AS 136; Fn 665.
740 Siehe Fn 681.
741 Siehe Fn 722.

benennt dies hier konkret als Hineingeborensein ins Land des Hasses, in das Land Spanien, wobei er hier die Stimme Unamunos übernimmt, der im Vorwort zu *Abel Sánchez*[742] den oben zitierten Abschnitt zu diesem Motiv anführt. Nach wie vor betrachtet Joaquín die Liebe als einziges Heilmittel gegen die Fremdheit, gegen Hass und Neid, die er mit Antonia, mit der Gründung einer Familie, eines Heims und damit einer Heimat zu verwirklichen versucht hat. Bedingung für die Wirksamkeit jedoch ist die Annahme der Liebe Anderer (Antonia, Joaquina, Abel), die eigene Liebesfähigkeit bzw. die Liebe zu sich und zu den Anderen, die Joaquín nicht erfüllen konnte und nicht erfüllen wollte, wie aus seinem Fazit auf dem Sterbebett hervorgeht. Gegen Antonias Bitten schliesst Joaquín im Beisein seiner ganzen Familie mit dieser Möglichkeit ab und nimmt die gesamte Verantwortung auf sich, führt sein Scheitern auf das eigene Unvermögen und den eigenen Unwillen in untrennbarer Einheit zurück.

> – Ich habe dich nicht geliebt. Wenn ich dich geliebt hätte, so hätte das mich, so hätte ich mich geheilt. Ich habe dich nicht geliebt. Und nun schmerzt es mich, dich nicht geliebt zu haben. Wenn wir neu beginnen könnten…
> […] Ich konnte dich lieben, ich sollte dich lieben, das wäre meine Rettung gewesen, und ich liebte dich nicht.[743]

Mit Joaquíns Tod wird diese eine Geschichte (auch die der Mitfiguren) beendet. Joaquíns Fragen wurden in anderen Geschichten ähnlich und anders gestellt und werden in anderer Form und mit anderem Ausgang weiter gestellt werden. Seine Geschichte wird damit zu einer Möglichkeit unter vielen, bleibt aber in ihrer einzigartigen Fassung hier so stehen. Der Schlusssatz Unamunos: ES BLEIBT GESCHRIEBEN! stellt diese Geschichte in eine Reihe vieler anderer, und wie andere Geschichten auf *Abel Sánchez*, so wirkt diese vielleicht auch auf folgende Geschichten.

2.3. Zusammenfassung

Die Hauptfigur in Unamunos Erzählung *Abel Sánchez* Joaquín Monegro und ihre Lebensgeschichte werden durchgehend im Bezug zur Figur und Geschichte ihres Freundes Abel Sánchez entwickelt. Von frühester Kindheit scheint sich alles Empfinden, Denken und Handeln Joaquíns vollkommen an diesem Anderen auszurichten. Dabei treten das innere Erleben Joaquíns und seine subjektive Deutung des inneren wie äusseren Geschehens ganz in den Vordergrund. Dies

742 Siehe AS 80.
743 AS 207.

wird gestützt durch die Struktur des Textes, in der chronologisch angeordnete Erzählabschnitte in der dritten Person, überwiegend nahe an oder verschmelzend mit der Perspektive Joaquíns, mit Auszügen aus einer „Beichte" in Ichform, einer nachgeordneten Interpretation der eigenen Lebensgeschichte, abwechseln. Nur diejenigen Teile des Textes, in denen die allwissende Erzählstimme tatsächlich unabhängig berichtet oder in seltenen Fällen eigenständig kommentiert, lassen erkennen, dass die Realität der anderen Figuren nicht mit der Wahrnehmung Joaquíns korreliert. Dies zeigt sich vor allem an den wenigen Stellen, an denen sich die Anderen ohne Joaquín begegnen oder durch die Erzählstimme ein fremdes Urteil, eine Meinung über Joaquín übermittelt wird. Dennoch werden die Mitfiguren überwiegend durch ihre Beziehung zu Joaquín oder durch ihre auf ihn bezogene Rolle bestimmt bzw. durch ihn selbst charakterisiert. Der äussere Raum, die Lebensrealität aller Figuren im Roman bleibt weitgehend leer: Verortungen und Gegebenheiten wie Tages-, Jahres- oder Spielzeit, Orte und Räume, Lebensumstände etc. sind auf das Allernötigste beschränkt und als irrelevant für die Entwicklung der Charaktere zu betrachten; ebenso fehlen konkrete physische Merkmale oder objektiv bestimmbare Eigenschaften. Handlungen und Ereignisse bieten nur wenige Referenzpunkte, wirken jedoch als Auslöser für die innere Auseinandersetzung Joaquíns umso stärker. So führt Joaquín den Ausbruch dessen, was er als seine Krankheit, seine Passion bezeichnet, den leidenschaftlichen Neid und Hass auf den allseits beliebten und bevorzugten Freund, auf den Raub der Helena durch Abel zurück. Vor dem Hintergrund der fixen Idee, von einer höheren Macht, einem Schöpfer grundlegend prädestiniert zu sein als ein von Geburt an abstossender Mensch, und dazu jeweils aktuell den Versuchungen, den Einflüsterungen eines inneren Dämons, des Teufels ausgesetzt zu sein, unternimmt Joaquín verschiedene Versuche, selbst ein Mittel zu seiner Befreiung, zur Heilung zu finden. In Wissenschaft, Ehe und Familie, Kirche und Glaube, Reden oder Schreiben findet er keine Antwort, hingegen zeigen sich in seinen Fragestellungen Leerstellen und Widersprüche: Joaquín fragt nicht, woher sein Drang nach Auflehnung gegen die vermeintliche Bestimmung, die Erbsünde stammt oder welche Stimme für das Gute und gegen die Versuchung spricht, er fragt nicht nach der immer schon zugesprochenen Erlösung durch das Kreuz, er negiert die Freiheit des Menschen, handelt jedoch ihr gemäss, er erkennt die Liebe als alleiniges Heilmittel, überlässt sich jedoch seinem Scheitern: Im Wissen um Vermögen und Pflicht, die Liebe sowohl anzunehmen als auch zu geben, ergibt sich Joaquín schliesslich seinem Unwillen und Unterlassen. Mit diesem subjektiven Urteil über sich selbst und mit seinem Tod endet zwar die eine konkrete Geschichte der Figur Joaquíns. Das Drama um Hass und Neid zwischen zwei Brüdern wiederholt sich allerdings vielfach, wie durch die Einarbeitung und den Rückbezug auf die biblische Geschichte von Kain und Abel, das Drama *Caïn* von Lord Byron und weiteren Geschichten in der Geschichte *Abel Sánchez* ausdrücklich gezeigt wird. So stellt sich die philosophische Frage nach Bestimmung und Freiheit jedem konkreten Menschen oder auch jeder literarischen Figur neu, womit die Antwort und die Geschichte Joaquíns für die Leserschaft eine Möglichkeit unter vielen, jedoch die einzige Antwort und Geschichte für diesen Einen bleibt.

2. Teil: Vergleich von Verbrechen und Strafe und Abel Sánchez

1. Einführung

Die Schlüsse, die aus den getrennten Beobachtungen zu *Verbrechen und Strafe* und *Abel Sánchez* in Bezug auf die Verschränkung von künstlerisch-ästhetischer Darstellung und thematischer Auseinandersetzung gezogen werden können, werden nun in einem Vergleich gegenübergestellt. Hier soll hervortreten, was sich als Gemeinsames und was sich vor allem in der Abhebung zum je anderen Autor und dessen Werk zeigt. Zwar scheint weder bei Dostojewskij noch bei Unamuno die grosse philosophisch-theologische Frage nach Verstrickung, Freiheit und Bestimmung des Menschen offensichtlich im Vordergrund zu stehen. Sie kann dennoch als gemeinsame Grundthematik angenommen werden, denn sie bildet auf der Basis des jeweiligen Welt- und Menschenbildes der Autoren das Leit- bzw. Koordinatensystem, an dem sich die Bewegungen der (Lebens-) Geschichten Raskolnikows und Joaquíns ausrichten. In den Erzählungen tritt sie schliesslich hervor aus den Fragen der Figuren nach ihrem Ursprung, ihrem Sein und Werden und nach dem Ziel ihres Lebens, womit sie gleichzeitig zum Gegenstand von deren eigener Auseinandersetzung wird. Im Vergleich der beiden Werke richtet sich der Blick daher erst einmal auf die Unterschiede in ihrer Gestaltung. Zu sehen, was bzw. wie der eine Autor etwas darstellt, lässt erkennen, was bzw. wie der andere etwas ähnlich, anders oder gar nicht darstellt. Die Auswahl und Gewichtung dessen, was der jeweilige Autor als relevant und ausschlaggebend oder auch als unwesentlich betrachtet, lässt dann darauf schliessen, wie er sich seine Welt vorstellt bzw. wie er sie deutet. Das heisst, dieser Auswahlprozess über die ganze Geschichte hinweg gibt Hinweise für die Interpretation der Werke und gleichzeitig für die Erschliessung des jeweiligen Welt- und Menschenbildes der Autoren.

Die Auseinandersetzung um die Frage der Verstrickung findet in verschiedenen Beziehungsgefügen und auf verschiedenen Ebenen statt – einmal in der Beziehung des Autors mit sich selbst, seiner Welt und seinem Text, einmal in der schlussendlich ausgestalteten, geschriebenen Fiktion der Figuren und einmal in der Rezeption des Textes durch die LeserInnen, die diese Auseinandersetzung mit sich selbst nachvollziehen. Ein Vergleich der beiden ausgewählten Texte ist also gleichzeitig eingebunden in einen Vergleich der Autoren und der Rezeptionen im dreidimensionalen Raum der Beziehungen im Dreieck Autor-Text/

Figur-Leserschaft. Der Autor tritt an dieser Stelle vor allem in seiner Eigenschaft als Gestalter und in gewisser Weise als Vermittler seines Welt- und Menschenbildes hervor. Dabei stellt sich gleichzeitig die Frage, wem, auf welche Weise und mit welchen Absichten dieses Bild vermittelt wird. Vor welche Herausforderungen stellt der Autor seine LeserInnen, welche Aufgaben überträgt er ihnen, wie versucht er, sie zu involvieren? Die Leserschaft wird hier in erster Linie als Adressatin betrachtet. Als lesendes Subjekt wird sie im dritten Teil der Arbeit zum Lesemodell in Erscheinung treten.

Wiederum sind die Texte Ausgangspunkt der Gegenüberstellung. Welche thematischen Grundmotive die beiden Figuren Raskolnikow und Joaquín bewegen und welche Elemente sie einerseits in unveränderbarer Form bestimmen, andererseits in dynamischer Art und Weise beeinflussen, wie sie zusammenspielen, welche Situationen, Konstellationen und Beziehungen ihre eigene Wirkung entfalten etc., ist bereits ausführlich dargestellt worden. Sie werden in einem Vergleich der je ersten Seiten der Erzählungen noch einmal zusammengefasst.

Im Folgenden wendet sich der Blick der Darstellung der äusseren und inneren Realitäten der Figuren und der damit einhergehenden Gewichtung ihres Seins als Objekt und Subjekt durch den Autor zu. Vor allem die Erzählperspektive, die Erzählmittel und ihre Funktionen erschliessen die Bedeutung des Bewusstseins im Zusammenspiel von Denken, Empfinden, Wahrnehmen, Deuten und schliesslich Handeln. Um das Hauptmerkmal der Geschichte, die Zeitlichkeit und Prozesshaftigkeit, herauszustellen, werden hier die grossen Bögen in den Entwicklungen der Charaktere, der Beziehungen und Auseinandersetzungen nachverfolgt, welche Erkenntnisprozesse die Figuren durchlaufen (oder auch nicht), wie die eigene Geschichte sie verändert und wie sie selbst all dies wahrnehmen und reflektieren. Dazu gehört auch, inwiefern sich die Prozesse in der Gesamtstruktur der Erzählung widerspiegeln und zu welchem Ausgang die Geschichten gebracht werden, ob sie als abgeschlossen gelten können oder ob ein neuer Ausblick, ein neuer Horizont eröffnet wird. Auf diesem Hintergrund wird schliesslich versucht, Dostojewskijs Antwort auf die biblische Referenz in der Geschichte des Lazarus und Unamunos Antwort auf die Geschichte von Kain und Abel hervortreten zu lassen und dabei zu zeigen, inwiefern diese mit der grossen Problematik von Verstrickung, Bestimmung und Freiheit zusammenhängen. Dabei ist die Frage: Lässt sich am Ende überhaupt eine „Antwort" herauslesen oder kann nur die ganze Geschichte Antwort sein?

2. Verbrechen und Strafe und Abel Sánchez im Überblick

Wie zu Beginn erwähnt, unterscheiden sich Dostojewskijs *Verbrechen und Strafe* und Unamunos *Abel Sánchez* bereits in ihrem Umfang im Verhältnis von 738 zu 129 Seiten beträchtlich. Dem entgegen steht die erzählte Zeit von zwei Wochen bzw. gesamt nicht einmal zwei Jahren im Leben Raskolnikows zu einer ganzen Lebenszeit von etwa 60 Jahren bei Joaquín. Dostojewskij richtet ein Flutlicht auf die alles verändernden zwei Wochen im Leben Raskolnikows zwischen den beiden Höhepunkten, dem Mord und dem Geständnis. Alles in und um Raskolnikow wird in aller Ausführlichkeit erzählt, wobei Selbstgespräche und Dialoge im Verhältnis zu den Beschreibungen und Ausführungen der Erzählstimme mehr Raum einnehmen. Im Epilog folgt die Zusammenfassung des Prozesses und der ersten Zeit Raskolnikows in Sibirien; erst zur letzten Wende hin dehnt sich der Text wieder aus. Unamuno stellt in *Abel Sánchez* alle wesentlichen Ereignisse, Begegnungen und Reflexionen Joaquíns szenisch in Monologen und Dialogen dar, die er zusätzlich durch die Spotlights der *Beichte* als bedeutend kennzeichnet (ausgenommen der Tod Abels, der nicht nachgedeutet wird). Der direkten (Selbst-)Mitteilung der Hauptfigur in der Auseinandersetzung mit sich und den Anderen wird so das grösste Gewicht verliehen. Die Erzählung hat keinen eigentlichen Höhepunkt, sondern folgt einer Reihe dramatischer (oder als entscheidend gedeuteter) Geschehnisse, Begegnungen, Reden und Unternehmungen. Hintergrundinformationen und Zusammenfassungen werden in kurzen Abschnitten komprimiert, wobei einige lose Nebengeschichten die Ereignisarmut einiger längerer Phasen im Leben Joaquíns ausfüllen. Joaquíns Beziehungen beschränken sich auf Abel und Helena, Antonia, die beiden Kinder, den Enkel und wenige Bekannte. Die Welt Raskolnikows ist hingegen mit weiteren 28 namentlich genannten Figuren geradezu überbevölkert; eine Unzahl Nebenstränge stattet alle mehr oder weniger ausführlich mit einer Persönlichkeit und einer Geschichte aus. Von Bedeutung für Raskolnikow sind jedoch vor allem die Begegnungen und Gespräche mit Swidrigajlow, Porfirij und Sonja. Dostojewskij zeichnet ein umfassendes und detailliertes Bild von Raskolnikow und seiner inneren wie äusseren Welt, Unamuno skizziert für das Aussen Joaquíns nur das absolut Notwendige. Schon im Einstieg in die beiden Werke lassen sich diese vollkommen unterschiedlichen Stile erkennen.

Raskolnikow wird auf den ersten beiden Seiten des Romans von der Erzählstimme im wörtlichen Sinn in Ort und Zeit situiert und in seinem Erscheinungsbild wie in seinen Eigenschaften charakterisiert. Im Wechselgesang von Erzählstimme und Monologen Raskolnikows zeigt sich dessen innere Problematik: der Hang zu philosophischen Ideen, zur Grübelei, zur selbstquälerischen

Beobachtung im Aufeinandertreffen bzw. im Verschmelzen von äusseren Einflüssen, Reizen und Motivationen. Die Erzählstimme berichtet, was an (Hintergrund-)Information an die Leserschaft gerichtet ist. Das direkt anschliessende erste Selbstgespräch Raskolnikows ist hingegen als unmittelbares und aktuelles Bewusstseinsbild gestaltet: Alles ist auf ihn hin bezogen und alles bezieht er auf sich:

> „Auf welches Wagnis will ich mich einlassen und vor welchen Lappalien fürchte ich mich! […] Hm… ja… Alles hat der Mensch in der Hand, und alles läßt er sich vor der Nase wegschnappen, aus purer Feigheit … […] Übrigens rede ich viel zu viel. Deshalb handle ich auch nicht, weil ich rede. […] Kann ich *das* etwa tun? Ist es mir *damit* etwa ernst?"[744]

Aus einer ganz persönlichen Anfrage an sich selbst leitet Raskolnikow eine These zum Wesen des Menschen ab, worauf gleich die nächste Anfrage an sich folgt. Die entsprechende These auszuformulieren, bleibt der Leserschaft überlassen. In diesem Zirkel vom Menschlichen im Allgemeinen zum Individuellen und Persönlichen bewegt sich Raskolnikows Auseinandersetzung mit seinen inneren und äusseren Dingen und mit seinem (Un-)Vermögen, über sich, sein Denken, Empfinden und Handeln selbst zu bestimmen. Damit zeigt sich bereits das Grundthema des Romans, noch bevor Raskolnikows Vorhaben, aus diesem Kreis auszubrechen, konkretisiert wird. Dieses verbirgt sich noch in Anspielungen und wird in der Unsäglichkeit erst recht zum Teaser für die LeserInnen, die in ein Wechselspiel von Informationsflut und Verschleierung gezogen werden.

Joaquín wird durch die Erzählstimme, den unbekannten Verfasser des „Erzählberichts", lediglich in die brüderliche Freundschaft zu Abel hineingesetzt, unfreiwillig (schon als Kleinkind) und für ihn zufällig (durch die Freundschaft der Kindermädchen). Eine Situierung in einer äusseren fiktionalen Realität findet nur in skizzenhaften Anmerkungen, minimalistischen Erklärungen und sparsamen Regiebemerkungen statt. Mit dem (gezielten) Weglassen von Angaben zu Ort und Zeit, äusseren Gegebenheiten, physischen Eigenschaften etc. richtet sich der Fokus ganz auf die Beziehung zwischen Joaquín und Abel. Die Bühne für das Drama ist Joaquíns Bewusstsein, aus dem alles gedeutet wird. Die knapp illustrierte Schilderung einer Szene mit Abel und den Schulkameraden vergegenwärtigt der Leserschaft ein Erlebnis aus Joaquíns Kindheit, an dem er einerseits den Ursprung des Konflikts mit Abel, andererseits die Idee seiner Vorbestimmung festmacht.

744 VS 8.

> […] Und alle gingen sie mit Abel und liessen Joaquín allein.
> In seiner *Beichte* schrieb er zu diesem Ereignis seiner Kindheit: „Schon damals war er der Nette, weshalb wusste ich nicht, und der Abstossende war ich […]“[745]

Die Nachdeutung Joaquíns in schriftlich erinnerter Form seiner Memoiren folgt direkt im Anschluss, obwohl ein zeitlicher Bogen über vier Jahrzehnte geschlagen wird. Die Anachronie verstärkt den Eindruck der Subjektivität. Die Distanz schwindet in der Erinnerung, die Kausalitäten verschwimmen: Durch das eingebaute Fragment (das ausdrücklich als solches ausgewiesen wird) entsteht der Eindruck, Joaquín nehme hier schon eine Art Prädestination von Geburt an, die ihm die gegenwärtigen und zukünftigen Ereignisse von vornherein in einem anderen Licht erscheinen lassen muss. Der Text ist vom unbekannten Verfasser des Erzählberichts jedoch nur an die Leserschaft gerichtet, die ihrerseits durch den Vorgriff beeinflusst wird. Die konkrete und persönliche Auseinandersetzung mit sich selbst und der (fraglichen) Bestimmung, (unverschuldet) abstossend zu sein, während der Andere (unverdient) attraktiv ist, erscheint auch hier bereits als Grundthema der Erzählung, noch bevor das erste einschneidende Ereignis – der Raub der Helena durch Abel – geschehen ist.

3. Die Rolle des Bewusstseins

Verbrechen und Strafe unterscheidet sich also offensichtlich durch das grösstmögliche Darstellen vieler Elemente in ihrem komplexen Zusammenspiel vom grösstmöglichen Weglassen bzw. der grösstmöglichen Konzentration auf wenige, lose verbundene Aspekte in *Abel Sánchez*. Gemeinsam ist den Werken, dass die konkrete Anwendung einer Problematik auf sich selbst in der höchst subjektiven Wahrnehmung der Figuren von sich und ihrer Welt das eigentliche Forum der Erzählung bildet. Nicht was an äusseren Handlungen und Ereignissen abläuft, sondern in erster Linie wie die Figur diese erlebt und interpretiert, wie sie darauf reagiert und sich selbst dazu äussert, steht im Fokus. In diesem Sinne ist dem russischen Philosophen und Literaturwissenschaftler Michail Bachtin nicht nur in Bezug auf Dostojewskijs Werk, sondern auch zu Unamuno zuzustimmen:

> Alle beständigen Eigenschaften des Helden, seine soziale Lage, das soziologisch und charakterologisch Typische an ihm, sein Habitus, seine seelische Verfassung und sogar sein Äußeres, d.h. alles, was dem Autor für gewöhnlich dazu dient, ein bestimmtes unveränderliches Bild des Helden zu schaffen („wer ist er?“), wird bei Dostoevskij Objekt der

745 AS 86.

> Reflexion des Helden selbst, Gegenstand seines Selbstbewußtseins; die *Funktion* dieses Selbstbewußtseins aber ist es, die der Autor sieht und darstellt.[746]

Allerdings ist erstens zu präzisieren, dass Dostojewskij diese äusseren Bestimmungen Raskolnikows ausführt *und* sie von Raskolnikow in den meisten Fällen auch reflektieren lässt, wohingegen Unamuno grösstenteils den ersten Schritt weglässt und *allein* Joaquíns Reflexion eine Rolle spielt. Während das äussere Geschehen reduziert oder gar nicht abgebildet wird, dehnt sich der Raum für die ganze Bandbreite subjektiver Empfindungen, Wahrnehmungen, Einschätzungen und Gedanken Joaquíns zu sich selbst aus und wird der Leserschaft unmittelbar zugänglich gemacht. Raskolnikow befragt in erster Linie in seinen Monologen, später auch in seinen Dialogen mit Sonja, *alle* äusseren wie inneren Faktoren auf ihre Wirkung auf ihn hin. Auf Bachtin bezogen heisst dies zweitens, dass nicht nur die „beständigen" oder typischen Eigenschaften und Umstände, sondern auch alles Veränderliche und Geschichtliche zum Selbstbild der Figur und zum Bild der Leserschaft von der Figur beiträgt, womit die Frage der Identität das Werden der Persönlichkeit mit einschliesst.

Bei beiden Figuren tritt deutlich hervor, dass sie ihrem Denken als Teil ihres Bewusstseins neben den Wahrnehmungen und Empfindungen eine wesentliche Rolle zuweisen, dem (vorerst) alles andere untergeordnet wird. Sie versuchen, alles Äussere und Innere rational zu durchdringen, um es auf sich anzuwenden. Es bleibt also nicht dabei, die Dinge zu benennen, zu deuten und zu beurteilen, sondern aus diesem Prozess ein Handeln bzw. auch ein Unterlassen abzuleiten. Besonders interessant ist hierfür die Auseinandersetzung der Figuren mit philosophischen oder theologischen Ideen. Steht für Raskolnikow dabei die Frage im Vordergrund, ob bzw. wie (s)ein Gedanke durch ihn selbst realisiert, also in die Tat umgesetzt werden kann, so scheint es für Joaquín kein Vorher und Nachher von Gedanken, Umsetzung und Ergebnis zu geben, sondern beides ineinander zu fliessen.

Das von Raskolnikow mitgehörte Gespräch von Offizier und Student in der Schenke[747] ist ein Beispiel, wie eine Idee – ob ein Verbrechen durch Tausende von daraus folgenden guten Taten wettzumachen sei – von aussen an die Figur gelangt, jedoch auf eine bereits bestehende innere Entsprechung trifft. Raskolnikow lässt den Gedanken nicht als solchen stehen wie der Student, der ihn als Gedanken-Spiel formuliert, sondern er will ihn als das „neue eigene Wort"[748]

746 Michail M. Bachtin, Probleme der Poetik Dostoevskijs, Frankfurt a. Main, Berlin, Wien 1985, 53 f.

747 VS 88–92 siehe Fn 234.

748 VS 8.

auch aussprechen, in Übereinstimmung mit dem Einwand des Offiziers, von Gerechtigkeit könne ohne eigenes, persönliches Handeln keine Rede sein. Die Szene kann auch so gedeutet werden, dass Raskolnikows innere Auseinandersetzung nach aussen verlagert wird, wobei die beiden Tischnachbarn zwei innere Stimmen Raskolnikows repräsentieren. Durch diesen Kunstgriff wird einerseits gezeigt, dass die äussere Bestätigung einer inneren Disposition zur Motivation für ein Handeln werden kann, und andererseits, dass nicht Raskolnikows Ideen an sich ungewöhnlich sind, da ja Andere sie teilen, sondern seine Bereitschaft zum Handeln.

Auch wenn für Joaquín Vernunft und Denken vor allem auch in der Wissenschaft von zentraler Bedeutung zu sein scheinen, so ist es umso auffälliger, dass er sich weder zu den Formen der Erkenntnis noch zur Wissenschaft, Philosophie und/oder Theologie direkt äussert. Es ist jeweils die Erzählstimme, die Joaquíns teils widersprüchliche Ansichten vermittelt, so z.B. die Medizin sei eine „Kunst",[749] oder dass „in der Medizin nichts gewiss, dass alles Hypothesen und ein beständiges Weben und Auflösen sei; und das Sicherste das Misstrauen.[750] Der Umweg über die Erzählstimme lässt die ohnehin undeutliche Position Joaquíns für die Leserschaft noch mehr verschwimmen. Das Aufstellen einer Hypothese, ihr Erproben, Verwerfen und der Neubeginn gehen ineinander und entziehen sich der Festsetzung. Dem entspricht, dass Joaquín nicht in der Lage ist, seine wissenschaftlichen Erkenntnisse selbst schriftlich festzuhalten, sondern dazu die Hilfe des Schwiegersohns braucht. Philosophische oder theologische Fragen werden nur insofern Gegenstand der Reflexion Joaquíns, als er sie unmittelbar auf sich selbst bezieht. Wir erinnern uns, dass nicht Joaquín, sondern dessen ehemaliger Schulkamerad Federico Cuadrado im Casino den entsprechenden Satz ausspricht: „Es gibt keine andere Philosophie als die, die wir hier treiben…"[751] Philosophie ist, was zwischen den Menschen an Gedanken ausgesprochen und ausgetauscht wird, sie ist, was sich in den konkreten Geschichten dieser Menschen zeigt. Der Gedanke an sich *ist* nicht und hat damit keine Gültigkeit.

Dostojewskij und Unamuno entsprechen sich insofern, als Gedanken, Hypothesen und Ideen in ihrer literarischen Gestalt im Gesamtgefüge des Texts für die Erzählung und ihre Figuren ganz bestimmte wesentliche Funktionen erfüllen. Dabei bedarf eine Idee der sprachlichen Fassung einerseits, einer

749 AS 86.
750 AS 128.
751 AS 156 f., vgl. Fn 690.

Konkretisierung bzw. eines Bezugs zu den Figuren andererseits und einer aus ihr folgenden Handlung. Was bei Unamuno kreisförmig ineinandergreift, entwickelt sich bei Dostojewskij linear und teleologisch. Die philosophische Idee legitimiert sich als Ausgangshypothese für ein daraus folgendes Tun, wobei sie sich im Augenblick der individuellen Umsetzung und Konkretisierung als Idee aufhebt. In diesem Zusammenhang ist die weit verbreitete Definition von Dostojewskijs Romanen als „Ideenromane" höchst problematisch, da im Roman gerade nicht abstrakte Fragestellungen am Beispiel der Figur auf ihre Tauglichkeit überprüft, verworfen oder bestätigt werden. Im Zentrum steht die Person, die sich auf höchst individuelle Weise an einer bzw. ihrer Idee abarbeitet. Michail Bachtin ist hier in seiner Betrachtungsweise zuzustimmen:

> Der Idee als Gegenstand der Darstellung kommt im Werk Dostoevskijs gewaltige Bedeutung zu, aber trotzdem ist nicht sie Heldin seiner Romane. Sein Held ist der Mensch, und er hat letztlich nicht die Idee im Menschen, sondern, um mit seinen eigenen Worten zu sprechen, den „Menschen im Menschen" dargestellt. Die Idee aber war für ihn entweder Prüfstein für die Erprobung des Menschen im Menschen oder schließlich – und das ist das Wichtigste – jenes „Medium", jenes Milieu, in dem sich das menschliche Bewußtsein in seinem tiefsten Wesen enthüllt. […] „Die Idee an sich" im platonischen Sinne oder das ideale Sein im Sinne der Phänomenologen kennt Dostoevskij nicht, sieht es nicht und stellt es nicht dar. Für Dostoevskij existieren keine Ideen, Gedanken und Thesen, die niemandem zugehören, die „an sich" wären.[752]

Das Zueignen, das Zugehörigwerden oder vielleicht auch das Zudrängen von Ideen zum Menschen stehen hier im Vordergrund, nicht ein neuer oder besonders origineller Gedanke an sich. Das eigene Wort kann jedoch nur eigenes sein, wenn es sich der ganze Mensch im Denken, Empfinden und Handeln zu eigen macht. Es bedarf nicht nur der rationalen, geistigen Auseinandersetzung, der sprachlichen Gestaltung und logischen Stimmigkeit, sondern auch der emotionalen Zustimmung und schliesslich der tatsächlichen Umsetzung. Dem entsprechend ist die Frage in *Verbrechen und Strafe* nicht: „Ist der Tod eines Menschen für das Wohl vieler zu rechtfertigen?" oder „Lässt sich ein Verbrechen aus dem Milieu, den Lebensumständen heraus erklären?", sondern: „Was geschieht mit diesem einen konkreten Menschen Raskolnikow, nachdem er aus einem nicht zu entschlüsselnden Komplex von Motivationen einen anderen Menschen getötet hat und unbeabsichtigt einen zweiten? Was geschieht, wenn ein neues Wort ausgesprochen ist und es sich als Irrtum erweist, aber nicht als solcher erkannt wird?" In *Abel Sánchez* lässt sich gar keine übergeordnete Frage formulieren,

---

752 PPD 38.

denn hier ist von Beginn an alles mit Joaquín verbunden. Es geht lediglich darum, was dieser eine konkrete Mensch denkt, fühlt und tut, unter dem Vorzeichen, sich selbst als abstossend, böse und neidisch prädestiniert zu sehen. Ob er sich in dieser Idee der eigenen Vorbestimmung täuscht oder nicht, ist insofern irrelevant, als sie seiner inneren Realität angehört. Allerdings ist die an die Vernunft gebundene Ansicht, wer nicht an die Freiheit glaube, sei nicht frei,[753] die Joaquín in doppelter Reflexion dem Beichtvater gegenüber ausdrückt, trügerisch, da sie gerade nicht die ganze innere Realität repräsentiert.

4. Innere und äussere Realität

Der Irrtum oder die (Selbst-)Täuschung als Teil des Selbst(-verständnisses) nimmt bei Dostojewskij und Unamuno grossen Raum ein. Er tritt einerseits hervor, wenn die Figur sich selbst „verrät“, z.B. durch eine physische Reaktion, die den Gedanken, Überzeugungen und Handlungen zuwiderläuft, wenn die Dialoge anderer Figuren eine ganz andere Interpretation derselben Situation aufzeigen oder wenn die Täuschung von der mehr oder gar alles wissenden Erzählstimme aufgedeckt wird. In *Verbrechen und Strafe* wird z.B. durch die physische Krankheit Raskolnikows, während des Fiebers und des Deliriums, das Denken ausser Kraft gesetzt und den Empfindungen und Erscheinungen Platz gemacht. Eine innere Stimme, die nicht der Vernunft angehört, verschafft sich so Gehör. Bei *Abel Sánchez* sind es die Szenen, in denen Abel alleine mit Helena oder alleine mit seinem Enkel über Joaquín spricht. Die Erzählstimme und die Stimmen der anderen Figuren vermitteln ihr eigenes Bild, das die Selbstwahrnehmung der Hauptfiguren vervollständigt oder bestätigt, ihr widerspricht oder sie als Täuschung enttarnt. Durch ihre eigene Voreingenommenheit sind die anderen Figuren jedoch selbst wieder fragwürdig in ihrer Aussage. Eine „wirkliche“ oder „richtige“ Realität, der man sich als LeserIn überlassen könnte, kommt bei beiden Werken nicht zustande – alle Realitäten zeigen sich in erster Linie als Realitäten des jeweiligen Bewusstseins, also in höchstem Grade subjektiv. Selbst die allwissende Erzählstimme ist in diesem Sinne nicht verlässlich, da sie nicht alles vermittelt oder kommentiert, sondern die Figuren für sich selbst sprechen. Hier ist nun die Leserschaft gefordert, sich angesichts dieser driftenden Positionen ihr eigenes Bild zu machen.

Die detailreiche Ausgestaltung und die hohe Informationsdichte über Raskolnikow sind hier nicht unbedingt von Vorteil. Zwar scheint man als LeserIn

753 Vgl. AS 136.

die Figur zu kennen, da durch die „Innenansicht“ vermeintlich unmittelbarer Zugang zu Raskolnikows Gedanken und Gefühlen besteht. Gleichzeitig entzieht sich die Figur der vollständigen Fassbarkeit schon dadurch, dass ihr selbst manche Einsichten verborgen bleiben, die sie darum nicht selbst formuliert und die auch über die Erzählstimme nicht aufgedeckt werden. Hier bleibt also nur, zwischen den Zeilen zu lesen und verstreuten oder auch sich nur aus dem Kontext ergebenden Hinweisen zu folgen. Bei Unamuno wird von vornherein deutlich, dass die Leserschaft alle Lücken selbst auffüllen muss, die sogar mehr Raum einnehmen als der Text. Der Fokus ist vollkommen auf die innere Wahrnehmung Joaquíns ausgerichtet, die nicht viel mit den äusseren Ereignissen und Handlungen zu tun haben muss. Diese werden ihrerseits nur mit einem Minimum an Information versehen, sodass für die Leserschaft intrinsisch sogar doppelt die Notwendigkeit zur phantasievollen Mitschöpfung und Auslegung gegeben ist.

Das Zusammenspiel oder auch die Verstrickung innerer und äusserer Realitäten der Selbstwahrnehmung und der Wahrnehmung durch die Anderen lässt sich an den Charakterisierungen der Hauptfiguren zeigen, die sich aus den Beiträgen verschiedener Stimmen zusammensetzen. Bei Raskolnikow wird von der Erzählstimme ein ausführliches physisches wie auch charakterliches Erscheinungsbild vorgegeben. Weitere entsprechende oder auch widersprechende Details werden von den Mitfiguren eingebracht, je nach ihrem Verhältnis und ihrem Interesse an Raskolnikow und entsprechend ihrem eigenen Charakter, teils untereinander, teils in direkter Begegnung mit Raskolnikow. Welches Bild sowohl intradiegetisch vor dem jeweiligen Gegenüber oder der Figur selbst als auch aus dem Text heraus vor der Leserschaft erscheint, ist abhängig von der jeweiligen Konstellation der Beteiligten wie auch von der jeweiligen Situation in der Erzählung. Bemerkenswert ist hier beispielsweise, dass Raskolnikow von den meisten Anderen zwar in gewisser Ambivalenz dargestellt wird, dass in ihren Augen jedoch grundsätzlich seine guten Eigenschaften überwiegen und sie darüber hinaus ein grosses Potential an Gutem in ihm vermuten. Er selbst macht jedoch nur eine direkte und gegenläufige Aussage über sich: „Sonja, ich habe ein böses Herz […] Ich aber bin ein Feigling und ein … ein Schuft!“.[754] Auch Sonja bezeichnet sich Raskolnikow gegenüber als Sünderin („Ich habe grausam gehandelt!“[755]), während die Erzählstimme und auch alle anderen Figuren ausschliesslich Gutes über sie sagen. So trifft jeweils die äussere Wahrnehmung Anderer auf Sonjas und Raskolnikows Selbstmitteilungen, die allerdings nur im intimsten

754 VS 560.
755 VS 431.

Raum des Zwiegesprächs ihren Ort finden. Der Dialog wird hier zur einzig möglichen Form. Sie schliesst jegliche weitere Vermittlung durch eine dritte Stimme aus und überlässt beide Partner ganz der Deutung und dem Erkennen des je anderen. Swidrigajlow, der hinter der Wand lauscht und später sein Wissen in eigenem Interesse an Dunja weitergibt, dringt nicht in diese Exklusivität vor. Die Leserschaft hingegen hat Zutritt, doch ist sie durch die bisherige Gestaltung und die Aussagen der anderen Figuren schon im Vorfeld verleitet, Raskolnikows und vor allem Sonjas Selbstanklage zurückzuweisen.

Joaquín wird von der Erzählstimme schon auf der ersten Seite in Abhängigkeit bzw. in Abhebung zu Abel charakterisiert, ohne dass dabei der jeweilige Charakter Substanz erhält: „Jeder von ihnen lernte sich selbst durch den anderen kennen".[756] Die von den Kameraden skizzierten Gegensätze beschränken sich auf „schlau" versus „fleissig", „witzig" versus „finster und ernst", Joaquín trennt lediglich in „sympathisch" und „abstossend" und gegenseitig halten sie sich (versteckten) Ehrgeiz und Ruhmsucht vor. Das Spiel Unamunos mit der Selbstwahrnehmung Joaquíns und der äusseren Wahrnehmung wird zum Spiegelkabinett. Joaquín definiert sich gegen Abel, provoziert diesen zu Aussagen über sich bzw. ihn, holt die Meinung über sich auch bei Antonia und Helena ein oder sorgt sich um das Bild, das er bei Anderen hinterlässt, wobei er deren Ansichten explizit reflektiert. Indem er sie jedoch anzweifelt, wird er auf sich selbst zurückgeworfen. Wie die ausgesprochene oder auch vermeintlich angenommene Sicht der Anderen Einfluss auf sein Selbstbild nimmt, kann die Leserschaft im Nebel von Äusserung und Verschweigen, Annahme, Ablehnung und (Selbst-)Täuschung nicht erkennen.

5. L'enfer, c'est les autres?

Raskolnikow und Joaquín werden nicht nur durch die Anderen, an den Anderen und von den Anderen charakterisiert – sie sind auf grundlegende Art mit ihnen verbunden bzw. schicksalshaft mit ihnen verstrickt. Dieses Ineinander der Figuren ist im Blick auf die Auseinandersetzung mit dem Menschsein absolut wesentlich. Wenn auch der Fokus immer auf den Hauptfiguren liegt, so immer nur auf ihnen als Zentrum ihres Beziehungsgeflechts. Dostojewskij und Unamuno unterscheiden sich in der Darstellung, Anordnung und Gewichtung der Figuren sowie in der Zuweisung ihrer Funktionen. Bei beiden wird jedoch je eine Beziehung für den Helden als entscheidend hervorgehoben. Ist es bei

756 AS 85.

Raskolnikow Sonja, durch die sich alles wendet, so ist es für Joaquín Abel (bzw. sein Bild) von Abel, an den er sein ganzes Leben, sein Leiden und sogar den eigenen Tod bindet. Antonia spielt darüber hinaus eine ganz besondere Rolle. Die Bedeutung, die den drei (Neben-)Figuren beigelegt wird, entspricht allerdings nicht dem physischen Raum, den sie im Text einnehmen.

Sonja tritt neben dem beinahe omnipräsenten Raskolnikow im Roman ungefähr so viel auf wie der Ermittelnde Staatsanwalt Porfirij und sogar weniger als Swidrigajlow. Während Porfirij Raskolnikow auf intellektueller Ebene begegnet, ihn mit aller psychologischen Raffinesse bespielt, ihn jedoch am Ende der Hoffnung auf das Wirken Gottes und das neue Leben überlässt, so zeigt ihm Swidrigajlow als eine Art korrumpiertes, älteres *alter ego* in all ihren Begegnungen, Unterhaltungen und schliesslich mit seinem Selbstmord, was Raskolnikow erwartet, wenn er nicht den Weg nach Sibirien auf sich nimmt. Weder der Überzeugungsversuch Porfirijs noch das Zeugnis Swidrigajlows bringen Raskolnikow über sich hinaus. Es ist Sonja, die diese entscheidende Rolle übernimmt und die, wie von Raskolnikows Mutter vorausgeahnt, zur „Hauptsache“[757] wird. Sie ist die ganz Andere, das für Raskolnikow völlig Neue. Raskolnikow und Sonja treten schon in den äusserlichen Dingen, in der physischen Erscheinung und im Geschlecht in offensichtlichen Gegensatz, ebenso wie in ihrem Wesen, ihren Grundhaltungen und Überzeugungen. Während Raskolnikow alle Wirkungen des Seins, der Umstände, der Ideen, der Ereignisse, der Anderen rational auf sich hin befragt und in seinem Scheitern schlussendlich nur noch den Gedanken aufbringt, der Teufel habe ihn wohl zum Verbrechen geschleppt, bringt Sonja die Vergeblichkeit und Eitelkeit seines Unterfangens auf den Punkt: „Schweigen Sie! Spotten Sie nicht, Sie Frevler, nichts, gar nichts verstehen Sie!“[758] Der Versuch Raskolnikows, sich selbst verstandesmässig in seinen Bedingungen und Begrenzungen zu erkennen, wird im Dialog in Szene gesetzt, in Frage gestellt und als unmöglich verworfen. Die Selbsterkenntnis ist nur im Spiegel eines wirklichen Gegenübers, eines anderen Menschen möglich, dessen (Bewusst-)Sein nicht im rationalen Verstehen, sondern vor allem im Glauben und in der Liebe gründet. Sonja erkennt in Raskolnikow den „Unglücklichen“, der „ohne einen einzigen Menschen leben“ und der sich „zu Tode quälen“ wird,[759] wenn er sich nicht laut vor allen Anderen zu seinem Verbrechen bekennt. Raskolnikow erkennt in Sonja den Menschen, der nur aus der Liebe heraus lebt, dessen Verstehen

757 VS 325.
758 VS 565.
759 VS 556–569.

ein vollkommen anderes ist als das vernünftige Abwägen, der für die anderen, die ihm alles bedeuten „völlig *sinnlos* Hand an [sich] gelegt und [sich] geopfert [hat]".[760] Raskolnikow und Sonja begegnen sich in einem beinahe sprachlosen Verständnis. Sie thematisieren weder ihre Gegensätzlichkeit noch ihre vollkommene Abhängigkeit voneinander. Die in Gang gesetzte Kernschmelze der beiden ungleichen Figuren hat in Petersburg keinen Platz. Der nur noch gemeinsam mögliche Ausweg aus der für beide unmöglich gewordenen Situation führt über Raskolnikows Geständnis und ihren gemeinsamen Weg in die Verbannung. Die neue Bindung, das eigentliche Ineinander der Liebe, kann sich nur in der Loslösung von allen anderen Bindungen, im leeren Raum Sibiriens entfalten. Ihrer beider Jugend, die explizit ganz am Ende des Romans noch einmal hervorgehoben wird, ermöglicht es, trotz der noch verbleibenden sieben Jahre in Gefangenschaft auf das neue Leben zu hoffen. Nicht Sonja als Person, sondern das Gemeinsame, die Liebe führt zu ihrer beider Auferstehung.

Joaquín bleibt Zeit seines Lebens an Abel gebunden. Die Eifersucht Joaquíns als Hauptmotiv der Geschichte entsteht und zeigt sich, sobald Joaquín sich der äusseren Realität bzw. der Realität der Verbindungen ausserhalb ihrer bisher exklusiven Dualität bewusst wird. Mit der Zurückweisung durch Helena und ihrem Raub durch Abel sieht sich Joaquín in der Liebe zu seiner Kusine und in der brüderlichen Freundschaft verraten, womit die einzigen familiären Bindungen negativ besetzt werden. Mit der Hochzeit, die Joaquín als einen demonstrativen Akt der auf ihn gerichteten Missachtung und Erniedrigung deutet, steigert sich die Eifersucht zum Hass auf Abel. Bei seiner Lektüre von Byrons Drama *Caïn* glaubt Joaquín diesen Hass als seine unsterbliche Seele zu entdecken, die seiner Geburt vorausging und seinen Tod überleben wird. Seine Bindung an Abel bzw. an sein Bild von Abel empfindet er als Hölle.[761] Die Geschichte der Freundschaft wird parallel zu dieser Vorstellung ewigen Leidens angelegt: Das gegenseitige Kennenlernen beginnt vor ihrer Geburt, der Hass Joaquíns flammt trotz all seiner Unternehmungen und Versuche, ihn über die Jahre einzudämmen, immer wieder auf, bis er im Streit mit Abel um den Enkel und dem Tod Abels seinen letzten Höhepunkt, nicht jedoch sein Ende erreicht. Denn wie schon so viele Male zuvor die Positionen und Meinungen Joaquíns und Abels vertauscht wurden, bekennt Joaquín nun auf seinem Sterbebett, er habe sich sein Leben lang selbst gehasst. Dies bedeutet jedoch weder, dass der Hass auf Abel negiert wird, noch, dass Abel

760 VS 435.

761 Vgl. AS 125. „L'enfer, c'est les autres", stammt aus dem Theaterstück *Huis clos*, von Jean-Paul Sartre.

und Joaquín in eins fallen. Abel ist keine nach aussen verlagerte zweite innere Stimme Joaquíns, auch nicht Antagonist, Doppelgänger oder Ideal, obwohl er als eigene Figur relativ undeutlich und vor allem aus der Perspektive und Interpretation Joaquíns dargestellt wird. Doch gerade in dessen ambivalenter Beurteilung des Freundes – der Verurteilung in den einen Dingen und der Bewunderung in den anderen – tritt hervor, dass Joaquín sein eigenes Sichsein (*serse*) nicht für das Abelsein aufgeben will. Abels Funktion ist vielschichtig und wird gespiegelt in Joaquíns Ansicht über die Mitschuld des biblischen Abels an seiner Ermordung durch Kain: Einerseits zieht er als Subjekt den Neid auf sich, andererseits richtet Joaquín seinen Hass auf ihn als Objekt. Beide sind gleichzeitig gegensätzlich und ähnlich; im häufigen Rollentausch[762] zeigt sich, dass sich die Grenzen zwischen beiden Freunden verwischen. Damit hinterlässt Abel eine wesentliche Leerstelle in Joaquín, was erklärt, wieso es letzterem nicht möglich ist, ein neues Leben zu beginnen, obwohl ihm mit Antonia ähnliche Voraussetzungen gegeben sind wie Raskolnikow mit Sonja: Antonia liebt Joaquín aus ihrem Glauben und Sein als Christin heraus. Sie sieht in ihm den Unglücklichen, den Besessenen. Joaquín erkennt, dass gerade ihre Liebe und ihr Wissen um seinen Dämon seine Rettung ermöglichen, dass der Dämon „in [ihr] sterben [wird], in [ihrem] Blut ertrinken, wie in geweihtem Wasser".[763] Antonias Funktion also ist es, die Möglichkeit zur Liebe und damit zur völligen Umdeutung von Joaquíns Leben offen zu halten; Joaquín hat bis zuletzt eine Wahl. Er schlägt jedoch aus, entzieht sich am Ende mit dem Verweis auf sein Alter und überlässt sich dem Tod, wobei offenbleibt, inwieweit hier das fortgeschrittene Lebensalter auf diese Entscheidung einwirkt. Hier endet die Erzählung.

Bei Joaquín wie auch Raskolnikow kann allein die Liebe aus dem Unglück, der Sünde und der Besessenheit führen. Obwohl beide Figuren ihrem Denken und Wollen für sich und ihr Handeln die grösste Bedeutung beimessen, sind am Ende die Faktoren ausschlaggebend, die am meisten mit Leidenschaft und Gefühl aufgeladen und die am wenigsten mit dem Verstand nachzuvollziehen und zu beherrschen sind. Es ist auffällig, dass hier zwei Männer mit einer ausgeprägten Neigung zur Rationalität dargestellt werden, und im Gegenzug zwei Frauen durch ihre Liebe und ihren ganz persönlichen christlichen Glauben das Tor zur Erneuerung geöffnet halten. Tatsächlich schreibt Unamuno dem

---

762 Siehe Fn 592; 638; 675; 687 u.a. Hierzu auch die Ausführungen zu „The Double" in Carlos A. Longhurst, Unamuno's Theory of the Novel, London 2014, 129–149.

763 AS 134.

Weiblichen eine passiv-empfangende Haltung zu, dem Männlichen ein aktiv-begehrendes Drängen, wie er in *La agonía del cristianismo* ausführt.

> „Ich glaube" will heissen „ich will glauben" oder besser, „ich brenne darauf, zu glauben", und repräsentiert das Moment der Männlichkeit, des freien Willens [...]. „Hilf meinem Unglauben"[764] repräsentiert das Moment der Weiblichkeit, der Gnade. Und der Glaube entspringt der Gnade und nicht dem freien Willen.[765]

Das bedeutet jedoch nicht, dass Unamuno seine männlichen und weiblichen Figuren diesem stereotypen Schema zuweist. Helena zum Beispiel steht in vollkommenen Gegensatz zu Antonia; bei anderen Frauengestalten wie Gertrudis in *La Tía Tula* oder Angela in *San Manuel Bueno, mártir* rücken Selbstbestimmung und Intellekt in den Vordergrund, während der Ruf „Hilf meinem Unglauben" vor allem dem Priester San Manuel Bueno, genauso aber auch Joaquín entspricht. Dostojewskij ist ebenso wenig die Bedienung entsprechender Klischees vorzuwerfen. Die Welt Raskolnikows und aller Helden Dostojewskijs ist mit geschäftstüchtigen Wirtinnen und händereibenden Müttern, weibischen Stutzern oder heiligmässigen Mönchen bevölkert, so dass in jedem Geschlecht alle Spielarten und Kombinationen menschlicher Eigenschaften in Erscheinung treten.

Bei beiden Autoren ist also nicht das Geschlecht der Figuren an sich bedeutend, sondern das die Figuren vereinende Band ihrer Beziehungen. Raskolnikow und Sonja gelingt der gemeinsame Aufbruch in ein neues Leben. Das Geständnis Raskolnikows und die Zusage Sonjas, ihn nach Sibirien zu begleiten, schaffen als bewusste Entscheidungen die Voraussetzungen. Die Liebe zwischen ihnen ist jedoch immer schon; sie ist keine Frage des Wollens oder des verstandesmässigen Erfassens. Dass Raskolnikow sie schlussendlich erkennt, ist einer anderen Macht geschuldet, die von aussen den Schleier aufhebt. Joaquín hingegen will und kann Antonias Liebe nicht annehmen und nicht erwidern, wobei offenbleibt, in welchem Verhältnis Wollen und Unvermögen zueinanderstehen. Die Liebe wird also bei Dostojewskij und Unamuno als das entscheidend Menschliche herausgestellt, wobei das Gelingen in *Verbrechen und Strafe* von aussen geschenkt, das Scheitern in *Abel Sánchez* in die Verantwortung des Menschen gestellt wird. Diese Schlüsse haben allerdings ihre sehr eigene Problematik, auf die später noch eingegangen werden wird.

Zuvor ist zu klären, ob oder wie das jeweilige Ende bzw. die gesamte Struktur der Erzählungen die Verstrickungen und Lösungen der Figuren widerspiegelt,

---

764 Mk 9,24.

765 La Agonía del Cristianismo, 130 f.

ob die Geschichten als abgeschlossen gelten können oder ob sie (als Kunstwerk) offenbleiben und auf etwas Neues verweisen.

6. Die Gesamtstruktur der Erzählung als Spiegel der Verstrickung und Lösung

An dieser Stelle soll der Blick auf den Aufbau der Texte sowohl in Bezug auf die Verstrickungen der Figuren sowie auch auf die Verstrickung der LeserInnen gerichtet werden. Verfolgt man die Entwicklungen, Wahrnehmungen und Erkenntnisprozesse der Figuren, so stellt sich mit deren Darstellung immer die Frage, welchen Eindruck das Dargestellte bei der Leserschaft hinterlässt und wie sie damit in die Geschichte involviert wird.

In *Verbrechen und Strafe* spielt bei dem Vorhaben des Verbrechens bis hin zur Durchführung das Zufällige eine ebenso grosse Rolle wie das bewusst Geplante und Angestrebte. Das Zusammenwirken aller möglichen Kräfte scheint Raskolnikow geradezu zum Mord zu drängen, zumal er selbst (im Nachhinein) das Zufällige als vorherbestimmt oder schicksalshaft deutet. Im Gegenzug werden vor dem Verbrechen und noch auf dem Weg dazu Hindernisse eingebaut oder (sogar von Raskolnikow selbst) Alternativen aufgebracht, auf andere Weise zu Geld zu kommen und die bisher ausschliesslich als Raubmord definierte Tat zu unterlassen. Schon hier zeigt sich, dass Raskolnikow gegen innere Einwände eine bewusste Entscheidung trifft.

Dostojewskij fordert hier die Aufmerksamkeit der Leserschaft heraus: Erkennt sie die Alternativen, die sich nicht immer offensichtlich und zeitgleich zum aktuellen Geschehen eröffnen, so kann sie auch das zugrundeliegende Konzept der Entscheidungsfreiheit erkennen. Im Sog der Hinführung zum ersten Höhepunkt der Erzählung, dem Verbrechen, erweist sich das als schwierig, verdeckt doch die Spannung, ob und wie Raskolnikow den Mord verüben wird, alles andere. Raskolnikows Mord an Aljona und Lisaweta und seine Flucht ist ein Moment grösster Involvierung der Leserschaft. Hier ist Konrad Onasch Recht zu geben, der Dostojewskij als „Verführer" bezeichnet.[766] Die Sympathielenkung hin zu dem ernsthaften, grüblerischen, halb verhungerten, gutaussehenden jungen Mann, der sich mehr um seine Familie sorgt als um sich selbst, und die Antipathielenkung in Bezug auf die alte, hässliche, böse, bigotte Wucherin, die „unnütze Laus", verführen oder korrumpieren gar die LeserInnen soweit, dass sie selbst

766 Konrad Onasch, Dostojewski als Verführer. Christentum und Kunst in der Dichtung Dostojewskis. Ein Versuch, Zürich 1961.

mit Herzklopfen lesend bangen und wünschen, Raskolnikow möge doch ungesehen aus dem Haus gelangen. Sich in einer ersten Reflexion der (heimlichen) Zustimmung oder der eigenen Vorurteile bewusst zu werden ist eines; in einer zweiten Reflexion zu erkennen, dass es sich hier um die meisterhafte Darstellung einer Fiktion handelt, mit der bewusst eine Wirkung auf die Leserschaft erzielt werden will, ein anderes. Die Frage der Rezeption bzw. der Rezeptionspsychologie erscheint hier in all ihrer Komplexität: Man kann sich als LeserIn der Spannung hingeben und die Qual, den Ekel und die Verzweiflung Raskolnikows nachvollziehen, man kann sich der Verführung durch den Autor bewusst werden und versuchen herauszufinden, welche künstlerischen Mittel hierzu eingesetzt werden, und man kann sich in einer weiteren Abstraktion die eigene Fähigkeit zum Bösen oder die eigene Verführbarkeit vor Augen führen. Es ist kaum möglich, alle drei Spuren gleichzeitig zu verfolgen. Der Facettenreichtum des Werkes erschliesst sich erst bei wiederholter Lektüre.

Nach dem Verbrechen und der zufällig gelungenen Flucht wird ebenfalls eine alternierende Folge von Ereignissen und Begegnungen angelegt, die Raskolnikow einerseits Anstösse und Möglichkeiten zum Geständnis bereiten, andererseits gegenläufig bestätigen, dass es keine Zeugen oder Indizien gibt, die Raskolnikow als Täter überführen könnten. Hier laufen Raskolnikows Gefühl der Entfremdung von aller Welt und der daraus entstehende innere Drang, die Tat zu bekennen, in die Leere der fehlenden Notwendigkeit, sich nach aussen hin zu bekennen. Falsche Verdachtsmomente gegenüber anderen potenziellen Tätern lenken jeweils von Raskolnikow ab, der im Gegenzug beginnt, bewusst oder unbewusst die Aufmerksamkeit auf sich zu ziehen. Was in der Zeit des Abstiegs in die Krankheit und Krise im Inneren Raskolnikows geschieht, wird kaum reflektiert und bleibt der Leserschaft weitgehend verborgen. Eine Zeit der Bewusstlosigkeit, des Deliriums und der Alpträume und andere Geschichten wie Marmeladows Tod, die Ankunft von Mutter und Schwester etc. überlagern die Auseinandersetzung. Erst in der ersten Begegnung mit Porfirij setzt das Denken Raskolnikows wieder ein, wobei gerade auf dieses Gespräch der Tiefpunkt in der psychischen Verfassung Raskolnikows im Zentrum des Romans folgt: die Anklage des Unbekannten auf der Strasse, „*Du* bist ein Mörder."[767] Wieder wird hier eine innere Stimme nach aussen verlagert, die Schuld offen ausgesprochen und so dem Zugriff des Widerspruchs oder der Leugnung entzogen. Die Begegnung wird verdoppelt im Alptraum von der Wiederholung des Mordes, in welchem nun das erneute empfundene Grauen das vorgängige selbstquälerische

767 VS 368.

Denken ablöst. Im ersten langen Gespräch mit Sonja und der gemeinsamen Lektüre der biblischen Geschichte des Lazarus ist schliesslich der Wendepunkt (die Spiegelachse) des Romans erreicht, von dem nun der Weg zum zweiten Höhepunkt des Geständnisses führt.

Der innere Prozess, den Raskolnikow bis dorthin durchläuft, liegt wiederum grösstenteils im Dunkeln. Hier nun rücken Ereignisse um Dunja, Luschin und Swidrigajlow in den Vordergrund. Erst in der Beichte bei Sonja wird erneut ein Licht auf seine innere Auseinandersetzung geworfen. Mit der Äusserung, die ihm erst nach und nach gelingt, macht Raskolnikow einen ersten Schritt hin zum Geständnis. Auch in dieser Szene werden die LeserInnen in den Text hineingezogen. Raskolnikow, der die Notwendigkeit, sich Sonja zu offenbaren, in absoluter Dringlichkeit fühlt,[768] richtet die Frage: „Muß ich denn sagen, wer Lisaweta ermordet hat?“[769] nicht nur an sich selbst. Und auch die Frage Sonjas: „Was, was haben Sie sich nur angetan?“ gilt nicht nur Raskolnikow, sondern beides fordert die Zustimmung und das Mitgefühl der Leserschaft, die angesichts der geschilderten Qualen beider Figuren längst Sonja beipflichtet, dass Raskolnikow „das Kreuz nehmen“, und seinen „Leidensweg antreten“[770] soll. Im Versuch, Sonja seine Motivationen und Gedanken zur Tat zu erklären, erkennt Raskolnikow, dass sein Experiment, sich selbst zu überschreiten, wie vorausgeahnt gescheitert ist. Noch sieht er allerdings seine Schwäche als Grund des Scheiterns und nicht den Irrtum seiner Idee des aussergewöhnlichen Menschen. Raskolnikow ist noch nicht bereit zum Geständnis, und wieder überdecken andere Ereignisse wie der Tod Katerinas den weiteren Prozess. Erneut führt ihn das Gefühl der Haltlosigkeit und der Einsamkeit in den Verlust des Bewusstseins. Hier ist es nun Porfirij, der den nächsten Anstoss gibt, indem er nun seine Überzeugung offenlegt, Raskolnikow sei der Mörder. Das Entscheidungsmoment Raskolnikows am Fluss, auf das erst im Epilog Bezug genommen wird, wird nicht dargestellt, sondern von der Geschichte und dem Selbstmord Swidrigajlows überlagert. Die Umsetzung des dort gefassten Entschlusses, sich nicht umzubringen, sondern sich zu stellen, ist nur zusammen mit Sonja möglich, die ihn zum Polizeibureau begleitet, womit die sechs Teile des Romans enden. Im Epilog werden der Prozess und die Geschichte der in Petersburg Zurückgebliebenen erzählt. Es folgt die erste Zeit im Gefangenenlager, Raskolnikows zweiter Tiefpunkt und schliesslich der

768 Ebd.: „Noch wußte er nicht, warum es ihm unmöglich war [es aufzuschieben], er *fühlte* es nur […]“.

769 VS 549.

770 VS 570.

Einbruch des Bewusstseins, Sonja zu lieben. Die vernunftgemässe Erkenntnis und die Anerkennung seines Irrtums über sich selbst bleiben Raskolnikow bis zum Schluss verwehrt.

Die Erzählung folgt also einer Zickzacklinie vom Anfang nach oben zum ersten Spannungs- und Handlungshöhepunkt des Verbrechens, nach unten zum physischen und psychischen Tiefpunkt Raskolnikows, nach oben zur zweiten entscheidenden Handlung, dem Geständnis, nach unten zur zweiten Krise und Krankheit in Sibirien und am Ende steil nach oben mit einem Pfeil in den Himmel, der auch mit dem Verweis auf eine allmähliche Erneuerung in einer folgenden Geschichte kaum gebremst wird.

Die Erzählung *Abel Sánchez* hat keinen eigentlichen bzw. einzeln auszumachenden Höhepunkt. Mit den ersten Begegnungen von Abel und Joaquín als Kinder wird ein Anfang gesetzt, mit dem Tod Abels und dem Tod Joaquíns ein Ende. Dazwischen steht eine Reihe von Geschehnissen, Begegnungen, Reden und Unternehmungen, in welcher jedes Element für sich bedeutsam, jedoch nicht im Ganzen entscheidend ist. Nicht einmal der „Raub der Helena“ ist als einschneidendes Erlebnis oder als Auslöser für Joaquíns Hass auf Abel zu betrachten, sondern als Moment des Aufdeckens, des Bewusstwerdens der prägenden, immer schon bestehenden Leidenschaft. Die jeweiligen Verantwortlichkeiten für die Geschehnisse und Handlungen sind nicht klar zu trennen, sondern von Beginn an als Zusammenspiel verschiedener Akteure konzipiert. Schon dem Kind, dem Jugendlichen und dem jungen Erwachsenen Joaquín wird immer eine Beteiligung und eine Mitverantwortung an allen Ereignissen zugeschrieben, die er selbst auch für sich beansprucht. Auch das Zusammenspiel der Handlungen bzw. Aktionen und Reaktionen Joaquíns und der anderen Figuren ist nicht im Einzelnen ausgewiesen und nachvollziehbar. Vielfach sind die Motivationen oder Zusammenhänge undeutlich, umso mehr, als sie fast ganz der Deutung Joaquíns überlassen sind. Die Leserschaft findet in der Folge der Fragmente aus der *Beichte* die entsprechenden Anhaltspunkte, welche Ereignisse und Gedanken Joaquín als bedeutend für sich interpretiert. Sie muss sich jedoch selbst ein Bild machen, in welchem Verhältnis bzw. Missverhältnis die Reaktion Joaquíns zu der wiederum nur angedeuteten äusseren Realität steht.

Am ehesten nachvollziehbar ist die Folge der Versuche Joaquíns, sich selbst von seiner Passion zu heilen bzw. den inneren Drachen zu besiegen. Diese Anläufe folgen teilweise aus einem konkreten Anlass wie z.B. Joaquíns Sieg über sich selbst bei der ernsten Erkrankung Abels nach dessen Hochzeitsreise mit dem Entschluss, eine Frau zu suchen, oder Joaquíns Lobrede auf das Bild Abels zu Kain. Andere entstehen aus einer Krise wie Joaquíns Depression nach dem Bankett, mit Joaquíns Beichte und seiner Zuwendung zur Kirche. Auch der Plan, die Tochter Joaquina mit Abels Sohn Abelín zu vereinen, um so den eigenen Hass durch die Liebe zwischen den Nachkommen auszulöschen, ist ein willentliches Unterfangen. So ergibt sich eine lose verbundene Aneinanderreihung verschiedener Unternehmungen, die Joaquín am Ende jedoch allesamt als gescheitert betrachtet. Auflehnungen gegen die (fragliche) Bestimmung und die (vermeintlichen) Rückschläge folgen zwar jeweils aufeinander, das untrennbare und nicht entschlüsselbare Ineinander von Ursache und Wirkung dreht sich jedoch in einer Art Teufelskreis, aus dem Joaquín nicht entkommt. Diese Kreisform kennzeichnet die ganze Erzählung. Alles ist bereits da, und es wird mit dem letzten Ereignis, dem Tod Joaquíns nicht gelöst, sondern in der konkreten Form seiner Lebensgeschichte einfach beendet. Die Tragik Joaquíns liegt in der bis ganz zu Ende konsequent durchgehaltenen Zuschreibung der Eigenverantwortung. Sogar den Zeitpunkt seines Todes, wenn auch nicht den Tod selbst, kann Joaquín mitbestimmen, womit Unamuno bis an die letzte Grenze menschlicher Selbstbestimmung geht. Der doppelte und nie als Paradox erkannte Irrtum, er, Joaquín, glaube nicht an den freien Willen, aber Antonia habe ihn nicht retten können, weil er sie nicht lieben wollte, lässt sich nicht von aussen aufheben, da alles an Joaquíns Deutung gebunden bleibt.

Einzig die Leserschaft verfügt über alle Informationen, diesen Irrtum zu erkennen, denn allein sie ist Zeugin aller entsprechenden Dialoge, Monologe, Szenen und Aufzeichnungen. *Abel Sánchez* ist damit eine Herausforderung, die ohne die Absicherung einer Interpretation durch die allwissende Erzählstimme oder durch eine andere unabhängig von Joaquín agierende Stimme gestellt wird. Ungewöhnlich für Unamuno, findet sich nicht einmal im Prolog ein Hinweis darauf, wie der Autor selbst sein Werk gedeutet haben will.

Verbrechen und Strafe und *Abel Sánchez* entsprechen sich darin, dass ihren Hauptfiguren in all ihren Verstrickungen und Bestimmungen immer ein gewisser Freiraum für eigene Entscheidungen und selbstverantwortliche Handlungen zugeschrieben wird. Dieser Raum der Selbstbestimmung wird von beiden Figuren wahrgenommen, allerdings nicht in (vollem) Bewusstsein bzw. sogar gegen das vernünftige Denken oder die Überzeugung. Denn während bei Raskolnikow zwar die Problematik des Wollens und Handelns, nicht aber die Idee des freien Willens an sich Gegenstand der Reflexion wird, formuliert Joaquín diese Idee und lehnt sie explizit ab, während er dennoch ihr entsprechend handelt. Die fehlende Kongruenz von Denken, Empfinden und Handeln ist der Grund für den jeweiligen Irrtum: bei Raskolnikow der Vorrang des Verstandes und die Idee, dass „jeder, der an Geist und Verstand mächtig ist, die Herrschaft über die

Menschen hat!",[771] wobei er Seele und Natur des Menschen wie auch seinen Gott und Schöpfer vollkommen vernachlässigt; bei Joaquín das Paradox: „Was tat ich, dass Gott mich so schuf?",[772] womit er voraussetzt, dass sein Handeln auf Gott hin wirkt, ebenso wie das Handeln Gottes auf ihn. Die Werke und vor allem ihr jeweiliger Schluss spiegeln diese Fragen und ihre (fehlenden) Antworten ebenso wie die biblischen Geschichten von der Auferweckung des Lazarus und vom Brudermord des Kain an Abel. Im Folgenden soll also einerseits den Funktionen der intertextuellen Bezüge nachgegangen werden sowie der Frage, ob oder inwieweit Dostojewskij und Unamuno durch ihre Erzählungen Antworten in der Auseinandersetzung ihrer Figuren mit der Problematik von Bestimmung und Freiheit geben.

7. Dostojewskijs Lazarus und Unamunos Kain und Abel

In *Verbrechen und Strafe* stehen sich wie gesagt die erste Begegnung Raskolnikows mit Porfirij[773] und der erste Dialog mit Sonja vor und nach der Spiegelachse des Romans gegenüber und darin einerseits philosophische und andererseits theologische bzw. religiöse Fragen. In beiden Gesprächen taucht Lazarus, der Bruder Martas und Marias aus dem Evangelium nach Johannes[774] auf. Als Porfirij Raskolnikow über seine Ideen zur Bestimmung der Menschen zu Gehorsam oder zu Aussergewöhnlichkeit befragt bzw. zu Raskolnikows Bereitschaft, diese Gedanken, für den Fall, ein Auserwählter zu sein, auch umzusetzen, nutzt er Raskolnikows Bemerkung zum Neuen Jerusalem[775] (Offb 21,2), um ihm seine Gretchenfrage zu stellen: ob er „immerhin" an das Neue Jerusalem, ob er an Gott und ob er an die Auferweckung des Lazarus glaube.[776] Raskolnikow selbst schlägt mit der Geschichte des Lazarus die Brücke von der einen Hälfte des

771 VS 564.

772 AS 136.

773 Vgl. VS 335–360.

774 Vgl. Joh 11, 1–46.

775 VS 351 f. „[…] die eigentlichen Menschen […] bewegen die Welt und führen sie ihrem Ziel entgegen […] – bis zum Neuen Jerusalem, versteht sich!"
Den ersten Bezug auf die Offenbarung des Johannes und das Jüngste Gericht hatte bereits Marmeladow zu Beginn des Romans bei seiner Begegnung mit Raskolnikow in der Schenke genommen. VS 33 f. zu Offb 13,16 f.

776 VS 352 f.: „Sie glauben also immerhin an das Neue Jerusalem? […] Und… und… und glauben Sie auch an Gott? […] Und… glauben Sie auch an die Auferweckung des Lazarus?"

Romans zur anderen, von Porfirij über seinen Tiefpunkt, die Erkenntnis seines Scheiterns, hinweg zu Sonja. Sonja stellt die Frage nach ihrer Bestimmung gar nicht erst. Sie ist und sie ist für die Anderen. Als Raskolnikow bei ihr eine Bibel entdeckt, die Lisaweta ihr gebracht hat, drängt er sie, ihm die entsprechende Stelle zu suchen und sie ihm vorzulesen.[777] An Sonjas anfänglichem Widerstand zeigt sich erneut, dass Raskolnikow und Sonja sich in ihren Anschauungen und Wesensarten vollkommen unvereinbar gegenüber stehen. Die gemeinsame Lektüre der Bibel vereint sie jedoch, wie Dostojewskij hier mit ausnehmendem Pathos hervorhebt:

> „Der Kerzenstumpf in dem verbogenen Leuchter war schon seit langem heruntergebrannt, und sein letztes trübes Flackern beleuchtete den Mörder und die Hure, die sich in diesem armseligen Zimmer so seltsam über dem ewigen Buch zusammengefunden hatten. So vergingen etwa fünf Minuten, vielleicht mehr."[778]

Raskolnikow bricht den Moment der *unio mystica*: die Stille mit einer lauten, entschlossenen Rede, die Einheit mit der Nachricht, seine Familie verlassen zu haben, den Frieden mit seiner plötzlichen Erregung und dem Drängen, Sonja möge ihn auf seinem Weg begleiten, noch ohne dass sie von seiner Tat und seinem eben getroffenen Entschluss, sich zu stellen, weiss. Bis zum Geständnis fehlen allerdings noch 276 weitere Seiten, in denen nur Porfirij bei seiner Aussprache bei Raskolnikow noch einmal die Rede auf Gott bringt.[779] Erst im Epilog, im Augenblick des zweiten Tiefpunkts und der erneuten Erkrankung Raskolnikows, geschieht wenige Wochen nach Ostern, dem Fest der Auferstehung Jesu als Christus, an Raskolnikow, was der Auferweckung des Lazarus gleichkommt. Die Erzählstimme benennt, was Raskolnikow selbst nicht zu benennen weiss und auch im Nachhinein nicht reflektiert. Es ist Sonja, die „versteht", jedoch in einem allumfassenden Verstehen, das einem Erkennen oder Schauen nahekommt:

> „Er wußte selbst nicht, wie es geschah, aber plötzlich glaubte er, eine Kraft hebe ihn empor und werfe ihn zu ihren Füßen nieder. Er weinte und umschlang ihre Knie. Im ersten Augenblick war sie furchtbar erschrocken, und ihr Gesicht wurde leichenblaß. Sie sprang auf und starrte ihn zitternd an. Aber sogleich, im selben Atemzug, verstand sie alles. In ihren Augen leuchtete unermeßliches Glück; sie verstand und es gab für sie keine Zweifel mehr, daß er sie liebte, sie unermeßlich liebte, und daß der Augenblick endlich gekommen war…
> Sie wollten sprechen, aber sie konnten nicht. Tränen standen in ihren Augen.[780]

777 VS 439 ff.: „Wo steht hier die Geschichte von Lazarus?"
778 VS 443.
779 VS 622: „Vielleicht hat Gott mit Ihnen noch etwas vor."
780 VS 743.

Der Einbruch der Liebe wird mit solcher Emphase dargestellt, dass kaum ein anderer Schluss gezogen werden kann, als dass Dostojewskij hier eine überwältigende göttliche Macht einberuft, die zumindest in Raskolnikows Empfinden die physikalischen Gesetze der Schwerkraft ausser Kraft setzt. Mit einem Schlag werden 735 Seiten an Qual, Leid und intellektuellem Ringen buchstäblich aufgehoben und mit unermesslichem Glück, unerschöpflicher Liebe und unendlichem Leben ersetzt. Das Denken und sogar das Sprechen weichen für den Moment vollkommen der übermächtigen, erschütternden Empfindung.

Hier erfüllt sich bereits zu Lebzeiten Sonjas und Raskolnikows ganz am Ende des Romans, was Marmeladow ganz zu Beginn prophezeit: „Und Er wird Seine Arme ausbreiten, und wir werden Ihm zu Füßen fallen… Und weinen… Und alles erkennen!“[781] In einem doppelten Bogen von Marmeladows Jüngstem Gericht über die Geschichte der Auferweckung des Lazarus vollendet sich die Erzählung im Anbruch des Neuen Jerusalems in Sibirien. Hier ist es Sonja, der Raskolnikow vor die Füsse fällt. Auf dem Hintergrund der Prophezeiung erscheint sie so selbst einerseits als Mensch gewordener Gott, als Jesus, andererseits bleibt sie Sonja, durch die und mit der zusammen Raskolnikow in der Liebe auferweckt wird. Die Frage, weshalb Raskolnikow und Sonja vorzeitig gerettet werden, nicht aber Swidrigajlow, Marmeladow oder Katerina, bleibt offen. Sie wird allerdings in Marmeladows Rede aufgefangen, nach dessen absolut radikaler Vorstellung am Ende der Zeit Alle auf Erlösung hoffen können und Allen vergeben werden wird, „den Guten wie den Bösen, den Weisen wie den Einfältigen“. Marmeladow nimmt all diese mit ihren Namen in die Erlösung hinein, seine Tochter Sonja, die vor der Kirche als Sünderin gilt, Katerina, die „Stiefmutter, die böse und schwindsüchtige“, und sich selbst, den „unflätigen Trunkenbold“, der „das Bild des Viehs […] angenommen“[782] hat.

In den Geschichten von der Auferweckung des Lazarus wie auch derjenigen Raskolnikows und Sonjas wird das Handeln Gottes am Menschen dargestellt, nicht aber das Handeln des Menschen auf Gott hin, das sich höchstens in kleinen Nebenbemerkungen oder in nicht direkt ersichtlichen Wendungen verbirgt. Die Bereitschaft, das Wollen und Tun des Menschen zu Gott hin scheint in unbestimmter Weise zwar eine Rolle zu spielen, tritt jedoch niemals in einem erkennbaren oder nachvollziehbaren Wirkmechanismus. Im ganzen Roman treten nur das Gebet, die Fürbitten und die heimlichen Zusammenkünfte Lisawetas mit Sonja explizit als Formen religiöser Praxis auf. Die verfasste Kirche spielt

781 VS 34.
782 VS 33 f.

darin zudem eine vollkommen untergeordnete und klägliche Rolle.[783] Weder Raskolnikows Tun noch seine Haltung zu Gott finden Erwähnung, so dass sie als aktives Streben zu Gott hin vollkommen irrelevant scheinen. Dabei offenbart sich im Rückblick aus dem Epilog gerade das Geständnis Raskolnikows als der ausschlaggebende eigene, aktive Schritt auf seinem Weg zu Versöhnung und Erneuerung und damit als Öffnung für Gottes Wirken. Der Weg nach Osten, nach Sibirien als symbolischem Ort der Auferstehung muss als Bewegung zu Ihm hin verstanden werden. In diesem Sinne richten sich Raskolnikow und Sonja in ihrem Sein und Tun auf Gott aus. Ihre Auseinandersetzung mit sich und der Welt ist religiös durchtränkt, wie es auch Romano Guardini in seiner grossen Meditation über den Menschen und den Glauben in Dostojewskijs Werk ähnlich ausführt:

> Wer den Versuch macht, über das Religiöse in Dostojewskijs Werk zu handeln, sieht bald, daß er sich nichts weniger als dessen ganze Welt zum Gegenstande genommen hat. Wohl keine nur irgendwie hervortretende Gestalt, kein für das Gesamtgefüge der betreffenden Schöpfung wichtiges Begebnis findet sich darin, die nicht ohne weiteres oder doch durch kurze Vermittlung hindurch religiös bedeutungsvoll wären. Im Letzten sind Dostojewskijs Menschen durch religiöse Mächte und Motive bestimmt; ihre eigentlichen Entscheidungen fallen von dort her. Mehr als das: Seine Welt als „Welt", der Zusammenhang ihrer Wirklichkeiten und Werte und ihre ganze Atmosphäre sind im Grunde religiöser Natur.[784]

Systematisch-theologische Fragen nach Gottes Gerechtigkeit, Allmacht oder Gnade, nach der Erschaffung des Menschen, der Freiheit, dem Bösen, der Rechtfertigung, der Eschatologie oder der Kirche werden in *Verbrechen und Strafe* nie als solche Gegenstände der Auseinandersetzung. Dennoch scheinen sie im Text auf, immer gebunden an die Geschichte des Menschen, den sie ganz konkret betreffen bzw. durchdringen. Was also für die philosophische Idee gilt, dass sie nicht für sich, sondern immer jemandem zugehörig ist, gilt ebenso für das Religiöse. Die Theodizee ist nicht Thema, sondern sie ist in Katerinas Leid, das sich nicht als Beispiel, sondern als konstitutiv für die Frage überhaupt erweist, auch, wenn es sich hundertfach in anderen Geschichten ähnlich zeigt. In ihrem Leben,

783 Vgl. 250 f. Sie tritt in Gestalt eines Priesters von der Strasse, eines weisshaarigen alten Mannes auf, der Marmeladow die Sterbesakramente bringt und auf Katerinas verzweifelte Anklage gegen die Willkür Gottes und die Sündhaftigkeit ihres Mannes nichts zu entgegnen weiss.

784 Romano Guardini, Der Mensch und der Glaube, Versuche über die religiöse Existenz in Dostojewskijs großen Romanen, Leipzig 1932, 13.

in ihrem Leiden ist alles bereits enthalten, ohne dass es der theoretischen Reflexion bedarf. Hier zählen allein der Glaube und das Vertrauen auf Gott, die Sonja auch angesichts ihrer vollkommen unmöglichen Lage und Raskolnikows Zweifel bewahrt.[785] Alle (unvollkommene) Erkenntnis Raskolnikows über sich selbst folgt auf einen bedrängenden physisch wie psychisch leidvollen Prozess, nach welchem sich alle seine philosophischen Ideen über das Menschsein als irrelevant erweisen. Sie gelingt nur an Sonja, die nicht diese Ideen, die aber „für sich" alles versteht. Es geht auch nicht um die wissenschaftlich-theologische Frage nach dem Bösen, seiner Gestalt und seiner Wirk- und Verführungskraft, sondern um Raskolnikows persönlichen Teufel,[786] um das tiefe, umfassende Erleben der eigenen Verfehlung und ihrer Auswirkungen. Nichts ist damit ausserhalb des konkret Menschlichen, das sich nur in der Lebensgeschichte zeigt.

Michail Bachtin stellt diese Konkretisierung als wesenhaft für die Erzählung als literarisches Kunstwerk und überhaupt für die ästhetische Betrachtung heraus:

> Die Einheit der Welt des ästhetischen Sehens ist keine sinnhaft-systematische, sondern eine konkret-architektonische Einheit, diese Welt ist um ein konkretes, wertmäßiges Zentrum herum angeordnet, das gedacht und gesehen und geliebt wird. Dieses Zentrum ist der Mensch, alles in dieser Welt erhält Bedeutung, Sinn und Wert lediglich in Korrelation mit dem Menschen. Alles mögliche Sein und aller möglicher Sinn sind um den Menschen als Zentrum und einzigem Wert herum angeordnet; alles – und hier kennt das ästhetische Sehen keine Grenzen – muss mit dem Menschen in Wechselbeziehung treten, menschlich werden.[787]

Mit dem Ende von *Verbrechen und Strafe* und der Auferweckung werden Raskolnikow und Sonja beinahe aus dem Menschlichen herausgehoben, ähnlich wie Lazarus, der bereits vier Tage im Grab gelegen hat. Ist Lazarus Krankheit nicht „zum Tode, sondern zur Verherrlichung Gottes",[788] so liegt die Vermutung nahe, dass Raskolnikows Krankheit bzw. die ganze Geschichte seines Verbrechens, seines Geständnisses und seiner Auferweckung eine ähnliche Funktion haben soll. Wie auch von Lazarus weiter nichts in der Bibel berichtet wird, so wird die

785 VS 434: „Gott, Gott wird so etwas Entsetzliches nicht zulassen!..." „Bei anderen läßt er es ja auch zu."; VS 438. „Alles tut Er!"

786 VS 567: „Es war der Teufel, der mich damals dorthin schleppte und mir erst hinterher zeigte, daß ich keineswegs das Recht hatte, so weit zu gehen, denn ich bin genauso eine Laus wie alle anderen auch!"

787 Michail M. Bachtin, Zur Philosophie der Handlung, Berlin 2011, 125 f.

788 Joh 11,4. Die Verse 2–18 werden im Text von „Verbrechen und Strafe" nicht wiedergegeben.

erst kommende Erneuerung Raskolnikows in eine andere noch zu schreibende Geschichte verlegt. Was nun zukünftig geschieht, wird der Leserschaft entzogen. Der Sprung zum Mantelsaum Gottes und zur neuen Wirklichkeit scheint zu weit, als dass er in der körperlichen und irdischen Form der (nie erzählten) Geschichte vollzogen werden könnte.

> „Aber hier beginnt eine neue Geschichte, die Geschichte der allmählichen Erneuerung eines Menschen, die Geschichte seiner allmählichen Wiedergeburt, des allmählichen Übergangs aus einer Welt in die andere, der Entdeckung einer neuen, bisher gänzlich ungekannten Wirklichkeit. Das könnte das Thema der neuen Geschichte werden – aber unsere jetzige Geschichte ist zu Ende.“[789]

***

Für *Abel Sánchez. Geschichte einer Leidenschaft* steht die biblische Referenz auf Kain und Abel ab der ersten Seite durch die Namensgebung Joaquín und Abel als Hintergrundfolie bereit. Die Analogien der Motive „brüderliche Verbundenheit“ und „Neid“ des Einen auf den Anderen, der sich durch die nicht nachvollziehbare Ablehnung Kains/Joaquíns aufdeckt, sind klar erkennbar.

Erst in Kapitel XI erscheint die biblische Geschichte explizit in Zusammenhang mit den Vorbereitungen Abels für ein Bild zu Kain und Abel. Abel liest Joaquín die Szene aus der Genesis vor, so wie Sonja Raskolnikow die Geschichte des Lazarus vorliest. Joaquín kommentiert den Bibeltext und heisst Abel schliesslich, mit dem Lesen aufzuhören. Joaquíns Frage ist seine eigene: Warum nimmt Gott das Opfer des Einen mit Wohlgefallen an, das des Anderen nicht? Das Wozu, den ausdrücklichen Imperativ Gottes an Kain, über die Sünde zu herrschen, hebt er im Gedanken der Gottverlassenheit auf. Er akzeptiert die ihm von seinem Schöpfer zugewiesene Bestimmung, bereits als abstossender Mensch geboren zu sein, leitet für sich selbst jedoch keinen Auftrag daraus ab, obwohl er ihn in seinen Handlungen erfüllt. Hier wird das Paradox Joaquíns sichtbar, noch ohne dass es explizit ausformuliert wird. Zwei weitere wesentliche Fragen kommen in dieser Szene zur Sprache: die Austauschbarkeit Abels und Kains, ob also unter umgekehrten Vorzeichen auch Abel seinen Bruder getötet hätte, und die Mitschuld Abels an der Tat seines Bruders, ob also Abel, hätte er sich für Kain eingesetzt und die unverdiente Gunst vor der Welt verborgen, verschont geblieben wäre. Beides lässt sich nicht lösen und entspricht dem, was Sonja unter „leeren Fragen“[790] versteht. Auch damit fragt Joaquín direkt sich selbst an, ebenso wie

---

789 VS 745.
790 VS 552.

seinen Freund Abel, der sich der Bedeutung zwar nicht bewusst zu sein scheint, der das Schwerwiegende in ihrem Dialog aber dennoch wahrnimmt.

In der Verarbeitung der biblischen Geschichte im Drama Lord Byrons bzw. in Joaquíns Meditation über das Drama erweitert sich die Problematik um das Motiv der Erbsünde und der Freiheit in der Geschichte von Adam und Eva sowie um das Motiv der Unsterblichkeit Kains bzw. der Unsterblichkeit des Hasses. Alles bezieht Joaquín auf sich; er gibt sich ganz in die Geschichte hinein. Jeden Satz, der ihn anspricht, nimmt er als Ausgangspunkt einer Selbstreflexion über sein Leben, über Abel, über Antonia und über seine Tochter. Ist also der Bibeltext der Ausgangspunkt einer ersten Identifikation, so findet er in der ausgestalteten Bearbeitung im Drama eine noch breitere Fläche, die ihn und sein eigenes inneres Drama widerspiegelt.

Dieses innere Drama wird nach dem grossen Kampf mit dem Dämon in der Laudatio auf Abels vollendetes Bild schliesslich im Gespräch mit dem Beichtvater nach aussen verlagert. Hier wird nun das Paradox ausformuliert: „Was habe ich getan, dass Gott mich so schuf […]?“[791] Der Zirkel von Gottes Bestimmung seiner Geschöpfe und dem Handeln des Menschen, das auf Gott wirkt, dreht sich zusätzlich unter der Problematik von Zeit und Ewigkeit. Auch der Beichtvater kann das Dilemma nicht lösen, allerdings verweist er auf dasjenige, was innerhalb der menschlichen Zeit und Möglichkeit liegt: auf das Wozu menschlichen Lebens und nicht auf das Warum des ewigen Gottes.

Für Joaquín gibt es keine Gnade Gottes, die mit der Sendung seines Sohnes, mit dem Kreuzestod und der Auferstehung Jesu Christi in die Welt kommt und den Kreis durchbricht. Auch die Vorstellung eines Gerichts, einer Erlösung, einer Auferstehung oder eines Lebens nach dem Tod wird nirgendwo in der Erzählung aufgebracht. Joaquíns Idee der Unsterblichkeit bezieht sich entweder auf die Verewigung in der Kunst oder auf den Hass, der vielleicht als unsterbliche Seele die Menschen, denen er innewohnt, überdauert. Beides wird nicht weiter ausgeführt. Dass der Hass zumindest nicht an die Nachkommen Abelín und Joaquina weitergegeben wird, ist offensichtlich, und wie es den Enkeln ergehen wird, ist nicht mehr Teil der Erfahrung bzw. Teil der Geschichte Joaquíns.

Ein letztes Mal erscheint der biblische Kain direkt nach Abel Sánchez’ Tod, an dem Joaquín mit Schuld trägt oder auch nicht, entsprechend der Frage, ob Abel mit Schuld an der Tat seines Bruders trägt. Seinem Enkel gegenüber nennt Joaquín sich Kain: „Und ich, ich habe ihn getötet; Kain hat Abel getötet, dein Grossvater, Kain. […] Aber er, er hatte Schuld.[792]

791 AS 136, vgl. Fn 665.
792 AS 202.

Die beiden biblischen Geschichten von Lazarus und Kain und Abel dienen jeweils als Prisma, durch das die beiden Erzählungen *Verbrechen und Strafe* und *Abel Sánchez* betrachtet werden können. Jesus wirkt im Evangelium nach Johannes an Lazarus, den er liebte, ein Wunder, zur Verherrlichung Gottes und zur Verherrlichung seines Sohnes.[793] Das Warum und Wozu seines Handelns tritt hier deutlich hervor, wie auch im letzten, kursiv hervorgehobenen Satz, den Sonja liest: „*Viele nun der Juden, die zu Maria gekommen waren und sahen, was Jesus tat, glaubten an ihn.*“[794] Die Vermutung liegt nahe, dass Dostojewskij seinen Roman mit einem ähnlichen Interesse schrieb, wie auch die biblische Geschichte geschrieben wurde: anhand der ganz konkreten (fiktionalen) Lebensgeschichte eines Menschen vom Wirken Gottes und dem Glauben der Menschen zu erzählen.

In der Genesis tötet Kain seinen Bruder Abel, weil Gott dessen Opfer gnädig ansieht, seines jedoch nicht. Kain wird verflucht und geht „hinweg vom Angesicht des HERRN“.[795] Das Alte Testament und das Neue stehen sich in Joaquín und Antonia unvereinbar gegenüber. Joaquín bleibt vollkommen sich selbst verhaftet, obwohl das Angebot Gottes mit der Liebe Antonias bis am Ende bestehen bleibt. Bis in die letzte Konsequenz des Todes hinein bleibt ihm die Entscheidung zur Liebe überlassen. Bei Unamuno kann also selbst die explizite Suche des Menschen nach Gott am inneren Widerspruch ein und desselben Menschen scheitern. Die Frage, wieso Gott den einen Menschen die Gnade des Glaubens schenkt, den anderen nicht, wird bemerkenswerter Weise nicht gestellt. Die vorzeitige Erlösung durch den Kreuzestod Jesu Christi und seine Auferstehung bleibt eine Leerstelle, die Frage nach der Auferstehung nach dem Tod ebenfalls.

8. Abschliessende Betrachtung

Die Erzählungen *Verbrechen und Strafe* und *Abel Sánchez* zeigen sich gerade in ihrer Radikalität von Zeitlichkeit und Prozesshaftigkeit als ein Ort der nie abgeschlossenen Entwicklung der Figuren in ihrer fiktionalen Welt. Raskolnikow und Joaquín sind in allem, was sie ausmacht, zwar in Grundzügen von Anfang an angelegt. Sie sind jedoch keine fertig ausgestalteten Geschöpfe ihrer Autoren, sondern durch die ganze Geschichte im Erschaffenwerden begriffen. Daran sind auch die LeserInnen beteiligt, die für sich ihre eigene Vorstellung

---

793 Vgl. Joh 11, 3–5.

794 VS 443.

795 1. Mose 4,16.

der Figur entwickeln, das Unausgesprochene oder Implizite auf ihre Art ausfüllen und interpretieren. Die Texte bilden den Menschen in seinem Geflecht von Beziehungen zu anderen Menschen, in seinen Interaktionen, Handlungen und Gegebenheiten und unter dem Eindruck von Ereignissen und Erlebnissen ab. Figur und Mensch sind in eine Vielzahl von Geschichten verstrickt, führen ein Leben in Bewegung. Ihr Handeln entspringt nicht aus seinem bestimmten, individuellen Sosein, einer Art oder einem Charakter. Es steht auch nicht unbedingt damit im Gleichklang, sondern es kann durchaus in Widerspruch zum Denken oder gar zum ganzen Wesen treten. Es entsteht als Reaktion und Aktion, immer eingebettet in einen Zusammenhang von Überzeugungen, Lebensumständen, Anforderungen und Fremdbestimmungen, in eine Folge von Geschehnissen, Erlebnissen und Gefühlen. Nichts davon ist Motiv oder Motivation für sich allein; erst aus dem Zusammenspiel aller Teile entspringen die Bewegungen des Erlebens und Handelns.

Führt man den Vergleich beider Werke mit allen Einfluss nehmenden Elementen zu Ende, so findet sich bei Dostojewskij eine ungeheure Fülle dieser Elemente, bei Unamuno nur einige wenige. Keines wird vollkommen ausgedeutet und nichts wirkt mechanisch. In Allem ist bei beiden Autoren explizit oder implizit ein Freiraum eingeschrieben. Der Figur wird trotz aller Bestimmungen immer eine Wahlmöglichkeit und ein Spielraum zugestanden, auch wenn es manchmal nur die Wahl des kleineren Übels ist. Auch hier bleibt es der Leserschaft überlassen, sich die Frage zu stellen, was innerhalb der Fiktion geschehen würde, fiele die Entscheidung der Figur anders aus. Die Geschichte selbst ist festgeschrieben in der Wahl, die der Autor bereits für seine Figur getroffen hat.

Nicht nur der Gestaltungs- und Deutungsprozess der Texte findet auf vielschichtige und verflochtene Weise im Beziehungsgefüge zwischen Figur/Text, Autor und Leserschaft statt, sondern ebenso die persönliche Auseinandersetzung aller Beteiligten mit den Fragen nach der Verstrickung, der (Selbst-) Bestimmung und Freiheit, die in beiden Werken explizit im Zusammenhang mit dem christlichen Gottesglauben gestellt wird. Inwieweit die Lösung bzw. das Offenlassen von inneren und äusseren Konflikten um die Figur der Vorstellung oder den Überzeugungen des jeweiligen Autors entsprechen oder inwieweit sich die LeserInnen damit identifizieren (wollen), muss offenbleiben. In jedem Fall ergibt oder zeigt sich eine gewisse Distanz zwischen Autor und Figur im Prozess des Schreibens und zwischen Figur und LeserIn im Prozess des Lesens.

Dennoch lassen sich aus den Texten Rückschlüsse auf Grundvorstellungen und Grundhaltungen der beiden Autoren ziehen. Dass Dostojewskij äussere Lebensumstände, die Stadt, das Milieu oder die gesellschaftliche Ordnung einerseits als Rahmen, andererseits als Wirkkräfte für das Leben seiner Figuren darstellt, zeigt, dass er diese als relevant für das Sein, Befinden und Handeln der Menschen betrachtet. Weitere Faktoren wie philosophische Ideen, gesellschaftliche Fragen, vor allem aber Erfahrungen und Begegnungen mit Menschen, erweisen sich nicht einzeln für sich, aber in ihrer Verflechtung und in ihrem Zusammenspiel als Boden für die Selbstwahrnehmung der Figur und als durchaus aktiv Einfluss nehmend auf ihr Empfinden, Denken und Wollen, Urteilen und Handeln. Vieles davon wird im Text ausdrücklich von der Figur selbst reflektiert oder zum Gegenstand der Diskussion zwischen den Figuren gemacht. Der Wirkungsgrad bleibt im Einzelnen unbestimmt, ein Wirkmechanismus ist nicht ersichtlich. Die Figuren können unter denselben Umständen divergierende Vorstellungen ausbilden oder umgekehrt die gleichen Ideen ausgehend von unterschiedlichen Ausgangslagen. Trotz der Vielzahl äusserer Einflüsse wird der individuellen und persönlichen Wahrnehmung und Deutung der Welt durch Raskolnikow wesentliche Bedeutung beigemessen. Zwischen dem Innen und Aussen der Figur scheint also sowohl in der Darstellung im Text wie auch in Bezug auf das Erleben der Figur selbst ein gewisses Gleichgewicht angestrebt zu sein. Gerät die Figur ins Ungleichgewicht, in zu grosse Bedrängnis von Aussen, in zu grosse Selbstbezogenheit im Rückzug vor den Anderen oder in der Grübelei, entsteht daraus die Selbstentzweiung, die der Name Raskolnikow schon ausdrückt.

Bei Unamuno hingegen ist das Geflecht der äusseren Bestimmungen und Einflüsse weit loser geknüpft. Durch das Weglassen vieler Situierungen, Bindungen, äusserer Gegebenheiten und Bewegungen wird das Gewicht ganz auf das Innenleben Joaquíns gelegt. Das wenige Äussere reduziert sich noch einmal auf das von Joaquín als relevant betrachtete Äussere. Die Leserschaft muss sich aus kargen Hinweisen des Autors, gelegentlichen Widersprüchen und Korrekturen der anderen Figuren und seltensten Szenen ausserhalb des Bewusstseins Joaquíns um das ungleich stärker ausgeprägte Ich der Figur herum die äussere Welt von *Abel Sánchez* selbst zusammensetzen. Alles scheint sich nach Joaquíns subjektiver Wahrnehmung und Deutung der Dinge auszurichten. Die Problematik von Freiheit und Bestimmung wird für die Leserschaft dadurch noch einmal schwerer zu fassen, da ihr Unamuno den Halt in einer äusseren Realität um Joaquín herum verweigert. Die Figur Joaquíns zeigt sich darum so tragisch, weil sie in sich selbst verhaftet bleibt. Sie kann und will weder selbst aus sich heraustreten, noch wird sie von anderer Seite herausgeholt oder lässt dies zu. Joaquín gibt seinen Gedanken zum freien Willen zwar explizit Ausdruck. Doch auch hier müssen die LeserInnen selbst bemerken, dass er ihnen durch sein Streben und Tun widerspricht.

Gerade im Zusammentreffen innerer und äusserer Realitäten in der Erzählung und in solchen Widersprüchen von Denken, Empfinden und Handeln der Figuren zeigt sich, dass die rationale bzw. auch theologische und philosophische Auseinandersetzung mit dieser Problematik für Raskolnikow und Joaquín (wie auch für Autor und Leserschaft) nur ein Teil des Ganzen ist.

Wenn Joaquín in *Abel Sánchez* dem Priester, sich selbst und Gott die zentrale Frage stellt: „Was tat ich, dass Gott mich so schuf, so voll Groll, so neidisch und böse?",[796] ist das nicht eine theologische Frage im theoretisch-wissenschaftlichen Sinn nach der Geschöpflichkeit des Menschen, nach Bestimmung und Freiheit, nach Sündenfall und Rechtfertigung, sondern es ist der verzweifelte Schrei eines lebendigen, konkreten Menschen, der an sich selbst und in seinem Leben die Erfahrung der bösen Bestimmung macht, gegen sie ankämpft, fällt, und der doch immer und immer wieder einen neuen Anlauf nimmt, der diese Bestimmung erlebt und erleidet in einer so physisch wie psychisch bedrängenden Art und Weise, dass kaum Platz mehr bleibt für distanzierte und distanzierende Rationalität und Wissenschaft. Es ist eine theologische Frage dennoch in dem Sinn, dass die Rede ist von dieser einen und doch für viele stehenden Beziehung zwischen Mensch und Gott: „Warum bin ich geboren?"[797]

Wenn Raskolnikow Sonja fragt: […] da hat mich doch der Teufel versucht?",[798] so folgt diese Aussage auf einen ebenso bedrängenden physisch wie psychisch leidvollen Prozess, gegen den alle seine vernünftigen Ideen über das Menschsein an Bedeutung verlieren. Auch hier geht es nicht um die theologisch-wissenschaftliche Frage nach dem Bösen und seiner Wirk- und Verführungskraft, sondern um das tiefe, umfassende Erleben der eigenen Verfehlung und all ihrer Auswirkungen. „Warum hatte er sich nicht das Leben genommen?"[799] ist hier die Umkehr der Frage Joaquíns, die in gleicher Weise die Beziehung zwischen Mensch und Gott aufruft.

Beide Fragen stellen sich nicht nur in *Verbrechen und Strafe* und in *Abel Sánchez*. Zwar sind beide Erzählungen um Raskolnikow und Joaquín auf je einzigartige Weise gestaltet; sie unterscheiden sich sowohl in der Form und Darstellungsart der Texte als auch in der ganz individuellen Geschichte und Gestaltung der beiden Figuren. Doch in beiden Texten wird auf die Verstrickung dieser je eigenen Erzählung mit anderen ähnlichen Geschichten hingewiesen. Mit den

796 AS 136.
797 AS 137.
798 VS 567.
799 VS 736.

Referenzen auf Lazarus im Neuen Testament und Kain und Abel im Alten Testament wird das Individuelle in die Dimension des gemeinsam Menschlichen zurückgeholt. Lazarus ist nicht Raskolnikow, der biblische Kain ist nicht der Caïn Lord Byrons und nicht der Joaquín Unamunos, doch alle finden sich im Anderen wieder. In jeder Geschichte zeigt sich die sich wiederholende, aber immer anders wiederholende gemeinsame menschliche Geschichte, die auch die Autoren und ebenso die LeserInnen einschliesst. Die Problematik der Verstrickung, der Freiheit und Bestimmung ist Allen gemeinsam, ob sie nun unter christlichen Vorzeichen betrachtet wird oder nicht.

Dostojewskij und Unamuno stellen allerdings den Zusammenhang zwischen dem gemeinsam Menschlichen und der Frage nach Gott in ihren Erzählungen ausdrücklich her. Sie treiben also in ihren Werken Theologie in einem ursprünglichen und expliziten Sinn. Sie stellen immer gebunden an die jeweilige Figur unterschiedliche Gottesvorstellungen, Erfahrungen und vor allem das Erleben von (fehlender) Gottesbeziehung dar. Das Gottesbild von Autor und Figur müssen dabei nicht übereinstimmen. Gerade in der fiktiven Literatur gibt es beinahe unbeschränkte Möglichkeiten mit Bildern zu spielen, sie auf ihre Stimmigkeit zu prüfen oder sie wieder zu verwerfen, indem man Vorstellung und Erleben der Figur in Widerspruch treten, das Gottesbild in Scherben brechen lässt und anders wieder neu zusammensetzt oder auch die Bruchstücke belässt. Inwieweit der Autor sein Werk als Klärungsprozess, als Probe und Spiel für sich selbst verfasst, können wir nicht wissen. Ebenso wenig können wir als LeserInnen die auf uns gerichtete Absicht des Autors erkennen. Ob er uns oder sich selbst über die Irrungen und Wirrungen der Figur zur „richtigen" Lösung führen will oder gerade die Unlösbarkeit der Fragen abzubilden versucht, lässt sich nicht endgültig bestimmen.

Hier nun stellt sich allerdings die Frage nach unseren eigenen Interessen als LeserInnen, die unseren Zugang zum Text, unser Verständnis, unser Erlebnis und auch unseren „Gewinn" aus der Lektüre, also unser ganzes Lesen in hohem Masse beeinflussen. Eingangs wurde auf die Problematik eines dreifachen Interesses – eines theologischen, eines existenziellen und eines literaturwissenschaftlichen – hingewiesen. Im abschliessenden dritten Teil wird hierzu ein Vektorenmodell erarbeitet, das eine Orientierung im Universum der Leserschaft mit gerade diesen Interessen ermöglichen soll. Auf dieser Grundlage wird erörtert, ob bzw. inwieweit sich gerade im Bewusstsein dieser Dreiheit die verschiedenen Anliegen und Zugänge gewinnbringend verbinden lassen.

3. Teil: Wie lesen? Entwurf eines Vektorenmodells

Nachdem die beiden Analysen zu Dostojewskijs Roman *Verbrechen und Strafe* und Unamunos Erzählung *Abel Sánchez* sowie der Vergleich der beiden Texte auf dem Hintergrund des Beziehungsdreiecks AutorIn,[800] Figur/Text und Leserschaft erarbeitet wurden, soll erstens das Dreieck selbst noch einmal erläutert und als eine Art Koordinatensystem grafisch dargestellt werden.

Davon ausgehend wird zweitens versucht, ein Vektorenmodell zu entwickeln, das vor allem das Beziehungsgeschehen zwischen LeserIn und Kunstwerk bzw. verschiedene mögliche Zugriffsweisen auf einen literarischen fiktionalen Text in den Blick nimmt. Hier stehen die (momentane) Verortung, das Bewusstwerden des Standpunktes und der Interessen der Leserin oder des Lesers im je eigenen Universum im Vordergrund.

Als Abschluss folgt drittens ein Plädoyer für ein mehrdimensionales Lesen, das einerseits eine grössere Aufmerksamkeit für die künstlerisch-ästhetische Seite des Textes einfordert und andererseits die Bedeutung des Bewusstseins über die eigene Position und die eigenen Interessen als LeserIn gerade mit theologischem Interesse hervorhebt.

1. Lesen im Beziehungsdreieck

Über den Text, die darin dargestellte Welt, ihre Figuren und deren Geschichten treten AutorIn und Leserschaft wie gesagt in ein vielschichtiges Beziehungsgeschehen ein, das sich in einem Beziehungsdreieck abbilden lässt. Jede Spitze des Dreiecks bildet den Mittelpunkt eines Universums, das sich in den Raum ausdehnt: Das Universum des Autors oder der Autorin, das Universum der Figur und das Universum des Lesers oder der Leserin einen sich in der Welt menschlichen Seins. Die Figur wird hier explizit als Repräsentantin des gesamten Kunstwerks gesetzt, um eine Personalität und einen Prozess der Beziehungen herzustellen. Jeder Winkel des Dreiecks bildet sich in Abhängigkeit von den beiden anderen;

800 Dieser Teil der Arbeit bezieht sich nicht mehr nur auf die konkreten Texte der (männlichen) Autoren Dostojewskij und Unamuno. Bezeichnungen im Beziehungsdreieck und im Vektorenmodell werden daher zumindest mit Binnen-Is für die weibliche Form versehen, im Wissen, dass auch dies nicht alle Möglichkeiten abdeckt.

weder SchöpferIn noch Figur/Text noch Leserschaft stehen für sich alleine. Zwar ist ein Text auch dann noch ein Text, wenn er als Geschriebenes physisch vorliegt, jedoch (momentan) nicht gelesen oder erinnert wird. Eine Interaktion findet dann aber zumindest aktuell nicht statt. Die LeserInnen definieren sich durch die Rezeption des Textes ebenso wie die AutorInnen durch dessen Verfassen. Dies schliesst eine gewisse Ausweitung der Rollen mit ein. Vielleicht finden sich mehrere LeserInnen in direktem oder auch schriftlich vermitteltem Austausch untereinander über das Werk zusammen, was eine Erweiterung oder Veränderung der Textwahrnehmung und des Textverständnisses mit sich bringen kann. Oder der oder die Einzelne versteht sich als MitschöpferIn des Textes oder wird als solche verstanden. Die AutorInnen treten im Gegenzug auch als LeserInnen des eigenen Textes auf, insofern als sie ihn auf sich selbst zurückbeziehen, also dem eigenen Text, den eigenen Figuren begegnen. Eine direkte oder vermittelte persönliche Verbindung zwischen AutorIn und LeserIn ist nur im Fall der Zeitgenossenschaft möglich und kommt wohl nur in wenigen Fällen zustande, zumal sich beide dann auch nicht gerade in diesen spezifischen Rollen begegnen müssen. Die Figur wiederum nimmt für die LeserInnen wie die AutorInnen verschiedene Funktionen ein. Die unterschiedlichen Funktionen und Beziehungsarten aller drei werden im Folgenden noch genauer ausgeführt.

Der weit grösste Teil des Beziehungsgeschehens spielt sich einerseits zwischen AutorIn und Figur/Text sowie andererseits zwischen Figur/Text und Leserschaft ab. Hier wird vor allem letzteres in den Vordergrund rücken.

Ein grundlegendes gemeinsames Verständnis menschlicher Realität wird als Hintergrund jeder Begegnung in diesem Dreieck angenommen, wobei es zu berücksichtigen gilt, dass dasjenige der Figur ein fiktives Verständnis ist. Erfahrung und Deutung des je eigenen Universums und der je eigenen Geschichte decken sich nie vollkommen mit den anderen, so wie auch Geschichten und Universen sich vielleicht gleichen, jedoch nicht dieselben sind. Die Distanz zwischen Autor und Figur eröffnet sich erstens schon durch den Vorgang der Gestaltung und zweitens durch die Fiktion, die der Figur von vornherein eine gewisse Eigenständigkeit ausserhalb ihrer Schöpferin oder ihrers Autors zuschreibt. Letztere konzentrieren sich in der Auswahl und Deutung der (wohl auch für sich selbst) relevant scheinenden Erlebnisse und Erfahrungen auf bestimmte Dinge, reduzieren Anderes oder lassen sie ganz weg. Unter den Vorzeichen von Gestaltung und Fiktion wäre z.B. auch die Frage der Autofiktion in autobiografischen und anderen Schriften zu diskutieren, in welcher eine Figur (eine mögliche unter anderen möglichen) von sich selbst gestaltet wird. Man kann die fiktionale Figur, die im Zentrum der Erzählung steht, als mehr oder weniger weit entfernte Ableitungen des AutorInnen-Ichs auslegen bis hin zu einer (hypothetisch) reinen Fiktion, die

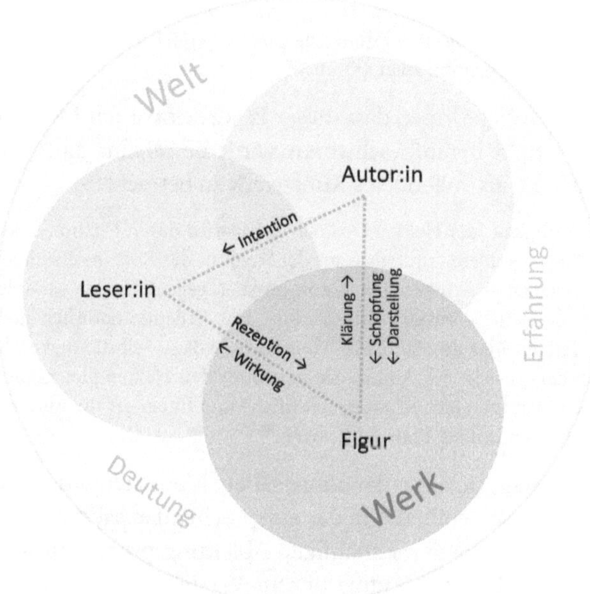

Abbildung 1: Beziehungsdreieck AutorIn-Figur/Werk-LeserIn (entw. von C. Herzog)

vollkommene Selbständigkeit für sich beansprucht. Unamuno beispielsweise reflektiert in seinem Vorwort zur Geschichte von *Niebla* die Beziehung zwischen Werk bzw. Figur und sich selbst als Autor. Er erweitert den Raum, indem er die Beziehung von Autor und Figur in Analogie setzt zur Beziehung von Schöpfergott und Mensch. Seine wesentlichen Fragen sind: Erschafft der Autor seine Figuren tatsächlich rein nach seiner Vorstellung oder drängen die Figuren sich dem Autor nicht vielmehr auf? Sind Adam und Eva in der biblischen Schöpfungsgeschichte Jehovas Geschöpfe[801] oder ist Gott Werkzeug der Menschen, die auf Erschaffung drängen? Muss er sich selbst als Phantasiewesen Gottes sehen, so wie seine Figuren seine Phantasiewesen sind? Unamuno beantwortet die Fragen nicht, stellt sie jedoch in seinem wohl bekanntesten Werk *Niebla* dar, indem er sich selbst als Autorenfigur seiner Figur Augusto gegenübertreten lässt, die sich gegen das ihm zugeschriebene Schicksal erhebt. Michail Bachtin sieht in Dostojewskijs Werk die Freisetzung der Figuren vollbracht:

801 Miguel de Unamuno, Niebla 88.

> Dostoevskij schafft, Goethes Prometheus gleich, nicht stumme Sklaven (wie Zeus), sondern *freie* Menschen, fähig, sich ihrem Schöpfer zu vergleichen, ihm nicht beizupflichten und sogar sich gegen ihn zu empören.[802]

Bachtin ist sehr wohl bewusst, dass dieser Eindruck vor der Leserschaft mit darstellerischen Mitteln heraufbeschworen wird. Er scheint darin allerdings das Ergebnis, den Text, als vollendetes Kunstwerk zu betrachten.

> Diese Selbständigkeit [der Helden Dostojewskijs] wird durch bestimmte künstlerische Mittel realisiert, vor allem durch ihre aus der Struktur des Romans ersichtliche Freiheit und Selbständigkeit gegenüber dem Autor, genauer, gegenüber den veräußerlichenden und abschließenden Definitionen des Autors. Das bedeutet natürlich nicht, daß der Held nicht Teil der Idee des Autors ist. Nein, gerade diese Selbständigkeit und Freiheit entsprechen der Absicht des Autors. Sie bestimmt den Helden gleichsam von vorneherein zur Freiheit (zu einer relativen natürlich) und integriert ihn als solchen in den strengen und durchdachten Plan des Ganzen.[803]

An den Figuren zeigt sich also das ausgestaltete Menschenbild ihres Autors oder ihrer Autorin, das sich einbettet in das entsprechend ausgestaltete Weltbild. Der Text entsteht also in einem mehrstufigen Ableitungsprozess ausgehend von der vorgefundenen Realität des Autors, ihrem Verstehen und ihrer Interpretation einerseits und der imaginierten Welt der Figur und ihrer fiktionalen Ausgestaltung in sprachlicher bzw. schriftlicher Fassung andererseits. Eine ähnliche Verbindung etabliert sich zwischen LeserIn und Figur. An der Figur richtet sich auch das Lesen bzw. die Rezeption des Textes aus: die Identifikation oder die Ablehnung der Figur, die Auseinandersetzung mit ihren Handlungen und ihrer Welt auf dem wiederum eigenen Hintergrund der Erfahrung und der Deutung des jeweiligen Universums der LeserInnen. Sie füllen die Leerstellen des Textes mit eigenen Bildern, Ideen oder Empfindungen, machen sich die Figur in Zustimmung oder Widerspruch zu eigen, identifizieren sich mit ihr, versetzen sich in ihre Lage oder vollziehen ihre Gedanken und Gefühle nach. Sie werden dabei nicht selbst zur Figur, machen diese aber in gewisser Art zum Menschen oder erwecken sie zum Leben, sodass eine Art persönlicher Begegnung stattfinden kann. Umgekehrt wirkt diese Begegnung mit der Figur bzw. hier mit dem ganzen Text, dem ganzen Kunstwerk auf die Leserin oder den Leser. Wie genau dieses Wirken funktioniert, inwiefern die Lektüre verändert, lehrt, unterhält, bereichert, bestätigt etc., ist immer individuell verschieden. Dasselbe Werk in verschiedenen Lebensphasen zu lesen, in anderen Stimmungen, unter anderen

802 Michail Bachtin, Probleme der Poetik Dostoevskijs, 10.
803 Michail Bachtin, Probleme der Poetik Dostoevskijs, 17.

Voraussetzungen kann beim selben Leser oder bei derselben Leserin ganz andere Eindrücke hinterlassen. Auch die Autorin oder der Autor ist Teil dieses Organismus. Von dieser Seite stellt sich die Frage, wie viel Freiheit der Leserschaft zugemutet werden kann, den Text selbst zu erschaffen, über den Ausgang einer Geschichte zu bestimmen, und inwieweit die LeserInnen das damit erzwungene Bewusstwerden der Offenheit des Werkes überhaupt ertragen (wollen).

Um es noch einmal zu wiederholen: Mit welcher Absicht ein Werk geschrieben wird, als Klärung der eigenen Position zu einer Frage, als Spiel mit den Möglichkeiten, als Botschaft an die Leserschaft, zur Unterhaltung, zum Broterwerb etc., ist ebenso wenig bestimmbar. Denn selbst wenn gar in Selbstaussagen zum eigenen Werk Intentionen benannt würden, so sind diese wohl immer unter einen gewissen Vorbehalt zu stellen. Eine mögliche Intention der Autorin oder des Autors, der Leserschaft über den Text etwas zu vermitteln, muss dennoch direkt der Beziehung zwischen SchöpferIn und RezipientIn zugeordnet werden, als das Kunstwerk für sich keine eigene Absicht zu entwickeln vermag.

Das Kunstwerk selbst wird durchaus in seiner ganz ursprünglichen Abhängigkeit von seiner Autorin oder seinem Autor gesehen. Sein Status als Geschaffenes bedeutet jedoch nicht, dass es sich nicht als vollkommen Eigenständiges zeigt. Das Universum des Textes muss sich für sich erschliessen lassen, ohne dass das Wissen um die Person und die Welt des Schöpfers oder der Schöpferin ein notwendiges Kriterium zu dessen Erschliessung darstellt. In diesem Sinne ist Gerigk auch hier zuzustimmen, der die Fokussierung auf das Werk einfordert:

> Ein literarisches Kunstwerk will aber, um adäquat verstanden zu werden, unter den Bedingungen verstanden werden, die es selber herstellt. Das heißt: Wenn ein gelungenes Kunstwerk vorliegt, hat der Autor die zu gestaltende Sache selber derart ins Werk gesetzt, daß sie vom Leser aus dem Werk erschlossen werden kann. Wir befinden uns jedoch immer noch in einer Epoche, die dem Leser einreden will, um ein literarisches Kunstwerk zu verstehen, müsse er zuallererst historische Kenntnisse haben. Das ist aber ein Irrtum, was tatsächlich zuallererst gefordert ist, das ist eine Kultivierung der uns angeborenen Empfänglichkeit für ahistorische Strukturen. Große literarische Texte halten absolute Verständlichkeit parat. Es kommt darauf an, sich von der Wahrnehmung eines solchen Angebots nicht durch unzuständiges Vorwissen abdrängen zu lassen.[804]

Dabei wird allerdings abgeblendet, dass der Vergleich mehrerer Werke derselben Autorin, desselben Autors, der Einbezug (auto-)biografischer Schriften, oder historisches, politisches, kulturelles, philosophisches oder theologisches Zusatzwissen durchaus ein tieferes Verständnis des Textes fördern kann. Die

804 Horst-Jürgen Gerigk, Dostojewskij im Kreuzverhör, 16 f.

Erschliessung des Autorenuniversums ist jedoch tatsächlich nicht als notwendig vorauszusetzen und als Ansatz- oder Ausgangspunkt für den Zugriff auf den Text problematisch, fördert dies doch die Tendenzen, AutorIn und Kunstwerk gleichzusetzen. In diesem Zusammenhang ist auch auf die derzeit wieder sehr aktuelle Diskussion um die persönliche Integrität von (verstorbenen wie zeitgenössischen) KünstlerInnen und der Publikation ihrer Kunstwerke (Buch, Film, Musik, Bild, Plastik, Aktion, Installation, etc.) samt zugehörigem Marketing und Publicity hinzuweisen.

Wenden wir uns schliesslich dem Verhältnis bzw. auch der Verstrickung der LeserInnen mit dem Kunstwerk, dem literarischen fiktionalen Text zu.

2. Vektorenmodell des dreifachen Lesens

Das Beziehungsgeschehen zwischen LeserIn und Kunstwerk, die (momentane) Verortung, das Bewusstwerden des Standpunktes und der Interessen der Leserin oder des Lesers im je eigenen Universum wird im Folgenden noch einmal für sich in den Blick genommen. Verschiedene mögliche Zugriffsweisen auf einen literarischen fiktionalen Text erfahren hierbei eine kritische Würdigung. Sie werden anhand eines Vektorenmodells dargestellt und erläutert, das eine Orientierung in Bezug auf das eigene Leseverhalten, das eigene Lesebewusstsein und auf mögliche Erkenntnisinteressen und -ziele erlaubt. Vektoren werden aus zwei Gründen als adäquates Darstellungsmittel für das Modell gewählt. Zum einen haben sie Bewegungscharakter, welcher der Prozesshaftigkeit der Geschichte und der des Lesens, Wahrnehmens, Erkennens und Interpretierens entspricht. Ausgehend von der Begegnung mit dem Text selbst werden die (evtl.) zugeordneten oder zuordenbaren (Orientierungs-) Felder der Wissenschaften, Erkenntnisformen bis hin zu den Bereichen der Metaphysik durchquert. Zum anderen haben sie Verweischarakter, wobei dasjenige, worauf sie verweisen, ausserhalb unserer Wahrnehmungs- und Erkenntnismöglichkeiten liegen kann. Sie durchqueren und überschreiten den uns begrenzenden Raum hin zum Unbestimmten. Ob der Zielpunkt unseres Erkenntnisstrebens im Kleinen, im Detail, oder im Grossen und Allumfassenden liegt, spielt dann insofern keine Rolle, als beides in seinen Extremen für unser Verstehen nicht mehr erreichbar oder nicht mehr in eine Ganzes zurückzuführen ist.

Wo liegt der Ausgangspunkt dieser Vektoren? Sollen diese den Lese- bzw. den Erkenntnisprozess der Leserschaft im Raum abbilden, so scheint es logisch, dass die Leserin oder der Leser als Person am Anfang des Prozesses steht. Da aber kein Leseprozess ohne einen Text möglich ist, stossen wir hier bereits auf eine unauflösliche Verstrickung: Bedingung für die Bewegung des gegenseitigen Erschliessens bzw. Sich-Öffnens von LeserIn und Text ist immer schon das Aufeinandertreffen beider. Damit klärt sich jedoch nicht die Frage, mit welcher Grundeinstellung die Leserin oder der Leser den Text „angeht". Nimmt er oder sie sich als Person mit all ihren Erfahrungen und Deutungen aus der eigenen Begegnung mit der Welt zurück, um sich ganz der Beobachtung von Darstellung und der Vermittlung der Erfahrung und Deutung der Figur in der fiktionalen Welt zu widmen? Oder erschliesst sich die vermittelte Erfahrung nur auf dem Hintergrund des eigenen Deutungsrasters, in das sich die fremde Geschichte einfügt?

Hier gehen Literaturtheorien bzw. ein philosophisches Nachdenken über Ästhetik, Rezeptionsästhetik, Literatur, Werk und ein analytisches Lesen, das einen einerseits systematisierenden, andererseits interpretierenden Blick auf das Wie und das Was des Textes richtet, ineinander über, das heisst, unter dem Begriff Literaturwissenschaft finden sich theoretische und praktische Aspekte miteinander verstrickt. Aus diesem Grund wird die Problematik des Ausgangspunkts, das Ineinander von Werk und LeserIn, im Folgenden unter dem ersten Vektor des literaturwissenschaftlichen Lesens dargestellt, obwohl die Verstrickung von Werk und LeserIn natürlich auch Ausgangspunkt der beiden weiteren Vektoren ist, die als existenzielles Lesen (als LeserIn) und als theologisch-philosophisches Lesen (als Theologin) bezeichnet werden.

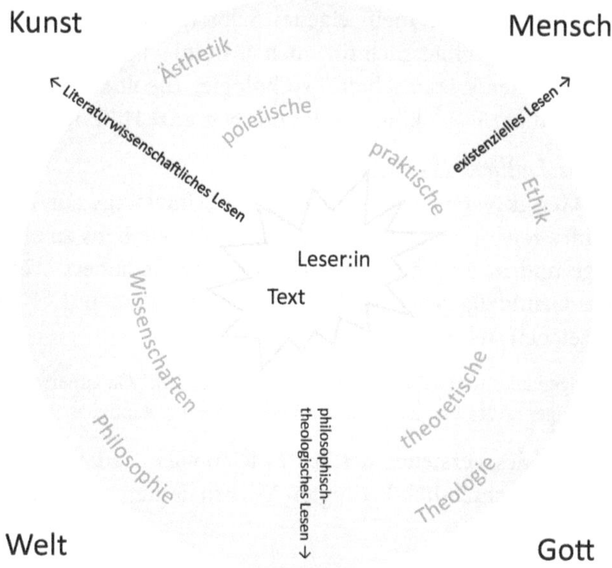

Abbildung 2: Vektorenmodell (entw. von C. Herzog)

Die Grundfrage ist also noch einmal: Lassen sich gerade im Bewusstsein der Problematik des dreifachen Lesens als Leserin, Theologin und Literaturwissenschaftlerin die verschiedenen Anliegen und Zugänge gewinnbringend verbinden oder schliessen sie sich gegenseitig aus? Oder schliessen sie sich als gleichzeitige aus, lassen sich aber getrennt nacheinander aufarbeiten? Oder braucht es den Mut zum (ausgewiesenen) Eklektizismus, der unter dem Kriterium der (selbstgesetzten) Relevanz Teile des Einen hervorhebt oder des Anderen vernachlässigt? Um diese Fragen zu beantworten, bedarf es erst einmal einer Klärung, was unter den drei den verschiedenen Interessen am ehesten entsprechenden Lesarten der existenziellen, der theologisch-philosophischen und der philologisch-literaturwissenschaftlichen (wie auch möglichen Mischformen) zu verstehen sein kann, wer oder was hier Subjekt, Mittel oder Gegenstand der Lektüre ist und worin die jeweiligen Möglichkeiten und Grenzen der einzelnen Zugangsweisen im Blick auf die anderen bestehen. Dabei ist im Blick zu behalten, dass sich alle Lesarten wiederum in Feldern bewegen, die sich ihrerseits schwer bestimmen lassen. Es entstehen die unterschiedlichsten Kombinationen zwischen Ethik, Philosophie, christlicher Anthropologie, praktischer Theologie, Religionswissenschaft, Homiletik, Poetik, Ästhetik, Ethik, Literaturtheorie, Literaturwissenschaft etc. Das existenzielle Interesse, also die Frage, was ich als Leserin persönlich durch einen literarischen Text für mein eigenes Selbstverständnis und mein Leben erkenne, gewinne und schliesslich für mich anwende, findet zudem keine echte Entsprechung in einer Wissenschaft. Psychologie, Theologie, Ethik, Anthropologie, Erkenntnistheorie etc. können hier nur begrenzt Hilfestellung bieten.

Literaturwissenschaftliche Lesarten

Horst-Jürgen Gerigk versucht in seinem Buch „Unterwegs zur Interpretation“ das Modell eines zentripetalen und zentrifugalen Verstehens zu entwickeln, auf der Grundlage und in Abhebung von Hans-Georg Gadamers Werk „Wahrheit und Methode. Grundzüge einer philosophischen Hermeneutik“,[805] das er unter folgende Vorzeichen stellt:

> Dieser Grundgedanke [der „Philosophischen Hermeneutik“ Gadamers] läßt sich auf die Formel bringen: Alles Verstehen ist Anwendung des Verstandenen auf uns selbst.[806]

Jedes Lesen und jedes Verstehen des Textes seien nach Gadamer an das Vorverständnis und die geschichtlich bedingten Vorurteile der LeserInnen gebunden,

---

805 Hans-Georg Gadamer. Grundzüge einer philosophischen Hermeneutik, Tübingen 1960.

806 Horst-Jürgen Gerigk, Unterwegs zur Interpretation, 9.

können also nur im Licht des bereits Erfahrenen und Verstandenen eingeordnet und verstanden werden. Im Licht der Vernunft gelinge es allerdings, sich der vorhandenen Vorurteile bewusst zu werden, sie zu prüfen, sie als eine Möglichkeit zu erkennen (neben derjenigen, die der Text bietet), sie gegebenenfalls abzulegen und durch neue, andere zu ersetzen. Gerigk leitet aus dieser vernunftgemässen Revisionsmöglichkeit ab, dass man als LeserIn im „Gespräch mit dem Text" zumindest unterscheiden kann, „[w]as als Allgemeines am Text für mich zum Ausdruck kommt", von dem, „was der Text von sich aus als Allgemeines zum Ausdruck bringt".[807] Dennoch begrenze Gadamer „die Wirklichkeit des literarischen Kunstwerks auf das, was uns aufgrund unserer Vorurteile von diesem zum Bewußtsein kommt".[808] Das Kunstwerk bleibt also auch nach dem kritischen Hinterfragen der eigenen Position an das gebunden, was Gerigk im Rückgriff auf Heidegger als unsere „Sorge" bezeichnet. In diesem Fall eröffnet uns der Text lediglich das, was wir ihn zu fragen interessiert oder imstande sind. So wird das Kunstwerk als Mittler betrachtet; der Gegenstand dessen, was durch den Text zu unserem Verstehen gebracht wird, liegt ausserhalb des Textes und ausserhalb unserer selbst, jedoch in unserer Aufmerksamkeit.

> Das hier ablaufende Verstehen hat sein Zentrum in unserer Sorge und zieht das literarische Gebilde in dieses Zentrum hinein. Ich nenne dieses Verstehen, weil es sein Zentrum nicht im Zentrum des literarischen Gebildes, sondern im Zentrum unserer Sorge hat, *zentrifugales Verstehen*.[809]

In diesem Verständnis hat das Kunstwerk keine eigene Identität und keine Selbständigkeit; es wird auch nicht an sich und für sich Gegenstand einer Betrachtung durch den Leser oder die Leserin, sondern es gestaltet sich für uns nach Massgabe unseres Interesses.

Gerigk stellt dem nun eine weitere Möglichkeit gegenüber: das *zentripetale Verstehen*, welches den Text an sich ins Zentrum rückt.

> Das zentripetale Verstehen ist ausschließlich der vom literarischen Kunstwerk erschlossenen Welt und dem Anblick, den es bietet, gewidmet: unabhängig vom geschichtlichen Standort des Betrachters. Die Einsicht Gadamers, daß eine einzige Interpretation niemals das Bedeutungspotential eines literarischen Textes ausschöpfen kann, bleibt auch hier in Kraft. Das zentripetale Verstehen aber ist dadurch charakterisiert, daß es sämtliche Verständniseinheiten, aus denen sich das literarische Gebilde zusammensetzt, beachtet. Das heißt: Es werden all jene Interpretamente, die dem zentrifugalen

807 Ebd., 11.
808 Ebd., 11.
809 Ebd., 12.

> Verstehen zu verschiedenen Zeiten jeweils die Ausgangsbasis liefern, aufgegriffen und in das Zentrum des Gebildes zurückgebunden.[810]

Das zentripetale Verstehen richtet sich also erst einmal nur auf das, was im Text steht, wobei hier eingeschlossen wird, *wie* es im Text steht, also in welcher Anordnung, mit welchen darstellerischen Mitteln, in welcher Sprache, Redeform etc. Auch das dem Text zugrundeliegende Menschenbild steht hier nicht ausserhalb des Textes, sondern wird als Mittel betrachtet, das die Geschichte bzw. die Situation der Figur erst zu seiner Wirkung führt. Alles wird auf diese Weise in die Erzählung hineingenommen, die damit als vollkommen Eigenständiges von sich aus alles bietet, was zu ihrem Verstehen notwendig ist. Der Text gibt damit auch seine Auslegung vor, die im Grunde immer die gleiche sein sollte. Der einzelne Leser und die einzelne Leserin verliert ihre Individualität. Sie deutet nicht mehr im Licht der eigenen Interessen, sondern folgt ausschliesslich dem Weg, den der Text der Leserschaft in immer gleicher Weise vorzeichnet.

Für Gerigk ergibt sich also folgende Unterscheidung:

> Wenn das zentrifugale Verstehen das literarische Gebilde ganz dem Zugriff unserer Sorge ausliefert, so liefert das zentripetale Verstehen unsere Sorge ganz dem Zugriff des literarischen Gebildes aus. Das zentrifugale Verstehen ist ganz auf die Situation bezogen, in der der Interpret geschichtlich steckt; das zentripetale Verstehen hat sich ganz auf die Situationen angewiesen, die das Gebilde selbst bereitstellt.[811]

Gerigk betrachtet das zentripetale Verstehen als eine „Sache der künstlerischen Intelligenz“, das zentrifugale Verstehen als Sache der „hermeneutischen Intelligenz“.[812] Beide Verstehensweisen schliessen sich zumindest während eines Lektüre- und Interpretationsvorganges aus, können jedoch aufeinander folgen, wobei dann das zentripetale Verstehen dem zentrifugalen vorausgehen muss. Die erste Begegnung von LeserIn und Text strebt dann zuerst ein möglichst offenes und neutrales Betrachten des literarischen Gebildes an, das erst einmal feststellt, was überhaupt dort steht und wie es dort steht.

Das zentripetale Modell entspricht am ehesten einer explizit textorientierten literaturwissenschaftlichen Lesart. AutorIn wie auch LeserIn werden als Personen ausgeblendet und als funktionale Instanzen betrachtet. Die Autorin oder der Autor in seinem Universum wird mit der Fertigstellung des Werkes sowohl für das Werk als auch für die Leserschaft überflüssig, da in der Äusserung alles

810 Ebd., 15.
811 Ebd., 15 f.
812 Ebd., 199 f.

enthalten ist, was zu sagen war. Das scheint insofern richtig, als der Text tatsächlich von sich aus umfassende Verständlichkeit bereitstellen muss. Wie gesagt, heisst dies jedoch nicht, dass nicht ein Zusatzwissen über die historische und biografische Situation des Autors oder der Autorin beiträgt, die Zusammenhänge und vor allem die nicht ausgewiesenen oder ausformulierten Anspielungen, Querverweise und Assoziationen im Text zu entdecken und (richtig) zuzuordnen. Dies lässt sich im Übrigen erweitern auf jegliches Zusatzwissen, das ein tiefer gehendes Verstehen des Werkes fördert, wenn es als Mittel, nicht als Zweck gesehen wird. In Bezug auf die LeserInnen ist es fraglich, ob ein vollkommen neutraler, beobachtender Blick auf das Werk möglich ist, was jedoch gerade nicht bedeuten soll, dass ein solcher Zugang nicht anzustreben ist. Ein genaues Lesen einzufordern, das erst vor sich auslegt, was im Text steht, bevor es auslegt, was wohl damit gemeint ist um es dann auf das Eigene zu übertragen, ist wohl sehr im Sinne des Werks oder auch von dessen SchöpferIn. Es sollte wohl ebenso im Sinne der LeserInnen sein, die so die Raffinessen und Kunstgriffe oder durchaus auch Täuschungen und Manipulationen des Textes eher wahrnehmen und sich nicht zu schnell auf eine bestimmte Deutungsart verlegen. Dabei ist weiter zu fragen, ob es als RezipientIn überhaupt möglich ist, sich der Verführung und Lenkung durch den Text bewusst zu werden, ohne die Emotion, die ausgelöst oder provoziert wurde, vorher verspürt zu haben. Hier kann wohl kaum zuerst rein „sachlich" gelesen, sondern muss vom Empfinden her ein Schritt zurück gemacht werden, um den Vorgang zu erkennen. Wesentlich scheint hier einerseits das Bewusstsein zu sein, als LeserIn, als Person angesprochen zu sein. Die Aufmerksamkeit für das, was der Text nach aussen gerichtet an mir auf diese oder jene Art wirkt oder wirken will, ist ebenso zu beachten wie das, was nach innen auf die Figuren wirkt. Das Bewusstsein andererseits für die eigene Verfassheit als LeserIn, für die Interessen am Text, also für die Vorurteile aus dem eigenen Universum, bereitet nicht nur den Boden für deren Überprüfung und Revision, sondern auch für eine Weiterentwicklung der eigenen Standpunkte oder gar ein Lernen, das ohne entsprechende eigene Erfahrung auskommt. Die eigene Position hier bestimmen zu können ist die Voraussetzung für ein Verstehen als eine gelingende Anwendung des Verstandenen aus dem Text auf uns selbst.

Hier sind wir also wieder beim zentrifugalen Verstehen angelangt, bei dem die LeserIn oder der Leser als Person im Zentrum steht. Es ist davon auszugehen, dass jede und jeder tatsächlich in einem ganzen Universum von Erfahrungen und Deutungen der eigenen Welt und damit einhergehend auch ganz bestimmter Vorlieben und Interessen steht. Abgesehen von einem wahrscheinlich wesensimmanenten Interesse des Menschen an sich selbst und seinem Menschsein klingen bei jeder Begegnung mit einem literarischen Text immer schon weitere Interessen mit, wie z.B. ein soziologisches, psychologisches, naturwissenschaftliches, juristisches, geschichtliches, politisches oder eben ein philologisches, philosophisches und theologisches.

Existenzielles Lesen
Den LeserInnen, die sich gar nicht oder nicht vorrangig als LiteraturwissenschaftlerInnen, TheologInnen oder PhilosophInnen ausweisen, stellt sich vor allem die Frage nach der Wirkung des Textes auf ihre Person, im lesenden Nachvollzug, in der Identifikation mit den Figuren, im (Mit-)Erleben der Geschichte. Die ganze Person ist vom Text, von den Figuren und ihrem Erleben der Welt angesprochen und verhält sich zu ihnen. Sie lässt sich ein auf die Geschichte und nimmt dabei die eigenen Emotionen, Fragen, Wahrnehmungen und Vorstellungen mit. Sie erlebt, fühlt mit, stimmt zu, lehnt ab, widerspricht. Vielleicht überträgt sie nach dem Ende der Lektüre Gelerntes oder Erkanntes in das eigene Leben und versucht es dort zu integrieren. Auf eine Kurzformel gebracht: Die Begegnung mit einem prägenden Buch verändert die LeserInnen.

Es gibt kaum ausführliche Nachzeichnungen solcher persönlichen Begegnungen mit einem literarischen Kunstwerk, auch wenn die meisten Menschen über Texte berichten können, die sie auf irgendeine Weise beeindruckt, geprägt oder gefesselt haben. Ein Beispiel einer solchen Meditation über Dostojewskijs Werk gibt uns der Theologe und Religionsphilosoph Romano Guardini (1885–1968) in seinem Werk „Der Mensch und der Glaube. Versuche über die religiöse Existenz in Dostojewskis großen Romanen" (1932). Guardinis Beruf(ung) als Wissenschaftler verleitet gerade dazu, in seinem Umgang mit Literatur einen wissenschaftlich-systematischen Blick vorauszusetzen. Guardini nimmt jedoch explizit eine andere Perspektive ein.

In seiner Betrachtung über *Die Stillen und die grosse Annahme* hebt Guardini die Distanz zwischen sich und dem Text von *Verbrechen und Strafe* weitgehend auf. Jede Situation, die der Text vor seinen Augen entstehen lässt, wird als Szene betrachtet, deren Zeuge er ist. Er sieht die Figur Sonja nicht als Darstellung, sondern als lebendigen Menschen, der ihm in seinem gesamten Wesen, seinem Fragen, Reden und Handeln begegnet. Guardini gibt sich ganz in ihr Dilemma hinein. Er stellt Sonja in ihrem ganzen Wesen und Handeln in die Christusnachfolge, jedoch gerade nicht als Realisation einer Christusfigur durch Dostojewskij. Darstellungsform und Autor verschwinden hinter der allen Raum einnehmenden Präsenz der Geschichte. Einen Hinweis, wieso er den Text als Text und seinen Schöpfer vollkommen vernachlässigt, formuliert Guardini folgendermassen:

> Und wenn man auch nach einiger Zeit bemerkt, daß bestimmte Motive in der Zeichnung der Gestalten, bestimmte Grundformen im Aufbau der Beziehungen und Situationen,

bestimmte Hauptgedanken in der Deutung von Welt und Menschendasein immer wiederkehren, so sind diese ordnenden Momente doch nicht viel mehr als spärliche Wegweiser in einem riesenhaft wuchernden und endlos sich dehnenden Wald.[813]

Das Organische, Bewegte und Lebendige der Geschichte nimmt hier überhand und verselbständigt sich. Es verdrängt das Systematische und Berechenbare, das Schwarz auf Weiss des Textes.

Guardinis Ausblenden der Diskussion um literaturwissenschaftliche oder systematisch-theologische oder philosophische Anfragen ist irritierend. Er beruft sich jedoch explizit darauf, „in hinreichend nahem Kontakt mit den Werken selbst" zu stehen und „keinen Anspruch auf wissenschaftliche Erschöpfung des Gegenstandes"[814] zu erheben. Er will den Text zu sich selbst sprechen lassen, den Menschen darin begegnen, ohne Ablenkung oder Zwang. Guardini fügt sich nicht in ein bekanntes Schema[815] und wird auch als Beispiel der existenziellen Lesart zum Sonderfall. Denn seine langjährige intensive Beschäftigung mit Literatur, mit der Bibel, dem Glauben und der Theologie stellen ein solches Mass an Zusatzwissen bereit, dass er sicherlich nicht Gefahr läuft, den Text nicht genau zu lesen oder Themen aus dem Text herauszuheben.

Es ist bemerkenswert, dass gerade auch Unamuno als Philologe und Professor für Altgriechisch sich selbst als Leser von Literatur der existenziellen Lesart verschreibt. Einen Hinweis darauf gibt er im ersten Vorwort zu *Niebla* mit der Überschrift „Die Geschichte von Nebel":

Und was die Möglichkeit anbelangt, Don Quijote wiederauferstehen zu lassen, so glaube ich denjenigen von Cervantes wiedererweckt zu haben, und ich glaube, daß jeder, der über ihn nachdenkt und ihm zuhört, ihn zu neuem Leben erweckt. Die Gelehrten und Cervantisten selbstverständlich nicht. Sie erwecken den Helden, wie die Christen Christus erwecken, indem sie Paulus von Tarsus folgen. So zumindest ist die Geschichte, das heißt, die Legende. Eine andere Auferstehung gibt es nicht.[816]

---

813 Guardini, Romano, Der Mensch und der Glaube, Versuche über die religiöse Existenz in Dostojewskijs großen Romanen, Leipzig 1932, 13 f.

814 Ebd., 18.

815 In der Folge wird von Seiten der Wissenschaft eine mangelnde wissenschaftliche Anschlussfähigkeit seines Werkes beklagt. Diese ist jedoch sehr wohl gegeben, wenn seine eigenwillige Form der Rezeption selbst zum Gegenstand der Rezeptionsästhetik wird. Im Fokus steht dann nicht mehr der Text Dostojewskijs, sondern dessen Einfluss auf den Leser Guardini.

816 Niebla 87.

Der Weg, als LeserIn eine literarische Figur im Sinne ihres Schöpfers oder ihrer Schöpferin zum Leben zu erwecken, führt nach Unamuno über das Nachdenken und Zuhören. Der ironische Seitenhieb auf den wissenschaftlichen Diskurs in der Literatur(-wissenschaft) wie auch in der Theologie (der römisch-katholischen Kirche), wie ihn Unamuno für sich erlebte, entspricht seiner höchst kritischen Einstellung zu den „eruditos", wie sie sich in vielen seiner Werke, so z.B. in der Figur des Paparrigópulos in *Niebla* manifestiert. Die wissenschaftliche Untersuchung eines Textes führt seiner Ansicht nach nicht in dessen Wahrheit und Wirklichkeit hinein, die Geschichte bleibt nur Gegenstand, wird nicht zum „Traum aus Fleisch".[817] Die Leserschaft darf nicht von aussen auf den Text blicken, sondern muss sich in ihn hineinbegeben, um die Wahrheit des Fiktionalen zum Leben zu erwecken, gar selbst zu erschaffen. Die Analogie zwischen existenzieller Lesart und existenzieller Christusnachfolge bzw. zwischen Literaturwissenschaft und wissenschaftlicher Theologie wird explizit hergestellt.

Wie bei Guardini drängt sich auch hier der Verdacht auf, dass Unamuno sich den literaturwissenschaftlichen Anfragen und ihrem Gegenstand, dem Darstellerischen des Textes, sehr wohl gestellt hat. Ihre Betrachtungen zu Dostojewskij und Cervantes bauen mit Sicherheit auf einer überaus gründlichen Lektüre und auf einem umfassenden philologischen, theologischen und philosophischen Fachwissen auf, das einen sicheren Umgang mit dem literarischen Text gewährleistet. Dass sich verschiedene Lesarten, hier vor allem eine theologische und existenzielle, oft vermischen, zeigt sich an den beiden Gelehrten. Was kann aber eine theologische oder philosophische Lesart sein?

Philosophisch-theologische Lesarten

Philosophische und theologische Zugänge werden hier in eins gefasst, da ihnen im Zusammentreffen mit dem Kunstwerk Vieles gemeinsam ist. Dass sich die Philosophie einerseits die Sprache, die Literatur, die Ästhetik etc. selbst noch zum Gegenstand macht oder literarische Texte unter einem besonderen literaturtheoretischen Ansatz[818] liest, soll hier im Moment keine Rolle spielen.

Gemeinsam ist diesen Lesarten z.B. ein vorrangiger Fokus auf eine bestimmte Problematik (als Teil oder auch als übergeordnetes Thema des Was des Textes), wie sie auch ausserhalb der literarischen Fassung formuliert werden. Das können philosophische, weltanschauliche, theologische, (christlich-)anthropologische,

817 Nebel 7.

818 Ein sehr interessantes Beispiel hierfür ist bei René Girard zu finden in: Figuren des Begehrens. Das Selbst und der Andere in der fiktionalen Realität, Münster, Hamburg, London 1999.

moralische oder eigentlich alle menschlichen Fragen sein, die auf einem philosophischen oder theologischen Hintergrund betrachtet werden können. Ein Drängen zum Systematischen, ein Bedürfnis, die Themen und Gegenstände in eine theoretisch-wissenschaftliche Ordnung zu überführen, teilen sie sich ebenfalls. Gerade dies ist in der Begegnung mit der Erzählung eine intrinsische Schwierigkeit, wird dabei doch oft gerade das Vielgestaltige, Wachsende, Prozesshafte und Zeitliche der Geschichte hinter sich gelassen.

Ein weiterer Fokus kann z.B. auf den Einfluss oder Nachweis philosophischer Ideen aus anderen Werken gerichtet sein, die explizit, implizit oder assoziativ in den Erzähltext eingearbeitet sind. Ein Beispiel ist hier die viel bearbeitete Verbindung zwischen Unamuno und Kierkegaard oder die Auseinandersetzung Dostojewskijs mit utilitaristischen Ideen.[819]

Theologisches Interesse wecken vor allem auch intertextuelle Referenzen auf biblische Motive und Figuren oder Sprachformeln aus dem biblischen, liturgischen oder kirchlichen Umfeld.

In der Konzentration auf Themen, Motive und inhaltliche Aussagen geschieht häufig ein Ausblenden gestalterischer und darstellender Elemente, die jedoch konstitutives Element des Textes sind. Wie beispielsweise eine Figur zustandekommt, wie sie ausgestaltet wird und wie vor allem ihre Entwicklung abläuft, wird nicht explizit nachverfolgt. Hingegen wird von einem Menschenbild ausgegangen, das entweder in die Literatur, in die Erzählung hineingetragen und dort bestätigt wird, oder das aus dem Text herausgelesen wird, ohne eine wirklich greifbare Verbindung zwischen dem je einzigartigen Text und der je einzigartigen Figur und ihrer Geschichte herzustellen. Das Denken, Wollen, Streben und Handeln der Figuren wird von der Leserschaft auf die Tauglichkeit eines Transfers in die eigene Welt hin gelesen; die Vorzeichen, unter denen es geschieht, die Welt der Figur und die ihr je eigenen Bedingungen werden jedoch vernachlässigt. Bachtin bezieht seine Kritik am inhaltsbezogenen Lesen hier nicht explizit auf theologisch-philosophische Zugriffe. Sie können sich jedoch sicher mitgemeint fühlen:

> In der Mehrzahl der kritischen und literarhistorischen Untersuchungen wird bis heute die Eigenart seiner [Dostoevskijs] künstlerischen Form ignoriert und seine Originalität im Inhalt gesucht – in Themen, Ideen und einzelnen Gestalten, die aus seinen Romanen isoliert und nur nach ihrem Lebensbezug beurteilt werden. Doch dabei wird notwendig der eigentliche Inhalt unzureichend erfaßt: was Dostoevskij an wirklich Wichtigem und

819 Im Klappentext der verwendeten Ausgabe von „Verbrechen und Strafe“ findet sich der höchst unzulässig verkürzende Satz: „Raskolnikow ist Utilitarist“.

> *Neuem* gesehen hat, geht verloren. […] Die künstlerische Form, versteht man sie richtig, gestaltet nicht einen schon fertigen und vorgefundenen Inhalt, sondern erlaubt es erst, ihn aufzufinden und zu sehen.[820]

Damit einher geht auch eine Rollenzuweisung an die AutorInnen, die ihnen nicht oder nur bedingt entspricht. Konzentriert man sich darauf, was sie uns sagen, verliert man aus dem Blick, wie sie es sagen, in einer Form nämlich, die ihre eigenen Regeln aufstellt, und die um ihrer Kunstfertigkeit willen, nicht aufgrund der Qualität ihrer Lehre geschätzt sein wollen. Ulrich Klotz gibt in seinem Buch „Ästhetik als Dialektik. Prolegomena zum Literaturbegriff bei Miguel de Unamuno" ein ähnliches Votum:

> Wie soll es also gelingen, Unamunos Texte zu interpretieren, ohne doch nur wieder altgediente Formeln zu wiederholen oder zu paraphrasieren? Dies läßt sich erreichen, wenn man endlich beginnt, Unamuno nicht primär als Philosophen, sondern als Literaten zu betrachten, indem man also seine Texte weniger botschaftsorientiert und autobiographisch – sich einer geläufigen Leben-und-Werk-Interpretation also widersetzt – liest, statt dessen vielmehr die Texte selbst in ihrer Form-Inhalt-Dialektik analysiert. In den Vordergrund rückt sodann eine ästhetische Fragestellung […].[821]

Bei aller (berechtigten) Kritik, bei der ein stark aussage- oder inhaltszentriertes Lesen diagnostiziert und die Vernachlässigung ästhetischer Darstellungsformen bemängelt wird, geht allerdings auch dasjenige aus dem Blick verloren, was die Theologie an Instrumentarien zur Erschliessung literarischer Texte zur Verfügung stellt. Das ist erst einmal ein geschichtliches, kulturelles, theologisch-philosophisches und anthropologisches Wissen, das trotz aller Eigenständigkeit und Selbsterklärbarkeit des literarischen Kunstwerks dennoch bestimmte Unbekannten im Text erklären und benennen kann. Das ist zweitens eine lange Tradition in der Auslegung biblischer Schriften. Das Wort Auslegung ist wie gesagt hier durchaus in zweifachem Sinn zu verstehen: als ein vor sich Auslegen und Feststellen, was denn tatsächlich im Text steht. Von hier aus geschieht eine Auslegung im Sinne einer Deutung, die nun aus dem Text hinausführt (Exegese) und vielleicht für das eigene Handeln relevant wird. Der Umgang mit den vielschichtigen Texten (vielschichtig in der Autorenschaft, der zeitlichen und historischen Entwicklung, der Zusammensetzung, der Sprachen, der Gestaltungsformen, der Übersetzungen, der Deutungsmöglichkeiten, der Deutungsgeschichten etc.) erfordert eine hohe Aufmerksamkeit auch und gerade

---

820 Michail Bachtin, Probleme de Probleme der Poetik Dostoevskijs, 51

821 Ulrich Klotz, „Ästhetik als Dialektik. Prolegomena zum Literaturbegriff bei Miguel de Unamuno", 61.

für die gestalterischen Elemente und Erscheinungsformen, für Widersprüche und Lücken, für Formeln und Redewendungen, für Symbole, Bilder und vieles mehr. Mit der Lehre vom vierfachen Schriftsinn über die historisch-kritische Methode bis hin z.B. zur intertextuellen Exegese und vieler neuer Formen steht im Grunde alles bereit, sich sowohl der Gestaltung als auch der Deutung aller literarischer Texte zuzuwenden.

Schlagen wir von hier den Bogen zurück noch einmal zum literaturwissenschaftlichen Lesen. Die Literaturwissenschaft verfügt über ein ebenso vielseitiges Werkzeug, den Text als Kunst-Werk zu erschliessen. Hier wird die Erzählung an sich Gegenstand beobachtender und beschreibender Analyse, die sie als sprachliche Schöpfung erkennt, bevor die Interpretation beginnt. Betrachtungen zu Darstellung bzw. Form, Anordnung, Stil, Struktur, Redeweise, Erzählperspektive, etc. (das Wie des Textes) können jedoch in ihrer Feinarbeit bis zur fast gänzlichen Loslösung vom Was des Textes geführt werden. Einzelbetrachtungen z.B. über die Verwendung des *indefinido* oder *imperfecto* in den Werken Unamunos oder ein Kompendium unamunischer Begriffe und ihrer Verwendungsarten sind irgendwann nicht mehr ins Ganze zurückzubinden. Hier muss tatsächlich eine Wahl getroffen werden, welche Aspekte auch im Interesse anderer Lesarten sein können, um die Begegnung zwischen ihnen unter positive Vorzeichen zu stellen. Diese Vorzeichen wie auch die Bedeutung einer Orientierung bzw. der Einnahme eines begründeten Standpunktes als LeserIn wird abschliessend in einem Plädoyer für einen stärkeren Einbezug der Literaturwissenschaft noch einmal ausformuliert.

3. Plädoyer

Geschichten bzw. hier in erster Linie literarische fiktionale Erzählungen sind ein Ort der existenziellen und bei Dostojewskij und Unamuno explizit auch theologischen Auseinandersetzung des Menschen mit sich selbst, seiner Welt und seiner Geschöpflichkeit. Die Betrachtung der literarischen Gestaltung tritt häufig zurück zugunsten einer stärkeren Fokussierung auf Inhalte und Aussagen, die sich in die Realität der Leserschaft übertragen lassen. Das Kunstwerk als ein Ort von Theologie muss jedoch als Ganzes gesehen werden, soll seine Eigenart zum Tragen kommen. Im Text bzw. in der Erzählung besteht diese Besonderheit – gerade auch in Abhebung zur systematisch-wissenschaftlichen Abhandlung – im Nachvollzug und in der Gestaltung einer organischen Prozesshaftigkeit. Konzentriert sich das vernünftige Denken im Traktat auf einen einzelnen Gegenstand (der dafür von allen Seiten beleuchtet wird), so stellt die Erzählung das Erleben, die spürbaren, sichtbaren und konkreten Auswirkungen einer eben dadurch persönlich werdenden (auch theologischen) Frage im Leben der Figur dar. In Dostojewskijs *Verbrechen und Strafe* und Unamunos *Abel Sánchez* geht es darum nicht um die systematisch-theologische oder philosophische Problematik von Bestimmung und Freiheit, sondern um die individuellen und persönlichen Verstrickungen von Raskolnikow und Joaquín mit allen Faktoren (darunter vor allem die Beziehungen zu Anderen), die ihr Erleben, ihr Empfinden, Denken und Handeln beeinflussen. Diese lassen sich in ihrem komplexen Zusammenspiel nur darstellen, nicht definieren oder einzeln gewichten. Grundlegende Fragen des Menschen präsentieren sich im Kontext der Erzählung auf eine ganz andere Art, die nicht nur die geistige Auseinandersetzung anstösst, sondern durchaus die eigene, umfassende (Lebens-)Erfahrung anspricht. Das verleitet allerdings schnell zu einer Interpretation des Textes unter dem eigenen Erfahrungs- und Deutungshorizont, ohne die eigenständige Schlüssigkeit des Kunstwerks wahrzunehmen. Eine genaue Lektüre einerseits und das bewusste Einnehmen eines Standpunktes andererseits helfen, den Text nicht zu schnell zu verlassen.

Die Vorzeichen, unter denen also ein Lesen gelingen kann, das Inhalt *und* Darstellung berücksichtigt, können folgendermassen zusammengefasst werden:

1. Die Veranschaulichung bzw. das Bewusstsein, an welcher Stelle des Beziehungsdreiecks man sich befindet, hilft, eine angemessene Distanz zwischen Kunstwerk und eigener Realität beizubehalten. Weder sind die Erfahrungen der Figur mit den meinigen gleichzusetzen, noch lassen sie sich aus dem Zusammenhang des Textes herauslösen und in meine Welt übertragen. Aus der grösseren Entfernung lassen sich gewisse Techniken und Kunstgriffe der Autorin oder des Autors besser erkennen. Erst bei einem Schritt zurück aus der eigenen Emotion kann ich z.B. sehen, auf welche Weise Sympathielenkungen oder Spannungen ausgelöst werden.
2. Wenn ich mich selbst als LeserIn erkenne, erkenne ich das Kunstwerk als ein von mir Unterschiedenes und bin in der Lage, dessen Regeln und Strukturen zu akzeptieren. Die Eigenständigkeit des Textes zu sehen ermöglicht, auch Dinge an ihm wahrzunehmen, die mich nicht direkt betreffen. Das ist grundsätzlich bei den formgebenden Mitteln der Fall, kann aber durchaus auch Details der Figur oder ihrer Situation betreffen.
3. Das aufmerksame und genaue Lesen vermittelt eine höhere Sicherheit dem Text gegenüber. Eine Deutung des Textes ist immer vom Interpretierenden abhängig und lässt sich wohl nie allein aus dem Werk ableiten (hierin ist Gerigks Vorstellung der vollkommenen Schlüssigkeit eines Werkes, die von sich aus nur eine Deutung zulässt, auch als Ziel eines Vektors zu betrachten).

Dennoch würden sich viele Fehlschlüsse vermeiden lassen, wenn die entsprechende Begründungsbasis vorhanden ist.

4. Das Leseerlebnis vertieft sich, je mehr ich den Text in seiner Vielschichtigkeit entschlüssele. Auch nach der zehnten Lektüre eines „Klassikers" werde ich immer noch neue Zusammenhänge, Bedeutungen und Details entdecken. Auch die vollkommene Entschlüsselung liegt im Zielbereich einer vektoriellen Bewegung, s.o.).
5. Die Orientierung innerhalb der eigenen Leseinteressen erlaubt, einen eigenen Standpunkt zu finden und (momentan) zu beziehen. Das Interesse bestimmt meine Art des Zugangs zum Text. Interessiert mich ein bestimmtes Element der Darstellung, bewege ich mich auf dem Vektor „literaturwissenschaftliches" Lesen und blende dabei Vieles aus. Beschäftige ich mich mit dem Motiv der Auferstehung, bewege ich mich auf dem Vektor „theologisches Lesen". Will ich wissen, wie Auferstehung im konkreten Fall literarisch dargestellt wird, bewege ich mich dazwischen. Es ist nicht möglich, sich auf allen drei Vektoren des fachspezifischen, des literaturwissenschaftlichen und des existenziellen gleichzeitig zu bewegen, sondern immer nur auf einem oder zwischen zweien. Hier kann nur eine vielfache Lektüre Abhilfe schaffen.
6. Alles zusätzliche Wissen der LeserInnen kann ein wertvoller Schlüssel für das Verständnis des Textes sein. Zwar muss ich nicht in jedem Fall wissen, auf welche anderen literarischen Werke, geschichtlichen Ereignisse, philosophische Ideen etc. ein Text Bezug nimmt. Dennoch ist der Wiedererkennungseffekt ein positiver und macht die Lektüre noch um ein Detail reicher.

Dies richtet sich abschliessend auch als Anliegen an TheologInnen wie LiteraturwissenschaftlerInnen: Im Bewusstsein und der Offenlegung der je eigenen Interessen und Standpunkte im gegenseitigen Austausch vom Wissen und den Instrumentarien der je anderen Fachrichtung profitieren zu können, um die wunderbare Welt der Literatur zu entdecken. Und nicht nur diese, sondern ebenso die Welten anderer Kunstwerke, die auf ihre eigene Weise zu entdecken sind.

So hindert mich z.B. nichts daran, einer Sinfonie mit höchster Hingabe zu lauschen oder sie selbst zu spielen, ohne etwas über den Komponisten, seine Zeit, die Umstände, unter denen er sein Werk verfasste, seine Inspirationsquellen etc. zu wissen. Auch die Kenntnis aller der Musik-Epochen entsprechenden Formen- oder Harmonielehren, die Analyse von Sätzen und Motiven, von Dynamik, Tempi und Instrumentierungen erschliessen nicht die Wirkung eines Musikstücks auf die ZuhörerInnen, zumal diese je nach Interpretation des Werkes oder je nach eigener Verfassung und Stimmung ganz unterschiedlich ausfallen kann.

Doch wenn ich um die strengen Regeln der Bach'schen Fuge weiss, bemerke ich den kleinen Verstoss, der ihr vielleicht den besonderen Reiz verleiht. Weiss ich um die Schwierigkeit der Geigenstimme in einer Schostakowitsch-Sinfonie, bewundere ich das technische Können des Orchesters umso mehr. Weiss ich um die Taubheit Beethovens, höre ich die Verzweiflung in der Musik. Und erkenne ich eine musikalische Referenz, zeigt sich mir die Geschichtlichkeit der Musik. Manches in der modernen Musik, die sich der intuitiven Eingängigkeit und Gefälligkeit entzieht, erschliesst sich tatsächlich erst mit dem Wissen um die Zusammenhänge. Wie viel Hindemith, Schönberg und Cage man sich zumuten will, ob sich die Faszination aus dem rein Klanglichen oder auf dem Hintergrund anderer Kunstwerke, Ideen oder Systemen, so z.B. des Isenheimers Altars, dem System der Zwölftonmusik oder von Sternkarten und Sternbildern einstellt, ist individuell mehr als unterschiedlich.

Gemeinsam ist jedoch allen Begegnungen, dass das Staunen und die Ehrfurcht vor dem musikalischen, dem literarischen, dem bildnerischen und jedem Kunstwerk mit dem Wissen um ihr Zustandekommen und ihre Eigenschaften ganz bestimmt nicht kleiner werden.

QUEDA ESCRITO

Literaturverzeichnis

Werke von Fjodor M. Dostojewskij und Miguel de Unamuno

DOSTOJEWSKIJ, Fjodor, Arme Leute, übersetzt von Hermann Röhl, Frankfurt 2007.

DOSTOJEWSKIJ, Fjodor, Aufzeichnungen aus dem Kellerloch, übersetzt von Swetlana Geier, 2. Aufl., Frankfurt a. M. 2007.

DOSTOJEWSKIJ, Fjodor, Böse Geister, übersetzt von Swetlana Geier, 5. Aufl., Frankfurt a. M. 2009.

DOSTOJEWSKIJ, Fjodor, Briefe, ausgewählt und herausgegeben von Ralf Schröder, Bd. 1 und 2, Frankfurt a. M. 1990.

DOSTOJEWSKIJ, Fjodor, Der Idiot, übersetzt von Swetlana Geier, 7. Aufl., Frankfurt a. M. 2007.

DOSTOJEWSKIJ, Fjodor, Der Spieler, übersetzt von Swetlana Geier, Zürich 2009.

DOSTOJEWSKIJ, Fjodor, Die Brüder Karamasow, übersetzt von Swetlana Geier, 3. Aufl., Frankfurt a. M. 2008.

DOSTOJEWSKIJ, Fjodor, Ein grüner Junge, übersetzt von Swetlana Geier, Frankfurt a. M. 2009.

DOSTOJEWSKIJ, Fjodor, Tagebuch eines Schriftstellers, übersetzt von E. K. Rahsin, München 1992.

DOSTOJEWSKIJ, Fjodor, Verbrechen und Strafe, übersetzt von Swetlana Geier, 14. Aufl., Frankfurt a. M. 2011.

UNAMUNO, Miguel de, Abel Sánchez. Una historia de pasión, Edición Carlos A. Longhurst, 2. Aufl., Madrid 1998.

UNAMUNO, Miguel de, Abel Sánchez – die Geschichte einer Leidenschaft, Ravensburg 1987.

UNAMUNO, Miguel de, Amor y pedagogía, Edición Anna Caballé, 19. Aufl., Madrid 1999.

UNAMUNO, Miguel de, Cómo se hace una novela, Edición Paulino Garagorri, 13. Aufl., Madrid 1985.

UNAMUNO, Miguel de, Das Martyrium des San Manuel. Drei Geschichten zur Unsterblichkeit, Berlin 1998.

UNAMUNO, Miguel de, Das tragische Lebensgefühl, Die Agonie des Christentums, Wien 1925.

UNAMUNO, Miguel de, Del sentimiento tragico de la vida, Edición Espasa Calpe, 8. Aufl., Madrid 1997.

UNAMUNO, Miguel de, Frieden im Krieg. Ein Roman aus dem Carlistenaufstand, Berlin 1929.

UNAMUNO, Miguel de, La agonía del cristianismo, Edición Victor Quimette, 8. Aufl., Madrid 1996.

UNAMUNO, Miguel de, La tía Tula, Edición Carlos A. Longhurst, 9. Aufl., Madrid 1999.

UNAMUNO, Miguel de, Mi religión y otros ensayos breves, Edición Espasa Calpe, 8. Aufl., Madrid 1986.

UNAMUNO, Miguel de, Nebel, 3. Aufl., Berlin 1997.

UNAMUNO, Miguel de, Niebla, Edición Mario J. Valdés, 15. Aufl., Madrid 1999.

UNAMUNO, Miguel de, Obras completas, Edición Manuel Arroyo Stephens, Madrid 1999.

UNAMUNO, Miguel de, Paz en la guerra, Edición Francisco Caudet, Madrid 1999.

UNAMUNO, Miguel de, Plädoyer des Müßiggangs, ausgewählt und übersetzt von Erna Pfeiffer, Graz 1996.

UNAMUNO, Miguel de, San Manuel Bueno, mártir, Edición Mario Valdés, 19. Aufl., Madrid 1996.

UNAMUNO, Miguel de, Selbstgespräche und Konversationen, ausgewählt und übersetzt von Erna Pfeiffer, Graz 1997.

UNAMUNO, Miguel de, Tante Tula, Berlin 1928.

UNAMUNO, Miguel de, Tres novelas ejemplares y un prólogo, Edición Morón Arroyo, 22. Aufl., Madrid 1998.

UNAMUNO, Miguel de, Wie man einen Roman macht, Graz 2000.

Literatur zu Fjodor Dostojewskij und Miguel de Unamuno

ABELLA MAESO, María José, Dios y la inmortalidad. El mundo religioso de Unamuno, Navarra 1997.

ALVAR, Manuel, *El problema de la fe en Unamuno*, in: Cuadernos hispanoamericanos 136 (1961), S. 5–19.

ÁLVAREZ CASTRO, Luis, La palabra y el ser en la teoría literaria de Unamuno, Salamanca 2005.

ÁLVAREZ CASTRO, Luis, Los espejos del yo: existencialismo y metaficción en la narrativa de Unamuno, Salamanca 2015.

BACHTIN, Michail M., Probleme der Poetik Dostoevskijs, Frankfurt a. M./Berlin/Wien 1985.

BLANK, Ksana, Dostoevsky's Dialectics and the Problem of Sin, Evanston 2010.

BÖHME, Wolfgang (Hg.), Von Dostojewskij bis Grass: Schriftsteller vor der Gottesfrage, Karlsruhe 1986.

BURKHALTER, Carmen, Un Prince à Nazareth, Genève/Paris, 1996.

CARDENAL, Manuel, *Unamuno y su drama religioso*, in: Cuadernos hispanoamericanos 15 (1950), S. 576–580.

CLAVERÍAS, Carlos, Temas de Unamuno, Gredos, Madrid 1970.

CONDE, Carmen, *Con la fe y la razón de Dios en Unamuno*, in: Cuadernos hispanoamericanos 152/153 (1962), S. 210–221.

COBB, Christopher H., *Sobre la elaboración de Abel Sánchez*, in: Cuadernos de la cátedra Miguel de Unamuno 22 (1972), S. 127–147.

CRIADO MIGUEL, Isabel, Las novelas de Miguel de Unamuno. Estudio formal y crítico, Salamanca 1986.

DOERNE, Martin, Gott und Mensch in Dostojewskijs Werk, Göttingen 1957.

DOSTOJEWSKIJ, Dmitrij: *Dostojewskij und das Christentum*, in: GERIGK, Horst-Jürgen (Hg.), Die Brüder Karamasow. Dostojewskijs letzter Roman in heutiger Sicht: elf Vorträge des XI. Symposiums der Internationalen Dostojewskij-Gesellschaft, Dresden 1997, S. 32–36.

EVANS, Jan E.: Unamuno and Kierkegaard: paths to selfhood and fiction, Lanham 2005.

FERNÁNDEZ, Ana María, Teoría de la novela en Unamuno, Ortega y Cortazar, Madrid 1990.

FRIEDLÄNDER, Georgi M., *Dostojewskis Roman „Schuld und Sühne"*, in: ders., Ästhetik und Literaturgeschichte. Aufsätze 1940–1972, Berlin/Weimar 1976.

FRANK, Ingeborg u.a., *Miguel de Unamuno*, in: Kindlers Literatur Lexikon, 3., völlig neu bearb. Aufl., Stuttgart/Weimar 2009, Bd. 16, S. 552–556.

FRANZ, Thomas R., *La tía Tula y el cristianismo agónico*, in: Cuadernos Miguel de Unamuno 29 (1994), S. 43–53.

GALLEGO MORELL Antonio, Estudios y textos ganivetiamos, Madrid, 1971

GARCÍA MATEO, Rogelio, Dialektik als Polemik. Welt, Bewußtsein, Gott bei Miguel de Unamuno, Frankfurt a. M. 1978.

GARCÍA, Romano, *Miguel de Unamuno: La agonía del cristianismo, mi religión y otros ensayos*, in: Cuadernos hispanoamericanos 216 (1967), S. 671–674.

GEIR, Kjetsaa, Dostojewskij. Sträfling – Spieler – Dichterfürst, Wiesbaden 1992.

GERIGK, Horst-Jürgen, Die Sache der Dichtung dargestellt an Shakespeares „Hamlet", Hölderins „Abendphantasie" und Dostojewskijs „Schuld und Sühne", Hürtgenwald 1991.

GERIGK, Horst-Jürgen (Hg.), Die Brüder Karamasow. Dosteojewskijs letzter Roman in heutiger Sicht: Elf Vorträge des XI. Symposiums der Internationalen Dostojewskij-Gesellschaft, Dresden 1997.

GERIGK, Horst-Jürgen, Dostojewskij, der „vertrackte Russe". Geschichte seiner Wirkung im deutschen Sprachraum vom Fin de siècle bis heute, Tübingen 2000.

GERIGK, Horst-Jürgen, NEUHÄUSER, Rudolf, Dostojewskij im Kreuzverhör, Heidelberg 2008.

GERIGK, Horst-Jürgen, *Dostojewskijs Tatorte*, in: Jahrbuch der Deutschen Dostojewskij-Gesellschaft 16 (2009), S. 16–31.

GERIGK, Horst-Jürgen, Dostojewskijs Entwicklung als Schriftsteller. Vom „Toten Haus" zur den „Brüdern Karamasow", Frankfurt a. M. 2013.

GONZÁLEZ DE CARDEDAL, Olegario, La entraña del cristianismo, Salamanca 1998.

GONZÁLEZ DE CARDEDAL, Olegario, Cuatro poetas desde la otra ladera: Unamuno, Jean Paul, Machado, Oscar Wilde. Prolegómenos para una cristología, Madrid 1996.

GOODWIN, James, Confronting Dostoevsky's Demons. Anarchism and the Specter of Bakunin in Twentieth-Century Russia, New York 2010.

GRANJEL, L., Miguel de Unamuno. Ein Lebensbild, Stuttgart 1962.

GUARDINI, Romano, Der Mensch und der Glaube. Versuche über die religiöse Existenz in Dostojewskijs grossen Romanen, Leipzig 1932.

GULLÓN, Ricardo, Direcciones del Modernismo, Madrid 1971.

HARDER, Johannes, Zwischen Atheismus und Religion. Eine Deutung Dostojewskis, 2. Aufl., Wuppertal-Barmen 1975.

HARRESS, Birgit, *Macht und Ohnmacht des Bösen in Dostoevskijs Roman „Brat'ja Karamazowy"*, in: ZELINSKY, Bodo (Hg.), Das Böse in der russischen Kultur, Köln 2008, S. 133–145.

HUDSON, Ofelia M., Unamuno y Byron. La agonía de Caín, Madrid 1991.

KLOTZ, Ulrich, Ästhetik als Dialektik. Prolegomena zum Literaturbegriff bei Miguel de Unamuno, Hamburg 1998.

KORKONOSENKO, Kirill, Miguel de Unamuno y la cultura rusa, St. Petersburg 1999.

KORKONOSENKO, Kirill, Miguel de Unamuno, „Un extràño rusófilo", St. Petersburg 2002.

KUSCHEL, Karl Josef, *Das Verhältnis von Dichtung und Religion in der Literatur unserer Zeit*, in: BÖHME, Wolfgang (Hg.), Von Dostojewskij bis Grass: Schriftsteller vor der Gottesfrage, Karlsruhe 1986, S. 9–29.

LAÍN ENTRALGO, Pedro, La generación del 98, Madrid 1945.

LAÍN ENTRALGO, Pedro, Esperanza en tiempos de crisis: Unamuno, Ortega, Jaspers, Bloch, Marañón, Heidegger, Zubiri, Sartre, Moltmann, Barcelona 1993.

LAVRIN, Janko, Dostojevskij, 29. Aufl., Reinbek bei Hamburg 2010.

LONGHURST, Carlos A., *Introducción*, in: UNAMUNO, Miguel de, Abel Sánchez. Una historia de pasión, Edición Carlos A. Longhurst, 2. Aufl., Madrid 1998, S. 9–75.

LONGHURST, Carlos A., Unamuno's Theory of the Novel. Studies in Hispanic and Lusophone Cultures, London 2014.

LÓPEZ QUINTÁS, Alfonso, Cuatro filósofos en busca de Dios, 2. Aufl., Madrid 1990.

LUIS ABELLÁN, José, Miguel de Unamuno a la luz de la psicología. Una interpretación de Unamuno desde la psicología individual, Madrid 1964.

MARTÍNEZ, Maria Victoria, *La literatura rusa en España: lecturas de Dostoievski en San Manuel Bueno, mártir de Miguel de Unamuno*, in: Revista CodA 2018 (ffyh.unc.edu.ar)

MOELLER, Charles, L'espérance en Dieu Notre Père. Anne Frank, Miguel de Unamuno, Gabriel Marcel, Charles Du Bos, Fritz Hochwälder, Charles Péguy (Littérature du XXème Siècle et christianisme, vol. IV), Tournai/Louvain-la-Neuve/Paris 1960.

MORILLAS, Jordi, *Fëdor Dostoevskij in Spanien: Ein kurzer Überblick*, in: Jahrbuch der Deutschen Dostojewskij-Gesellschaft 20 (2013), S. 75–88.

MORILLAS, Jordi, *Dostoevsky in Spain: A Short History of Translation and Research*, in: Dostoevski Studies, New Series 17 (2013) S. 75–88.

MÜLLER, Ludolf, Russischer Geist und evangelisches Christentum. Die Kritik des Protestantismus in der russischen religiösen Philosophie und Dichtung im 19. und 20. Jahrhundert, Witten/Ruhr 1951.

MÜLLER, Ludolf, *Dostojewskij. Sein Leben, sein Werk, sein Vermächtnis*, in: WEDEL, Erwin, (Hg.), F. M. Dostojewskij 1881–1981, Regensburg 1982, S. 9–35.

MÜLLER, Ludolf: *Die Religion Dostojewskijs*, in: BÖHME, Wolfgang (Hg.), Von Dostojewskij bis Grass: Schriftsteller vor der Gottesfrage, Karlsruhe 1986, S. 30–59.

MÜLLER, Ludolf, GERIGK, Horst-Jürgen u.a., *Fëdor Michajlovič Dostoevskij*, in: Kindlers Literatur Lexikon, 3., völlig neu bearb. Aufl., Stuttgart/Weimar 2009, Bd. 4, S. 728–743.

NEUHÄUSER, Rudolf, F.M. Dostojevskij. Die großen Romane und Erzählungen. Interpretationen und Analysen, Wien/Köln/Weimar 1993.

NEUHÄUSER, Rudolf (Hg.), Polyfunktion und Metaparodie. Aufsätze zum 175. Geburtstag Fedor Michaijlovič Dostojevskijs, Dresden 1998.

NIGG, Walter, Dostojewskij. Die religiöse Überwindung des Nihilismus, Hamburg 1951.

OLLIVIER, Sophie, Regards sur Dostoïevski, Paris 2015.

ONASCH, Konrad, Dostojewski-Biographie: Materialsammlung zur Beschäftigung mit religiösen und theologischen Fragen in der Dichtung F. M. Dostojewskis, Zürich 1960.

ONASCH, Konrad, Dostojewski als Verführer. Christentum und Kunst in der Dichtung Dostojewskis. Ein Versuch, Zürich 1961.

ONASCH, Konrad, Der verschwiegene Christus. Versuch über die Poetisierung des Christentums in der Dichtung F. M. Dostojewskis, Berlin 1976.

OROZ RETA, José, El agonismo cristiano: San Agustín y Unamuno, Salamanca 1986.

RABATÉ, Colette y Jean Claude, Miguel de Unamuno. Biografía, Madrid 2009.

REHM, Walther, Jean-Paul – Dostojewski: Eine Studie zur dichterischen Gestaltung des Unglaubens, Göttingen 1962.

RIVERA DE VENTOSA, Enrique, Unamuno y Dios, Madrid 1985.

RIVERA DE VENTOSA, Enrique, *El cristianismo de Unamuno*, in: Cuadernos hispanoamericanos 440/441 (1987), S. 205–230.

RUDEK, Christof, Die Gleichgültigen. Analysen zur Figurenkonzeption in Texten von Dostojewskij, Moravia, Camus und Queneau, Berlin 2010.

SARASA SAN MARTÍN, José, El problema de Dios en Unamuno, Madrid 1989.

SANCHEZ BARBUDO, Antonio (ed.), Miguel de Unamuno. El escritor y la critica, Madrid, 1974.

SCHIFFERS, Norbert, *Dostojewskijs Angst*, in: WEDEL, Erwin (Hg.), F. M. Dostojewskij 1881–1981, Regensburg 1982, S. 37–44

SCHULT, Maike, Im Banne des Poeten. Die theologische Dostoevskij-Rezeption und ihr Literaturverständnis, Göttingen 2012.

SELL, Hans Joachim, Das Drama Unamuno. Ein Vortrag zur 100. Wiederkehr des Geburtstages des spanischen Dichters und Philosophen Miguel de Unamuno, München 1965.

STEINER, George, Tolstoï ou Dostoïevski, Paris 1977.

STELLINO, Paolo, *Wenn Gott nicht existiert, ist alles erlaubt? Ein Vergleich zwischen Nietzsches und Dostojewskijs Konzeptionen des Nihilismus*, in: PETERZELKA, Dennis H., PFEFFERKORN, Julia, CORALL, Niklas (Hgg.), Nietzsche, der Nihilismus und die Zukünftigen, Tübingen 2014, S. 281–298.

THURNEYSEN, Eduard, Dostojewski, Zürich/Stuttgart 1962.

TURKEVICH NAUMANN, Marina, *Raskol'nikov's Shadow: Porfirij Petrović*, in: The Slavic and East European Journal 16.1 (Spring 1972), S. 42–54.

UNIVERSITE CATHOLIQUE DE LOUVAIN (Hg.), Unamuno, toujours proche, cinquante ans après, Louvain 1987.

VAUTHIER, Bénédicte, Niebla de Miguel de Unamuno: A favor de Cervantes, en contra de los cervantófilos: Estudio de narratología estilística, Bern 1999.

WASSMER, Susanne, Glaube und Vernunft im Werk von Miguel de Unamuno, Berlin 2000.

WEDEL, Erwin, *Dostojewskij als Mensch und Dichter*, in: WEDEL, Erwin, (Hg.), F. M. Dostojewskij 1881–1981, Regensburg 1982, S. 45-71.

WEDEL, Erwin (Hg.), F. M. Dostojewskij 1881–1981, Regensburg 1982.

WILLIAMS, Rowan, Dostoevsky, Language, Faith, and Fiction, Waco 2008.

VILARROIG MARTÍN, Jaime, La teodicea trágica. Dios y el destino del alma en Miguel de Unamuno, tésis doctoral Universidad de Valencia 2010.

ZUBIZARRETA, Armando F., *La inserción de Unamuno en el cristianismo: 1897*, in: Cuadernos hispanoamericanos 106 (1958), S. 7–35.

Literaturwissenschaft, Literaturgeschichte, Literaturtheorie

BAUER, Matthias. Romantheorie und Erzählforschung. Eine Einführung, 2., aktual. u. erw. Aufl., Stuttgart/Weimar 2005.

GERIGK, Horst-Jürgen, Unterwegs zur Interpretation. Hinweise zu einer Theorie der Literatur in Auseinandersetzung mit Gadamers „Wahrheit und Methode", Stuttgart 1989.

GUMBRECHT, Hans Ulrich, Eine Geschichte der spanischen Literatur, Frankfurt a. M. 1990.

GERIGK, Horst-Jürgen, Lesendes Bewusstsein. Untersuchungen zur philosophischen Grundlage der Literaturwissenschaft, Berlin/Boston 2016.

HAWTHORNE, Jeremy, *Intention* in: HAWTHORNE, Jeremy, Grundbegriffe moderner Literaturtheorie. Ein Handbuch, übersetzt von Waltraud Korb, Tübingen/Basel 1994.

HORN, András, Theorie der literarischen Gattungen. Ein Handbuch für Studierende der Literaturwissenschaft, Würzburg 1998.

JANNIDIS, Fotis u.a. (Hgg.), Rückkehr des Autors. Zur Erneuerung eines umstrittenen Begriffs, Tübingen 1999.

JANNIDIS, Fotis, LAUER, Gerhard, MARTÍNEZ, Matías, WINKO, Simone (Hgg.), Texte zur Theorie der Autorschaft, Stuttgart 2000.

KRAUSS, Werner, Essays zur spanischen und französischen Literatur- und Ideologiegeschichte der Moderne, Bd. 4 von: Das Wissenschaftliche Werk, hg. von BARCK, Karlheinz, Berlin 1997.

LAHN, Silke, MEISTER, Jan Christoph, Einführung in die Erzähltextanalyse, Stuttgart 2008.

MARTÍNEZ, Matías, SCHEFFEL, Michael, Einführung in die Erzähltheorie, 8. Aufl. München 2009.

NÜNNING, Ansgar, Literaturwissenschaftliche Theorien, Modelle und Methoden. Eine Einführung, 2. Aufl., Trier 1995.

NÜNNING, Ansgar (Hg.), Grundbegriffe der Literaturtheorie, Stuttgart 2004.

NIEDERMAYER, Franz, Spanische Literatur des 20. Jahrhunderts. Eine kritische Darstellung, Bern 1964.

STROSETZKI, Christoph (Hg.), Geschichte der spanischen Literatur, Tübingen 1991.

STROSETZKI, Christoph, Miguel de Cervantes, Epoche – Werk – Wirkung, München 1991.

ZYMNER, Rüdiger, Gattungstheorie. Probleme und Positionen in der Literaturwissenschaft, Paderborn 2003.

Theologie und Philosophie

BACHTIN, Michail M., Zur Philosophie der Handlung, Berlin 2011.

BARTH, Karl, Der Römerbrief, 13. unveränderter Abdruck der der neuen Bearbeitung von 1922, Zürich 1984.

BARTH, Karl, Die Kirchliche Dogmatik. Studienausgabe Band 22: Jesus Christus der Herr als Knecht, 2. Teil, Zürich 1986. – Seitenidentisch mit Die Kirchliche Dogmatik, Bd. IV.1, § 60.

BLÜMLEIN, Klaus, Mündige und Schuldige Welt. Überlegungen zum christlichen Verständnis von Schuld und Mündigkeit im Gespräch mit P. Tillich und K. Rahner, Göttingen 1974.

BÜHLER, Pierre, Le problème du mal et la doctrine du péché, Genève 1976.

DALFERTH, Ingolf U., FISCHER, Johannes, GROSSHANS, Hans-Peter (Hgg.), Denkwürdiges Geheimnis, Beiträge zur Gotteslehre, Tübingen 2004.

DENZINGER, Heinrich, Kompendium der Glaubensbekenntnisse und kirchlichen Lehrentscheidungen, 38. Aufl., hg. von Peter Hünermann, Freiburg i.Br./Basel/Rom/Wien 1999.

DERRIDA, JAQUES, Die différance. Ausgewählte Texte, hg. von Peter Engelmann, Stuttgart 2008.

ECO, Umberto, Das offene Kunstwerk, 12. Aufl., Frankfurt a. M. 2012.

GADAMER, Hans-Georg, Wahrheit und Methode. Grundzüge einer philosophischen Hermeneutik, Tübingen 1960.

GARCIA MAZO, Don Santiago José, El Catecismo de la Doctrina Cristiana esplicado, Valladolid 1839.

JANOWSKI, Christine, *Cur deus homo crucifixus. Zu René Girards kritischer Anthropologie des Christentums*, in: DALFERTH, Ingolf U., FISCHER, Johannes, GROSSHANS, Hans-Peter (Hgg.), Denkwürdiges Geheimnis, Beiträge zur Gotteslehre, Tübingen 2004, S. 259–290.

KANT, Immanuel, Kritik der reinen Vernunft, Stuttgart 2010.

KIRKCONNEL, W. Glenn, Kierkegaard on Sin and Salvation. From *Philosophical Fragments* through the *Two Ages*, London/New York 2010.

KODALLE, Klaus-M. (Hg.), Karl Christian Friedrich Krause (1781–1832). Studien zu seiner Philosophie und zum Krausismo, Hamburg1985.

KREMER, Jacob, Lazarus – die Geschichte einer Auferstehung. Text, Wirkungsgeschichte und Botschaft von Joh 11,1–46, Zürich 1985.

LUKÁCS, Georg, Die Theorie des Romans. Ein geschichtsphilosophischer Versuch über die Formen der großen Epik, Bielefeld 2009.

SCHAPP, Wilhelm, In Geschichten verstrickt: zum Sein von Mensch und Ding, 5. Aufl., Frankfurt a. M. 2012.

SCHOPENHAUER, Arthur, Die Welt als Wille und Vorstellung, Zürcher Ausgabe in zehn Bänden, Bd. 2, Zürich 1977.

Literatur und Theologie

AUEROCHS, Bernd, *Literatur und Religion*, in: RGG^4 5 (2002), S. 391–403.

AVENATTI DE PALUMBO, Cecilia I., SAFA, Hugo Rodolfo (eds.), Letra y espíritu: diálogo entre literatura y teología, Buenos Aires 2003.

BALTZ, Ursula, Theologie und Poesie. Annäherungen an einen komplexen Problemzusammenhang zwischen Theologie und Literaturwissenschaft, Frankfurt a. M. 1983.

BARCELLOS, José Carlos, *Literatura y teología*, Revista Teología 44/Nr. 96 (2008), S. 289–306.

BAUKE-RÜEGG, Jan, Theologische Poetik und literarische Theologie? Systematisch-theologische Streifzüge, Zürich 2004.

BAUMANN, Urs, KUSCHEL, Karl-Josef, Wie kann denn ein Mensch schuldig werden. Literarische und theologische Perspektiven von Schuld, München 1990.

BRAUNGART, Wolfgang, JACOB, Joachim, TÜCK, Jan-Heiner (Hgg.), Literatur/Religion. Bilanz und Perspektiven eines interdisziplinären Forschungsgebietes, Stuttgart 2019.

HASS, Andrew, JASPER, David, JAY, Elisabeth (eds.), The Oxford Handbook of English Literature and Theology, Oxford 2007.

GELLNER, Christoph, Schriftsteller als Bibelleser, Darmstadt 2004.

GIRARD, René, Figuren des Begehrens. Das Selbst und der Andere in der fiktionalen Realität, Münster, Hamburg, London 1999.

GUTZEN, Dieter, *Literatur und Religion V* (Von der Reformation bis in die Gegenwart), in: TRE 21 (1991), S. 280–294.

KRANZ, Gisbert (Hg.), Lexikon der christlichen Weltliteratur, Freiburg 1978.

JENS, Walter, KÜNG, Hans, KUSCHEL, Karl-Josef (Hgg.), Theologie und Literatur. Zum Stand des Dialogs, München 1986.

JENS, Walter, KÜNG, Hans, Dichtung und Religion, München 1988.

JOSSUA, Jean-Pierre, METZ, Johann Baptist, *Theologie und Literatur*, in: Concilium. Internationale Zeitschrift für Theologie 12 (1976), S. 269–271.

KOHLSCHMIDT, Werner, Die entzweite Welt. Studien zum Menschenbild in der neueren Dichtung, Gladbeck 1953.

KRZYWON, Ernst Josef, *Literaturtheologie*, in: Stimmen der Zeit 192 (1974), S. 108–116.

KRZYWON, Ernst Josef, *Literaturwissenschaft und Theologie. Über literaturtheologische Kompetenz*, in: Stimmen der Zeit 193 (1975), S. 199–204.

KUSCHEL, Karl-Josef, „Vielleicht hält Gott sich einige Dichter…". Literarische Skizzen, Mainz 2005.

LANGENHORST, Georg (Hg.), Auf dem Weg zu einer theologischen Ästhetik, Münster 1998.

LANGENHORST, Georg, Handbuch für Literatur und Theologie, Darmstadt 2005.

LANGENHORST, Georg, *Literatur und Theologie*, in: Peter Eicher (Hg.), Neues Handbuch theologischer Grundbegriffe, München 2005, Bd. 2, S. 506–523.

MAUZ, Andreas, *In Gottesgeschichten verstrickt. Erzählen im christlich-religiösen Diskurs*, in: MARTÍNEZ, Matías, KLEIN, Christian (Hg.), Wirklichkeitserzählungen. Felder, Formen und Funktionen nicht-literarischen Erzählens, Stuttgart 2009, S. 192–216.

MAUZ, Andreas, WEBER, Ulrich, „Wunderliche Theologie". Konstellationen von Literatur und Religion im 20. Jahrhundert, Göttingen/Zürich 2015.

MCFAGUE TESELLE, Sallie, Literature and the Christian Life, New Haven/London 1966.

MIETH, DIETMAR (Hg.), Erzählen und Moral. Narrativität im Spannungsfeld von Ethik und Ästhetik, Tübingen 2000.

RAHNER, Karl, *Das Wort der Dichtung und der Christ*, in: Schriften zur Theologie, Bd. IV, Einsiedeln/Zürich/Köln 1960, S. 441–454.

RENARD, Jean-Claude, *Poesie, Glaube und Theologie*, in: Concilium. Internationale Zeitschrift für Theologie 12 (1976), S. 277–289.

ROUSSEAU, Hervé, *Was vermag die Literatur theologisch zu leisten?*, in: Concilium. Internationale Zeitschrift für Theologie 12 (1976), S. 272–277.

SCHULT, Maike, DAVID, Philipp (Hgg.), Wortwelten. Theologische Erkundung der Literatur, Berlin 2011.

SCHLÜTER, Dietrich, „Christliche Literatur" und ihre Kanonisierung seit 1945. Literaturkonzepte und Argumentationsmuster in der deutschsprachigen Literaturtheologie von 1945 bis heute, Dissertation Universität Dortmund 2001.

SÖLLE, Dorothee, Realisation. Studien zum Verhältnis von Theologie und Dichtung nach der Aufklärung, Darmstadt/Neuwied 1973.

SÖLLE, Dorothee, Das Eis der Seele spalten. Theologie und Literatur in sprachloser Zeit, Mainz 1996.

SÖLLE, Dorothee, Zum Dialog zwischen Theologie und Literaturwissenschaft, IDZ 2(1969), S. 296–318.

TILLICH, Paul, Über die Idee einer Theologie der Kultur, Berlin 1919.

TÜCK, Jan-Heiner, MAYER, Tobias (Hgg.), Nah – und schwer zu fassen. Im Zwischenraum von Literatur und Religion (Poetikdozentur Literatur und Religion, Bd. 1), Freiburg i. Br. 2017.

TÜCK, Jan-Heiner, „Feuerschlag des Himmels". Gespräche im Zwischenraum von Literatur und Religion (Poetikdozentur Literatur und Religion, Bd. 3), Freiburg i. Br. 2018.

WEIDNER, Daniel (Hg.), Handbuch Literatur und Religion, Stuttgart 2016.

WRIGHT, T.R., Theology and Literature, Oxford 1988.

Weitere Literatur

BYRON, George Gordon, Three Plays [1821]. Sardanapalus, The Two Foscari, Caïn, Oxford/New York 1990.

DANTE ALIGHIERI, La Commedia/Die Göttliche Komödie, übersetzt von Hartmut Köhler, Ditzingen 2012.

SARTRE, Jean-Paul, Huis clos, Paris 1945.

CHODERLOS DE LACLOS, Pierre-Ambroise-François, Les Liaisons dangereuses, Paris 1782.

Abkürzungsverzeichnis

Abkürzungen nach: Religion in Geschichte und Gegenwart (RGG^4), Tübingen ^{4}2007.

AS	Unamuno, Abel Sánchez
VS	Dostojewskij, Verbrechen und Strafe

Abbildungsverzeichnis

www.ingramcontent.com/pod-product-compliance
Lightning Source LLC
Chambersburg PA
CBHW060757310726
48980CB00002B/132

* 9 7 8 3 0 3 4 3 4 9 3 9 0 *